中国现代文学史
(1917—1949)

朱栋霖 主编
朱晓进 王文英 副主编

现代文学三十年

人民文学出版社

图书在版编目(CIP)数据

中国现代散文史:1917—1949/俞元桂主编;姚春树等著. —
北京:人民文学出版社,2018
(现代散文学书系)
ISBN 978-7-02-014324-5

Ⅰ.①中… Ⅱ.①俞…②姚… Ⅲ.①散文-文学史-中国-现代 Ⅳ.①
I207.65

中国版本图书馆 CIP 数据核字(2018)第 156907 号

策划编辑　王海波
责任编辑　王永宽
装帧设计　黄云香
责任印制　张冉

出版发行　人民文学出版社
社　　址　北京市朝内大街 166 号
邮政编码　100705
网　　址　http://www.rw-cn.com
印　　制　三河市宏图印务有限公司
经　　销　全国新华书店等
字　　数　527 千字
开　　本　710 毫米×1000 毫米　1/16
印　　张　36　插页 3
版　　次　2019 年 3 月北京第 1 版
印　　次　2019 年 3 月第 1 次印刷
书　　号　978-7-02-014324-5
定　　价　89.00 元

如有印装质量问题,请与本社图书销售中心调换。电话:010-65233595

目 录

序言 …………………………………………………… 田仲济 1

绪言 ………………………………………………………………… 1

第一编 萌芽于思想革命的文苑新花

第一章 新潮激荡飞春燕 …………………………………… 13
第一节 新文化运动和中国现代散文的开创 ………… 13
第二节 开创期的散文理论建设 ……………………… 22
第三节 文明批评和社会批评的兴盛 ………………… 29

第二章 繁英绕甸竞呈妍
——开创期的记叙抒情散文 ……………………… 51
第一节 域外与国内的旅行记与游记 ………………… 51
第二节 人生意义的探求和人生情味的体验 ………… 72
第三节 漂泊者的希望、悲愤和哀歌 ………………… 103
第四节 反帝反封建的呐喊 …………………………… 120
第五节 "五四"散文变革的实绩与意义 …………… 127

第二编 在新的革命风涛中发荣滋长

第三章 雷鸣雨骤振林木 …………………………………… 133
第一节 政治形势的严峻和文化革命的深入 ………… 133
第二节 散文理论建设的丰硕成果 …………………… 143
第三节 杂文艺术的发展成熟 ………………………… 155

第四节　报告文学的兴起 …………………………………… 186

第四章　芙蓉翠盖石榴红
　　　　——记叙抒情散文的兴盛 ………………………………… 198
　　第一节　人生的观照、领略与玩味 …………………………… 199
　　第二节　海外旅游散记和国内山水游记 ……………………… 221
　　第三节　内心的探索和光明的呼唤 …………………………… 238
　　第四节　广泛的城乡生活场景 ………………………………… 256
　　第五节　传记文学的收获 ……………………………………… 281
　　第六节　知识小品的兴盛 ……………………………………… 290
　　第七节　30年代散文的繁荣与成熟 …………………………… 303

第三编　在民族民主革命战争中拓展

第五章　硝烟烽火驰轻骑 ………………………………………… 313
　　第一节　从建立"文艺阵地"到争取"文艺复兴" …………… 313
　　第二节　散文理论的新建树 …………………………………… 321
　　第三节　现代杂文的全面发展 ………………………………… 336
　　第四节　报告文学的空前繁荣 ………………………………… 381

第六章　战地黄花分外香
　　　　——记叙抒情散文的拓展 ………………………………… 424
　　第一节　抗日救亡的呐喊 ……………………………………… 425
　　第二节　流寓生活的纪实 ……………………………………… 434
　　第三节　炼狱浮沉的吟咏 ……………………………………… 454
　　第四节　沦陷区中的苦吟 ……………………………………… 490
　　第五节　解放区新生活的颂诗 ………………………………… 508
　　第六节　人物传记与知识小品 ………………………………… 520
　　第七节　战时散文的拓展与演变 ……………………………… 528

结束语 ……………………………………………………………… 533

初版后记 …………………………………………………………… 554
新版后记 …………………………………………………………… 556

附：本书作家评介索引 …………………………………………… 559

序　言

我们从来就是一个散文发达的国家,虽然散文这一名称过去是没有的,"五四"新文学革命以后才建立起来。在光辉灿烂的古代文学中,那些异彩特放的记、叙、说、题、跋、书、札等,不仅数量上居其他类文章之前,且历代有许多篇章为读者传诵不忘,甚而,像史籍名著《史记》、《左传》等,以其文采独胜,也从来列为文学史的杰作。

"五四"文学革命以后中国现代文学中,散文仍然是最繁荣昌盛的一种样式。散文的名称也建立起来了。中国现代散文与古代的散文当然有继承的关系,但并不是完全一脉相承,而是有很大的不同的。在古代,文是载道的,载圣贤之道,是属建设范畴的。经过反帝反封建的五四运动,现代散文因新思想的深入人心和个性的解放大为繁荣滋长了。郁达夫认为:"现代的散文之最大特征,是每一个作家的每一篇散文里所表现的个性,比从前的任何散文都来得强。古人说,小说都带些自叙传的色彩的,因为从小说的作风里人物里可以见到作者自己的写照;但现代的散文,却更是带有自叙传的色彩了,我们只消把现代作家的散文集一翻,则这作家的世系,性格,嗜好,思想,信仰,以及生活习惯等等,无不活泼地显现在我们的眼前。这一种自叙传的色彩是什么呢,就是文学里所最可宝贵的个性的表现。"①

文学上个性的表现并不是偶然的,它是"五四"文化革命冲破封建桎梏、输入民主和科学思想的产物;新思潮冲决了旧的封建的所有的一切,人作为社会的人,不属于君,不属于父,恢复为独立的人,可说这是

---

① 郁达夫:《中国新文学大系·散文二集导言》,上海良友图书印刷公司1935年版。

人的个性的解放,也是人性的复归。它反映在文学、特别是散文中了,这就是所以在新文学的散文中,个性的表现比任何时候的散文都强的原因。所以有人说,散文"在个人文学之尖端","是近代文学的一个潮头"①。

散文没有一定格式,没有一定的框框,是各类文体中最自由的一种,写起来可以随心所欲,任笔所至,不受任何限制,大概这就是现代文学中所以散文最为发达,其成就也最为可观的原因。而且在三十年中还出现了两种新的形式——杂文和报告文学。

杂文,虽然鲁迅说古已有之,但那是就其"杂"而言,我们今天所说的杂文已经不是指其杂而是主要的就其思想内容的犀利,作为文学中的匕首而言的。像瞿秋白在《〈鲁迅杂感选集〉序言》中说,"鲁迅的杂感其实是一种'社会论文'——战斗的'阜利通'(Feuilleton)。谁要是想一想这将近二十年的情形,他就可以懂得这种文体发生的原因。急遽的剧烈的社会斗争,使作家不能够从容地把他的思想和情感熔铸到创作里去,表现在具体的形象和典型里;同时,残酷的强暴的压力,又不容许作家的言论采取通常的形式。作家的幽默才能,就帮助他用艺术的形式来表现他的政治立场,他的深刻的对于社会的观察,他的热烈的对于民众斗争的同情"②。在瞿秋白编《鲁迅杂感选集》和写序言时,杂文这个名称还未建立起来,所以沿用了"杂感"这个名称,但这一文学形式的特征,已很清楚地刻画出来了,已说明了它与过去杂感的不同,时代赋予了它新的内容。茅盾的话是和瞿秋白的看法一致的,他说,"这一新的形式(杂感),是他所发明,所创造,而且由他发展到最高阶段"③。鲁迅的后期所采用的文学形式,可说基本上是杂文。现在,杂文已为大家所公认了,鲁迅的成就,杂文在其小说之上。其所起的社会作用,杂文也在小说之上。在现代文学史上杂文也已独立成为一种文学样式了。是著者考虑到这套丛书中定有杂文的专史,所以本书中这方面就论述得少些。

---

① 周作人:《中国新文学大系·散文一集导言》,上海良友图书印刷公司1935年版。
② 瞿秋白:《鲁迅杂感选集·序言》,上海青光书局1933年版。
③ 茅盾:《研究和学习鲁迅》,《文学》1936年第7卷第6号。

和杂文相似，报告文学也是中国现代文学中出现的一种新形式，它的形式也是多样化的，如今大家已公认从五四时期我们已有报告文学。近来有人拟再向上追求，认为至少可以追到近代文学。游记、速写、人物特写等形式，在近代文学甚至更早的文学中是可以找到的，但都缺少一种现代文学的时代特征，即"五四"文学的新的思想内容，它们只能属于旧的文学，这在"五四"文学革命过程中已划分得非常清楚了。报告文学，一般公认的是它必须具备两个特征，一是新闻性；二是文学性。若另外还有什么特征的话，就是它的进步性了。我国的报告文学从产生到现在是一直保持这特点的。报告文学产生于五四时代，成长于三十年代，繁荣于抗日战争和解放战争时期，它比杂文拥有更多的读者。可是由于同样的原因，在本书中著者仅做了简略的论述。

  本书主要的作者俞元桂教授，是一位治学谨严的老教授，素养甚深，对散文有特殊的爱好。为了撰写本书，他与同事三人默默工作了几年，翻阅了大量能找到的"五四"以来的报刊，做了"五四"以来散文篇目索引，编成《中国现代散文总书目》。他们还阅读了大量关于现代散文的理论文章，他们以为："这些文章反映了中国现代散文发展的历史足迹，触及了散文创作的艺术规律，也在一定程度上再现了中国现代散文同中外优秀散文传统的继承和创新关系；是珍贵的文学史料，也是一笔值得重视的理论财富。"[①]著者遗憾的是过去对这部分宝贵的资料重视不够，以致在《中国新文学大系》的《建设理论集》和《文学论争集》中小说、诗歌、戏剧的史料都收入了，唯独没有现代散文的。他们因而于1984年选辑出版了近四十万字的《中国现代散文理论》。这就是说，他们在撰写这本散文史的过程中已先有了两种副产品。我觉得这两种副产品不仅丰富了我们中国现代文学史的资料，也可以证明他们撰写这本散文史采取的方法是扎扎实实从完全掌握材料下手的，丝毫没有采取省力、取巧的手法。这五十来万字的史与论，是事事有据、处处有源的。我觉得仅就这一点来说，就极为值得珍贵的了。这种治学的态度是值得取法的。这样说并不是说这是唯一正确的中国现代散文

---

① 俞元桂主编：《中国现代散文理论·前言》，广西人民出版社1984年版。

史了,一切都是定论的。不是,一点也没有那样的意思,我只是说这是认认真真的经过切实的研究作品、分析事实而写成的一部好书,不是凭空胡言,也没有危言耸听,我们不是提倡"百花齐放,百家争鸣"么?这是可作为一家言的。我认为"百家争鸣"是百家可以并存的,固然,真理只有一个,但论点、看法事实上是有多层次、多方面、多观点的。百家之言,不能保证全是对的,同样的,也不能说除无产阶级一家外全是资产阶级,也即全是错误的。因为无产阶级内部对于具体的文学作品或问题,也绝不会评价、看法完全相同,就是说也得"百家争鸣"。

作为一家言,出版是完全有其意义的;作为一家言,这方面的研究者、喜爱者,精心地读一读也是有益的。

岁在丁卯　田仲济序于泉城

绪 言

散文是我国古典文学的正宗,有着灿烂辉煌的历史。"五四"新文学运动兴起之后,现代散文佳制连篇,名家辈出,获得不少好评。鲁迅就说过:"到五四运动的时候,才又来了一个展开,散文小品的成功,几乎在小说戏曲和诗歌之上。"①这评论足使散文界扬眉吐气,记录着它曾经有过的光荣历史。令人遗憾的是这佳话多年以后似乎并无继响,中国现代散文给人的印象似乎在走着衰退的路!到了抗战时期,烽火连天,作家流离四方,书刊出版困难,报告文学虽一花独秀,其他散文文体则因缺少研究,使人有凋落的错觉。三十多年来印行的中国现代文学史,对散文只提供有限的篇幅,让它叨陪末座。可以说,对中国现代散文和散文史的研究与它的历史成就很不相称。我们不计浅陋,在前人研究的基础上,对之作一番史的宏观考察,试图按史的实际,描述出中国现代散文发展的大势。史实证明,许多现代文学的大作家,多是第一流的散文家,不研究现代散文,中国现代文学的研究是不全面的;中国现代散文并没有趋向衰落,而是走着开创、兴盛、拓展的令人鼓舞的历程,它作为中国现代文学的一个重要方面军,有着自己的持续不替的辉煌的成绩。

在这本书的开头,我们只打算简略地说明我们对散文文体、中国现代散文史分期的看法,并谈一下本书编写的体例。

众所周知,散文的概念有大、中、小的区别。它的最大范围是指与韵文相对峙的一切散行文字;其次是与诗歌、小说、戏剧相对而言的,它

---

① 鲁迅:《南腔北调集·小品文的危机》,上海同文书店1934年版。

包括广义的文学散文文体,或称杂文学散文;最小的概念是狭义的纯文学散文。从中国现代散文的理论和创作实践来看,这三种理解都有,我们采用大多数人选取的第二种概念,既考虑其体式的特殊性,又充分认识它社会功能的多样性,以及它的思想倾向、审美特点、艺术风格的多元化优势。

孙犁说,散文,"并非文章的一体,而是许多文体的总称"①。鲁迅说:"其实'杂文'也不是现在的新货色,是'古已有之'的,凡有文章,倘若分类,都有类可归,如果编年,那就只按作成的年月,不管文体,各种都夹在一处,于是成了'杂'。"②散,表示并非一体;杂,表示各类夹杂。散文、杂文,就广义来说,都是多种文体的集合体,是个"名号多品"、血缘亲近的庞大家族。在许多前辈散文家看来,散文学、杂文学,是不足与纯文学等量齐观的。比如,朱自清就以为,散文,"它不能算作纯艺术品,与诗、小说、戏剧,有高下之别"③。不过也有不同的意见,如鲁迅针对有的人以为杂文既非诗歌小说,又非戏剧,所以不能入文艺之林的意见,确认"杂文这东西,我却恐怕要侵入高尚的文学楼台去的"④。这两种在不同时期里提出的似乎对立的见解,指出了两个根本事实:一、散文不是纯文学;二、散文或杂文要侵入高尚的文学领域,也就是说,其中的许多文章可以是文学作品,足与纯文学并驾齐驱。

散文并非文章的一体,正因为这样,它才具有其他文体所不能替代的优势。它体裁多样,能迅速地感应现实,能进行灵活战斗;它题材不拘,既可以反映重大斗争,又能够抒写身边琐事,具有多视角表现社会生活的功能;它能准确、直接地表达作家的主观情意;它实用性强;等等。这些特性是诗歌、小说、戏剧所难以比拟的。秦牧说:散文"这个领域是海阔天空的,不属于其他文学体裁,而又具有文学味道的一切篇幅短小的文章都属于散文的范围"⑤。随感录、短评、杂感、文艺性政

---

① 孙犁:《秀露集·欧阳修的散文》,百花文艺出版社1981年版。
② 鲁迅:《且介亭杂文·序言》,上海三闲书屋1937年版。
③ 朱自清:《论现代中国的小品散文》,《文学周报》1928年第345期。
④ 鲁迅:《且介亭杂文二集·徐懋庸作〈打杂集〉序》,上海三闲书屋1937年版。
⑤ 秦牧:《散文领域——海阔天空》,《笔谈散文》,百花文艺出版社1962年版。

论、国际小品、随笔、读书杂记、知识小品、历史小品、科学小品、日记、书简、杂记、传记、游记、旅行记、风土记、访问记、速写、通讯、报告文学、抒情散文、诗散文、散文诗等等，都是散文这一文学体裁群体的成员。其品种繁多，正表明其丰富多彩。散文的题材涉及政治题材、社会题材、自然题材、人生题材、内心题材、知识性题材等广泛领域，与人们的政治生活、社会生活、感情生活、人事往来、学习生活等有着极密切的直接联系，它具有很强的实用性。

瞿秋白在中国现代散文的开创期写了两本散文集：《饿乡纪程》和《赤都心史》。对《饿乡纪程》，瞿秋白说："具体而论，是记'自中国至俄国'之路程，抽象而论，是记著者'自非饿乡至饿乡'之心程。"对《赤都心史》，瞿秋白说："东方稚儿记此赤都中……的史诗，也就是他心弦上的乐谱的纪录。""心史"，它是路程与心程的结合，这个富有启发性的词语，确切地表述了作家与时代的关系，作家心境与社会环境的关系。中国现代散文既是中国现代社会变革的"诗史"，也可以说是中国现代散文作家的"心史"，它不但感应和描述中国现代社会变革的道路，也表现散文作家在探求中华民族的解放道路上所经历的兴奋、苦闷、彷徨、愤怒、慰安的心灵历程。丁玲说："其实，历史本身就是一部宏伟的巨著，反映历史需要小说、戏剧、史诗这样的长篇大作，也需要短小精悍、情深意切的散文。"[①]中国现代散文以诗史、心史的方式和散中见整的方式来反映中国现代社会变革的历史，不但如此，它还抒写真挚的人情，剖白深藏的内心，表现幽默的理趣，描绘山川的秀色，给人以愉快和休息，给人以美的享受。

散文，它有如下的共同特征：其一是"真"，它是最足以发挥个性、表现自己的文体。中国现代散文开创期的先行者冰心说："'能表现自己'的文学，是创造的，个性的，自然的，是未经人道的，是充满了特别的感情和趣味的，是心灵里的笑语和泪珠。这其中有作者他自己的遗传和环境，自己的地位和经验，自己对于事物的感情和态度，丝毫不可挪移，不容假借的，总而言之，这其中只是一个字'真'。所以能表现自

---

① 丁玲：《漫谈散文》，《光明日报》1984年5月24日。

己的文学,就是'真'的文学。"①散文是最足以表现"真"的文学,散文中的任何一种体式,都立足于作者自己,忠实于自己的思想感情,忠实于自己的性格气质,忠实于自己的审美感受,忠实于自己的人生观与世界观。杂文需要真知灼见,报告文学需要真人真事,记叙抒情散文需要情真意切,不管是什么散文文体,都要融进作者真实的爱憎哀乐。鲁迅的深沉思辨,郭沫若的澎湃激情,冰心的慈爱胸怀,周作人的隐逸倾向,郁达夫的诗人气质,朱自清的学者风度,……在他们的散文中无不自然流露。有了作家思想感情的"真",还必须有生活的"真",描述议论对象的"真"。散文家孙犁以"真情"与"真象"的完美结合作为他散文所追求的艺术境界,"真象"的再现或表现的逼真,同样是散文家所努力的目标。有了"真情"和"真象"的结合,作家敏感的心灵和多彩的大千世界的交融,则构成了散文作品的千姿百态的奇观。

其二,散文取材广泛,可以表现有意义的、有意思的或有意味的思想。政论、杂文、报告文学,涉及政治性、社会性比较强的重大题材,必须表现有意义的、进步的、革命的思想。一般随笔、小品、记叙文、抒情文,取材者微,也得所见者大。茅盾说的"大题小做",鲁迅说的"谈风云的人,风月也谈得",都暗示题材虽小,也可以谈出有意义的思想主题来。散文要写出有意义的思想,这是主要的方面,它是表现"真情"和"真象"的一种理性的规范。不过,散文的思想性范围有着较宽的幅度,描世态,抒人情,增知识,讲趣味,都是允许的。亲子之爱,男女之情,师友之谊,童年回忆,乡土眷念,异地旅思,山水清音,艺术赏鉴,茶酒消闲等等,作者如果能够写出其中的意义来,或者写出意思或意味来,只要它是健康的,有益身心的,都会为读者所欢迎。柯灵说:"它可以是匕首和投枪,可以是轻妙的世态风俗画,也可以是给人愉快和休息的小夜曲。"②这一体裁的特点和它所能够发挥的多样作用,是其他文体所难于企及的。

其三,散文又称"美文",散文的艺术美要求自然,也要求锤炼;散

---

① 冰心:《记事珠·文艺丛谈》,人民文学出版社1982年版。
② 柯灵:《散文——文学的轻骑队》,《笔谈散文》,百花文艺出版社1962年版。

文的语言要求质朴,也不摒弃文采;散文的结构要求自由舒展,也不排除整饬精美。散文体式一般比较短小,美丑立见。思想感情的低沉、卑劣、枯瘠、贫乏、病态,结构的臃肿、残缺、芜杂、拖沓,语言的艰涩、笨拙、苍白、堆砌、浮夸,都得坚决防止。作为文学作品的基本要求,它所表现的思想感情要真实、明朗、开阔,结构要严谨、匀称、舒放,语言要清晰、自然、流畅。在这基础上,进一步要求更高的艺术性,运用更丰富巧妙的艺术手法,推敲更精美凝练的语言,成为纯文学作品。散文的美,具有哲理、智慧、情韵、趣味、诗意和文采诸因素,一个散文作家要兼擅众长,达到无美不备的境地是难能的;实际上诸因素在散文创作中的组合是绚烂多彩的,这就造成了多种多样的艺术风格,或擅长哲理探索,或以博识见称,或以理趣称胜,或善于描摹人情世态,或着力于诗意的表现,或文采风流,多样多姿,各具特色。就类型大略而言,散文风格的美:有气势的美,刚劲、锋利、豪放、雄奇、崇高、酣畅等属之;有意境的美,含蓄、生动、典雅、清丽、隽永、委曲等属之;有理趣的美,机智、瑰奇、缜密、幽默、滑稽、闲适等属之;有神韵的美,沉着、缠绵、冲淡、洒脱、飘逸、旷达等属之;有文采的美,朴素、绮丽、洗练、繁缛、清新、奇崛等属之;其中也往往互有渗透交叉。散文兼用叙事、描写、议论、抒情等手法,可以交融短篇小说和诗的技法,在篇章中表现作者的品格气质,驰骋作者的艺术才能,尤能显示它的艺术美质。散文的审美要求开放,不能定于一尊、作茧自缚。一度有不少论者热心提倡散文的诗意和意境美,并以此为散文的极致,这说法是片面的。中国现代散文名家辈出,佳作如林,风格多彩多姿,体式多样并荣,无愧于文学正宗的优良传统,成功地开拓了散文美的广阔疆土。

　　对于散文特点的不同提法,这是由于对它的范围有不同认识的缘故。有的人对散文的概念,持缩小范围的态度,杂文专指文艺性政论,报告文学强调其文艺性,记叙抒情散文局限于文艺性散文,总之突出它们的文艺性,以区别于广义散文的其他体式。不过,专注于散文的纯文学性,反而可能把一些散文精品淘汰了,并且大大削弱了它文体的优势。我们采用中国现代大多数散文家使用的广义文学散文概念。并列于小说、戏剧、诗歌的散文是多种体式的综合体,它又可分为偏于议论的杂文、偏于记事的报告文学和偏于叙事、描写、抒情相结合的记叙抒情散文三大类,又可以把许多分散的体式分别归入这三大类中。我们把这三大类的散文家族的成员,作为中国现代散文史的研究对象,是从中国现代散文史的实际出发的。我们根据中国现代散文文体的真善美统一的要求来考察中国现代散文发展的历史,估定散文家及其作品的价值和美质、地位和作用,探讨中外散文传统对中国现代散文的影响和风格流派的发展演变,力图再现中国现代散文发展的概貌。

中国现代散文的发展必然要受时代的制约,这是中国现代史、散文文体和中国现代知识分子的特点所决定的。

中国现代史,是中国人民经过艰苦努力推翻三座大山的奋斗史,它充满着血与火的战斗,思想斗争也十分激烈。轰轰烈烈的五四运动,中国共产党的成立,国共合作进行国民革命和北伐战争,"五卅"惨案,"三一八"惨案,大革命的失败,国共两党的政治斗争,日本帝国主义的疯狂侵略,国共第二次合作进行抗日战争,抗战胜利后的内战和人民解放战争,这一切如火如荼的重大事件,疾风暴雨式的民族搏斗和阶级斗争,震撼人们的心目,左右人们的生活,对于直接感应现实的散文作家来说,他们怎能超越时代的制约和影响?这种制约和影响有不同的情况,有的作家与时代同步前进,有的作家却在某种特定环境下与时代游离,有的甚至背道而驰。五四时期探求国家前进方向和探讨人生问题的作品,三十年代前期反映城乡社会生活的作品,抗战时期战争题材的作品,这与时代的主流关系至为密切。它如品尝生活趣味,表白内心世界,流连山水名胜,寄情草木虫鱼,表面上回避时代大潮,但实际也是受时代影响的一种曲折反映。中国现代知识分子虽然身受"欧风美雨"的影响,但多具有热心用世的中国传统知识分子的特性,"文章合为时而著"是他们大多数人所崇奉的创作观。即使身在山林,也难免心怀魏阙,对祖国人民的命运,他们实在难以忘怀。所以有些作家虽然走着曲折的道路,但终于汇入人民革命的主流。时代不同不但制约和影响着散文的内容,也影响着散文的艺术形式。政治压迫的加剧,反而促进杂文战斗艺术的发展,促进抒情艺术的生发,促进游记艺术的兴盛;战争的进行,军事题材艺术也随之进展;散文艺术的功力同时代也是结着不解之缘。中国现代的民族民主革命,使中国停滞的历史进到了一个新的时期。新的革命目标,新的政治要求,新思潮的输入,新的知识分子的生活方式、工作方式产生新的思想感情,外国文艺理论和作品的引进,新的传播媒介,新的白话散文形式技巧,都是中国散文现代性的标志。但它也不是一成不变的,随着革命形势的变化,各个时期统一战线的不同组合,新思潮接受实践的检验而此消彼长,知识分子生活、工作和思想感情上的变化,外国文学影响的更迭,传播媒介受时局的牵制,散文形式和艺术手法的发展等等,这诸多因素又使各个阶段的散文呈现不同的面貌。

中国现代散文与时代的关系相当密切,关于散文史分期问题,我们采取同中国现代历史大体一致的分法,只是由于战争环境和题材的连续性,我们把抗日战争和人民解放战争时期的散文合并为一个发展阶段,概括分为三个时期分三编加以叙述。

根据对散文文体和史的分期的基本看法,我们在编写时本着整体的综合的观点,考虑从三个不同时期对三类文体进行分阶段的历史运动的宏观考察。这三类文体以记叙抒情散文为主,杂文和报告文学为辅,因为这一套文学史丛书对杂文和报告文学将另有专史,我们这里只对它们的主要作家及其作品作扼要的介绍,并把它们与各个时期的政治文化状况和散文理论建设一起合为一章,述其概况,与记叙抒情散文互相映衬。对杂文和报告文学,我们先按社团分别评价其主要作家和作品,到了抗战期间,战局形成了地区的分割,我们顺势按地区分别评价其主要作家和作品。社团也好,地区也好,大体都能够体现时代的面目和作家群的创作特色。

对记叙抒情散文,我们按照各个时期的不同题材组织章节,企图从散文题材及其发展变化中考察中国现代散文史的发展概貌。从方法论来说:我们从散文家的具体作品出发,进行题材上的概括分类,排除先假设、后求证的做法;我们努力探求时代的变化在题材上的印记;我们注意题材和作风近似的作家群体,并想把它作为研究散文流派的基础;我们尽可能地避免"左"的流弊,注意散文题材的广泛性。经过我们编写的实践,觉得题材分类的表述,如果它能确切地概括作家散文写作的面貌,那么这个方法就可以显示它的优越性。它可以反映各个时期散文的主要写作倾向,并明显地看到它的发展线索;它有利于作家群体的发现,进一步探讨散文的风格和流派;它便于对作家进行不同时期作品的比较和作家与作家间个别的比较;它可以看到散文作家的多样笔墨、艺术特点和他们所继承的中外传统。中国现代散文的产生和发展,同社会变革、社会思想、文化思潮、散文的理论建设、报刊事业的发展,同散文作家的思想和审美观念的解放,对中外散文传统的吸收和融化,散文文体和艺术的发展,和散文社团、流派的形成,都有密切的关系。以上各个方面构成中国现代散文发展的不同层次,它们的交互作用,促成中国现代散文的产生、壮大和变化,促成中国现代散文的合乎规律的历史运动。

　　按题材的分类概括,我们自然地发现在五四时期的第一个十年中,打头的是海内外的旅行记和游记,再就是文学研究会作家群对人生问题的探索和对人生情味的体验,创造社作家群和女师大出身的几位女作家的作为漂泊者的悲愤和哀歌,以及作家们对"五卅"惨案和"三一八"惨案的愤怒呐喊。作者大多是从亲身的体验出发而写作的,相当充分地体现了现代散文家在个性解放之后寻求国家民族前途和服务人生道路的复杂多样的心情。在第二个十年间,国共合作的局面打破了,随之进行长达十年之久的残酷的内战,日本帝国主义加紧侵略我国,在严峻的政治形势面前,一部分作家转向人情世态的体察和生活情趣的玩味,继续前一时期人生题材的流风而有所变化,世故渐深,失去了蓬勃的朝气。一部分作家回避险恶的政治环境,出洋旅行或纵游山水,继续前一时期旅行记、游记的题材,但作者心情大为异样。一部分青年转向内心的探索,写出心头的苦闷和希望;一部分倾向进步的作家则着笔于侵略压迫下的城乡生活场景的广泛描写;这些题材可以说是前一时期漂泊者哀歌的发展;血泪的现实使作家更深刻地发掘内心,更广泛地反映社会矛盾和民族矛盾。此外,传记文学和历史小品、科学小品此时也应运而生。现实的尖锐复杂和急剧变化,形成了中国现代散文的繁荣。抗战八年,烽烟遍地,激起全民抗战的战争呐喊,随着战局的剧转,文人流寓后方,目睹社会的黑暗和人民流离的惨状,许多作家转向报告文学和杂文的写作;坚持写记叙抒情散文的作家,则注意于描述上海"孤岛"和后方社会的避难生活和流寓生活,许多作家表白苦闷的心情,迫切地期待黎明;这是前一时期这两种题材的继续,但带有战时的特色,人民解放战争时期仍然保持着这一趋势。表现人生问题的题材和抒写自然山水的题材,因时局的险恶,明显地失去了先前引人注目的位置,但也稍有创新。这时,解放区新的人物、新的生活,给记叙抒情散文带来了蓬勃的朝气。世运推移,质文代变,散文题材的变化存在着不以人们意志为转移的客观规律。

记叙抒情散文题材的变化促进散文艺术的发展。在中国现代散文的开创期,由于先行者的创造,散文的表现手法和体式就十分丰富多样,大多数是以个人的所见所感为主,进行自由的记述、描写和抒情,这类以身边琐事为主的抒感性散文,也就是所谓本色的散文。随着城乡社会生活题材的增多,以小说手法写成的散文也多起来了;随着内心题材的发展,用诗的手法写成的散文也不少;这两种题材在30年代以后持续拓展,体式的互相渗透,表现手法的新变,加强了散文的艺术性倾向。

我们力图广泛占有材料,秉持实事求是、论从史出的治史原则,借鉴我国古代编年体和纪事本末体史书的体例,着重梳理现代散文丰富多样、纵横交错的发展脉络,而将作家作品还原于散文史分期分类的历史语境和纵横坐标中加以点评,目的在使点、线、面相结合,特写镜头和群体镜头相结合,微观和宏观相结合,增强史的立体感。希望在此基础上从内容和形式两方面把握中国现代散文发展的宏观趋势,描绘中国现代散文前进和迂回、曲折而起伏的运动轨迹,从中揭示带有规律性的经验和教训。可是做起来实在不很容易,虽不能至,然心向往之!

中国现代散文材料丰富而分散,我们资料不足,水平有限,深感途长步蹇,汲深绠短,希读者纠谬指正,帮助我们进一步充实与提高。

第一编　萌芽于思想革命的文苑新花

第一编　马克思主义革命文艺思想

第一章　新潮激荡飞春燕

第一节　新文化运动和中国现代散文的开创

中国古典散文的历史源远流长,产生过群星灿烂的散文大家,他们脍炙人口的名篇,至今传诵不衰,成为中华民族文化宝库的珍品,这种情况在世界文学史上是非常特出的。我们从先秦时代起,就创立了叙事和议论两大散文体制,影响深远。汉魏之时,哲理文、政论文、史传文,名家卓立。唐宋以后,随着人事交往的频繁,写作范围更为开阔,写景抒情尤为特出,大家迭起,异彩纷陈。到了明清两代,卫道翼教,模拟古人之风甚盛,但也有任性适情小品、经世致用之文起与对垒,显出变化的迹象。

郁达夫在《重印〈袁中郎全集〉序》①里说:"大抵文学流派的起伏变更,总先有不得不变之势隐存着,然后霹雳一声,天下响应,于是文学革命,乃得成功。这革命的伟业,决非一二人之力所造得成,亦决非一二人之力所止得住。照新的说法,文学也同政治和社会一样,是逃不出环境与时代的支配;穷则变,变则通;通而又穷,自然不妨再变。"明清文坛显出不得不变之势的,在散文方面,郁达夫认为是"明之公安竟陵两派,清之袁蒋赵龚各人";在小说方面,众所周知的是众多的著名的白话小说的兴起。我们不能把它们目为我国现代散文的直接源头,但应该承认从这时起我国的散文已有不得不变的趋向。

---

① 原载《人间世》1934 年第 7 期,后载《袁中郎全集》,上海时代图书公司 1934 年版。

与中国现代散文更具有密切关系的是晚清的政治文化革新运动。1840年的鸦片战争前后,中国的封建社会逐渐解体,帝国主义不断入侵,腐败的晚清政府无法抵御帝国主义的进攻,割地赔款,丧权辱国,中国已由封建社会沦为半封建半殖民地社会,濒于亡国灭种的边缘。举国上下,救亡图存,政治文化革新的呼声高涨,从进步的士大夫分化出来的新兴资产阶级知识分子和广大劳动人民以反帝反封建的民族民主革命来救亡图存。这种中国人民和帝国主义、封建主义的矛盾斗争,反映在政治思想和文化领域,是爱国和卖国之争,变革和反变革之争,是新学与旧学之争;反映到散文领域,则是改良主义先驱龚自珍、魏源,早期的改良派王韬、郑观应,资产阶级改良派康有为、谭嗣同、梁启超,资产阶级革命派章太炎、邹容、秋瑾、章士钊等的散文变革的主张和实践,同标榜孔孟程朱"道统"和韩柳欧苏"文统"的桐城派古文之间的对立和斗争。在对立斗争中,他们写作了具有革新精神的犀利畅达、条理严密、通俗浅显、形式多样的政论和杂文。虽然他们还没有能力同传统的思想和手法进行彻底的决裂,他们唱出的时代觉醒的歌声中掺和着杂乱的老调,他们想拉车向前,而脚上仍戴着重重镣铐,甚至由"趋时"转向"复古",但他们改革议论性散文的历史功绩,是不能抹杀的。他们开了中国现代政论、杂文的先声。

唐弢在《西方影响与民族风格》①一文中论述了中国现代文学的历史渊源,他说:

> 中国自一八四〇年以来,多次战败,多次兴起对外国学习,虽然具体问题上存在着分歧,比如通过日本学习英美,还是直接向英美学习,走法国革命的道路,还是走俄国革命的道路,报刊上有过公开的论争。但主张打开门户,探首域外,向西方寻求真理——包括文学的真理,却成为比较一致的认识。这个渊源可以从两方面说明:一是翻译,开始介绍了大量西方作品,周桂笙、徐念慈、苏曼殊、马君武、伍光建等群起执笔,其中作用最大的是林译小说;另一是出国回来后对西方文明的介绍。游记、随笔、采风录、闻见记、杂

---

① 《文艺研究》1982年第6期。

事诗等等,雨后春笋,纷纷刊行,内容充实的不下几十种,叙录了西方社会的政教风俗,生活方式,在那时的年轻一辈中产生过并不很小的影响。

唐弢在文中列举了张裕钊的《出使四国日记》、薛福成的《出使日记续刻》、黎庶昌的《西洋杂志》、吴汝纶的《东游丛录》、单士厘的《归潜记》、张德彝的《随使法国记》、容闳的《西学东渐记》、蒋梦麟的《西潮》等。他们用访问记、游记或杂记个人日常生活的形式来介绍异域风情,开风气之先,以记叙性散文的体式导中国现代散文的先路。

林纾笔译西方小说,其中许多是世界名著,扫荡了我国古典小说中美人名士之局,为下等社会写照,工于叙事抒情,诙诡杂出,妩媚动人,五四时期的著名作家,几乎无不深受教益。严复以古文辞意译欧西政治经济哲学著作,题曰达诣,不云笔译,取便发挥,以"信达雅"为宗;"物竞天择,优胜劣败",敲起祖国危亡的警钟;议论之精,文笔之美,使学人倾倒赞叹;精警的议论,新鲜的名词,对青年具有极大的吸引力。梁启超以"新民体"散文大力宣传变革维新,一反古文辞代圣贤立言的规范,也摒弃了抒发士大夫闲情逸致的风习,"必择众人目光心力所最趋注者"为论题,致力于社会改革。其文条理明晰,格式新颖,叙事论理,笔锋常带感情,语言平易畅达,采用口语、谚语、小说家语、俚语,吸收外国语法,句子中的限制词增加,出现繁复长句、倒装句、排比单行杂出的多变句式。这三位近代文化名人的译著,不但开阔人们的视野,而且让读者深刻地感受到散文的形象性、逻辑性和论辩性的力量。可以说,他们对新一代的散文作家影响最大,铺设了近代散文到现代散文的桥梁。

周作人在《关于鲁迅》(《瓜豆集》)里介绍鲁迅所受晚清文化维新的影响时说,在南京求学时,鲁迅就注意严几道的译书,自《天演论》以至《法意》,都陆续购读;其次是林琴南,自《茶花女遗事》出后,也都陆续收罗;梁任公所编刊的新小说、清议报和新民丛报,的确都读过,也很受影响。至于周作人自己,在《我学国文的经验》里说:"严几道的天演论,林琴南的茶花女,梁任公的十五小豪杰,可以说是三派的代表。我那时的国文时间实际上便都用在看这些东西上面,而三者之中尤其是以林译小说为最喜看,从茶花女起,至黑太子南征录止,这期间所出的小说几乎没有一册不买来读过。"这些现代作家的亲身说法,证实了中国古典散文和通俗小说的流变,介绍异域社会生活风习的游记、随笔的刊印,外国的社会科学和文艺作品名著的翻译,笔锋常带感情的新文体的流行,对中国现代散文作家影响相当巨大;从另一种意义来说,它给中国现代散文的兴起做了相当充分的准备。但中国近代散文的变革是不彻底的,它还没有足够的能力,去突破严重禁锢中国传统散文往前发展的思想硬壳和形式硬壳,中国现代散文只能在思想革命和文学革命的阵痛中诞生。

新文化运动和"五四"爱国运动的兴起,新民主主义革命的开展,新思潮的输入,外国散文的学习和介绍,现代报刊的盛行,这才开辟了中国现代散文的新纪元,中国现代散文园地才呈现出一派明媚春光。

辛亥革命推翻了封建帝制,但并没有引起社会的大变动,帝国主义和封建势力进一步勾结起来,袁世凯和北洋军阀把人民淹入黑暗的深渊。一部分激进民主主义知识分子反映群众的不满情绪和反封建的革命要求,他们从历史的反思中认识到辛亥革命之所以不能解决中国的根本问题,在于缺少一场广泛深刻的"思想革命",于是从1915年起,发动了一个比辛亥革命时期更为深刻的反封建的新文化运动。此后十多年,从"思想革命"到"文学革命",从文化革命到社会政治大革命,从资产阶级思想的启蒙到马克思主义的传播,都影响了作家的生活,震撼了他们的心灵,更新了他们的写作形式,这就不能不使他们的散文作品大异于近代散文而表现出新的时代特色。

1915年9月创办的《新青年》月刊(第一卷原名《青年杂志》),是新文化运动的喉舌。它所进行的科学和民主的宣传,对封建礼教、封建仁义道德和封建专制政治的激烈批判和否定,震动了中国思想界,"为中国社会思想放出有史以来绝未曾有的奇彩"[①]。新文化运动在其开始,所宣扬的是资产阶级民主主义和人文主义的政治、社会和伦理思想。这种资产阶级的人道主义和个人主义是五四时期许多散文家的基

---

① 见《新青年之新宣言》,《新青年》季刊1923年6月第1期。

本思想。此外,有些人还受着资本主义发展到帝国主义时代各种资产阶级思想,如柏格森、尼采、杜威、罗素等思想的影响。当时的社会主义思想也是各式各样的,除了科学社会主义之外,还有空想社会主义、泛劳动主义、无政府主义、新村主义、基尔特社会主义等。这些思想形成了一股巨大的思想变革的潮流。在这股潮流中,科学社会主义经过革命先驱者的广泛传播,在中国的政治生活中逐渐形成了一支强大的政治力量,在思想文化方面也逐渐发挥广泛影响。许多新的思潮分别为作家们所接受,一定程度地制约着散文家观察生活和表现生活的深度和广度。

思想革命的深入必然引起文学革命的深入。反对旧文学,提倡新文学,反对文言文,提倡白话文。文学革命的倡导者,在论证白话文取代文言文的主张时,分别从内容及形式两方面来立论,胡适、钱玄同、刘半农较多论述文体和语言改革的问题,陈独秀、李大钊、鲁迅、周作人较多论述文学内容的问题。他们大力宣传"历史进化"的文学观,明确指出随着历史的进化,"活文学"的白话文取代"死文学"的文言文成为文学的正宗,这是历史的必然趋势。他们还建立了崭新的审美价值观念,认为只有白话文,才能产生"第一流文学",才能把丰富的材料、精密的观察、高尚的理想、复杂的感情表现出来。这些文学革命的主张成为散文家自觉地彻底进行文体革命和语言革命的重要根据。

十余年来的社会政治大革命,广泛地影响了各阶层人们的生活,它提供了散文作家写作的直接的生活源泉。作家们以觉醒的思想和白话的形式来评价和表现社会生活。他们揭露封建军阀的黑暗统治和帝国主义的野蛮侵略,抨击封建思想的罪恶,他们表现了认识自我和放眼世界的无限欣喜的心情,他们对家庭、友谊、爱情、人生等切身问题进行新的思考,对传统的价值观念进行新的评估。中国现代散文在思想革命和文学革命的东风中,犹如梅柳迎春,显示它们缤纷的色彩。他们以杂感、短评、政论、随笔,对半封建半殖民地社会进行广泛的社会批评和文明批评,以游记、旅行记、见闻录和记叙抒情散文,抒写他们所看到的自然、社会和人生。他们有的目标明确,决心引导人们走上新路;有的不满现状,追求他们认为的理想的人生;有的呼喊自由,诅咒旧的社会;有的因出路渺茫而无限伤感;有的沉溺在爱与美的幻想之中;有的企图以回归自然来医治人性的缺陷;有的追求生活的情趣求得暂时的解脱。作家在作品中反映不同的生活境遇与思想感情,新散文在思想、题材、样式、语言等方面呈现与旧散文截然不同的风貌,整个散文园地在其开创时期就显得生机勃勃。

在思想革命和文学革命运动风靡全国的情况下,对于外国散文的学习与介绍是十分热烈的。傅斯年提出白话散文在发端时,不能不有所凭借,可以凭借我国历史上的白话作品,也可以借鉴西洋的新文学,但最主要的须留神自己和别人的说话,把"精纯的国语"的快利清白用于作文上。但这还不够,还得凭借西洋文的款式、文法、词法、句法、章法、词技和一切修辞学上的方法,造成一种欧化的国语文学。① 周作人建议学习英语国家最发达的美文,看了外国的模范做去,用自己的文句和思想写出我国现代新的美文。他希望人们向英语美文好手艾狄生、兰姆、欧文、霍桑等人学习。② 胡适说:"西洋文学的方法,比我们的文学,实在完备得多,高明得多,不可不取例。以散文而论,我们的古文家至多比得上英国的倍根(Bacon)和法国的蒙太恩(Montaigne),至于像柏拉图(Plato)的'主客体',赫胥黎(Huxley)等的科学文字,包士威尔(Boswell)和莫烈(Morley)等的长篇传记,弥儿(Mill)、弗林克令(Franklin)、吉朋(Gibbon)等的'自传',太恩(Taine)和白克儿(Buckle)等的史论……都是中国从不曾梦想过的体裁。"③在新文学运动的第一个十年,随着文学上对外开放的扩展,外国散文的译介数量急剧增长。德国尼采、英国小品文名家作品以及屠格涅夫、波德莱尔、泰戈尔、王尔德等的散文诗译作,散见于当时的报纸杂志。当时的散文名家大多通晓外文,无须借助翻译,可以直接阅读、揣摩外国散文珍品。我国现代作家在对英美随笔,日本小品,德国格言式语录,以及俄国、法国、德国、西班牙、印度的散文和散文诗的译介中,丰富了散文的艺术手法,提高了表现人生的能力。外国散文的引进,有力地促进了我国现代散

---

① 傅斯年:《怎样做白话文》,《新潮》1919年2月第1卷第2号。
② 周作人:《美文》,《晨报》1921年6月8日第7版。
③ 胡适:《建设的文学革命论》,《新青年》1918年4月第4卷第4号。

文的成长。

现代报纸刊物这一传播工具的日益兴盛,给中国现代散文的起飞以有力的羽翼。

最早最积极提倡新文学运动的《新青年》,是以评论社会、政治、思想、文化为主的大型综合性刊物,它也是中国现代杂文的摇篮。《新青年》上常登载陈独秀、李大钊、鲁迅、周作人、刘半农等人写的文艺性社会论文,到了第4卷第4号(1918年4月)上,开创"随感录"一栏,影响尤为深远。它的出现,立即吸引了广大读者的注意,许多报刊先后仿效,开辟相类的专栏。陈独秀、鲁迅、钱玄同等以短小精悍、犀利泼辣的文笔所写的随感录,开创了现代杂文的先河。《新青年》也刊登少量记事文,如胡适的《旅京杂记》(第4卷第3号),高一涵的《皖江见闻记》(第5卷第4号),国药的《游丹麦杂记》(第6卷第1号),周作人的《游日本杂感》(第6卷第6号)等,这些旅行记则是现代散文叙事部类的先驱。

为了更迅速广泛地进行社会、政治、思想和文艺批评,李大钊和陈独秀于1918年12月又创办了《每周评论》,也辟有"随感录"专栏,陈独秀和李大钊是经常的撰稿人,鲁迅和周作人也为它写稿。此外,《每周评论》还刊载一些富于文学意味的议论性杂文。在新文化运动初期,《新青年》和《每周评论》这两大期刊提倡杂文创作,对杂文的发展起着积极的作用。

1919年2月,在李大钊的帮助下,北京《晨报》对第7版副刊大加改革,1921年10月12日把第7版改为《晨报副刊》单独印行,它是当时具有全国影响的最大的副刊之一,辟有"杂感"、"杂谈"、"浪漫谈"、"开心话"、"文艺谈"等栏目,刊登许多议论性杂文。更值得注意的是它以游记、旅俄通讯开头,逐渐发展壮大了记事抒情散文的写作队伍。在上面发表作品的有孙福熙、孙伏园、瞿秋白、冰心、冯淑兰、川岛、许钦文、郁达夫、郭沫若、沈从文、徐志摩、王统照、俞平伯、王鲁彦、陈学昭等一大批作家。《晨报副刊》对中国现代散文的发展做出了积极的贡献。

1919年6月,《民国日报》出版《觉悟》副刊,称甲种副刊;以后又陆续出了《平民》周刊、《妇女评论》周刊、《艺术评论》周刊、《文学旬刊》、

《妇女周报》、《政治评论》旬刊等,称乙种副刊。这些副刊都曾大量刊登"随感录"式的议论性杂文,其中尤以《觉悟》最为突出。1920年间,具有初步共产主义思想的知识分子酝酿组织中国共产党,他们通过和《觉悟》编辑部的密切联系,初步把它办成宣传马克思主义和新文化运动的阵地。《觉悟》上刊登的"随感录"、"杂感"约两千篇;邵力子、施存统、陈望道、刘大白等是主要撰稿人。陈独秀、张闻天、恽代英、萧楚女、沈泽民等也在上面发表过一些杂文。《觉悟》也刊登一些叙事抒情散文,以徐蔚南、王世颖的《龙山梦痕》较为著名。

《时事新报》的副刊《学灯》和《京报》的《京报副刊》,与《晨报副刊》和《民国日报》副刊《觉悟》并称为"五四新文化运动的四大副刊"。它们也注意发表杂文和叙事抒情散文。冰心、许地山、郑振铎、郁达夫、朱自清、俞平伯等都曾为《学灯》撰文,孙伏园、孙福熙、陈学昭等则是《京报副刊》的主要撰稿者。

1921年初,在中国现代文坛上出现了"文学研究会"和"创造社"两个纯文学的团体,它们出版了纯文学的期刊,在文坛上造成了巨大的影响,大大地推进了现代美文的发展。《小说月报》于1921年革新,从第12卷第1期起,由文学研究会发起人之一的沈雁冰(茅盾)主编,主要刊登文学创作。其中第12卷第1期"创作"栏的第一篇为冰心散文的成名作《笑》。第13卷第4—6期连载许地山的《空山灵雨》,它是早期现代散文的名作,以浓厚的艺术性给叙事抒情散文增添夺目的光彩,在散文园地上树一新帜。稍后,文学研究会在上海主办的《文学周报》,分别有"感想"、"杂感"、"小品"、"散文"、"瞑想文"等体式名称,以文学研究会会员为主干,团结其他作家,在他们主编的刊物上以散文的形式探索人生的意义,体验人生的情味,作反帝反封建的呐喊。创造社同人在《创造季刊》、《创造周报》、《创造日》、《创造月刊》、《洪水》上,发表不少散文,反映他们漂泊的生活和抑郁感伤的情怀。

《语丝》(周刊)是现代散文史上第一个专载散文的刊物,创刊于1924年11月,鲁迅、周作人、刘半农、钱玄同、林语堂、孙伏园、川岛等为主要撰稿人。周作人执笔的《〈语丝〉发刊词》说:"我们所想做的只是想冲破一点中国的生活和思想界的昏浊停滞的空气。我们个人的思想尽自不同,但对于一切专断与卑劣之反抗则没有差异。我们这个周刊的主张是提倡自由思想,独立判断和美的生活。"又说"周刊上的文字大抵以简短的感想和批评为主"。《语丝》创办之后,尽管鲁迅和周作人、林语堂等人思想并不一致,但在支持新文学运动,支持青年学生的爱国运动,反对段祺瑞北洋军阀政府,反对章士钊和杨荫榆迫害青年学生,反对《现代评论》派,反对国民党右派"四一二"血腥大屠杀等重大问题上,方向基本一致。鲁迅认为《语丝》的特色是:"任意而谈,无所顾忌,要催促新的产生,对于有害于新的旧物,则竭力加以排击。"[①]《语丝》以发表杂文、随笔为主,包括篇幅较长的社会议论文,短小精悍的《随感录》、《我们的闲话》、《闲话集成》、《闲话拾遗》等,也包括学术考据性的杂文。此外,也发表不少记叙抒情散文(或称小品文),有一些是反映重大政治斗争的,如朱自清的《执政府大屠杀记》等,但多量的是日常生活杂记。周作人、徐祖正、废名、川岛等的作品,以描写清新的事物和抒发恬静的情怀见长。《语丝》连载了鲁迅的收在《野草》中的散文诗,以瑰奇的笔墨,深沉的思想,赢得读者的喜爱。

《莽原》创刊于1925年4月,先是周刊,后改旬刊,鲁迅主编。态度较《语丝》激进。鲁迅在《〈莽原〉出版预告》中说,《莽原》的宗旨是:"率性而言,凭心立论,忠于现实,望彼将来。"《莽原》也是一个以发表议论性杂文为主的刊物。鲁迅在《两地书·十七》中明白地说:"中国现今文坛(?)的状况实在不佳,……最缺少的是'文明批评'和'社会批评',我之以《莽原》起哄,大半也就为了想由此引些新的批评者来,……继续撕去旧社会的假面。"鲁迅在《莽原》上发表了著名的长篇杂文,如《春末闲谈》、《灯下漫笔》和《论"费厄泼赖"应该缓行》等,还写了如《杂语》、《杂感》等一类短小杂文,而且也确实引出了新的批评者,如高长虹、向培良等,后来他们又从《莽原》分裂出去,另刊《狂飙》。这一刊物也发表了一些杂文和文艺性散文。

创刊于1924年12月的《现代评论》周刊,不是一个单纯的文学社团,它以谈政治为主而兼顾文学,其代表人物有胡适、陈西滢、徐志摩

---

① 鲁迅:《三闲集·我和〈语丝〉的始终》,上海北新书局1932年版。

等。《现代评论》发表主要撰稿人陈西滢等的《西滢闲话》式的杂文,和《语丝》进行长时期、大规模的论战。不过在那上面也有一些思想比较进步的文章。

茅盾在《中国新文学大系·小说一集导言》中有过一个不完全的统计,从1922年到1925年,全国先后成立的文学团体及刊物,不下一百余。阿英在《中国新文学大系·史料索引集》列有新文化运动头十年杂志的不完全总目近三百种。我们所列举的仅是散文发展史上具有较大影响的社团和报纸杂志。从这些简略的事实,可见没有新文化运动就不会有报刊的逐渐繁荣,有了杂志报纸的发展,才可能造就数量众多的作家,发展新兴的体式,产生不同的风格和流派,散文的成就才显得十分惹人注目。中国现代散文在开创时期,以古代散文家难以想象的优越条件,开辟着它前进的征途。

第二节 开创期的散文理论建设

中国现代散文是萌芽于"文学革命"和"思想革命"的。"文学革命"的倡导者,猛烈抨击封建旧文学的载儒家之道的思想内容,坚决否定旧文学的僵化的语言形式,大力提倡平民、写实、求真、通俗的白话文学。他们认为,只有白话文才能承担起思想启蒙的历史使命,只有白话文才能使濒临绝境的中国文学获得新生。从"文学革命"口号提出后,其倡导者在和封建复古派的斗争中,反对文言文,提倡白话文,始终是斗争的焦点。而他们所提倡的新鲜活泼的白话文,首先指的就是散文。他们所进行的卓有成效的斗争,理所当然地推动了中国现代散文的创作和理论的发展。

在"文学革命"的呐喊中就有散文变革呼声。胡适的《文学改良刍议》,陈独秀的《文学革命论》,钱玄同、刘半农、周作人等的有关论文都是"文学革命"的发难之作。他们提出反对封建的"死文学",创立"国民"的、"社会"的、"写实"的、"抒情"的、"通俗"的"白话文学",虽然不是专就散文变革立论,但已经涉及创建现代白话散文的问题。随着探讨的深入,开创期的散文理论建设主要从四个方面建设现代散文观:一是散文的概念从一般散体文向文学散文概念的发展;二是散文理论的倡导者比较侧重于输入外国的散文理论;三是突出强调散文要写实求真,表现作家的真情实感和个性特征;四是着重探讨杂感文和小品散文的写作特点。

在古代文论中,所谓散文,通常有两种理解,一是与韵文相对而言,泛指一切不押韵的文章;一是与骈文对举的概念,亦称古文,指句法不整齐的散行文体。这两者都属于一般文体的概念,包含广泛,连非文学的应用文章也囊括在内。由这种最广义的散文观演变为文学散文观,出现于五四时期,而且与引进西方的文学观念密切相关。

最初,"文学革命"的倡导者所提倡的白话散文,还是与韵文、骈文相对的广义散文。最早提出"文学散文"概念的是刘半农,他在1917年5月号《新青年》发表的《我之文学改良观》中,率先"取法于西文,分一切作物为文字 Language 与文学 Literature 二类",认为"凡可视为文学上有永久存在之资格与价值者,只诗歌戏曲、小说杂文二种也"。这里所说的"杂文",是该文首次征引的英文"Essay"的译名,后人一般译为散文、随笔、小品文等。他将西方文学分类中的 Fiction(小说)和 Essay 归并为一类,统称为"文学的散文",而把其他散体文章归入"文字的散文",使用的是广义文学散文的概念;虽说还较为宽泛,并未划清散文与小说的界限,但已在现代意义的文学范畴内划出文学散文与非文学散文的界限,初步界定了散文的内涵和外延,把它从一般的散体文章中独立出来而与诗歌戏曲并列为文学形式之一。

这种文学散文观,稍后在傅斯年、周作人、王统照、胡梦华等人的文论中得到进一步的界定和阐发。傅斯年写于1918年12月的《怎样做白话文》①,是一篇专门论述白话散文的文章。他把散文与诗歌、小说、戏剧并列,认为散文包括"解论"、"辩议"、"记叙"、"形状"四种,把其中"运用匠心做成,善于入人情感的白话文"界定为"美术的白话文",与"逻辑的"或"哲学的"白话文区别开来。1921年后,周作人的《美

---

① 《新潮》1919年2月第1卷第2号。

文》①、王统照的《纯散文》②和《散文的分类》③、胡梦华的《絮语散文》④陆续发表,这些是这一时期散文理论建设的重要文章。孙伏园和周作人等在《语丝》上讨论《语丝》文体的文章,也涉及散文的理论建设问题。周作人率先把文学散文称为"美文",他介绍"外国文学里有一种所谓论文,其中大约可以分作两类。一批评的,是学术性的。二记述的,是艺术性的,又称作美文,这里边又可以分出叙事与抒情,但也很多两者夹杂的","中国古文里的序、记与说等,也可以说是美文的一类",既界说美文的艺术特质和多种体式,又为现代散文的创建提供了外来形式和民族形式的艺术依据。王统照则把文学散文称为"纯散文",说它能"使人阅之自生美感";他还借用美国文艺学家韩德《文学概论》第二编第四章《首要的散文类型》的分类法,把纯散文分为以下五类:一、历史类的散文,又称叙述的散文;二、描写的散文,包括状物写景一类作品;三、演说类的散文,又称激动的散文;四、教训的散文,又称说明散文;五、时代的散文,又称杂散文,其中最主要的体式就是 Essay。这里的分类虽然不够严密,但视野开阔,包含广泛,且又着眼于各类散文的文学属性和表现功能,对于界定纯散文的内涵、外延和种类是有启发的。胡梦华则着重介绍欧美的絮语散文(Familiar Essay),称它为"散文中的散文","是一种不同凡响的美的文学"。由此可见,从五四时期开始,就出现了现代文学的"四分法",明确地把散文视为与诗歌、小说、戏剧并列的一种独立的文学形式和审美形式,确立了散文即美文的新观念。

开创期侧重于介绍欧美的散文理论和创作。周作人在《美文》中,要人们以艾狄生、兰姆、欧文、霍桑等的美文为模范。王统照的《散文的分类》,如前所述,把散文分为五种,是根据韩德的理论。胡梦华的《絮语散文》,系统介绍絮语散文的源流,从法国蒙田开始,到英国的培根、约翰逊、高尔斯密、艾狄生、史梯尔、兰姆、韩士立等的文章。鲁迅在

---

① 《晨报》1921年6月8日第7版,署名子严。
② 《晨报副刊·文学旬刊》1923年6月21日。
③ 《晨报副刊·文学旬刊》1924年2月21日、3月1日。
④ 《小说月报》1926年3月第17卷第3期。

1925年译的厨川白村《出了象牙之塔》中有关英国Essay的评述,如郁达夫所说:"更为弄弄文墨的人,大家所读过的妙文"①,对中国现代散文的理论和创作发生过相当重大的影响。厨川白村的《出了象牙之塔》论及包括议论、抒情、记叙等的散文随笔、小品的"Essay"时说:

> 如果是冬天,便坐在暖炉旁边的安乐椅上,倘在夏天,则披浴衣,啜苦茗,随随便便,和好友任心闲话,将这些话照样地移在纸上的东西,便是"Essay"。兴之所至,也说些以不至于头痛为度的道理罢。也有冷嘲,也有警句罢。既有Humor(滑稽),也有Pathos(感愤)。所谈的题目,天下国家的大事不待言,还有市井的琐事,书籍的批评,相识者的消息,以及自己的过去的追怀,想到什么就纵谈什么,而托之于即兴之笔者,是这一类的文章。
>
> 在Essay,比什么都紧要的要件,就是作者将自己的个人底人格的色彩,浓厚地表现出来。……是将诗歌中的抒情,行以散文的东西。

厨川白村认为作者要写好Essay,"既须很富于诗才学殖,而对于人生的各样的现象,又有奇警的敏锐的透察力才对",否则,不能成功;读者"要鉴赏真的Essay",如兰姆的《伊里亚杂笔》,则须细心领悟其古雅文字中"美的'诗'",锐利的"讥刺",在信笔涂鸦文字后,洞见其"雕心刻骨的苦心"。他还强调"文艺的本来职务,是在作文明批评,以指点向导一世"。上述厨川白村对小品散文作家写作时的基本态度和个性表现,作品的题材范围和艺术要求,以及这一文体的任务,都发表了相当精到的见解,对我国现代散文的理论和写作确有过很大的启发作用。

开创期散文理论还突出强调散文要写实求真,表现作家的真情实感和个性特征。周作人在《美文》中认为:"文章的外形与内容,确有点关系,有许多思想,既不能做小说,又不适于做诗……便可以用论文式去表他。他的条件,同一切文学作品一样,只是真实简明便好。"胡梦华在《絮语散文》中则认为,抒情诗和散文的发达是"近世的自我解放

---

① 郁达夫:《中国新文学大系·散文二集导言》,上海良友图书印刷公司1935年版。

和扩大"的产物。他指出"絮语散文","不是长篇阔论的逻辑的或理解的文章,乃如家常絮语,用清逸冷隽的笔法所写来的零碎的感想的文章";人们从一篇"絮语散文"里,"可以洞见作者是怎样一个人:他的人格的动静描画在这里面,他的人格的声音歌奏在这里面,他的人格的色彩渲染在这里面,并且还是深刻地刻画着,锐利地歌奏着,浓厚地渲染着。所以它的特质是个人的,一切都是从个人的主观发出来"。在散文中必须充分表达作者个人真实的思想情感,必须张扬个性、解放文体、任心闲话、自由创造,这是开创期散文界普遍承认和接受的一个基本原则,这从本质上与"载道"的正统古文观区别开来了。

在现代散文建设的初程,所谓散文或小品文实际上包含着议论性和记叙性两个分支,这两个分支又都与抒情性密切联系着,所以统一在一个文体名称里。议论文而带有抒情性,现在似乎令人难以体会,但当时所谓美文就包括议论文在内。如前述周作人、王统照、胡梦华诸家的看法。周作人在《自己的园地·旧序》里明确提出过"抒情的论文"的概念,在《美文》里认为"中国古文里的序、记与说等,也可以说是美文的一类"。这种叙事、议论、抒情等夹杂的情况随着时代的发展和创作的繁荣而衍化出各种形式,小品散文的体式呈现了分立门户的趋势。

周作人把《自己的园地》中的小品散文,称为"抒情的论文",他说文艺批评写得好时,"也可以成为一篇美文,别有一种价值,……因为讲到底批评原来也是创作之一种"①。把议论性和批评性的杂文称为"美文"和"创作之一种",在现代散文史上,周作人是第一个,这是值得注意的。他又认为文艺只是自己的表现,"有益社会也并非著者的义务,只因为他是这样想,要这样说,这才是一切文艺存在的根据"。所以他在小品散文和杂感中,只是说出他所想说的话。有些无聊赖的闲谈,仅表现自己凡庸的一部分。他愿意倾听"愚民"的自诉衷曲和他们酒后茶余的谈笑。所以他以为小品散文应该有明净的感情,清澈的理智,坦露的性灵,超脱的雅致,他的这一种看法被一些人奉为圭臬。

鲁迅对于短评、杂感的写作,则是另一种态度。鲁迅根据当时中外

---

① 周作人:《自己的园地·文艺批评杂话》,北京晨报社1923年版。

杂文家和自己杂文写作的经验,把短评、杂感发展成为不拘格式而内容上和艺术上有一定规定性的杂文文体,并在理论上时加阐述。

(一)运用杂文实行文明批评、社会批评,促进社会的改革。

在《两地书》中,鲁迅认为中国社会"千奇百怪",旧思想、旧文明、旧习惯"根深蒂固",犹如"黑色的染缸",中国国民的"坏根性"如不"改革",中国是没有"希望"的。他不仅自己写作杂文来"袭击"旧文明,"攻打"国民的"坏根性",也希望有更多的人写作杂文,将来造成一个杂文写作的"联合"战线。他在《热风》题记里把自己的杂文称为"对于时弊的攻击"的"文字",在《两地书·十八》里说现今文坛"最缺少的是'文明批评'和'社会批评'",他办《莽原》为的是造就"新的这一种批评者来,虽在割去敝舌之后,也还有人说话,继续撕去旧社会的假面"。进行文明批评和社会批评,以促进中国社会的改革,即杂文的战斗性和批判性,在鲁迅看来这就是杂文的生命,也就是革命现实主义杂文创作的灵魂。

(二)杂文应该锋利隽永,曲折有趣。

在《两地书·十》中,鲁迅认为"论辩之文"之"犀利",应"正对'论敌'之要害,仅以一击给予致命的重伤"。在《两地书·十二》中,他说:"自己好作短文,好用反语,每逢辩论,辄不管三七二十一,就迎头一击",鲁迅又认为这种"猛烈的攻击,只宜于散文,如'杂感'之类,而造语还须曲折,否,即容易引起反感"(《两地书·三二》)。这里,鲁迅概括了"论辩"性的"杂感"短文写作,要短小精悍、寸铁杀人、犀利沉重、曲折有致的艺术规律。鲁迅在《华盖集·忽然想到(四)》中说:"外国的平易地讲述学术文艺的书,往往夹杂些闲话或笑谈,使文章增添活气,读者感到格外的兴趣,不易于疲倦。"这里鲁迅谈论的是"讲述学术文艺的书"的写作,不限于杂文写作,但又包括杂文写作。事实上鲁迅有不少杂文是带有"含笑谈真理"的"理趣美"的,有着一种"百读不厌"的神奇魔力。

(三)杂文不应是"无情的冷嘲",而应是"有情的讽刺"。

鲁迅所译日本的鹤见祐辅的《思想·山水·人物》中的《说幽默》中说:"幽默的本性和冷嘲(Cynic)只隔一张纸。"又说要使"幽默不堕于冷嘲,那最大的因子,是在纯真的同情罢"。鲁迅在《热风·题记》中,改造了鹤见祐辅的话,他说:"无情的冷嘲和有情的讽刺相去本不及一张纸";鲁迅不同意别人把他的杂文视作"无情的冷嘲",特意把他的杂文集题名为《热风》,以示他的杂文是由灼热情感灌注的"有情的讽刺"。强调杂文要抒发作者的情感,是鲁迅的一贯主张。在《华盖集·题记》中,鲁迅就说自己写作杂文时:"自有悲苦愤激,决非洋楼里的通人所能领会。"《华盖集续编·小引》又说:"这里面所讲的仍然并没有宇宙的奥义和人生的真谛。……说得自夸一点,就如悲喜时节的歌哭一般,那时无非借此来释愤抒情。"这些记述,既是鲁迅对自己杂文抒情特点的一种总结,然而也是一种关于杂文创作的带有普遍意义的理论主张,因为这种杂文的抒情性正是说理的杂文区别于一般说理文和政论文的根本特点。

鲁迅的这些见解,已经把杂文的社会功能和杂文的基本美学特征勾画出来了,经过20世纪30年代的创作实践和理论建设,终于在议论性散文中建立起在世界上具有特色的鲁迅风格的杂文文体。

散文中叙事抒情部类的理论,不像杂文的有鲁迅那样,既是创作的大师,又是理论的建立者,所以它在开创期并没有专门系统的介绍和阐明,但在小品散文的总论文章中,已经可以略见其相对独立性。王统照的《散文的分类》里,对"历史类的散文"和"描写的散文"的概括叙述,对它们的特征作过相当简要的表达。他说,历史类散文,借用优美生动有趣的文笔将历史的事实写出,既不像小说的单注重想象的创造,又不同纯历史干枯的记载,其形式最单纯,感人的力量亦最深入。描写的散文,要有"活泼"、"有力"及易于令人感兴、记忆的方法,非具有宽阔深入的想象和生动的文字不成。胡梦华的《絮语散文》也有一段颇为精彩的话:"所以一个絮语散文家固然要有絮语散文家天生的扩大的意志,还要抒情诗人的缠绵的情感,自然派小说家的敏锐的观察力,更要有卓绝的艺术手段,把这些意志的、情感的、观察力的结晶融会贯通,笼统地含蓄在暗示里,让细心的读者去领会。"这些特点的提示,虽然泛指小品散文,但也可以作为叙事抒情散文理论的先河。开创期十年的叙事抒情散文已有光辉的成绩,但这一分支的理论建设显然落后于创作,到了大革命以后,才有比较精彩的专门文章出现。

第三节 文明批评和社会批评的兴盛

杂文是现代散文史上飞出的第一只春燕,率先搏击风云,兴盛发达。在新文学运动的第一个十年,随着思想解放运动和政治运动,而有一个波澜壮阔的遍至全国的"杂文运动"。杂文,指的是议论性的文学散文。当时刊登杂文的期刊报纸很多,杂文作者的队伍庞大,大多数杂文作者同现实生活保持密切关系,他们在杂文中进行广泛的文明批评和社会批评;杂文样式也长短不拘,丰富多样,期刊报纸刊登杂文时冠以种种名目。杂文创作呈现这种五彩缤纷的盛况,无论在中外文学史上都是罕见的。《新青年》、《每周评论》、《语丝》、《莽原》、《民国日报·觉悟》和早期共产党的刊物如《响导》、《中国青年》、《先锋》、《热血日报》以及《现代评论》等,是这时期较出名的刊有杂文的期刊和报纸。它们汇映了这时期杂文创作的概貌及其发展的轨迹。

一 《新青年》和《每周评论》的杂文

《新青年》杂志和稍后的《每周评论》,都是以社会评论为主的综合性刊物。它们继承和发扬晚清以来资产阶级改良派和资产阶级革命派的"破旧立新"的战斗性政论的传统,接连发起反对旧道德提倡新道德、反对旧文学创立新文学的"思想革命"和"文学革命"。在俄国十月革命之前,《新青年》进行卓有成效的科学和民主的思想启蒙。1918年下半年,在李大钊推动下,《新青年》和《每周评论》开始传播马克思主义。这两家刊物成为当时中国社会舆论的中心。它们对促进中国社会思想的革命化和现代化,对"五四"反帝爱国运动和中国共产党的成立,做出了卓越贡献。为了唤醒群众,进行革命启蒙宣传,《新青年》的主编陈独秀,同人李大钊、鲁迅、周作人、钱玄同、刘半农等,都选取了以文艺性政论为主的杂文这一战斗武器。《新青年》和《每周评论》上的杂文,都以较充分的科学和民主思想、彻底的反帝反封建精神,争取国家和民族的独立与解放,为其时代和民族的特征。中国现代杂文,从它诞生的那一天起,就贯注着蓬勃的战斗精神,就有着鲜明的时代和民族的特征,就是以现实主义为其主流的。

《新青年》一创刊,就出现了杂文。当时的主要样式是政论和《通信》栏中的议论文字,文字上不是白话,而是近似梁启超的"新文体";以后有《读者论坛》,至第3卷第4号有陈独秀《时局杂感》,第4卷第4号开始有《随感录》,第5卷第1号有署名"记者"的《什么话》①,第5卷第4号有《讨论》,第7卷第5号有《编辑室杂记》。到了第4卷第5号(1918年5月),《新青年》上的文章才完全改用白话文体。总之,在《新青年》上,杂文是长短不拘,形式多样,既有长枪大炮式的篇幅较大的文艺性政论,也有匕首式的精悍的"随感录",有评论,有杂感,有随感,有杂记,有通信、讨论、答问、编者按等等。这里先介绍陈独秀、李大钊、钱玄同、刘半农的杂文,鲁迅和周作人的早期杂文归入《语丝》时期一并评述。

陈独秀(1879—1942),字仲甫,安徽怀宁人。《新青年》和《每周评论》的主编,中国现代杂文的倡导者、开创者和实践者。早年留学日本,归国后编辑《安徽白话报》,参加辛亥革命的反清斗争。1915年9月创办《新青年》(初名《青年杂志》),任主编。《新青年》创刊至中国共产党成立前后,陈独秀发表了大量的政论以及随感录、通信、编辑杂记和编者按语式的杂文。陈独秀是五四时期声望很高、影响极大的著名政论家。他的不少政论,是用杂文笔法写的。这些政论式的杂文,侧重于社会和政治问题,视野开阔,观察深刻,说理透彻,感情热烈,文字犀利生动,在写法上也是多种多样的。

陈独秀的一些政论性散文,善于融议论和抒情于描写之中,重视杂文形象的创造。如《袁世凯复活》(1916),写于窃国大盗袁世凯死后不久。作者以为袁贼虽死,但在"黑魆魆"的中国,"袁世凯二世"还是"呼之欲出"。因为产生袁世凯式人物的"恶果"的"恶因"仍然存在。他号召"护国军人"、"青年志士","勿苟安,勿随俗,其急以血刃铲除此方死

---

① 《新青年》里的《什么话!》,是该刊编者辑录当时社会上奇谈怪论的栏目,编者不加任何评点,令那些奇谈怪论自行暴露。

未死"、"逆焰方张之袁世凯二世,导吾同胞出黑暗入光明!"文中有敏锐的观察,深刻的议论,生动的描绘,激情的号召。

《克林德碑》又是另一种写法。它篇幅较长,围绕第一次世界大战后,北京市民拆除作为"国耻"标记的克林德碑一事展开绵密的议论,采取了引古论今、追本溯源、层层剖析、款款论证的写法。文中介绍克林德碑建立经过时,详尽援引清人罗惇融的《庚子国变记》和《拳变余闻》中的资料;谈到现实中封建迷信盛行时,广泛引述报上许多荒唐怪诞的奇闻蠢事;在充实材料的基础上,作者展开议论,使现实和历史相结合,观点和材料相统一,丰富有趣的知识交融着一定的思想深度,文章很有特色。作者对义和团农民运动全盘否定,恣意丑化,正是他以后在国民革命中否定革命农民运动的错误思想根源。《敬告青年》(1915)、《新青年罪案之答辩书》(1919)、《劳动者底觉悟》(1920)等,则融战斗的抒情于深刻的说理之中,采取了情理交融的写法。

陈独秀在五四时期写了大量的随感录,其数量仅次于邵力子,但他的成就更高,影响更大。陈独秀在《每周评论》上发表随感录时常常署名"只眼"。"五四"后不久,陈独秀被捕,《每周评论》读者一时看不到他的杂文,投书编辑部抒发愤懑。针对此事,李大钊在《谁夺去我们的光明?》的随感录中写道:"有一位爱读本报的人"来信说"我们对于世界的新生活,都是瞎子,亏了本报的'只眼',常常给我们光明。我们实在感谢。现在好久不见'只眼'了。是谁夺去了我们的光明?"1921年,陈独秀在《新青年》上发表《下品的无政府党》、《青年的误会》、《反抗舆论的勇气》等三篇随感,鲁迅对之有"独秀随感究竟爽快"[①]的赞誉。

李大钊(1889—1927),河北乐亭人,马列主义在中国最初的传播者,中国共产党创始人之一,是《新青年》和《每周评论》的重要杂文家。1916年前,李大钊在他主编的《晨钟报》和《甲寅》月刊上发表了为数不少的政论性杂文。1916年,他在《新青年》上发表著名的《青春》。1918年,李大钊参加《新青年》编辑部,同年底和陈独秀共同创办《每周

---

① 鲁迅:《致周作人》(1921年8月25日),《鲁迅全集》第11卷第391页,人民文学出版社1981年版。

评论》。这年底,他在《新青年》上发表政论性的杂文《庶民的胜利》和《布尔什维主义的胜利》,这是震动整个思想界、具有划时代意义的战斗篇章。在李大钊的推动下,《新青年》从资产阶级科学民主思想的启蒙,转向马克思主义的传播。在《新青年》的带动下,马克思主义的传播在全国范围内成为不可抗拒的洪流。李大钊的杂文,主要发表在《每周评论》和《新生活》上,有些是《新纪元》、《再论问题与主义》之类政论性的杂文,绝大多数是短小的随感录。他的杂文内容广泛,但主要是反映现实中重大而尖锐的政治问题,有着鲜明的政治色彩。他那些篇幅较大的政论性杂文,善于把问题放在较广阔的历史范围、一定的理论高度上来分析,从中找出事物的本质和规律,并洞见其发展趋势,在明快晓畅的析事辩理的文字中,激荡着波重浪叠的革命激情。他的随感录,短小悍泼,摇曳多姿,有着嬉笑怒骂的"谑而虐"的风格,但又常常一清见底,缺少余味。对后起的共产党人瞿秋白、恽代英、萧楚女等在共产党刊物上的《战壕断语》、《并非闲话》、《小言》、《寸铁》、《反攻》栏目中的随感录影响较大。

　　钱玄同(1887—1939),浙江吴兴人,著名音韵学家。1917年起任北京大学国文系教授,同时参加《新青年》编辑部,和陈独秀一起提倡"文学革命"。"五四"后,任北京师大国文系主任,参加《语丝》社,并从事文字改革工作。五四时期,钱玄同在《新青年》和《国民公报》的《寸铁》栏发表杂文。他的杂文多为"随感录"、"杂感"、"通信"和《新青年》的编者按语;内容主要是两个方面,一是谈论"文学革命"和文字改革问题,一是进行文明批评和社会批评;思想激烈深刻,文字泼辣放恣,有一种大破大立的气势,给人印象深刻,影响很大。钱玄同对文学革命的态度,可以在他和陈独秀与胡适的"通信"中看出。他把"桐城"古文和"文选"派斥为"谬种"和"妖孽",列为"文学革命"对象。在《〈尝试集〉序》(1918)中,他坚决主张用白话代替文言,号召人们"用质朴的文章,去铲除阶级制度里野蛮的款式",反对"总要和平民两样,才可以使他那野蛮的体制尊崇起来"的"独夫民贼"。在《中国今后之文字问题》(1918)中,他还提出不读古书,不用汉语改用世界语的偏激主张。"废汉字"是钱玄同一时偏激之言,他实际上是汉字改革的先行者。钱玄同在论述文学革命问题时,总是把它和社会革命联结起来,较胡适要激进得多。他是国学大师章太炎的"高足",他关于"文学革命"的主张特别引人注目,陈独秀在一篇通信的复语中就说:"以(钱)先生之声韵训诂大家而提倡通俗的新文学,何忧全国不景从也。"以后黎锦熙在《钱玄同先生传》中也说过类似的话。钱玄同除了上述学术性和战斗性很强的"论学书"的杂文外,另一类杂文是尖锐的社会批评。他后来在《语丝》上发表的《恭贺爱新觉罗·溥仪君迁升之喜并祝进步》、《敬告遗老》、《中山先生是"国民之敌"》、《关于反对帝国主义》,仍然保持了《新青年》时代那种汪洋恣肆、悍泼老辣的杂文风格,但有鲜明的政治色彩。他痛斥封建统治者是"四眼狗、独眼龙、烂脚阿二,缺嘴阿四"(《恭贺爱新觉罗·溥仪君迁升之喜并祝进步》),认为"反对帝国主义,简直是咱们中国人今后毕生的工作"(《关于反对帝国主义》)。鲁迅曾称道"玄同之文,即颇汪洋,而少含蓄,使读者览之了然,故于表白意见,反为相宜,效力亦复很大"[①]。

刘半农(1891—1934),名复,江苏江阴人。1917年任北京大学预科教授,并参加《新青年》编辑部,是新文化运动中的一员猛将。著有《半农杂文》(一、二集),还有诗集和语言学方面的学术著作。早在1916年,刘半农就在《新青年》上发表读书札记式的杂文《灵霞馆笔记》,以后又发表不少文艺批评式、"通信"式、随感录式的杂文。其中《奉答王敬轩》和《作揖主义》更是轰动一时、传诵不衰的战斗杂文名篇。

《奉答王敬轩》分八点逐条批驳王敬轩的谬论,富于雄辩性,很有说服力。在议论展开过程中,作者着意绘声绘影描摹封建顽固派王敬轩的声口和灵魂,使这个既是虚拟又有相当典型概括意义的"王敬轩",丑态可掬,跃然纸上,成为当时反对新文化运动中"不学无术,顽固取闹"的封建顽固派的代名词。文章庄谐杂出,文白并用,富于谐谑幽默的喜剧色彩。《作揖主义》是用"游戏的笔墨"写成的,作者融议论于记叙和描写之中。他写道,有一天"清晨起来",一连来了七位论客:

[①] 鲁迅:《两地书·一二》,上海青光书局1933年版。

前清遗老,孔教会长,京官老爷,京沪的评剧家,鬼学家和王敬轩。他们一人发表一通谬论,"我"都一一"作揖",不与论辩。他让这些反动派自我暴露,不着一字而丑态百出,在貌似恭敬之中,对他们表示了高度的轻蔑,显示了高超的艺术手腕。刘半农在《语丝》上发表的《悼"快绝一世の徐树铮将军"》、《徐志摩先生的耳朵》和《骂瞎了眼的文学史家》等名文,在嘲弄反动政客徐树铮和《现代评论》文人徐志摩与陈西滢时,也显示了作者善于捕捉批判对象身上的喜剧性矛盾、将之加以漫画化夸张的特长,写得放恣泼辣,痛快淋漓,有一定的杀伤力。刘半农杂文思想不如钱玄同深刻。但他写过小说、诗歌和散文诗,有多方面的创作才能。他也译介外国文学,又有较高的古典文学修养,为人活泼、勇敢、诙谐。在杂文创作中,他善于在议论的展开中,巧妙融进小说的描写,戏剧的个性化的对话,还有他自己特有的活泼、诙谐的讽刺、幽默的笔调,语言明白晓畅,婉转自如,因而他杂文的艺术成就更高。

五四时期的《新青年》杂志是带有新文化运动统一战线性质的社团,上述陈独秀、李大钊、钱玄同、刘半农的杂文,以及鲁迅、周作人在《新青年》时期那出类拔萃的杂文创作,虽说思想内容的侧重点不尽相同,政治倾向不尽一致,各人都有自己独特的艺术风格,但也有相同点,即他们运用杂文来进行广泛的文明批评和社会批评。他们写作的杂文样式都是丰富多样的,都有较高的艺术成就。他们都为开创新文学的现实主义杂文传统做出了自己的贡献。

二 《语丝》社的杂文

在中国现代史上,新文化统一战线比政治统一战线出现得早,也分化得早。由于"问题与主义"的论战,新文化统一战线分化了。《新青年》中的陈独秀和李大钊忙于建党和领导工农运动,胡适开始向右转了。1922年7月,《新青年》停刊了,杂文创作出现了短暂的沉寂;但是文学革命仍在深入发展,到1924年至1927年的国民革命期间,随着革命浪潮的高涨,杂文创作又蓬勃发展了。在这期间,有着众多的报纸期刊刊登杂文,较著名的杂文阵地,在北方是《语丝》、《莽原》和《现代评论》,在南方主要是共产党人支持的刊物《民国日报·觉悟》副刊。

《语丝》是中国现代杂文史上最重要的以刊登杂文为主的文学期刊之一。《语丝》于1924年11月17日创刊于北京,1927年10月22日被奉系军阀查封,1927年冬,鲁迅在上海接编《语丝》,1928年12月,鲁迅推荐柔石接编,1930年3月10日自动停刊,共出5卷260期。鲁迅、周作人、钱玄同、刘半农、孙伏园、林语堂、李小峰、淦女士等列名为《语丝》的长期撰稿人。创刊时,有周作人撰写的《发刊词》,大意说,他们当时感到一种苦闷,想"冲破一点中国的生活和思想界的昏浊停滞的空气",在这个刊物上以"简短的感想和批评"的形式,"发表自己所要说的话",反抗"一切专断与卑劣","提倡自由思想,独立判断,和美的生活","也兼采文艺创作以及关于文学美术和一般思想的介绍与研究","发表学术上的重要论文";并且欢迎主张不相反的来稿。可见《语丝》和《新青年》不同,它不是一个带综合性的包括文学和社会科学种种门类的刊物,基本上是一个以刊登"简短的感想和批评"即以杂文为主的文艺期刊;它也不是一个统一战线式的团体,而是一批思想倾向大致相近的文学家组成的文学社团。

就杂文创作而论,《语丝》所发表的杂文是注意直面人生的,它以广泛的文明批评和社会批评为基本内容,带着一定的政治色彩,有着进步和战斗的倾向。无论是《语丝》主将鲁迅,还是《语丝》的重要撰稿人周作人、林语堂、钱玄同、刘半农等人,他们的杂文创作已不限于思想文化、伦理道德领域,他们相当"关心政治",配合了当时重大的政治斗争。《语丝》创办不久,代表资产阶级右翼势力的《现代评论》(1924年12月)也在北京创刊了;稍后,北洋军阀的教育总长章士钊,为了适应军阀政府的政治需要,复刊了《甲寅》(1925年7月)。《语丝》、《莽原》与《现代评论》、《甲寅》是形同水火、根本对立的。《语丝》主要成员在因驱逐溥仪出宫和"遗老遗少"的斗争中,在反对"学衡"派、"甲寅"派、"整理国故"派的复古倾向的斗争中,在保卫和发展新文化运动成果上,在女师大风潮、"五卅"运动、"三一八"惨案中,在反对北洋军阀专制统治的斗争中,在与"现代评论"派的论战中,在揭露国民党右派背叛革命、屠戮共产党人和革命人民的血腥暴行上,他们的战斗大方向是基本一致的,都有值得称道的光荣战绩。当时革命中心已经南移,在北洋军阀封建统治下的北方地区,李大钊等共产党人,主要忙于激烈紧张的政治斗争,而且"三一八"事件后,不得不转入地下;公开的思想斗争方面,主要是在《语丝》、《莽原》和《京报副刊》上,鲁迅等运用杂文为武器进行的战斗。冯雪峰在《鲁迅的政论活动》中就认为"鲁迅以他的政论活动在北方独立支持了一个战线","可以说是鲁迅一个人支持了思想战线上的斗争"①。如果把冯雪峰这段话中的"鲁迅一个人"改为"鲁迅和《语丝》的主要成员",就更符合历史实际了。事实上鲁迅自己也是这么看的。他在论及早期《语丝》的特色时就说:"同时也在不意中显了一种特色,是:任意而谈,无所顾忌,要催促新的产生,对于有害于新的旧物,则竭力加以排击——但应该产生怎样的'新',却并无明白的表示。"②可以毫不夸张地说,早期《语丝》杂文和当年的《新青年》杂文一样,也是一面广泛地反映现实中政治、思想和文化斗争的镜子。

《语丝》杂文的文明批评和社会批评,不仅带着政治色彩,触及现实的敏感政治问题和道德伦理、人情世态的种种弊端,更深入解剖了几千年的封建精神文明造成的"国民的劣根性"。改造中国的国民性,是20世纪资产阶级改良派和革命派都提出过的,到五四时期,随着启蒙运动的高涨,成为一个有影响的口号。改造中国的国民性是五四时期鲁迅小说和杂文创作的一个重要主题,是他极力支持的"思想革命"的重要组成部分,到了"语丝"时期,这问题又有了新的广度和深度。在《两地书》里,鲁迅一方面认为改革最快的是"火与剑",一方面又认为,"此后最要紧的是,改革国民性,否则,无论是专制,是共和,是什么什么,招牌虽换,货色照旧,全不行的"。鲁迅还对许广平说,正是为了改革国民性,他才支持《语丝》,组织《莽原》,俾能引出更多的人对"根深蒂固的旧文明",对像"黑色大染缸"似的千奇百怪的社会进行无情批评,由于社会太腐败了,又碰不得,所以这种批评,必须要"韧",要坚持"壕堑战"。在鲁迅的引导下,《语丝》社的重要杂文作家周作人、钱玄

---

① 冯雪峰:《鲁迅的政论活动》,《鲁迅的文学道路》,湖南人民出版社1980年版。
② 鲁迅:《三闲集·我和〈语丝〉的始终》,上海北新书局1932年版。

同、刘半农和林语堂,都在他们的杂文中,从不同方面对旧的精神文明发动猛烈袭击,都针砭过中国国民的劣根性。自然,他们都缺少鲁迅那无可比拟的"韧"的彻底革命精神,到30年代初,都由"趋时"而"复古"。这是后话。不过就这时而论,袭击封建旧文明,批判国民劣根性,却构成早期《语丝》杂文的文明批评和社会批评的一大特色,这是《语丝》对《新青年》的这一反封建传统的继承和发展。

《语丝》杂文,不仅提倡自觉的文明批评和社会批评,也自觉追求讽刺、幽默的文风。《语丝》中的"周氏兄弟"、钱玄同、刘半农等人,原是《新青年》的重要杂文作家。他们在五四时期的杂文创作,本来就已有以上特点。到了《语丝》时期,鲁迅译介日本厨川白村的《出了象牙之塔》和鹤见祐辅的《思想·山水·人物》中有关小品随笔及讽刺、幽默理论。周作人译介希腊路斯留吉的讽刺诗,英国著名讽刺大家斯威夫特的《婢仆须知》,日本狂言喜剧《立春》等;他赞赏这些作品"用了趣味去观察社会万物","决不干燥冷酷,如道学家的姿态",甚至"在教训文字上也富于诗的分子"(《〈徒然草〉抄》)。林语堂也是《语丝》中提倡"幽默"的一个。这样《语丝》杂文就较前更自觉追求讽刺、幽默的文风。所以王哲甫在《中国新文学运动史》中说:《语丝》"嬉笑怒骂,冷嘲热讽的杂文,在当时最为流行,且开了这一派的风气,影响到许多青年作家的文笔"[1]。

鲁迅前期杂文 鲁迅(1881—1936),原名周树人,浙江绍兴人。他是中国现代文学的奠基人,是中国现代杂文的开山大师和最杰出代表。

从1918年8月起,鲁迅在《新青年》上发表了如《我之节烈观》、《我们现在怎样做父亲》等长篇思想评论式的杂文,发表了27篇随感录[2],发表了"通信"、《什么话!》式的杂文,在《每周评论》、《晨报副刊》上也发表了不少杂文,这是鲁迅杂文创作的开创期。这时期写的杂文,收入他自己编的杂文集《坟》(1927)和《热风》(1925)里,有的收在

---

[1] 王哲甫:《中国新文学运动史》,北平杰成印书局1933年版。
[2] 据鲁迅自述,这二十七篇随感录,有一篇是周作人写的,用他的笔名发表,周作人则说他有"两三篇'杂感'""混到《热风》里去了"(《知堂回想录》)。

别人为他辑佚的杂文集《集外集》、《集外集拾遗》、《集外集拾遗补编》中。

鲁迅的杂文一开始就有着鲜明的社会批评和文明批评的特色,但与陈独秀和李大钊有所不同,侧重于思想文化、伦理道德领域。他这时的杂文,无论是反对旧道德,还是提倡新道德,无论是反对旧文学,还是提倡新文学,无论是反对封建专制和迷信,还是倡导科学和民主,无论是反对"皇帝加奴才"式的"经验",还是张扬革命的"理想",无论是针砭时弊,还是阐发人生哲理,都充满着破坏旧轨道和开辟新道路的蓬勃朝气和强烈的批判战斗精神。这时的杂文尽管数量不多,但已经显示了他作为伟大的革命家、思想家和天才艺术家的无可匹敌的巨大才能。

《我之节烈观》和《我们现在怎样做父亲》属于随笔体的杂文,都是从容舒卷的长篇评论,从历史的过去、现在和未来,来批判封建贞节和孝道观念,论述妇女和青少年的解放问题。无论是批驳论敌的谬论,还是确立自己的论题,都是在理论分析和心理分析的结合上,揭穿封建伦理观的反动性、虚伪性和荒谬性,论证妇女和青少年解放的合理性和必然性,显示了鲁迅杂文特有的历史广度、思想深度和艺术高度。

鲁迅的杂文一开始就有丰富多样的文体样式、表达方式和语言风格,不过鲁迅这时写得较多的是收在《热风》里的随感录式的杂文。它们有着独有的凝聚力和穿透力,创造了咫尺千里、短小隽永的思想艺术境界,其中有对谬说和时弊一针见血的揭露,有对"国粹派"、"道学家"等的勾魂摄魄的漫画式造像,有闪烁着思想家哲理光彩的格言警句,也有着抒情诗人的激情波流。几乎每一篇都是思想的新发现,每一篇都是艺术的新创造,有着罕见的吸引力和征服力。《热风》随感录在文体上近似于尼采、叔本华的哲理小品。丹麦著名文艺批评家勃兰兑斯在《尼采》一书中对尼采的哲理散文给予很高的评价,认为尼采是"德国散文中最伟大的文体学家";尼采"总是以格言体方式阐述自己的思想……正是由于这种方式,他的观点发生了一种摄人心魄的效果";尼采是"一位充满睿智的抒情诗人","在他身上,抒情的风格与批判风格不仅同样得到了强健的发展,而且,它们之间还形成了一种迷人的结合方式"①。这时的鲁迅在思想上已批判和否定尼采,但对尼采的格言式文体还是相当赞赏的。鲁迅在《〈察拉图斯忒拉的序言〉译后记》(1920年)中说,"尼采的文章既太好,本书又用箴言(Sprueche)集成"。因而勃兰兑斯对尼采格言式文体的论述,对我们理解鲁迅的《热风》随感录的文体特点,还是有相当启发的。毫无疑问,鲁迅是《新青年》开创的现实主义杂文的最杰出代表,是战斗杂文传统的最重要奠基人。

鲁迅在《语丝》上开始了他一生自觉运用杂文武器进行战斗的时期。他在《〈华盖集〉题记》自述道:"也有人劝我不要做这样的短评。那好意,我是很感激的,而且也并非不知道创作之可贵。然而要做这样的东西的时候,恐怕也还要做这样的东西,我以为如果艺术之宫里有这么麻烦的禁令,倒不如不进去;还是站在沙漠上,看看飞沙走石,乐则大笑,悲则大叫,愤则大骂,即使被沙砾打得遍身粗糙,头破血流,而时时抚摩自己的凝血,觉得若有花纹,也未必不及跟着中国的文士们去陪莎士比亚吃黄油面包之有趣。"他这时搏击"飞沙走石"的杂文,主要收入《坟》、《华盖集》正续编、《两地书》、《而已集》之中,数量较过去大大增加了,思想比过去尖锐深刻了,艺术上也有更多的创造和发展。这是鲁迅杂文创作的发展期。

当时新文化统一战线的分化,在鲁迅这位不断寻求、探索国家和人民的解放之路的文化战士的思想中投下苦闷彷徨的阴影。这种阴影主要涂抹在《彷徨》和《野草》所展示的生活画面上。当鲁迅在杂文中直接面向社会诉说自己的"心事"时,他是意气风发、斗志昂扬的,他是嬉笑怒骂、所向披靡的。现实中发生的一切,都被摄入他的杂文之中,他烛照社会的历史和现实的思想光芒中,已经有马克思主义的因素。他这时的杂文已具有革命史诗的历史规模和美学价值了。

收在《坟》里的杂文名篇,有评论,有随笔,有评论结合着随笔,也有演讲。如《春末闲谈》、《灯下漫笔》、《论"费厄泼赖"应该缓行》,意

---

① 勃兰兑斯:《尼采》,安延明译,工人出版社1985年版。

态自如,议论风生,从容舒卷,纵横开阖,对历史和现实的社会演变规律和人生状态做了前无古人的开掘和概括,又把这种开掘和概括熔铸在"细腰蜂"、阔人摆的"人肉筵宴"、"落水狗"和"叭儿狗"等创造性的杂文形象之中;《论雷峰塔的倒掉》、《再论雷峰塔的倒掉》、《看镜有感》、《论睁了眼看》、《娜拉走后怎样》、《未有天才之前》等,则从一件事、一面镜、一句话、一个人物的命运、一个问题的探讨等等的具体分析中,由此及彼,由表及里,概括出具有巨大思想理论容量的规律,同样是令人赞叹的。

收在《华盖集》正续编等杂文集中的随感录,更精练、更冷隽、更深沉了,更多地运用"格言和警句进行思维"(高尔基语),更注意漫画式的杂文形象创造了。其中,《战士与苍蝇》、《夏三虫》、《长城》、《无花的蔷薇》、《新的蔷薇》等具有哲理性散文诗的风格。《马上日记》、《马上支日记》、《马上支日记之二》,是日记体的杂文。《通讯》、《北京通讯》、《上海通讯》、《厦门通讯》、《海上通讯》,以及整部《两地书》,是议论性的书信体杂文。《而已集》中的《再谈香港》酷似《热风》中的《知识即罪恶》,可以说是小说体的随感。《而已集》收鲁迅1927年写的杂文,其中有同"现代评论"派论战的余波,有阐发自己关于革命文学的主张,有对反革命政变的揭露;其中的《魏晋风度及文章与药及酒的关系》一文,有着双层的思想结构,既是学术讲演,又是对国民党新军阀统治的政治影射,达到学术性和政治性的统一,知识性和趣味性的统一,在中国现代杂文史上独标一格,影响深远。围绕"文学革命"问题、"整理国故"、尊孔读经、"五卅"运动、女师大事件、"三一八"惨案、北伐战争、"四一二"反革命政变、"革命文学"论争,鲁迅在和论敌的斗争中写出的杂文,较前有更广阔的内容和鲜明的政治色彩,更有短兵相接的战斗批判锋芒。

就杂文艺术而论,这时鲁迅杂文最值得称道的,是他在杂文中创造了一系列的如"苍蝇"、"蚊子"、"山羊"、"落水狗"和"叭儿狗"等勾魂摄魄的漫画式杂文形象。海涅评论莱辛的《汉堡剧评》时写道:"他用他才气纵横的讽刺和极可贵的幽默网住了许多渺小的作家,他们像昆虫封闭在琥珀中一样,被永远地保存在莱辛的著作中。他处死了他的敌人,但同时也使得他们不朽了。"①鲁迅笔下的杂文形象,较之莱辛的那些生动描写,有着更强大的思想和艺术魅力。瞿秋白对鲁迅创造的杂文形象给予很高评价,认为"简直可以当做普通名词读,就是认做社会上的某种典型"②。此外,鲁迅杂文嬉笑怒骂,释愤抒情,燃烧着神圣的爱憎,充满着尖锐的讽刺,使警策的议论、传神的漫画贯注着战斗激情和浩然正气。在鲁迅手上,杂文的议论说理抵达了形象化、情意化、理趣化的艺术高度。

周作人的《谈龙集》、《谈虎集》等 周作人(1885—1968),浙江绍兴人,五四时期任北京大学等校教授,积极参加新文学运动,是《新青年》和《语丝》时期的重要杂文作家。

周作人在《新青年》时期发表于《新青年》、《每周评论》、《新潮》、《晨报副刊》和《少年中国》等报刊的杂文,收在以后出版的《谈龙集》和《艺术与生活》中。他这时是同鲁迅并肩作战的,杂文内容也偏于思想文化、道德伦理,思想不如鲁迅博大深沉,艺术上则有自己的独特风格。

对"非人的文学"、"非人的生活"、"非人的道德"的批判态度和改革要求,是周作人此时杂文写作的根本出发点。《人的文学》、《平民文学》、《思想革命》、《论黑幕》、《再论黑幕》、《罗素和国粹》等,是文艺评论式的杂文,是五四时期名噪一时的文艺评论文章。他反对"非人的"、"贵族的"封建旧文学,倡导"人道主义"、"平民主义"的新文学,不满足于胡适提倡的文学改良主义和形式主义,要求"文学革命"和"思想革命"的结合。周作人认为文学是个人的,不必使它隔离人生,又不必使他服侍人生,应有独立的艺术美与无形的功利(《自己的园地》)。他的《祖先崇拜》、《感慨》、《随感录·三十四》、《天足》、《资本主义禁娼》等,是反对封建主义的道德伦理观,提倡"儿童本位"的新道德,探索妇女解放问题的。《祖先崇拜》写于陈独秀的《偶象破坏论》之后,比鲁迅的《我们现在怎样做父亲》早半年多,在当时破坏偶像的声

---

① 海涅:《论德国宗教和哲学的历史》,海安译,北京商务印书馆1974年版。
② 瞿秋白:《〈鲁迅杂感选集〉序言》,上海青光书局1933年版。

浪中,文章对封建人伦关系上的"根本返始"的"倒行逆施"进行挞伐,提出改"祖先崇拜"为"子孙崇拜"的主张。《随感录·三十四》比鲁迅的讲演《娜拉走后怎样》早五年多,其中引述英国资产阶级思想家凯本德关于妇女解放须同"社会上的大改革一起完成",须以"社会的共产制度为基础"的新颖见解,在当时关于妇女解放问题的探讨中,自有其特别深刻之处。周作人的《新村的理想与实际》、《日本的新村》、《新村的精神》、《新村运动的解说》,介绍和宣传带有空想社会主义倾向的新村运动,在当时有一定影响。此时,周作人的杂文,感觉敏锐,见解新颖,有着一种破旧立新的锐气。文章侃侃而谈,旁征博引,讲求理性与风致,不乏讽刺与幽默。1922年3月,胡适在《五十年来中国之文学》中说:"白话散文很进步了。长篇议论文的进步,那是显而易见的,可以不论。这几年来,散文方面最可注意的发展,乃是周作人等提倡的'小品散文'。这一类的作品,用平淡的谈话,包藏着深刻的意味;有时很像笨拙,其实却是滑稽。这一类作品的成功,就可以打破那'美文不能用白话'的迷信了。"对周作人包括杂文在内的散文艺术成就给予很高的评价。

"五四"以后,特别是在《语丝》时期,周作人的文学活动,以"小品文"的写作为中心。正如阿英所说:"这以后,周作人的名字,是和'小品文'不可分离地记忆在读者心里,他的前期诸姿态,遂为他的小品文的盛名所掩。"[①]周作人的"小品文"包括议论、抒情、记叙的散文,而以议论性的杂文为主。他这时期的杂文大多收在《谈虎集》(上、下卷)、《谈龙集》、《雨天的书》和《泽泻集》里,《自己的园地》和《永日集》也收有这时的一部分作品。在《语丝》社成员中,他的杂文数量最多,影响与鲁迅相伯仲。

"五四"落潮后至1925年初,周作人的杂文仍限于思想文化、道德伦理范围。1925年后,随着大革命高潮的到来,周作人杂文创作越出思想文化、道德伦理范围,"人事评论"性的杂文数量激增。这许多"人事评论"性的杂文,反映这时期某些重大的政治与思想的斗争,带有鲜

---

① 阿英:《现代十六家小品·周作人小品序》,上海光明书局1935年版。

明的反帝反封建的政治色彩。在"五卅"反帝爱国运动前后,周作人在《京报副刊》和《语丝》上发表了二三十篇揭露和谴责日本帝国主义的杂文。这些战斗性杂文无论从数量的众多、笔锋的犀利和态度的鲜明看,都是非常突出的。在女师大风潮和对"现代评论"派、"甲寅"派的激烈论战中,周作人虽然和林语堂一样,在《答孙伏园论〈语丝〉的文体》和《失题》等杂文中,鼓吹过实行"费厄泼赖"和不打"落水狗"的错误观点,但这并不代表他这时思想的主流,而且他很快就在斗争实践中纠正上述错误观点。在总的方面,他同鲁迅的大方向是一致的。在激烈的斗争中,他写下了一大批称得上是匕首和投枪的战斗杂文。

周作人同林语堂一样,是一个有着突出的自由主义和个人主义思想的资产阶级民主主义者,他们的世界观和文艺观是非常复杂的,他们有反帝反封建的一面,也有同帝国主义和封建主义相妥协的一面,甚至有与它们同流合污的可能。当他们和革命人民站在一边时,他们能写出有一定的现实主义精神的战斗杂文;一旦他们远离革命和人民,或者是站到革命和人民的对立面,他们的杂文创作就将是另一种面貌。《语丝》的前期,是周作人杂文创作生涯中最有光彩的阶段。他这时的杂文取材广泛,思想激进,战斗性较强,是大时代激流中的浪花。他的杂文体式多样,多数是评论体、随笔体,特别是那些随笔体杂文,行文从容舒卷,知识新鲜有趣,在娓娓絮语之中,摇曳着冲淡悠远的情致和活泼诙谐的理趣,自有一种吸引人的魅力,对中国现代随笔体杂文的发展的作用不可低估。

林语堂的《翦拂集》 林语堂(1895—1976),福建漳州人。他是《语丝》社中重要杂文家,其影响仅次于"周氏兄弟"。他出身于一个基督教牧师的家庭,上海圣约翰大学毕业后,曾在清华大学任英文教师,1919年赴美进哈佛大学学习,一年后到德国研究,获哲学博士学位。1923年回国,任北京大学教授。《语丝》创刊后,是其长期撰稿人之一,与鲁迅站在一起,而与胡适派相对立,是北大"激烈"教授之一。林语堂这时写的杂文,收在1928年出版的《翦拂集》里。

在一系列的思想文化和政治斗争中,林语堂和鲁迅的大方向是基本一致的,不失为《语丝》社中一名战士。他的杂文风格颇近于钱玄同,慷慨激昂,悍泼放恣。行文不如钱氏矫健老辣,但更多讽刺谐谑意味。这又有点近于刘半农,不过没有刘氏的畅达自如,多了一点文言分子。

林语堂猛烈抨击中国传统的旧道德和旧文化,提出改造中国国民性的思想和建立"欧化的中国"的主张。在《给玄同先生的信》中,他认为:"今日中国政象之混乱,全在我老大帝国国民癖气太重所致,若惰性,若奴气,若敷衍,若安命,若中庸,若识时务,若无理想,若无热狂,皆是老大帝国国民癖气",要改造这种国民性,须有革新奋斗精神。他赞扬孙中山"为思想主义而性急,为高尚理想而狂热"的进取精神(《论性急为中国人所恶》)。他认为:"生活就是奋斗,静默决不是好现象,和平更应受我们的咒诅。"(《打狗释疑》)林语堂的理想是建立一个在"政治政体"和"文学思想"方面都是"欧化的中国"(《给玄同先生的信》)。这种思想在当时有反封建的作用,但在马克思主义广泛传播、工农革命蓬勃高涨的新民主主义革命时期,就显得陈旧了,是种不切实际的空想。

林语堂当时是关心政治的,他热情支持群众反对国内外黑暗暴力的革命斗争,同他们站在一起,而且从中感受到群众的力量。五卅惨案发生后,他在《丁在君的高调》一文中说,"这回运动的中心应在国民群众而不应在官僚与绅士"。他始终热情支持女师大学潮、"三一八"群众运动和"首都革命",不仅以笔为武器,甚至加入学生示威队伍,用旗杆和砖石与警察格斗。林语堂对段祺瑞反动政府,对段政府的帮凶章士钊、吴稚晖以及"现代评论"派的文人学士、正人君子是痛加挞伐、辛辣嘲弄的。《"发微"与"告密"》、《祝土匪》、《读书救国谬论一束》、《劝文豪歌》、《咏名流》、《文妓说》、《讨狗檄文》、《"公理的把戏"后记》、《闲话与谣言》、《苦矣!左拉!》等就是这样的战斗篇章。例如,在《祝土匪》一文里,他撕下"现代评论"派的假面,以漫画笔调为他们造像,指出他们是宁要脸孔不要真理的东西:"现在的学者最要紧的就是他们的脸孔,倘是他们自三层楼滚到楼底下,翻起来时,头一样想到是拿起手镜照一照看他的假胡须还在乎?金牙齿没掉么?雪花膏未涂污乎?至于骨头折断与否,似在其次。"

这时的林语堂基本上是个资产阶级自由主义者,他的思想同彻底的民主主义还有距离。他因为同鲁迅站在一起,站在革命人民一边,他的杂文还有鲜明的战斗色彩。不过就在这时他的自由主义的根性仍不时有所表现。他写于1925年12月的《论语丝文体》就是如此。文章前半批判江亢虎、章士钊、吴稚晖等文妖的复古主义谬论,后半则宣传"费厄泼赖"的自由主义观点,说什么:"此种'费厄泼赖'精神在中国最不易得,我们也只好努力鼓励,……惟有时所谓不肯'下井落石'即带有此意。……大概中国人的'忠厚'就略有费厄泼赖之意……不可不积极提倡。"鲁迅接着写了《论"费厄泼赖"应该缓行》这一战斗檄文,提出了"痛打落水狗"的革命原则,批评了林语堂和周作人。过了两个多月,正是林语堂等主张要予以宽容的段执政,亲手制造了"三一八"惨案。血的教训,使林语堂受到深刻的教育。在惨案发生后一个多月内,他画了《鲁迅先生打叭儿狗图》,写了《讨狗檄文》、《打狗释疑》、《"发微"与"告密"》诸文;屡次提到鲁迅的光辉论著,赞扬"鲁迅先生以其神异之照妖镜一照,照得各种丑态都显出来了",声称"事实之经过使我益发信仰鲁迅先生'凡是狗必先打落水里而又从而打之'之话"。

林语堂在《祝土匪》里颂扬"土匪傻子",并说:"我们生于草莽,死于草莽,遥遥在野外莽原,为真理喝彩,祝真理万岁,于愿足矣。"他以后将这时写的杂文命名为《翦拂集》就是这个道理。《翦拂集》记载了他此时的光荣战绩,但也隐藏着他以后消极、颓唐的思想危机。

此外,如前所述,钱玄同、刘半农在《语丝》时期发展了各自的杂文风格,加上在鲁迅影响下的《莽原》社一批新进作家也运用杂文从事文明批评与社会批评,这就在20年代中期形成了杂文创作的第一个高潮和现实主义战斗主潮。

三 瞿秋白、萧楚女和恽代英的杂文

1922年《新青年》杂志停刊至1927年大革命失败,《语丝》社成员的杂文代表了当时杂文艺术的最高水平。早期的共产党人中,陈独秀和李大钊忙于党的领导事务,不再写什么杂文了,而写作杂文较多的是在《民国日报》副刊《觉悟》等上发表文章的邵力子、陈望道、施存统、沈雁冰(他们几人以后都因故脱党)等,较有影响的是瞿秋白、萧楚女、恽代英等人。

瞿秋白(1899—1935),江苏常州人,中国共产党早期杰出领导人。他早在五四时期就写作杂文。1920年,他在《新社会》、《人道》杂志上发表过杂文。他于1922年在莫斯科参加共产党,1923年回国后,在《晨报副刊》、《文学周报》、《中国青年》、《前锋·寸铁栏》、《新青年》(季刊)发表了一批杂文。1925年"五卅"运动爆发后,中共中央在上海创办《热血日报》,由瞿秋白任主编,每期都有瞿秋白写的社论刊在头版头条,这些社论其实都是政论性的杂文。《热血日报》辟有《小言》栏,专登锋利的短评,瞿秋白在上头发表过七则短评。1926年,瞿秋白在《新青年》(不定期刊)的《战壕断语》栏和《响导》的《寸铁》栏发表短评。瞿秋白这时期的杂文同迫切的政治斗争血肉相连,闪烁着马克思主义的战斗批判光芒,短小、锋利、悍泼,类似于李大钊那些短而精、谑而虐的随感录。但较质直,尖锐有余,涵蕴不足。这是瞿秋白杂文写作的试炼期。后来,他在30年代与鲁迅并肩作战,写了更多更出色的杂文。

萧楚女(1893—1927),原名萧树烈,生于汉阳,原籍湖北黄陂。出身贫苦,靠自学成才,1922年加入共产党,1923年在重庆任《新蜀报》主编。《新蜀报》经常以社论或政论形式对反动派的罪恶行径、反动意识进行深刻的揭露和无情的鞭挞。该报辟有《社会黑幕专栏》,将社会上魑魅魍魉和见不得人的丑事暴露于光天化日之下,还辟有《社会青年答问栏》,以通信方式,向青年进行爱国主义和民主主义教育,帮助他们解决工作、学习、婚姻、恋爱等问题,把广大青年引导到革命道路上来。《新蜀报》在四川人民中享有很高声望。萧楚女在《新蜀报》上发表的政论和杂文,笔锋犀利,战斗性很强、矛头所向不是"指责土酋军阀",就是"痛骂贪官污吏",连反动报刊也不得不赞叹其文"字夹风雷,声成金石"。1925年,萧楚女在河南主编《中州评论》,发表杂文《告革命界的著作者》,批判国民党右派戴季陶。1926年,他协助毛泽东编辑《政治周报》。《政治周报》辟有短评专栏《反攻》,萧楚女在《反攻》专栏上发表战斗短评。1927年蒋介石屠杀工农、镇压革命时,萧楚女奋笔著文,予以无情揭露和鞭挞。他和恽代英都是社会主义青年团刊物《中国青年》的重要撰稿人,茅盾在《客座杂忆》中论到他们时说:"常在《中国青年》撰稿诸人中,其尤受读者欢迎而影响巨大者,当推萧楚女与恽代英。……二人皆健笔,又同为天下的雄辩家,其生活之刻苦又相似。平居宴谈,都富于幽默味;然楚女纵谈沉酣时,每目瞋而脸歪,口沫四溅,激昂凌厉,震慑四座,代英则始终神色不变,慢条斯理,保持其一贯冷静而诙谐的作风。……二人之文,风格亦不同,代英绵密而楚女豪放,代英于庄谐杂作中见其煽动力,而楚女则剽悍劲拢,气势夺人。"①

恽代英(1895—1931),生于武昌,原籍江苏武进。1915年毕业于武汉中华大学文科,1922年加入共产党,同瞿秋白、萧楚女一样,都是党内杰出的革命理论宣传家,都有杰出的文学才能,他写的政论和演讲都有鲜明的文学色彩。在《新青年》、《东方杂志》、《青年进步》、《妇女时报》、《光华学报》上发表了著译八十篇。他是《中国青年》的主要编委之一,仅他在《中国青年》上发表的文章就有一百多篇,通讯有四五十篇,其中相当部分可作杂文读。其杂文风格和影响诚如茅盾所述。

从五四时期的李大钊和陈独秀,到第一次大革命中的瞿秋白、萧楚女、恽代英,这些早期共产党人都是杂文创作的倡导者和实行者,他们的杂文汇入了现实主义战斗杂文的主潮。

四 《现代评论》的杂文

在第一次大革命中,同早期共产党人和《语丝》杂文相对立的是"现代评论"派的杂文。"现代评论"派成员有胡适、徐志摩、陈西滢、唐有壬等人,其中胡适是精神领袖,陈西滢是主将。《现代评论》周刊创办于1924年12月13日,至1928年12月29日终刊,共出9卷209期和增刊3期。这是一个以刊登社会评论为主的综合期刊,上面辟有《闲话》专栏。在《现代评论》上发表杂文的有胡适、吴稚晖、徐志摩、陈西滢等人,尤以陈西滢影响为最大。《现代评论》是个思想政治倾向相当复杂的刊物。在政治上,它同北洋军阀政府中段祺瑞和章士钊有一定

---

① 茅盾:《客座杂忆·肖楚女与恽代英》,《笔谈》1941年10月第4期。

的联系,但又有所区别。它反对中国共产党人和鲁迅的彻底的反帝反封建的革命主张,蔑视人民革命斗争,反对北京女子师大革命师生的正义斗争,但在"五卅"惨案和"三一八"惨案中,还是发表了一些反帝反封建的言论。在文化思想上,它反对"学衡"派和"甲寅"派的复古排外主张,以温和态度支持新文化运动,但又鼓吹"整理国故"和"全盘西化"。郭沫若曾说《现代评论》派"组成分子大都是有点相当学识的自由主义者,所发表的议论,公平地说,也还算比较开明"。① 这种说法还不够全面,因为它没能指出他们"议论"中除了"比较开明"之外还有同革命人民对立的另一方面。《现代评论》的这种错综复杂的思想政治倾向,集中反映在其主将陈西滢的杂文集《西滢闲话》中。

陈西滢(1896—1970),江苏无锡人,当时任北京大学教授。他的"闲话"式的杂文,写于1925—1927年间,发表于《现代评论》和《晨报副刊》上,大多收在《西滢闲话》(1928)中。《西滢闲话》共78篇,论题广泛,析理细密,以闲话式的娓娓而谈、轻松幽默的笔调进行文明批评和社会批评,思想内容较驳杂。作者基本上站在资产阶级自由主义立场上观察一切、批评一切。在北京女子师大事件上,陈西滢一伙站在章士钊、杨荫榆一边攻击诬蔑女师大学生和支持她们的鲁迅等人,诅咒女师大是"臭毛厕"(《粉刷毛厕》),攻击鲁迅等是"土匪"(《吴稚晖先生》)。但在《五卅惨案》、《多数与少数》中,他主张"大家竭力抵抗外人"。"三一八"惨案后,他针对有人鼓吹"我中华物质虽不如他国,而文化之优异有足多者",反讽说:"这句话引起的注意后,不到几天,就有了很好的证明。真的,像三月十八日那样惨杀爱国民众,只有在文化优异的中国才能看到"(《文化的交流》)。像《线装书与白话文》、《再论线装书与白话文》、《中国的精神文明》、《新文学运动以来的十部著作》(上、下)等,他支持新文化运动,反对复古派的复古排外主张,也鼓吹"整理国故"和"全盘西化"。1963年《西滢闲话》在台北重版时,梁实秋在《序》中说:"陈西滢先生的文字晶莹透剔,清可鉴底,而笔下如行云流水,有意态从容的趣味。"又说:"陈西滢先生的《西滢闲话》大概

---

① 郭沫若:《创造十年续编·学生时代》,上海北新书局1938年版。

是在民国十四年左右发表在《现代评论》的,当时成为这个刊物中最受人欢迎的一栏,我当时觉得有如阿迪孙与史提尔《旁观报》的风格。"同声相应,同气相求,梁实秋当然不可能对《西滢闲话》作出实事求是的历史评价,不过他对《西滢闲话》的艺术分析,自有其可资参考之处。陈西滢在《闲话》之后,再没有写什么杂文了,赓续他的英国式"闲话"随笔传统,使之不绝如缕的,是梁实秋40年代在重庆的《星期评论》等刊物上发表的《雅舍小品》。

五 现代杂文的创立与启蒙

中国新文学运动的第一个十年,是中国现代杂文史的开创期。在这个开创期中,刊登杂文的期刊报纸数量之多,杂文写作的队伍之庞大,产量之惊人,社会影响之巨大,说明当时确实存在着一个中外文学史上所罕见的广泛深入的"杂文运动"。中国现代杂文史是同中国的新民主主义革命史相始终的。新民主主义革命是无产阶级领导的人民大众的反帝反封建的革命。为了"唤醒民众",就必须从政治、经济、军事、文化、思想和道德等各方面揭露帝国主义和封建主义的反动腐朽本质,就必须进行科学和民主的启蒙,进行马克思主义的启蒙,进行广泛的文明批评和社会批评。在这种情况下,最便于进行揭露和抗争的,最便于实行文明批评和社会批评的,最便于进行启蒙宣传的杂文,就适应时代的需要应运而生了,就成了各种思想派别的人们宣扬自己的社会理想的最方便的工具,因而特别繁荣发达。也正是鉴于上述情况,现代杂文和新民主主义革命的历史使命,有着特别紧密的内在联系,这就决定了中国现代史上的革命启蒙宣传家,常常就是重要的杂文家,《新青年》时代的陈独秀、李大钊是如此,大革命时期的瞿秋白、萧楚女和恽代英是如此,整个开创期中的鲁迅也是如此;决定了现代杂文必然是"大破大立"、"有破有立"的,现实主义的战斗杂文必然成为现代杂文的主流。而《新青年》时期的陈独秀、李大钊和鲁迅等人共同奠定了现代杂文的现实主义基础,20年代的瞿秋白等共产党人继承了这一战斗传统,《语丝》、《莽原》时期的鲁迅则往前丰富和发展了这一传统。自然,纵贯整个现代史的杂文,除了主流之外,还有支流和逆流。这些支流、逆流和主流错综交织、互相激荡,汇成现代杂文的纷繁复杂、千姿百态的局面。

开创期已经出现了陈独秀、李大钊、鲁迅、周作人、钱玄同、刘半农、林语堂、瞿秋白、萧楚女、恽代英、陈西滢等一批有自己独特的思想和艺术风格的杂文作家。其中特别是鲁迅,在"五四"以后,开始了随感录、短评、杂感、论文,后来统称为杂文的创作活动,使杂文创作出现了新飞跃,日渐具有史诗规模和美学价值,对杂文创作的影响也日益显著。杂文,这种辛辣的、深刻的批评文和清新俊逸的叙事抒情文成为中国现代散文开创期的双璧;它包括政论性的散文、思想性的散文、社会批评性的散文,在我国现代散文史上奠定了革命的艺术的坚实基础。此外,学术性、知识性的散文也作为杂文中的一个分支开始显露它的枝叶。

开创期的杂文,有着承前启后的历史作用。它继承资产阶级启蒙家政论文的优秀传统,也承传历代论说文的论辩说理艺术,在新的历史条件下使新生的杂文从议论性散文中脱颖而出,卓然独立,以勃发的生机锐气开辟了前所未有的"杂文时代"和宽阔坚实的杂文道路。

第二章 繁英绕甸竞呈妍
——开创期的记叙抒情散文

第一节 域外与国内的旅行记与游记

中国现代散文中的记叙抒情部类,是以众多的记游之作开头的。打开《晨报》、《时事新报》、《民国日报》、《京报》的副刊,在其初期就可以看到许多旅俄、旅法、游美、游日的通讯、游记文章,以及西子湖滨、山阴道上的风光描写。散文作者有许多也是以游记名篇开手的。瞿秋白的《新俄国游记》,郭沫若的《今津纪游》,孙伏园的《伏园游记》,孙福熙的《山野掇拾》,冰心的《寄小读者》,徐志摩的《巴黎的鳞爪》,朱自清和俞平伯各自的《桨声灯影里的秦淮河》等等,就是例子。早期的散文选集如《中国新文学大系》散文一集和二集所收,游记也占较大比重,其中有许多脍炙人口的名篇。早期出版的散文集也多为游记的结集。

游记在我国古典文学中有丰厚的传统,有名山大川景色的翔实描绘,有山水源流地貌的科学考察,有历史文物和风土人情的生动记叙,有边塞风光的奇异见闻,随着对外的日益开放和国内交通的发达,这些题材不断得到拓展。在现代散文史上首先出现记游之类的题材,是有着深刻的时代和社会原因的:自鸦片战争以后,海禁开通,晚清政府开始向外国派遣许多外交官员和留学生,他们就印行了许多海外见闻录。五四运动以后,世界新思潮激荡,青年们走异地、寻异路,留学外国者日众,介绍域外风情,自然为国人所喜闻乐见,也有助于启蒙运动的发展。

"海客谈瀛洲,烟涛迷茫信难求",这种无可奈何的浩叹已成为历史陈迹。在国内,新一代的知识分子,为了工作和生活,他们旅食四方,更广泛地同通都大邑、名胜古迹、灵山秀水、风土人情接触,不同感兴,各为文章。这样,就造成游记、旅行记的繁荣,而使新时代的记游作品有异于传统文学的新的特色;同时,有些旅行通讯因具有新闻性,也开了我国现代报告文学的先声。

一 域外旅行记与游记

瞿秋白的《饿乡纪程》和《赤都心史》 瞿秋白,出身于破产的"士的阶级"家庭,1920年底以北京《晨报》记者身份去苏联采访。这时,他写了很有影响的《饿乡纪程》和《赤都心史》,用他自己的话来说,他是"来做开天辟地研究俄罗斯文化(在我以前俄国留学生有一篇好的文章出来过没有)的事业"(《赤都心史·二三〈归欤〉》)。无论从内容或形式来看,这两本集子都是现代散文史上的重要作品。这些通讯,从1920年底到1922年10月陆续刊登在《晨报》上。在同一时期,《晨报》也陆续刊载了和他同时出国的俞颂华、李仲武两人的通讯。他们三人当时都是作为《晨报》特约记者结伴到俄国去的,后来《晨报》还出了《游记第一集》(1923)和《游记第二集》(1924),选编了他们的作品。

《饿乡纪程》着手于1920年10月,至1921年10月脱稿,1922年9月出版时改书名为《新俄国游记》,中心记自中国至俄国的路程和作者的心程。他的目的是"求一个'中国问题'的相当解决,——略尽一分引导中国社会新生路的责任"(《饿乡纪程·一》)。作者沿途历经济南、天津、北京、哈尔滨、满洲里、赤塔、西伯利亚、伊尔库茨克、沃木斯克而至莫斯科,所见所闻以及调查访问,都遣诸笔端。北国严寒的景色,劳动人民的贫苦,外交内政的腐败,日本帝国主义的欺凌,新俄官员的友好,路程心程,水乳交融地呈现在读者面前。作者抱着虔诚的取经的意念首途,全书表达着一种热切的情意,他要研究共产主义这一社会组织在人类文化史上的价值,研究俄罗斯文化——由旧文化进于新文化的情况,他知道新俄国在经济文化建设等方面所面临的困难和障碍,但他以亲历此景为荣。"寒风猎猎,万里积雪,臭肉干糠,猪狗饲料,饥寒苦痛是我努力的代价"(《饿乡纪程·十二》)。他以充沛的激情，坚定的理想，饱满的乐观精神和科学的分析态度，奔向他"心海中的灯塔"，历尽艰辛，终于获得入室登堂的快慰。

《赤都心史》是在莫斯科一年中的杂记，始于1921年2月16日，举凡参观游谈，读书心得，冥想感会，见闻轶事，都在他的笔墨范围之内。作者的目的是既要反映新俄的社会心灵，又要表现作者的个性。克里姆林宫、十月革命节、五一劳动节、共产国际第三次大会、列宁演讲、社会经济变革、灾区救济、苏维埃农场、农村苏维埃建设、农村苏维埃干部、学校机关、疗养院以至于托尔斯泰陈列馆、俄国宗教、家庭音乐会等，都有所介绍。新俄的新政策、新设施、新社会的新型关系、革命领袖、革命节日、文化活动、人们在贫困生活中表现的高尚精神境界、社会风习以至于个人的思想观点，以及他们的艰难和困苦，成功和欢乐，光明和希望，旧的挣扎和灭亡，新的诞生和成长，这里展示的新的世界对当时的中国读者起了一新耳目、振聋发聩和促进思考的作用。在"西欧文化的影响，如潮水一般，冲破中国的'万里长城'，而侵入中国生活"的时候，作者宣称："我自是小卒，我却编入世界的文化运动先锋队里。他将开全人类文化的新道路，亦即此足以光复四千余年的文物灿烂的中国文化"(《赤都心史·三〇〈我〉》)。作者的高瞻远瞩，对20世纪20年代的中国青年面对现实、抉择国家应走的新道路无疑的将是霜天的晓角。

《饿乡纪程》和《赤都心史》体现了现代散文初期的过渡形态。一是体裁未定型，《饿乡纪程·跋》之后，还有一段附言说，《饿乡纪程》以体裁论为随感录，而《赤都心史》则用日记、笔记的体裁。《赤都心史·序》里说，它的体裁约略可分为杂记、散文诗、"逸事"、读书录、参观游览记。可见，这两书体裁比较自由，记事随感，杂以描写抒情，便于作者表现多方面的感受；二是语言文白混用，请看《赤都心史·一〈黎明〉》这一段：

> 沈沈的夜色，安恬静密笼罩着大地。高烧的银烛。光灺影昏，羞涩的姮娥。晚妆已卸；酒阑兴尽，倦舞的腰肢，已经颓唐散漫，睡态惺忪，渴涩的歌喉，早就澜漫沉吟，醉吆依稀。……

这段关于黎明的描写，较多借助于文言词汇和句式，难免过于铺排浓艳,有些晦涩拗口,这是从旧形式向新形式的过渡性形态。

由于作者着眼于旅程和心程的结合,社会心灵与作者个性的结合,所以作品表现了以下三个特色:一、景色描写与主观意念相交融;二、现象的叙述和精彩的剖析相结合;三、选择富于抒情性的细节来描写人物,凸显人物在群众心目中的印象。强烈的抒情性和剖析力,清新绮丽,热烈奔放,是瞿秋白早期散文的鲜明特色。他用新的散文语言全心讴歌在困难中苦斗的新俄罗斯,为的是证实中华民族求解放的道路,他为现代新散文写下了光辉的篇章。

《饿乡纪程》和《赤都心史》是春来的第一燕。从题材看,它是现代散文史上最早以反映"新的世界"和"新的人物"、展示作者心路历程为内容的作品。在创作方法上,它以严峻的绝无夸饰的态度和方法表现俄国的新生,而又闪耀着作者的"理想之光",充满着革命浪漫主义激情。在文体上,它有完整统一构思,是连续性的长编。其中关于新俄国社会现实的系列报道,可说是新闻性与文艺性结合的报告文学的滥觞。总之,这两部作品,以广阔如实的描写和深沉的思考,较好地回答了"以俄为师"的重大而迫切的现实问题,忠实地记录了一个出身于封建士大夫家庭的青年知识分子在寻求救国救民真理过程中的思想历程。路程心史,相得益彰,它是中国现代散文的革命现实主义的奠基之作。

孙福熙的《山野掇拾》和《归航》　孙福熙(1898—1962),字春苔,浙江绍兴人。1920年底赴法国勤工俭学,主修绘画,开始写游记,1925年回国。他最早的游记是《赴法途中漫画》十则,发表于1921年1月11日至3月21日《晨报》第7版,被《新潮》转载。1922年10月到1924年7月,他在《晨报副刊》上连载《山野掇拾》(北新书局,1925),这也是现代散文史上一部结集较早的游记。他在法国还写了《大西洋之滨》(1926),在归国途中写了《归航》(1926),后来还出版《北京乎》(1927)和《庐山避暑》(1933)等。

《山野掇拾》记录作者1922年7月20日离开里昂下乡旅行,到Loisieux村小住作画的情景。朱自清对这本书曾作过评论①,他以为这

---

① 朱自清:《你我·〈山野掇拾〉》,上海商务印书馆1936年版。

本游记写风物之外,更多的是兼记 Loisieux 村的文化,而这文化只是人情之美,更重要的是告诉读者他的人生哲学。这确是中肯之语。这本游记共有 82 节,有许多篇幅是写自然风光之美的,如《扣动心弦深处》、《野花香醉后》、《美景》等,带有"万物静观皆自得,四时佳兴与人同"的情味;写村人淳朴、温厚、乐天、勤劳的性格,如《找寻画景》里的小姑娘,交往较多的 P 君夫妇、R 夫人等,于日常细微处写出各自的美点和人际的协调,表达了作者对这种生活的发现和深爱。无论是景色或人情的描述,都可以看出其"细磨细琢"的个性特色和"以画为文"的艺术本色来。文中高明的选材,透视的描写,精彩的对话,轻灵的笔调,都可以显出作者敏锐的观察力和悠闲的、同情一切的、宽容的态度。对山野的自然美,村人的人情美,作者努力挖掘其中纯朴的丰富的美感,也发现其中的哲理。"人吾同胞,物吾同与",作者基于这种信念,写出了他到自然去、到民间去的乐趣,也让读者感受到法兰西美丽的风土和人情。

《归航》是孙福熙 1925 年由法国归来船上生活的记录。描写细致,色泽鲜明,文中富于画意诗情,是他文章的一贯特色,《地中海上的日出》、《红海上的一幕》可作范例。但他所见的现实已不是《山野掇拾》中的世外桃源了。对于法国兵的蛮横,安南人的苦难,他表示不满;祖国军阀的内战,使他忧心忡忡。他逃进艺术的天地中去了,执着他对艺术的爱。他说,"实在像我这样的人只配画菊花的"(《清华园之菊》),他后来就在赏菊画花里修炼他那体察入微、传形写影的功夫与温和静默、精细风雅的性情,专注于开垦他的艺术乐土了。

冰心的《寄小读者》 冰心(1900—1999),原名谢婉莹,祖籍福建长乐,生于福州市,文学研究会发起人之一。在"五四"新文学运动初期,是以发表问题小说开始她的创作生涯的,随即写起新诗和散文,在《晨报副刊》、《小说月报》发表《笑》、《往事》、《寄小读者》等大量作品,成为现代散文的知名作家。她的作品以表现母爱、儿童爱和自然爱并以探索人生哲理著称。

《寄小读者》(1923 年 7 月至 1926 年 8 月)是冰心旅美留学期间写给《晨报副刊·儿童世界》的通讯结集,北新书局 1926 年 5 月初版时收通讯一至二十七篇和《山中杂记》十则,1927年8月第四版增收通讯二十八、二十九和四版自序,此为通行定本。这本通讯体散文集,题材颇广,但其中有许多可说是去国后领略美国风光的游记和旅行记。《通讯一》里说:"小朋友,我要走到很远的地方去。我十分的喜欢有这次的远行,因为或者可以从旅行中多得些材料,以后的通讯里,能告诉你们些略为新奇的事情。"的确,这本通讯里除了童年回忆、医院生活、学友交往之类的题材之外,很多是描述风光景色的。诸如去国路程中,火车路上沿途所见,从神户到美国海船中生活情景,在美国的学校景色和假期中的"云游"。她足迹涉及慰冰湖、玷池、玄妙湖、侦地、角地、银湖、伍岛、银湾、绮色佳等地。如果把这些通讯当做游记来读,在思想和艺术方面都是颇具特色的。她没有瞿秋白那样强烈的追求祖国解放道路的愿望,也不同于孙福熙专注于自然美和人情美的陶醉,她以女性温厚的爱意、淡远的乡愁和婉约的笔调来表现她眼中的异国风物。

冰心从小生活在烟台的山陬海隅,跟大自然朝夕相处,养成亲近和爱好自然的天性;泰戈尔的"宇宙和个人的灵中间有一大调和"的信仰,又启发了她的自然爱意识。她觉得"我们都是自然的婴儿,卧在宇宙的摇篮里"(《繁星·一四》),以女儿感念母爱的同样心情投入自然的怀抱。她时常"试揭自然的帘幕,蹑足走入仙宫"(《通讯十四》),"抛弃一切,完全来与'自然'相对"(《通讯十一》),总是虚怀甚至带着虔敬心静对自然山水,不仅留心捕捉各种景观的风姿神韵,体察万物之间的关联谐调,还凝神感悟物我灵性的默契和交流,把自然万物生命化、性灵化了。所以,一到威尔斯利校园,她就把眼前的 Lake Waban 湖唤作"慰冰湖",称湖为"海的女儿",立即与之亲近起来(《通讯七》)。生病住入青山沙穰疗养院,她甚而要感激造物主善解人意的安排,让她"抛撒一切,游泛于自然海中"(《通讯十四》),完全回归自然与童真境地。这期间写的通讯、《山中杂记》和《往事》(二),也因而富于心与物游、自然天成的风韵。

冰心的记游文字,动人处还在于抒发她自己对景物的独特发现。如"绮色佳真美!美处在深幽。喻人如隐士,喻季候如秋,喻花如菊"(《通讯二十六》)。这种独到的感受,给读者以真切新鲜的体味,她熔铸古典文学中"比"的手法,增加了含蓄的美感。她对大海的体悟更为独到,《往事(一)·一四》里所形容的"海的女神",《山中杂记·七》里所说的"爱海的孩气的话",堪称"'海化'的诗人""心灵里的笑语和泪珠"。

冰心的记游之作,着意于描摹画意中的诗情,如《通讯四》:

  五日绝早过苏州。两夜失眠,烦困已极,而窗外风景,浸入我倦乏的心中,使我悠然如醉。江水伸入田陇。远远几架水车。一簇一簇的茅亭农舍,树围水绕,自成一村。水漾轻波,树枝低亚。当村儿农妇挑着担儿,荷着锄儿,从那边走过之时,真不知是诗是画!

从景物到人物似乎是画幅中所见,这宁静的田园诗趣,洗涤了作者困乏的心胸。她还潜心于寻味自然的哲理启迪,如《通讯十七》从雏菊和蒲公英中"悟到万物相衬托的理",确信"世上一物有一物的长处,一人有一人的价值";她笔下的大海具有"温柔而沉静"、"超绝而威严"、"神秘而有容,也是虚怀,也是广博"的精神品格(《往事(一)·一四》),与自己的人格追求同化了。画意、诗情、理致的交融,使她的记游写景文字颇耐品读。

《寄小读者》中相当一部分是记述她在疗养院中生活的,治病,看书,默想,独语,与女伴谈笑,是她的日课。这些内容虽然不是记游之笔,但仍是异域风情,给人以新奇感。

冰心游记在表现异地风光人情的同时,往往伴随着对祖国乡土的思念。比如在日本横滨参观游就馆时,她看到日本的战胜纪念品和壁上的战争图画后,"心中军人之血,如泉怒沸"(《通讯十八》)。她欣赏异国风物时往往联系祖国的有关事物,爱国怀乡之情显得格外蕴藉亲切。如《通讯二十》,眼前是秀丽的异国湖山,心中怀念的是故园风物,以委婉之笔表缠绵之情,读时令人回肠荡气。

冰心的记游之作,主要抒写她所感受到的海外人情场景,完全是赤子之心的坦然流露。那温柔的情意,淡淡的愁绪,出以清丽婉约的文字,绘形绘声,尽情发挥古典诗文的抒情意境,充溢着对大自然的礼赞,对母亲的礼赞,对友谊的礼赞。她记游的文字比别的作家更多家国之情,更多文学色彩,在当时文坛上产生了很大的影响。

徐志摩的《巴黎的鳞爪》　徐志摩(1895—1931),浙江海宁人。他是著名的新月派诗人,但有人以为他的散文写得比诗还好[①]。他的散文在生前结集的有《落叶》(1926)、《巴黎的鳞爪》(1927)、《自剖》(1928)和《轮盘》(小说散文合集,1930),逝后由友人编印了《秋》(1931)、《爱眉小札》(1936)和《志摩日记》(1947)。

徐志摩的散文有对政局社会表示自己看法的,有剖析自己的思想的,有表达爱情的,也有描写自然的。他1925年再度出国,写了《欧游漫录》。他的《翡冷翠山居闲话》、《巴黎的鳞爪》、《我所知道的康桥》等是早期游记的代表作。

徐志摩应《晨报》之约,在《副刊》上陆续发表《欧游漫录》,写他经西伯利亚到莫斯科所见,后来又写有《莫斯科游记》。这些游记,让读者看到俄国的自然风光,也看到俄国人民的困苦生活。与瞿秋白的《新俄国游记》不同,徐志摩虽然有一点对于革命的憧憬,但他接触到莫斯科的现实后,对于血与火,他感到战栗。这与不久后所写的《自剖》和《列宁忌日——谈革命》是可以互为印证的。在《自剖》里,他写了"五卅"惨案和"三一八"惨案之后说:"俄国革命的开幕就是二十年底冬宫的血景。只要我们有识力认定,有胆量实行,我们理想中的革命,这回羔羊的血是不会白涂的。"他赞美俄国革命,但他又说:"我个人是怀疑马克思阶级说的绝对性的。"在《列宁忌日——谈革命》里,他说:"我是一个不可教训的个人主义者。……我们不要狂风,要和风,不要暴雨,要缓雨。我们总得从有根据处起手。我知道唯一的根据处是我自己!认识你自己!我认定了这不热闹的小径上走去。"徐志摩所向往的政治是英国式的政治,所憧憬的革命是不流血的革命,是心灵解放的革命,他的这种要求,是从他士大夫式的个人主义出发的。

对于意大利,对于美国,他是另一种眼界,另一番心境了。他找到了理想的境界,他认为要使生命成为自觉的生活,要养成与保持一个活

[①] 参见《新月》1932年第4卷第1期《志摩纪念号》上储安平、杨振声、梁实秋等的文章。

泼无碍的心灵境地,而"大自然才是一大本绝妙的奇书,每张上都写有无穷无尽的意义,我们只要学会了研究这一大书的方法,多少能够了解他内容的奥义,我们的精神生活就不怕没有滋养,我们理想的人格就不怕没有基础"(《落叶·话》)。他崇拜英国作家华兹华斯和哈代,说"他们都以自然界为他们艺术的对象,以人生为组成有灵性的自然的一个原素,我们可以说他们的态度与方法是互补的"[①]。他认为与大自然接触,可以恢复人生的美丽,并以此为改变黑暗社会的药石。

由于这样的原因,他的记游文章,充满着对自然的虔敬之意、陶醉之情和由衷礼赞。

徐志摩对大自然的描写十分强调闲暇、自由和孤独,追求着适情、适性,这是他个人主义的自然流露。《翡冷翠山居闲话》是他返乎自然的宣言:"但在这春夏间美秀的山中或乡间你要是有机会独身闲逛时,那才是你福星高照的时候","什么伟大的深沉的鼓舞的清明的优美的思想的根源不是可以在风籁中,云彩里,山势与地形的起伏里,花草的颜色与香息里寻得? 自然是最伟大的一部书,葛德说,在他每一页的字句里我们读得最深奥的消息。"有关写景作品在他似乎不是作为逃世的避风港,而是作为医治生活枯竭的药方,"不必一定与鹿豕游,不必一定回'洞府'去;为医治我们当前生活枯竭,只要'不完全遗忘自然'一张轻淡的药方,我们的病象就有缓和的希望。"(《我所知道的康桥》)这与他爱美和自由的人生理想是一致的,与他的资产阶级个人主义的政治理想是一致的。

他并不着意重现景物的风姿,而是善于抒发自己的感情,对自然景物不只是欣赏,不只是赞叹,而是把自己的思想感情与景物融为一体,而且不厌其烦地把自己的欣喜感情细加描述,这在写景文中是别具一格的。如《我所知道的康桥》里的纵情直抒:

> 这是极肤浅的道理,当然。但我要没有过过康桥的日子,我就不会有这样的自信。我这一辈子就只那一春,说也可怜,算是不曾虚度,就只那一春,我的生活是自然的,是真愉快的!(虽则碰巧

---

① 徐志摩:《汤麦斯·哈代的诗》,《东方杂志》第20卷第2号。

那也是我最感受人生痛苦的时期。)我那时有的是闲暇,有的是自由,有的是绝对单独的机会。说也奇怪,竟像是第一次,我辨认了星月的光明,草的青,花的香,流水的殷勤。我能忘记那初春的睟盹吗?曾经有多少个清晨,我独自冒着冷去薄霜铺地的林子里闲步——为听鸟语,为盼朝阳,为寻泥土里渐次苏醒的花草,为体会最微细最神妙的春信。啊,那是新来的画眉在那边凋不尽的青枝上试它的新声!啊,这是第一朵小雪球花挣出了半冻的地面!啊,这不是新来的潮润沾上了寂寞的柳条?

这段文章,愉快的惊喜的情感笼盖着初春的景物,在冬的余威中辨认初春的气息,那么敏锐,那么细腻,那么丰富,堪称以心触物、缘情写景的范例。写《泰山日出》、《北戴河海滨的幻想》,也是随心所欲,浮想联翩。正如沈从文《从徐志摩作品学习抒情》里所说:"在写作上想到下笔的便利,是以'我'为主,就官能感觉和印象温习来写随笔,或向内写心,或向外写物,或内外兼写,由心及物由物及心混成一片。方法上富于变化,包含多,体裁上更不拘文格文式,可以取例作参考的,现代作家中,徐志摩作品似乎最相宜。"①以我为主、内外混成一气、体裁不拘的写法确是徐文的一种特色。

徐志摩写都市巴黎、新加坡、香港,则又是另一番面目。咖啡馆,交际的软语,开怀的笑响;跳舞的场所,翻飞的乐调,迷人的酒香;以及那弃妇可怜的身世,画家艳丽的荒唐,都着笔于洋都市那"浓得化不开"的香艳和颓废,而难免有些沉迷之嫌。

徐志摩文章的辞藻是优美、艳丽、多姿的,重叠的句式与口语的自然结合,形成了生动活泼的富于表情的语言,给读者以美的感受。周作人在《志摩纪念》中说:"在白话的基本上加入古文方言欧化种种成分,使引车卖浆之徒的话进而为一种富有表现力的文章,这就是单从文体变迁上讲也是很大的一个贡献了。"沈从文说:"文字清而新,能凝眸动静观色,写下来即令人得到一种柔美印象","徐志摩的作品给我们的感觉是'动',文字的动,情感的动,活泼而轻盈,如一盘圆台珠子,在阳

---

① 沈从文:《习作举例·从徐志摩作品学抒情》,《国文月刊》1940年6月创刊号。

光下转个不停,色采交错,变幻眩目。"他的散文集《巴黎的鳞爪》代表其散文的最高成就。徐志摩开了散文的艳丽文风,对后来的作家有一定的影响。

梁绍文的《南洋旅行漫记》 梁绍文的《南洋旅行漫记》(1924)是一本独具特色的旅行记。《中国新文学大系·史料索引》介绍散文集的按语中说:"此书在游记文学中,当时算是最好、最有社会性的一部。"作者于1920年春天,由汉口起程,到上海直放南洋,他的目的是考察华侨教育及实业的状况,调查华工生活的苦情,接触南洋商学两界的人物。这本旅行记颇为详实而又相当简要地记述他在新加坡、马来半岛、槟榔屿、苏门答腊、怡保、吉隆坡、马六甲、爪哇、巴达维亚、泗水、三宝垄、万隆等地的见闻,比较集中地揭示了英荷殖民者对华侨的奴役压迫,对华侨教育的摧残,和猪仔的非人生活。作者赞扬华侨对南洋开发的历史功绩;赞扬他们对祖国的热爱,对祖国革命的贡献,对祖国衰败现象的痛恨和对祖国强盛的热切希望;同时也讽刺了华侨中的败类。这本旅行记还介绍南洋的风光和文化娱乐设施,以及自己在旅行中遭遇的帝国主义者的歧视和监视。在早期的现代散文中,能够以如此明晰的眼光洞察阶级的分野,控诉资本主义惨无人道的压榨,歌颂华侨的创业精神和爱国热情,而不是以主要篇幅来描写热带迷人的风光、妖冶的诱惑,这不能不说是难能可贵的。

这本旅行记具有颇为宝贵的史料价值,因为他记载调查考察的第一手材料。比如,从他的漫记中,我们知道了五四运动以后社会主义思想在南洋的影响和传播的情况,《56·吉隆坡华之恶魔》这一节,特别介绍群众的指导者尊孔学校校长宋森,他原来保守观念很深,后来竟大彻大悟起来。他主张"谈革命都说是肤浅,远不如共产好"。他在校内锐意改革,对公共事业也极力提倡,得到社会上的拥护。但吉隆坡华民政务司的主管却把他看成了眼中钉,派侦探搜查学校,搜出了几本《新青年》、《马克思资本论浅说》、《民声》等类书籍,说"他是一个过激党首领",关了一百天后押送出境。像这样的记录,自然是弥足珍贵的史料。

这部旅行记虽然是事件的忠实记录,但有些地方又富有激情,如

《54·轰烈的温生财,冷酷的哇哇仔》一节,介绍了在广州枪击将军孚奇的温生财烈士与友人的永别书之后写道:

> 这封信虽然寥寥数十语,而那种沉雄悲壮之气,何让易水桥边白虹贯日的荆轲。现在的社会,四周围都阴森存鬼气,比晚清末年,更觉销沉;军阀的惨无人道,比"满贼种"有过之无不及,试问有"恨火焚心"如温生财的么?又试问那平日闲谈则扼腕眦裂,怒目愤张的人,能演出温生财那样的"好戏"来么?观其书,追想其人,吾亦恨继温生财而起者,阒然无声!

作者激愤之情,溢于言表。

《南洋旅行漫记》行文以叙述为基调,在叙述中描写,时时附以概括性的议论,富于激情,所以读起来给人以具体的印象和明晰的感受。虽然文艺性颇嫌不足,但仍然不失为一部难得的记游作品。

五四时期,青年一代走异地,或寻求新的学识,或增广新的见闻,或谋求祖国解放的借鉴,形成了纪游文学的一时之盛,这里仅仅选介一些较为著名的作品。这些作品大多出于封建资产阶级家庭出身的青年之手,他们本着各自的理想信仰,各自的人生观和世界观,走出国门,放眼世界,把所看到和所想到的种种,用散文的形式献诸国人的面前,这有助于我国人民了解世界局势和不同国家的政情民风,使读者大开眼界。

中国现代散文史上的先行者运用游记这一种古老的形式,来反映新的内容,产生了新的光彩,它不但写自然风光,也反映社会面貌和民族性格,刻画着异国人民的生活和命运。作者各自表达他们对人与自然关系的理解,对人类前途和国家命运的思考与追求,比着旧文学中的游记具有不可比拟的开放性和时代感。这些作家从古典游记中脱胎而出,解放和更新文体,以白话文为基础,运用丰富的古典词汇,吸收了善于刻画对象的欧化语法,运用不同的写作技巧,发展了白话散文的表现力。

二 国内游记和旅行记

李大钊的《五峰游记》 李大钊是杂文家,也写过一些散文小品。

他的《五峰游记》①是现代散文史上早期的国内游记,带有淳朴的纪事特色,语言是白话和文言词语的综合,段落很短,记叙自由而不太留意于结构与文采。

这篇游记记述作者由北京经滦州、昌黎游五峰的经过。作者是一个革命家,极注意现代革命史绩,辛亥年有一标军队在此地起义失败,营长参谋长殉难,日本驻屯军惨杀铁路五警士诸事件,都有所记载,家乡的匪祸和花会的流行也不遗漏。文中还有一段与滦水有关的议论,是本文的精彩之处:

> 滦水每年泛滥,河身移徙无定,居民都以为苦。其实滦河经过的地方,虽有时受害,而大体看来,却很富厚,因为他的破坏中,却带来了很多的新生活种子、原料。房屋老了,经他一番破坏,新的便可产生。土质乏了,经他一回滩淤,肥的就会出现。这条滦河简直是这一方的旧生活破坏者,新生活创造者。可惜人都是苟安,但看见他的破坏,看不见他的建设,却很冤枉了他。

这段议论具有深刻的哲理性,洋溢着破旧立新的时代精神,体现了革命者记游的本色。1920 年 6 月,他回昌黎乡居时写的《自然与人生》四则,也是别具只眼、以理取胜的。

自然景色的描写是游记中不可或缺的主要成分,作者当然不会放过。他比较着力写的是滦水行舟和五峰雨景,表现了好春的景色给他感受到的趣味。

孙伏园的《伏园游记》 孙伏园(1898—1962),浙江绍兴人,孙福熙的兄长。1911 年鲁迅在绍兴初级师范学堂任职时的学生,1920 年编《晨报副刊》,1924 年编《京报副刊》。他的《伏园游记》(1926)收入四篇文章:《南行杂记》(1920)、《从北京到北京》(1922)、《长安道上》(1924)、《朝山记琐》(1925),曾分别发表在上述两种报纸上。它不是描写自然风景,而是记述社会习俗与人事来往的。游记写这样的内容,是一个重要变化。对于自然,他在《南行杂记》里有特别的见解:

---

① 《新生活》1919 年 8 月第 2—3 期。

> 诗人爱"自然",我不爱"自然"。我以为人与人应该相爱,人对于"自然"却是越严厉越好,越惨酷越好。我们应该羡慕"自然",嫉妒"自然",把"自然"捉着,一刀刀的切成片断,为我们利用。

这种态度,使他的游记有一种新的角度。《南行杂记》写的是绍兴北京途中的经过见闻,江北人民的生计困迫,淮河的水灾,绍兴人的迷信守旧等等,都是他所留心的。《朝山记琐》中,作者对封建礼教、不良习俗加以抨击,对于一些为民谋利益的人则给予应有的表扬。

作者写作采取任意而谈的随笔笔调,这反映现代散文史上早期部分游记的一种倾向,带有更多新闻纪事性质。他们有鲜明的写作目的,不是作为一种单篇的结构完整的美文出现,较注意内容而不大注意形式。

朱自清的游记和旅行记　朱自清(1898—1948),字佩弦。原籍浙江绍兴,生于江苏东海,长于扬州,故自称扬州人;是文学研究会作家,现代散文名家。他1920年从北京大学毕业后,起初在江浙几个中学教书,1925年后任清华大学中文系教授。新文学运动初期,他以写新诗出名,从20年代中期起致力于散文创作。他的散文涉及多方面题材,成名作却始于记游作品,如收入诗文合集《踪迹》的《桨声灯影里的秦淮河》(1923)和《温州的踪迹》(1924)等。沈从文《由冰心到废名》里说到朱自清:"文字的基础完全建筑在活用的语言上,在散文作家应当数朱自清。'五四'以后谈及写美丽散文的,常把朱、俞并举,即朱自清、俞平伯。《桨声灯影里的秦淮河》与《西湖六月十八夜》两篇文章,代表当时抒情散文的最高点。叙事如画,似乎是当时的一种风气。(有时微觉文字琐碎繁复。)散文中具诗意或诗境,尤以朱先生作品成就为好。直到如今,尚称为典型的作风。"[①] 前此,游记多属于短篇连写的随笔式作品,在朱自清手里,才算有了典型的单篇现代游记美文。

传统游记多是以写景为主的,当然也要发抒些议论。《桨声灯影里的秦淮河》和《绿》、《白水漈》都是写景的名篇。前者有些议论。朱

---

① 沈从文:《习作举例·由冰心到废名》,《国文月刊》1940年第1卷第3期。

文发挥现代散文口语化的长处,以极为细致的捉摸客观形象的功夫为主,辅以想象和比喻的手段,把他所要突出描写的景物:《桨声灯影里的秦淮河》聚光于灯影月色,《绿》聚光于梅雨潭的绿水,《白水漈》聚光于雾壳织成的幻网,绘形绘神地呈现在读者面前。

对于景物,作者既极力地写出它的形态,又努力写出自己的发现,自己的感受,情景渗透交融。如《绿》写出他对于绿的倾心,那一连串的比拟和比较、复沓和惊叹,把视觉转化为触觉,把激动转化为爱恋,让刹那间的直觉唤起平生的美好体验,扩张为满怀的梦想,正是他的发现、他的情感和想象发挥得最完全、最充分的时候。

作者的游记往往能表达一种境界。沈从文的《习作举例》说:"一切优秀作品的制作,离不了手与心。更重要的,也许还是培养手与心那个'境'。一个比较清虚寥廓,具有反照反省能够消化现象与意象的'境'。"①这个境既要烂熟于心,又要心手相应,借娴熟的艺术技巧描绘出来。朱自清就善于通过巧妙的构思集中完整地表现这种境界。《桨声灯影里的秦淮河》以灯影来抒写秦淮风光,在汩汩的桨声中,从夜幕初垂、灯影朦胧、歌声断续的初程,到灯月交辉、笙歌盈耳的高峰,到灯火阑珊、素月依人的尾声,一路错落有致地展现种种灯影、波光、月色、歌声和心曲,逼真尽态,摇曳多姿,交织成一个极视听、动心弦的清艳而朦胧的梦般的境。朱自清的游记在这方面的功力是很深的,稍后在《荷塘月色》(1927)里发挥得更出色,创造了物我同化、心与境谐的清幽而自在的境界。

朱自清炼字炼词十分考究,细腻的内容和悦耳的音调结合,因而富于韵味。这时他着意为文,工笔刻画,以清新委婉、细腻逼真的风格在游记中取得很高的成就。朱自清游记中的写景美文,使现代散文的艺术,在短短的几年之内就达到了不让古典散文专美于前的成就。

朱自清的记游文字,除了游记以写游踪景色的之外,又有一种不记游踪的写景文,如《荷塘月色》;还有旅行记,不单写景物,兼记社会风习,如《温州的踪迹》、《航船中的文明》和收入《背影》乙辑的《旅行杂

---

① 沈从文:《习作举例·由冰心到废名》,《国文月刊》1940年第1卷第3期。

记》、《海行杂记》等;又有地方志,如《南京》、《说扬州》等,以写名胜、古迹、文物为主。朱自清游记和写景文的文字的美是有口皆碑的,那些客观景物的细腻的描写,内心感情的细致的流露,景与情的交融,具有很大的魅力。但旅行记和地方志则别是一种写法,它所表现的是口语的美,他的细腻描写的功夫转向人事、社会风习的细致的感受,有所剖析,也有所讽刺。在记游散文的文体和抒写方法多样化方面,朱自清对现代散文做出了重大贡献。

　　俞平伯的游记　俞平伯(1900—1990),浙江德清人,1919年北京大学文科毕业后,长期在高等学校执教。他的散文结集的有《剑鞘》(与叶绍钧合集,1924)、《杂拌儿》(1928)、《燕知草》(1928)、《杂拌儿之二》(1933)、《古槐梦遇》(1936)和《燕郊集》(1936)。他的集子大都有周作人作的序跋,深得赞赏。周作人认为俞平伯的散文是明代公安派的流裔,以抒情的态度作一切文章,是真实个性的表现(《杂拌儿·代跋》)。又称他为近来的一派新散文的代表,是最有文学意味的一种,多有雅致,有自然大方的风度(《燕知草·跋》)。在作风上有知识和趣味两重统制,抒情说理作品兼有思想之美(《杂拌儿之二·序》)。这些是周作人欣赏俞文的所在。

　　俞平伯在《杂拌儿》题记里说他为文是书生结习,若说是骸骨之恋,也不想讳言;在《燕知草》自序又说自己"亦逢人说梦之辈";说出了自己写作的基本态度。在《重刊〈浮生六记〉序》中,他说沈复所记,"意兴所到,便濡毫伸纸,不必妆点,不知避忌";又说:"它是信笔写出的固然不像,它是精心结构的又何以见得?这总是一半儿做着,一半儿写着的,虽有雕琢一些的完美,却不见有点斧凿痕。"这似乎又是他艺术上所追求的境界。

　　《桨声灯影里的秦淮河》、《陶然亭的雪》、《西湖的六月十八夜》、《清河坊》等记游文字,给读者的印象确有一种飘零的、闲散的、寻梦的、怀旧的、朦胧的感觉。阿英《俞平伯小品序》说:"除去初期还微微的表现了反抗以外,是无往而不表现着他的完全逃避现实。"[①]其实,20

---

① 阿英:《现代十六家小品》,上海光明书局1935年版。

年代生活在比较安适环境里的高级知识分子,感到光阴的流逝,人生的不如意,所以他们珍惜当前的受用,而惘然于前景的迷茫,其作品往往于畴昔的回味中讨生活,也多倾向于写景的题材。"'微阳已是无多恋,更苦遥青着意遮。'我时时看见这诗句里自己的影子。"(《清河坊》)苏雪林以为俞平伯抱着"生的情趣主义",阿英以为俞平伯"抒情成分带有感伤性"。沈从文说"俞平伯近于做给自己玩,在执笔心情上有自得其乐之意"①。这些感受都是从作品中体察到的作者的人生态度。应该看到这是特定时期的文学现象。周作人在《〈燕知草〉跋》里说:"中国新散文的源流我看是公安派与英国的小品文两者所合成,而现在中国情形又似乎正是明季的样子,手拿不动竹竿的文人只好避难到艺术世界里去,这原是无足怪的。"这话极明白地说出封建士大夫家庭出身的带有特有气质的文人在社会不安定时期所体现的思想特色。

　　《桨声灯影里的秦淮河》是俞平伯与朱自清的同题、齐名之作,被誉为早期白话美文的双璧。这次他俩同舟夜泛,在桨声灯影里陶醉于秦淮夜的风华之中,都感受到诱惑又摆脱了诱惑,表现出流连光景、率性行乐而又超越俗念、自持适度的心态。他们具有人道主义的思想和道德律的约束,表现了新时代的意识。不过,俞平伯不像朱自清那样投入、执着,而以随缘自适的心态赏玩秦淮风情的"浓姿"、"秀骨"、"盛年"和"迟暮",连歌妓的意外打扰也无损于内心的自足,显得超然飘逸。因而,他虽然也舒放身心应接光影声色,却总觉得有如雾里看花,观察难以真切、细致,感觉却格外活跃、玄妙,从而略于写景状物,详于述感记事,夹叙夹议,以虚带实,凭直觉和玄想勾描出秦淮夜那"朦胧里似乎胎孕着一个如花的笑"之影像。当然,俞作写景不如朱自清油画式的细腻,没有新颖繁复的比喻,桨声灯影也不及朱作那么丰富多姿。俞氏在文后题跋中就认为朱作"比较的精细切实"②。但他善于捕捉与整合总体印象,偏爱即兴说理,以传神写意、造境空灵见长。如:

　　　　我们,醉不以涩味的酒,以微漾着,轻晕着的夜的风华。不是

----

① 沈从文:《习作举例·由冰心到废名》,《国文月刊》1940 年第 1 卷第 3 期。
② 见《东方杂志》1924 年第 21 卷第 2 期。

什么欣悦,不是什么慰藉,只感到一种怪陌生,怪异样的朦胧。朦胧之中似乎胎孕着一个如花的笑——这么淡,那么淡的倩笑。淡到已不可说,已不可拟,且已不可想;但我们终久是眩晕在它离合的神光之下的。我们没法使人信它之有,我们不信它是没有。勉强哲学地说,这或近于佛家的所谓"空",既不当鲁莽说它是"无",也不能径直说它是"有"。或者说"有"是有的,只因无可比拟形容那"有"的光景;故从表面看,与"没有"似不生分别。……

这里,俞平伯多写自己的感觉,显得迷茫而曲折,在故作玄虚中倒把一种无法模拟的风韵暗示出来,让人留心意会。

对俞平伯的散文艺术有许多评价,周作人以为他散文风神雅致,语言清涩;钟敬文以为他的散文才思赡美,思致委婉,词意深入曲折,情词深秀;阿英以为他散文语言繁缛晦涩;苏雪林以为他的散文注意细致绵密的描写;所见略有异同。其雅致的风神,清秀的情词,显然是他超脱的处世态度所反映出来的;其语意玄远,用语清涩,则是他追求表现某些哲理意味的结果。

徐蔚南、王世颖的《龙山梦痕》 徐蔚南(1902—1952),江苏吴江人;王世颖(1901—1952),福建福州人。他俩的《龙山梦痕》(1926)也是纪游的名作,给读者带来了山阴道上、越州古城的迷离梦影。他俩各写十篇,曾连载于1924年4—6月的《民国日报·觉悟》,结集出版时刘大杰、陈望道、柳亚子为之作序或题词。徐蔚南还有《小小的温情》(1928)、《春之花》(1929)和《乍浦游简》(1934);王世颖还有《倥偬》(1926)。这些都不及《龙山梦痕》知名。

徐蔚南的《小小的温情·弁言》中谈到小品文字中有一种隽永的味道,要含有热情。他在为王世颖《倥偬》作序中说到小品文的作者,"最需要的是具有一副深入的观察力,一腔丰富的情感,然而仅有这两点还不够,此外再要有凝练的笔致,优美的文体";在表现方法上,他强调要"注意暗示的写法","常常注意细小的地方,写得很巧妙,给你一种低徊的趣味,反复思维的机会"。

徐蔚南的《山阴道上》,对流水、青山、白云、夕阳等的描写,《快阁的紫藤花》对藤花和蜜蜂的描写,都极其细致,表现出深入的观察力,

透出作者对大自然的体会和大自然给予人们心灵的抚慰,确给读者以隽永的感受,低徊的趣味。《快阁的紫藤花》是这样写花和蜂的:

> 我在架下仰望这一堆花,一群蜂,我便想象这无数的白花朵是一群天真无垢的女孩子,伊们赤裸裸地在一块儿拥着,抱着,偎着,卧着,吻着,戏着;那无数的野蜂便是一大群的男孩,他们正在唱歌给伊们听,正在奏乐给伊们听。渠们是结恋了。渠们是在痛快地享乐那阳春。渠们是在创造只有青春,只有恋爱的乐土。

作者对于景物刻意描摹,全身心都投入了,感受极为活跃,没有伤感,没有激动,而是完全地陶醉,倾倒在大自然和爱温煦的怀抱中,暂时远离烦闷的社会生活。由于作者的写景反映着作者直接的感受,浮现出许多联想的境界,语言以口语为主,穿插着叠句,笔调显得凝练而轻灵,"不矜持,不作态,自然地倾泻他心里的蕴藏"①。

王世颖的游记同样以山水之胜作为逃避尘嚣的去处,但兼写游踪中的人事,映现自然与世俗的冲突,现实性较强,艺术上稍逊一筹,如《大善寺底塔》、《放生日的东湖》和《倥偬》中的《倥偬之什》、《珠江散记》等。

徐祖正的《山中杂记》 我国现代散文史的早期就有许多作家如冰心、郭沫若、徐祖正、郑振铎等都写过《山中杂记》,前两种记述国外日常生活的片断,后两种与游记相近。

徐祖正(1895—1978),江苏昆山人。他与周作人关系较为密切,是周作人一派散文在游记方面的一个代表。他在《语丝》上连载的《山中杂记》十则(1926),其中五则被周作人选入《中国新文学大系·散文一集》。他认为不论是各种艺术运动史或是个人写作,都是从抒写自然开始,而后达到成功。《山中杂记·十》中就有这么一段话:"新艺术创生时期的人们除掉自然之外可说没有下手处。而自然是雄大的,豪博的,流动的,幻变的,多致的。……先把自己固有的那个范铸打得粉碎,然后只依着自然的形象去猛烈地追捉。……到有一旦可以满载而

---

① 曾孟朴:《徐蔚南〈都市的男女〉序》,《都市的男女》,上海真美善书店1929年版。

归的时候,那必定有自然同样的那种丰富。"徐祖正移译日本自然主义作家藤村的《新生》,感到藤村从自然的真挚中得到艺术的技巧,所以他也是努力地"依着自然的形象去猛烈地追捉",这看法完全体现在《山中杂记》的描写中。他文章中对于山的高峻,水的奔腾,树的蓊郁,寺的静寂,花的含娇,鸟的轻狂,声色神味都写得极其入微周至。山中清静孤寂生活所流露的空漠心怀,是作者人生观的表现,他自称"乱世之民","生起对于现代的嫌恶"。他在大殿里数百和尚诵经中萌生种种灵的景慕,他又在和尚身上体味到他们的不同气质,但他们都抵住孤独的压迫,这使他"觉得自己在风尘中所步的那条孤寂的道路,其实还算不上一回事"。徐祖正正以孤寂作为处事的指南针。

他的语言极为细腻,行文常用长句,这又是他猛烈地追捉自然在语言中所体现的特点,也颇带有日本散文的影响。徐祖正后来与周作人、废名等合办《骆驼草》周刊,愈趋于闲适、趣味、冲淡一路。

郑振铎的《山中杂记》 郑振铎(1898—1958),原籍福建长乐,生于浙江永嘉,文学研究会发起人之一。他早年在商务印书馆任职,编辑《文学周报》、《小说月报》、《儿童世界》等刊物。《山中杂记》(1927)原载于《文学周报》,记述1926年夏天他在莫干山避暑时的生活断片。他没有徐祖正那种景慕自然的理性思考,更无孤寂出世之想,所记山中的游览、生活,倒也反映一些社会侧面,如《避暑会》对洋人越俎代庖的愤慨,《苦鸦子》对农村妇女苦难的同情,《山市》对山里小商贩欺诈的惊讶。即使山中静居,他并没有忘记挖掘具有社会内容的题材。即使吟咏草木虫鱼,他也从鸣虫的奏乐听出"生之歌"的不同情调,寄寓积极进取的人生态度,如名篇《蝉与纺织娘》。

他的写景文具有特色,例如《塔山公园》一文中观日出的情景:

> 在山上,我们几乎天天看太阳由东方出来。倚在滴翠轩廊前的红栏杆上,向东望着,我们便可以看到一道强光四射的金线,四面都是斑斓的彩云托着,在那最远的东方。渐渐的,云渐融消了,血红血红的太阳露出了一角,而楼前便有了太阳光。不到一刻,而朝阳已全个的出现于地平线了,比平常大,比平常红,却是柔和的,新鲜的,不刺目的。对着了这个朝阳而深深的呼吸着,真要觉得生

命是在进展,真要觉得活力是已重生。满脸的朝气,满腔的希望,满腔的愉意,满腔的跃跃欲试的工作力!

景的白描和情的真率,质朴而自然。他在诗集《雪朝》短序里说:"我们要求'真率',有什么话便说什么话,不隐匿,也不虚冒。我们要求'质朴',只是把我们心里所感到的坦白无饰地表现出来,雕琢与粉饰不过是'虚伪'的遁逃所,与'真率'的残害者。"他的作品实践了自己的主张。郑振铎提倡为人生的文学,即使是山中杂记,也充满着入世的热情与朝气,走着与徐祖正不同的道路。他后来的《海燕》、《欧行日记》、《西行书简》诸集,保持和发展了这种记游作风。

与域外的游记和旅行记一样,国内的记游散文也有两大分支,其一是以旅行记的形式主要抒写作者关于政治、社会、文化、风俗等方面的见闻观感;其二是写景抒情或者写景见志的。由于时代的发展,政治、社会、文化、风俗、景物情况的不同,由于作者情志的差异,这类题材的作品就呈现丰富多彩的景象。其中有对我国社会落后风习的记述和批评的,有在水光山色中仍然忘不了自己社会责任的,有以美景作为逃避尘嚣的良好去处的,有以自然作为改良人性的良方和艺术师法的范本的。

这时期的作者,除了少数先觉者如李大钊、瞿秋白外,一般多是具有个人主义和人道主义思想的小资产阶级知识分子。他们中的一些人不能无视社会上的不良现象和沉重病症,按着自己的认识来描写社会和自然。有些人则是弱者,遇难而退,对前途失去信心,转向逃避的途径。但另有一部分作者仍然不停止他们的探索,五四运动退潮,特别是"五卅"以后,时代的前进加剧了这种分化。

周作人以为现代散文是明公安派的流裔,这主要是指现代散文中写景清远、取境孤寂的一类文字。这确是拿不动竹竿的文人在动乱年代的一种表现。然而,更多的游记和旅行记反映了时代面貌和人民要求,具有深刻的社会意义。讴歌自然美的作品,也大多着眼于自然与人生的关联,发掘自然滋润和升华人生、针砭和矫正世风的积极意义,并非山林田园文学的翻版。郁达夫把"人性,社会性,与大自然的调合"

视为现代散文的一大特征①,倒是更切合五四时期记游散文创新的史实。

记游体裁在艺术上有丰厚的古典传统,所以现代散文能够比较顺利地根据时代对它的要求,改造它的内容与形式,利用新兴的报刊,采取随笔的笔调或短篇连续报道的方式。这种旅行记就是一种新的创造,而且作为30年代报告文学的先导。以写景为主的现代游记立文艺游记的新格调,由于白话散文有便于详尽陈述和描绘的长处,在写景、抒情、表意等方面比凝练的古典散文更可能是多样发挥的天地。冰心、朱自清、俞平伯、徐志摩、孙福熙、徐祖正的记游文字丰富细腻,是古典散文难以比拟的。周作人对散文的语言有这样的意见,他说:"以口语为基本,再加上欧化语,古文,方言等分子,杂糅调和,适宜地或各啬地安排起来,有知识与趣味的两重统制,才可以造出有雅致的俗语文来。"②这种杂糅调和的语言反映现代散文早期语言在新旧过渡时代的特色。域外与国内的游记和旅行记是现代散文比较习见和取得成绩的题材之一,它在建设新散文的艺术方面起了先行的作用,而且做出了切实的贡献。

第二节 人生意义的探求和人生情味的体验

郁达夫在《中国新文学大系·散文二集导言》里有一段颇为中肯的话,说出了中国现代散文开创期中的一个重要关键,他说:

> 五四运动的最大的成功,第一要算"个人"的发见。从前的人,是为君而存在,为道而存在,为父母而存在的,现在的人才晓得为自我而存在了。我若无何有乎君,道之不适于我者还算什么道,父母是我的父母;若没有我,则社会,国家,宗族等那里会有?以这一种觉醒的思想为中心,更以打破了械梏之后的文字为体用,现代的散文,就滋长起来了。

---

① 郁达夫:《中国新文学大系·散文二集导言》,上海良友图书印刷公司1935年版。
② 周作人:《中国新文学大系·散文一集导言》,上海良友图书印刷公司1935年版。

个性意识的觉醒,不但促使作家对世界、国家、自然予以高度的关注,从而促进了走异地、寻异路的旅行记和游记的繁荣;而且更促使作家热心于人生意义的探索,思考人生问题究竟应如何解决、对之应该抱什么态度,又应如何发展和实现自我等切身问题。作家们还注意于表现同个人生活有密切联系的感情领域,亲子之爱,男女之恋,师友之谊,童年回忆,乡土眷恋,生活闲情,常遣诸笔端。因此,人生意义的探求和人生情味的体验成为中国现代散文早期的重要题材。

沈从文《论冰心的创作》中说到"五四"以后一段时期文坛的现象时说:"烦恼这个名词,支配到一切作者的心。每一个作者,皆似乎'应当',或者'必须',在作品上解释这物与心的纠纷;因此'了解人生之谜'这句到现今已不时髦的语言,在当时,却为一切诗人所引用。"①早期的现代散文抒发作者的心曲,各自依据个人对人生真谛的不同认识,谱写各有特色的乐章。关于个人生活的记叙抒情之作,母爱、爱情、友谊、乡思等等,这些后来被视为身边琐事的小品,在这个时期特多佳作。因为新的历史时期,打破了封建的禁锢,人们背井离乡,走南闯北,思亲念友之情,不能自已,在阶级意识尚未普遍觉醒的时代,这类作品继承和发扬了我国古典散文的优良传统。这种探索人生、抒写个人情思的作品,一般都带有淡淡的哀愁,一定程度地表现了知识分子在"五四"退潮以后烦闷的时代心理。

一 人生温情的吟味

冰心的《往事》及其他 冰心是我国现代叙事抒情散文的重要奠基者。她在燕京大学就读时,受"五四"新文化运动的感召,走上新文学创作的道路。1920年起,她在写小说、小诗的同时,兼写小品散文,在《晨报》、《小说月报》上发表了《"无限之生"的界限》、《一只小鸟》、《遥寄印度哲人太戈尔》、《问答词》、《笑》、《梦》、《往事(一)》、《到青龙桥去》等;1923年出国留学后,就以写散文为主了,除了《寄小读者》外,还有《往事(二)》。这些作品先收入小说散文合集《超人》、《往

---

① 见李希同编《冰心论》,上海北新书局1932年版。

事》,后来编入北新书局1932年版《冰心全集》之三《冰心散文集》。这是冰心散文的脱颖成名期,也是冰心散文的流行轰动期。她以温煦的母爱,亲切的友情,天真童年的回忆,伟大自然的敬慕,倾注于她的优美作品之中,润泽着千万青少年的心灵。

　　冰心散文写作的最初阶段,是认真地思索关于自然、社会、家庭、人生问题的。《问答词》(1921)一文便是她思索后的回答。她明显地感到自己对污浊的社会无能为力,而天国乐园又是那么渺茫,于是在生命的虚幻中找到了自然、孩子这个遁逃薮,在"自己证实,自己怀疑"的矛盾中领悟到每个人都是"大调和的生命里的一部分",人生的意义就在于脚踏实地地履行各自"独有的使命"。她以《遥寄印度哲人太戈尔》和《"无限之生"的界限》(1920)等开始她抒情文创作之路。她满心赞颂泰戈尔给她卓越的哲理和快美的诗情,信服"宇宙和个人的灵中间有一大调和",这样"万全的爱,无限的结合,完全的结合",超越了生死的界限,人与人之间、人与万物之间的爱是永生的。她怀着爱心和童心来表露她的情怀,在她的理想中就是用这样万全的爱来走着人生的道路。

　　她从切身体验中感悟到母爱的博大与圣洁,率先高唱起母爱颂。写母爱,唐诗中孟郊的《游子吟》是脍炙人口的代表作,"谁言寸草心,报得三春晖",深情蕴藉,但在散文中这种感情似未见充分的描述。自然,著述先德的墓志铭,或先妣事略之类,还是不少的,不过这些文章不但涂上许多脂粉,而且夹杂以陈腐的说教。归有光《项脊轩志》写及祖母、母亲部分,颇为动情,然令人长号不禁的竟是她祖母持象笏的一段话:"此乃祖太常公执此以朝,他日汝当用之!"古人往往把母爱和仕途联系起来,现在读起来就未免味同嚼蜡。而冰心之作,一洗古人窠臼,令人耳目一新:

　　　　"母亲啊,你是荷叶,我是红莲。心中的雨点来了,除了你,谁是我在无遮拦天空下的荫蔽?"(《往事(一)·七》)

　　　　"我现在正病着。没有母亲坐在旁边,小朋友一定怜念我,然而我有说不尽的感谢!造物者将我交付给我母亲的时候,竟赋予我以记忆的天才;现在又从忙碌的课程中替我匀出七日夜来,回想

母亲的爱。我病中光阴,因着这回想,寸寸都是甜蜜的。"(《寄小读者·通讯十》)

"为此我透澈地觉悟,我死心踏地的肯定了我们居住的世界是极乐的。'母亲的爱'打千百转身,在世上幻出人和人,人和万物种种一切的互助和同情。这如火如荼的爱力,使这疲缓的人世,一步一步的移向光明!"(《寄小读者·通讯十二》)

这种诚挚的骨肉之情,不纯出于天性,因远托异国而越加醇厚深切;这是我国民族性中极为宝贵的部分。她不把母爱局限于人伦亲情范围内,而以爱的哲思把它升华为人间情爱的典范与人际协和最强韧的精神纽带,充分发挥了这种纯真情愫的典型意义。

友情也是一个古老的主题,中国古典散文中不乏友谊名篇。如果我们读一读冰心的《好梦》(1923),其境界之美,抱负之高,体贴之微,叹慨之深,古人是无法相比的。那异国姐妹超越鸿沟、心心相印的深情,也是古人无从道出的。你看,朦胧月夜,淡淡湖波,山青水白,风凉露重,两个女友微微细语,竟是关涉世界人民未来的大事,爱和天国当然是不切实际的梦想,但她们谈得那么诚恳,这就令人感动了。女青年而有这种思想,这等抱负,显然是新时代的投影。她在《寄小读者》、《往事(二)》中,因弱游异邦、病居青山而更真切地领略到友情的珍贵和伟大,"此次久病客居,我的友人的馈送慰问,风雨中殷勤的来访,显然的看出不是敷衍,不是勉强。至于泛泛一面的老夫人们,手抱着花束,和我谈到病情,谈到离家万里,我还无言,她已坠泪。这是人类之所以为人类,世界之所以成世界呵!我一病何足惜?病中看到人所施于我,病后我知何以施于人,一病换得了'施于人'之道,我一病真何足惜!"这里的一唱三叹是感念不已的自然流露,是扪心自省后身体力行的人生誓言。

童年也是冰心时常着笔的题材,她有一个传奇的童年,美丽的童年。《梦》(1921)是她早期的抒怀之作。"横刀跃马和执笔沉思的她,原都是一个人,然而时代将这些事隔开了。"梦一样的小军人的生活结束了,回到故乡学习儿女情性,她既神往于男装小军人那横刀跃马的壮美生涯,又迷离于姐妹群里调脂弄粉的温柔境地,体认这两种环境交错造就自身矫健而娇柔的心性,对生命的流变不免怀有"无穷的怅惘"。她"凭着深刻的印象"追述《往事》,展示"生命历史中的几页图画"(《往事(一)》副题),让幼年之梦、家人之爱、大海之恋、童真之趣不绝如缕地流向笔端。她又是"在童心来复的一刹那顷拿起笔来"与小朋友交流"幼稚的欢乐和天真的眼泪"(《寄小读者》四版自序、通讯一)。因而,她注重发掘童年生命的蕴藏,较少染上失乐园般的伤逝气息,更多的是体味和升华童年的纯真与活趣,感念和张扬父母师长的至爱与美德,探索人格塑造的有效途径。这类作品,大抵是童心释放、爱意盈溢的产物,又出以跟小朋友促膝谈心的口吻,充满着纯真的童趣和美妙的直觉,特别地引人入胜。人们的童年并非都是美好的,但留给人们的不管是欢欣抑是悲戚,都值得回念,冰心以清丽的笔墨开辟了现代散文中回忆童年的篇章。

此外,兄弟间的爱,去国的别情和乡思,返乎自然的理想指导下对山和海的赞颂,一切人生的情愫她都"愿遍尝",都要"领略",都毫不保留地在《寄小读者》和《往事》中缠绵地向读者诉说,也都有机地熔铸为"爱与美"的世界。所以,她以"最庄肃的态度"来归纳她所认定的人生要旨:

> 爱在右,同情在左,走在生命路的两旁,随时撒种,随时开花,将这一径长途,点缀得香花弥漫,使穿枝拂叶的行人,踏着荆棘,不觉得痛苦,有泪可落,也不是悲凉。(《寄小读者·通讯十九》)

沈从文谈到冰心的抒情特点时说:"对人生小小事情,一例俨然怀着母性似的温爱,从笔下流出时,虽文式不一,细心读者却可得到同一印象,即作品中无不对'人间'有个柔和的笑影。"[①]这时她的母性爱还带有少女的天真和单纯、稚嫩与敏感,所营造的情境是"满蕴着温柔,微带着忧愁"(《寄小读者·通讯二十七》)。这不绝如缕、乙乙欲抽的柔情缱绻,以回忆体小品《往事》和书信体散文《寄小读者》的自由体式,用恳切、亲昵、委婉的絮语方式,和流丽的白话与雅洁的文语融化的

---

① 沈从文:《习作举例·由冰心到废名》,《国文月刊》1940年第1卷第3期。

艺术语言,"行云流水似的,不造作,不矜持"地表达出来(《寄小读者·通讯二十五》),成就了一种时人所称誉的"冰心体"美文。冰心散文就以其温爱柔情和独特文体奠定了她在现代散文史上自树一帜的重要地位。

朱自清的《背影》　骨肉之情是我国伦理道德的重要组成部分,我国古代文学中抒发这种感情的诗文是很多的,但它们往往带有封建时代显亲扬名等陈腐的报恩观点。"五四"以来,新一代青年的骨肉之情反映着新的社会内容,带有新的时代特色。冰心、朱自清各有不同的家庭环境和生活遭遇,从不同侧面抒写了亲子之爱,或含情脉脉,或泪湿衿衫,都流露出对抚育自己的老一辈人的深深系念。中国人的伦理传统还有大义灭亲的美德,但在正常状况下,这种亲子之爱的主题应该随着时代的发展更新它的内容而永垂文苑。

朱自清是抒情的高手,他的《背影》(1928)集子中写于1925年10月的《背影》一文,是传父子之情的佳作,也是其文最为人称颂的名篇。作者以八年前家中祖母去世、父亲失业这"祸不单行的日子"为背景,透出惨淡悲戚的氛围,用可感的形象写出他父亲对他的深厚的热爱和他对父亲别后的感念,奏出温馨缠绵的父爱颂和思亲曲。送行的细节——亲自送站、与脚夫商谈小费,直到细致描述买橘子的情景,焦点集中在他父亲的"背影"上,而这背影又凝聚着舐犊的深情,混合着作者感动的眼泪,暗含着生离和奔波的酸辛,给读者以极大的感染。

叶绍钧《跟〈人民文学〉编辑谈短篇小说》中谈到朱自清的《背影》时说:"写他父亲的身材和穿戴,不过几句话,而且不放在文章开头他回家见着父亲的时候,而放在临别之前,父亲把他送上了火车,又横截经过铁轨到对面去给他买橘子的时候,在文章的结尾,朱先生写他记忆中的父亲的'背影':肥胖的身材,青布棉袍,黑布马褂,字用得更少了,给人的印象却很深刻。至于父亲的面貌,全篇中一个字没有提,似乎连表情也没有怎样描写,咱们读了,并不感觉缺少了什么。"[①]这里指点了朱自清描述和结撰的功夫。背影这一焦点联结着父子俩漂泊生活的共

---

① 《人民文学》1979年11月号。

同命运,引起读者无限的同情与吟味。

朱自清本人也舐犊情深,但取另一种表现方式。《背影》里的《儿女》就是自述为父心怀的名作,在自责不会做父亲的痛悔中已透露为父的苦衷和惊觉,在操心儿女怎样去做人的思虑上就袒露着大爱者的胸襟和本色,从他对儿女哭闹嬉笑种种情状的传神描述也可以看出他的亲子之爱是深沉而细腻的。朱自清的亲情散文,述实事,抒真情,益以世事多艰,"只为家贫成聚散",产生了骨肉亲人间的悲离欢合,不纯是温情的抚慰,还有世味酸涩的咀嚼,更贴近现实人生。

《背影》里的《一封信》、《〈梅花〉后记》、《怀魏握青君》等,是几篇关于友情的散文,作者在这些作品中记述了他和朋友们的交往和友谊。朱自清的怀友之作善于提炼他朋友的特点,S 的喜欢喝酒骂人,无隅的微笑的脸,魏握青的玩世态度,这些都是作者所深切感受到的,反复写出,也使读者感觉到他朋友的可爱之处。朱自清的文章还写他与朋友间交往的最可系念的事,动人心弦的事。《一封信》中有和 S 一样不能忘怀的台州的山水、紫藤花和春日。《〈梅花〉后记》中有热心为无隅诗集出版效力的林醒民、白采等友人。《怀魏握青君》中有与魏的多次谈论,特别是魏君动身前不久在月光中的一次谈论。这些平淡而且深情的日常交往带有很大的普遍性,因而也易于动人。他于细微处见精神,以淡笔写真情,给读者以一种超离势利、相知相谅的友情美。

《背影》里还有《女人》、《阿河》一类表现生活情趣的文字。一谈女人似乎就会涉及性爱,至少是情爱,但朱自清的《女人》一文,不是把女人作为玩物,而是作为美来欣赏。

> 她是如水的密,如烟的轻,笼罩着我们;我们怎能不欢喜赞叹呢?这是由她的动作而来的;她的一举步,一伸腰,一掠鬓,一转眼,一低头,乃至衣袂的微扬,裙幅的轻舞,都如蜜的流,风的微漾;我们怎能不欢喜赞叹呢?

又如《阿河》中写阿河的美:

> 她的影子真好。她那几步路走得又敏捷,又匀称,又苗条,正如一只可爱的小猫。她两手各提着一只水壶,又令我想到在一条

细细的索儿上抖擞精神走着的女子。这全由于她的腰;她的腰真太软了,用白水的话说,真是软到使我如吃苏州的牛皮糖一样。

这里朱自清用他精巧、灵活、细腻的文字来描写他眼中的女性美,但他是真诚的、高尚的、毫无邪念的一种欣赏,像对待艺术一样。他索性说她们是"艺术的女人",以为"将女人的艺术的一面作为艺术而鉴赏它","自与因袭的玩弄的态度相差十万八千里"。这种反映生活情趣的文字,可以看出当时知识分子精神生活的一个侧面,从而也可以理解他的散文那么爱用女性化的比喻。

《背影》集子里的抒情文,不仅以亲情友谊的醇厚称胜,也以文体语言的纯正传世。体式上,作者随物赋形而胸有成竹,任心闲话而开合自如,讲究谋篇布局而不露痕迹。语言上,他这时已努力脱尽铅华,提炼口语,追求"谈话风"。以名篇《背影》、《儿女》为标志,朱自清在现代散文史上树立了一种平易、朴实、本色的散文美典范。正如后来李广田所说的:"朱自清先生的《背影》,虽然只是薄薄的一本小书,而且出版已经那么多年了,但它一直也还是一个最好的散文范本,它叫我们感到写散文并不困难,并觉得无论什么事物都可以写成很好的文章,它那么自然,那么醇厚,既没有那些过分的伤感,又没有那些飞扬跋扈的气息,假如说散文之中也有所谓正宗的话,我以为这样的就是。"①

叶绍钧的早期散文　叶绍钧的早期散文也是写母爱、乡情、别绪的,带着浓厚的抒情色彩。母对子的爱抚,故乡秋虫的鸣奏、藕和莼菜的佳味,闽江畔的月夜、潮声与客绪,谱成许多幽远的抒情之曲。状物、造景、写人,无不牵引着绵长的情意,语言优美,文字典雅,与他以后的散文异趣。

叶绍钧(1894—1988),字圣陶,江苏苏州人,文学研究会发起人之一,历任小学、中学、大学教师。他以诗和小说开始创作生活,所注意的是社会题材,而收在《隔膜》的《伊和他》,收在《剑鞘》(与俞平伯合集,"上辑"收叶文12篇)的《没有秋虫的地方》、《藕与莼菜》、《将离》等,却是写母爱、乡思和友情的散文,表达他对爱与美的向往。《伊和

---

① 李广田:《文艺书简·谈散文》,开明书店1949年版。

他》(1920)不以抒个人之情来写母爱,而是通过生活断片来描写母亲抱着她的爱子,沉醉在爱的涡流之中;爱子玩着玻璃球,失手打着母亲左眼的上角,从而引起母忍痛、子大哭的情景。作者对母爱的赞美通过简练的场景描述表现出来了。

《没有秋虫的地方》(1923)是他客居福州协和大学教书时写的作品。作者通过"井底似的庭院,铅色的水门汀地"的枯燥处境与乡间秋虫奏鸣、各抒灵趣的动人境界的鲜明对比,表现他的乡野之思和喜恶之情。他饱品当境者的苦乐,体悟"有味远胜于淡漠"的哲理,在抒情中展现论说的成分,写得舒徐周至,因而使读者在动情之外,还有理性的回味。

1925年以后,叶绍钧的散文从乡情别意转到经世致用,他对人生真义的理解是认真处世,希望人们脚踏实地做个有益于社会的人。如收入《脚步集》内的《"双双的脚步"》、《与佩弦》(1925),《"怎么能……"》、《诗人》、《水患》(1926)等,都较为明显地表明了他这种人生态度。在这些文章中,作者反对读死书而不接触实际生活(《读书》),他要求抓住当前,脚踏实地去工作。他说,"过日子要当心现在,吃甘蔗不要去了中段,这固然并非胜义,但至少是正确而合理的生活法"(《"双双的脚步"》);"认真处世是以有情待物,彼此接触,就交付以全生命,态度是热烈的。要讲到'生活的艺术',我想只有认真处世的才配"(《与佩弦》)。他希望人们应该看到群众的痛苦,有宏大的为人谋福利的志愿,时时发现和克服不合理的生活,他说:"人间真有所谓英雄,真有所谓伟大的人物,那必定是随时考查人间的生活,随时坚强地喊'人间怎么能',而且随时在谋划在努力的。"(《"怎么能……"》)他憎恨旧社会,憧憬新社会的到来,他通过诗人的对话写道:"所以我决意拿出我的力量来,亲自动手,把这个生活撕成粉碎,让它再拼凑不拢来;同时又另外建造一个新的。"(《诗人》)叶绍钧这些散文较少早期那浓厚的抒情成分,增强了理性思索,大多是随笔书感的文字,从容细致,周详亲切,朴实隽永,在语言上注意口语的韵味。这固然与作家阅世的深入、思想的成熟同步进展,也与"五卅"运动后文坛上现实主义精神的高扬密切相关。当"五卅惨案"发生的次日,他就写了名文《五月卅一日急雨中》。

  罗黑芷的《乡愁》 罗黑芷（1898—1927），江西武宁人，文学研究会会员。他以笔名晋思出版了诗文集《牵牛花》（1926），其中的《乡愁》和《甲子年终之夜》被郁达夫选入《中国新文学大系·散文二集》，并称他性格幽郁，文字玄妙。当时，他流寓长沙，在《甲子年终之夜》感叹生之悲凉，《乡愁》则是游子思念故乡和亲情的名作。他以美妙的笔带着哀愁的心，回忆起：童年教他看萤火虫的穿蓝色竹布衣衫的母亲，送他蝉子的挑水的老王，亲热地偎傍他的要说给人家的姑娘；还有那卖水果的老蒋和他担子上香脆的桃子，有白糖馅的糯米团子，锯木师傅和他养的斑鸠；还有门口的石狮，天井里绿色的光的世界。一切都历历在目，温馨如初。"隔着彭蠡的水，隔着匡庐的云，自五岁别后，这一生认为是亲爱的人所曾聚集过的故乡的家，便在梦里也在那儿唤我回转去。"故乡的人和物是如此令人魂牵梦绕，这朴质的村镇便是流浪他乡的游子引起哀愁之心的理想乐土。

  其抒情语言有着不同于现代散文草创时期的变化，如开头一段："写了《死草的光辉》已经回到十四年前去的这个主人，固然走入了淡淡的哀愁，但是想再回去到一个什么样的时候，终寻不出一个落脚的地方。这并非是十四年以前的时间的海洋里，竟看不见一点飘荡的青藻足以系住他的萦思，其实望见的只是茫茫的白水，须得像海鸟般在波间低徊，待到落下倦飞的双翼，如浮鸥似的贴身在一个清波上面，然后那仿佛正歌咏着什么在这暂时有了着落的心中的叹息，才知道这个小小的周围是很值得眷恋的。谁说，你但向前途寻喜悦，莫在回忆里动哀愁呢？"郁达夫说他的文字"玄妙"，这是由于他文章中用曲折的想象来表现纤细的感情，语言显得繁重黏滞的缘故。

  川岛的《月夜》 川岛（1901—1982），原名章廷谦，浙江上虞人。北京大学哲学系毕业后，留校工作，系《语丝》发起人之一，并为它长期撰稿。他的《月夜》（1924）是演奏爱情之曲的，文中诉说男女间爱恋的敏感、细微的真情，善于心理刻画。如其中《月夜》一文写情人在夜间相伴归去，横暴的风挟着泥沙，路上黑暗而崎岖，"我"和伊不断地说着话，心房战栗，月亮从云幕中射出光芒，伊说这是伊命运的象征，而云中的月有时朦胧,有时光明,而伊的命运到底如何呢?伊所要的又是什么呢?作者含蓄地写出了恋人极端微妙的心理状态。

川岛在《惘然·跋》里说:"委实我感到除了爱(当然不限于两性的爱)的宇宙以外,其它对于我们的好处是有限的,因而就想把我的消息送点给人,就是朋友们也曾鼓励我。"这时作者陶醉在恋情之中,《月夜》便是"他在热爱时期蒸发出来的升华"①。但作者并不只是单纯描写爱情生活,而是着实感到爱对于人生的好处,将个人的爱情体验升华到人类爱的哲理高度。

沈从文在《习作举例》中指出《月夜》的文体创造,他说:"'五四'以来,用叙事形式有所写作,作品仍应当称之为抒情文,在初期作者中,有两个比较生疏的作家,两本比较冷落的集子,值得注意:一是用'川岛'作笔名写的《月夜》,一是用'落华生'作笔名写的《空山灵雨》。两个作品与冰心作品,有相同处,多追忆印象,也有相异处,写的是男女爱。虽所写到的是人事,不重行为的爱,只重感觉的爱。主要的是在表现一种风格,一种境界。人或沉默而羞涩,心或透明如水。给纸上人物赋一个灵性。也是人事的哀乐得失,也是在哀乐得失之际的动静,然而与同时代一般作品,却相去多远!"②这段话相当精彩,指出川岛和许地山都以叙事形式来写抒情散文,近于小说的写法;又指出他们爱情题材的写法"只重感觉的爱",直叙爱情又颇为含蓄。川岛这本散文集在当时确是比较独特的,在早期记叙抒情散文中专写爱情,川岛是值得注意的先行者。

二 人生悲苦的谛视与抗争

鲁迅的《野草》、《朝花夕拾》和《两地书》 在中国现代散文史上,鲁迅的开创性业绩不仅表现在杂文方面,在记叙抒情散文和散文诗领域也有突出贡献。从 1919 年 8—9 月间发表于《国民公报》"新文艺"专栏的一组《自言自语》,到 1924—1926 年间连载于《语丝》的 23 篇

---

① 郁达夫:《中国新文学大系·散文二集导言》,上海良友图书印刷公司 1935 年版。
② 沈从文:《习作举例·由冰心到废名》,《国文月刊》1940 年第 1 卷第 3 期。

《野草》(1927),说明鲁迅是中国散文诗的一代宗师;从《呐喊》中《兔和猫》、《鸭的喜剧》、《社戏》等篇带有自叙传性质的作品,到1926年《莽原》上的10篇《旧事重提》及其改题结集为《朝花夕拾》(1928),1925—1929年间鲁迅与许广平通信的结集《两地书》(1933),直至以后收入杂文集内的一些记事怀人之作,表明鲁迅也始终坚持记叙抒情散文的创作。其代表作《野草》和《朝花夕拾》是中国现代散文史上的瑰宝,它们以丰富的思想内涵和非凡的艺术魅力赢得了读者的喜爱。《两地书》在当时涉及爱情领域的书信体散文中,其思想意义特别令人瞩目。

"自然,做起小说来,总不免自己有些主见的。例如,说到'为什么'做小说罢,我仍抱着十多年前的'启蒙主义',以为必须是'为人生',而且要改良这人生。"①鲁迅这段话是指他的小说而言的,但对于他的散文,也可以适用。《野草》这一部散文诗所勾勒的形象和抒发的情怀,表现了鲁迅当时的人生哲学;《朝花夕拾》以记叙文的形式把他少年到壮年时期的经历和国家民族的命运密切地联系起来进行抒写,其中反映了作者对人生道路的深沉思索;《两地书》不但表现了鲁迅和许广平的爱情生活——人生的重要侧面,而且也是他俩互相激励走着"人生"长途的真实记录。这三个集子写作的时间相近,主要在1924年到1927年之间。经过"五卅"惨案,女师大事件,"三一八"惨案和大革命,这正是一个苦闷和奋起的时代,也是鲁迅思想从彷徨转向质变的前夕;这三本书的内容不同,表现的形式各异,其中"为人生"、"要改良这人生"的思想则是共同的。鲁迅对于人生问题的思考和探索,对于自我内心的解剖和发掘,其深广的程度,则是同时代作家所望尘莫及的。

1925年3月11日,许广平写第一封信给鲁迅,告诉她在政潮、学潮中所看到的卑劣嘴脸,所闻到的含有许多毒菌的空气,她感到愤恨苦闷,要求鲁迅给她以一个"真切的明白的指引"。鲁迅立即给她回信,虽然说"可惜连我自己也没有指南针",但还是告诉她走"人生"的长途

---

① 鲁迅:《南腔北调集·我怎么做起小说来》,上海同文书店1934年版。

的方法,那就是:遇到"歧路",不哭也不返,选一条似乎可走的路再走;遇到"穷途",办法也一样,还是跨进去,在刺丛里姑且走走;对于社会的战斗,最重壕堑战;"总结起来,我自己对于苦闷的办法,是专与袭来的苦痛捣乱"。鲁迅这时的思想是明晰的,敢于直面惨淡的人生,敢于正视淋漓的鲜血,他不赞成赤膊上阵,他以为应当奋然前行,作韧性的战斗。《两地书》的内容相当丰富,有他俩的工作和生活的种种境遇的商量讨论,涉及人生观、教育观、政治观等问题,其中贯彻着韧的战斗精神。许广平在《两地书·三一》里再一次要求鲁迅公开《两地书·二》中走人生长途的那些话,"以公同好",可见这一纲领性见解对她的深刻印象了。

《两地书》三、四则,谈到了《野草》中的《过客》和《影的告别》。过客孤独地寻找着前行的道路,他身上所表现的韧性战斗精神和执着探索精神,可以说是鲁迅的自我写照。影的形象是鲁迅内心思想矛盾的化身。《两地书·四》里的一段话是《影的告别》的最好注脚,鲁迅说:"但我的作品,太黑暗了,因为我常觉得'惟黑暗与虚无'乃是'实有',却偏要向这些作绝望的抗战。"《野草》这个集子中的作品,无论歌颂韧性战斗,解剖自己心灵,或者针砭社会痼弊,和《两地书》中所表现的"抗战"的思想都是契合的。在那黑暗时代,鲁迅用象征的方式,借事寄意、托物咏怀的手法,把他当时的孤独情怀,矛盾心理,探索战斗走着人生长途的思想,作了浓郁的诗意的体现。阿英称道《野草》是"一部最典型的、最深刻的、人生的血书"[①],从思考人生的深广度和艺术表现的完美程度来说,对这个赞语《野草》是当之无愧的。

对童年的思念,乡情的依恋,家庭和邻里人物的回忆和走异地、寻异路的经历,把走人生的长途所尝过的辛酸和悔恨,所遭遇到的教育问题、社会问题和政治问题,《朝花夕拾》中表现得极为具体。鲁迅通过个人的成长,反映从满清到民国那黑暗的年代里,封建主义和帝国主义势力如何牢固地压在苦难的中国人民身上,而作为觉醒的青年鲁迅,又是如何地怀着"我以我血荐轩辕"的决心,走着希望与失望交织的人生

---

① 阿英:《现代十六家小品·鲁迅小品序》,上海光明书局1935年版。

道路。

从"为人生"、"要改良这人生"这一角度出发,鲁迅在三个集子里用不同的体式来表现他当时的思想,与其他探求人生问题的作家不同,这三个集子联系着广阔的历史图景,把个人走人生长途和国家民族的命运密切地联系起来,绝不回避时代的苦闷和内心的矛盾,生命不止,战斗不息。所以他对人生意义的探求,不是爱的福音,失望的哀告,或无可奈何地走着瞧,而是脚踏实地,要在没有道路的大地上走出一条道路。

早在我国现代散文的滥觞时期,1919年8月19日到9月9日《国民公报》副刊"新文艺"栏上,鲁迅的《自言自语》发表了,其中的几则显然是《野草》和《朝花夕拾》某些作品的雏形。《火的冰》,以冰凝固住的火焰来象征外表冷静而内心燃着烈火的爱国者,显示作者"寄意寒星荃不察"的孤独感和救国无力的痛苦;这一意象在《野草》的《死火》得以改造和发展。《古城》,以沙盖住古城为象征,深刻揭露因循守旧的老一代在生死关头还想窒息年轻人的求生意志。《螃蟹》,以老螃蟹脱壳为象征,诉说人们在成长过程中会遭到同行的暗算。《波儿》以几个孩子急于事功的例子,指明做事不能指望立竿见影,明于责人而悖于责己,也不要以为做事的只有你一个人。这四则散文诗,恳切地表达了作者投身于新的革命潮流中的兴奋而警惕心情,情节单纯而有变化,一些词汇回环反复,富有新意哲理,象征主义手法和浪漫主义色彩得到了成功的运用。《我的父亲》和《我的兄弟》都是写实,记叙自己对待父亲的死和兄弟放风筝的事的过失,追悔莫及;二文分别是《父亲的病》和《风筝》的雏形。解放幼者,结清旧账,开辟新路,这是文章中所透露出的真诚愿望。作者平实地描述自己不自觉地按传统风习办事的内疚,与上述四篇不同,不用象征手法,记事真而抒情诚,别有一种感人的力量。从文学史的角度观察,鲁迅在中国现代散文史上不但率先树立了为人生改良这人生的创作思想,而且在散文体式和创作方法的多样化方面也起了筚路蓝缕的先行者的伟大作用。

《野草》连《题辞》共24篇,意蕴精深,技巧瑰奇。其中的许多作品是有所指的,鲁迅在《〈野草〉英文译本序》里说:"现在举几个例罢。因为讽刺当时的失恋诗,作《我的失恋》,因为憎恶社会上的旁观者之多,作《复仇》第一篇,又因为惊异于青年之消沉,作《希望》。《这样的战士》是有感于文人学士们帮助军阀而作。"《野草》讽刺和批评的笔锋针对着求乞者(《求乞者》),精神空虚者(《我的失恋》),精神麻木者(《复仇》),意志消沉的青年(《希望》),正人君子(《狗的驳诘》、《死后》),负义者(《颓败线的颤动》),黑暗政权的主宰者(《失掉的好地狱》),圆滑处世者(《立论》),奴才(《聪明人和傻子和奴才》)等,这些都是旧社会中可怜可憎的人物。它们礼赞的则是:枣树刺破高天和小飞虫扑向火光的精神(《秋夜》),不倦向前的探索者(《过客》),叛逆的猛士(《这样的战士》、《淡淡的血痕中》),被风沙打击得粗暴的灵魂(《一觉》)等。《野草》中涉及内心解剖的篇章也有多种不同的情况:追求美好理想的如《雪》和《好的故事》,追悔莫及而严于自责的如《风筝》,表露勇于自我牺牲豪情的如《死火》、《腊叶》,解剖内心阴影的如《影的告别》、《希望》和《墓碣文》。这些作品表现了他对美好社会的向往,以及在特定时期内矛盾的心境和同旧我决绝的决心。其中浸透着鲁迅的大爱大憎、大悲大痛,饱含着鲁迅的覃思内省和哲理探索,贯串着鲁迅直面人生、独战黑暗而又"抉心自食"、上下求索的精魂。其感触之锐敏,思索之深广,情调之沉郁,蕴涵之深邃,在现代散文诗中是无与伦比的。

鲁迅致萧军的信里说,"我的那一本《野草》,技术并不算坏"[1],这话自谦中带着自信。的确,《野草》是中国现代散文史上的艺术神品。《野草》是深刻的思想主题和多样化的表现方法的完美结合。如《风筝》基本采取现实主义手法,《淡淡的血痕中》基本运用浪漫主义手法,其他大量篇章则是采用象征主义手法。或创造奇突的象征性形象,如《复仇》中与看客永远对峙的全身裸露、纹丝不动的青年男女,《颓败线的颤动》中立于荒野、举手向天的垂老女人,《这样的战士》中走进无物之阵仍坚执投枪的战士,都有着怪诞、变形、夸张的特点和强烈的雕塑感。或运用自然景物的象征性描绘,如《秋夜》里的枣树、花草、飞虫与

---

[1] 鲁迅:《致萧军》(1934年10月9日),《鲁迅全集》第12卷第532页,人民文学出版社1981年版。

星空的对立,《雪》中江南和朔方的雪景的对照,都带有象征寓意色彩。或借助于幻境特别是梦境的象征性描写,如《死火》、《墓碣文》、《失掉的好地狱》等,造境的奇诡怪诞前无古人。或创造象征性的寓言故事,如《狗的驳诘》、《聪明人和傻子和奴才》等,幽默泼辣,意味隽永。《野草》中的象征主义散文诗,有着小中见大、实中见虚、由一而众、由此及彼、由表及里、以形写意的突出特点。《野草》运用多样的文艺形式,以新兴的散文诗为主,兼有诗(《我的失恋》)和短剧(《过客》),还有对话体、辩难体等,不管采用何种体式,都具有浓郁的诗情和深厚的哲理。《野草》的语言既有诗的凝练,又有散文的流丽,许多名篇精心锤炼,有口皆碑,如《秋夜》、《希望》、《雪》、《好的故事》等。总之,《野草》意象奇诡,造境幽深,手法新颖,色彩缤纷,堪称现代散文诗的一座雄奇瑰丽的艺术丰碑。

《野草》的影响相当深远,当时许多新进青年在《语丝》、《莽原》等报刊上发表的散文诗,鲜明地带有《野草》的影响痕迹,如高长虹、沐鸿、韦丛芜等的作品。三四十年代,出现过散文诗创作的兴旺局面,作家们在严峻的年代借鉴鲁迅的艺术传统进行新的战斗。

《朝花夕拾》,鲁迅在他的著译书目中称之为回忆文,是在女师大风潮、"三一八"惨案和北伐战争的革命风浪中,与"正人君子"斗争、遭受反动派迫害的流离生活中写出来的。鲁迅在纷扰中寻出一点闲静来,站在现实战斗的立场和时代思想高度上反顾自己的经历,回忆故乡可喜可愕的人事景物,带有自传的性质,在鲁迅作品中占有特殊的地位。回忆文可以说是传记文学的一个分支,鲁迅在这领域进行领先垦殖,郭沫若、郁达夫、沈从文等在后来继续开拓它的疆土。

《朝花夕拾》以个人的生活经历反映时代的侧面,显示了晚清社会的落后,封建思想枷锁的沉重,维新运动的劳而无功,日本帝国主义者的自大骄横,辛亥革命的半途而废。这些旧民主主义革命时期的政治状况和社会变故,伴随他少年和青壮年的生活历程得到形象的表现。《朝花夕拾》展现了一幅幅浓郁的江南乡镇的风俗画。过年节的规矩,迎神会的盛况,目莲戏的热闹,旧书塾的陈规,治病的陋习等等,随着鲁迅的生花妙笔,再现在读者面前。《朝花夕拾》精彩地描绘了19世纪末20世纪初停滞的社会中劳动人民和知识界人士的面影:善良朴实而又迷信落后的保姆长妈妈,方正博学而又守旧的寿老先生,固执严肃的父亲,故弄玄虚的陈莲河医生,认真负责的藤野先生,穷困凄苦的范爱农等。这些人物形象鲜明,各有各的典型意义。鲁迅选择典型细节、典型事件突出人物个性的主要特征,他们的音容笑貌,带着浓厚的历史感进入散文的画廊。这些作品令人感念的不只是母子之爱、师友之情和人物的命运,它还会使你对造成人物如此命运的社会历史环境作更深沉的思考。世态、风俗、人物和自我的心路历程交织写来,具有丰厚的人生和社会内涵。

《朝花夕拾》的有些篇章,如《狗·猫·鼠》、《二十四孝图》和《无常》,写法近乎杂文,以议论为主,穿插生动的描述,间或涉及时事。其他篇章,如《从百草园到三味书屋》等,则以叙事为主,写法近乎短篇小说,以极省俭的笔墨,勾勒人物形象,时带杂文笔法。总的来说,叙事、抒情、议论,舒卷自如;民情风习,历史掌故,寓言故事,涉笔成趣;语言明快而优美,洗练而深沉。

鲁迅的记叙抒情散文作品在杂文集中也或有所见,写故乡习俗和幼年生活的,如《我的种痘》、《我的第一个师父》、《女吊》等,纪念师友的,如《纪念刘和珍君》、《为了忘却的纪念》、《忆韦素园君》、《忆刘半农君》、《关于太炎先生的二三事》等,这些都是传世的名篇。

同短篇小说和杂文一样,鲁迅是中国现代记叙抒情散文和散文诗的开山祖。他的散文具有特出的社会广度和历史深度,他坚定的战斗激情是无与伦比的,他对散文的艺术创造也是光辉夺目的。他才兼众体,标志着五四时期散文创作的最高水平。

许地山的《空山灵雨》 许地山(1893—1941),笔名落华生,生于台湾,寄籍福建龙溪。他在燕京大学毕业后,留校任助教,1922年又毕业于燕京大学宗教学院,是文学研究会发起人之一。他的《空山灵雨》(1925),原连载于1922年的《小说月报》上,是现代散文开创期的名著,总的倾向是思考人生问题的作品。这时他受着佛教思想的影响,对人生的看法是"生本不乐"。灾难深重的旧中国给人民带来极大的不幸,他希望与读者一起思考"生本不乐"的原因和摆脱的办法。《空山灵雨》中的一些文章带有浓厚的宿命论观点,但集子的主流还是积极的。作品以短小的形式,相当精彩地表现了他构思和表现手法的独创性。

《空山灵雨》对人生痛苦及其社会根源的揭示是敏锐、深刻的。其中的《蝉》,篇幅极短,却发人深省。这只蝉,是我国旧社会弱小者在死亡线上挣扎的象征,是旧中国底层人民命运的缩影。可怜的昆虫遭到急雨的打击,丧失了求生和逃生的能力,免不了充当蚂蚁和雀鸟的食粮。通过小虫的遭遇来透视人生,从题材的选择和主题的显示,不难看出作者对祖国人民苦况的深刻领会。《三迁》中的花嫂子和传为美谈的三迁教子的孟母,恰恰相反,她操心的是不让她的孩子上学,以免重蹈她丈夫读书致死的覆辙。然而不上学仍然没有孩子的活路,城市和农村仍然存在压迫和鞭打,深山大泽给予她的仍是儿子的死亡。降临在弱小者身上躲不开的深重的灾难,真可谓令人惊心动魄。许地山对人生的思考还深入意识的领域:"人面原不如那纸制的面具哟!"(《面具》)人面表里不一,弄虚作假,真不如面具可靠。活人要学面具,可又不能戴面具,这是多么意味深长的讽刺。

对人生的重要方面爱情问题,许地山的探求较为深切独到,揭示出在这令人陶醉的爱的领域,也充满着不乐的因素。五四时期的有些作家以美和爱作为解决人生问题的方剂,他却作别具一格的探索。许地山用散文对爱情种种表现作了充分的抒写,《空山灵雨》中涉及爱情的篇幅约占三分之一。有少年异性间接触的天真,如《春的林野》、《桥边》;有青年对爱的追求和痛苦,如《爱底痛苦》、《你为什么不来》、《难解决的问题》、《爱就是刑罚》、《酒蘼》;有夫妇间的温存和纠纷,如《笑》、《香》、《花香雾气中的梦》、《美的牢狱》;有深情的死别和悼亡,如《七宝池上的乡思》、《别话》、《爱底汐涨》等等。拨开作者在爱的网中交织着的缠绵的情愫和微妙的矛盾,可以看到作者倾其笔力讴歌建立在平等、互敬互爱、同情、自我牺牲基础上的牢固的深挚的爱情,抨击那些对爱情的玩世不恭的态度,他揭示了这令人神往的爱的领域的某些令人清醒的真相,有爱的玩弄,有不称心的懊恼,也有命运的捉弄。许地山对爱情的探索是别具只眼的,现代散文家很少有人像他这样对爱情问题做了这么多方面的理性思考。

例如《酴醾》一文,写松姑娘接受了宗之赠给她一枝酴醾,她陷入情网,以为这是宗之对她爱的表示,而且因此而病了。可是宗之那一方却是一桩无意识的举动,真是"落花有意,流水无情"。这爱情间的误会,单方面的相思,确是情爱中的习见现象,许地山以此为题材并且用哲理性的对话来说明这种误会。这证明许地山对人生的这一奥秘领域的哲理探究相当深入。

社会的黑暗,人性的弊病,人生的痛苦,这是许地山所看到的现实。然而人们应如何继续走人生的道路呢？由于他受佛教思想的影响,他的某些散文对人生不可避免地带着失望的虚无,如"无生是有福"等观点;但更多的是积极的态度。"但我愿做调味底精盐,渗入等等食品中,把自己的形骸融散,且回复当时在海里底面目,使一切有情的尝咸味,而不见盐体。"(《愿》)作者希望人们根据自己现有条件,立即用具体行动,在这"生本不乐"的世界里做一点有益于人的工作。他的散文名作《落花生》所宣扬的也就是这种"人要做有用的人"的思想,像花生那样扎根结果于泥土而默默无闻地造福于人类。

许地山对社会人生问题的思考,在艺术上也有它适当的表现形式,最为突出的是他的丰富的联想和想象,这是具体事物和某种寓意中间的必不可少的桥梁,如在蝉身上看到它所含有的社会性寓意,用三迁的方式组织带有寓言意味的题材。他构思中的联想与想象十分灵活,特别瑰奇,《万物之母》想摘天上的星星来补小骷髅的眼珠,《死的光》竟然让太阳也表露沮丧的神情,文章中充满着浪漫主义的幻想。有些篇章,具有散文诗的特色,与鲁迅《野草》那诡奇的沉思冥想相近似。

《空山灵雨》中的散文较少以我为主,常常以第三人称作抒情叙事的主人公,事件简单,多数通过对话来表现主题,这种表现手法在早期散文中是新的尝试。以反映作者对社会人生的思考为特色的散文,没有采取直接诉说的方式,在极为简短的篇幅中,使哲理的主题借助一定的形象来体现,在当时应该说是一种可贵的创造。

王统照的《片云集》 王统照(1897—1957),字剑三,山东诸城人。1918年在北京中国大学学习,《新青年》、《新潮》等杂志和鲁迅、叶绍钩的小说引起他创作的兴趣。1921年参加发起文学研究会,写新诗、小说、散文,他把1923—1925年间的散文结集为《片云集》(1934),后来结集的还有《北国之春》、《欧游散记》、《青纱帐》、《去来今》、《繁辞集》等散文集。

王统照的散文创作开始于1923年,那正是五四运动高潮之后,爱和美的人生理想渐趋幻灭。他在《霜痕·自序》里说:"记得那时的思想渐渐地变更,也多少渗入了一点辛涩的味道,不过不是一致的。常常感到沉重的生活的威迫,将虚空的蕲求打破了不少,在文字方面,也不全是轻清的叹息与渺茫的惆怅了。"我们阅读《片云集》,可以看到作者有时仍用文章诉说自己对社会人生的冥想,但已可以觉察到社会生活对他心头的重压,以及由此而产生的苦闷心情和自身的一种挣扎、创造、抗进的愿望。冰心看到人生的美、爱和同情的一面,许地山看到苦的一面,而王统照这时则看到恶的一面,挣扎反攻的一面。

《片云四则》用故事的形式表现了他对人生哲理的思索,如《跌跤》表明了人总要跌入"尘网"。陶渊明《归田园居》:"误落尘网中,一去三十年。"这尘网指的是旧式读书人走入仕途,王统照所指的尘网具有新时代的内容。它有柔丝结成的,有钢条接成的,有珠宝缀成的,有绳头竹片补成的,有荆刺针刺连成的,有火焰照成的……,命运支配人们在不同的网中消磨他们的悠悠岁月。人哪能掌握自己的命运呢!《在囚笼中的苦闷》一文写他在火车厢中所见:被欺凌的乡下人,横行无忌的军官;囚笼似的车厢是旧中国社会的缩影。作者说:"似乎在毒热的空气中所留与我的不是惆怅,不是眷恋,不是趣味的与风景的感动,只有一片凝定住的苦闷!"这篇散文形象地反映了现实对他心灵的重压。《绿荫下的杂记》说:"悲哀有时能给予人快感",因为"从不幸的经验中,可以有种新鲜的感发,对花不仅知其美,对月不仅能感其情;而且分外有更深沉更切重的反悟。"这是遭遇悲惨时的一种无可奈何的自慰罢了。不过,作者还有另外的一面,他的心底呼唤着战斗。"我们的心火又随着电火引烧,向无边的穹海中作冲撞的搏战。"(《阴雨的夏日之晨》)"生活只是如此,只是在挣扎中,呻吟中,去找到创造的钥。"(《闲?》)这些复杂的思绪是王统照苦闷中新采取的人生态度。

王统照早期的散文有浓厚的哲理的、悟性的、抒情的因素,这是他诉说自己对人生冥想的必然表现。有时他采用散文诗的形式,如《阴雨的夏日之晨》;有时采取寓言的形式,如《林语》;这更适宜于驰骋冥想,传达他所领悟到的人生真谛。有时他描述一些生活片断,仍然注意于披露他对社会人生问题的悲绪。他早期的作品充分显示了他卓越的描写才能,场景、人物、心情、景物都写得很丰满,情感充沛,想象力丰富,铺排的描述方式,繁复的词汇,妥帖的顿挫的音节,使他的散文具有特有的诱人的魅力。如《阴雨的夏日之晨》中那透彻的内心深处的抒写,感觉锐敏,联想翩翩,语句奇偶长短穿插,读时虽觉以诗为文,带有欧化语,却别有一种深沉情味,在美文的创造上王统照自有他的一份贡献。

徐志摩的《落叶》、《自剖》和《秋》 胡适在《追忆志摩》里说:"他的人生观真是一种'单纯的信仰',这里面只有三个大字,一个是爱,一个是自由,一个是美。他梦想这三个理想的条件能够会合在一个人生里,这是他的'单纯信仰'。他的一生的历史,只是他追求这个单纯信仰的实现的历史。"①徐志摩也多次宣称,"人生是艺术",他要的是"诗化生活"。我们如果从探讨人生问题的角度来观察徐志摩《落叶》、《自剖》、《秋》这三本散文集也是合适的,它恰好代表他思想变化的三个不同时期。

《落叶》(1926)集子中的《落叶》,是徐志摩1924年在北京师大的演讲,他对俄国、法国的革命相当向往,对日本地震后举国努力重建国家也极为钦佩,他表示有勇气对付人生的挑战,希望中国青年采取积极、向上的人生态度。他说:"我们不能不想望这苦痛的现在只是准备着一个更光荣的将来,我们要盼望一个洁白的肥胖的活泼的婴儿出世。"茅盾以为所说婴儿就是暗指新的政治,新的人生,是指英美式的资产阶级民主。② 这时徐志摩充满着信念与理想。

"五卅"惨案、"三一八"惨案,给徐志摩的思想以相当大的打击,他

---

① 胡适:《追忆志摩》,《新月》1932年第4卷第1期《志摩纪念号》。
② 茅盾:《徐志摩论》,《现代》1933年第2卷第4期。

写了《自剖》、《再剖》、《飞》、《"迎上前去"》（收入《自剖》集，1928）等一系列散文，袒露自己的烦闷和思索。他感到头顶只见乌云，地下满是黑影，年岁、病痛、工作、习惯压在肩背，感到自己心灵骤然的呆顿。于是，他"操刀自剖"，"第一要考查明白的是这'我'究竟是怎么一回事；然后再决定掉落在这生活道上的'我'的赶路方法。"（《再剖》）他决意改变对人生的态度，"决心做人，决心做一点认真的事业"。他写道："我再不能张着眼睛做梦，从今起得把现实当现实看：我要来察看，我要来检查，我要来清除，我要来颠扑，我要来挑战，我要来破坏。""人生到底是什么？我得先对我自己给一个相当的答案。"（《"迎上前去"》）尽管仍没有答案，他还是要迎上前去，实行理想中的革命。

徐志摩理想中的革命是实行英国式的政治，在中国那是行不通的，革命的怒潮使他不安，他感到没有力量，孤独和失望。在1929年写的《秋》里，他悲叹读书阶级受了文明的毒，却开了一张可笑的药方，主张人多多接近自然，主张打破知识分子和农民的界限，尽量通婚，使将来的青年体力和智力都得到发展，他以为这是改造国家民族的好办法。文章中充满悲秋的感伤，表明他追求爱、自由、美的人生观的理想的破灭。

徐志摩散文中所表现的思想和他的诗是同步的，他热心追求诗化的生活，抱着这种不切实际的信仰，他的理想主义终归破灭，"流入了怀疑的颓废"（《猛虎集·序》）。他一生十分短暂，他的散文却相当完整地表现了一个资产阶级作家的理想从希望到破灭的过程，也相当典型地体现了其浪漫主义的情怀从积极到消沉的历程。

他的散文很有特色。以抒情的美文来剖白内心，谈论人生，直抒胸臆而又议论风生，这一点很少作家能够同他比肩。我们看《"迎上前去"》中的文字：

> 我要一把抓住这时代的脑袋，问他要一点真思想的精神给我看看——不是借来的税来的冒来的描来的东西，不是纸糊的老虎，摇头的傀儡，蛛蛛网幕面的偶像；我要的是筋骨里迸出来，血液里激出来，性灵里跳出来，生命里震荡出来的真纯的思想。

这是他热情真诚性格的自然表露,他用形象的、激情的、排比的语言,一气道来,酣畅淋漓,达到论辩的效果。他的炼字炼句、比喻想象等功夫相当出色,往往是浮想联翩,博喻迭出,肆意铺排,气盛言宜,有时不免过于夸饰、堆砌。阿英以为徐志摩的文字,组织繁复,辞藻富丽,是一种新的文体。① 卞之琳以为,"他的杂样散文,可以归之文学创作类的,一般都与众不同,别具一格:生动、活泼、干脆、利落,多彩多姿,有气有势。"②

高长虹的《心的探险》 高长虹(1898—1956),山西盂县人,原为莽原社成员,不久自立狂飙社。在20年代中期,他以"倔强者"和"世上最孤立的人"自诩,以尼采的"超人"哲学怀疑和抨击一切,著有诗集、散文杂文集多种。

诗文合集《心的探险》(1926)、《光与热》(1927)中,大多是散文诗和格言体小品。《心的探险》由鲁迅选编,并在广告中指出:这是高长虹"将他的以虚无为实有,而又反抗这实有的精悍苦痛的战叫,尽量地吐露着"③。其中《幻想与做梦》、《创伤》两辑的28篇散文诗,突出体现了他的这一特点。他幻想飞离地狱般恐怖的人寰,高卧于悬崖之上(《从地狱到天堂》);悬想着种种不同于庸众的奇丽的死法(《我的死的几种推测》);在人间找不到生命,却从被压在石头底下仍发出鸣声的小虫身上发现生命(《生命在什么地方?》)。他宣称:"我在梦中,比醒时,看见了更真实的世界","在我的梦中,一切都是恶,都是丑,都是虚伪"(《噩梦》)。他战叫:"我愿入地狱,我将于彼处寻求更大之打击,而得无上之法悦。我将被吞于毒焰铄金之口中,而焦化我之血肉,而飞进于跳舞者之脚上,而与毒龙之饥号作和谐之共鸣。"(《我愿入地狱》)他以"超人"式孤傲的眼光俯视众生,在幻梦中天马行空,搏击风云,或沉入地狱,试炼毅力,以短促急切的节奏呼应内心的战叫,充满着个人反抗、自我扩张的偏激情绪。这种人生姿态代表了"狂飙社"一班

---

① 阿英:《现代十六家小品·徐志摩小品序》,上海光明书局1935年版。
② 卞之琳:《〈徐志摩选集〉序》,《新文学史料》1982年第4期。
③ 鲁迅:《〈未名丛刊〉与〈乌合丛书〉印行书籍》,《鲁迅全集》第8卷,人民文学出版社2005年版。

激进青年的普遍情形。

三　人生情趣的玩味

周作人的《泽泻集》及其他　周作人是五四时期与乃兄鲁迅齐名的散文大家,他不仅以众多的杂文著称于世,更以独树一帜的记叙抒情小品享誉文坛,在现代散文史上开创了闲适的言志的艺术流派。

阿英在《周作人小品序》里把周作人的小品分为两个时期,以1929年作为转向的界限,由说流氓似的土匪似的话到代表田园诗人的倾向。如果我们按文体划分,周作人的小品文,大部分议论成分较多,属于杂文;另一部分记叙成分较多,叙事中兼带抒情,这就是记叙抒情散文了。这类文章,有些不乏浮躁凌厉之气,但知名之作从容镇静,平和冲淡。他的田园诗人倾向从写作的开始就存在着。《雨天的书·序二》(1924)说:"我近来作文极慕平淡自然的境地。……田园诗的境界是我们以前偶然的逃避所,但这个我近来也有点疏远了。"这就是证明。早期之作《前门遇马队记》(1919)、《碰伤》(1921)等就力求以散淡之笔记述愤恨之事。《寻路的人》(1923)在意识到人生只是挣扎着走向死亡的宿命之后,自白"只想缓缓的走着,看沿路景色,听人家谈论,尽量的享受这些应得的苦和乐",随后的一系列言志小品就集中体现了他流连于人生各种况味的达士风度。

周作人这时期叙事抒情小品当以《泽泻集》(1927)中所选文章为代表。这本集子可算是他1927年前散文的自选集,是他自己觉得比较中意的作品。《序》里说:"戈尔特堡(Lsaac Godbcrg)批评蔼理斯(Havelock Ells)说,在他里面有一个叛徒和一个隐士,这句话说得最妙;并不是我想援蔼理斯以自重,我希望在我的趣味之文里也有叛徒活着。"这集子中关于"三一八"惨案的几篇就有叛徒活着,而其他的一些小品,则富于隐士风了。这类作品取材广泛,无所不谈,与其杂文的博识相当,但着眼于人生情趣的玩味,表现的是周作人自身更为内在的性情气质和更为偏爱的艺术趣味,有别于杂文的浮躁凌厉而追求更契合个性的平和冲淡的风格。

《泽泻集》所收的《故乡的野菜》、《谈酒》、《乌篷船》是写他原籍绍兴的事物；而《北京的茶食》和《苦雨》则是讲北京的事物了。他只记述生活的情趣，把自己感情深藏起来，形成冲淡平和的特色。《故乡的野菜》第一段这么写："我的故乡不止一个，我住过的地方都是故乡，故乡对于我并没有特别的情分，只因钓于斯游于斯的关系，朝夕会面，遂成相识，正如乡村里的邻舍一样，虽然不是亲属，别后有时也要想念到他，我在浙东住过十几年，南京东京都住过六年，这都是我的故乡，现在住在北京，于是北京就成了我的家乡了。"他的故乡并不执着于原籍，住过的地方均视为家园，故情感不专一、不热烈。他吟味的又是地方风情和生活琐事，浙东的野菜，日本的草饼，东京的点心，北京的茶食，绍兴和南京的茶干，饮酒微醺的趣味，乌篷船中听水声的诗境，鸣春小鸟的叫声，都被写得兴味盎然。作者所关注的并不是对乡土的眷念，在文中所努力酿造的是片刻的优游之境，陶然之境，梦似的诗境，真有一种"'忙里偷闲，苦中作乐'，在不完全的现世享乐一点美与和谐，在刹那间体会永久"（《喝茶》）的韵味。他甚至从苍蝇之微体察其作为小生物令人赞叹的特性和引人怜爱的神态（《苍蝇》），在《死之默想》中寻味有限人生的乐趣，堪称别具只眼，涉笔成趣，深得"生活之艺术"的真谛。

周作人叙事抒情小品"舒徐自在，信笔所至"①，与内涵的恬淡隽永相谐调，是"谈话风"文体的典范。所谓谈话风，指的是像谈话那样随意、自然、亲切和默契，在周作人笔下，还表现出从容、洒脱、婉曲和雅致，与他平和冲淡的闲情逸致相辅相成。他自称为文是与"想象的友人""闲谈"，"只是我的写在纸上的谈话，虽然有许多地方更为生硬，但比口说或者也更为明白一点了"（《自己的园地·自序》）。《故乡的野菜》从他的妻买菜看到荠菜，想到浙东乡间妇女小儿采野菜的事情以及小孩们唱的歌，引《西湖游览志》和《清嘉录》的有关记载，又联想到鼠曲草和小孩赞美的歌辞，以至清明扫墓时所供的麻果和日本的草饼等等，真是随兴而谈，毫无拘束，所谓"信口信腕，皆成律度"。不涉人事是非和世间愁苦，只展示人情风俗典故，使读者从中得到悠闲的人生

---

① 郁达夫：《中国新文学大系·散文二集导言》，上海良友图书印刷公司1935年版。

兴味。著名的《乌篷船》和《故乡的野菜》风格很类似,介绍他故乡一种船和坐这种船的趣味,诱导人们以"游山的态度"观赏一切:

> 你坐在船上,应该是游山的态度,看看四周物色,随处可见的山,岸旁的乌桕,河边的红蓼和白苹,渔舍,各式各样的桥,困倦的时候睡在舱中拿出随笔来看,或者冲一碗清茶喝喝。……夜间睡在舱中,听水声橹声,来往船只的招呼声,以及乡间的犬吠鸡鸣,也都很有意思。雇一只船到乡下去看庙戏,可以了解中国旧戏的真趣味,而且在船上行动自如,要看就看,要睡就睡,要喝酒就喝酒,我觉得也可以算是理想的行乐法。

这种从容赏玩的心态,把平常的景象和日常的生活转化成审美玩味的对象,在即兴闲聊中传达出一种优游自在的恬淡趣味。这是生活的艺术化,也是艺术的生活化。他的笔谈带有家常闲话的随意性和亲切感,自然又比口说精练简洁。他并不看重用"纯粹口语体"写的散文,以为它们不耐咀嚼;他主张散文语言"必须有涩味与简单味,这才耐读,所以他的文词还得变化一点。以口语为基本,再加上欧化语,古文,方言等成分,杂糅调和,适宜地或吝啬地安排起来,有知识与趣味的两重的统制,才可以造出有雅致的俗语文来"。(《〈燕知草〉跋》)因而,他的文体比其他散文家的"谈话风"简朴冲淡。

周作人这时期的一些小品名篇,以洒脱的名士风度,平和的感情,清淡的方式,广博的征引,咀嚼生活的趣味,出之以冲淡自然的文字,造成一种空灵之境,使读者获得隽永的韵味和兴会。人生,除了工作、战斗之外,也有休息和闲暇。正如他表白的那样:"我们于日用必需的东西以外,必须还有一点无用的游戏与享乐,生活才觉得有意思。我们看夕阳,看秋河,看花,听雨,闻香,喝不求解渴的酒,吃不求饱的点心,都是生活上必要的——虽然是无用的装点,而且是愈精炼愈好。"(《北京的茶食》)所以现代散文中表现生活情趣的文章,在文苑中应有一席之地。他玩味的人生情趣的确雅致,在当时又有怡情适性的意义,并不与战斗文章相对立,因而也和其他品类的散文一样并行于世,获得广泛好评。大革命失败后,由于时代越来越严峻,他也写不出这类兴味盎然的美文来了,反而越写越枯涩。

俞平伯的《燕知草》　俞平伯被目为周作人一派散文的骨干,在玩味生活的情趣、追求隐逸的风致、显示博览的杂学、采用平和的絮语等方面,他与周作人确是一脉相承的。上节述及的他的记游作品就流贯着名士派的雅兴逸趣;他在抒写日常生活琐事方面,更是以趣味为主了。1928年出版的《杂拌儿》和《燕知草》中,游记之外的作品,虽说有些驳杂,却正如周作人在《燕知草》跋里所说的,"有知识与趣味的两重的统制","有雅致"。

作者"追挽已逝的流光,珍重当前之欢乐",《眠月》、《雪晚归船》都是回味闲居杭州湖楼生活情趣的。那身眠月下的诗境,已叫人神往;他又即兴生发,夹叙夹议:"大凡美景良辰与赏心乐事的交并(玩月便是一例),粗粗分别不外两层:起初陌生,陌生则惊喜颠倒;继而熟脱,熟脱则从容自然","若以我的意想和感觉,惟平淡自然才有真切的体玩,自信也确非杜撰",这就升华为知性的感悟,深得生活艺术的三昧。《冬晚的别》写离情别绪,恣意渲染那"一晌沉沉的苦梦",而又带着事后自嘲的意味,一番别情也就转化成雅人趣事。这时期,俞平伯还写了一些考据性随笔,热心刊印明末沈复、张岱的小品文。在《重刊〈浮生六记〉序》中,他认为:"我们与一切外物相遇,不可着意,着意则滞;不可绝缘,绝缘则离。"他就在这"不滞不离"之间营造自己幽渺的艺术世界。他在《〈近代散文钞〉跋》中表示要特立孤行,在这条被人目为"旁斜"的小品文路上勇猛精进地走下去。后来的《燕郊集》等便是明证。

废名的田园牧歌　废名(1901—1967),原名冯文炳,湖北黄梅人。1922年考入北京大学预科,两年后升入英文系,为语丝社成员。学业与写作均师事周作人,早期作品集都有周作人的序跋。周作人欣赏他那"隐逸的""平淡朴讷的作风",说他和俞平伯是现代散文中"涩如青果"一派①。他以小说出名,周作人却率先从《桥》中挑选六篇编入《中国新文学大系·散文一集》,并在《导言》里解释说:"废名所作本来是小说,但是我看这可以当小品散文读,不,不但是可以,或者这样更觉得

---

① 参见周作人:《〈竹林的故事〉序》、《志摩纪念》。

有意味亦未可知。"《桥》的主要章节原题为《无题》,连载于1926—1927年间的《语丝》上,其中被周氏选中的数则确实是富于田园诗风的平淡朴讷的小品文。如《芭茅》、《万寿宫》回味儿时嬉游乐趣,小孩间的天真无猜,主人公程小林的顽皮、好奇和敏感多思,营造出人生黄金时代的乐园,作者从中不仅寻得过往的面影,还唤起童心的惊喜,禁不住要即景抒怀:"我从外方回乡的时候,坐在车上,远远望见城墙,虽然总是日暮,太阳就要落下了,心头的欢喜,什么清早也比不上。等到进了芭茅巷,车轮滚着石地,有如敲鼓,城墙耸立,我举头而看,伸手而摸,芭茅擦着我的衣袖,又好像说我忘记了它,招引我,——是的,我那里会忘记它呢,自从有芭茅以来,远溯上去,凡曾经在这儿做过孩子的,谁不拿它来卷喇叭?"这完全是写意咏怀的散文笔致,而且是田园诗意的低回,童真温情的慰藉。其文笔的淡朴简练,也有乃师之风。他的小品散文及其散文化小说,虽不及周作人渊博,但在营造田园诗境和炼词求涩上,可说是深得乃师真传。

钟敬文的《荔枝小品》 钟敬文(1903—2002),广东海丰人,1922年毕业于陆安师范,随后到岭南大学半工半读,1927年到中山大学任教,参与组织民俗学会。这时期的散文集有《荔枝小品》(1927)。

钟敬文早年为文是私淑周作人的,他在《荔枝小品·题记》里承认朋友们的这一看法,说:"我喜欢读周先生的文章,并且,我所写的,确也有些和他相像",又说:"我的一部分文章的作风,固有与周作人相似之处(如《荔枝》之辑),但另外还有一种风格很不同的作品(如《临海的旅店上》之辑)。"《荔枝小品》收文章22篇,有一部分写生活的情趣,如《荔枝》、《谈雨》、《游山》、《花的故事》等篇,确是与周作人的小品颇为近似,冲淡平静,是温雅的文人之言。另一部分怀友之作,如《临海的旅店上》、《送王独清君》、《潜初去后》、《请达夫喝酒是不果了》等篇,不乏酸楚激越之语,又是一位牢愁难遣的零余者了。作者在题记中的自白是很诚恳的。这种思想感情在作品中表现出来的矛盾,带着动荡时代的中国知识分子的鲜明印记,是弱者不满现实的心灵回声。

荔枝是富有岭南乡土风味的水果,《荔枝》从自己偏偏生长在文化落后的地方爽然自失说起,谈到苏东坡被贬南来后食蚝倒觉得味美,宋帝昺被元兵追赶南下,野人进饭菜,觉风味大佳,缓缓写来,然后入题。先叙杨贵妃、苏东坡喜食荔枝的著名故事,再述关于荔枝的图谱,然后描写荔枝的形状与食用时的乐趣,终以无缘一游荔枝湾畅尝仙城风味为憾作结。余意缱绻不尽,感情冲淡平和,多引史实诗文,表现生活情趣,确有周作人的笔意。《花的故事》则征引民间传说,寻味先民心怀,已带上民俗学者的特色。

《临海的旅店上》记会见黎锦明的情景,这种纪实的文章,作者就无法持超脱的态度。"我们接着谈到中国的文艺,广东的工人,海丰的青年。……口不住的在应答,心不住的在融和,彼此都在浓烈的感情中没入了,谁也不觉得这身上还有什么世界。"友情是可贵的,"虽彼此有怎样难挨的衷怀,或当以同情的滋润而减少。""因为我们都是垂杨难系的转蓬身,我们都是东西南北终日驰驱的浮浪客。"作者劝告他的朋友要"忍受",他想起了陆游的诗句:"志士凄凉闲处老,名山零落雨中开",希望自己和朋友一起,不要"凄凉闲处老"而是"零落雨中开"。虽然是弱者的心曲,但还想有所作为,不甘"等闲白了少年头"。

钟敬文这时对小品的题材有自己的看法,他说:"我们可得到一个训示,就是文艺的取材,不必一定要怎样高深,平常容易为人所经验到的事物,能够拈掇了出来,便很可摇撼人的情感了。"(《荔枝小品·秋宵写怀》)所以,《荔枝小品》所写的都是个人日常生活所经历的事物,读来也确实亲切动人,这类题材是早期散文家共同的抒写对象。他的散文富于情思,在口语化的行文中自然地带出清丽的文字,雅俗并出,很有风致,故能于冰心、朱自清、俞平伯等美文高手之外,自成一家。郁达夫也称赞他的"散文清朗绝俗,可以继周作人冰心的后武"[①]。钟敬文1928年到浙江大学任教后,写了大量山水游记,成为记游名家。

苏雪林的《绿天》 苏雪林(1897—1999),笔名绿漪,原籍安徽太平县,生于浙江瑞安。1918年入北京女子高等师范学校,与庐隐等同学。毕业后赴法国留学,学习美术与文学,回国后,曾在东吴大学、安徽大学、武汉大学等校任教,著有散文集《绿天》(1928)。

---

① 郁达夫:《中国新文学大系·散文二集导言》,上海良友图书印刷公司1935年版。

《绿天》充满着生活的情味。在一些描写景物的散文中,她笔下的花木山石也都具有生机活趣。作者剪取日常生活的断片,凭着新巧的想象力和斑斓的色彩感,给读者营造一个富有诗情哲理的小天地,耐人流连品味。

作者对习见的事物,往往有自己的发现、自己的联想,这与辛酸的漂泊者是无缘的,有几分自在、几分闲暇,才悟得到。在溪边,她看到开心的、喜欢捉弄人的水,到坝塘边,又看到水石的争执(《溪水》)。这些都是作者独特的奇想,赋予物象以新意。秋来了,老榆树护定青青的叶,"似老年人想保守半生辛苦贮蓄的家私。梧桐被雷雨劈折了上半截,还有蚂蚁常要啮断它的叶蒂,但它勇敢地萌新的芽,吐新的叶,并不因此挫了它的志气。"(《秃的梧桐》)这也是作者活泼的联想。作者采取拟人化的手法,使自然风物带着浓厚的人情味。作者以美术里手的敏锐感觉,着意描摹景物,如《溪水》中写水石争执的一段:

> 水初流到石边时,还是不经意的涎着脸撒娇撒痴的要求石头放行,但石头却像没有耳朵似的,板着冷静的脸孔,一点儿不理。于是水开始娇嗔起来了,拼命向石头冲突过去;冲突激烈时,浅碧的衣裳袒开了,露出雪白的胸臂,肺叶收放,呼吸极其急促,发出怒吼的声音来,缕缕银丝头发,四散飞起。

这里,表情、动作、色调、音响等的拟人描写极为细腻生动,溪水被赋予顽童般娇嗔撒野的生命活力,作者感同身受的移情投入也宛然可见。

一些描述个人日常生活的散文,也富有情趣。对田家风味的系恋(《扁豆》),关于养金鱼的争议(《金鱼的劫运》),夫妇间的体贴和逗趣(《书橱》、《瓦盆里的胜负》),帮采葡萄得到收获的愉快(《收获》)等等,作者运用她善于捕捉对象表情、动作、色调、音响的技巧,把生活断片写得意趣盎然。尤其是以《鸽儿的通信》为题的14则书简小品,向外出旅行的"亲爱的灵崖"诉说家中琐事和独居思绪,较少孤寂之感,却不乏吟风弄月、偷闲自乐的雅兴,在体察鸽儿生活中总是回味着夫妇恩爱的情景。她在散文创作中"收获"的也偏于欢愉情趣。

作者以为"在这十分紧张的工业时代和革命潮流汹涌的现代中

国,搏斗之余,享乐暂时的余裕生活,也是情理所许的事,不过沉溺其中不肯出来成为古代真的避世者风度,却是要不得的罢了!"①《绿天》中的许多文章,确是余裕生活的产物,但现实的黑暗仍不能使她完全忘怀。"我爱我的祖国,然而我在祖国中只尝到连续不断的'破灭'的痛苦"(《收获》)。她并没有成为真的避世者。发表在《真美善》上总题为《烦闷的时候》的一组文章中,她说:"我近来只是烦闷,烦闷恰似大毒蛇缠住我的灵魂。"她剖白自己的心灵,写出漠然之感,惆怅的心,寻觅那恍惚不定的思想归宿处(《秋夜的星星》)。作者以美妙的景致,衬托着幽静的意境、凄清的情绪。这是革命潮流汹涌的时代在一个"尝遍了甜酸苦辣的人生滋味"的女作家思想上的投影。

阿英认为,"苏绿漪的小品文,虽富有田园诗人生活的清趣,然而,在各方面,她是没有什么独创的。"又说:"以这些文章与冰心的并论,她是别具一番画意与诗情,是相同又是相异,她的作风,原则的说,是'细腻,温柔,幽丽,秀韵'。"②《绿天》与冰心的《往事》自然是异趣的,因为它的作者已经不是一个天真无邪的姑娘了,《绿天》还是有自己的特色的。

经过思想解放运动的推动,和"五四"退潮后人们思想上的苦闷,对人生问题的思考,对自我存在的解剖,对人生和社会出路的探寻,成为当时作家们切身的普遍关注的题材;又由于人们生活范围的扩展,悲欢离合,梦绕魂牵,酸甜苦辣,亲尝自得,对人生情味体验的题材也自然流入作家的笔端;现代散文第一个十年这一类题材的风行有它时代和社会的原因。这类题材与作家个人生活关系至为密切,文中所体现的思想感情显得特别亲切和真挚,叙事抒情散文在我国又有丰厚的古典传统,深受我国古典文学熏陶的第一代散文家,写起来自然得心应手,因而出现了不少名家和名篇。

上述作家坚持为人生而文学的宗旨,大多为文学研究会和语丝社

---

① 苏雪林:《俞平伯和他几个朋友的散文》,《青年界》第7卷第1号。
② 阿英:《现代十六家小品·苏绿漪小品序》,上海光明书局1935年版。

的主要成员,许多人出身于较优裕的家庭或已获得较安定的境遇,有较丰厚的中外文学素养,对人生世情的体察和表现就相对深切练达些。当然,他们的生活道路和人生观颇不相同,对于人生问题的思索和人生情味的体验也各有差异。有的宣扬耶稣的博爱,有的笃信佛家的现世苦难,有的奉行儒家的随遇而安和执着现实,有的追求生活趣味,有的启示反抗和斗争,种种思想在各自的作品中显示出它们的不同面貌。从视角和取向上看,约略可见冰心和朱自清、鲁迅、周作人分别代表了对人生或关爱、或剖视、或赏玩的三大倾向。上述作家对人生问题的思索多带哲理的意味,对人生情味的体验常具蕴藉含蓄的情思,对人生旨趣的领悟富于个性的色调,语言风格多样,不少作家以委婉、流丽、洗练见长,这构成了人生题材的一般特色。

第三节 漂泊者的希望、悲愤和哀歌

瞿秋白说,"'五四'到'五卅'之间,中国城市里迅速地积聚着各种'薄海民'——小资产阶级的流浪人的智识青年"①。这些人走着坎坷的人生道路,挫折、苦闷、悲痛和他们结下不解之缘,这就使他们的散文充满着对黑暗现实的不满和诅咒,对个人遭遇的不平和愤恨,对茫茫前途的失望和忧伤。这些作家大多带有浪漫蒂克的气质,许多人先后倾向革命,少数流于颓废。他们的文章,常常正面抒写流浪飘零生活和郁结心情,由于不堪感情上的重压,又往往躲进怀念亲人和乡野的天地,追逐爱情的涡流。"抽刀断水水更流,举杯消愁愁更愁。"漂泊者的希望、悲愤和哀歌,使本时期的散文,突出地传递了时代的苦闷和抗争的讯息。

一 浪漫才子的心曲

宗白华、郭沫若、田汉的《三叶集》 《三叶集》是宗白华、郭沫若、田汉三人1920年初的通讯集,是我国现代文学史上最早的一本散文

---

① 瞿秋白:《〈鲁迅杂感选集〉序言》,上海青光书局1933年版。

集。宗白华(1897—1986),江苏常熟人。五四运动时,他任《时事新报》副刊《学灯》的主编,通过"少年中国学会"和编发《女神》中的新诗与远在日本留学的田汉和郭沫若先后相识。《宗白华谈田汉》①一文里说:

> 我们用"三叶集"作为三人友情结合的象征。这个集子内容广泛、感情真挚,从中可以看到五四时期知识青年的灵魂。我们受到时代潮流的冲击,觉得半封建半殖民地的社会令人窒息,我们苦闷、探索、反抗,在通信中讨论人生、事业、文化、艺术、婚姻和恋爱问题。互相倾诉内心的不平,自我解剖;同时追求美好的理想,彼此鼓励。所以,田汉把这本通信集称为"中国的《少年维特之烦恼》",预言要出现一种"三叶热"。另外,在这些信中,沫若对诗歌、田汉对戏剧都发表了许多新的见解,可看作是他们主张浪漫主义文艺的联合宣言。这本通信集不仅在当时起了很好的作用,而且在今天也有一定的参考价值。

这部通信集的确洋溢着五四时代青年冲决黑暗、向往光明的精神,朝气蓬勃的乐观的精神,这种精神是他们友谊的纽带,也是他们友谊的催化剂。郭沫若给宗白华信说:"我过去的生活,只在黑暗地狱里做鬼,我今后的生活,要在光明世界里做人了。"田汉给郭沫若信说:"the sun is coming! 你们撇开那种愁云罢!大家都说些酸酸楚楚的话,倒把这个活泼的人生,弄得黑森森地,我反讨厌起来了。"在通信集中,他们勇于自我暴露和自我批评,决心战胜罪恶,力争上游,建设自己的人格;他们待人接物,主张胸无城府,诚恳坦白;他们忏悔受良心苛责的事,反对自欺欺人的行为。他们崇拜歌德,正像郭沫若所说的:"真理要探讨,梦境也要追寻。理想要扩充,直觉也不忍放弃。"这体现他们面对现实,也留心于理想的追求。对于文学,他们反对矫揉造作,主张"用我们的言辞表示我们的生趣",形式要求绝对自由。他们的通信涉及新诗的见解,对五四新诗的建设与发展做出了自己的贡献。

---

① 陈明远记,《新文学史料》1983年第4期。

宗白华和田汉的友谊是通过"少年中国学会"建立起来的,他们当时都是二十岁出头的青年人,本着李大钊等人拟定的宗旨,要做一个"奋斗、实践、坚忍、俭朴"的中国少年。宗白华、田汉和郭沫若的友谊开始于革命先驱者的号召,同时又有《时事新报·学灯》的文字因缘,这本通讯跳动着20世纪早期年青人赤诚的心,纯真的理想,揪心的烦闷和无畏的勇气,虽然前程布满荆棘,但他们勇往直前,在中国现代散文史上展示着光辉的起点。

田汉的《田汉散文集》 田汉(1898—1968),湖南长沙人,1916年赴日留学,1922年归国从事戏剧活动。这时期的散文集有《蔷薇之路》(1922)、《银灰色的梦》(1928),后来大多收入《田汉散文集》(1936),其中一些文章记述着他早年的悲伤遭遇和奋进决心。

《白园之园的内外》(1921),描述他在东京求学时期与易漱瑜女士在悲哀的日子里相爱同居的生活和心境,其中有雪夜的乐游,更多的是对易漱瑜的父亲(即田汉的舅父)遇害后的痛苦和深沉的思念。文中广泛地、大量地引用外国诗歌、小说、戏剧和学术著作中的句子,申述抒发他们的哀思。文章的最后说:"舅舅啊! 你那陇畔残云补不尽的人间缺,留与我和漱妹来补罢!"在悲思之际,仍然不减他改造人间的壮志。

《朔风》(1926),抒写他在上海从事戏剧运动的生活片断和艺术理想,这时他的革命艺术理论已相当明确。"大多数中国人被艺术拒绝了爱他,理解他的机会,这就是中国要大革命的原因。"他从艺术的方面来体察中国必然革命的道理。"新艺术家不是宝石的雕工,他们是铁匠,他们的武器是铁锤。"这里他又从革命的要求来考察艺术的特色。当时处境艰难,但他并不灰心丧志,坚信"我们的愿望总有成就的一天",希望同志们顶着朔风前进。这篇文章表现了这时代的青年在青春期的感伤和彷徨,但他们对于现实已有了渐趋明显的反抗。笔调和前一篇一样,感情充沛,知识丰富,联系广泛,同时引用了许多外文,反映出他的浪漫主义精神和洒脱不羁的文风。

郭沫若的《山中杂记》 郭沫若(1892—1978),四川乐山人。郭沫若是中国现代文学史上的大家,是创作的多面手,除了新诗、话剧,就数散文成就较丰硕了。他的散文体裁多样,有抒情散文、散文诗,有叙事散文、自传、调查、通讯,还有大量的政论、杂文,字数达 300 万字以上。他在五四时期的散文小品,收入创作合集《星空》(1923)、《橄榄》(1926)和散文集《水平线下》(1928)等,主要作品结集为《山中杂记》(1930)。

郭沫若散文最早的应是与田汉、宗白华的通信《三叶集》,之后便是《今津纪游》(1922)。这时他在日本学医,曾中辍学业半年回国筹办创造社和出版刊物,仆仆于博多、上海之间。旅途往返的颠簸,寄寓生活的煎熬,特别是身处异国,亲身体验日本帝国主义欺凌的种种境遇,使他内心燃烧着强烈的爱国主义情绪。他再回到日本学习,利用内科讲义休讲的机会,到今津踏访日本历史上有名的史迹元寇防垒——"日本人所高调赞奖的'护国大堤'",凭吊蒙古人"马蹄到处无青草"的战地。抚今追昔,这样的史迹,自然特别牵引弱国游子的心,他奋笔写下这篇充满民族敌忾心的《今津纪游》。他特意描述沿路所见:侧街陋巷极不整洁,火车肮脏拥挤,厕所涂满猥亵的壁画,所谓"护国大堤",在我国乡村中沟道两旁随处可见,令人大失所望。作者笔底翻卷着轻蔑之情。此外,海上自然风物,登山时的心境,与某女邂逅时的情思等等,也毫无拘束地如实写来,充分体现了浪漫蒂克的情调。这是一篇较为早出的游记,行文带有随笔的特点。作者个性豪放,行文恣肆,汪洋酣畅,时露揶揄和幽默。古诗词常见征引,颇多文言笔意,由此可见初期散文作品新旧嬗递的痕迹。

1923 年大学毕业后,他携家小回到上海从事创作。生活漂泊的痛苦,现实社会的丑陋,使他写了许多带着激愤情绪的作品,如《月蚀》、《梦与现实》、《昧爽》等文章。《月蚀》(1923)记述他带妻儿到了上海,"住在这民厚南里里面,真真是住了五个月的监狱一样"。他们要换一换空气,打算去吴淞口看月蚀,看海,可是交通费用太贵,不得已只好忍辱穿上洋服带孩子就近到外滩公园里去玩一回。通过这一事件,他不仅写出生活的窘困,还写出心灵的屈辱,痛快地发泄了愤懑。他对祖国积弱是痛恨的,"可怜的亡国奴!……只有我们华人是狗!"他对洋人是愤怒的,"上海市上的西洋人怕都是些狼心狗肺罢!"他对财东资本家是诅咒的,"像这上海市上垩白砖红的华屋,不都是白骨做成的吗?"文章多激愤的语言。同年另一篇散文《昧爽》,对标榜"爱和平的族类"的吸血鬼(臭虫)大张挞伐。郭沫若的这些文章无不流露着漂泊者凄凉、寂寞和愤恨的心情。漂泊者的感情是强烈的,文章直率流畅地披露各自的心声,不同的是,郭沫若伤感少而愤怒多,以气盛见长。

1924年,郭沫若又去日本,有叙事抒情散文《山中杂记》和散文诗《小品六章》,抒写他在日本生活的情趣和他对母亲的回忆。《小品六章》的序引说:"我在日本的生活虽是赤贫,但时有牧歌情绪袭来,慰我孤寂的心地。我这几章小品便是随时随处把这样的情绪记录下来的东西。"这里所谓牧歌情绪也就是《塔》序引所说的"幻美的追寻,异乡的情趣和个人幽愫的抒发"。《山中杂记》中的《芭蕉花》和《铁盔》是回忆童年生活和母子之爱的,其中没有冰心那种出诸天性的脉脉柔情,那些童年被父母和老师斥责的断片,掺和着浓重的封建社会习俗给作者带来的迷惘的回忆,这回忆绝不是甜美的,而仍然带着母爱的温馨,曲折地透露出漂泊者的淡淡哀愁。《卖书》追忆离开日本冈山高等学校时出卖藏书受店员冷落的遭遇。《鸡雏》和《菩提树下》是他家庭养鸡琐事的记忆。《小品六章》中的《路畔的蔷薇》、《水墨画》、《山茶花》、《墓》等,则是个人幽居情趣的剪影。这些散文创作于作者世界观转变的关键时期,郭沫若一边写着激烈地抨击社会的散文,一边又写着幻美的牧歌,用以自我慰藉,表现了漂泊者矛盾的内心和浪漫主义的文风。

郁达夫的《还乡记》等　郁达夫(1896—1945),浙江富阳人,创造社的发起人之一。1913年赴日本留学,1922年归国后,在安庆安徽法政学校、北京大学、武昌大学等校任教,主编过创造社刊物。他早期的许多散文,如果套用他的文章题目,可以称之为零余者的感伤之歌,与他早期小说同调。名篇如《还乡记》(1923)、《还乡后记》(1923)、《零余者》(1924)、《给一位文学青年的公开状》(1924)、《一个人在途上》(1926)、《感伤的行旅》(1928)等,以及整部《日记九种》(1926年11月至1927年7月),大多是羁旅漂泊、感伤身世的作品,抒写自己在黑暗社会中四处碰壁、走投无路的愤懑伤心情绪,堪称典型的漂泊记。

《还乡记》长达一万五千字,叙述落魄还乡路上的伤感悲愤,长歌当哭,哀怨并发。他感叹:"我是一个有妻不能爱,有子不能抚的无能力者,在人生战斗场上的惨败者,现在是在逃亡的途中的行路病者。"他对自身遭遇愤愤不平,不禁发出责问:

> 论才论貌,在中国的二万万男子中间,我也不一定说是最下流的人,何以我会变成这样的孤苦的呢?我前世犯了什么罪来?我生在什么星的底下?我难道真没有享受快乐的资格的么?我不能信的,我不能信的。

正因为坚信自己享有人的合理权利,他对自己享受不到做人的权利深感痛心,对剥夺他做人权利的黑暗世道发出了控诉,他的痛苦达到了痛不欲生的地步,他的愤世嫉俗也达到了恨不得与世偕亡的地步。这就通过诉苦泄愤批判和否定了不合理的现实社会,与郭沫若的作品一样具有强烈的现实批判性,只是他的感伤色彩更浓一些。他在控诉社会的同时,还在暴露和解剖自我。他敞开心扉,贪欲之念,自怜之情,避世之思,忏悔之辞,毫无掩饰,甚至将潜意识里的蠢动也暴露无遗,从而抵达了对自我困境和自我真相的清醒认识,自认是"可怜的有识无产者","在人生战斗场上的惨败者",被社会放逐的"浮浪者","一个真正的零余者"。他的早期散文,无论是《零余者》的自省,《一个人在途上》的伤怀,《给一位文学青年的公开状》的愤激,都与《还乡记》姐妹篇一样,"实在是最深切的、最哀婉的一个受了伤的灵魂的叫喊"①。他在作品里,有时狂笑,有时大骂,有时痛哭,任凭一腔哀情怨气倾泻而出,博得当时许多读者的共鸣。

郁达夫这时期的散文率性纵笔,才情毕露。他不仅将主观感情渗入叙事过程,而且是以自己的情感激流作为结构行文的主线,随着情绪流变聚会有关场景人事,甚至肆意铺写心理活动,宣泄内心悲愤,以率真坦露、自然畅达见长。如长文《还乡记》,叙事中穿插着内心独白和抒情呼告,又善于将心理活动具象化,琐碎的生活片断和变幻的瞬间思绪都笼罩于落魄者感伤愤激的氛围之中。其酣畅的语言,详尽披露心

---

① 郁达夫:《敝帚集·卢骚的思想和他的创作》,上海北新书局1928年版。

曲,有时还借用引号作心理的长篇表白,读者能清楚地看到他裸露的心灵而感到异常亲切。其笔锋挟带着激情,能够将各种句式、语汇和语气融为一体,创造了被朱自清称为"比前一期的欧化文离口语要近些"的"风靡一时"的"创造体"白话文①。他将自己擅长的自叙传抒情小说的一些手法,诸如场景描写、心理描写、对话描写和故事穿插等,引入散文创作,扩大了散文的艺术容量和叙事抒情的张力。他还用书信、日记这类更为自由、坦诚的体式来记事抒怀,暴露自我。在郁达夫手上,完全打破了古文义法之类清规戒律,散文成了最自由不拘、最见个人才情的一种文体。

郁达夫的漂泊行旅之作,自然少不了关于自然秀色的描写,恰恰是那美丽的湖山,快乐的游人,反衬了他抑郁的心境。青山妩媚,心境悲愁,相反相成,动人心魄。郁达夫这类表白零余者心情的散文,虽有自弃自卑的消极倾向,但对黑暗的社会是一种非难和抗议。他在30年代发展了"返回自然"的倾向,创作了一系列与漂泊记异趣的写照传神的山水游记。

成仿吾的《流浪》 成仿吾(1897—1984),湖南新化人,创造社的发起人之一。散文作品不多,收入其创作合集《流浪》(1927)里,有写于1924年的《太湖游记》、《江南的春讯》、《春游》等篇。虽是为了暂时排遣现实生活痛苦的倾轧而逃到大自然中去,可是总把痛苦的回想与美丽的湖山交织成一片,实与创造社同人的漂泊记一样行吟哀怨。

《太湖游记》是他与友人从上海到无锡的记游作品。忧从中来,眼前的美景无法排除心中的苦闷,触目的首先是对现实的诅咒:"在这爽人神魄的慈惠自然之中,有使我们看了不快的,那便是在田亩中散着的棺材的高冢。这是人为的破坏之一例。我觉得好像在葛雷的'墓畔哀歌'的世界,大地顿如一片荒坟在眼中高高涌起。"面对惠泉他却想起岳麓山,面对太阳他却想起日本濑户内海。"隐忧一来,我眼前的世界忽然杳无痕迹了。一片荒漠的'虚无'逼近我来,我如一只小鸟在昏暗之中升沉,又如一片孤帆在荒海之中漂泊。"眼前有景道不得,联想的

---

① 朱自清:《你我·论白话》,上海商务印书馆1936年版。

是悲伤的往事,这在游记中是十分特别的。其中也有美丽景色的描写,一个小学坐落在池水之旁,小桥、梅花、柳树、小亭、假山构成了一个自然清绝的小天地;万顷的太湖,仙岛般的鼋头渚,连山夕照,神清气爽。这一切,却只不过作为一种陪衬,徒增漂泊者的惆怅情绪。文章结尾写道:我在车上不禁又想起了"墓畔哀歌"中的把全盘的世界剩给我与黄昏。使这篇游记加重了忧郁的情绪。

《春游》的笔调与此相似,文中充满着对现实的诅咒,而且美景反而唤起了他心头的悲感。《江南的春讯》是写给郁达夫的书信体散文,在与同病相怜的友人的笔谈中,既认同郁达夫所说的孤独感"是我们人类从生到死味觉得到的唯一的一道实味",又进而发挥"人类的一切行为都是为的反抗这种孤独感"的己见,表白道:"在我回国后的这三年之间,我的全身神差不多要被悲愤烧毁了。这两种激荡不宁的感情就好像两条恶狠狠的火蛇,只是牢牢地缠住我不肯松放。奄奄待毙的国家,龌龊的社会,虚伪的人们,渺茫的身世,无处不使人一想起了便要悲愤起来。……然而我现在在悲愤的深渊之中发现了'反抗'这条真理,我从此以后更要反抗,反抗,反抗!孤独的朋友哟!我们仍来继续我们的反抗,反抗到那尽头,要死便一齐同死!"这里充分体现了创造社浪漫主义的反抗战斗精神。

洪为法的《长跪》 洪为法(1899—1970),江苏扬州人,创造社刊物《洪水》的编辑。这时创作的散文集有《长跪》(1927),以后还结集出版了《做父亲去》(1928)、《为法小品集》(1935)等。

《长跪》中同样充满着漂泊者的哀歌。其中《长跪》、《爸爸没有了》、《哭父》都是悼念他逝去的父亲的。他痛惜父亲的饱经忧患,可怜母亲的凄凉晚景,感叹众多兄弟姊妹的不如意遭遇,怅恨自己的悲苦流离。"人间原只是冷酷,人与人中间原有隔膜。这个也只有诅咒人生,诅咒宇宙。"他的这类文章,没有透出丝毫的温暖和欢乐,留给读者的只有泪浪的冲击。父母之爱、兄弟之情,在痛苦中化为抑郁的忧伤。他哭父的抒情文缠绵反复,但语言还不够凝练。相比之下,集子中的《乌鸦的埋藏》更寓艺术色彩。这篇带有寓言性质的散文,写了受人们厌弃的乌鸦无处栖身而致死的境遇,却得到不齿于人的颓废文人的同情。

文人把乌鸦的尸体和文稿一起埋葬,天涯同沦落,显得特别沉痛。文章构思别致,语言洗练,善于应用新鲜的比喻来表现活泼而富于情感的联想,伤心地诉说旧社会文人走投无路的命运。

倪贻德的《秦淮暮雨》 倪贻德(1901—1970),浙江杭州人,创造社成员。他的《玄武湖之秋》(1924)小说集中的《秦淮暮雨》是一篇文采斐然的散文,也是一曲漂泊者的哀歌。作者在潇潇暮雨中离开南京,在去车站的途中回想着几个月来在南京的境遇。这篇零余者的漂泊记带有香艳的色调,和郁达夫所作有相类的地方,写景较多,较少社会性,对旧社会的诅咒也缺乏力量,渗透着才子佳人的气味,时有顾影自怜之态。如:"啊!今朝!正北国严风,吹过江面的时候,正潇潇暮雨,打在秦淮河上的时候,可怜一乘车儿,一肩行李,又送到孤寂的旅路上来了。想金陵一去,他年难再重来!从此白鹭洲前,乌衣巷口,又不能容我的低回踯躅了!车过桃叶渡口,我看见两岸的楼台水榭,酒旗垂杨,以及秦淮河中停泊着的游艇画舫,笼罩在烟波之中的那种情调,又想起半年来在外作客,被人嘲笑,被人辱骂,甚至被人视为洪水猛兽而遭驱逐的那种委屈,我的眼泪竟禁不住一颗颗的流了出来。"文字里所表现的感情色彩和思古情调,伴着经过修饰的夹着古典诗文的词汇语言,给读者以宋代风流词人那种旅途寂寞、绮怀难遣的风味。

《东海之滨》(1926)是作者《玄武湖之秋》之后的一个散文集,正如《短序》所说的:"每好作牢骚幽怨之语,发伤春悲秋之辞。"如《秋夜书怀》的结尾,感伤之情,溢于言表,流露着旧文人那种不堪回首的哀愁,没有牢骚,没有愤恨,留下的是渺茫的虚幻,淡淡的惆怅。他以画家的感觉和色调,写出漂泊者的又一种情怀。作者后来还有《画人行脚》(1934)行世。

滕固、焦菊隐、于赓虞的散文和散文诗 "五四"落潮以后,文坛上的确弥漫着浪漫感伤气息,除了最有代表性的创造社散文,文学研究会的小说家滕固、绿波社的戏剧家焦菊隐和诗人于赓虞等的散文,也有类似的风调。

滕固(1901—1941),江苏宝山人。20年代初留学日本期间,与创造社成员有交往,所作散文收入诗文集《死人之叹息》(1925)。其《小品》之一就是《灵魂的漂泊》,诉说一滴"喷泉的溅沫",随风飘落,无处容身,化为幻泡,又被无情的细雨冲破,变成迷雾,"不幸碰到人的肉体上,立刻化成污垢齷齪",最后感叹"世间只吐弃污垢齷齪,她何处可归根?啊,灵魂的漂泊!"才点出这滴溅沫的象征寓意。这种受难的无归宿的灵魂,概括了一代精神漂泊者哀而怨的心态。在《生涯的一片》、《关西之素描》等组小品中,他以片断连缀的体式具体展示了自己的飘零情形,以行吟低唱的笔调抒写顾影自怜、愤世伤怀的心曲,这在初期散文中是较为流利轻巧的。

焦菊隐(1905—1975),天津人。新文学史上的第一本散文诗专集《夜哭》(1926)出自他之手,他还著有另一部散文诗集《他乡》(1928),是早期致力于散文诗创作的先驱者之一。《夜哭》显示自我"情感之极暂时的摇动"(《四版自叙》),大多哭泣自己和家庭的不幸与衰落,抱怨现实的黑暗与压迫,歌吟人生的挣扎与疲惫,有些过于绝望悲伤。《夜的舞蹈》是最先的作品,尚有美丽浪漫的幻想。随后是《夜哭》、《时之罪恶》、《谁是我的知心》、《他乡》诸章的痛苦呻吟和迷惘追寻。到他自责"未睁眼看见更广更大的痛苦"而"愈愧于以前的沉吟"之际,他已改弦更张,专攻戏剧去了。他的散文诗融汇了现代人的苦闷忧郁、多愁善感,与浪漫感伤派声气相通。艺术上注重炼句造境,留意色泽音响,写得缠绵悱恻,哀怨动听,对散文诗文体的发展有一定的贡献。

于赓虞(1902—1963),河南西平人,在南开中学读书时与焦菊隐等成立绿波社,在北京与胡也频、沈从文等组织无须社,与庐隐等创办华严书店,被时人称为"恶魔派"诗人。散文诗集有《魔鬼的舞蹈》(1928)、《孤灵》(1930)、《世纪的脸》(1934)。他抱着"散文诗乃以美的近于诗辞的散文,表现人类更深邃的情思"(《世纪的脸·序》)的自觉意识,积极探索散文诗的表现力。自称其作品是"厄运之象征"(《孤灵·小序》),着重展示他"冒险之孤灵"绝望与希望、追求与幻灭、执着与超俗的消长起伏,带有浓厚的感伤颓废气息。诗人借鉴西方现代派艺术,以梦幻象征的方式扩张想象空间,从天堂到地狱,从生前到死后,从鸿荒初辟到世界末日,皆可汇聚于笔端,任他驱遣;甚至大量采取颓废派文学常用的阴暗、奇丑的意象,化腐朽为神奇,表现自己的生之战栗和抗争之心。如《魔鬼的舞蹈》、《孤灵》、《送英雄赴战场》诸章。于赓虞的散文诗比焦菊隐晦涩阴森,富于现代恶魔派诗风。

蒋光慈的《纪念碑》 蒋光慈(1901—1931),安徽六安人,诗人和小说家。《纪念碑》是他与宋若瑜在1924—1925年间的通信集,记录了这一对飘零者在恋爱中所经历的希望和痛苦的心程。作为革命者,蒋光慈对自身的坎坷命运是有所自觉的,在给恋人第二封信的开头,就表白:"我颇感觉得我的前途是流浪的,是飘零的,——但我并不怨恨这个,惧怕这个。"他深深地感到中国社会的黑暗和帝国主义的压迫,在信里写道:"我反抗,我一定要反抗……",表明了革命诗人的鲜明意识和坚决态度。另一方面,"在这样冷酷而混沌的世界中,像我这种人是应该过寂苦烦闷的生活的。"(《纪念碑·六》)所以,他又渴望爱情,要求安慰,但他们又为了爱情而受着痛苦:

  爱情愈经痛苦愈坚固,或者我们现在因爱情所受的痛苦,更能使我们将来的爱情不致于有什么波折。海可枯,石可烂,我们的爱情永远不能灭,妹妹呀!我们以此为信条罢!(《纪念碑·三六》)

经过风波挫折,他俩终于同居了,但不幸的是她又病故了,统共只同居了一个月。蒋光慈在《纪念碑·序》里说:"我陷入无底的恨海里,我将永远填不平这个无底的恨海。"《纪念碑》是一个漂泊者爱的长恨之歌,幸福与漂泊者是绝缘的。信中的感情浓烈,笔致真诚,但有时不适当用了文言句式,反而令人感到有点俗气。

二 时代女性的悲鸣

庐隐的散文 在风雨如磐的旧社会,在艰难的人生旅程中,女性的幸运儿毕竟是少数,她们能在双亲的爱护下步上坦途;但更多人的遭遇却十分坎坷,她们又富于情感,因而她们的散文不可避免地鸣奏着凄苦哀怨之曲。

庐隐(1899—1934),原名黄英,福建福州人。出生后就受到父母的嫌弃,六岁时父亲病故,随母依舅父过着寄人篱下的生活。十三岁考入北京女子师范学校预科,在学后期广泛涉猎中国古典小说和林译说部,书中人物的悲欢离合,深深地打动了她的心。师范毕业后,在北京、河南、安徽等地当了两年教员,到1919年秋天,以旁听生的资格考取了北京国立女子高等师范学校。五四运动的新思想促使她投身于波澜壮阔的革命热潮之中,这位内心向往着自由与解放的青年女性,勇敢地以笔倾诉许多女青年的内心苦闷。她的署名庐隐的小说《一个著作家》在《小说月报》发表后,也就一发不可收,她参加文学研究会,成为第一批会员。这时又跌入爱情的旋涡里,1922年与郭梦良结婚,婚后生活与她理想的爱情生活相距甚远,她深深地感到失望和苦闷。更不幸的是郭在1925年10月病故了,她处在悲哀与绝望的包围之中。青年女性在爱情问题上的苦闷,和自己悲哀绝望的心情,表现在《海滨故人》(1925)、《曼丽》(1928)和《灵海潮汐》(1931)三个散文、小说集中,有些篇章散见于《华严》、《蔷薇》等刊物上。茅盾在《庐隐论》中说:"庐隐未尝以'小品'文出名。可是在我看来,她的几篇小品文如《月下的回忆》和《雷峰塔下》似乎比她的小说更好","在小品文中,庐隐很天真地把她的'心'给我们看,比我们在她的小说中看她更觉明白。"①

《月下的回忆》写她与三位女同学同游大连南山赏月的事,在感伤的情调中带着"社会运动"的热气,大连孩子所受的奴化教育,壮年人所受吗啡和暗娼的毒害,这是她在大连南山之巅赏月时的心中回忆。她没有陶醉于月色之中,而是想念着多难的国家,悲叹着凄凉的身世。"我寄我的深愁于流水,我将我的苦闷付清光",她大学一毕业,就在散文中开始反映她苦闷的人生旅途。

庐隐在郭梦良死后伴着灵柩回到故乡福州,半年后又离开那令她感到窒息的环境,到上海工作。她给友人的信,题为《寄燕北故人》,写出自己心灵的痛苦,生活的飘零,和她走出灵魂牢狱的挣扎。她发现人类自私的丑恶,悲哀的美妙快感,和母亲高远的爱的神光,她正为使灵魂的超越而努力。《雷峰塔下》则是庐隐对逝世的丈夫郭梦良的悼文,回忆定情的前后和死后的哀思,断藕残丝,缠绵悱恻,感人至深。

与冰心处于安适幸福的生活不同,她饱尝坎坷与艰辛,她更多地表

---

① 茅盾:《庐隐论》,《文学》1934年第3卷第1期。

现着时代的苦闷,爱情的追求,和悲苦命运的挣扎。她的文字同样地脱胎于丰厚的优秀古典诗文传统,行文中自然地引用许多动人的古典诗词和习见词汇,但以真率自然见长,并不炫奇斗巧,刻意求工。

石评梅的《涛语》和《偶然草》 石评梅(1902—1928),山西平定人。1922年毕业于北京女子高等师范学校体育科,是庐隐的好友。在学期间,就在《晨报副刊》等报刊上发表过剧本、诗歌和散文。游记《模糊的余影》,连载在1923年3—10月的《晨报副刊》上,这是她参加女高师毕业生旅行团所写的旅途见闻和感受。1923年,她带着初恋受伤的心走上社会,任北师大附中的体操教师。她认识了同乡高君宇,他是诗人,也是中国共产党早期的活动家,他对石评梅有火一样的恋情,由于他们密切交往,对石评梅的创作起着积极的影响。1925年3月,高君宇因患肺病逝世,她悲痛欲绝,写下许多深情诗文,1928年9月患脑膜炎去世,出版的集子有小说、散文合集《涛语》(1931)和散文集《偶然草》(1929)。

石评梅的散文中,"漂泊"两字是经常出现的。"对家庭对社会,我都是个流浪漂泊的闲人"(《涛语·寄海滨故人》)。社会的黑暗,个人经历的颠簸,爱情上的挫折和悲剧,使她深味生活的艰辛。在《涛语》这一集子里,多以友人的名字标题,用呼告的形式,尽情地诉说内心的悲哀和愤恨,并寻求友人的慰藉。她并不沉沦,"有时我在病榻上跃起来大呼着:'不如意的世界要我们自己的力量去粉碎!'自然,生命一日不停止,我们的奋斗不能休息。"(《涛语·小草》)但她的人生目标并不明晰,"我默无一语,总是背着行囊,整天整夜的向前走,也不知何处是我的归处?是我走到的地方?只是每天从日升直到日落,走着,走着,无论怎样风雨疾病,艰险困难,未曾停息过;自然,也不允许我停息,假使我未走到我要去的地方,那永远停息之处。"(《涛语·访庐隐》)这完全是一个过客的形象,她在工作,在寻觅,在追求,但又觉得前途渺茫。

《涛语》是《涛语》这一集子里的力作,由八篇组成的一组文章,她以冷艳凄绝的文字表达她的断弦哀音:高君宇逝世后,她心灵蒙受着剧痛,饮酒痛哭,回忆着她探病中所发生的难以忘怀的现实和噩梦,回忆两人定情过程中最值得纪念的往事和那最后的死别。生活太残酷了,本来是一对理想的情侣,而疾病和死亡把她推进深渊。生的渺茫,爱的翔舞,化出如许如怨如慕如泣如诉的文字。想象力的瑰奇,描写的细腻,语言的凄艳,表达她个人遭遇所积郁的翻腾的感情,比起同时代的女作家来具有她独特的色调。她的所爱和结局不是一般的爱情故事,因为她所爱的是"愿血染了头颅誓志为主义努力的英雄"。他给她表示爱情的信物是一片红叶,一个象牙戒指,他的信写道:"愿我们用'白'来纪念这枯骨般死静的生命。"不是花前月下,不是莺歌燕语,所以《涛语》是控诉旧社会的一曲哀怨的诗篇,是革命青年高洁感情的自白。

《偶然草》是石评梅经历爱情悲剧之后的作品。这时她觉得自己应该继承她爱人高君宇的革命遗志,所以在题材上有许多开拓,除了怀念友人、悼念爱人的文章之外,还有学校和故乡的生活感受的抒写,以及对社会上一些寄生虫的讽刺。她是怀着希望的,"夜已将尽,远处已闻鸡鸣!风静雨止,晨曦已快到临,黑暗只留下最后一瞬,萍弟!我们光明的世界已展现在眼前,一切你勿太悲观。"但黑暗过于浓重,她仍看不到战胜的希望。"深一层看见了社会的景象,才知道建设既不易,毁灭也很难。我们的生命力是无限,他们的障碍力也是无限;世界永久是搏战,是难分胜负的苦战!"(《偶然草·寄到狱里去》)她想毁灭世界,毁灭自己,她也想逃避,但又不能不痛苦地挣扎,直到过累地病逝。"风中柳絮水中萍,飘泊两无情。"这是《偶然草》最后一篇文章的结语,是一个心怀壮志的青年女性在旧社会挣扎的悲歌。

陆晶清的《流浪集》 陆晶清(1907—1993)是石评梅的同窗好友,比石小五岁,迟三年(1922)考入北京女子高等师范学校国文科。她原名秀珍,生长在昆明,自小就喜爱诗,进入高等学校后就以极大的热情学写新诗,她参加"女师大风潮"的斗争,而且是"三一八"惨案的受伤者之一。陆晶清在《我与诗——市声草序》里说:"高师毕业后,命运一步步往下沉,终至于不得不离开相依为命的梅姐,离开灰城开始流浪,先到江西,后到武汉",投身于轰轰烈烈的大革命运动,在国民党中央党部妇女部长何香凝的领导下工作。大革命失败后到江西投亲,当她在南方知道石评梅去世的噩耗,匆匆北上料理亡友的丧葬,随即进北京女师大语文系学习。后与王礼锡结婚,长期从事编辑、写作和教学工作。她的散文集有《素笺》(1930)和《流浪集》(1933)。

《素笺》是"致几个似曾相识者的信",以李义山的诗"此情可待成追忆?只是当时已惘然!"作为代序。作者以清丽的文字屡次谢绝了爱的祈求。《素笺》可以说是漂泊者的拒情的书信,"我漂泊流浪已惯了,在飓风骤雨中我犹且依然的披着征裳狂奔,……我对人世早已无所希求了,仅只盼望这短促的生命能有一个较美的结束,就有一个理想中悲壮的死,我要死在血泊之中!"(《笺一》)《素笺》中表白她受尽人世的苦难,厌恶人间绮艳的故事。信中叙事、抒情曲折婉转,给人以一种"道是无情(对爱情)却有情(对世情)"的感觉。

《流浪集》有三个部分,其一即《流浪集》,"个人生活的痛创,及时代的狂潮过去所卷来的渣滓——悲哀,在这一集的字里行间到处流露着。"①这一部分是她的早期散文,对辛酸的遭遇和痛苦的内心作尽情的倾泻。"自从由命运手里接受了一担愁绪两囊泪水来人世混到如今已是二十年。在这二十年中,我尝够了人间的苦辛滋味。最近几年来,更是被命运摆弄在愁苦的渊里,沉下去,沉下去,一直总往下沉,甚至于沉到了这样的一日!""天!在人世我何尝敢有一次奢望?我祈求就平淡的了结此生。然而命运是这样作虐呵,一递一下的铁锤硬锤得我心肝全碎!"(《噩梦》)残酷的现实粉碎了青春的梦,刘和珍的惨死,"绿屋"冬夜红炉旁的毒醉,与女伴好友的劳燕分飞,谱成了一组人生漂泊者的哀歌。其二是《怀梅集》,是几篇悼念石评梅的文章。这一对同命运的女友,约定相伴相慰走完崎岖的生之旅途,突然中道分手,幽明永隔,凄凉的回忆,旧梦的重温,呼地唤天,心伤裂肺,一字一泪。

在"五四"新潮和日渐高涨的大革命形势的鼓舞下,与封建顽固势力奋斗出来的新女性,她们越是觉醒,越是前进,乖蹇的命运就越是与她们结不解之缘。她们在爱情、事业上遭到了意外的然而又是意中的打击和折磨,她们用激愤悲凉的文字,表达了那时代车轮重压下挣扎的倔强女性的灵魂。

---

① 王礼锡:《〈流浪集〉序》,《流浪集》,上海神州国光社1933年版。

陈学昭的《倦旅》等　陈学昭（1906—1991），浙江海宁人。父亲早逝，在困境中读完上海私立爱国女学文科，先后到屯溪、绍兴、北京等地学校教书，1927年去法国留学。这期间，在《时事新报》、《妇女杂志》、《语丝》、《京报副刊》、《晨报副刊》等处发表散文，出版了五部散文集：《倦旅》（1925）、《寸草心》（1927）、《烟霞伴侣》（1927）、《如梦》（1927）和《忆巴黎》（1929）。1981年浙江人民出版社出版了《海天寸心》，除《烟霞伴侣》外，其余的主要文章都收进去了。这些都是她漂泊生活的真实记录。

《倦旅》、《寸草心》和《如梦》是她"早期在国内漂泊生活的散记，刻意抒写了一个十分忧郁而寂寞的，但却在苦苦挣扎、抗争的灵魂"①。《忆巴黎》，"一方面仍然继续发挥了前期的文学风格特征，抒写了挚爱人生、祖国的感情、心理，另一方面着重介绍了留学生的生活和旅法的一些见闻。"②《烟霞伴侣》受孙福熙的影响，写的是有关风花雪月的文章。

陈学昭的早期散文充满凄苦，"她觉得小小的孤舟，全身冲激在大海之中，愈往前想，愈觉得无限的恐怖与彷徨，愈觉得无限的懊恼与惆怅……忧伤了的心，永远悬挂着。两三颗零零落落的泪儿，又从她的心头眼底迸落下来……"（《倦旅》）无论寄寓在屯溪教书，或是旅行去太原开会，或是自巴黎回国，时常带着这一种感情。她的散文，典型地反映了冲出封建家庭的弱女子在半封建半殖民地社会里被压抑的、然而不甘屈服的、追寻茫茫前景的心情。

她后来有幸结识了周建人、鲁迅、茅盾、沈泽民、瞿秋白、张琴秋和杨之华。"未来是有希望的，希望着！希望着！"（《如梦》）虽然这还比较空虚渺茫，但真理之光已在她心中照耀。

以第三人称来写散文，用以表达自己内心的真情实感是陈学昭散文的特色。《倦旅》中的逸樵，《如梦》中的绿漪，就是作者的化身。用第三人称来写，对女作家来说，有时可能更便于尽情的抒发。行文夹杂

---

① 　丹晨：《陈学昭和〈海天寸心〉》，《光明日报》1982年1月18日。
② 　陈学昭：《从1919年到1927年5月出国》，《新文学史料》1979年第2辑。

着大量的诗词或自由诗,也是作者叙事抒情的一种明显手法,言语之不足,故咏歌之;郁达夫、郭沫若也有此情况,这样可以便于言情。陈学昭还善于把人物的对话,景物的描摹,和作者内心情感的宣泄,主观见解的议论,自然地结合起来,很好地表达了她所经历的情境。比起郁达夫和郭沫若行云流水似的笔调,她则有较多推敲的痕迹。语言细腻,善于表白绵长的情思,对音响和色彩的捉摸也体现了女性的特殊敏感。

上列作家主要是创造社的成员,还有出身于北京女师大的一群,此外,绿波社、浅草社、莽原社、未名社以至于文学研究会的一些青年,他们同样是多年漂泊者,或诚实地挣扎,或虚无地反抗,或宁愿作无名的泥土,其散文题材有所差异,手法有所不同,但也多激愤之语,伤心之言。正如鲁迅在《中国新文学大系·小说二集导言》所说的:

> 但那时觉醒起来的智识青年的心情,是大抵热烈,然而悲凉的。即使寻到一点光明,"径一周三",却更分明的看见了周围的无涯际的黑暗。摄取来的异域营养又是"世纪末"的果汁,王尔德,尼采,波特莱尔,安特莱夫们所安排的。"沉自己的船"还要在绝处求生,此外的许多作品,就往往"春非我春,秋非我秋",玄发朱颜,却唱着饱经忧患的不欲明言的断肠之曲。

这时正处于"五四"与大革命两个高潮之间,大部分青年知识分子在寻求道路。这些漂泊者们饱受生活的熬煎,接触了社会的底层,所以在他们的文章中,一方面看到现实的黑暗、混乱而感到伤心悲愤,另一方面他们又希冀着理想和光明,要求自由和热情奔放。他们各自的处境和性格究竟是不同的,有的作家在逆境中仍然满怀希望和反抗,有的更多地抒发伤感和哀愁,牢骚和诅咒。他们与上一节所介绍的那些散文家不同,大抵多情善感,扬己露才,着意于痛苦内心的宣泄,而较少对人生意义作哲理性的探求。

愁苦之文易工,欢乐之词难巧。我国古典诗文对抒写悲愁有悠长的传统和丰富的经验,现代散文作家继承了传统的技巧,又发挥了文体解放和白话散文的长处,明白晓畅地进行呼告,纵笔尽情地发抒抑郁,还率性驰骋想象和联想,广泛汲取异域新奇的感觉和抒情方式,以资烘托,恣意渲染,创造了激动人心的效果。这类散文不以蕴藉、飘逸、典雅见长,而以真切、直率、缠绵取胜。

第四节　反帝反封建的呐喊

　　随着封建军阀压迫和帝国主义侵略的加剧,革命形势有了深入的发展,反帝反封建的斗争也日益高涨起来。1925年,全国爆发了反对英帝国主义在上海屠杀群众的"五卅"运动,北京还发生了女师大事件。1926年,北洋军阀段祺瑞亲日卖国执政府制造了屠杀爱国学生的"三一八"惨案。1924—1927年间,国共合作进行反帝反封建的北伐战争,1927年4—7月国民党右派葬送了大革命。这几宗重大的政治事件是本时期叙事抒情散文新的主题,作者们本着热爱祖国、反对压迫与侵略的共同心愿,爆出反帝反封建的战斗呼声,《晨报副刊》、《京报副刊》、《语丝》、《小说月报》、《文学周报》、《洪水》等报刊立予登载,同声声讨,反映了文艺界团结反帝反封建的坚强意志。

　　"五卅"运动的怒吼　1925"五卅"惨案发生后,《文学周报》第177期(6月14日)和《小说月报》第16卷第7期(7月10日)很快地发表了沈雁冰的《五月三十日的下午》、刘大白的《我底恸哭》、西谛(郑振铎)的《街血洗去后》、圣陶(叶绍钧)的《五月卅一日急雨中》等文章,《文学周报》第180期(7月5日)发表佩弦(朱自清)的《白种人——上帝的骄子!》;《语丝》第32期(6月22日)发表了俞平伯的《雪耻与御侮》、川岛的《爱国》、春台(孙福熙)的《上场与预备》等文章;《晨报副刊》及时发表了王统照的《血梯》和《烈风雷雨》,《京报副刊》还出了"上海惨剧特刊",《东方杂志》也出了"五卅事件临时增刊"。敌忾同仇,虽然作者的态度和意见不尽相同,但愤怒的感情却是一致的。

　　叶绍钧的《五月卅一日急雨中》,以高昂的情绪,简洁明快的语言,写出自己内心的愤怒,歌颂了学生和工人群众的抗争,揭露了各种"魔影"的丑相。作者善于突出表现愤怒的情感,对于路人"那里去了!?"的责问,对"老闸捕房"门前参拜血迹舐尽血迹的变异心理,对巡捕腰间的手枪引起幻觉,这些变化有力的抒写手法把满腔愤怒和盘托出。对于各类人的描写更是本文的精彩之处,对进行宣传工作的学生是这样描写的:

> 我开始惊异于他们的脸。从来没有看见过,这么严肃的脸,有如昆仑的耸峙,这么郁怒的脸,有如雷电之将作;青年的柔秀的颜色退隐了,换上了壮士的北地人的苍劲。他们的眼睛冒得出焚烧掉一切的火,吻紧的嘴唇里藏着咬得死生物的牙齿,鼻头不怕闻血腥与死人的尸臭,耳朵不怕听大炮与猛兽的咆哮,而皮肤简直是百炼的铁甲。

描写学生严肃的脸,带着赞美感情,着力于细部刻画,对待露胸工友的描写也用类似的笔调。他如兰袍玄褂小须的影子的玩世的微笑,袖手的漂亮嘴脸的低吟,瘠瘦的中年人如鼠的觳觫的眼睛、如兔的颤动的嘴含在喉际的话,这些该诅咒的"魔影",作者摄取其细部特征加以贬抑的表现。全文笼罩在恶魔的乱箭似的急雨中,词语的重叠,排比句的运用,节奏感强烈而明快,增强了本文的愤激情绪和艺术震撼力。这篇文章叙事描写和抒情紧密结合,艺术技巧和战斗激情有机统一。柔美的散文多为读者所喜爱,而这样阳刚的散文在散文的园地里也是值得赞叹的奇葩。

茅盾的《五月三十日的下午》,同样地以高昂的激情,向演出悲壮话剧的争自由、抗击帝国主义的英勇战士致敬,对健忘的市民们、绅士们、体面的商人们与主张和平方法的八字胡先生们则给以强烈的谴责;以眼还眼,以牙还牙,这是作者心中的誓言,他"祈求热血来洗刷这一切的强横暴虐,同时也洗刷这卑贱无耻"。文章采用描述、议论、抒情紧密结合的手法,使用排比和递进的句子,表现了严正的、雄辩的气势。

郑振铎的《街血洗去后》与《六月一日》也是反映"五卅"惨案的名文。前者写惨案的当天下午现场目击时的惊疑和愤怒的情景,后者实写"六一"的罢市和第二次大屠杀的情况。作者叙述群众的悲愤和敌人的凶残,文章首尾重复出现"红色的帘",加强了抒情效果,敌人虽然消灭了杀人的血迹,但血的教训在人们的心中是永远不会消灭的。

王统照的《血梯》写"五卅"惨案后北京学生上街宣传引起的激动和议论,他期望群众觉醒起来,抗进、激发、勇往,用血造梯子擎上去达到天上的和平之门。文章以抒情和议论为中心,表现他一贯的长于理性思考的特色。

这几篇文章取材略有差异,但它们都是记悲愤之事,抒激怒之情,表现群众反帝的心声,与散文中寻常的优美洒脱的情调迥异,用的是另一付笔墨。第一篇重于写群众激怒情绪的反应,第二篇重于讽刺健忘的市民、绅士和商人们,第三、四篇重于写敌人的残酷,第五篇重于写群众觉醒的期待。记事的写法也有所不同,第一篇重于描写抒情,第二篇重于叙述、议论、抒情的结合,第三、四篇重于抒情中叙述,第五篇重于抒情中议论。这给现代散文树立了多角度及时反映重大题材的成功的先例。

朱自清的《白种人——上帝的骄子!》是间接感应"五卅"反帝热潮的名文。他从凝视小西洋人而被其"袭击"的小小事件,对深入白种人骨髓的种族优越感进行了严肃的思考,引起作者"迫切的国家之念"。这虽然不是直接写"五卅"惨案的,它的深刻之处在于见微知著,从一个小西洋人脸上的表情看到"缩印着一部中国的外交史",惊觉"强者适者的表现",而寄希望于我们下一代人的自强。在叙述中极注意叙事、抒情的层次,而且在行文过程中做过多种对比,看小孩和看女人,凝视中国小孩和凝视西洋小孩,他看西洋小孩和西洋小孩看他,从他看到西洋小孩的可敬的地方和看看自己、看看自己的孩子,构思十分周至,抒情极有节制。

陆定一的《五卅节的上海》①是记"五卅"惨案周年的纪念活动的,所写的内容和所显示的主题与上列诸位作家的文章显然有些差异。这篇文章正面反映尖锐的斗争,一边是帝国主义及其走卒高等华人、反赤分子、国家主义者,另一边是革命者、工人、学生和群众。在决斗的日子里,经过29、30日两天的种种活动:开追悼大会,"五卅"烈士公墓奠基礼——演说、整队,公共体育场集合、群众游行、演讲,对武装商团挑战,

---

① 《洪水》半月刊1926年7月第20期。

"而帝国主义者终究不敢开一枪！"这种变化说明革命形势的高涨，也说明作者对群众斗争有掌握全局的鲜明意识，与书生之作大不相同。这篇纪事也运用一些艺术手法，感人细节的描写，形象化的比喻，幽默的反衬等等，加深了它的效果。

女师大事件的实录 女师大事件是发生在文化教育领域里的一场政治斗争，是对北洋军阀反动统治的一次猛烈冲击。1925年5月，北京女子师范大学学生，因反对校长杨荫榆的压迫，爆发了著名的女师大学潮。为了支持女师大学生的正义斗争，鲁迅写了许多杂文，揭发女师大校长及其后台教育总长章士钊的无理行径，驳斥陈源的无端诽谤，谴责他们充当北洋军阀的帮凶，破坏学生运动的卑劣伎俩。《语丝》社同人也主要以杂文声援进步学生的斗争。比较详细记叙女师大事件的则有石评梅的《女师大惨剧的经过——寄告晶清》①。

石评梅是女师大毕业的校友，是惨剧的目击者，她以愤怒的语言记述女友惨痛的遭遇，和章士钊、刘百昭等雇用女丐对女生野蛮凶残的迫害，发出永久纪念耻辱、永久奋斗的誓言。

我恍惚不知掉落在一层地狱，隐约听见哭声打声胜利的呼喊！四面都站着戴假面具的两足兽，和那些蓬头垢面的女鬼；一列一列的亮晶晶的刀剑，勇纠纠气昂昂排列满无数的恶魔，黑油的脸上发出狰狞的笑容。懦弱的奴隶们都缩头缩脑的，瞪着灰死的眼睛，看这一幕惨剧。

如此起笔描绘场景后，作者如实地记述了1925年8月22日上午8时起，刘百昭带着打手、流氓、军警、女丐、老妈子共二百人，鞭打、捕捉女师大学生的详细情况，"呵！天呵！一样的哭喊，一样的鞭打，有的血和泪把衣衫都染红了！"这篇文章不但让读者看到军阀帮凶的丑恶嘴脸，看到群众的寒心动魄，也看到女师大同学的坚强和互助的美德。这篇文章不只是事件的实录，还有环境的衬托，抒情的议论，保持其言情真切的文风而加强了呼告的力度。

---

① 《京报副刊·妇女周刊》1925年8月第37期。

"三一八"惨案的战叫 1926年3月18日,北京发生了段祺瑞政府取媚日本人而屠杀同胞的事件,鲁迅称之为"民国以来最黑暗的一天"。这一惨案发生以后,《语丝》、《文学周报》、《洪水》等立即刊登文章,声讨北洋军阀勾结日本帝国主义的滔天罪行。《语丝》第72期(3月29日)发表了林语堂的《悼刘和珍杨德群女士》、鲁迅的《无花的蔷薇之二》、岂明(周作人)的《关于三月十八日的死者》、朱自清的《执政府大屠杀记》,第74期发表了鲁迅的《记念刘和珍君》,第75期发表了鲁迅的《淡淡的血痕中》、徐祖正的《哀悼与怀念》;《文学周报》第218期(3月28日)发表了圣陶的《致死伤的同胞》、W生的《谁是凶手?》、西谛的《春之中国》、徐蔚南的《生命的火焰》;《洪水》第14期(4月1日)也发表了编者的《悼北京十八日的死者》等;又一次表现了文艺界团结反帝反封建的坚强意志。

鲁迅写了许多文章抨击段祺瑞政府的凶残和帮闲的可耻,抒情文《记念刘和珍君》和散文诗《淡淡的血痕中》则是其中的名作。前者回忆他与刘和珍交往的简单过程,描述刘和珍及其同学的英勇牺牲,愤怒斥责当局者竟会这样的凶残,流言家竟至如此之卑劣,赞颂中国的女性临难竟能如是之从容。使他痛苦的是造物主给庸人设计以淡忘和偷生的性格,但他仍然期待苟活者能够看到微茫的希望,而寄希望于真的猛士的奋然前行。后者表达类似的意念,但超出了就事论事的范围,深入到民族性格的剖析中去,揭穿造物主及其良民的愚民把戏、苟安心理和怯弱本性,歌颂叛逆的猛士清醒而坚韧的战斗精神,以鲜明的对照和强烈的爱憎警醒读者的灵魂。鲁迅抱着沉痛而不绝望的心写下悲愤交加的至情佳作,曲折的、压抑的、低回的、爆炸的感情交织文中,给读者以深沉的思索和有力的感染。

朱自清的《执政府大屠杀记》完全是一篇纪实的文字,"这回的屠杀,死伤之多,过于五卅事件,而且是'同胞的枪弹'。"他称这一天的事件是发生在"这阴惨惨的二十世纪二十六年三月十八日的中国!"文章以亲身经历叙述3月18日游行队伍的情况,大屠杀的经过,逃难的遭遇等种种事实,批驳群众先以手枪轰击卫队、卫队先放朝天枪等谰言,证实屠杀是有意"整顿学风"的预谋。反动军警在用枪弹大屠杀之外,还用木棍对奔逃者击杀,而且行劫,剖尸,这充分揭露了段祺瑞无耻政府的种种兽行。开首作者说"我们永远不应该忘记这个日子!"结尾说:"死了这么多人,我们该怎么办?"究竟该怎么办?作者在文中写道:"赵尔丰的屠杀引起了辛亥的革命,这一回段祺瑞的屠杀将引起什么呢?这要看我们的努力如何。总之,只有两条路,一条是让他接下去二次三次的屠杀,一条便是革命,没有平稳的中道可行!"他警醒人们对此进行严肃的思考和抉择,而他当时的态度则是鲜明坚定的。这篇文章以精细详实而有针对性的叙述,直率的自我批评和义正词严的谴责为其特色。它与《记念刘和珍君》一文,互相补充,相得益彰。从这篇力作和《白种人——上帝的骄子!》等文,又可见朱自清早期散文有锋芒的一面。

北伐从军记　大革命时期,国共合作,国民革命军于1926年7月从广东出师北伐,势如破竹,经半年多战斗,已打败军阀吴佩孚、孙传芳的主力,克复江南半壁江山,旋被蒋介石、汪精卫篡夺而毁于垂成之际。投入大革命洪流的革命知识分子,有的留下了从军杂记和战斗檄文,如金声的《北伐从军杂记》、谢冰莹的《从军日记》和郭沫若的《请看今日之蒋介石》等。

金声的《北伐从军杂记》(1927),是随国民革命军何应钦部从汕头挺进福建沿途写下的18篇行军记结集。作者当时是军部的机要人员,自1926年9月出发起到12月抵福州,一直随军部行动,所记主要是军旅生活、沿途见闻,也有亲临战地、穿越火线的记载和悼念阵亡战友的文章,连缀起来约略可见东南战线北伐进军的情形。作为最早出现的一部北伐从军记,它与战地报道有别,较留心于场景描写和个人体验,纪行述感,真切细致,表现了革命知识分子投身北伐的精神风貌。

谢冰莹(1906—2000),湖南新化人。1926年冬冲破封建家庭的束缚,奔赴武汉考入中央军事政治学校女生队,次年五月随军西征,成为从军北伐的著名女兵。她的《从军日记》原载于1927年5月24日至6月22日间孙伏园主编的武汉《中央日报》副刊,1929年3月由上海春潮书局出版单行本;当时就被林语堂、汪德耀分别译为英文和法文,在国际上也产生了影响。她以日记和书信体散文的形式,及时记述湘鄂一带战地见闻和军旅生活,包括湖南农民运动的情形,反映了大革命的澎湃怒潮,表现了新时代女性的革命激情和战斗英姿,轰动了当日文坛。尽管作者一再声称这些急就章不成文学,但正如林语堂为《从军日记》作序所称道的:"我们读这些文章时,只看见一位年青女子,身穿军装,足着草鞋,在晨光稀微的沙场上,拿一根自来水笔靠着膝上振笔直书,不暇改窜,戎马倥偬,束装待发的情景。或是听见在洞庭湖上,笑声与河流相和应,在远地军歌及近旁鼾睡的声中,一位蓬头垢面的女子军,手不停笔,锋发韵流的写叙她的感触。这种少不更事,气概轩昂,抱着一手改造宇宙决心的女子所写的,自然也值得一读。"这部作品结集时,加入了大革命惨遭扼杀后她写的悲愤之作,从而成为大革命骤起骤落的一种见证。

郭沫若投笔从戎,被委任为"总司令行营政治部主任",在重大的历史转折关头,他看清蒋介石的面目,于1927年3月31日奋笔写下著名的讨蒋檄文《请看今日之蒋介石》,发表于武汉《中央日报》副刊。这篇纪实与讨伐结合的名文,以耳闻目睹的事实揭露"三一七"九江惨案和"三二三"安庆惨案都是蒋介石一手制造的真相,把当年蒋介石"背叛国家、背叛民众、背叛革命"的阴谋和罪行立即公之于众,敏锐察觉和深刻分析国民革命的最危险的敌人已是以蒋介石为代表的"内部的国贼",以革命义愤发出了"打倒背叛革命、屠杀民众的蒋介石!铲除一切国贼!"的战斗号召。在蒋介石公开发动"四一二"反革命政变的前夕,郭沫若的先见之明和革命胆略真令人敬佩。他后来还以这段经历写了长篇自传《反正前后》、《北伐途次》等。这篇带有政论色彩的力作,既表明经过大革命洗礼的作者开始步入散文创作的一个新里程,也导引纪实性散文向新闻性与政论性结合的方向发展。

大革命的失败,不仅改变了中国革命的形势,也在新文学第一代作家留下深重的创伤,导致新文化统一战线的彻底分化和重新组合,迫使现代散文去适应新的时代条件而探索继续发展的道路。

在现代散文的开创期,特别是到了"五卅"运动以来革命高潮大起大伏的年代,许多作家本着热烈的爱国赤诚和革命要求,迅速反映当时重大的政治事件,充实叙事抒情散文的题材,用阳刚的笔墨,表达坚定的反对帝国主义及其走狗封建军阀的激情,开了反映时代风云、干预现实政治的文风。中国人民灾难深重,来日方长,表现国家民族救亡图存的血泪文学,突破小我的悲欢,抛弃阴柔的格调,在现代散文史上,这里有了良好的开端。

第五节 "五四"散文变革的实绩与意义

中国现代散文开创的最初十年间,随着思想解放运动的兴起和社会政治的急剧变化,作家们用异于传统的新的思想观念,来观察描述新的社会生活,在散文界出现了前所未有的新潮。国内外的旅行见闻,人生意义的思考和人生情味的体验,对个人漂泊生活的感叹,对侵略者压迫者的愤怒声讨,成为这时风行一时的新题材新主题。中国现代散文作家密切关心国家人民的命运,这些题材成为散文作品中的主流。这些题材大多与作家的个人遭遇紧密联系在一起,所以写起来具有浓厚的个性色彩,能够从平凡的生活中反映出个人的情思与时代的风貌,这是作家思想解放、个性解放后在作品上体现的鲜明特色。这个时期,中国处于封建军阀的割据之下,帝国主义肆无忌惮地侵略我国,革命风雷响彻大地,少数先觉者看到光明的前景,多数作家本着自己的信念进行追求和探索,当然也有一些作家在严峻的政局面前,出现逃避现实、寻求慰安的倾向,但多数并没有丧失抗进奋斗的勇气,从而开辟了现代散文史上的革命现实主义道路。

郁达夫在《中国新文学大系·散文二集导言》中概括了本时期散文的三个特征:一、表现个性比以前的散文强;二、内容范围的扩大;三、人性、社会性与大自然的调和;而社会性的倾向以"五卅"事件后表现得最为明显。这些见解十分精当,是符合中国现代散文史实际的。中国现代散文在开创期间所体现的个性解放精神,当然是受着"欧风美雨"的影响,但它与我国的民族性格、传统的道德观念、知识分子的济世思想,帝国主义猖狂欺凌下所激起的爱国主义精神,以及在十月革命影响下日益壮大的革命运动,互相渗透,紧密结合,这就使中国现代散文的发展不是欧洲文艺复兴的重演,而一开始就具有开阔的现代视野,丰富的思想内涵,尤其是大多带有与现代中国命运息息相通的浓厚的反帝反封建精神和寻求祖国解放道路的强烈愿望,并逐步加强其社会性倾向,从而形成鲜明的时代的、本国的特色。作者们从各自的生活体验和思想立场出发所描写的内容,已突破正统古文"载道、宗经、征圣"的樊篱,也逾越以前散文中有反叛精神和革新气象的界限,有着新时代惠予的新意蕴。他们对自我、对人生、对自然、对社会和国家等新老问题的独立思考和新颖表现,当然是受外来新思潮洗礼的结果,但受洗者自身的文化传统和现实感受更为内在地制约着他们的思想选择与价值取向,因而使我国新型散文既因人而异,又从各自的心声中可听到现代中国人惊觉奋起、发愤图强的共鸣曲调。

  对于中国新文艺的来源,郭沫若的《"民族形式"商兑》①一文中说过:"中国新文艺,事实上也可以说是中国旧有的两种形式——民间形式与士大夫形式——的综合统一,从民间形式取其通俗性,从士大夫形式取其艺术性,而益之以外来的因素,又成为旧有形式与外来形式的综合统一。"现代散文在开创时期的实践也确是如此,它在突破封建思想禁锢与古文义法束缚的同时,汲取古典散文优秀的艺术传统,提炼人民口语的生动性,特别是注重吸收历代散文革新的积极成果和丰厚的艺术积累,也借鉴外国散文的自由抒写、冥想色彩、心灵发见、象征手法、幽默味和周密性等等,经过十几年的努力,融旧铸新,打下了现代美文的良好基础。叙事如剧,抒情如诗,写景如画;形象逼真,感情充溢,理趣深长,讽刺尖锐,论辩简明,手法新颖,形式多样;语言文白杂糅,口语化、欧化并存,体现了开创期特色。它比诗歌、小说、戏剧等所谓纯文学,在形式上更为自由,有可能具备各体的长处,而且与实际生活更为接近,与作者日常的际遇感兴和真实的思想性情更为契合,所以新文学家几乎都爱写散文小品,都在任心闲话中驰骋各自的才情,造就了"繁英绕甸竞呈妍"的景象。朱自清对本时期散文的成就有一段精到的评语:

    但就散文论散文,这三四年的发展确是绚烂极了:有种种的形

---

① 郭沫若:《蒲剑集·"民族形式"商兑》,重庆文学书店 1942 年版。

式,种种的流派,表现着、批评着、解释着人生的各面,迁流曼衍,日新月异:有中国名士风,有外国绅士风,有隐士,有叛徒,在思想上是如此。或描写,或讽刺,或委曲,或缜密,或劲健,或绮丽,或洗炼,或流动,或含蓄,在表现上是如此。①

这段话指明了本时期散文在题材上、思想上、技巧上、风格上都能有所树立,如实地描述了第一个十年散文令人喜悦的繁荣局面。鲁迅进一步论断:

> 到五四运动的时候,才又来了一个展开,散文小品的成功,几乎在小说戏曲和诗歌之上。这之中,自然含着挣扎和战斗,但因为常常取法于英国的随笔(Essay),所以也带一点幽默和雍容;写法也有漂亮和缜密的,这是为了对于旧文学的示威,在表示旧文学之自以为特长者,白话文学也并非做不到。②

这就把"五四"散文置于姐妹文类的共时比较和古今散文的历史比较的坐标中加以定位,突出了它的重大成功和历史意义。从史实来看,它当时确比诗歌和戏曲的变革早见成效,更多精品,也比时代骄子小说更具文体美和丰富性,在建设国语文学、推进言文合一方面更是领先一步、带动全局而又影响深远的。

"五四"散文的发达和成就,除了得益于社会变革、思想解放的时代机遇外,主要是由文体自身的优势促成的。散文短小灵活,比其他文类更具应变力和适应性。刚突破古文教条而获得新生的散文,回归和张扬随物赋形、任心闲话的文体特长,成为一切短篇体制的典型代表,可以应对瞬息万变的现代生活,最为契合自由不拘的个体心灵,这是现代散文始终盛行不衰的一个内因。中国文学又一向以诗文为正宗,散文传统十分丰厚,"五四"散文革新又不像新诗那样基本上是另起炉灶,而是对传统散文有所扬弃,加以改造,破除清规戒律,力主自由创造,从而复活了这一古老文体的蓬勃生机。这是散文在"五四"变革期率先走向成熟的一个历史原因。

---

① 朱自清:《论现代中国的小品散文》,《文学周报》1928年11月25日第345期。
② 鲁迅:《南腔北调集·小品文的危机》,上海同文书店1934年版。

"五四"散文革新的成功,彻底打破了中国散文在唐宋以后徘徊不前的僵局,全面复活了中国散文的生机活力,奠定了中国现代散文的发展基础,开辟了中国散文现代化的广阔天地,在中国散文史上具有起死回生、继往开来的伟大作用。此后,散文就沿着"五四"开辟的大道不断地拓展、奋进。

第二编　在新的革命风涛中发荣滋长

第三章　雷鸣雨骤振林木

第一节　政治形势的严峻和文化革命的深入

中国现代散文从"五四"思想革命和文学革命中诞生以来，伴随新文学运动的发展深入，产生了大批名家，散文创作极一时之盛。1927年大革命失败后，散文创作也在历史的转折时期酝酿着新的变化发展。到了30年代前期，伴随着反帝反封建热潮的不断高涨，名家继出，新秀崛起，中国现代散文呈现了全面丰收的局面。

从大革命失败到抗日战争爆发这十年，是中国国内阶级矛盾十分尖锐、民族危机十分严重的时期。在国民党右派篡夺大革命的胜利果实后，中国共产党人举行了南昌起义和秋收起义，创建了工农红军，开辟了井冈山革命根据地，建立了红色革命政权，有力地推动了全国革命形势的发展。

国民党内部，则正进行着日益激烈的派系斗争，酿成了军阀混战的局面，把全国人民推入战乱贫困的深渊。新军阀之间的矛盾冲突，激化了帝国主义之间在华利益的矛盾冲突。1931年9月18日，日本帝国主义公然侵占了我国东北三省，次年1月28日，又发动了淞沪战争。随后步步进逼，中华民族处于十分危急的关头。可是，当局却倒行逆施，实行"攘外必先安内"的反动政策，发动反人民的内战，对苏区进行了五次军事"围剿"。对进步文化界则"一面禁止书报，封闭书店，颁布恶出版法，通缉著作家，一面用最末的手段，将左翼作家逮捕，拘禁，秘密处以死刑"①。

---

① 鲁迅：《二心集·中国无产阶级革命文学和前驱的血》，上海合众书店1932年版。

民族的危机,血腥的镇压,激起全国人民反帝爱国的热情。反对内战,救亡图存,成为国人的普遍呼声,十九路军的抗日壮举,"一二·九"学生运动的激昂吼声,西安事变的正义行动,一系列抗日救亡的群众性运动,以不可遏止的气势,汇成了一股汹涌澎湃的争取民族解放的热潮。

随着政治风云的突变和革命形势的周折,新文学阵营也在这个历史转变关头发生了激烈的分化:一部分知识分子被大屠杀所吓倒,开始动摇后退了;一部分文人则存心与当局采取同一步调;有些人处于苦闷与探索之中;以鲁迅为代表的彻底的革命民主主义者和一批从政治漩涡中撤退下来的革命知识分子,坚定地探索新文学发展的道路,经过革命文学的论争,举起无产阶级革命文学的旗帜,组织成立"中国左翼作家联盟",标志着中国现代文学又进入一个新的里程。

"左联"对中国现代文学史的贡献,茅盾在他的回忆录中有一段精辟的评价①,他说:

> 三十年代的左翼文艺运动在中国现代文学史上有着伟大的功绩。它是中国革命文学的奠基者和播种者。这个运动在共产党的领导下,以鲁迅为旗手,而"左联"则是它的核心。"左联"在继承"五四"文学革命的传统,创导无产阶级革命文学,介绍马列主义的文艺理论,培养一支坚强的左翼、进步的文艺队伍等等方面,都作出了辉煌的成就,有着不可磨灭的功勋。在抗日战争中,以"左联"为核心的这支队伍撒向了全国,成为当时解放区和国统区革命文学运动的中坚。全国解放后,这支队伍又成为全国各条文艺战线的骨干和核心。可以说,无视"左联"的作用,就无法理解中国的现代和当代文学史。

无视"左联"的作用,同样也无法理解中国现代散文史。"左联"成立以后,许多散文家"阶级意识觉醒了起来"②,有了鲜明的社会责任感,有了明确的政治方向和写作目的,反映重大的政治事件和社会现实成为

---

① 茅盾:《我走过的道路》(中),第51—52页,人民文学出版社1984年版。
② 鲁迅:《且介亭杂文·〈草鞋脚〉小引》,上海三闲书屋1937年版。

他们的自觉要求,而这在五四时期一般还是处于自发的状态,因而在散文体裁方面有许多新的开拓,主题也大为深化。散文的体裁因表现现实的要求而产生新的品类,艺术技巧特别是叙事的技巧也有所提高。"左联"成立后,散文在题材、主题、体裁、技巧等方面的变化,其影响十分深远。

这十年间,面向如此鲜血淋漓的现实和生死存亡的搏斗,有些作家产生了苦闷感和幻灭感,如王统照说:

> 这六七年间,多少人事的纠纷,多少世事扰攘的变化,多少个人的苦恼。我不但没有写诗的兴致,即使看别人的诗也觉得眼花,谁知道这是一种什么心情?感触愈多愈无从写出不易爬梳的心绪,不易衬托出的时代的剧动,一切便甘心付诸沉默!这其间真有难言的深重的苦闷。①

朱自清也有类似的情况,他说,"入中年以后,散文也不大写得出了——现在是,比散文还要'散'得无话可说!"②卞之琳分析大革命失败后诗人们的心境时说:

> 大约在 1927 年左右或稍后几年中,初露头角的一批诚实和敏感的诗人,所走道路不同,可以说是植根于同一缘由——普遍的幻灭。……这种幻灭感进一步变形为一种绝望的自我陶醉和莫明的怅惘。③

有些作家则是逃避现实、消沉玩世,周作人是合适的代表。他在 1930 年写的《草木虫鱼小引》里说:

> 我在此刻还觉得有许多事不想说,或是不好说,只可挑选一下再说,现在便姑且择定了草木虫鱼,为什么呢?第一,这是我所喜欢,第二,他们也是生物,与我们很有关系,但又到底是异类,由得我们说话。万一讲草木虫鱼还有不行的时候,那么这也不是没有

---

① 王统照:《这时代·序》,华丰印刷公司 1933 年版。
② 朱自清:《你我·论无话可说》,上海商务印书馆 1936 年版。
③ 卞之琳:《〈戴望舒诗集〉序》,《诗刊》1980 年第 5 期。

办法,我们可以讲讲天气罢。

这种态度再发展下去,那就是知名的《自寿诗》中所云的:"谈狐说鬼寻常事,只欠功夫吃讲茶"了。这种作风在当时产生了一定的影响,形成了幽默闲适小品的盛行。

还有一些作家在现实的教训中试图走一条新路。萧乾回忆 1933 年北方文艺界的状况时说:

> 一九三三这一年,北方文艺界起了不少的变化。促成这一变化的首先自然是客观形势,日本侵略者的铁蹄从东北咄咄逼人地踏到了冀东,蒋介石同北方军阀用机枪和大刀压制广大青年不许抵抗——甚至不许谈抵抗;而越压,抗日的呼声越发高涨。在外部侵略者及本国奸细的双重压迫下,周作人的明清小品和梁实秋的白璧德对青年完全失却了光彩和吸引力。就在这时,从上海来了两位富有生气,富有社会正义感,对青年散发着光与热的作家——郑振铎和巴金。三座门十四号成为我们活动的中心。①

这种思想代表相当一部分中青年作家,而且对散文写作起着相当大的作用。

上述作家,有的苦闷,有的消沉,有的酝酿着新的希望,在"左联"之外,还有他们的作品,在散文园地开放着各色的花朵。

本时期文化界的几场争论与散文的发展也有着密切的关系。

其一是关于"中国社会性质"的论战,它给新文学运动带来积极的影响。1930 年,一批接受马克思主义影响的理论工作者运用马克思主义原理分析中国社会性质,在《新思潮》杂志上发表文章,同当时的"动力"派就中国社会性质问题展开了激烈的争论。"新思潮"派认为中国社会仍是半封建半殖民地社会,革命主力还是工农群众,反帝反封建的民主革命要由无产阶级及其政党来领导;"动力"派则认为中国已经走上资本主义道路,反帝反封建的任务应由中国资产阶级来担任;还有一些资产阶级学者认为民族资产阶级应走中间道路,建立欧美式的资产

---

① 萧乾:《渔饵·论坛·阵地——〈大公报·文艺〉,1935—1939》,《新文学史料》1979 年 2 月第 2 辑。

阶级政权。这场论战牵涉到中国的社会性质、革命性质、革命主力和领导权、革命目标等重大问题。这次论战从理论上提高了作家们对现实社会的认识。中国的农村经济和民族资本主义经济在帝国主义的经济侵略下加速了破产的步伐,劳动群众日益陷入普遍贫困的境地,城乡社会处于动荡不安的状况,成为30年代前期流行的文学题材。茅盾和《太白》杂志所提倡的新的小品文就全面反映了这种社会现实,以文学描写形象地回答了中国社会性质问题。

其二是关于文艺大众化问题的讨论。随着文化革命的深入和无产阶级革命文学的兴起,对于"文艺大众化"的呼声日益强烈。在左翼文化人的重视下,文艺界多次展开"文艺大众化"的讨论,起先是强调积极开展"工农通讯员运动",后来对大众文艺的内容、语言、形式、创作方法,以及当时的具体任务等方面都有较详细的讨论。经过这次讨论,作家们努力使自己的作品减少欧化或文言的句法,尽量采用民众的口语,涌现出一批有才华的青年作家,有人还尝试运用"大众语"和通俗文艺形式写作大众化作品。"文艺通讯"、"科学小品"和"历史小品"等通俗散文形式也在这时期风行开来。

其三是关于"文学遗产问题"的论争。这是针对以接受文学遗产的名义劝青年读《庄子》、《文选》,和一些小品文刊物竭力宣扬袁中郎的性灵文学,以及提倡文言复兴运动等思潮而进行的一场辩论。这场辩论批判了向读者灌输逃避现实、逃避斗争的有害思想,反击了当局授意的复兴文言的复古逆流,也批评了那些"左"的完全否定文学遗产的论客。通过这次论争,作家们认识到白话文要进一步改良和充实,避免不必要的欧化句法,采用方言,借用某些可用的文言字眼,使文艺的大众化向前推进一步。

对外国散文的译介,这时期也形成一股热潮。成书出版的有:梁宗岱译的《蒙田散文选》,梁遇春译的英国《小品文选》,谢六逸译的《日本近代小品文选》,缪崇群译的《日本小品文》,鲁迅译的《思想·山水·人物》、黎烈文译的《西班牙书简》,戴望舒和徐霞村合译的阿左林的《西万提斯的未婚妻》,施蛰存译的《西洋日记集》,卞之琳译的《西窗集》,石民译注的《英国文人尺牍选》等等,国别广泛,品种多样。文学期刊上刊载的散文译作就更多了,法国的有蒙田、伏尔泰、拉马丁、梅里美、波德莱尔、都德、法朗士、莫泊桑、罗曼·罗兰、纪德等,英国的有兰姆、斯威夫特、史梯文生、王尔德、毛姆、吉辛等,日本的有志贺直哉、芥川龙之介、藤森成吉、秋田雨雀、鹤见祐辅等,俄国的有普希金、赫尔岑、契诃夫和苏联的高尔基等,还有德国的尼采,美国的辛克莱,西班牙的阿左林等等。有的期刊还特意组织专号,如《现代》5卷6期的美国文学专号,《译文》新3卷2期的西班牙文学专号,《文学界》等刊物关于基希报告文学的译介,《论语》、《人间世》等刊物还刊出西洋幽默文评介、西洋杂志文评介,《文学》、《文艺月刊》等关于外国文艺家传记的译介等。从这些粗略的介绍,就足以证明这一时期引进外国散文的规模超过了第一个十年,这对散文的繁荣和发展,无疑地起了很大的促进作用。

冯至回忆当时一些青年喜欢阅读外国散文的情况时说:

学英文的学生一般要按照课程规定读莎士比亚、十九世纪诗歌、狄更斯的小说等等,但他们中间也有个别人偏爱英国的散文。他们由于小资产阶级和知识分子的习性,善于玩味(现在看来有些可笑可怜的)所谓忧伤和寂寞,他们觉得莎士比亚高不可攀,拜伦激情过分,狄更斯写的小人物虽然值得同情,但背景是地地道道的英国社会,读起来感到生疏。他们找来找去,除了通过英文译本读俄国小说外,把英国几个不大被人注意、过着寂寞生活的散文家看成知心朋友。那时我常听亡友陈炜谟谈,兰姆在《莎士比亚戏剧本事》之外,写了些娓娓动听的散文,吉辛一生穷苦,在他创作小说的同时,怎样写他的《四季随笔》。还有不幸早丧的梁遇春,在二十年代末期写的散文,文采焕发,纵谈艺术、人生,也是受到英国散文的陶冶。当然,不只是英国散文,别的国家类似的散文,也赢得了一部分青年的爱好,我曾经爱不释手地读过一本中文译的西班牙阿左林的散文集。(后来卞之琳也译过几篇阿左林的小品,收在《西窗集》里,广田在《冷水河》一文中引用过这个西班牙人的妙论)。广田在外文系读英国文学,最欣赏几个英国散文作家。一方面是受到当时散文风气的影响,更重要的原因是从几个

不甚著名的朴素的作家的笔下看到一个中国农村的儿子感到亲切的事物……①

这一长段引文,可以帮助我们看到当时作家学习外国散文的踪迹,也可以推想他们所取得的效果。

文艺期刊在政治高压下力争发展,对散文的日益繁荣起着重大作用。大革命失败以后,当局专制统治压制言论自由和出版自由,"几条杂感,就可以送命的"②。政治压力促使许多出版物或改弦易辙,或被迫停刊,五四时期著名的"四大副刊"——《民国日报·觉悟》、《时事新报·学灯》、《晨报副刊》和《京报副刊》到1927年前后陆续停刊或改版,失去了指导思想文化界的作用。一些老牌的文学刊物也多收敛先前的锋芒,有些新创办的期刊,或因政治色彩鲜明而遭到查禁,或因力量单薄而不成气候。只有文学研究会系统和语丝社系统的一些刊物还在扶植散文创作。

《文学周报》自1925年5月11日第172期脱离《时事新报》独立出版后,一直坚持到1929年12月22日出满380期。1927年6月后,曾有郑振铎、陈学昭、徐霞村、魏兆淇等合作主持的"Athos"专栏,揭载他们的法行游记,郑振铎和陈学昭都是由于政治原因避难出国的。钟敬文、罗黑芷等也继续在上面发表散文小品,可惜罗黑芷早逝,钟敬文不久辍笔。茅盾从血腥屠杀中逃脱到上海,在创作《蚀》三部曲的同时,写了一些散文,《严霜下的梦》就刊载在《文学周报》上。《小说月报》从1927年7月号起开设过"小品"和"随笔"专栏,1929年1月号起复办"随笔"专栏时,编者西谛(郑振铎)特意在编前和编后中再三倡导。他说:"在'随笔'的这个标题之下,我们什么都谈,且十分的欢迎对于本栏感到趣味的人都来谈谈。我们所谈的,有庄言,有谐语,有愤激的号呼,有冷隽的清话,有文艺的随笔,有生活的零感……大之对于宇宙的大道理,小之对于日常的杂件……总之,什么都谈,只除了政治。像

---

① 冯至:《文如其人,人如其文——〈李广田文集〉序》,《文艺研究》1982年第5期。
② 鲁迅:《而已集·答有恒先生》,上海北新书局1928年版。

政治这样热辣辣的东西,我们实在不适宜去触到它。"①编者的用意和对时局的讥讽,由此可见。回应者有孙福熙、丰子恺、章克标、MD(茅盾)等,新进作者缪崇群也在这里发表了《旅途随笔》。茅盾的《卖豆腐的哨子》、《雾》、《虹》等和《严霜下的梦》一道,以个人抒怀方式和象征性意象表现革命低潮时期的精神苦闷,成为大革命失败后的时代象征。丰子恺的散文以童真和玄思色彩引人注目。章克标抒写《身边杂事》,走向趣味主义之路。《文学周报》和《小说月报》上的散文随笔,钤着20年代末期散文创作的时代烙印。

在20年代末期,以刊载杂文为主,而且影响较大的刊物仍是《语丝》。1927年10月,奉系军阀查封了《语丝》。1927年冬,鲁迅在上海接编《语丝》,一年后,推荐柔石继任,1929年9月,李小峰接编,1930年3月停刊。大革命失败之后,语丝社作家思想发生明显的分化。他们原先提倡"自由思想,独立判断,和美的生活",注重社会批评和文明批评,形成了"任意而谈,无所顾忌,要催促新的产生,对于有害于新的旧物,则竭力加以排击"②的倾向。如今碰上不自由的时代,不得不改变文风。他们各人的思想本就"尽自不同",现在处于重大抉择关头,各自的倾向性就鲜明地表现出来。鲁迅这时期进一步接受马克思主义的影响和现实赋予的血的教训,世界观正酝酿伟大的质变,在《语丝》上发表一系列战斗杂文,后来脱离《语丝》,和郁达夫合办过《奔流》,指导过《未名》,开始自觉运用马克思主义观察社会现象和文艺问题,主要运用杂文这一锐利武器,战斗在思想文化战线的最前列。《语丝》的另两员主将,周作人和林语堂,这时对国民党右派的反革命大屠杀流露着不满情绪,但他们慑于白色恐怖,世界观中的封建士大夫的没落情绪和个人主义、自由主义日渐抬头,从叛徒向隐士方面转化。周作人宣扬"闭户读书论",专注于趣味主义,借以避祸,成为新式士大夫的代表人物。他编过一阵《语丝》后,与徐祖正合办《骆驼草》,连同俞平伯、废名等走向超脱的道路。《骆驼草》继承《语丝》注重散文随笔的传统,提携

---

① 西谛:《"随笔"前言》,《小说月报》1929年1月第20卷第1期。
② 鲁迅:《三闲集·我和〈语丝〉的始终》,上海北新书局1932年版。

过新进作者梁遇春、吴伯箫、冯至、李健吾等,但由于主持人思想后退,刊物消磨了《语丝》的战斗锋芒。与语丝社作家群关系密切的刊物还有《北新》和《现代文学》。缪崇群、梁遇春、废名等人的散文作品大多发表在这两个刊物上。

创造社的文学刊物《创造月刊》、《幻洲》和《流沙》,太阳社的刊物《太阳月刊》,都刊登了一些书评、随笔和文艺散文。蒋光慈、钱杏邨、龚冰庐等力图描写动荡中的底层生活斗争,在题材上有所开拓。当时,革命文学社团开展"无产阶级革命文学"的论争,杂感短论尤为盛行。

此外,立达学会的杂志《一般》,孙伏园等的《贡献》旬刊,新月派的《新月》月刊等,也给散文划出一块园地,间有新作出现。如上所述,20年代后期三四年间散文界说不上热闹,散文园地有限,主要还是一批成名作家支撑着局面,新进作者刚刚冒头,总体上显得较为沉寂。这种状况首先是由政治高压造成的。其次是新文学中心处于南移、重建状态,北平文坛顿时显得荒凉,上海文坛正在兴起之中,出版业和报刊尚在恢复,作家们东西奔波,还不能安顿下来致力于创作。第三是散文本身发展过程的必然现象,在新的历史条件下,散文的发展需要新的思想养料和新的艺术探索;五四时代思想解放和个性解放的热潮已经过去,散文作者的生活和思想正处于变化发展之中;社会现实、社会思潮的大变动,必然要带来一个文学思潮的大变动;要适应这样的变动,需要一个过程,不可能一蹴而就。所以,大革命失败后四五年间散文的缓慢发展状态,正说明这是一个过渡时期,酝酿时期。

促使散文创作热潮形成的社会因素主要是30年代日益高涨的工农革命运动和抗日救亡运动的浪潮。"左联"成立以后,提出开展工农通讯员运动,报告文学作为主要写作形式之一。适应抗日救亡斗争的需要,"左联"主办的《文艺新闻》在"一·二八"淞沪战争中出版了战时特刊《烽火》,大量发表战地通讯、时事评论,显示了散文作为"轻骑兵"的战斗职能。1932年底,黎烈文接编并改革《申报·自由谈》,在以鲁迅为代表的左翼作家和广大作家的支持下,继承五四时期《觉悟》、《学灯》、《晨报副刊》的传统,成为新文学复兴的重要园地。《自由谈》副刊注重杂文、随笔、速写、抒情散文,汇集了许多散文作家。杂文方面,有鲁迅、瞿秋白、茅盾、郁达夫、胡风、王任叔、唐弢、徐懋庸、周木斋、柯灵、曹聚仁、阿英、陈子展等,散文速写方面有艾芜、沈圣时、叶紫、林娜(司马文森)、林微音、李辉英等。影响所及,许多大报副刊纷纷仿效。《中华日报》由聂绀弩主编《动向》副刊,《立报》由谢六逸主持《言林》副刊,《大公报》由沈从文、萧乾编辑《文艺》副刊,以及《时事新报·青光》、《社会日报》等等,都为散文广开门路。专注于散文的刊物有《涛声》、《新语林》、《芒种》、《太白》、《水星》、《杂文》、《论语》、《人间世》、《宇宙风》、《文饭小品》、《文艺风景》、《天地人》、《中流》、《光明》等等接连刊行,1933年和1934年分别被称为"小品文年"和"杂志年",可见极一时之盛。一些大型文学刊物,如《萌芽》、《拓荒者》、《北斗》、《现代》、《文学》、《文学季刊》、《文学月刊》、《文艺月刊》、《文丛》、《作家》等,均有杂文和文艺性散文。即便是一些综合性杂志,如《申报月刊》、《东方杂志》、《青年界》、《中学生》、《生活周刊》等等,也要点缀一些"软性"的散文随笔。各书店竞相出版散文的专集、选集以至丛书,如巴金为文化生活出版社主编"文学丛刊",收入散文集甚多,靳以为良友主编"现代散文新集"。报纸杂志上散文园地的扩大,出版商热心出版散文著作,这一事实说明一个散文写作高潮业已形成,写作和阅读散文蔚成一时风气。

在这热闹繁杂的散文界,存在两大思潮流派的对垒,即"论语派"和"太白派"的竞争。1932年9月,林语堂创办《论语》半月刊,与《骆驼草》的作者周作人、俞平伯、废名、刘半农等,和《金屋月刊》的作者邵洵美、章克标等,以及一些气味相投的同好如沈启无、徐訏、陶亢德等,提倡"幽默小品"和"趣味小品";继而创办《人间世》(1934年4月),打出"以自我为中心,以闲适为格调"的旗号;后来还创办了《宇宙风》(1935年9月),从而形成了以林语堂、周作人为代表的"论语派"。其主导倾向是背离"五四"以来散文反帝反封建的战斗传统,逃避现实斗争,退守个人园地,带有把小品文引向旁观玩世、消闲自娱的流弊。在同"论语派"的抗争中形成了"太白派"。所谓"太白派"指的是团结在《太白》杂志周围,以左翼作家为骨干的散文作家群,主要有鲁迅、茅盾、陈望道、胡风、聂绀弩、曹聚仁、徐懋庸、唐弢、陈子展、夏征农等。他们支持创办了《涛声》(1931年8月)、《新语林》(1934年7月)、《太白》(1934年9月)、《芒种》(1935年3月)、《中流》(1936年9月)等刊物，坚持反帝反封建的战斗精神，积极提倡反映现实生活斗争的"新的小品文"，来抵制闲适小品、幽默小品的泛滥，促进了30年代散文写实精神的发展和深化。

超然于"论语派"和"太白派"相抗衡之外，北平文坛的散文创作集中在《大公报·文艺》、《文学季刊》、《水星》上，反映出比较一致的特色：内容坚实，形式讲究，以质取胜。在郑振铎、朱自清、沈从文、巴金、靳以等知名作家的扶持下，何其芳、李广田、缪崇群、丽尼、陆蠡、萧乾、吴伯箫、芦焚、朱企霞、方敬、陈敬容、严文井、南星、李蕤、季羡林等一大批新进作者陆续崭露头角，引人注目。他们专注于叙事抒情散文的创作，刻意追求艺术创新，力图提高文艺散文的艺术地位。从渊源上看，是20年代朱自清、谢冰心一派"美文"传统的承继者和开拓者。

东北沦陷后，一批原来在东北从事新文学运动的进步作者陆续逃亡关内，又新从流亡学生中崛起一批文学新人，形成了一个引人注目的东北作家群，主要人物是萧军、萧红、李辉英、白朗、罗烽等。他们最先尝到失土流离的惨痛，因而最先喊出抗日救亡的呼声。东北作家群的散文创作以反映东北沦陷区人民的生活斗争和自身的逃难经历为主要内容，为下一时期的抗战文学开了先声。

"左联"时期散文繁荣的局面，一方面是动荡剧变的社会现实的产物，另一方面是现代散文深入现实生活、不断开拓艺术视野的结果。而散文期刊的空前兴盛，也起了促进作用。它们继承和发扬"五四"文学期刊的现实主义传统，适应时代需要，配合民族民主革命斗争，在现实生活土壤中不断拓展散文的疆土，充分发挥了散文反映现实的轻便自由的特长，在现代散文史上做出了不可磨灭的贡献。

第二节 散文理论建设的丰硕成果

从1927年到1937年，现代散文创作和理论都取得了全面的丰收。这一时期的散文创作，在前一时期取得成就的基础上，从社会生活中汲取源泉,从中外散文的优秀传统中汲取营养,散文创作的社会内容明显地扩大了,取得了辉煌的成就。20世纪30年代前期小品文风靡文坛,其中鲁迅和瞿秋白的杂文创作达到了他们一生的光辉顶点,报告文学迈开矫健的步伐,开始了它的崭新征程。

散文创作的蓬勃发展和人们对散文创作的普遍重视,推动了散文理论建设的丰富和发展。这一时期散文理论的丰富和发展,主要表现在对散文艺术特征的研讨,散文样式的分蘖和创新,以及散文创作思想倾向的争论上。散文,又被称为小品文,或小品散文,大多泛指篇幅短小的杂体散文,有时是指以议论性杂文为主的杂体散文,有时则指以记叙抒情为主的杂体散文。其最广泛的范围可包括杂文、随笔、闲适小品和叙事抒情性散文等,也可以专指上述的任一种文体。在这一时期的散文理论建设上,最广泛的概念逐渐为个别的较为具体的概念所代替,各种散文样式不断从散文母体中分化、新创出来;它们各自的艺术特征,在不同观点的论争中,逐渐得到较为具体的界定。

本时期散文理论的最大收获在于确立鲁迅式的革命现实主义的战斗的杂文文体,并与追求个人的闲适、趣味、幽默的小品文分道扬镳。1928年以后的三四年内,杂文创作显得冷落。鲁迅在《三闲集·序言》里说:"看看近几年的出版界,创作和翻译,或大题目的长论文,是还不能说它寥落的,但短短的批评纵意而谈,就是所谓'杂感'者,却确乎很少见。"1932年以后,这情况有些改变。夏天,林语堂创办一个专载幽默小品文的刊物《论语》。这个刊物的出现,是有它的社会原因的,1934年的《中国文艺年鉴》里说:"左倾作品不能发刊,民族文艺又很少作品发表;同时,有钱购买书报的读者层,也只剩了收入丰富的这一阶级。他们把文艺当作酒后消遣,他们要吐着香雾沉醉在微笑里,于是乎以《论语》为代表的幽默文学,与以《人间世》为代表的闲适小品,得以广大销行。这不是偶然的,这是这个现实社会中必然产生的变态现象。"在《论语》出刊一年的时候,鲁迅写了《"论语一年"》和著名的《小品文的危机》,严正地指出在风沙扑面、狼虎成群的时候,文学上的"小摆设"——小品文的越加旺盛,"要求者以为可以靠着低诉或微吟,将粗犷的人心,磨得渐渐的平滑";而"幽默",只是"将屠户的凶残,使大家化为一笑,收场大吉"。鲁迅认为把小品文变成雅人摩挲的"小摆设",这就走到危机。他主张小品文的生存,只仗着挣扎和战斗的。"生存的小品文,必须是匕首,是投枪,能和读者一同杀出一条生存的血路的东西;但自然,它也能给人愉快和休息,然而这并不是'小摆设',更不是抚慰和麻痹,它给人的愉快和休息是休养,是劳作和战斗前的准备。"这篇著名的文章,划出小品文两个分支的鲜明分野,给杂文确立了思想上和艺术上的界限,并对他的朋友进行善意的规劝。鲁迅对战斗的小品文创作的思想倾向和社会功能的这一经典性概括,是着眼于革命和人民的,是充分考虑到劳动大众精神需要的丰富性和多样性的。

林语堂于1934年4月又主编《人间世》,大力提倡清逸的小品文;后来又与黄嘉音、黄嘉德合编《西风》月刊,介绍西洋幽默趣味小品,其兄林憾庐与陶亢德、徐訏等合编《宇宙风》。林语堂在这些刊物上大力宣扬他的小品文理论。

林语堂在《人间世·发刊词》中说:"盖小品文,可以发挥议论,可以畅泄衷情,可以摹绘人情,可以形容世故,可以札记琐屑,可以谈天说地,本无范围,特以自我为中心,以闲适为格调,与各体别,西方文学所谓个人笔调是也。故善冶情感与议论于一炉,而成现代散文之技巧。……内容如上所述,包括一切,宇宙之大,苍蝇之微,皆可取材,故名之《人间世》。"他虽然说取材本无范围,但又特定了"以自我为中心,以闲适为格调"的标准。他在《我们的希望》一文中谈到《人间世》时说:"本刊以小品文为号召……专重在闲散自在笔调……至于内容,除不谈政治外,并无限制。"他把小品文写作的内容和倾向规定得十分清楚。

在林语堂关于小品文的理论宣传中,"闲适"和"幽默"是互相渗透、相辅而行的。他强调他提倡的"幽默"是"闲适的幽默,以示其范围"(《论幽默》)。他常把"自我"和"性灵"相提并论,他说:"文章者,个人之性灵之表现","性灵就是自我"(《论文》)。林语堂就是这样不遗余力地鼓吹他的闲适、幽默、自我、性灵的小品文,企图使之成为小品文的正宗。与此同时,他还提倡"语录体"的小品文,他说:"吾恶白话之文,而喜文言之文,故提倡语录体"(《语录体之用》)。攻击左翼文学是"诘屈欧化",是"西崽","其弊在奴"(《今文八弊》)。他认为"语录体"的模范是禅宗和尚、理学先生和袁中郎等的半文不白的文体,凸显出他倒退的倾向。

　　林语堂在小品文和时代、社会、人民的关系上,在小品文的题材、主题、技巧、语言一系列问题上,散布了唯心主义、自由主义、个人主义、趣味主义和复古倒退的错误主张,他被国民党当局的专制统治吓破了胆,消极逃避,一变过去"翦拂"行径,反映了资产阶级知识分子从挣扎到消沉的典型心理和命运,这在民主革命时期是有相当代表性的历史现象。

　　周作人在序跋文中也一再重申他对小品文的主张。1930年9月,他给《近代散文抄》写的序言里说:"小品文则又在个人的文学的尖端,是言志的散文,他集合叙事说理抒情的分子,都浸在自己的性情里,用适宜的手法调理起来。"他的个人主义的文学观和公安派竟陵派文艺运动的复兴观一直没有什么改变。这个意见,在他的《〈中国新文学大系·散文一集〉导言》中说得十分明白。他是《论语》、《人间世》、《宇宙风》的主要撰稿者,30年代以后,他热心于草木虫鱼,1934年起还写了大量或明或暗地攻击左翼文艺的文章,他的文学主张和生活情趣与林语堂十分相近。由于林语堂、周作人及其追随者不遗余力地提倡闲适小品,在特定的意义上,小品文这一文体的概念逐渐与闲适紧密联系在一起了。

　　1933年以后,鲁迅的杂文写作进入了高峰期,这种"论时事不留面子,砭痼弊常取类型"的杂文,是左翼文学锐利的攻战武器,自然也招来了"官民的明明暗暗、软软硬硬的围剿"。林希隽就是一个代表。林希隽在《杂文和杂文家》①一文中,对当时流行的杂文,即他所谓的"散文非散文,小品非小品的随感式短文",怀着一种恐惧的心理,企图一笔抹杀,说什么这是作家的自甘菲薄啦,投机取巧啦,放弃严肃的工作啦,堕落表现啦,浪费的生产啦！等等。鲁迅对所有的"和杂文有切骨

---

① 《现代》1934年第5卷第5期。

之仇,给了种种罪状的"文人,在《准风月谈》和《伪自由书》的序跋中,有很生动而充分的揭露。鲁迅针对林语堂等所提倡的闲适小品和林希隽攻击杂文的言论,在有关的序跋和短评中对杂文这一文体的特征,做了更为详尽的说明。较之前期,鲁迅更自觉更系统地从战斗杂文革命现实主义和杂文艺术规律的美学特征展开论述,理论更加开阔深刻、更加成熟了,因而更带有普遍意义。要而言之,有下列几点:

一、写杂文是一种严肃的工作。鲁迅在《做"杂文"也不易》一文中,批驳了林希隽的谬说,他写道:"不错,比起高大的天文台来,'杂文'有时确很像一种小小的显微镜的工作,也照秽水,也看浓汁,有时研究淋菌,有时解剖苍蝇。从高超的学者看来,是渺小,污秽,甚而至于可恶的,但在劳作者自己,却也是一种'严肃的工作',和人生有关,并且也不十分容易做。"他在《徐懋庸作〈打杂集〉序》里肯定杂文要侵入高尚的文学楼台,更乐观于杂文的开展,因为"第一是使中国的著作界热闹,活泼;第二是使不是东西之流缩头;第三是使所谓'为艺术而艺术'的作品,在相形之下,立刻显出不死不活相"。鲁迅在这里把杂文题材和主题的特质明确地指出了。

二、杂文对有害的事物立予抗争,能迅速直接为现实斗争服务。《且介亭杂文·序言》说:"现在是多么切迫的时候,作者的任务,是在对于有害的事物,立刻给以反响或抗争,是感应的神经,是攻守的手足。"

三、杂文应表现时代的眉目和人民大众的灵魂。《且介亭杂文·序言》说:"这一本集子和《花边文学》……当然不敢说是诗史,其中有着时代的眉目。"《准风月谈·后记》说:"'中国的大众的灵魂',现在是反映在我的杂文里了。"

四、杂文需要有典型化特点。《伪自由书·前记》说:"然而我的坏处,是在论时事不留面子,砭锢弊常取类型,……盖写类型者,于坏处,恰如病理学上的图,假如是疮疽,则这图便是一切某疮某疽的标本,或和某甲的疮有些相像,或和某乙的疽有点相同。"又如《准风月谈·后记》里说:"我的杂文,所写的常是一鼻,一嘴,一毛,但合起来,已几乎是或一形象的全体。"在杂文中创造某种社会典型,这是鲁迅杂感艺术的独创性,后来就成为杂文艺术的一种特征。

五、讽刺和幽默。30年代,由于社会的黑暗,讽刺和幽默文学盛行。讽刺是否等于骂人,幽默是否为笑而笑,鲁迅发表了一系列文章,阐发他对讽刺和幽默的深刻见解。在《且介亭杂文二集》的《论讽刺》和《什么是讽刺》中,鲁迅指出,讽刺的生命是写实,讽刺不是"捏造",不是"诬蔑",也不是专记骇人听闻的奇闻怪事,而是对人们习见的,然而又是可笑、可鄙、可恶的不合理现象,作精练或夸张的描写。讽刺又与冷嘲不同,"如果貌似讽刺的作品,而毫无善意,也毫无热情,只使读者觉得一切世事,一无足取,也一无可为,那就并非讽刺了,这便是所谓'冷嘲'"。对于幽默,鲁迅以为30年代的中国现实,幽默不可能成为文学的主流。但在"文字狱"盛行的时候,人们"总还有半口闷气,要借着笑的幌子,哈哈的吐他出来",这是幽默文学存在的社会原因。在当时的社会条件下,幽默不是倾向对社会的讽刺,就是堕入传统的"说笑话"和"讨便宜"(《伪自由书·从讽刺到幽默》)。对于闲适,鲁迅也不一概反对,他说:"小品文大约在将来也还可以存在于文坛,只是以'闲适'为主,却稍嫌不够"(《花边文学·一思而行》)。

六、杂文文体上多样化。《且介亭杂文·序言》里说:"其实'杂文'也不是现在的新货色,是'古已有之'的,倘若分类,都有类可归,如果编年,那就只按作成的年月,不管文体,各种都夹在一处,于是成了'杂'。"在他看来,杂文就是杂体文,在思想内容的战斗性上有鲜明的要求,艺术上有特殊的手法,而文体上倒是十分自由的。

鲁迅在自己创作实践的基础上,对杂文理论做出卓越的贡献,在现代小品文中确立了一种独立的样式。瞿秋白和冯雪峰对鲁迅杂文创作和研究的评论,给战斗的杂文以极高的评价。

瞿秋白在《〈鲁迅杂感选集〉序言》这篇名文中,一再反复强调鲁迅在中国思想斗争史上的功绩和地位,一再反复强调鲁迅杂感的意义和价值,号召文艺战线上的人们,应当向他学习,同他一起前进。瞿秋白对鲁迅杂文做了经典性的概括,主要是:一、鲁迅杂感文是他"直感的生活经验""经过提炼和融化之后流露在他的笔端";二、有着"神圣的憎恶和讽刺的锋芒";三、所讽刺的人物,"简直可以当作普通名词读,就是认作社会上的某种典型";四、鲁迅杂文所包括的非常宝贵的传统,即最清醒的现实主义、"韧"的战斗、反自由主义和反虚伪的精神。

如果说瞿秋白的序言,更多地从中国思想斗争史的角度来论述鲁迅杂文思想的深刻性和艺术的独创性,那么冯雪峰的《讽刺文学与社会改革》(1930年)和《关于鲁迅在文学上的地位》(1936年)①,则从世界文学的范围来肯定鲁迅杂文的思想意义和价值。冯雪峰在批驳梁实秋对鲁迅杂文的"讥笑"时,把鲁迅和世界文学中讽刺文学大师莫里哀、果戈理和谢德林等并提,他针对梁实秋所谓鲁迅杂文是"东冷嘲,西热骂,世间无一满意事"的责难,深刻地指出讽刺文学家并非"否定一切的",他破坏"旧"的东西,乃是为了肯定"新"的东西,讽刺文学家既是社会改革家,又是理想家。冯雪峰指出鲁迅的杂感,"将不仅在中国文学史和文苑里为独特的奇花,也为世界文学中少有的宝贵的奇花"。

本时期散文的理论批评,还力图从广义的散文或小品文中辨析记叙抒情散文的艺术特征,突出其独立价值。

1928年下半年,有几篇总结小品散文艺术特征的文章发表,如朱自清的《论现代中国的小品散文》、钟敬文的《试谈小品文》、梁实秋的《论散文》等②。这些文章承传"五四"散文观,继续强调小品散文是作者个人精纯性格的表露,艺术上要求真实、单纯、活泼。朱自清认为:"抒情的散文和纯文学的诗、小说、戏剧相比,……前者是自由些,后者是谨严些;诗的字句、音节,小说的描写、结构,戏剧的剪裁与对话,都有种种规律(广义的,不限于古典派的),必须精心结撰,方能有成。散文就不同了,选材与表现,比较可随便些,所谓'闲话',在一种意义里,便是它的很好的诠释。"又说自己的散文写作"意在表现自己,尽了自己的力便行"。钟敬文认为小品文,"它需要湛醇的情绪,它需要超越的智慧,……只要是真纯的性格的表露,而非过分的人工的矜饰矫造,便能引人入胜,撩人情思。无论怎样各人姿态不同,但须符合于一个共通

---

① 均见《冯雪峰论文集》第1卷,人民文学出版社1981年版。
② 均见俞元桂主编《中国现代散文理论》一书,广西人民出版社1984年版。

之点,就是精悍、隽永。"梁实秋以为散文"把作者的整个性格纤毫毕现的表现出来",其"最高的理想也不过是'简单'二字而已。简单就是经过选择删芟以后的完美的状态";"散文的文调应该是活泼的,而不是堆砌的——应该是像一泓流水那样的活泼流动。"他还主张散文要有高超的文调,不应沦于粗陋一途,出以引车卖浆之流的语气。上述所论列显然是着重于叙事抒情性散文的艺术特征的探讨,其中梁实秋强调高雅的意见曾受到其他作家的批评。

1935年,生活书店编了一本《太白》一卷纪念特辑,书名是《小品文和漫画》,收入谈论小品文的文章几达四十篇,使读者"看出一个差不多一致的动向","得到了一点时代的消息"①。针对论语派把小品文引向消闲隐逸之途的企图,茅盾在《小品文与气运》一文中说:"我不相信'小品文'应该以自我中心、个人笔调、性灵、闲适为主","现在的'小品文'园地里就有非性灵、非自我中心的针锋相对的活动"。伯韩的《由雅人小品到俗人小品》里说:"小品文本身的发展,也早就突破了个人主义的狭隘范围。所谓'生活的小品文'这东西,无疑的是在成长,而且要渐渐地代替那'消遣的小品文'的地位。"朱自清1935年为《文学百题》写的《什么是散文》里指出:散文是"与诗、小说、戏剧并举,而为新文学的一个独立部门的东西,或称白话散文,或称抒情文,或称小品文"。他又指出,"若只走向幽默去,散文的路确乎更狭更小",他赞成有人用小品文写大众生活的主张。李素伯的《小品文研究》、冯三昧的《小品文作法》、陈光虞的《小品文作法》等研究小品文写作的专著都以重要篇幅讨论散文小品的性质和特征,尽管某些表述不尽一致,总的看法还是相同的。陈光虞综合各种说法,为小品文下了一个定义:

> 小品文就是用一种短小精悍而又比较轻松的散文形式,表现人生或自然的一角,且是有特殊风趣、单纯情调,及隽永意味的偏于抒情的美文。

他还列举小品文特质的十个方面,如散文体、短小精悍、富于艺术性、侧

---

① 编者:《小品文和漫画·辑前致语》,生活书店1935年版。

重抒情、絮语风味、轻松活泼、个性特色、独特风格、取材自由、以小见大等。上述的有关理论,力图在杂文和闲适小品之外,勾出一种"新的小品文"的特征来。这种散文文体,实际上就是五四时期在小品文总称之中的不断发展的叙事抒情散文,到了这时期,在理论上开始试图与杂文、小品分别它们的疆界,并强调其贴近现实人生的体性。

对于散文艺术的独立价值,何其芳、李广田、卞之琳等青年作家作了别具一格的探求。他们在北京大学读书时,以诗会友,被目为"汉园三诗人",但在文学方面,"谈得较多的却不是诗的问题,而是散文的问题"①。何其芳"觉得在中国新文学的部门中,散文的生长不能说很荒芜,很孱弱,但除去那些说理的、讽刺的、或者说偏重智慧的之外,抒情的多半流入身边杂事的叙述和感伤的个人遭遇的告白"。因而,他明确表示:"我愿意以微薄的努力来证明每篇散文应该是一种纯粹的独立的创作,不是一段未完篇的小说,也不是一首短诗的放大","我的工作是在为抒情的散文找出一个新的方向"②。卞之琳谈30年代散文的变化时说:"作为文学的一个门类,据我们当时的感觉,想到散文,就容易想到论文、小说、话剧、文学传记、文学回忆录、讽刺杂文、报告文学等等。随笔、小品文、《古文观止》式散文,我国历来就有,在今日的日本似乎也还有,在西方像英国十九世纪最流行过一时的所谓'家常闲话'式散文,即在英国到今日也似乎少见了。我们三人当中,只有广田最初写的似乎还是这路文章的味道,我自己最不能耐心读,更不能耐心写这路文章。我们都倾向于写散文不拘一格,不怕混淆了短篇小说、短篇故事、短篇评论以致散文诗之间的界限,不在乎写成'四不像',但求艺术完整,不赞成把写得不像样的坏文章都推说是'散文'。"③他们对于散文应是呕心沥血、刻意求工的独立的艺术创造的看法和态度,代表了30年代一批致力于散文艺术探求的青年散文家的共同主张,对于当时和以后文艺散文创作的发展和散文艺术的提高影响很大。

---

① 卞之琳:《〈李广田散文选〉序》,《李广田散文选》,云南人民出版社1980年版。
② 何其芳:《我和散文——〈还乡杂记〉代序》,《还乡杂记》,上海文化生活出版社1949年版。
③ 卞之琳:《〈李广田散文选〉序》,《李广田散文选》,云南人民出版社1980年版。

各种散文样式理论的丰富和发展,是这时期散文理论建设的重要内容。除了前述杂文、闲适小品、幽默小品、"新的小品文"和记叙抒情散文等散文体裁的理论探讨外,朱自清倡导"内地描写"一类旅行记,郁达夫积极提倡日记文学和传记文学,周作人重视日记、尺牍和读书记,柳湜、茅盾、曹聚仁、徐懋庸、伯韩等提倡"科学小品"和"历史小品",袁殊、阿英、胡风、周立波、茅盾等大力提倡报告文学。

报告文学是这一时期新兴的最重要的散文样式,从近代到20年代的带有报告文学性质、因素、胚胎、雏形的旅行记、风土记、游记、见闻杂记等等是报告文学自发的形式,到了"左联"成立之后,报告文学的理论倡导和创作实践都进入独立自觉的发展阶段。

1930年8月4日,"左联"执委会通过的《无产阶级文学运动新的情势及我们的任务》,提倡开展"工农兵通信运动","创造我们的报告文学(Reportage)"。1931年7月,袁殊在他主编的《文艺新闻》上发表《报告文学论》,这是我国早期比较系统的专门论述报告文学的文章。翌年,《文艺新闻》又以《给在厂的兄弟》为总题,发表了《关于工厂通讯的任务和内容》和《如何写报告文学》等文章。1932年1月《北斗》发表沈端先翻译的日本评论家川口浩的《报告文学论》;4月,阿英以南强编辑部的名义,为《上海事变与报告文学》一书写了序言:《从上海事变说到报告文学》。1933年,《文艺月报》创刊号又发表了里正翻译的日本山田清三的《通讯员运动与报告文学》。这些文章,初步奠定了我国现代报告文学的理论基础。其观点,归纳起来主要有以下几个方面。

一、报告文学是近代工业社会的产物,是一种"新形态的新闻文学",是继承发展了近代散文中旅行记和风土记的批判写实精神而发展起来的一种新兴的散文形式。报告文学的产生与新闻杂志的发达有密切的关系,但报告文学与劳动通讯不是同一的东西,它是文学,而劳动通讯则是为了增强新闻杂志的鼓动宣传和组织的效果。

二、报告文学的性质。川口浩说过:"报告文学的最大的力点,是在事实的报告。但是,这决不是和照相机摄取物象一样地,机械地将现实用文学来表现,这,必然的具有一定的目的,和一定的倾向。"阿英在引用这一观点时说,这种"目的和倾向"不是别的,"这就是社会主义的目的"。袁殊对此作了进一步的阐述,他说:"报告文学的主眼,只是将作者自己看见的,听到的乃至经验了的事实,毫无修饰地对大家报告。"这不但强调了真实,而且强调了亲历。

三、报告文学的基本条件。袁殊和阿英都是根据基希《报告文学之社会的任务》的观点,提出报告文学作者应具备三个条件:一、敏锐的感觉与正确的生活意志;二、强烈的社会感情;三、和被压迫者阶级紧密的团结的努力。这三个条件排除了报告文学作者对客观社会持冷漠旁观的态度,强调报告文学作者必须站在被压迫者阶级的立场,用敏锐、正确的眼光和炽热的感情来观察和反映社会的现实斗争。

1935年2月,胡风在《文学》第4卷第2期发表《关于速写及其他》,对报告文学的另一品种"速写"作了论述。他谈到"速写"与"杂文"的不同时说:"(杂文)是由理论的侧面来反映那些活生生的社会现象,甚至能够使人得到形象的认识,而'速写'是由形象的侧面来传达或暗示对社会现象的批判。"他指出"速写"与其他文学形式的三个不同特点:"一、它不是写虚构的故事和综合的典型。它底主人公是现实的人物,它的故事是现在的事件。二、它的主人公不是古寺,不是山水,不是花和月,而是社会现象底中心的人。三、不描写无关的细节,而攫取能够表现本质的要点。"这三点也是报告文学的特质。

1936年基希的《秘密的中国》被介绍到中国来,文艺界对报告文学的创作和借鉴进行了认真的探讨,译者周立波在《谈谈报告文学》①中,阐述了基希报告文学的特点,"在科学的意义上讲,也可以说是一种绵密的社会调查";它具有"正确的事实,锐利的眼光,抒情诗的幻想"三个要素。他认为事实是指南针,幻想是望远镜。这"幻想"不是"臆想",不是小说中的"虚构",而是建立在事实基础上的"科学的幻想"。他认为报告文学作者必须在全面地深入社会调查,获得丰富的生活基础后,才能"站在现实的高处,架起他的望远镜"。茅盾在《关于"报告文学"》②一文中,对报告文学的充分形象化做了阐述。他认为报告文

---

① 《读书生活》1936年4月第3卷第12期。
② 《中流》1937年2月第1卷第11期。

学具有浓厚的新闻性,但与报章新闻不同,"它必须充分的形象化,必须将'事件'发生的环境和人物活生生地描写着";好的报告文学必须具备小说的"人物的刻划,环境的描写,氛围的渲染"等艺术上的条件,与小说不同的是:小说的故事可以根据作家的生活经验进行"虚构",而报告文学则必须是"真实的事件"。

  本时期报告文学的理论建设开头借助于外国的经验,后来结合自己的创作,发表了许多比较精到的见解。报告文学的理论倡导和艺术实践对一些民主主义的散文作家也产生了一定的影响。朱自清说:"生活是一部大书,读得太少,观察力和判断力还是很贫乏的。日前在天津看见张彭春先生,他说现在的文学有一条新路可走。就是让写作者到内地和新建设区去,凭着他们的训练(知识与技巧)将所观察的写成报告文学。"[①]朱自清确认这是散文写作的新路。

  大革命失败以后,由于政治形势的变化,引起文艺队伍内部的分化,在文艺思想的交锋中,对散文文体的题材、内容、技巧、形式各自提出自己的见解,这就促使统一在散文或小品文名称之中的各别体裁,逐步显现出它的面目。古老的文体赋予新的面貌,新兴的文体也应运而生。

  从本时期散文理论的发展中,十分鲜明地有着增强作品的社会性内容的倾向和反对作品社会性内容的反倾向,在论战中发展了理论,这是政治形势的折光。从总的发展进程看,五四时代起过很大进步作用的个性解放的理论潮流,在第二个十年内,随着革命的深入发展,马克思主义的进一步传播,无产阶级革命文学运动的开展,以及作家队伍的新的分化和组合,许多革命和进步的作家,自觉和不自觉地把作家自己的个性解放同"千百万人的个性解放"相联系;而一些消极避世的作家,则脱离时代、远离人民,陷入追求自我闲适趣味的泥淖而不能自拔。然而总的来看,关心和思考国家与民族的命运成为散文家的普遍要求,因为在内忧外患的中国,这不能不是人们所关注的首要问题。

  外国散文理论的输入,仍然是作家所感到兴趣的。本时期散文借

---

 ① 朱自清:《什么是散文》,见《文学百题》,傅东华主编,生活书店1935年版。

鉴英、美、日的散文理论,还扩大其范围,面向苏联、法国、德国、意大利等国,及时介绍引进了国外新兴的散文样式。与五四时期热衷于引入略有不同的是,理论建设者还回眸于传统的散文宝库,先秦、两汉、魏、晋、唐、明抗争愤激的小品,史传的笔法,形神兼备的意境等等我国传统散文固有的优点,也得到了广泛的吸收。论语派作家则钟情于洋绅士的幽默谐趣和士大夫的闲情逸致。在文化选择上也可见出思想上的分野。

　　散文理论的建设仅靠引进和继承是不够的,还有赖于作者将创作实践的经验体会上升为理论的概括,并且应该有研究者对作品的分析与对作家、文体的研究。随着现代散文创作特别是杂文和叙事抒情散文的日益繁荣,较为全面地总结和研究现代散文创作成就和经验的选集或专著,如雨后春笋,大量涌现。1934年,阿英为他选编的《现代十六家小品》写了总序和十六篇短序,总序勾画了"五四"以来中国现代散文发展的历史轮廓,短序对鲁迅等十六位散文作家进行了评论。值得注意的是他对中国现代散文创作的风格和流派作了比较深入的研究,这是他对现代散文理论的独特贡献。1935年,郁达夫在《〈中国新文学大系·散文二集〉导言》中,概括了中国现代散文的主要特征,即"个人"的发现,取材范围的扩大,人性、社会性和大自然的调和以及幽默味的增强,并指出中国现代散文与中外散文传统的关系。此外,他还评议鲁迅等十六位散文作家的创作风格,见解也相当精辟。有关小品文的专著,除了已提及的李素伯、冯三昧、陈光虞的三本,还有石苇的《小品文讲话》、金铎的《小品文概论》、洪尘的《小品文十讲》等,仅就这一书单,就可以略知当时对小品文研究的盛况了。本时期的散文理论有多方面的源泉,所以它的丰收局面是理所固然的。散文理论的探讨,反过来又促进了散文创作的繁荣。

第三节　杂文艺术的发展成熟

　　在第二个十年中,以刊登杂文为主的期刊的大量涌现,杂文理论的论争和革命现实主义杂文理论体系的形成,都是杂文运动蓬勃发展、进入成熟期的标志。就杂文创作本身而论,以鲁迅为代表的左翼作家和进步作家的战斗杂文,其队伍和影响日益壮大,成为这时代社会舆论的中心。战斗杂文反映现实更敏锐、更广泛、更深刻了;杂文的文体样式和艺术风格也更丰富、更多样了;同这时的文艺大众化相适应,杂文创作也出现了大众化的趋势。当然,这十年杂文运动最重要的成果,是革命战斗杂文的迅速发展壮大,特别是以鲁迅为代表的、以后文学史上称为"鲁迅风"的革命现实主义战斗杂文的形成和发展。

一 鲁迅后期杂文

鲁迅是这一时期战斗杂文的旗手。他的文学活动,除了《故事新编》中的那些历史小说和翻译之外,最主要的是从事杂文创作。他自己在《且介亭杂文二集·后记》中说,他后九年所写杂文数量等于前九年的两倍多。鲁迅后九年的杂文结集,有《三闲集》、《二心集》、《南腔北调集》、《伪自由书》、《准风月谈》、《花边文学》、《且介亭杂文》、《且介亭杂文二集》、《且介亭杂文末编》等九部。杂文是他后期文学上最辉煌的丰碑。鲁迅后期杂文,更自觉地同无产阶级革命文学的发展,同民族民主革命的新高涨,同马克思主义的广泛传播及其与中国革命实践相结合的创造性发展,以及更自觉的美学追求和美学创造血肉相连。他的后期杂文有着更宏伟的史诗特征,凝聚着广阔的历史和现实内容,成为一部大时代的百科全书;有着洞幽烛微的思想深度和让人折服的辩证法威力,成为一座闪烁着马克思主义真理光芒的灯塔;有着大无畏的斗争气概和历史的乐观主义;有着突破国民党文网的锋利灵活的斗争艺术,以及深透的说理、深切的抒情、精心锤炼的艺术创造。这一切使鲁迅后期杂文成为杂文创作的最高典范,成为不可企及的艺术高峰,成为他的战友和学生提高杂文创作的思想和艺术水平的强大原动力。

具体而论,鲁迅后期杂文创作,又可分为以下三个阶段:

《三闲集》到《南腔北调集》时期(1928—1933) 这是鲁迅杂文创作的转折期。这时期鲁迅杂文主要收在《三闲集》、《二心集》和《南腔北调集》中。鲁迅在革命实践中自觉学习马克思主义,用马克思主义指导社会批评和文明批评,其杂文创作在思想和艺术上出现了重大的转折和飞跃。《三闲集》的杂文,有对包括香港在内的民情世态和文化现象的批评,有关于"革命文学"的理论建设,有对国民党当局的军事和文化"围剿"的反击。从《三闲集》开始,鲁迅已不大写简括的"随感录",主要是写"短短的批评,纵意而谈"的"杂感"(《三闲集·序言》)和较长的"论文"(《二心集·序言》)了。鲁迅说:"我的文章,也许是《二心集》中比较锋利。"①如揭露国民党当局对外投降、对内镇压的《友邦惊诧论》,批评"新月"派文人梁实秋言论和实质的《"硬译"和"文学的阶级性"》、《丧家的资本家的乏走狗》,揭露色情文学专家张资平的《张资平氏的小说学》等等,确是"锻炼成精锐的一击",能以"寸铁杀人"的匕首和投枪。又如《对于左翼作家联盟的意见》、《中国无产阶级革命文学和前驱者的血》、《中国黑暗的文艺界之现状》等,在短小的篇幅之中,娴熟运用马克思主义文艺原理,分析中国文艺现状,批评"左"的文艺倾向,提出中国无产阶级文艺革命纲领,精辟而透彻。批评的锋利和理论的深刻是《二心集》的特色,可以推见作者在写作那些杂文时是意气风发、浮想联翩的。他发展了《坟》和《华盖集》正续编中某些杂文对评论对象的精湛理论分析和富于独创性的形象概括相统一的特点,创造了诸如"丧家的资本家的乏走狗"、"流尸文学"等意涵深刻、写貌传神的艺术典型。《南腔北调集》的内容较之《三闲集》和《二心集》更广泛,带有更鲜明的政治色彩。鲁迅在解剖中国的国民性时,更多发掘中国人民身上的积极性,在《经验》中他说:"人们大抵已经知道一切文物,都是历来的无名氏所造成的",充分肯定人民的历史首创精神。其中的《由中国女人的脚,推定中国人之非中庸,又由此推定孔夫子有胃病("学匪"派考古学之一)》,是鲁迅杂文中独标一格的奇文。1933年,国民党当局提出要以"孔孟之道治国",鼓吹"中庸之道"是"天下独一无二的真理",鲁迅在此文中故意以"考古学"形式,对之进行无情的嘲笑。《非所计也》、《论"赴难"和"逃难"》等揭露当局卖国投降、镇压青年学生的行径;《为了忘却的纪念》揭露国民党政府的两

---

① 鲁迅:《致萧军、萧红》(1935年4月23日),《鲁迅全集》第13卷第116页,人民文学出版社1981年版。

种反革命"围剿",彰扬革命烈士的战斗精神。《二心集》和《南腔北调集》表明鲁迅杂文创作跃上了一个新的高度。

《伪自由书》时期(1933—1934) 鲁迅杂文创作的成熟期。这时期杂文集有《伪自由书》、《准风月谈》和《花边文学》。从1933年1月至1934年8月底,鲁迅先后变换五十几个笔名,在改革后的《申报·自由谈》发表了一百三十多篇杂文,占毕生杂文创作总量的五分之一。《伪自由书》以讥评时政为主,鲁迅在《前记》中说,"这些短评,有的由于个人的感触,有的出于时事的刺激,但意思极平常,说话也往往晦涩"。无情地揭露和讽刺国民党当局奉行的"攘外必先安内"或"只安内而不攘外"的反动政策,是《伪自由书》的中心内容,文字曲折而犀利。《伪自由书》中的《现代史》、《推背图》和《〈杀错了人〉异议》,特别值得重视。鲁迅指出,中国从袁世凯到蒋介石,都是一些杀人如麻,由革命者和善良人的"血""浮"上统治宝座的"假革命的反革命",他们的统治是"戏子的统治",整部"现代史"不过是这些刽子手和伪君子"变把戏"的历史;对他们的言行,只有"从反面来推测",才不会上当受骗。这从一个侧面,对血的历史经验做了形象而深刻的总结。由于国民党当局的压迫,《自由谈》被迫于1933年5月25日登出启事:"吁请海内外文豪,从兹多谈风月,少发牢骚……"鲁迅则说,"想从一个题目限制了作家,其实是不能够的"①。《准风月谈》采取寓政治风云于社会风月的写法,其中有些篇章以曲折方法暴露中外反动统治,如《华德保粹优劣论》、《华德焚书异同论》、《诗和豫言》等,主要篇幅则用来批评社会风习和文坛怪象。由于迫害的加剧,《花边文学》大多从日常社会生活和文坛琐事取材,但是鲁迅的社会批评和文明批评却更加扩展深化了,他能从一些貌似琐屑的生活素材中写出针砭世情、洞幽烛微的精辟见解。鲁迅在《伪自由书》时期的杂文,创造了文多曲折、讽谕、影射的具有隐晦曲折的含蓄美的杂文,这些杂文大多是千字短文,在文体风格上综合了《热风》中随感录的短小精悍和《坟》中随笔的舒展从容;其次,这三本杂文集,都附有论敌的文章,都有长篇的《前记》、《序言》和

---

① 鲁迅:《准风月谈·前记》,上海兴中书局1934年版。

《后记》,目的在于使"书里所画的形象,更成为完全的一个具象"①,力图更忠实更完整地反映时代风貌,"以史治文"。

《且介亭杂文》时期(1934—1936)　鲁迅杂文创作的高峰期。包括《且介亭杂文》、《且介亭杂文二集》、《且介亭杂文末编》,这是鲁迅生命最后三年的杂文结集,也是他杂文的思想和艺术达到巅峰状态的结晶。他这时的不少杂文,总结了他对社会人生和文学艺术诸问题的深沉哲理思考,朴茂厚实、阔大深沉,带有总结性质和预言性质,成为现代史上一座高耸屹立、风光无限的理论思维高峰。这时的鲁迅杂文,运用了他先前除日记体外的各种杂文样式,还有不少悼亡抒怀之作,杂文议论的知识化、理趣化、形象化和情意化达到前所未有的高度,杂文语言也充分发挥现代白话通俗显豁、曲尽情意的优长。

《关于中国的两三件事》,从中国的"火"、"监狱"和"王道"三个方面,剖析和透视了周秦以降中国历代统治者统治术中的两手策略。对此鲁迅杂文早有触及,在这篇名文中,鲁迅把有关论题放在更开阔的历史范围,更深的思想层次中,以更纵横自如的笔调加以深广透彻的剖析,带有总结的性质。政治虐杀和文化统制,是中国历代统治者,特别是国民党当局统治术中的两个方面,对此鲁迅经常加以揭露。《病后杂谈》和《病后杂谈之余》中,鲁迅集中暴露了中国历代政治虐杀的典型——明代的"剥皮"术;在《买〈小学大全〉记》和《隔膜》中,集中暴露了中国历代文化统制的典型——清初的文字狱。《中国人失掉了自信力了吗》是鲁迅对中国国民性认识的总结。鲁迅说:"我们从古以来,就有埋头苦干的人,有拼命硬干的人,有为民请命的人,有舍身求法的人,……虽是等于为帝王将相作家谱的所谓'正史',也往往掩不住他们的光耀,这就是中国的脊梁。"他认为:"要论中国人,必须不被搽在表面的自欺欺人的脂粉所诓骗,却看看他的筋骨和脊梁。"其他如:《拿来主义》之论批判吸收外来文艺,《中国文坛上的鬼魅》之声讨反革命文化"围剿",《在现代中国的孔夫子》之论反孔,《徐懋庸作〈打杂集〉序》之论战斗杂文,《什么是"讽刺"》之论讽刺,《七论"文人相轻"》之

---

① 鲁迅:《准风月谈·后记》,上海兴中书局1934年版。

论文学批评,《从帮忙到扯淡》之论帮闲文学,《答徐懋庸并关于抗日统一战线问题》和《论现在我们的文学运动》之论抗日统一战线和批评文艺上"左"的思想,《这也是生活》和《死》之论自己的人生观等等,都带有对自己前此有关的一贯思想的总结和升华性质。《且介亭杂文》三集,更多地倾吐自己的情怀。作者此时身染沉疴,疾病时来袭击,生老病死成为杂文中的经常话题,不少重要篇章是扶病写成的。鲁迅常有死的预感,但没有流露出死的恐惧,而充满着生命不息、战斗不止的革命者情怀。

杂文创作是鲁迅毕生文学事业的核心。正是他的博大精深的震撼人心的杂文,确立了他在中国现代思想史、文化史和文学史上无与伦比的地位。鲁迅的杂文创作,以其"意识到的历史内容"和超迈往古的艺术成就,开辟了一条社会批评和文明批评的革命现实主义战斗杂文的广阔道路,成为杂文史上的一座难以逾越的高峰,成为中外杂文史上的罕见奇观。

从根本上说,鲁迅的杂文创作,表现了气象宏伟的史诗规模和自觉的美学追求与美学创造的完美统一。关于前者,人们的说法并不一样,有人以为,鲁迅杂文是中国现代社会生活的"百科全书";瞿秋白强调鲁迅杂文在中国近现代"思想史"上的"贡献";冯雪峰则认为包括杂文在内的鲁迅创作写出了我们民族灵魂屈辱、战斗和解放的"史图";鲁迅逝世时,人们赞誉鲁迅是"民族魂"。以上说法其实并不矛盾,而是互相补充的。这是有识之士从不同侧面不同层次上观照博大精深的鲁迅杂文所得出的一种认识。鲁迅后期自己就说过,他的杂文虽然不敢说是"诗史",但其中有"时代的眉目",表现了"中国的大众的灵魂"。事实上,鲁迅的杂文正是借"时代的眉目"来写一代的"诗史",他正是在"可咒诅的时代",与革命和人民"共同着生命",以英勇无畏的"挣扎和抗争",作为革命和人民的代言人,展示"中国的大众的灵魂"的。自然这不是一部一般的史诗,这是作为伟大的思想家、伟大的革命家和伟大的文学家的鲁迅,用杂文的形式谱写出来的中国近现代革命史、思想史、文化史和灵魂史相统一的杂文式的史诗。

关于后者,前人也有众多论述,而有识之士注重从鲁迅杂文的社会功能和审美功能的统一上来研究鲁迅杂文。认为鲁迅杂文不同于一般的政论，是"诗与政论"的结合，是形象思维和逻辑思维的统一。这种认识符合鲁迅关于杂文的理论主张和艺术实践。鲁迅历来突出强调杂文通过广义的社会批评和文明批评推动社会进步变革的批评和战斗的社会功能，也历来突出强调杂文创作通过议论的"理趣"化、"形象"化和"抒情"化而让人"愉悦"的审美功能，强调两者的融合和统一。就鲁迅杂文的艺术实践来看，鲁迅许多杂文确实达到了"含笑谈真理"的"理趣美"的出神入化的境界。无论是历史和现实的诸方面，鲁迅杂文都有许多洞幽烛微、启人心智的独特的真理性发现，都能以讽刺和幽默的"笑"的形式加以巧妙表现，让真理闪耀着"笑"的诗意光辉。鲁迅杂文避免发抽象空洞议论，他追求思维的具体性，他把对历史和现实中的人与事的独到观察和独特发现，熔铸在杂文的"类型"和"形象"的艺术创造之上。鲁迅以摇曳多姿的艺术手法创造出了众多既生动形象而又具有相当社会典型概括意义的杂文形象。毫无疑问，那些充满着讽刺性、幽默感和富于哲理意蕴的杂文形象创造，正是鲁迅许多脍炙人口、传诵不衰的杂文名篇的艺术奥秘所在。鲁迅把杂文创作当作"悲喜时的歌哭"、"释愤抒情"的一种方式，他的杂文充满着冷峻深沉的抒情色彩，是独具一格的"无韵之《离骚》"；他的杂文是"爱的丰碑"，"憎的大纛"，以一腔熊熊不灭的爱憎圣火，燃烧着读者的心。鲁迅对杂文议论的"理趣"化、"形象"化和"抒情"化的自觉美学追求和美学创造，规范、制约和推动了他在杂文的结构和语言上的艺术创造。杂文是一种兼备评论性和文艺性的带综合性质的文学形式。在中国现代多数杂文家身上，杂文的社会功能和审美功能是相矛盾的、不平衡的，鲁迅也不是所有的杂文都做到了社会功能和审美功能的统一。但是鲁迅那些优秀杂文名篇确是做到了上述两者的完美统一，并为这种统一树立了光辉的范例，创造了极其宝贵的经验。对于历史来说，鲁迅杂文将永远是后人取之不尽、用之不竭的思想和艺术宝库。刘勰在《文心雕龙·辨骚》中评论以屈赋为主的楚辞时说："虽取熔经意，亦自铸伟辞……故能气往轹古，辞来切今，精采绝艳，难与并能矣……其衣被词人，非一代也。"刘勰对以屈赋为主的楚辞的这一评价，也可移用来评价鲁迅的革命现实主义战斗杂文的独创性和经典性意义。

鲁迅后期不仅自觉地以战斗杂文创作为中心,他也坚决反对一切"围剿"革命杂文的敌人,坚决反对一切把革命杂文创作诱入歧途的理论,坚决以革命杂文为阵地,同瞿秋白和茅盾等一起披荆斩棘、并肩战斗,并率领一大批新进以革命杂文为战斗武器,向一切反动势力作集团冲锋,汇成了"鲁迅风"战斗杂文的巨潮,显示了所向披靡的威势。

以后文学史上称为"鲁迅风"的杂文,实际上在"左联"时期就已经形成。所谓"鲁迅风"杂文,就是鲁迅式的革命现实主义战斗杂文,它当然不能囊括现代杂文的一切,但无疑是现代杂文的主流。鲁迅是"鲁迅风"杂文的开创者和宗师,鲁迅的战友和后辈是"鲁迅风"杂文的丰富者和发展者。那么什么是"鲁迅风"革命现实主义战斗杂文的基本特征呢?(一)它以马克思主义为指导,以打击敌人、匡正时弊、张扬真理,进行广泛、尖锐、巧妙的文明批评和社会批评为基本内容;(二)有自觉的美学追求和美学创造,逻辑思维和形象思维相结合,注重多样化、形象化的说理以及笔调的讽刺和幽默的杂文味,追求一种"理趣美";(三)在杂文的艺术风格上,文体的样式上,不拘一格,随物赋形,允许有广阔自由的创造天地。"鲁迅风"革命现实主义战斗杂文,是比创作方法、艺术风格和艺术流派广泛得多的概念,也是个在时代的运动中不断流动、不断丰富、不断发展的概念。在这十年中,自觉追随巨人的脚迹,学习和运用鲁迅的革命精神、斗争艺术和鲁迅笔法,创作"鲁迅风"的杂文,而又有自己的卓然创造的独特风格的,为数不少。

二 瞿秋白、徐懋庸、唐弢的杂文

瞿秋白的《乱弹》及其他 瞿秋白是现代杂文史上的战斗杂文大师。20年代初,他在《晨报副刊》、《中国青年》等报刊上发表了一些杂文,尔后他就以中共领导者和马克思主义宣传家的身份在政治舞台上活动。1931年1月,瞿秋白被王明路线排挤出中共领导层,到上海从事革命文艺活动。在短短的三年中,在极为艰难的条件下,他对左翼革命文艺运动的发展做出了多方面的重大贡献,他的杂文创作也从早年的试炼期步入成熟期和高峰期。

他从1931年秋至1932年夏,在《北斗》等杂志上发表了以后收入《乱弹》的31篇杂文。作者在《代序》中,把自己的杂文称为与"绅商阶级"相对立的"乱弹",他要坚持无产阶级文艺大众化的路线,配合机关枪的乱弹,扰乱绅商统治的天下,要乱出道理,开创一个新世界。

《乱弹》分组发表时,每组都包含以下互相联系的内容:对帝国主义的侵略和国民党统治的揭露,如《世纪末的悲哀》、《流氓尼德》等;对反动派"帮忙"文人的批判,如《狗道主义》、《猫样的诗人》等;对无产阶级革命文艺的赞颂,如《〈铁流〉在巴黎》、《满州的毁灭》等;对人民觉醒的期待和对革命高潮到来的呼唤,如《一种云》、《暴风雨之前》等。《乱弹》是题旨鲜明、音色丰富的交响乐。瞿秋白这时的杂文,仍然保持他早期那尖锐悍泼、清新晓畅的文风,但视野开阔了,内容丰满了,体制扩大了,在杂文的议论、形象和形式的创造上,有着更自觉的艺术追求。作者在前期的"小言"和"寸铁"式的杂文里所抨击的对象及其言行,虽然也是带着一定典型意义的社会现象,但只有三言两语,作粗重的炭笔勾勒,没有把对象放在历史和现实的纵横结合点上加以剖析,因而比较单薄。《乱弹》里的杂文,却向着广度和深度突进了,在揭露批判其对象时,如《流氓尼德》、《狗道主义》、《鹦哥儿》等文,大都从古今中外的联系上加以模拟、对照,加以剖析和概括,有历史感和理论深度,而且能创造出有概括意义并有鲜明特征的杂文形象。这种凝聚着人生经验、渗透着思维规律和富于社会哲理意味的杂文形象,是杂文创作中难以达到的艺术境界,是鲁迅杂文创作的重要历史经验,瞿秋白也接受这种经验,狗、流氓、鹦鹉等形象就是他的可贵创造。瞿秋白又是杂文形式创新的能手,如《民族的灵魂》以民间迷信"水陆道场"、"招魂"的形式来写,《流氓尼德》的正文和文末的"注""疏"构成不可分割的整体,这就可以看到他灵活的创造力了。不过,瞿秋白这时期的一些杂文,对问题的看法有时带有"左"的偏激情绪和片面性。他的杂文艺术,鲁迅认为它尖锐明白,"真有才华",但他指出某些文章深刻性不够,不含蓄,有一览无余的感觉。

1931年下半年,瞿秋白与鲁迅之间由通信而交往,特别是从1932年11月至1933年7月间,瞿秋白三次避难,住在鲁迅家里,结下了深厚的友谊。这时,瞿秋白翻译了《"现实"——马克思主义文艺论文集》、《列宁论托尔斯泰》、《高尔基创作选集》、《高尔基论文选集》,编辑了《鲁迅杂感选集》并写了序言,这是中国现代革命文艺运动史上影响深远的业绩,也促成了他在思想、文艺评论和杂文创作上的全面飞跃。

这时,瞿秋白同鲁迅合作撰写、或自己撰写了《王道诗话》等12篇杂文。这12篇杂文,用鲁迅的笔名在《自由谈》上发表,它们活用鲁迅笔法,有着鲁迅杂文的风味,但又有瞿秋白自己独立的创造,是典型的"鲁迅风"杂文,代表了瞿秋白毕生杂文创作的最高水平。首先,瞿秋白这时的杂文较之《乱弹》中的一些作品更精粹、更深刻了。把《王道诗话》与《鹦哥儿》对比,就可以知道前者文章短而精,给人以更多回味。二文都是揭露胡适"人权"说教的虚伪性和危害性的。《鹦哥儿》两千余字,写得痛快淋漓,但只写出胡适"人权"论本质的皮相。《王道诗话》压缩成精粹的七八百字,却写尽了"帮忙文人"胡适鼓吹伪善的"人权"论的丑态,深挖出其老根,说不过是历代统治者"祖传秘诀"——"王道仁政"的"翻新",在胡适与孟轲、现实与历史的相映照中有着鞭辟入里、一语中的之穿透力。其次,瞿秋白这时的杂文,立足现实,自觉地揭示现实与历史间的联系,古为今用,创造漫画化的形象,自觉追求杂文艺术的民族风格。如《人才难得》,借用《红楼梦》里大观园的压轴戏刘姥姥骂山门和老鸨婆的假意诉苦,刻画政客吴稚晖和汪精卫的不同嘴脸,真是神似极了。作者在对旧典故等作推陈出新基础上创造出来的漫画化形象,构思奇崛而又贴合所抨击的对象,寥寥几笔而又形神毕肖,逗人捧腹而又发人深思。其三,写法上格式新颖,灵活多样,有序跋式,有诗话式、有杂剧散曲式,有格言、警句式,有时事评论式、文艺评论式,有书评式、通信式等等,多姿多彩。就文调而言,那政论式严肃庄重的语调,社会科学论文中的概念术语,都少见了,语言老辣幽默,含蓄而富于抒情色彩。

瞿秋白早期的旅外通讯,后期的杂文创作和杂文理论,对中国现代散文的创建和发展都有重大贡献和深远影响。他在36岁的盛年就被反动派杀害了,这是中国革命的巨大损失,也是中国现代文学的重大损失。

在"左联"时期的杂文新进中,如徐懋庸、唐弢、聂绀弩、王任叔、柯灵、周木斋等,在杂文创作上都是学习和师承鲁迅的,本时期尤以徐懋庸和唐弢较为突出。

徐懋庸的《打杂集》 徐懋庸(1911—1977),浙江上虞人,出身于一个贫苦的手工业家庭,小学毕业后失学。1927年投身革命斗争,大革命失败后,逃亡上海,考入上海劳动大学中学部,毕业后任中学教员。1933年开始从事文学活动,翌年参加"左联"。"左联"时期,徐懋庸是著名的博学多才的多产作家。从1933年至抗战爆发前,他著有杂文集《不惊人集》(1937)、《打杂集》(1935)和《街头文谈》(1936),另有著译十多种。徐懋庸早在小学时,就嗜读鲁迅的著译,其杂文创作受到鲁迅的深刻影响。1934年1月6日,黎烈文邀《自由谈》杂文作家聚餐,其中有鲁迅、郁达夫、林语堂、唐弢、徐懋庸等十余人,会餐时林语堂对鲁迅说"新近有个'徐懋庸'也是你",结果引起哄堂大笑①,足见徐懋庸杂文颇有点鲁迅风味。《打杂集》出版时,鲁迅亲为作序,力博在《评徐懋庸的〈打杂集〉》②一文中称他为写杂文的"能手",对他杂文的"社会效益"甚为推崇,是当时人们颇为重视的杂文新进。

徐懋庸反对"论语"派的小品文主张,他认为:"小品文学虽写苍蝇之微,但那不是孤立的苍蝇,那是存在于宇宙的体系中而和整个体系相联系的苍蝇。所以,小品文虽从小处落笔,但是却是着眼大处的。"(《打杂集·大处入手》)在他看来,小品文即杂文写作是"大处着眼","小处落笔";以"大"驭"小",即小中见大、短小精悍的杂文写作,不是碎割现实,而是立足于反映整个现实的。他反对"论语"派的"闲适"小品,斥之为"冷水文学"(《不惊人集·冷水文学》),并说自己杂文感情热烈,"浮躁凌厉"(《不惊人集·前记》)。徐懋庸的杂文同鲁迅一样,内容广泛,战斗性很强。当时社会上种种不合理现象,包括思想、文化、道德、习俗,不论是封建阶级的,资产阶级的,帝国主义殖民者的,外部的,内部的,有形的,无形的,统统都在他的横扫之列。自然,他首先把

---

① 徐懋庸:《徐懋庸回忆录》,人民文学出版社1982年版,第74页。
② 刊《时事新报·青光》1935年7月28日。

批判锋芒对准国民党当局,揭露它对内的黑暗统治、对外奉行的不抵抗政策和屈辱卖国的罪行。他的杂文以针砭时弊为主,但也歌颂友谊,赞美正义,张扬真理。

徐懋庸知识渊博,长于思辨,他的杂文常以对时弊的针砭和社会人生的分析为经,以古今中外史籍、文艺作品和报刊资料为纬,经纬交织,构思上颇见功夫。《神奇的四川》引用国民党报刊《汗血月刊》上一篇《四川的现实政治调查》,记述了国民党在川军队对农民预征粮赋的情况:21军在民国二十四年已预征到民国四十余年,20军预征到七十三年,23军预征到一百年以上。作者据此议论说,照此速度,说不定在"民国一百年之前预征到一千余年"。由于引用材料骇人听闻,十分典型,作者议论不多,却非常有力地揭发了当局对人民的横征暴敛。《收复失地的措辞》一开头就指明当时的中国统治者对内像"残唐五季",对外则像南宋。接着便引用岳珂《桯史》的记载,陈述了南宋的一段故事。金人"归我侵疆",南宋小朝廷总要颁发阿Q式的"赦文",说什么"大金报许和之约,割河南之境土,归我舆图",不料却触怒兀术,乃兴兵"复陷而有其地"。第二次金人归还河南土地时,秦桧儿子秦熺和死党程克俊合撰赦文曰:"大国行仁,遂子构事亲之孝。"徐懋庸借此反讽说:"我们将来收复东北四省时,实大可模仿这种措辞。"辛辣讽刺了国民党反动派的投降媚敌政策。现实性、知识性和思辨性的统一,是徐懋庸杂文的突出特点。

徐懋庸的杂文,常适应文章内容、刊物性质和读者层次不同,体式多样,写法各别。他在《〈打杂集〉作者自记》中说:"这集子里的杂文……所谈的问题真可以算杂,就是文体,也因刊物性质各异,为了适应起见而常常变异。比如编在最后一部分文章,便因为是替《新生》做的,所以表现着务求通俗的努力。"《不惊人集》和《打杂集》确是"杂"体文,其中有短评、杂感、随感、随笔、通信、读书、札记、论文、驳论,也有渗透着议论色彩的抒情文和记叙文。《草巷随笔》、《我心境上的秋天》就有浓郁的抒情气氛;《故乡一人》实际上是记叙短文,《一个"知识界乞丐"的自白》实际是一篇回忆录;《街头文谈》的绝大多数,则是通俗性的文艺短文(讲话)。徐懋庸的杂文,基本上是质朴晓畅、尖锐泼辣的,但也时有婉而多讽、短小而隽永、辛辣而遒劲的篇什。

当徐懋庸作为一位散文新秀蜚声文坛时,他毕竟才是二十多岁的青年人,他的人生阅历、思想见识、知识和理论修养,同鲁迅和瞿秋白不可同日而语,加上他"浮躁凌厉"的个性,观察问题的片面性,都限制了他杂文创作的广度和深度。他为人坦荡,生性好辩,他在同人论战时,有时是对的,有时立论就不免偏颇,例如他在金圣叹的"极微论"和金圣叹评点《水浒》问题上同人论战就是如此;至于他同鲁迅关于"两个口号"问题的论战,就由于他考虑问题的不够冷静周密,导致他和鲁迅关系的破裂,成为终生憾事。

在这时的杂文新秀中,唐弢是和徐懋庸并称为"双璧"的。王任叔在《边风录·杂家,打杂,无事忙,文坛上的华威先生》中说:"自有文艺杂感出世,作者风起云涌。鲁迅先生在日,已有徐懋庸先生的《打杂集》出版。徐先生杂文散见报章杂志,拜诵之下,颇感欣慰!与'我的朋友'唐弢先生的,可称双璧。"唐弢同徐懋庸一样,在杂文创作上也是学习、继承鲁迅,并脱颖而出、卓然成家的。可贵的是,唐弢自1933年写作杂文以来,始终运用杂文进行战斗,始终在杂文阵地上进行坚持不懈的艺术创造。

唐弢的《推背集》等 唐弢(1913—1992),浙江镇海人。1929年因家贫辍学,只上完初二就考取上海邮局当邮政工人,通过刻苦自学成为著名作家和学者。1936年11月,唐弢在《纪念鲁迅先生》中自述了他开始写作杂文的经历。1933年,他不过是二十出头的青年,痛恨社会的黑暗,心中郁结着悲愤,却又找不到道路,只得沉溺于虚妄的"美梦"。他读了鲁迅的文章,便开始和鲁迅通信,而在"面领教诲"后,他的"匕首和投枪,就有了目标"。因而,他的杂文创作,一开始战斗方向就是明确的,他出手不凡,起点较高,文字笔调酷肖鲁迅,他在《自由谈》上发表的《新脸谱》等杂文,一些反动文人竟"嗅"为鲁迅所作,于是"排起叭儿阵","呜呜"了好一阵。鲁迅在《准风月谈》的《前记》和《后记》中都提到此事,也是在徐懋庸提到的那次黎烈文宴请《自由谈》撰稿者的聚餐会上,鲁迅对唐弢说:"你做文章,我挨骂!"[①]充满了深挚的

---

① 唐弢:《投影集·纪念鲁迅先生》,上海文化生活出版社1940年版。

赞赏之情。

从1933年至抗日战争爆发前,唐弢的杂文主要收在1936年出版的《推背集》和《海天集》中,并有一些收在《投影集》(1940)和《短长书》(1947)里。唐弢这时的杂文,侧重于针砭时弊,他无论纵谈历史文化掌故,还是评论希特勒法西斯文化专制主义,都明确地为现实斗争服务,都是对眼前的邪恶现象掷出的匕首和投枪!虽然绝大多数是千字左右的短文,但每篇都是精心结撰的。那观察的敏锐,材料的新颖,文字的简练,笔致的娴熟,幽默而又沉郁的情韵,许多篇章里反复出现的独行句,都让人觉得这位二十来岁青年杂文家的杂文,既有鲁迅杂文的风味,又有自己苦心孤诣的追求,真该刮目相看。

唐弢这时杂文中较有特色的篇章是:(一)他以沉郁的笔调剖析清代文网史的那些文字。《投影集》里的《雨夜杂写》、《关于一柱楼诗狱》、《盛世的悲哀》等就是。鲁迅曾要唐弢写一部《文网史》,唐弢虽然没写成,却在这些杂文里,展开了中国文网史上一些鲜血淋漓的篇章。作者借古喻今,矛头直指国民党反动派的暴政。(二)批驳文坛谬论的文艺评论。这些以文艺评论为内容的杂文,不仅显示了作者的理论功夫,也表现了他善于捕捉论敌文论的内在矛盾和破绽的批评方法,或以铁铸的事实予以批驳,或以逻辑上的"归谬法"从中推出荒唐的结论,并在此基础上,在他们脸上描上几笔带有讽刺意味的油彩。在这类杂文里,唐弢并不以猛烈的袭击把论敌扫下他们布道的讲坛,而是让他们作为喜剧人物呆立台上让人观赏。这是鲁迅那些驳论性的杂文常用的制胜之法,青年唐弢运用起来也颇为自如。以后收在《短长书》里的《文苑闲话(一—六)》就是这方面的代表作。试看其中的五和六,作者在反驳苏雪林在《过去文坛病态的检讨》中关于郁达夫小说是"色情文化"、鲁迅杂文和鲁迅式杂文是"骂人文化"、左翼文学是"屠户文化"的谬论时,是何等的有力,在戳穿色厉内荏的英"雌"把她在鲁迅逝后发表的咒骂文章冒充为"四年前的一篇残稿"这一骗局时又是何等犀利。(三)以深沉的抒情融和着警策的议论笔调写成的悼念先贤的杂文,《悼念马克辛·高尔基》、《纪念鲁迅先生》为其代表作。

唐弢在"左联"时期的杂文已形成感抒性与论辩性结合的特点,以后还有较大的发展,成为"鲁迅风"杂文的重要传人。

三 茅盾、阿英、陈子展的杂文

在"左联"时期的革命战斗杂文大军中,鲁迅是旗手,瞿秋白、徐懋庸、唐弢等同鲁迅杂文风格近似的是一个方面军,而茅盾、阿英、陈子展等同鲁迅杂文大方向一致,但艺术风格并不一样,则是另一方面军。

茅盾的《话匣子》等 茅盾(1896—1981),原名沈雁冰,浙江桐乡人,文学研究会发起人之一,是现代小说大师,也是杰出的散文家。他的散文创作早于小说,散文中的杂文又早于记叙抒情散文。据茅盾的回忆录《我走过的道路》自述,早在1922年,他就为《文学旬刊》"写了许多杂文和书评";1924年,他应《民国日报》邵力子之约,编辑该报副刊《社会写真》,从4月初至7月底,每天写一篇"抨击劣政,针砭时弊的杂文";1925年,继续在《文学周报》和《小说月报》上发表"文学评论和杂文",本年底奉调到广州,接替毛泽东编《政治周报》,撰写该报《反攻》栏上的短评……这数量不少的杂文,因未结集出版,向来不为人所知。

"一·二八"以后,茅盾在《申报·自由谈》上发表杂文,和鲁迅并称为《自由谈》两大台柱。他还在《申报月刊》、《东方论坛》文艺栏、《太白》、《芒种》和《中学生》等杂志上发表杂文和速写,至1933年7月结集为《茅盾散文集》,1934年10月又出版了杂文、速写集《话匣子》。1935年,他在以上两个集子中选取一部分,加上新作十来篇,结集为《速写与随笔》出版。

在《茅盾散文集》前言中,他谈到随笔写作时说:"从来有'小题大做'之一说。现在我们也常常看见近乎'小题大做'的文章。不过我以为随笔一类的光景是倒过来'大题小做'的";"特殊的时代常常会产生特殊的文体。而且并不是大家都像我那样不济事的。真真出色的'大题小做'的随笔近来已产生了不少。"随笔有议论的、抒情的、记叙的各种,茅盾这里主要是指杂文,他是把杂文视为"大题小做"、"特殊时代的特殊文体",这同鲁迅和瞿秋白的看法是一致的。

茅盾在"左联"时期的杂文,表现了广泛的社会内容。他的杂文同时代、革命和人民贴得很紧,有很强的战斗性,同鲁迅和瞿秋白是相呼应的。这时茅盾杂文最重要的主题,是针对"九一八"后的时局,揭露国民党当局在"长期抵抗"的幌子下,妥协投降、反共卖国的反动路线。《"九一八"周年》说:"士兵们想杀贼而上官命令'镇静'";《阿Q相》指出:"在'九一八'国难以后,'阿Q相'的'精神胜利法'和'不抵抗'总算发挥得淋漓尽致了。……在这一点上,'阿Q相'的别名也就可以称为'圣贤相'和'大人相'。"《血战一周年》则一语破的:"所谓'长期抵抗',事实是长期'不'抵抗!"以文艺短论的形式,进行广泛的文艺批评,是这时茅盾杂文的另一重要方面。《封建的小市民文艺》、《连环图画小说》、《神怪野兽影片》、《玉腿酥胸以外》,抨击当时影剧界、出版界喧嚣泛滥的"色情肉感"、"武侠迷信"的影剧和连环画;《健美》、《现代的!》、《都市文学》、《机械颂赞》等,有鞭挞,也有肯定。如《都市文学》,提出改变畸形、病态的"都市文学"的主张,即不仅要表现当时中国民族工业的危机,亭子间里的知识分子的牢骚,而且要表现在"机器边流汗"、在"生产关系中被剥削到只剩一张皮"的劳动者,而这个"都市文学新园地的开拓",关键在于"作家的生活的开拓"。此外,对民族工业危机和农村经济崩溃的揭示,对落后的民情风俗的针砭等,也是此时茅盾杂文的内容。

　　这时茅盾的杂文也有自己的特点。首先是他善于"大题小做"。他善于从一些细小的素材中开掘出意义重大的深刻思想,《看模型》就是范例。《看模型》记述作者和他的朋友及其孩子,在"儿童玩具展览会"上,看到的一具"精心结构的中国形势模型",其基础是"沙盘",上面有"绿"的长河,"黄"的黄河,有"万里长城",长城上有大炮和军队,还有东北四省,上头写着"还我河山"四个字……这篇杂文写于1936年7月,当时日寇在国民党军队的"不抵抗"下轻易占领了东北四省,占领了长城一带。那作为宣传用的"模型"和现实的对比是太尖锐了,连朋友的孩子也"哄"不过去。作者以"小"喻大,暗示反动派"瞒和骗"的政治宣传的彻底破产。其次是擅长从经济分析的角度来反映社会。茅盾有一部分杂文是表现30年代中期城市里的民族工业危机,农村里的小商人和农民的破产的。这可说是茅盾"左联"时期文学创作的突出特点。长篇小说《子夜》、短篇小说《林家铺子》和农村三部曲，速写《上海大年夜》、《故乡杂记》等都表现了这一主题。杂文《现代化的话》、《旧帐簿》、《农村来的好音》、《荒与熟——一个商人的"哲学"》也是这方面的代表作。中国现代作家中，很少有能像茅盾这样，在文艺创作领域，从马克思主义观点出发，对社会生活作深入的经济分析。《旧帐簿》是这方面的范例。作者家乡修镇志时，一位金老先生提出"志"中应有"赋税"一门，记载历年赋税之轻重，记载历年"农产"和"工业的价格"，而这些都可以从"旧帐簿"中取材，金老意见受到赞赏。作者议论说，"历史"无非是种"陈年旧帐簿"，但看"旧帐簿"应有金老那样的"眼光"和"读法"，不知"宝爱"旧帐簿是错的，一些破落户子弟借"旧帐簿"进行自我麻醉则更不对了。这说明茅盾十分重视从经济变化的角度，来研究社会历史，分析人们的心理。这篇杂文从观点到写法都令人耳目一新，发人深省。但这时茅盾大多数杂文质胜于文，过于直白，也不够重视杂文形象的创造，确如他自己所说，"太像硬绑绑的短评了"（《速写与随笔·前记》）。

阿英和陈子展也是著名的战斗杂文作家。他们杂文的内容可分为两类，一类是战斗性很强的社会评论性的杂文，一类是现实感很强的带有学术考证和学术研究特点的杂文，而尤以后一类出名。学术考证和学术研究的杂文，同学术论文是有区别的，它们是用生动活泼笔调写成的，有一定的文学色彩。这类杂文在我国古已有之，属于我国古代数量庞大的笔记类中的一个分支。"五四"以来，许多杂文作家，继承古代笔记中学术考证和学术研究的杂文传统，把学术考证与社会评论结合起来，赋予它以新时代的色彩。鲁迅、周作人、钱玄同、刘半农、江绍原、俞平伯写过这类杂文。鲁迅《而已集》中的《魏晋风度及文章与药及酒之关系》，是这类杂文的最高典范。

阿英的《夜航集》等　阿英（1900—1977），安徽芜湖人，原名钱德富，常用笔名钱杏邨，1926年参加共产党，20年代末在上海参加革命文艺运动，是"太阳"社创始人之一。"左联"成立时，他是执委会常委。阿英是散文家和散文理论家，也是个有独立风格的杂文家。在这十年中，出过的杂文集有《麦穗集》（1928）、《夜航集》（1935）和《海市集》(1936)。

在阿英的学术考证和研究类杂文中,他把文学史的考证、研究和现实的斗争巧妙地结合起来,寓战斗性于学术性之中。这类杂文虽不如匕首和投枪那样锋芒逼人,但具有强烈的战斗性和吸引读者的魅力。收在《夜航集》中的《论隐逸》、《明末的反山人文学》、《吃茶文学论》、《清谈误国与道学误国》、《黄叶小谈》、《黄叶二谈》、《重印〈袁中郎全集〉序》等就是这类杂文。从《夜航集》中的《小品文谈》、《周作人书信》等看出,阿英和以鲁迅为代表的左翼作家一样,是反对"论语"派小品文理论的。周作人、林语堂鼓吹他们的小品文理论时,经常以晚明的"隐逸文学"、"山人文学",特别是他们奉为祖师的袁中郎来吓唬人,阿英针锋相对地在杂文中也对"吃茶文学"、"隐逸文学"、"山人文学"以及袁中郎进行了研究。阿英是文学史家,他对晚明历史和文学有精湛的研究,他又是藏书家,占有这方面的丰富材料,加上他能够用正确的观点和方法分析问题,谈论这些问题自然比周作人、林语堂要高明得多,雄辩得多,也更能揭示这段文学历史和有关文学人物的本来面目。正如陈子展所说:"阿英先生在《自由谈》上发表《吃茶文学论》、《明末的反山人文学》、《清谈误国与道学误国》三篇文章,从明末文学论到目前标榜明末文学的文学。看他从发生这种文学的社会背景,个人生活,指出这种文学的所以存在,虽然在短篇中还不曾十分畅论,可是今人论到明末文学的,就我所见的而说,不能不算是只有他最能搔着痒处,接触历史的真实了。"[1]

陈子展的杂文　陈子展(1898—1990),湖南长沙人,当时是复旦大学中文系教授,专治文学史,著有《中国近代文学之变迁》、《最近三十年中国文学史》等,也写新诗和杂文。他曾以楚狂老人的笔名,在曹聚仁主编的《涛声》上发表许多讽刺诗。他在《最近三十年中国文学史》中说:"庄子云:'以天下为沉浊,不可与庄语。'约翰·穆勒说:'专制使人们变成冷嘲。'生于现代的中国,要求庄语固然不可能,旁观冷嘲也不大容易。所以最具有叛逆精神的,又是最有讽刺天才的文学家,

---

[1] 陈子展:《公安竟陵与小品文》,见《小品文和漫画》,上海生活书店1935年版。

如某先生,也只得说一声'共和使人们变成沉默'了,讽刺之后,继之以沉默,如不死灭,必将继之以怒吼;伟大的怒吼要从伟大的沉默里产生的。"这表明了他对杂文的看法和他对鲁迅的景仰。陈子展曾以达一、于时夏、何如、子展等名字,在《自由谈》、《新语林》、《太白》、《人间世》上发表杂文。他的杂文内容广泛,借古讽今,声东击西,有鲜明的讽刺色彩。他的名文《正面文章反面看》,深得鲁迅赞赏。鲁迅在《伪自由书》的《推背图》中写道:"上月的《自由谈》里,就有一篇《正面文章反面看》,这是令人毛骨悚然的文字。因为得到这一个结论的时候,先前一定经过许多痛苦的经验,见过许多可怜的牺牲。"陈子展最引人注目的杂文,是那些有关文学史考证、研究的杂文。在当时的小品文论争中,他针对周作人借歪曲和吹捧晚明公安派和竟陵派的小品,歪曲新文学运动的源流,为自己的小品文创作和理论寻找历史依据的现象,写了一系列反驳文章。在《公安竟陵与小品文》中,他详细介绍他们所处的时代和文学主张之后说:

> 公安竟陵是着重个人的性灵的言志派,"五四"以来的新文学运动者似是着重社会的文化的载道派(暂时不妨承认有所谓言志派载道派),所以新文学运动,有时被人从广义的说,称为新文化运动。因此,我们论到"中国新文学的源流",倘非别有会心,就不必故意杜撰故实,歪曲历史,说是现代的新文学运动是继承公安竟陵的文学运动而来,这是我个人的一得之见,不会勉强任何高明之家同意。

像发表于《自由谈》上的《农民诗人》也是这类文章。该文从反动政府的横征暴敛造成广大农民的破产和痛苦,谈到晚唐的两位农民诗人聂夷中和于濆,呼吁新诗人应该有为农民代言的农民诗人。它如《花鼓戏之起源》、《再论花鼓戏之起源》、《谈"孔乙己"》、《再谈"孔乙己"》等,都是学术考证气息很浓,为读者爱读的杂文。

四 陶行知、梁遇春的杂文

这个时期,还有许多爱国的、进步的杂文作家的创作,其中如:陶行知的《斋夫自由谈》(1932)、梁遇春的《春醪集》(1930)和《泪与笑》(1934)、郁达夫的《断残集》(1933)和《闲书》(1936)、曹聚仁的《笔端》(1935)和《文笔散策》(1936)、杜重远的《狱中杂感》(1936)等等。以上各家,世界观、人生观和艺术观各自不同,但都对国民党当局的统治不满,都反对帝国主义的侵略,都有爱国和进步的要求。他们的杂文,艺术风格也各有特色,都对中国现代杂文艺术的丰富和发展做出自己的贡献。

陶行知的《斋夫自由谈》　陶行知(1891—1946),安徽歙县人,著名的教育家,诗人和杂文家。30年代初,他在南京、湖南和上海等地兴办过农村师范教育。他在曹聚仁主编的《涛声》上,发表过许多诗歌。他的诗作实践了他的大众化的主张,诗风上很接近鲁迅的《好东西歌》之类的作品,融合了古诗、山歌、民谣、儿歌、俚语的特点,比新诗更"白",又比歌谣更精确更有概括力。它们洗尽铅华,质朴晓畅,刚健清新,好念易记,无论是针砭社会时弊,还是宣扬自己的主张,都风趣迭生,令人读后口有余甘。这种刚健清新的大众化诗风在当时的新诗坛上是引人注目的。陶行知从1931年9月5日至翌年1月底在《申报·自由谈》上接连发表了《不除庭草斋夫谈荟》的一百多篇杂文,随后结集为《斋夫自由谈》出版,这在当时也是"哄动一时"的。阿英在《〈现代名家随笔丛选〉序记》中说:"陶行知的《不除庭草斋夫谈荟》,一九三一年发表在《自由谈》上的时候,是颇哄动一时的。文字矫健有力,虽然思想上还不能说是完全正确的。"

陶行知杂文的内容是多方面的。有的痛斥国民党统治集团的享乐腐化、醉生梦死;有的歌颂军人和青年热血抗日;有的讽刺和嘲笑反动政客和帮闲文人;有的针砭人情世态和思考人生哲理;有的崇尚科学,介绍大科学家伽利略、牛顿、法拉第、爱迪生等的生平思想;有的宣扬他的教育学说……内容确是"杂"得可观。他无论赞扬什么,反对什么,总是旗帜鲜明、毫不含糊,文字通俗明朗,笔调辛辣放恣。他抨击时政时,态度的坦率,言辞的激烈,简直令人吃惊。且看《长忙玩忘完》一文:

这么多的长!部长,院长,会长,所长,校长,董事长,委员长:

一身都是长!

　　长多自然忙:会客忙,讲话忙,看信忙,签字忙,听电话忙,坐汽车忙,赴饭局忙,开会散会忙,有事不管无事忙。

　　一天忙到晚,忙了必须玩:扑克玩玩,麻雀玩玩,堂子玩玩,跳舞厅里玩玩,庐山玩玩,上海玩玩……

　　好玩好玩,什么都忘!党也忘,国也忘,人民也忘,自己的前途也忘,还有那不该忘的九字也忘。①

　　一切都忙完!党也快完,人民也快完,自己也快完,还是忙不完,希望长不完,玩不忘。

对国民党统治集团的揭露确是嬉笑怒骂,痛快淋漓,文字上有通俗明白的大众化风格,看似明白如话,其实颇有功夫,如果把它按诗行排列,就是一篇一韵到底、铿锵有力的上乘讽刺诗,真当得上王荆公说的"看似寻常最奇崛,成如容易却艰辛"了。

陶行知对杂文艺术的最大贡献,是他为杂文的大众化闯出了一条成功之路。他的杂文同他的新诗一样有着大众化风格,而且有不少篇章是诗文合璧、互相生发的。其文每篇只有数百字,他在意气风发地发了一通爽快、幽默、精辟的议论之后,常以一首天趣盎然的短诗收结,这些小诗常常是对前头散文式的议论的概括和升华。他的杂文确有一种爽快、明朗、风趣、隽永的朴素美。在当时写作大众化杂文的不乏其人,如徐懋庸在《街头文谈》中,柳湜在《社会相》、《街头讲话》中,夏征农在《野火集》中,都实践了杂文的大众化,说理通俗,文字浅白,但缺少文学魅力,没有《斋夫自由谈》那种刚健清新、天趣盎然的朴素美,自然也不能像它那样产生"哄动一时"的效果了。

　　梁遇春的《春醪集》　梁遇春(1906—1932),福建福州人,1928年毕业于北京大学英文系,是20年代末30年代初散文创作领域的一颗彗星。他那饱含博识和睿智,以诗情的笔调写成的随笔体散文,大多是以议论为灵魂的杂文。他的随笔体散文,不同于鲁迅和周作人的随笔,在艺术上是独树一帜的,对中国现代杂文艺术的发展做出了贡献。在

---

① 作者原注:"你不好,打倒你,我来做",吴稚晖说:"来而不做是忘九。"

短暂的几年文学生涯中,他留下的有二十几种翻译作品和两本散文集:《春醪集》和《泪与笑》。他译注的《小品文选》和《英国诗歌选读》,是"中学生的普通读物"[①];他的两本散文集,显示了他惊人的博识和过人的才思。他逝世之后,他在文艺界的朋友,都痛惜他是一位早逝的"天才",是一位风格特出的"文体家"。

《春醪集》收有随笔体杂文如《讲演》、《寄给一个失恋人的信》(一、二)、《"还我头来"及其他》、《人死观》、《"失掉了悲哀"的"悲哀"》、《谈"流浪汉"》、《文学与人生》等,和《查尔斯·兰姆评传》凡十三篇,卷首有序。自叙题名《春醪》,出于《洛阳伽蓝记》里游侠所说的话:"不畏张弓拔刀,但畏白堕春醪。"《泪与笑》是作者死后由友人废名、石民等汇编的,收有《泪与笑》、《途中》、《论知识贩卖所的伙计》等随笔22篇。

作为一个时时刻刻都在议论知识和人生的散文家梁遇春,始终是个惊人的矛盾存在。梁遇春有着诗人的敏感,他憎恶社会现实的黑暗,鄙弃醉生梦死的寄生生活,痛恨知识界中的"绅士"、"君子"们不苟言笑、谨小慎微的死气沉沉、灰色平庸的作风;他热爱生活,渴求光明和进步,认为一个人在生活中,应该敢哭(《泪与笑》),敢笑(《笑》),敢说(《"还我头来"及其他》),敢闯(《谈"流浪汉"》),应任情使性、生气勃勃地占有生活,享受生活。在《谈"流浪汉"》中,他把"绅士"、"君子"和"流浪汉"对立起来加以褒贬。但是这种对生活的破坏多于建设的流浪汉生活,并不能使散文家满足;于是他在《救火夫》里,又把那舍己为人、为人类扑灭火灾的救火夫,作为他生活追求的最高境界。从肯定"流浪汉"到赞颂"救火夫"是他思想上的明显进步。但那救火夫的自发行动,又毕竟同那有组织有领导的推翻旧世界和创造新世界的革命人民的伟大斗争相距甚远,作家从"悲天悯人"的小资产阶级人道主义中萌发的"救火夫"的生活理想,也毕竟是太抽象、太朦胧了,无法给在黑暗中苦苦徘徊、探索的自己指出一条通向光明和进步的康庄大道。于是,在他多愁善感的诗心中,仍然笼罩着无法突破的黑暗,他的敏感

---

① 叶公超:《〈泪与笑〉跋》,《泪与笑》,上海开明书店1934年版。

而脆弱的心弦,不时弹拨出失望、凄凉的哀调。这确是恼人的矛盾。

梁遇春是博学多思的。在散文创作中,他总是凭借他广博的学识、过人的思辨才能,呕心沥血、殚精竭虑地去追索知识的和人生的真谛,他的这种探求几乎到了"语不惊人死不休"的地步。梁遇春痛感当时知识界中许多没有个性的人,不会独立思考,只会人云亦云地复述别人未必真懂、自己根本不懂的熟透了的大道理的不幸,便代表他们向社会发出大声疾呼:"还我头来!"(《"还我头来"及其他》)。他嘲讽当时文化界的名流学者、教授,不过是"知识贩卖所里的伙计",他们把"知识的源泉——怀疑的精神——一笔勾销",这样,"人们天天嚷道天才没有出世,其实是有许多天才遭了这班伙计的毒箭"(《知识贩卖所的伙计》)。他主张每个人肩上要扛着一颗会独立思考的脑袋,要有朝气蓬勃的创造精神。梁遇春的杂文好做反面文章,喜欢标新立异。在人们争论"人生观"后,他偏要探讨"人死观"(《人死观》);人们说:"春宵一刻值千金",他偏要说"春朝一刻值千金"(《"春朝"一刻值千金》);人们恭维"Gentleman"(绅士、君子),他却赞赏流浪汉(《谈"流浪汉"》);人们认为失恋是痛苦的,他却认为失恋并不可哀,婚后感情的淡漠和破裂,才是人间惨剧(《寄给一个失恋人的信(一)》);欢乐则笑,伤心则哭,是人之常情,他却从自己感受出发,说笑是感到无限生的悲哀,泪是肯定人生的表示(《泪和笑》);人们赞美春天,他却以为夏的沉闷,秋的枯燥,冬的寂寞,跟疮痍满目的现实是协调的,而阶前草绿、窗外花红的春天同杂乱下劣的人生太不调和了(《又是一年春草绿》)……这种推陈出新的刻意追求和标新立异的奇思异想,在梁遇春的杂文中比比皆是。他的杂文中确有不少迸射智慧火花的警句,例如:"只有深知黑暗的人们才会热烈地赞美光明。没有饿过的人不大晓得饱食的快乐……不觉得黑暗的可怕,也就看不见光明的价值了。"(《黑暗》)"读书是间接地去了解人生,走路是直接地去了解人生……万卷书可以搁下不念,万里路非放步走去不可。"(《途中》)等等。

可是,梁遇春生活经历过于狭窄,限制了他在思想王国的自由驰骋,从而使他陷入惊人的矛盾之中:他渴望光明和进步,却又远离革命和人民,找不到光明进步之路;他有渊博的西方历史、文化知识,但对最先进的科学思维却一无所知；他有强大的智力和穷尽人生奥秘的追求，却缺乏先进思想的武装，缺乏洞察人生底蕴的望远镜和显微镜。废名在《〈泪与笑〉序》说梁遇春的散文"文思如星珠串天，处处闪眼，然而没有一个线索，稍纵即逝"，是有道理的。梁遇春杂文有许多新颖可喜的见解，但他思想十分驳杂，自相矛盾，幼稚纰缪之点不少，他虽以穷究知识和人生奥秘为己任，却无由探得真谛，即便是那些迸射智慧火花的警句，也不是穿越时空界限的星光。因此，与其说是英年夭折使这位天才散文家在散文创作上来不及开出满树鲜花，倒不如说是生活和思想限制了他天才的开花和结果。

作为一位文体家，梁遇春的议论性随笔，是以阐发他对知识和人生的新颖见解为灵魂的，有着不同凡响的独特风格。他的这类随笔，从来不作枯燥空洞的议论，他总是调动丰富的古今中外的历史文化知识，作立论的依据；在展开议论时，他调动了记叙、描写、抒情、对话、想象、联想等艺术手段，逻辑思维和形象思维结合着进行，使议论形象化和抒情化；他在论证他的论题时，常常是有张有阖，有纵有横，有正面论述和反面反驳，有曲折有波澜，有具体的分析和概括的升华，多侧面多层次地使所要确立的论题得到丰富和深化，直到说深说透为止；他的随笔，文字洒脱优雅，驰骋自如，笔致富于情采，结构不落俗套。《救火夫》一文，无论从思想和艺术看，都代表作家随笔的最高水平，是充分体现其随笔风格的名篇。这篇随笔以记叙和描写三年前一个夏夜救火夫赶去救火时的矫健雄姿入题，接下去便以议论的笔墨从正面展开对救火夫的赞颂。继之反驳一位愤世朋友对救火夫任意贬抑的言论，把议论推进一层，把对救火夫的赞颂和描写推进一层。文章至此似可结束了，可是作者并没有就此打住，而是把议论的范围大大扩展了。他认为整个世界是在烈火中焚烧的火场，劳苦大众、知识分子都在烈火中经受炮烙的劫难，全世界的人都应是"上帝的救火夫"，都有救火的责任，都应成为扑火的英雄。这样一写，文章的气势陡然开阔了，思想也向深处、广处、高处深化、扩展、升华了。再接下去，作者又给予那些对世界大火取旁观态度的人，那些趁火打劫的大盗一连串的痛斥。与此同时，他又进一步描写救火夫的雄姿，歌颂他们赴汤蹈火、舍己救人的高尚品格。从

《救火夫》一文,确可窥见梁遇春随笔以议论为中心,调动一切知识积累和艺术手段,使议论形象化、情意化的风姿,以及那种知、情、理相统一的特点。

鲁迅和周作人是写作随笔体杂文的能手。他们的随笔融化了欧美、日本和我国古典随笔的长处,又有自己的独特风格。鲁迅《坟》里的杂文名篇,大多是随笔,它们从容舒卷,意态自如,嬉笑怒骂,博大精深。周作人的前期随笔,以博识、机智、趣味著称;他惜墨如金,注重艺术上的节制和矜持,却又浑朴自然,不落斧痕,文字看似朴拙,实则老练,仿如青果,有涩味,有余甘,但不如鲁迅的阔大深沉。丰子恺《缘缘堂随笔》中的部分篇章也是议论性的随笔,有淡淡的禅味,有纯朴天真的风趣,文字轻松婉曲,如行云流水,有自己的鲜明风格。梁遇春的随笔同以上诸家迥然相异,他推崇鲁迅和周作人的小品文①,但他又终生嗜读英国兰姆的《伊里亚随笔》,受到兰姆随笔深刻的浸润和影响。他博学多思,年青气盛,人生阅历不够深广。他在写作随笔杂文时,喜欢旁征博引,标新立异,善于在议论中融进记叙、描写、抒情等艺术手段。他的随笔有博识,有巧思,有情采,但不善于节制自己的知识、情感、想象、联想和词采,有知识的过多堆砌,立意的过于尖新,感情的太多倾泻,词采的过于秾丽,文字的失于繁冗等毛病。尽管如此,梁遇春仍不失为独树一帜的文体家。在他之后,钱锺书在1939年出版的《写在人生边上》,其议论随笔的气度风格同梁遇春有近似之处,但作者的博识和睿智则不让梁遇春,特别是人生的阅历更深广,行文便显得更为波谲云诡,犀利老辣。

五 林语堂、周作人的杂文

在这个时期中,"语丝"社经历着分化和解体的过程,它的分化同《新青年》社的分化一样,是马克思主义的传播、民族民主革命的高涨和深入所必然引起的一个文化团体内部成员世界观和文艺观的发展变化,必然引起的文化团体的新分化和新组合。在半封建半殖民地的旧

---

① 梁遇春:《小品文选·序》,上海北新书局1930年版。

中国,无产阶级、资产阶级和小资产阶级都有程度不同的反帝反封建的要求,它们之间有结成反帝反封建的文化统一战线的可能性。随着民族民主革命新的高涨和深入,马克思主义的更广泛更深入的传播,无产阶级对文化统一战线的主导作用更为强大;而资产阶级和小资产阶级在文化战线上的代表人物,在时代的动荡中,不是向左就是向右转化了,即使有的一时处于中间状态,也是暂时的。《语丝》社中的钱玄同、刘半农、周作人和林语堂,在时代潮流的急速变动中,经历了从积极到消极、从进步到颓唐的演变。钱玄同在1926年以后,不再写杂文,专门从事语言学研究了;刘半农在20年代末30年代初,仍陆续写了一些杂文,在"论语"派的杂志上发表。用古文写就的《双凤凰砖斋小品文》,表现了他复古的倾向。林语堂和周作人则仍然大量写作杂文小品,他们是"论语"派的著名代表人物。

林语堂《我的话》等 林语堂被蒋介石的"四一二"血腥大屠杀吓得目瞪口呆,从第一次大革命失败后至1932年创办《论语》前,他主要从事三本《开明英文读本》和两本《英文文学读本》的翻译和编写工作,偶尔也写些杂文。这时他的政治态度有了明显的变化,当年在北京时期那种勇猛的战斗姿态没有了。他对蒋介石的反动统治不满,但又慑于大屠杀的巨大威胁,觉得一个人的"头颅"只有一个,在乱世中当个"顺民"最好。他对自己的颓唐和消极也是不满的,1928年他在编辑《翦拂集》时,回忆两年前那"悲壮""激昂"的斗争场面,自己当年那些有着"激烈思想"的杂文,而今都成了"隔日黄花",自己也深感"寂寞与悲哀"(《〈翦拂集〉序》)。

这时,他的杂文已没有《翦拂集》中那种直面人生、悍泼放恣的战斗篇章,但仍有曲折的牢骚和不平,写于1928—1929年的《萨天师语录》(二)(三)(四)就是。其中记述萨天师来到东方,看到的是依然叫人痛心的"文明",有人对他说,"要打破性幽囚的监牢","推翻贞女烈妇的牌坊",萨天师说,"你的志愿很好!"又说:"我仿佛听见幽囚的哭声,在你蓬发的底下,我似乎仍然看见奴隶的面。""这个哭声与这个面目,就是你尚未解放的徵记。"萨天师还说:"我要告诉你们解放的真术","我愿意替你们打断一切的枷锁,只是你们不能容纳。"但萨天师终于失望了,不得不承认:"我的希望是徒然的。我的说话也是徒然的……"这曲折反映了林语堂在第一次大革命失败后对当局独裁专政的不满和牢骚,与找不到出路的深刻的失望和悲哀。这是林语堂思想的一个方面,另一个方面是他的个人主义思想,使他成为"大荒"中"我走我的路"、"我行我素"的"孤游"者,这正是他鼓吹克罗齐的"自我表现"和公安派的"独抒性灵"的"言志"文学的思想根源。他的自由主义,使他采取"不阿所好"(《〈大荒集〉序》)的态度,既不投靠蒋介石当局,也不向无产阶级靠近,企图走一条所谓不党不派、不左不右的中间道路。他也正是从趣味主义出发,鼓吹"幽默"、"闲适",把英国小品和公安派小品中的"幽默"、"闲适"的一面看成唯一的东西,并捧到至高无上的地位。在现实斗争中,林语堂思想和创作中的这两个方面在消长,总的趋势是每况愈下。

1932年9月,林语堂创办《论语》半月刊,倡言"不谈政治","不附庸权贵","不为任何一方作有津贴的宣传",自称"言志派",反对"涉及党派政治"的"载道派",大力提倡"幽默",认为只有幽默,文章才能"较近情,较诚实"(《我们的态度》)。林语堂虽然标榜清高,讳言政治,实际上是不可能脱离政治的。开初,他的幽默文章就有对国民党统治下黑暗社会进行讽刺的倾向,他于1933年初加入宋庆龄、蔡元培发起的中国民权保障同盟,这本身就是一种态度,说明他这时基本上还是倾向进步的。《论语》创办之初,鲁迅和一些左翼作家都在《论语》上发表文章。当时鲁迅是把林语堂作为朋友看待的。针对林语堂鼓吹的幽默文学,鲁迅在《小品文的危机》和《帮闲法发隐》中,对林语堂进行了批评和规劝。

林语堂是顽强的个人主义者,他根本不听鲁迅等的忠告,而且变本加厉,越走越远。他创办《人间世》半月刊,鼓吹"性灵"小品写作要"无关社会意识形态鸟事,亦不关兴国亡国鸟事",鼓吹用白话的文言即"语录体"写作小品。在《人间世》创刊号上,以显著地位刊登周作人大幅照片和《五秩自寿诗》二首,并接连几期登载许多人的唱和吹捧之作。以后还登载辜鸿铭、严复、林琴南、刘半农等的照片,连篇累牍地发表文章,把他们当作"名士"吹捧,一时闹得乌烟瘴气。当时许多人批评了周作人的自寿诗,而林语堂却在《周作人作诗法》中为之辩护,说他是"寄沉痛于悠闲",说自己是"洁身自好",谩骂批判者"如野狐谈禅,癞鳖谈仙"。他在杂文集《我的话·行素集》的序中,表明了自己拒绝一切忠告、独行我素的"天生蛮性"。他写道,他的小品文是:

> 信手拈来,政治病亦谈,西装亦谈,再启亦谈,甚至牙刷亦谈,颇有走入牛角尖之势,真是微乎其微,去经世文章甚远矣。所自奇者,心头因此轻松许多,想至少这牛角尖是我自己的世界,未必有人要来统制,遂亦安之,孔子曰:汝安则为之,我既安之,故欲据牛角尖负隅以终身。

他确是负隅终身,执迷不悟了。由于他的理论主张和创作实践受到左翼作家的批评,他就在《做文和做人》、《我不敢再游说》、《今文八弊》等杂文中,诋毁左翼作家对他的批评是"以漫骂为革命,以丑诋为原则",说什么"文人好相轻,与女子互相评头品足相同,白话派骂文言派,文言派骂白话派,民族文学骂普罗,普罗骂第三种人",竟把文艺上严肃的原则斗争,歪曲为大家"争营夺垒","互相臭骂";他攻击鲁迅等译介波兰、捷克等被压迫民族的文学,认为译文中吸收外国语法,是"事人以颜色","其弊在浮",是"洋场孽少怪相","其弊在奴"。为此,鲁迅连续发表了七篇论"文人相轻"的杂文,批判林语堂的"无是非观"。在《题未定草(三)》中,批驳了《今文八弊》的谬说,揭穿了林语堂的"西崽相"。林语堂虽以高人逸士自居,但他的小品文取材越来越琐屑,趣味越来越无聊,文体越来越复古了。鲁迅认为林语堂为代表的《论语》派的小品文,"自以为高一点的,已经满纸空言,甚而至于胡说八道,下流的却成为打诨,和猥鄙的丑角,并无不同,主意只在挖公子哥儿们的跳舞之资,和舞女们争生意,可怜之状,已经下于五四运动前后的鸳鸯蝴蝶派数等了。"①鲁迅还认为这些东西连"帮闲文学"也够不上,即便是"帮闲",还得有"帮闲之志"和"帮闲之才",而他们有的不过是"乱点古书,重抄笑话,吹拍名士,拉扯趣闻,而居然不顾脸皮,大

---

① 鲁迅:《且介亭杂文二集·杂谈小品文》,上海三闲书屋1937年版。

摆架子,反自以为得意,——自然也还有人以为有趣,——但按其实,却不过'扯淡'而已"①。鲁迅的批评,确是毫不留情,一针见血的。

虽然如此,此时的林语堂毕竟还不是买办反动文人,还不是"王之爪牙",他对黑暗现实还是"愤愤不平"的。1935年8月11日,萧三在《给左联的信》中,就肯定了这一点。他指出:"统治者的虐政,尤其是卖国政策大遭一般知识者的非难,林语堂的'自古未闻粪有税,而今只有屁无捐'可谓谑而虐之至。"后来,"论语"派还和"文学"社、"太白"社共同签署过《我们对于文化运动的意见》,反对国民党的尊孔读经运动。他对当局的不抵抗政策也有讽刺和抨击。"一二·九"运动发生后,林语堂撰写过《关于北平学生一二九运动》、《国事亟矣》、《外交纠纷》等文章,支持青年学生的爱国运动,抗议反动当局的暴行。1936年10月,他还与鲁迅、郭沫若、茅盾等二十一人,联名发表《文艺界同人为团结御侮与言论自由宣言》。鲁迅逝世后,林语堂在《宇宙风》上发表《悼鲁迅》这一杂文名篇。文中谈到他同鲁迅的交往与龃龉,写出鲁迅性格的某一方面,倾注了自己的由衷赞佩之情。

1936年8月,林语堂偕眷赴美讲学,此后长期侨居美国,主要用英文写小说《瞬息京华》和文化随笔《生活的艺术》等。他于抗日战争后期曾回到当时的"雾重庆"。

周作人的《看云集》等　周作人这十年中的杂文创作,在思想和艺术上的蜕变更加惊人。从大革命失败后至1928年底,他还写过一批战斗杂文,揭露国民党新军阀屠杀革命人民和共产党人的血腥暴行,讽刺吴稚晖等为虎作伥的言行,同情革命人民和共产党人。1928年11月,他在《闭户读书论》中,说"苟全性命于乱世第一要紧",想来想去只有"一个办法,这就是'闭户读书'",这标志着他杂文创作思想上的重大转折,开始步入颓唐沉落期。

他早期杂文"所谈的总还不出文学和时事这两个题目",现在"时事"是"决不谈了"(《〈永日集〉序》)。从少谈到不谈"时事",转到大谈特谈什么"草木虫鱼",什么"听鬼""画蛇",或者掉书袋做"文抄公",

---

① 鲁迅:《且介亭杂文二集·从帮忙到扯淡》,上海三闲书屋1937年版。

展览他的"杂学",发思古之幽情,在故纸堆里扒罗剔抉,搜掘奇闻轶事。在散文创作理论上,他根本否认现代散文是"五四"思想革命和文学革命的产物,而认为这是表现个人"闲适""趣味"的晚明公安小品的"复兴"(《中国新文学的源流》)。早在五四时期,周作人就常常诉说自己身上有着"叛徒"和"隐士"、"流氓"和"绅士鬼"的斗争。可以说在当时是"叛徒"的一面占主导,现在虽然仍有一些貌似出世的杂文如《书法精言》、《文字狱》等暗寓讽世之意,隐晦曲折地流露了对当局法西斯专政的不满,但总的倾向是隐遁玩世,已从前期"腐心桐选诛邪鬼,切齿纲伦打毒蛇"①的新文化运动战士,变为"中年意趣窗前草,外道生涯洞里蛇"②的"隐士"了。

  他这时写的大量杂文小品,讳言"时事",所谈的是他自认为"横通"的杂学,如人类学、神话学、民俗学、性道德、性心理和儿童心理学,以及明清以来笔记小品中他认为有趣的东西。这类文章虽也包含着一定的反愚昧反专制意味,也有博识益智之处,不能一概抹杀;却完全失去他前期那种敏锐的现实感和"浮躁凌厉"的批判锋芒,趣味是越来越古雅琐屑了,文字是越来越苍老枯涩了,摘抄引证也是越来越繁琐,越有"炫博"之嫌,从思想情趣到文字作风都士大夫化了。1934年《人间世》一创刊,他就发表了《五秩自寿诗》,遭到左翼作家的猛烈抨击,从此他更迅速地滑向了沉落的末路。他攻击鲁迅为代表的左翼文艺运动(《老人的胡闹》),咒骂马克思主义是"新礼教"(《长之文学论文集跋》),无产阶级革命文学是"八股""载道文学"(《谈策论》),诬蔑文艺论争是"打架的文章"(《关于写文章》)。他还跟在日本侵略者后面鼓噪什么"中日同是黄色蒙古人种",文化同一,"实究命运是一致的"(《日本的衣食住》),甚而为卖国贼秦桧辩护翻案(《再谈油炸鬼》)。至此,周作人已面向反动腐朽的封建主义和帝国主义,背对革命和进步的文艺运动,他的全面堕落指日可待了。

  周作人这时期向封建士大夫蜕化的事实,反映了一个深刻的时代

---

① 钱玄同:《和岂明先生自寿诗》,《人间世》1934年5月第3期。
② 周作人:《五秩自寿诗(其二)》,《人间世》1934年4月第1期。

悲剧。由于中国特殊的历史条件,中国古老的封建主义幽灵有着特别顽强的渗透力和腐蚀力,在西方曾经对封建主义的战斗获得全胜的资产阶级民主和科学思想,在中国只能打几个回合就败下阵来,于是在中国近现代史上可看到各式各样的封建主义复辟的悲剧、喜剧、闹剧和丑剧,而特别令人深思的是曾有一批又一批反封建的资产阶级民主主义思想家、革命家和文学家,如康有为、梁启超、章太炎、周作人、林语堂等都走上复古倒退的路,这甚至在共产党内搞"家长专制"的陈独秀、王明一类人身上也有所表现,这确是耐人寻味的历史教训。

周作人这时的杂文收在《永日集》(1929)、《看云集》(1932)、《夜读抄》(1934)、《苦茶随笔》(1935)、《苦竹杂记》(1936)、《风雨谈》(1936)和《瓜豆集》(1937)中。他虽然远在北京,没有直接参与"论语"派小品文刊物的编务,可是由于林语堂等人把他的理论和创作奉为典范,所以,周作人实际上可说是"论语"派的"精神领袖"。周作人后来的投敌堕落,无情地敲响了"论语"派的丧钟。

六 "鲁迅风"杂文的成熟与丰收

20年代末,杂文创作曾有过暂时的沉寂。30年代初,伴随着两种反革命"围剿"的加剧,是两种革命的深入;伴随着民族危机的深重,是抗日浪潮的高涨。迎着雷鸣雨骤般猛烈的阶级斗争和民族斗争,劲松般强健刚毅的战斗杂文越发繁荣茂盛,越显出英雄本色,也越能独标文坛风骨。

早在开创期,李大钊、瞿秋白、萧楚女、恽代英就曾尝试着将马克思主义与自己的杂文创作结合起来,使他们的杂文初步显示了马克思主义的革命批判锋芒。到了"左联"时期,在鲁迅、瞿秋白的倡导和示范下,马克思主义和杂文创作的结合出现了前所未有的广度和深度。鲁迅和瞿秋白后期杂文创作和理论,鲁迅和瞿秋白共同开创的、后人称为"鲁迅风"的革命现实主义战斗杂文传统,就是这种结合趋于成熟、达到高峰的标志,是本期杂文运动的最重要成果,也是以后国统区战斗杂文作家提高自己杂文思想和艺术水平的原动力。在《新青年》时期和《语丝》时期,战友们以杂文为武器,向反动势力作集体的战斗。在"左联"时期,革命杂文作家有了新的理论武装,有了鲁迅、瞿秋白这样的统帅,他们以杂文为武器向黑暗势力展开了更大规模的进攻,显示出了前所未有的强大威力。

这十年,"鲁迅风"战斗杂文的艺术成就达到高峰,这是杂文艺术最重要的成就。一批具有思想性和战斗性的学术考证、研究类杂文的出现,梁遇春等的随笔体杂文的成功,陶行知等关于杂文大众化的实践和探索,则标志着杂文艺术的全面发展。杂文这种"和现在切贴,而且生动,泼刺,有益,而且也能移人情"的文体,就以空前鼎盛的气势、空前雄健的步调"侵入高尚的文学楼台去"了!①

第四节 报告文学的兴起

我国古代文学中,记事性散文有着深厚的传统。到了近代,随着反帝风云的变幻、革命斗争形势的发展和报刊出版事业的兴起,产生了许多纪实性的战记,如阿英收辑的《鸦片战争文学集》、《中法战争文学集》、《庚子事变文学集》等,这些文字开始具有报告文学的因素。西方文化的输入,使统治阶级内部的开明知识分子开阔了眼界,他们开始走向世界,进行考察学习,写了许多考察游记,例如康有为的《欧洲十一国游记》、梁启超的《新大陆游记》,都属于这方面的作品,同样具有报告文学的因素。

"五四"新文学运动以来,《新青年》、《每周评论》、《晨报》等报刊,发表了许多"通讯"之类的文章。1921年出现了瞿秋白著名的旅俄通讯,还有与瞿秋白同时旅俄的《晨报》记者俞颂华的考察记(后结集出版《游记第二集》);"五卅"惨案发生后,有叶绍钧的《五月卅一日急雨中》、郑振铎的《街血洗去后》;"三一八"惨案发生后,有朱自清的《执政府大屠杀记》;还有陆定一的《五卅节在上海》、郭沫若的《请看今日之蒋介石》等。这些旅行记和纪实散文,及时报道重大的政治事件,具有鲜明的政治立场,强烈的战斗激情,有的研究者认为它们已具有报告

---

① 鲁迅:《且介亭杂文二集·徐懋庸作〈打杂集〉序》,上海三闲书屋1937年版。

文学的性质。

当然,正式倡导并有意识地创作报告文学,是从30年代开始的。由于民族民主革命斗争的发展要求,1930年中国左翼作家联盟成立后,正式号召开展"工农兵通讯运动",提倡"创造我们的报告文学"。报告文学作者开始时注意学习外国的有关理论,并有意借鉴外国的一些创作手法,随着创作实践的展开,他们便开始逐步自觉地探索开拓具有我国民族特色的报告文学的新路。

本时期报告文学创作具有成长期的两个突出特点:一是在工农兵通讯运动的推动下,掀起群众性的报告文学写作热潮,并以此带动作家们的报告文学创作;二是记者执笔的游记和旅行通讯的盛行。

一 群众性的报告文学写作热潮

工农兵通讯运动是随着我国民族矛盾的尖锐化和"文艺大众化"的实践要求而兴起的。1931年,"九一八"事变爆发,激起了我国民族解放运动的高涨。为了适应新的斗争形势的发展,"左联"号召"组织工农兵通讯运动",把"大众化"作为确立无产阶级文学"新路线"的"第一个重大问题"加以强调。在"左联"领导下,"一·二八"上海战争时,就有大量工农兵的文艺通讯涌向报刊。在上海等地的"左联"刊物,如《文学导报》、《文艺新闻》、《北斗》、《文学月报》等,以及《读书月报》、《社会与教育》杂志,《时事新报》、《大晚报》、《大美晚报》等副刊,都相继发表了大量的文艺通讯作品。阿英以"南强编辑部"的名义,从中选编28篇,集成《上海事变与报告文学》(南强书局,1932),这是我国第一部以报告文学名义出版的报告文学选集。同年,《文艺新闻》社也编辑出版《上海的烽火》一书。这些作品反映了上海军民在反抗侵略斗争中同仇敌忾的高昂情绪。尽管它们还比较粗糙,更接近于新闻记事,但作为正式倡导的"报告文学"名目下的第一批成果,无疑是值得珍惜的。

"一·二八"战争爆发后,一些作家和实际工作者深入前线,深受上海军民战斗情绪的鼓舞,写下了许多报告文学。例如白苇的《火线上》(《文艺新闻》1932年4月第49—50号)和《墙头三部曲》(《北斗》

1932年7月第2卷第3—4期合刊),适夷的《战地的一日》(《现代》1932年5月创刊号)和戴叔周的《前线通信》(《北斗》第2卷第3—4期合刊)等。此外,突如(夏衍)反映沪西民众反日大示威和内外反动派互相勾结屠杀示威群众的《劳勃生路》(《文学导报》1931年10月第6—7期合刊),苍剑反映矿工悲惨生活的《矿工手记》(《文艺新闻》1932年4月第50—52号)等,也产生过一定的影响。

1932年,《文艺月报》第2、3期,分别以"一·二八事变的回忆"和"九一八周年"两个专栏,发表了沈端先(夏衍)的《两个不能遗忘的印象》、叶绍钧的《战时琐记》、茅盾的《第二天》和楼适夷的《向着暴风雨前进》等作品,反映了作家对战争的观察、体验和深切的感受,表达了他们的战斗呼喊和对侵略者的同仇敌忾!

1934年,陈望道主编的《太白》(半月刊)倡导"速写",得到许多著名作家的大力支持,于是"速写"迅速发展,蔚为大观。经常撰稿的有:茅盾(刑天)、巴金(余一)、许杰、夏征农、周文(何谷天)、艾芜、草明、靳以、沈起予等。这种"速写"轻便简捷,截取作者生活印象中的某些片断,比较广泛地反映了在民族矛盾日益尖锐、阶级矛盾日益复杂的情况下广大劳动人民的苦难生活。胡风在《关于速写及其他》(《文学》1935年2月号)一文中说:"剧激变化的社会生活使作家除了创作以外还不能不随时用素描或速写来批判地记录各个角落里发生的社会现象,把具体的实在的样相(认识)传达给读者。这不是经过综合或想象作用的文艺作品,而是一种文艺性的纪事(Sketch),但它底特征是能够把变动的日常事故更迅速地更直接地反映,批判。说它是轻妙的'世态画',是很确切的。"

《文艺月报》所刊登的回忆,《太白》提倡的"速写",可以说是一种接近于报告文学的纪事性文艺。这些作品所具有的现实鼓动性和艺术感染力,促使一些原来未能深入实际斗争漩涡的作家,也拿起笔来及时迅速地反映他们所熟悉的生活。

1936年是报告文学的第一个丰收年。在这一年中,不仅群众性通讯写作持续深入发展,夏衍、宋之的等作家们也创作了一些优秀的作品,邹韬奋、范长江等名记者也有通讯名著行世,共同把新兴的通讯报告活动推向第一个高潮。

在群众性创作方面,继阿英编辑的《上海事变与报告文学》之后,梁瑞瑜又从19种刊物的"生活速写"、"生活记录"、"报告文学"、"通讯"和"日记"等专栏中,选出了1932年以来发表的52篇作品,辑为《活的记录》(1936)。此集不仅形式比《上海事变与报告文学》丰富多彩,而且反映的生活也更加深入广泛。它们的作者大都是生活在各种不同环境中的青年,他们忠实地记录了各方面的现实生活,诚如编者在《序》中所说:它在读者面前"展开一幅复杂的生活的图画"。《读书生活》社也同时汇编出版了该刊发表的通讯集《生活纪录》,按行业分为工人、农民、兵士、小贩、船夫、店员·学徒·练习生、编译·校对·教员·学生、调查员·师爷·和尚·校工、婢女、小姐等十组生活自述,涵盖面更为广泛。

茅盾等人发起的《中国的一日》征文运动,把通讯报告的群众性写作推向高潮。这次征文运动以1936年5月21日这一天为内容,不到三个月的时间,就收到三千篇以上的稿件,总计不下六百万言。这是对所有"关心着祖国的命运的而且渴要知道在这危难关头的祖国的全般真实面目的中国人"的"一个脑力的总动员"!编者从中选出五百篇,计八十万言,集成一巨册由生活书店出版。这是我国现代文学史上一个伟大的创举!茅盾在《关于编辑的经过》一文指出:这次写作成功,"使我们深刻的认识了我们民族的潜蓄的文化创造力量是有多么伟大!"这一伟大的创举一直影响着我国群众性文学活动的组织和发展。

这部作品以省市为单元(包括海外华侨和港澳同胞)分为十八编,反映了同一日期内各地不同的生活内容,构成了整个中国现实生活和现实斗争的全貌。诚如茅盾所说,在这部作品中可以认清"富有者的荒淫享乐,饥饿线上挣扎的大众,献身民族革命的志士,落后麻木的阶层,宗教迷信的猖獗,公务员的腐化,土劣的横暴,女性的被压迫,小市民知识分子的彷徨,'受难者'的痛苦及其精神上的不屈服……"还可耳闻目睹"从中国的每一个角落"发出的"悲壮的呐喊,沉痛的声诉,辛辣的诅咒,含泪的微笑,抑制着的然而沸涌的热情,醉生梦死者的呓语,宗教徒的欺骗,全无心肝者的狞笑!"总之,它构成了一部危难中的中国"奇瑰的交响乐!"使我们在这丑恶与圣洁、光明与黑暗交织的"横断面"上,"看出了乐观,看出了希望,看出了人民大众的觉醒;因为一面固然是荒淫与无耻,然而又一面是严肃的工作!"(《关于编辑的经过》)

　　写作的形式也多种多样。有速写、有素描、有故事、有日记……;作者各自采取亲身经历或见闻的片断,反映某一角落的生活内容,既亲切又活泼,真是"百花齐放"!这可以从《南京》编和《上海》编窥见一斑。表现迷信猖獗的《五·二一杂记》(萧思),写上海城隍庙里,一边是"有求必应"、"诚则灵"的木牌,一边是保安队的标语:"实行新生活,铲除旧习惯","国必自伏,而后人伏之"。两相对照,构成绝妙的讽刺。城隍庙的一副对联巧妙地揭露了社会的黑暗:"奸心、淫心、贪心、欺诈心,种种心肠,问尔如何结果?""兵劫、火劫、水劫、瘟疫劫,重重劫难,看你那里逃生?"《一位"时势英雄"》(朱惟祺),写一个县"国大"代表竞选的丑剧,揭露了国民党官场的腐败。《在乡村》(徐云霞)揭露了当官的随意役使百姓的罪行。《参观的一日》(华依纹)、《狱中计》(山风)则揭露国民党监狱的野蛮、残酷、黑暗和他们叫嚷"全国一致"抗日的虚伪性。《我所经过的五月廿一日》(黄炎培)记载四川饥荒中骇人听闻的"人吃人的消息"。作者是著名的民主人士,其文笔沉痛、恳切,令人读后油然而生忧国忧民的情思。《关饷》(敬言)叙写国民党军队克扣军饷的事实。作者是国民党军队中的"巡长",有话直说:"我知道:我那一份儿除去训练队的伙食跟别的一些乱七八糟底花样,剩下的还不够付房钱","不关饷,盼关饷,关了饷,还不是到手就光"。这说明在国民党军队中发财的是少数人,而穷困的永远是大多数!《马日》(陈子展)由九年前(即1927年5月21日)的长沙"马日事变"谈到中国政治的"多变"。其时作者正在长沙,驻军在一夜之间"包围省工会省农会,迫缴了工人纠察队农民自卫队的械"。从此"国共分家"而"宁汉合作",决定了"国民革命"的前途。作者说:"在那一年的这一日晚上,我从劈劈拍拍和淅淅沥沥合奏的声音里惊醒来,一晚不曾合眼,是谁敌谁友,谁是谁非一晚,不,一刻,一分,一秒,就可以变卦,政治上真是所谓'瞬息万变',尤其是咱们贵国的政治常常变幻得没有定准,不是像我这样的笨伯可以应付得了的。""回忆到九年前的那个'马日',

时光过得好快啊！这个世界又变了好多啊！"不写现实又句句写现实，维妙维肖地刻画出了变乱时代一个知识分子的复杂心态。

《南京》编和《上海》编的作者大多是知识分子，艺术表达能力较强；即使是普通职员或其他行业的群众，也具有较好的文化水平。至于其他各省的作品，写作水平就参差不一了。但有一点是可以肯定的，作者能够根据自身的见闻和感受，采取不同的表现形式，从而使作品显得无拘无束，活泼自由。在《中国的一日》影响下，朱作同和梅益后来主编了《上海一日》，反映1937年"三一八"到1938年"三一八"这一年间上海沦陷前后的斗争情况，字数达百万言，超过了《中国的一日》的规模。由此可见这种群众性写作热潮的迅速高涨和"一日"体例的影响。

二 夏衍等人的报告文学

除了广泛而深入的群众创作外，作家们的报告文学创作也相当活跃。1936年创刊的《光明》（洪深、沈起予主编）、《文学界》（周渊主编）、《中流》（黎烈文主编）和《夜莺》（方之中主编）等，都发表许多报告文学作品。其中，夏衍的《包身工》和《〈包身工〉余话》，宋之的的《一九三六年春在太原》，便是脍炙人口的名篇。

夏衍（1900—1995），浙江杭州人，著名的剧作家和杂文家。1931年秋后，他就陆续发表了《劳勃生路》、《两个不能遗忘的印象》和《从莫斯科到上海》等通讯报告。1935年，他冒着生命危险，花了两个多月的"夜工"，对上海东洋纱厂的"包身工"生活进行深入的调查，于1936年6月写成《包身工》发表在《光明》半月刊创刊号上。该刊编者在社评中指出："《包身工》可称在中国的报告文学上开创了新的记录。"

《包身工》将调查所得的翔实材料加以提炼，浓缩在一天内加以精心组织和巧妙穿插，显示出结构的缜密和完整。全文开头描写清晨工房内包身工猪猡般的生活场景，交代包身工的来历和特点；中间描写做工场景，展示包身工备受压榨凌辱的惨状；最后抒写作者对包身工制度的悲愤控诉。"包身工"一旦被带工老板从乡下骗到工厂，就立下"赚钱归带工者收用，生死疾病，一听天命"的卖身契，失去了人身自由和做人资格，每天都得像奴隶像猪猡像机器一样，在噪音、尘埃和湿气中做十二小时高强度的劳动,在拳头、棍棒和冷水的强制下替厂家和带工头卖命,"直到榨完了残留在她皮骨里的最后一滴血汗为止"。全文以活生生的事实揭开人间地狱的一角,综合描写包身工群体的非人生活,突出刻画"芦柴棒"的女工形象,以点带面地反映出包身工整体的悲惨命运。她"手脚像芦柴棒一般的瘦,身体像弓一般的弯,面色如死人一般的惨,咳着,喘着,淌着冷汗,还是被逼着在做工作",连"抄身婆"都怕接触她"骷髅一样"的骨头,打手踢她腿骨时也碰痛了自己的足趾,带工老板还恶狠狠地叫嚣"宁愿赔棺材,要她做到死"。这种奴隶不如的"包身工"制度是半殖民地半封建社会的怪胎,也是对二十世纪文明的亵渎!作者最后悲愤地写道:"在这千万的被饲养的中间,没有光,没有热,没有温情,没有希望,——没有法律,没有人道。这儿有的是二十世纪的烂熟了的技术,机械,体制,和对这种体制忠实地服役着的十六世纪封建制下的奴隶!""不过,黎明的到来还是没法推拒的;索洛警告美国人当心枕木下的尸骸,我也想警告某一些人,当心呻吟着的那些锭子上的冤鬼。"这篇报告突破就事论事的写法,透过包身工现象揭露资本主义与封建主义混合体制的罪恶,开创了报告文学暴露黑暗、批判现实、反映重大题材和社会问题的精神传统,同时在结构布局、场景描写、细节刻画、形象描绘和夹叙夹议上强化文学性,是真实性、新闻性、战斗性和文学性结合得较好的早期报告文学的代表作,为报告文学的发展树立了成功的范本。

  宋之的的《一九三六年春在太原》(《中流》1936 年 9 月创刊号)也是一篇独具风格的优秀作品。它新创了一种报告形式:采用"集纳新闻"的手法,把许多看似不相连贯的事情连在一起,把自己的亲身见闻和报刊新闻剪辑一处,相互映照,突破时空限制,展现了宽阔的社会图景。这种写法的长处是信息量大,但要巧妙剪辑,才能融为一体。作者精于构思,以"春被关在城外了"这句双关语起头,引出全篇的记述。城内的窒闷、恐慌与有时从野外吹来的春之新鲜温暖的气息,构成鲜明的对比,从而展开对城内社会状态和心理状态的正面描写,同时又侧面透露出红军东征胜利的信息。城内守敌越是风声鹤唳,草木皆兵,就越反映了他们外强中干的虚弱本质和红军战无不胜的巨大威力。篇末以

"我是多么的怀念春啊"的抒情语句作结,与开头相呼应。这种新颖的艺术手法,加上轻松明丽的笔调,使作品具有幽默和讽刺的意味,因而能在30年代的报告文学中独树一帜。茅盾认为宋之的写的是亲身经验,"'实生活'供给了他新的形式和技巧",比《包身工》"强了许多倍"①。

李乔的《锡是怎样炼成的》(《中流》第2卷第1期)是继《包身工》之后又一篇反映工人生活的名作。它着重揭露锡矿老板诱骗和役使大批破产农民的罪行。无情的马棒,残酷的毒打,时刻在威胁锡矿工人的生命,资本家的每块锡锭都沾着矿工们的斑斑血迹!但是矿工们并没有屈服于资本家的残酷压榨,听从"命运"的安排,他们"在老板极野蛮的种种压迫和剥削下",在忍无可忍、怒不可遏的时候,也会"秘密的联合起来",身藏快刀,砍死老板,抢走枪支,扬长而去!这便揭示了有压迫就有反抗的道理。

沙千里的长篇报告《七人之狱》(1937)记述著名的救国会"七君子"事件和他们狱中斗争的历程,揭露了国民党反动派蹂躏法权、构人以罪的罪恶伎俩,同时也表现了他们同舟共济、团结斗争的爱国精神。正如作者所说的:"六人的安危,七人的安危,也就是任何一人的安危。同患难,共甘苦,这种同舟共济的意义,推之于民族,与全国同胞,便是团结御侮的精神。"因此,他们"在危难之中处处泰然,持之弥坚",相信自己的爱国斗争必将胜利。作者是当事人之一,自己的思想交织着祖国的忧虑,因此读来感人肺腑。

总之,这些报告文学创作,在叙写"一·二八"战争中上海军民的反抗斗争之外,多方面地反映了社会现实,抨击了内外反动派勾结起来对中国人民进行残酷压迫和剥削的滔天罪行,揭示了在民族矛盾与阶级矛盾交织之下的中国人民的惨重灾难。其中的优秀之作也以艺术上的独创和自觉追求,标志着报告文学结束了依附于新闻报道和旅行通讯的历史,开始成为自觉的文学创作,步上独立发展的道路。

---

① 茅盾:《技巧问题偶感》,《中流》1936年10月第1卷第3期。

三　邹韬奋和范长江等的旅行通讯

五四时期,以报刊记者的身份从事游记和旅行记写作的不乏其人,他们的作品也带有报告文学的性质,只是当时没有"报告文学"这一名目罢了。在民族危机中,许多知识分子看清国民党当局的腐败,他们通过对国内外进行实地考察,以切身的见闻和感受报告国内外的政治、经济和社会风情的各方面情况,以促使人们思考,明辨是非,开阔眼界,寻找出路。他们这时期写的游记和旅行记,和一般作家所写的有所不同,已成为报告文学的一个分支,一个组成部分了。

旅外游记在30年代初期出现几部注重社会纪实的作品。胡愈之的《莫斯科印象记》(1931)和林克多的《苏联见闻录》(1932)这两部作品,真实地报道苏联"废除剥削制度"后社会生活的崭新面貌,驳斥帝国主义和国内反动派对苏联社会制度的诬蔑,澄清了许多人对苏联社会生活的"曲解"。《莫斯科印象记》文笔简明有力,内容充实有趣,阿英认为它"开辟了中国的小品散文的新路"①。《苏联见闻录》也写得亲切可信,"合乎人情",如鲁迅为该书作序所说的。1932年,戈公振参加"国联"对"东北问题"调查后也赴苏联考察,并写了《从东北到庶(苏)联》(1935)一书。此书不仅对苏联做了客观、真诚而热情的报道,而且表现了作者对我国民族前途的深切忧虑。他说,对苏联考察,"第一,要能无成见";"第二,要不为习惯所囿","如果不能逃出旧的环境,即难领略这新国精神的所在";"第三,要勿以一地一时或一事的情形来肯定或否定一切",否则"即难以得全般的真相"。这种实录存真的态度不仅有现实针对性,也是通讯报告所应坚持不渝的。

这时的旅外游记中,邹韬奋的影响很大。

邹韬奋(1895—1944),原籍江西余江,生于福建永安。1921年从圣约翰大学毕业后,主要从事新闻和职业教育事业。1926年主编《生活》周刊后,就以"各国通讯"专栏,发表旅外记者的大量通讯报告,并选编出版了《深刻的印象》、《游日鸟瞰》和《海外的感受》等。1933年,

---

① 阿英:《一九三一中国文坛的回顾》,《北斗》1932年1月第2卷第1期。

他参加宋庆龄、蔡元培、鲁迅等人发起组织的"中国民权保障同盟",被国民党特务列入"暗杀"名单,被迫出国对欧美和苏联进行考察学习。其间他先后写成了《萍踪寄语》初集(1934)、二集(1934)、三集(1935)和《萍踪忆语》(1937)四本书。作者以透彻的观察,精辟的见解,犀利的文笔,解剖了欧美各国和苏联的社会,比较了苏联社会主义制度和欧美各国资本主义制度的优劣,看出了资本主义社会严重的阶级对立,赞扬苏联"确实是要造成一个没有阶级的社会",表示了他对苏联社会主义制度的向往。韬奋在两年多的旅行考察和学习中,完成了由革命民主义者向共产主义者的思想转变,由中国共产党的朋友成为一个忠诚的战士。

韬奋的旅行通讯,同他的政论文一样,是大众化、通俗化的典范。他采用大众的语体文进行写作,明白晓畅,通俗易懂。他站在大众的立场,十分注意"有益",同时也注意"有趣味",并用好友促膝谈心的方式来表达思想。简洁、生动、幽默是他通讯的风格。他的通讯作品篇幅短小,以叙述为主,综合运用描写、议论和抒情,带着浓厚的幽默感。他处处让客观事物讲话,并在这基础上加以分析和评论,因此具有很强的说服力。他的作品拥有广泛的读者,在我国现代报告文学中产生过较大影响。

除旅外游记外,对内的考察游记和旅行通讯也相当发达。大革命失败后,彭雪枫(署名彭修道)写下的长篇游记《塞上琐记》(《国闻周报》1928年第5卷第9—16期),就是比较典型的作品。它不仅报道了塞上的社会风情、历史古迹,而且反映了直奉军阀战争给人民带来的灾难。作品情调深沉、抑郁,既表达了作者爱国爱民的情思,也表达了他对军阀混战的悲愤!杨刚的《绥远日简》(《大众知识》第1卷第2—3期),报道"九一八"事变东北沦陷后日寇对绥远的窥探,同时也反映西北人民遭受"旱蝗雹子"灾害的苦难生活。它还谴责反动统治者对边防地区"硬不顾惜,没有丝毫的恤心",而只顾"私人的便宜安福尊荣"的罪恶行径。字里行间洋溢着忧国忧民的爱国主义思想。

在国内旅行通讯的写作方面,范长江是首屈一指的重要作者。

范长江(1909—1970),四川内江人。1927年,投奔当时革命中心武汉,参加了学生营,又随军到南昌,编入贺龙为军长的二十军三师教导团,并参加了南昌起义。1928年考入南京中央政治学校学习,"九一八"事变后,强烈要求学校开展抗日运动,不果,愤而脱离。1930年考入北京大学哲学系,次年日军侵占山海关,他组织北大学生慰问团,奔赴前线。1935年7月,以《大公报》记者的身份,从成都出发,沿红军长征路线,开始了历时十个月、行程四千余里的长途旅行考察,写下第一次公开报道红军二万五千里长征和陕北革命根据地斗争生活的著名的报告文学集《中国的西北角》(1936)。接着,"西安事变"发生,他又马不停蹄地深入绥远、西安等地,写出了报道"西安事变"真相的《塞上行》(1937)。在此前后,他还写了大量的旅行通讯,例如1935年5—7月在《大公报》上连载的长篇《旅行通讯》、《川灾勘察记》。1937年2月,他由博古等陪同,从西安到延安,受到毛泽东的接见,并同毛泽东谈了通宵。除了斯诺之外,他是以正式记者名义进入延安的第一人。他写的《陕北之行》,打破了国民党的新闻封锁,向广大读者介绍陕北革命根据地生气勃勃的面貌,介绍共产党领袖人物和统战主张,在国内外产生了重大影响。

范长江的旅行通讯,以他新闻记者的政治敏感性,反映重大的现实政治问题,展现西南和西北地区少数民族的生活惨状,描写陕北革命根据地的新面貌,令人耳目一新。其通讯还表现了他渊博的学识。他常把有关的历史和风俗民情,交织在对现实事件的记叙之中。他的作品,无所不谈,古往今来,左右逢源,相映成趣。他不重写人,而重在记事,但他对生活的观察细致入微,因而对人的心理分析也很透彻。他的通讯,内容深广,气象恢宏,构成了独特的艺术风格。

此外,在30年代中期崭露头角的《大公报》记者萧乾,也在旅行通讯方面表现了他的写作才能。他曾受业于著名的美国记者、《西行漫记》作者爱德加·斯诺。在人生途中挣扎之际,得到过杨刚的提携。他从1933年开始给《国闻周报》和《大公报》写稿。他的通讯报告收入《小树叶》(1937)、《落日》(1937)和抗战后出版的选集《人生采访》(1947)等。他的作品"褒善贬恶,为受蹂者呼喊,向黑暗进攻",起了进步的作用;同时,他力求"把新闻文章写得有点永久性"(《人生采访·前记》)。文笔简洁、老练,文艺性强,因而使他的旅行通讯显得着实而富有文采。这时的代表作是《流民图》,它如实采写1935年鲁西大水灾难民的惨状,以逼真的场景描写和人物剪影令人关注在灾难中漂流的人民。

游记报告和旅行通讯,是随着新闻采访的盛行而发展起来的。它注重实地考察调查,反映社会风俗民情和斗争风貌,启发人们对现实斗争的认识,因而对现实斗争起了推动的作用。加以作者大都具有较高的文化素养,对现实事件发生的动因、发展的结局,有较深刻的分析和发掘,因此,它还具有史料价值。随着现实斗争和新闻事业的发展,游记报告和旅行通讯成了报告文学当中的一支强大的力量。

处于成长期的我国现代报告文学大体有三种类型,一是工农兵大众的文艺通讯;二是作家的报告文学创作(包括《太白》倡导的一些"速写");三是新闻记者的旅行通讯和游记报告。工农大众的文艺通讯的根本特色是,反映工农大众的思想感情、愿望和要求,形式短小,通俗易懂,富有浓厚的生活气息。由于作者的文化水平不高,缺乏艺术素养,作品比较粗糙。但他们的文艺通讯仍然给专业作家和新闻记者的报告文学写作以很大的启发和促进。

报告文学出自作家的手笔和出自新闻记者的手笔是不一样的,记者的作品朴实,作家的作品较为讲究文采。邹韬奋突出了记者的特色,把事件的记述与细节的描写结合起来,又力求写得通俗易懂,适合大众的口味。夏衍发挥了作家的特长,把现实的和历史的纷纭的材料,有条不紊地组织起来,立足于现实,表现了高度的艺术才能。

本时期的报告文学,不少还带有从新闻通讯和散文游记演化而来的痕迹。其实文体上的渗透交叉,艺术上的参差不齐,这是报告文学在其发展初期的必然现象。在"左联"的积极倡导下,我国的现代报告文学作者,发挥他们各自的特长,努力把大众的思想感情、真实的社会事件和适当的表现形式结合起来,把真实性、新闻性和形象性结合起来,写出一批有着深远影响的作品,相当广泛地反映了这时期惊心动魄的民族矛盾和社会矛盾。它与时代现实的血肉关联,与文艺大众化运动的密切关系,促成了它后来的更大更迅猛的发展。

第四章　芙蓉翠盖石榴红
——记叙抒情散文的兴盛

中国现代记叙抒情散文经过近十年的发展,取得了相当大的成就。散文作家在"五四"新潮的推动下,怀着认识世界的强烈愿望,热切关心着人生意义的探讨,为个人遭遇鸣不平,为国家命运抒愤懑,散文园地姹紫嫣红。大革命失败后血的教训,给散文家以极大的震撼;革命的深入,促使散文家进一步觉醒和分化。"左联"的成立,大批青年散文家的涌现,战斗性杂文的壮大,报告文学的兴起,记叙抒情散文经受时代风雨的洗礼,顺应文风的流变,越发掩映多姿。思考人生问题的作品持续发展,但倾向于世态的观照;后来有不少作家醉心于人生趣味的品尝。国外旅游散记和国内山水游记继承五四时期的传统,又带着动荡时代的印记。特别值得重视的是:一些作家直面现实,憧憬未来,不少青年作者表白孤独抑郁情绪,寻求光明出路;广泛的城乡生活惨象,则是受到普遍重视的题材。郁达夫在《〈中国新文学大系·散文二集〉导言》里说:"统观中国新文学内容变革的历程,最初是沿旧文学传统而下,不过从一角新的角度而发见了自然,同时也就发见了个人;接着便是世界潮流的尽量的吸收,结果又发见了社会。而个人终不能遗世而独立,不能餐露以养生,人与社会,原有连带的关系,人与人类,也有休戚的因依的;将这社会的责任,明白剀切地指示给中国人看的,却是五卅的当时流在帝国主义枪炮下的几位上海志士的鲜血。"社会的发现,社会责任感的普遍加强,的确是本期散文发展的居主导的新的倾向。伴随着时代主潮从个性觉醒、思想解放的启蒙运动向阶级斗争和社会革命转移和发展,第一个十年中自我表现、身边琐事的流行题材,到了

30年代逐渐让位于社会现实的描写和群众意识的表达,革命的现实主义精神在这一时期的散文创作中获得长足的进展。

第一节 人生的观照、领略与玩味

朱自清在1934年10月写的《内地描写》①一文中指出:"除了游记的一部分,过去的散文大抵以写个人的好恶为主,而以都市或学校为背景;一般所谓'身边琐事'的便是。"早期散文这种取材倾向,在周作人、冰心、朱自清诸家创作中有着明显的表现。大革命失败后,将日常人生作为写作主要对象仍呈持续发展的趋势。观照人生真义,领略人生情味,追求生活风趣,涉世较深的作家乐于此道。这些题材虽平凡琐碎,但贴近人生而易于引起感兴。他们各自凭借个人生活经验和日常见闻,驾轻就熟,反映人生世态的某些色相,体味人生的甜酸苦辣,表现自己的生活态度,于己于人都有亲切之感。由于时代的严峻,这时对于人生理致的思考和人生情味的领略,较少五四时期的理想色彩,更多现实的投影;对于人生风味的吟咏,不乏佳制,也有不少流于油滑,茶话酒谈,成为风气,鲁迅以为此类"小摆设"造成了小品文的危机。时势的动荡变化,作家思想的歧异,首先在人生题材上留下鲜明的印记。

一 观照人生世相

叶绍钧的《未厌居习作》 叶绍钧把散文写作当作绘画中的"木炭习作",一直坚持用散文"自由自在写他的经验和意想"(《未厌居习作·自序》)。他早期的散文收入《剑鞘》(与俞平伯合集)和《脚步集》。1935年又出了选集《未厌居习作》,除了选自以上二集的作品外,也编入一些新作。

阿英认为叶绍钧散文的特色是"以哲学家的头脑,宁静的心,在对一切的自然现象、人生事物,刻苦的探索人生的究竟,在每一篇小品文

---

① 刊《太白》第1卷第5期。

里，他都很深刻的指示出一个人生上的问题"①。郁达夫说："叶绍钧风格谨严，思想每把握得住现实，所以他所写的，不问是小说，是散文，都令人有脚踏实地，造次不苟的感触。"②他俩都确切地指出了叶绍钧散文执着人生现实的一贯态度。《未厌居习作》中所收的新作突出地体现了这一特色。

《牵牛花》和《天井里的种植》与他的前期作品《没有秋虫的地方》、《藕与莼菜》、《看月》等，同属于写景抒情之作，写种植花木一类生活琐事，却体察入微，平中见奇，领悟到"生之力"的沉潜和旺盛，物我生趣的默契和交融，在闲情逸致之外别有哲理意味，显示了吟味和表现日常生活的老到。《几种赠品》和《三种船》在状物叙事之中，融入了淡淡的友情和乡情。《薪工》现身说法，认为薪工阶级受人剥削，但不应吝啬心智地为社会尽力。《中年人》观察到中年后心境的变化和视野的缩小，希望自己不蹈他人旧辙。《儿子的订婚》谈论青年人的婚姻问题，提醒青年人不要把恋爱作为整个人生。《过去随谈》回顾自己走出中学后的经历，将自己的一点人生经验和创作体会贡献出来。这些日常生活感兴朴实平淡，却亲切有用，他谆谆提示人生必须执着当前的现实，做个有益于人的劳动者。

叶绍钧散文着重抒写他对日常人生的生活经验，反映出朴实谨严的思想个性，在文风上形成了自然亲切、明白如话的特色。他长期从事语文教学和编辑工作，对于文体形式、谋篇布局、语法修辞的造诣很深，因而能够得心应手地运用小品、速写、随笔、杂感、寓言故事等样式，或叙述，或描写，或抒情，或议论，或象征，或兼而有之，一本分量不多的《未厌居习作》就称得上"十八般武艺样样齐全"，可说他是一个老练的文体家。他坚持"润饰字句要以活的语言为标准，比活的语言更精粹"③的观点；他是较早注意摆脱古文腔调和欧化痕迹，致力创造纯粹、典范的白话语言的少数先行者之一。他的散文着重从现代口语里提取精华，加以锤炼规范，造成一种生动活泼、明白如话的书面语言。用字

---

① 阿英：《现代十六家小品·叶绍钧小品序》，上海光明书局1935年版。
② 郁达夫：《中国新文学大系·散文二集导言》，上海良友图书印刷公司1935年版。
③ 叶圣陶：《关于散文写作——答编者问》，《文艺知识》连丛第一集之三(1947)。

省俭,语句明白,文调自然,构成了叙述简洁、语气亲切、朗朗上口的语言美的艺术效果。郁达夫"以为一般的高中学生,要取作散文的模范,当以叶绍钧的作品最为适当"①,肯定了他在散文史上的独特贡献。

夏丏尊的《平屋杂文》 夏丏尊(1886—1946),浙江上虞人。十六岁中秀才,十七岁到上海中西书院读书,后来到日本留学,进过东京高等工业学校,未毕业就回国谋生,在春晖中学、立达学园任教。从1926年起在开明书店当编辑,主编《一般》和《中学生》杂志,编著指导中学生写作和阅读的《文章作法》等,一生为教育事业竭尽心血。文学活动方面,除了翻译《爱的教育》和几册日本小说外,仅出版过一本《平屋杂文》(1935),收入1921—1935年的作品33篇。他在《自序》里谦称:"就文字的性质看,有评论,有小说,有随笔,每种分量既少,而且都不三不四得可以,评论不像评论,小说不像小说,随笔不像随笔。近来有人新造一个杂文的名辞,把不三不四的东西叫做杂文,我觉得我的文字正配叫做杂文,所以就定了这个书名。"这里所说的"杂文",是广义的杂文,即杂体文,指的是文体驳杂、不拘一格,并非通常特指的杂感。

夏丏尊在《〈子恺漫画〉序》中认为:"艺术的生活,原是观照享乐的生活……凡为实利或成见所束缚,不能把日常生活咀嚼玩味的,都是与艺术无缘的人们。真的艺术,不限在诗里,也不限在画里,到处都有,随时可得。"基于这种认识,他主张以超脱功利观念束缚的态度来观照玩味日常生活,把日常普通生活化为艺术观照的对象,因而他的作品能在貌似平淡无味的日常生活之中咀嚼出人生情味和世态风习。在这一方面,他和友人叶绍钧、丰子恺等都是很接近的。

《幽默的叫卖声》一文突出体现了他观照日常生活的敏锐和老练。他从早晚听惯嘈杂纷乱的叫卖声中,"发现了两种幽默家",一种是卖"臭豆腐干"的,以其言行一致、名副其实的呼声讥讽着欺诈横行的现世;一种是卖报的,以其冷漠滑稽的口吻对待所谓国事要闻。"这两种叫卖声颇有幽默家的风格,前者似乎富于热情,像个矫世的君子,后者似乎鄙夷一切,像个玩世的隐士。"这种擅长体察日常现象的能力,唯

---

① 郁达夫:《中国新文学大系·散文二集导言》,上海良友图书印刷公司1935年版。

有生活阅历丰富、生活兴趣广博的人才能做到。

《猫》是他叙事抒情散文的杰作。他把自家的生活遭遇集中起来,以物系事,抚今追昔,倾诉了伤逝的一片真情。行文委婉曲折,先抑后扬,前后呼应,浑然一体,体现了一位文体家的特色。《白马湖之冬》着力描绘白马湖的寒冬情境,寒风怒号,湖水澎湃,松涛如吼,饥鼠奔窜,霜月当窗,积雪明亮,都渲染了风寒的氛围。作者身处其中,感觉丰富,听风声,感风寒,躲狂风,观雪景,以至"把自己拟诸山水画中的人物,作种种幽邈的遐想","深感到萧瑟的诗趣",创造了一个别有风味的"有我之境"。在草莱初辟、寒风怒吼之处品尝"冬的情味"而悠然自得,体现了作者投身教育、以苦为乐的精神风采。《钢铁假山》从日常生活的侧面来纪念"一·二八"上海战火,披着古董外衣的竟是敌人的杀人利器,寓沉痛于超脱之中。《灶君与财神》全面揭露城乡的破产和军人的跋扈。夏丏尊用朴素的口语化文字,在平淡的世俗生活中挖掘其现实意义,深具幽默与讽刺的情味。

丰子恺的《缘缘堂随笔》等　丰子恺(1898—1975),浙江崇德(今桐乡)石门湾人。1914至1919年在浙江第一师范学校就学,受业于李叔同和夏丏尊。毕业后,曾自费留日一年,专修西洋艺术。20年代先后在上海师范专科学校、上虞春晖中学、立达学园任教,当过开明书店的编辑,长期与夏丏尊、叶绍钧共事。他最初以"漫画"知名于世,1925年后开始在《文学周报》、《小说月报》等刊物上发表散文随笔。30年代结集出版的散文有:《缘缘堂随笔》(1931)、《中学生小品》[①]、《随笔二十篇》(1934)、《车厢社会》(1935)和《缘缘堂再笔》(1937)。他是这时期多产的有风格的散文名家。

丰子恺的散文随笔,依据题材特色和思想倾向,可约略分为四类:一是探究人生和自然的底蕴,且受佛教思想影响,带有玄思禅味,主要作品有《剪网》、《渐》、《大帐簿》、《秋》、《两个"?"》、《无常之恸》、《大人》、《家》诸篇。二是抒写童真情趣,突出表现了他的儿童本位思想和

[①] 中学生书局1932年初版;中华书局1933年版改题为《子恺小品集》,1940年又改名《甘美的回忆》出过删订本。

一颗赤子之心。这是丰子恺散文最擅长的题材,脍炙人口的名篇有《华瞻的日记》、《给我的孩子们》、《儿女》、《忆儿时》、《作父亲》和《送阿宝出黄金时代》等。三是记述自己的生活和创作经历,《子恺小品集》主要反映这方面的内容。四是发掘日常生活,玩味世态人情,如《车厢社会》、《缘缘堂再笔》中的许多作品,很能代表他散文平中见奇、洒脱风趣的基本特色。

佛理玄思和儿童崇拜是丰子恺早期散文交错展开的两个主题,是他不满现实而超越现实的两种表现。他从小就爱探究人生和自然的问题。《两个"?"》叙写他小时候的空间和时间意识的逐渐觉醒,然而这种觉醒却使他逐渐陷入不可穷究的疑问之中,所以成长以后这两个粗大的"?"照旧挂在眼前。他深受老师李叔同(弘一法师)的影响,以佛教居士的心怀,静观人生,探究佛理,超越世俗的悲欢得失而沉湎于自己的精神追求。写于1925年的《渐》,用许多常见事例来说明抽象的道理,揭示渐变的奥秘,"就是用每步相差极微极缓的方法来隐蔽时间的过去与事物的变迁的痕迹,使人误认其为恒久不变",希望人们"不为'渐'所迷,不为造物所欺,而收缩无限的时间与空间于方寸的心中",从世俗名利纷争中超脱出来,把握住渐变无常的人生法则而抵达"大人格"、"大人生"超凡脱俗、明智通达的精神境界。

儿女生活、童年时代是丰子恺散文的重点题材。《儿女》(1928)一文写道:"近来我的心为四事所占据了:天上的神明与星辰,人间的艺术与儿童,这小燕子似的一群儿女,是在人世间与我因缘最深的儿童,他们在我心中占有与神明、星辰、艺术同等的地位。"后来他在《我的漫画》(1949)一文中表明他讴歌童真的原因和用意时说:

> 我向来憧憬于儿童生活,尤其是那时,我初尝世味,看见了当时社会里的虚伪骄矜之状,觉得成人大都已失去本性,只有儿童天真烂漫,人格完整,这才是真正的"人"。于是变成了儿童崇拜者,在随笔中,漫画中,处处赞扬儿童。现在回忆当时的意识,这正是从反面诅咒成人社会的恶劣。

丰子恺"时时在儿童生活中获得感兴","玩味这种感兴,描写这种感兴",成为他当时"生活的习惯"(《谈自己的画》),也就是成了他的精神家园。他不仅在《忆儿时》、《梦痕》诸文中追怀自己的黄金时代,还写了《给我的孩子们》、《儿女》等名篇,细心体味眼前一群儿女天真活泼的童趣,甚至把自己化身为儿童,用儿童的心眼和口吻写下稚气可掬、童趣盎然的《华瞻的日记》,为儿童代笔几达乱真的地步。他讴歌儿童的天真,诚实,纯洁,健全,活泼,热情,自然,生命力旺盛,创造欲强烈,心胸宽广,人格完整,几乎把一切美好的词句都加在儿童身上,用来反衬成人社会的异化,针砭世俗的虚伪和病态,回味童真的梦痕和复归,体现了自己的人生理想。在这方面,他和冰心貌似神离,冰心着重在启发儿童"爱"的思想,丰子恺则追求人生黄金时代的生活理想。法国启蒙家憎恶现实的黑暗和虚伪,鼓吹"返回自然",明末的思想家李贽则倡导"童心说"。丰子恺的讴歌童真,同他们有近似之处,也有返璞归真、怡性矫世的良苦用心。但是,当理想和现实的矛盾日渐暴露,当一群孩子重复走着"由天真烂漫的儿童渐渐变成拘谨驯服的少男少女"的老路,在他眼前"实证地显示了人生黄金时代的幻灭"时,他也就"无心再来赞美那昙花似的儿童世界"了(《谈自己的画》)。

丰子恺散文从儿童世界转向成人社会,看到的是与儿童天国和宗教境界截然不同的现实世界。他"体验着现实生活的辛味",既深入其中又超然物外,对现实人生有独到的体察。在《车厢社会》一文中,他敏锐地发现车厢社会是人类社会的缩影,旁观玩味其中可惊可笑可悲的众生相,"可惊者,大家出同样的钱,购同样的票,明明是一律平等的乘客,为什么会演出这般不平等的状态?可笑者,那些强占坐位的人,不惜装腔,撒谎,以图一己的苟安,而后来终得舍去他的好位置。可悲者,在这乘火车的期间中,苦了那些和平谦虚的乘客,他们始终只得坐在门口的行李上,或者抱了小孩,扶了老人站在 W.C. 的门口,还要被查票者骂脱几声",对车厢社会演绎着人间社会种种不合理现象予以谴责,最后觉得"人生好比乘车,有的早上早下,有的迟上迟下,有的早上迟下,有的迟上早下,上车纷争座位,下了车各自回家。在车厢中留心保管你的车票,下车时把车票原物还他",嘲笑了人事的纷纭和世态的滑稽,而憧憬着公平合理的"车厢社会"。《邻人》、《作客者言》也是嘲讽世间习以为常的不良风气的。除了讽世之作外,他有大量的作品取材于身边琐事,"任何琐屑轻微的事物,一到他的笔端,就有一种风韵,殊不可思议。"①比如:《吃瓜子》的消闲忧思,《蝌蚪》的生活情趣,《山中避雨》尝到的"乐以致和"的切身感受,《午夜高楼》中的音乐境界,水仙花三历灾难而"生机"不灭。《手指》一文更有特色。他仔细鉴赏人们熟视无睹的五指,发现它们"实在各有不同的态姿,各具不同的性格",把对五指的观赏和对各种人生的品评有机结合起来:大拇指粗矮丑陋,但吃苦、力强,酷似农民;食指苍劲难看,却勤劳、机敏,与大拇指合作最好,好像工人;中指养尊处优,徒尸其位,犹如官吏;无名指和小拇指样子可爱,却能力最薄弱,前者如纨绔儿,后者似弱小者。作者见微知著,独具慧心,娓娓道来,逸趣横生,最后以哲理的升华和善良的心愿归结:"我觉得手指的全体,同人群的全体一样。五根手指倘能一致团结,成为一个拳头以抵抗外侮,那就根根有效用,根根有力量,不复有善恶强弱之分了。"这平中见奇、涉笔成趣的点化术委实玄妙,耐人寻思。

　　叶绍钧、夏丏尊、丰子恺三人都致力于发掘日常生活,描摹世态人情,探究人生理致。他们拓展这一领域,涉猎益广,探求愈微,别有会心,耐人寻味,反映了一批生活阅历较为丰富、情感比较冷静的作家的写作倾向。较之叶绍钧的朴实谨严,夏丏尊的委婉隽永,丰子恺散文以率真幽默、明白如话的文风见长。出自艺术家的赤子之心和敏锐感受,他总是超越实利或成见的束缚,以浓厚兴趣体察一切,善于从琐屑平凡的日常人生中发掘题材,把日常生活艺术化。日常生活在他的慧眼观照下,竟呈现出五光十色、千形万状的本相,蕴含着丰富深切、耐人寻味的人生情趣,确有他自白的特点:"泥龙竹马眼前情,琐屑平凡总不论。最喜小中能见大,还求弦外有余音。"②他的散文大多采用随笔娓语体,总是从容下笔,以笔代口,吞吐自如,得心应手,如行云流水,似家常闲话,独具一种亲切感和自然美,时露灵性的妙悟和蔼然的谐趣,在提高

---

① ［日］谷崎润一郎:《读〈缘缘堂随笔〉》,夏丏尊译,《中学生》1943年9月号。
② 丰子恺:《丰子恺画集·代自序》,上海人民美术出版社1963年版。

随笔散文的表现力和建设活泼风趣的新文风上也做出独到而突出的贡献。

俞平伯的《杂拌儿之二》和《燕郊集》 俞平伯的思想到了大革命之后一段时期有较大的变化。他看破了世情国运，感到人生无常，命运之不可抵抗；他克制着感伤惆怅的情绪，文字也变得朴拙和幽默了。他30年代出版的《杂拌儿之二》、《古槐梦遇》和《燕郊集》，其中的散文带上了人到中年的色调。

对人生问题的思考，俞平伯别是一路，但也颇有代表性。《中年》（1931）就是一篇受到重视的文章。他说："我也是关怀生死颇切的人，直到近年才渐渐淡漠起来，看看以前的文章，有些觉得已颇渺茫，有隔世之感。"随着时代的推移，青年时代的朝气减少了，好奇心淡薄了，人生也参透了。人生不过如此罢了："变来变去，看来看去，总不出这几个花头。男的爱女的，女的爱小的，小的爱糖，这是一种了。吃窝窝头的直想吃大米饭洋白面，而吃大米饭洋白面的人偏有时非吃窝窝头不行，这又是一种了。冬天生炉子，夏天扇扇子，春天困斯梦东，秋天惨惨戚戚，这又是一种了。你用机关枪打过来，我便用机关枪还敬，没有，只该先你而乌乎。……这也尽够了。总而言之，统而言之，不新鲜。"所以，顺其自然，心中平静，这是他的中年之感。

他的这种感情渗透在他的许多记叙抒情散文之中。《打橘子》（1928），那儿时的欢乐一去不可复得，留在心头的只有无可奈何的凄清之感。房子也更换了主人，打橘子的人都忙碌地赶着中年的生活，谁要听他"寻梦"的曲儿呢？《稚翠和她情人的故事》（1928），写一对小鸟的命运，稚翠不幸死了，她的情人知恋放生去了。由此作者发出了浩叹，人间命运的畸零何其悲哀，烛烬香残，人归何处呢？出笼飞去的知恋，几时再来呢？《重过西园码头》（1928）是一篇长文，借着亡友赵心余的遗稿，对人生见解作了极详尽的披露：

> 人生一世，做小孩子好像顶快活，却偏偏想它不起。最小的几年几乎全不记得，六七岁以后渺渺茫茫，自十岁以至三十岁，这一杯青春的醇醪回想起来馋涎欲滴，"好酒！好酒！"可是当时呢，狂鲸吸水，到口干杯，又像猪八戒吃人参果，囫囵吞。由你礼部堂官

说得舌敝唇焦,谁耐烦"一口一口的喝"呢。过了三十岁,即使你将来康强老寿花甲重逢,也是下坡的车子了,去得何等的即溜呵!……

这类中年之感,在俞平伯这时的文章中反复出现。这篇散文还写到赵心余所系念的老人沈彦君的死,赵心余的遗稿中说,从此以后,无论花朝月夕俊侣良朋,赏心乐事,一回头,那幻灭的影子总幽灵地如在眼前。更可悲的,文未完稿,竟尔溘然身故。这个谁也逃不过的大关,就是这么快就降临到这个不幸人的身上。

《广亡征》和《国难的娱乐》是日本帝国主义占领我国东北以后国难方殷的时候写成的,俞平伯寓沉痛于幽默。《广亡征》有这样一段话:

"以为中国没亡么?有何处是呢,不过没有亡得干净罢了,况且现在正加工加料地走着这一条路——甚至于暗中在第二条路上同时并进,这是灭种。"灭种吗?"是的,名词稍为刺眼了一点,其实也没有什么的。"神情冷淡,有如深秋。此足为先进文明之征矣,但其是否舶来,且留待史家的论定罢。

把痛心的话题出以游戏的笔墨,或许是激愤的另一种表现形态。文章结语:"乌鸦固丑,却会哀音,大雅明达,知此心也。"作者的爱国之情曲折可见。他把人生看透了,把国事也看透了。

周作人赞美俞平伯这时期散文中的"以科学常识为本,加上明净的感情与清澈的理智,调合成功的一种人生观"[①]。在上述文章中,我们所看到的是,作者对那种无可奈何的人生遭遇抱着一种超脱旷达和嘲弄的心境。随着思想的变化,带来文风的变化。前期散文的细腻、绵密、委婉、浓郁已逐渐消失了,取而代之的则是朴素、洒脱和幽默。

王统照的《听潮梦语》 王统照这时期出版的《北国之春》、《欧游散记》、《游痕》和《青纱帐》为纪游写实之作。以《听潮梦语》为总题的一组四十多则的哲理小品,发表在《文学》、《中流》等刊物上,未曾结集

---

① 周作人:《杂拌儿之二·序》,上海开明书店1932年版。

出版,因而长期被人遗忘。《听潮梦语》是他早期《片云集》抒情究理倾向的发展,他"想用很自由的体裁记述下微细的感想与完全利用想象另写成一种文字"(《青纱帐·自序》)。这种意图,后来在上海"孤岛"时期写作的《繁辞集》、《去来今》和战后写的《散文诗十章》又得到实现,可见是他散文写作长期坚持的一个重要方面。

执着现实人生,追求内心充实,批评超然、虚无或空想的人生观,是《听潮梦语》点滴感兴中贯穿始终的主题。《"此生"》便是突出一例:

对于过去依恋的情重,对于来世(用宗教上的用语)超生的希望盛,盈于彼便绌于此,密接两者间的许多点他们便不易捉得牢了。惆怅迷离于当年,现在有的是颓然之感。把虚空的未来填满了美丽的花朵,以为光在那里,善在那里,光荣的自由也在那里,当前的日子只是对付与敷衍的,不得不将就度过去,……这其间能产生力吗?信与勇敢吗?

"生"要好好的知,"生"要好好的珍重。"他生未卜此生休",多情诗人的句子有时比伟大哲人的说教有更多的启发赠与我们。

这则近二百字的感想,在批评中立论,说的虽是平凡的道理,却令人不得不再三深思。他像一位历经人间沧海的舟子那样,听人生潮音,看潮汐变化,记心中感念,沉思着人生的意义和生命的价值,解剖着人性的善恶和世俗的是非,小大不拘,点滴着笔,将自己在日常生活中领悟到的人生哲理贡献出来,不啻是一段段生活箴言。他在诗集《这时代》自序里慨叹"感触愈多愈无从写出不易爬梳的心绪,不易衬托出的时代的剧动,一切便甘心付诸沉默",就沉入知性冥想,力图捕捉住片断的零碎的思绪。

王统照的哲理散文有些纯粹是理性推演阐发之作,文字较为晦涩拗口,但大多还是能够将说理和抒情结合起来,通过意象发抒思感,臻于理致和情致的统一。《一粒沙》全文不上百字,却短小隽永,令人回味:

一粒沙藏在我的衣袋中多少年了,小心地拈出来,看不出些微的光亮,纵使放在任何生物的身上,有多重?摇摇头掷到大漠里

> 去,那些无量数世界中平添了又一个世界,走近前光在炫耀了,踏下去便多觉出这一粒沙的力量。

警辟的意念融入形象的描写,细微的事物隐寓着人生的真义,堪称"一粒沙里见世界"。

朱湘的《中书集》 朱湘(1904—1933),字子沅,原籍安徽太湖,生于湖南沅陵。其主要成就在新诗方面,散文作品有《中书集》(1934)和书信集《海外寄霓君》(1934)、《朱湘书信集》(1936)。

《中书集》第一辑为记叙抒怀之作。《梦苇的死》体味友人病中凄苦寂寞的情怀和失友的哀痛。《书》赏鉴古书的外形,想象其命运,联想到作书人、藏书人的命运,借此舒展自己与落魄文士相通的心怀,"天生得性格倔强,世俗越对他白眼,他却越有精神"。他理解和同情傲骨文士穷困潦倒的遭遇,但并不赞赏皓首穷经的生涯,提倡"不如趁着眼睛还清朗,鬓发尚未成霜,多读一读'人生'这本书罢"。《咬菜根》则从"咬得菜根,百事可作"这句古语引申出自己孤傲的人生态度:

> 我并非一个主张素食的人,但是却不反对咬菜根。据西方的植物学者的调查,中国人吃的菜根有六百种,比他们多六倍。我宁可这六百种的菜根,种种都咬到,都不肯咬一咬那名扬四海的猪尾或是那摇来乞怜的狗尾,或是那长了疮脓血也不多的耗子尾巴。

朱湘天性孤傲,愤世嫉俗,与人落落寡合,一生穷困潦倒,这种气质和心怀都真实地表现在他的散文中。他的书信,或向夫人霓君诉说衷情,或向文友推心置腹,都是情真意切、率性流露的文章。

叶永蓁的《浮生集》 郁达夫在编选《中国新文学大系·散文二集》时选入叶永蓁的《浮生》,并在《导言》中指出,"叶永蓁比较得后起,但他的那种朴实的作风,稳厚的文体,是可以代表一部分青年的坚实分子的"。叶永蓁(1908—1976),浙江乐清人,参加过大革命,写过长篇小说《小小十年》,散文创作结集为《浮生集》(1934)。

在《破碎了的梦》一文中,叶永蓁写道:

> 我自己知道,我是一个既不怎么厌世,而又不怎么乐天的人,我的生活的理想是极其平凡,极其平凡。我有时自己在想,只要自

己能遵从生命应尽的日子过了去,那我对于生命付托的责任,大概是不会算辜负吧?所以在我的"前途"中,憧憬的企求是很少有的,我没有美丽的幻梦,我不是一个喜欢做梦的人啊!

这样一个脚踏实地的现代青年,经历过大革命狂潮的振奋期,也经历过大革命退潮后的颓唐期,深受现实生活的煎熬,一直为生的问题苦恼着。他把"浮生"比作梦和水,既实在又虚无,既厌倦又留恋,在生与死的思想冲突中悟出了"人生是随着苦难而俱来","人生,也应该在黑暗中摸索着,在苦难中锻炼着,在疲乏中还须勇往直进",终于发出"要生,要生"的呼声。叶永蓁的散文总是回顾和领略少年、青年、中年各个人生时期的不同情味,反复思索人生存在的方式和意义,在人间甘苦的体验中透露出特别执着、顽强的生之意志,从日常生活中悟彻一些朴实的人生哲理。在这方面,《浮生》、《近似中年》、《心境的秋》、《坟地》诸篇值得细心品读。

《献给母亲》是一篇歌颂母爱的抒情长文。作者并不止于歌颂母爱的伟大,还请求母亲理解和激励儿子为社会奋斗:"我祈求你将你的爱使我会扩大到填平这人世间可怕的壕沟。您过去既然养育我牺牲自己,以后也请忍受着为了一切人驱我奋然地再跨入人生的深处!"他把骨肉亲情和社会责任统一起来,思想境界远远高出单纯的母爱范畴。《贫贱夫妻》是为一位好友追悼亡妻所作的吊唁文,作者对他们的夫妻生活从不了解到深受感动,领略了"贫贱夫妻百事哀"的人生情味。《旧侣》追忆几位朋友穷困潦倒、中途夭折的一生,尝到了穷、死、丧友的滋味。这些诉说亲情友谊的作品,都带有苦难时代的阴影和现实生活的重负,较之前期同类题材更具有社会性。

叶永蓁的散文擅长以抒情的笔调展开议论,能够把抽象的人生哲理融化在具体生活场景中,或从自己的生活体验中提炼出人生哲理,夹叙夹议,情理结合,耐人回味。比如《浮生》一层层地剥开人生真相,反思生之有无,是以理性魅力吸引读者去追踪其思路的。它如《近似中年》的爬山之比,《心境的秋》的秋意品味,《坟地》的象征性场景,都是突出的例证。

上述作家在政治上大多居于中间状态,他们对人生的观照,随着际遇的不同颇异其趣,有脚踏实地的,有揶揄嘲笑的,有顺其自然的,有孤傲不群的,也有知难而进的。但有一点是共同的,时局十分严酷,作者又有更多的阅历,与五四时期思考人生问题的文章不一样,他们失掉了朝气,少却了少年罗曼蒂克的气息,不想对这不可究竟的问题去强为注解,或开出药方,而是采取一种较为现实的态度,各自抒写其认为可行的处世之方。

二　领略情爱五味

冰心的《南归》　冰心自1926年归国后,因忙于课务和家事,极少写作。1930年1月,她尝到丧母的悲痛,直至次年6月才把早就蕴在心头的《南归》写了出来。这一长篇抒情散文,写出深悲极恸,极为凄婉动人。

五四时期,冰心怀着爱的理想纵情领略人生,要遍尝人生中哀乐悲欢的各趣;她与母亲的死别所带来的悲伤,却使她认识到那是"未经者理想企望的言词,过来人自欺解嘲的话语!"她在《南归》中写道:"我再不要领略人生,也更不要领略十九年一月一日之后的人生!那种心灵上惨痛,脸上含笑的生活,曾碾我成微尘,绞我为液汁。"她希望自此斩情绝爱。当然这仅仅是极度悲痛的刹那间的夸张偏激之语,实际上经历了失去母爱的痛苦后,她反而想加强母爱的张力,自觉自勉道:"我受尽了爱怜,如今正是自己爱怜他人的时候。我当永远勉励着以母亲之心为心。"她义无反顾地负起母爱的职责,"饮泣收泪,奔向母亲要我们奔向的艰苦的前途!"因此,《南归》可说是冰心早期人生探索的一个总结和转折。

《南归》是一曲母爱的悲歌,编织在母爱的网络中的还有父母、夫妇、姐弟、兄弟间的慈爱、恩爱和友爱,用这些爱构筑起中国式的理想的和睦家庭。在那巨大悲痛的死别日子里,人伦之间表现出更为浓烈的爱,他们互相体贴,互相爱护,互相支持,一家人用爱度过悲痛。其间,有不安的牵挂,有揪心的忧虑,有苟安的宽怀,有造作的欢乐,有绝望的悲痛,有回肠的解慰,叙事叮咛周至,抒情宛转曲折。她写的是大异于前的别一种情爱氛围,笔调自然从先前的清新、委婉、轻倩变为凄恻、缠绵、凝重了。

《南归》又是一帧母爱具象化的写真。她早年的母亲形象是爱的化身,慈母的典范,儿女的守护神,以情怀的温柔博大感人至深,有时不免成为她布爱的载体,形象自身的人格光彩反而消融于母爱的光圈里。侍疾丧母的炼狱,深化了冰心对母亲人格的认识。她开始注意刻画母亲的全人格,特别是从病痛死别的关节眼上显示母亲一如既往的慈爱、沉静、坚强和开通,其内涵已不是一个"爱"字所能囊括得了,还富于母性人格的典范性和感召力。这是她后来一再描写母亲的一个新的着眼点。

《南归》从最小的弟弟写起,他由上海来信说到母亲的墓上去,接着回顾前年离京赴上海探望病中母亲的情景。中间详写侍疾中的种种忧虑和希望,穿插了他们为父亲庆寿和她与弥留之际的母亲的谈话,然后写母亲的丧礼。最后以弟弟由海上漂泊归来,到京谈及他在海轮上发现母亲死讯的经过作结。倒叙开篇,首尾照应,结构极具匠心。在生离死别之中,作者及其家人感情上的重压给读者以极大的感染。行文有张有弛,悲伤中杂以庆寿的强颜欢笑,夜谈中慰情的空中楼阁,相反相成,极具抒情功力。

稍后,冰心在《寻常百姓》里续作怀母之思,在《新年试笔》、《胰皂泡》等文抒写新的希望和破灭的感触,带上了曾经沧海的练达意味。此外有《平绥沿线旅行记》等。

朱自清的《你我》 《你我》(1936)是一本记叙抒情散文和序跋文的合集,一部分是 1927 年以前的作品。其中的名篇《给亡妇》和《冬天》,深情怀念家人;《看花》、《谈抽烟》和《择偶记》,充满生活情趣。他在"无话可说"的心境中说他可说的话,情真意切,别出心裁。这几篇文章仅仅是个人生活的琐事,一己的哀乐,但也表现了极为感人的人生情味。

《给亡妇》动人所在,就是作者亲切地表现了他对妻子——作为一位典型的贤妻良母的中国旧式妇女——心性的理解。她没有多少知识,但抚子相夫、任劳任怨,她感到这是一种责任,也是一种幸福,她是旧中国贫穷知识分子的最佳伴侣。作者出以且感且愧的心情诉说撕心的往事和对她由衷的感激、内疚与思念。《冬天》描述三个值得系念的生活片断:锅里的豆腐,湖上的月色,窗子里并排着三张微笑的脸,剪接连成在寒冷中暖人心头的父恩、友谊和夫妻的爱。涸辙之鱼,相濡以沫,这种发生在穷困知识分子家里的琐屑细节,一经调理,弥觉深情蕴藉。

《择偶记》是一篇回忆性记事散文,仅记事而不抒情。写四次说亲的经过,活灵活现,曲折多姿,富于乡土风俗情味。中国的旧式婚姻就是这样偶然的人为的撮合,青年男女的命运按父母之命、媒妁之言被安排着。文章中没有说一个不字,但读完这篇富有谐趣的文章之后,读者不能不悚然地感到这种婚姻制度之必须改变。

看花、抽烟之类琐事,朱自清仍有兴趣把玩。《谈抽烟》说:"老于抽烟的人,一叼上烟,真能悠然遐想。他霎时间是个自由自在的身子","烟有好有坏,味有浓有淡,能够辨味的是内行,不择烟而抽的是大方之家"。这把抽烟的趣味写得入情入理,恰到好处。

朱自清是散文圣手,这几篇是30年代前期的作品,与《背影》一脉相承而有悼亡之哀,中年之感。这也是他提炼口语写成的佳作,叙事逼真,用笔如舌,比喻新颖而妥切。特别是《给亡妇》,对亡灵拉家常,谈心事,纯用口语,至朴至真,继《背影》、《儿女》之后抵达"谈话风"本色散文的化境。他对人生涩味的领略,他简练的白描功夫,他炉火纯青的口语美文,实在使读者百读不厌,爱不忍释。朱自清这时期还写了一批旅欧游记。

黎烈文的《崇高的母性》 黎烈文(1904—1972),湖南湘潭人。1932年从法国留学归国后,接编并改革《申报》的《自由谈》副刊,为30年代散文尤其是杂文的发展提供了重要园地。所著《崇高的母性》(1937)收1933至1936年间写的散文20篇,其中多数是系念作者亡妻的作品。《秋外套》回忆他与亡妻在巴黎热恋时的往事。这件秋外套,在寒风的夜晚给她披在身上,表明了他对她的体贴;她送还秋外套曾暗地洒了香水,这中间蕴藏着她对他的柔情。现在,一切愉快的时光已和那香水的主人一同去得遥远,"而现在又到了须再穿上那秋外套的时候了……"睹物思人,情思缠绵。

《崇高的母性》记叙他妻子怀孕、分娩到患产褥热而死亡的经过,全文充满着对母性的自我牺牲和对无私挚爱的无言赞颂。妻子发着四十一度的高烧,还在呓语中喃喃地呼唤着孩子;瞑目时眼角还挂着晶莹的泪珠。黎烈文的散文,情真意切,善于捕捉感人的细节来表达自己的心曲,同时也浮雕了人物。读着这两篇文章,温存的少女,崇高的母性,呼之欲出,给我们以强烈的印象和感染。

谢六逸的《茶话集》等　谢六逸(1898—1945),贵州贵阳人,是新闻学家和日本文学翻译家。30年代中期任复旦大学教授、新闻系主任,为《立报》编副刊《言林》,力倡"小中可以见大"的三五百字短文,所作随笔杂论亦多涉及新闻学和日本文学问题。此外也写了一些记叙抒怀的散文作品,《水沫集》(1929)内收《三味线》、《鸭绿江节》、《病·死·葬》,《茶话集》(1931)中有《摆龙门阵》、《作了父亲》,散见于《小说月报》、《宇宙风》等报刊上还有《三等车》、《家》等。这些作品体味人生情趣,出以老练、朴实的文字,属于学者的散文。《作了父亲》叙写自身家庭经验,从妻子怀孕到分娩,从女儿出生到培育;他领略了其中的甘苦酸辣,一气道来,浑然一体,流利生动,富于生活气息。作为父亲,他希望凭借自己的心力,使女儿"在精神和肉体两方面都健全地养育起来,让她做一个'自由人',做一个'勇者',经得起'社会的漩涡'的冲击"。作者人生态度的平实严肃于此可见一斑。

傅东华的《山胡桃集》　傅东华(1893—1971),浙江金华人,主要从事译述工作,业余兼写散文随笔,出版过《山胡桃集》(1935)。其中,《山胡桃》、《春与中年人》、《火龙》、《杭江之秋》、《故乡散记》、《回味》、《一九三四年试笔》、《父亲的新年》等篇章,涉及自然、社会和人生各方面生活,视野开阔,立意不俗。《杭江之秋》从行驶的火车上看取杭江秋景,化静为动,飞车换形,变幻莫测,形影闪烁,令人应接不暇,是别具一格的游记杰作。《父亲的新年》追忆旧时父亲操心年事的情景,回味一位小康家庭家长为应付年关的艰辛,筹办年事的劳碌,以及新年期间请神供祖、迎宾送客的义务和对来日不抱奢望的态度,带着一股悲怆情调。对于父亲的难处,作者直到现在才能够理解。文章娓娓道来,朴实真切而又感人至深。

庐隐等的情书 热情而富于个性的情书往往是抒情佳作,作家的情书更易令人瞩目。30 年代前期,印行了不少这类专集,有的书局还特意编选《现代名家情书选》、《女作家书信选》,用以吸引读者。自然,情书也有一些浅薄无聊之作,其中既有死呀活呀的热情,也有花呀月呀的佳句,却只是过眼烟云而已。而那些严肃的又富于文艺性的情书,不但传达了个人悲欢的心声,而且还有时代的影子。

庐隐经历了悲痛的人生惨剧之后,于 1928 年 3 月,经人介绍认识了北大学生李唯建。李同情她的不幸遭遇,开始同她进行频繁的交谈和通信。《云鸥情书集》(1931)是庐隐和李唯建 68 封来往书信的结集。

这是一个热情的青年和比他大十岁、心灵受过巨大创伤的女性的情书合集,"这一束情书,就是在挣扎中的创伤的光荣的血所染成,它代表了这一个时代的青年男女们的情感,同时充分暴露了这新时代的矛盾。"[①]习俗的压力,年龄的差别,生活境遇的悬殊,紧紧地捆住庐隐冷冻了的心。《云鸥情书集》真实地交流了他们的思想,记载了她内心解冻的过程,使她的面前有一个诱惑的美丽的幻影。"他们反复地探讨着人生的意义,感情的起伏,互相倾听着内心的感受,彼此剖析着对方的心理。有时也为了能够说服对方,而进行坦率的辩论。"[②]爱情终于征服了悲哀,粉碎了礼教习俗。《云鸥情书集》有丰富的热情与想象,谱写了爱情战胜痛苦的凯歌。

《昨夜》(1933)是白薇、杨骚的情书集。白薇(1894—1987),湖南资兴人;杨骚(1900—1957),福建漳州人。《昨夜》分"白薇之部"和"杨骚之部",记述他俩从同情到相爱而后分离的经过和缘由,他俩对待革命、恋爱和文艺三者关系的共同点和相异处,都在通信中毫无保留地反映出来。这部情书饱含着爱情的甜酸苦辣,体现出各自不同的情感个性,尤其是白薇女士的倔强性格和矛盾心理表现得相当直率、充分。

领略人生,体验亲子间、朋友间、恋人间的情愫,这是五四时期流行

[①] 王礼锡:《云鸥情书集·序》,上海神州国光社 1931 年版。
[②] 萧凤:《庐隐传》,北京师范大学出版社 1982 年版。

的题材。大革命失败后,社会矛盾十分尖锐,许多作家意识到"这个时代,'身边琐事'说来到底无谓"①,因而这类文章相对地减少了。但是,由于时代的苦闷和生活的艰难,品尝人生情味,发泄衷情,以抒抑郁,还是一些作者难以忘怀的题材。随着作者入世渐深,这类作品也在寻味温情的慰藉中渗透着现实人生酸辛多于甘美的况味。

三　玩味生活情趣

在国难当头、社会矛盾尖锐的 30 年代,有些人避开现实,把小品文当作消遣解闷的玩意,促成闲适幽默小品的风行。林语堂、周作人、刘半农、俞平伯等都有所制作;邵洵美、徐訏、老向、予且、沈启无、康嗣群等人起而回应;影响所及,章克标、章衣萍、马国亮、叶灵凤、昧橄、林微音等也急起推波助澜。《论语》、《人间世》、《宇宙风》是发表这类文章的专门园地,还有《西风》、《谈风》、《文饭小品》、《天地人》等同气相求,大有风行一时之势,拓展了散文小品的发展天地。

郁达夫为《中国新文学大系·散文二集》写的《导言》,指出了幽默的利弊得失:

> 总之,在现代的中国散文里,加上一点幽默味,使散文可以免去板滞的毛病,使读者可以得一个发泄的机会,原是很可欣喜的事情。不过这幽默要使它同时含有破坏而兼建设的意味,要使它有左右社会的力量,才有将来的希望;否则空空洞洞,毫无目的,同小丑的登台,结果使观众于一笑之后,难免得不感到一种无聊的回味,那才是绝路。

郁达夫所分析的两种幽默倾向,在 30 年代散文界是客观存在的事实,所预示的两种前途,也为后来的发展所证实。《论语》等杂志上的幽默文章,也有上述的分野,但总的看来还是以后者为多。

在《论语》、《人间世》、《宇宙风》等提倡"闲适"、"幽默"的刊物上,大多是杂文和随笔一类文字。除了前述周作人、林语堂、俞平伯诸家

---

① 朱自清:《欧游杂记·序》,上海开明书店 1934 年版。

外,记叙抒情散文方面,文学价值较高的有老舍、郁达夫、丰子恺、吴秋山等的作品;带有絮语散文风味的,则是马国亮、味橄、老向、徐讦等玩味人生、讲究趣味的文章。

老舍的幽默小品　老舍(1899—1966),满族人,生于北京,是现代著名作家。他在30年代为《论语》、《宇宙风》等刊物写过不少幽默小品,曾结集出版过《老舍幽默诗文集》(1934),湖南人民出版社还专门编辑出版了《老舍幽默文集》(1982)。

老舍认为:幽默"首要的是一种心态","是一视同仁的好笑的心态","嬉皮笑脸并非幽默;和颜悦色,心宽气朗,才是幽默。一个幽默写家对于世事,如入异国观光,事事有趣。他指出世人的愚笨可怜,也指出那可爱的小古怪地点",不仅会笑别人,而且还能笑自己,"笑里带着同情,而幽默乃通于深奥"。① 这时,他的幽默文写作确是以理解、同情、宽厚的心态来观照大千世界中种种可笑可叹的人情世事的;较之讽刺文的辛辣犀利,他显得温厚宽容;较之一些低级幽默文章的油腔滑调,他又自有一片同情心和正义感,既引人发笑又能使人自省,具有"笑的哲人"的态度。比如:《买彩票》描写小市民抓会赌彩时的可笑之处,头彩的诱惑,集股合作的郑重其事,买票时的迷信,开彩前的梦想和不安,得不到奖钱的痛惜和争吵,把小市民的自私自利、迷信愚昧、狭隘庸俗的落后心理暴露无遗,取得了挖苦、嘲笑的效果。《讨论》不动声色地描写阔老爷和仆人讨论逃难的问题,在一问一答、前后矛盾的言谈举止中,刻画了阔老爷贪生怕死、随时准备张挂顺民旗的丑态,让他出尔反尔、自打嘴巴,幽默之中带有讽刺。《我的理想家庭》是对现实生活的一种自嘲,指出:"人生的矛盾可笑即在于此,年轻力壮,力求事事出轨,决不甘作火车;及至中年,心理的,生理的,种种理的什么什么,都使他不但非作火车不可,且作货车焉。把当初与现在一比较,判若两人,足够自己笑半天的!"这说明人生现实和理想的距离越来越远,理想家庭也只能说说而已。老舍的幽默文涉及面甚广,大至民生疾苦、时政弊端,小至日常琐事、花草鸟兽,或大题小做,或小题大做,庄谐杂出,

---

① 老舍:《谈幽默》,《宇宙风》1936年8月第23期。

在谐笑声中隐含警戒讽世意味,在幽默风趣中仍带有一定的思想锋芒。

老舍对他所领略过的风土人情有很深切的吟味力。他能看到人家习见而无动于衷的东西,能写出人家看到而写不出的文字,他的文章别有会心,出之以幽默的笔调,极其隽永而有味。如《想北平》(1936),他写道:"真愿成为诗人,把一切好听好看的字都浸在自己的心血里,像杜鹃似的啼出北京的俊伟,啊!我不是诗人!我将永远道不出我的爱,一种像由音乐与图画所引起的爱。"但他到底还是道出了个中三昧:"北平也有热闹的地方,但是它和太极拳相似,动中有静","北平在人为中显出自然","我却喜爱北平的花多菜多果子多","包着纸的美国橘子遇着北平带霜儿的玉李还不愧杀!"这类语言是很有味道的,自然亲切而又有风趣,道出了老北京平民百姓的心声。

老舍在散文语言方面运用和提炼北京口语,用词造句没有洋腔。其富于京味的大众化的文学语言,加上他语言幽默诙谐的格调,很有个性。也正因此,老舍被世人尊为语言大师。在散文语言的口语化方面,老舍的贡献是不亚于朱自清的。

郁达夫、丰子恺等也在《论语》、《宇宙风》等刊物上发表一些带有幽默感和消闲趣味的小品散文,和老舍的幽默文同调。他们这一方面的成功作品为现代散文增添了几分谐趣美。

吴秋山的《茶墅小品》 吴秋山(1907—1984),福建诏安人。著有《茶墅小品》(1937),"大抵是对于日常生活上有点感触,便托于即兴之笔写下来的。"(《茶墅小品·自序》)谢六逸为之作序,说:"秋山的小品文,静雅冲淡如其为人,对平凡的事物,观察得很精细。"他忙里偷闲,品茶谈天,领略一些生活趣味。《谈茶》闲话茶树知识、茶叶种类以及品茶趣味,最后点明自己喝茶的意味和日本的"茶道"相同,"意指在这苦难的有缺陷的现世里,享乐一点乐趣,使日常生活不致毫无意味",这自然是一种雅而不俗的"正当的娱乐"。他的散文漫谈知识,征引典故,闲话家常,从容玩味,观察入微,比喻妥切,富于知性和情趣,品读之余,确有悠然尘外之感。请看这一段:

> ……自起窑炉,取晒干了的蔗草与炭心,砌入垆里燃烧。再把盛满清泉的"玉丝锅",放在垆上。等水开时,先把空壶涤热,然后

装入茶叶,慢慢地把开水冲下,盖去壶口的沫,再倒水于壶盖上和瓯里,轮转地洗好了瓷瓯之后,茶即注之。色如鞡鞠,烟似轻岚,芳冽的味儿,隐隐的沁入心脾。在薄寒的夜里,或微雨的窗前,同两三昵友,徐徐共啜,并吃些蜜饯和清淡的茶食,随随便便谈些琐屑闲话,真是陶情惬意,这时什么尘氛俗虑,都付诸九霄云外了。前人诗云:"寒夜客来茶当酒,竹炉汤沸火初红。"这种情味,到了亲自尝到时,才深深地觉得它的妙处呢。

这种吟味生活的功夫,从容洒脱的文调,使明季小品的流风余韵在此可见一斑。而被无限的烦忧所纠缠的软弱知识分子,也只能在这种雅致冲淡的生活情趣中偷得一时的解脱。当然,忧愤还是难免的,在《蟋蟀》中作者就写道:"正如中国的军阀,只能互相争斗,不能共御外侮,同样的引为遗憾!于是我们不再让蟋蟀去阋墙相斗了。"由此,我们便可得出这样的认识,所谓寄沉痛于悠闲的作品,只要它不是低级趣味和油腔滑调,我们不应该一味抹杀。

马国亮的《偷闲小品》等 马国亮(1908—2002),广东顺德人。由上海良友图书印刷公司出版过好几个散文集:《昨夜之歌》(1929)、《生活的味精》(1931)、《回忆》(1932)、《给女人们》(1932)、《再给女人们》(1933)、《偷闲小品》(1935)等。早期散文歌咏相爱的满足,失恋的痛苦,一任自己的浪漫感情东奔西突,基调感伤,又带有一些香艳气息。从抒发个人得失发展到注意都市情形和小市民生活,视野有所开阔,但浮光掠影,追求趣味,未能深刻反映都市问题。《给女人们》、《再给女人们》津津乐道于女性日常琐屑,某些片断对女性的心理剖析入微,但总的看来重于趣味性。《偷闲小品》,其中从《生活的味精》中重新收入的《烟》、《茶》、《糖》、《酒》、《咖啡》诸章,对生活琐事体察入微,倡导"生活的艺术",把散文小品也当作"生活的味精"了。

味橄的《流外集》等 味橄(1903—1990),原名钱歌川,湖南湘潭人。这时期著有《北平夜话》(1935)、《詹詹集》(1935)、《流外集》(1936)三本随笔集,均由中华书局出版。《北平夜话》采用"絮语游踪"(《北平夜话·献呈之辞》)的闲话体裁,抒写北平故都的人情风物,写自己对当时北平的印象和感觉,在娓娓闲谈中充满了知识和趣味。

《詹詹集》、《流外集》专道"人所不屑道者",自称为闲人而作,"不计工拙,不避俚俗,不拘品格,不法古人"(《流外集·小引》),闲谈絮语,诙谐风趣,颇有英国随笔的韵味。如《吸烟闲话》,说起"吸烟的艺术,不在如何吸进去,而在如何喷出来。善于吸烟的人,可以随心所欲地喷出许多形象。在他那种意造之中,自然包含着一个神秘的世界,那是不吸烟的人,怎也想象不到的",这和马国亮吸烟品茗一类文字相仿佛。他说:"人生在世果为何?还不是有时骂骂人家,有时给人家骂骂。"(《也是人生》)看透世情,幽默得可以。味橄散文随意自然,诙谐有趣,轻松活泼,可说是典型的絮语散文。

西方史家布克哈特在《意大利文艺复兴时期的文化》一书中,把人文主义作家对于人类日常生活的描写看作文艺复兴时期关于人的发现的思想的一项内容①。唯有发现和肯定人的存在与价值,才会留心于人生世俗的体察和描写,才不会对自身周围到处存在的日常生活熟视无睹。这种带有规律性的文学现象,也在我国文学发生历史性重大变革的五四时期的散文中出现了,而且形成了思考人生问题、体验人生情味的写作潮流。本时期的一些作家,虽然意识到自己处在大时代里,但对社会的敏感问题感到无话可说,有话说不出,或有话无处说,于是他们仍然乐于把普通、平凡、琐屑的生活取来思考、品味。这类题材与日常生活关系密切,也是人们所乐见的,"五四"以来许多脍炙人口的名篇,至今还广为流传,就是明证。

这类题材所写的大多属于身边琐事,其中仍有时代的影子,可以看出这个时代赋予了日常生活题材以新的风味。其一,许多作家感觉到自己在尖锐矛盾的社会中无能为力,在抒写亲情时敢于袒露真心,对世态则往往采取比较超脱的旁观态度。其二,是幽默味的增加。"近来的散文中幽默分子的加多,是因为政治上高压的结果。"郁达夫在《〈中国新文学大系·散文二集〉导言》中对此有详尽的分析。夏丏尊、丰子

---

① 参见《意大利文艺复兴时期的文化》第八章《生活动态的描写》,[瑞士]雅各布·布克哈特著,何新译,商务印书馆1979年版。

恺、郁达夫、老舍、俞平伯等人,多有令人忍俊不禁的笔墨。游戏人间,油腔滑调,只能走向没落之途;发哲理于秋毫,化平淡为隽永,则为读者所喜闻。郁达夫说:"所以散文的中间,来一点幽默的加味,当然是中国上下层民众所一致欢迎的事情。"情况确实是这样的。

这类散文要写得出色当行,则要凭借作家生活体验的深广和人格修养的丰厚。老于世情的人才善于观照人生;富于真情的人才善于领略人生;宽容超脱的人才善于认真严肃地玩味人生。

第二节　海外旅游散记和国内山水游记

五四时期的记游作品形成了两大分支:一是采风访俗、了解社会的旅行记;一是写景抒怀、发现自然的山水游记。到了20年代末期,特别是30年代前期,旅行记中有一些与新闻性、政治性紧密结合,汇入报告文学的新体;另一些则仍保留着它介绍风土人情、文化设施的特点,它与山水游记一样,成为散文家喜爱的文艺体裁。

大革命失败后,一些作家避地旅居海外,进行考察、游览和学习,他们与五四时期的旅行记略有不同,大多绕开政治性较强的社会现象,着眼于文化艺术方面;另一些作家寄情自然,畅游名山大川。这样不但可以避免现实的纷扰,获得解脱和慰藉,还可以增进新知,开拓眼界。时代环境的作用,促进了海外旅游杂记和国内山水游记的进一步发达。从郑振铎等为《文学周报》主持"Athos 号专栏"开始,乘桴浮海之集陆续问世,郁达夫等浪迹山水之间,怡情丘壑名篇散见报刊。作家着意于异国文化风习的考察和古国奇山秀水的陶写,形成了本时期散文的一种别具意味的写作倾向。

一　海外旅游散记

郑振铎的《海燕》和《欧行日记》　郑振铎在大革命期间,积极参加上海工人三次起义时的市民代表会议,大革命失败后,即1927年5月,避祸出国,有欧洲之行。"我不忍离中国而去,更不忍在这大时代中放弃每人应做的工作而去,抛弃了许多勇士们在后面,他们是正用他们的血建造着新的中国,正在以纯挚的热诚,争斗着,奋击着,我这样不负责任地离开了中国,我真是一个罪人!"(《海燕·离别》)他怀着负疚的心情出国,但也带有他的希望,"至少:(一)多读些英国名著,(二)因了各处图书馆搜索阅读中国书,可以在中国文学的研究上有些发现。"(《欧行日记·五月二十一日》)这就使他的国外旅游散记具有情感上和内容上的一些特色。

《海燕》(1932)是记叙抒情散文集,《欧行日记》(1934)是旅行日记。二者以不同的形式,表达了作者这次欧游中的真情实感。《海燕》行文真率质朴,抒情委婉,写景明丽。如《离别》,真实细腻地抒写惜别祖国和亲友之际的感情冲突,把心中的热爱和憎恨,痛苦和追求,热烈纯真的爱国感情和委婉缠绵的别愁离绪,坦白无饰地倾吐出来。又如《海燕》,在春光明媚、燕子归家的优美画面里,深蕴着作者离家后的乡愁;在海阔天高、海燕斜掠的壮丽景象中,寄托着他将像海燕般生活的情怀。在这里,燕子的形象,已成为主客观统一的形象。此类篇章,情景交融,撩人神思,带有浓郁的文艺色彩。

《欧行日记》所发表的仅有原稿的四分之三,其余不幸散失了。原为写给他夫人看的,故略有些生活琐事和儿女相思之语,但总的是朴素的旅途和参观的纪实,但也不时地流露着他的爱国血性。他在巴黎参观了不少文化设施,如展览会、博物馆、图书馆,因而对艺术品和小说戏剧藏本记载甚详,表现了他专业的本色。为了便于比较几位学者作家的欧行散记,以下我们想各引一段记叙绘画的文字以资比较。郑振铎《欧行日记》(八月廿一日)写他参观恩纳博物馆看到一幅作品时写道:

> 然而最使我惊诧的,还是那幅想象的头部《Fabiola》,这是一个贞静少女的头部,发上覆着鲜红欲滴的头巾,全画是说不出的那样的秀美可爱,但那幅画却是复制的印片,在洛夫,在卢森堡,在别的博物院的门口,卖画片目录的摊柜上,都有得出卖,有的大张,有的小张,而价钱却都很贵。我真喜欢这一张画,我渴想见一见这张原画。但我在洛夫找,在卢森堡找,都没有找到。我心里永远牵念着她。这便是这幅画,使我今天在四个要去的地方中,先拣出恩纳博物院第一个去看,而这个博物院却是最远的一个。我想,这幅

《Fabiola》一定是在这里面的。果然,她没有被移到别的地方去,她没有被私人购去,她是在这个博物院的壁上!呵,我真是高兴,如拾到一件久已失落掉而时时记起来便惋惜不已的东西时一样的高兴。

显然,这是一位文艺史学家和收藏家的参观记,他对艺术品是那样的熟悉,那样的深情,那样朴实地详记他的一睹真品的不倦追寻。

郑振铎归国后,于1934年7—9月间应邀旅行西北而写下的《西行书简》(1936),在选材和叙写方面也带有学人特色。他记旅途见闻思感,对游览地的历史沿革、文物古迹和风土民俗大感兴趣,整部《西行书简》就给沿途的历史文化遗迹以突出的地位。他在记述中抒情、议论,以实地考察作为凭借,显得扎实严谨。像《云冈》夹叙夹议,点面交错,将纵横数里、佛窟上百的云冈胜地井然有序地呈现在人们的眼前,在叙事状物、议论抒情和篇章结构方面显示了自己的功力和气魄。他还留意采写民间疾苦和社会问题,如果把《西行书简》中所涉及的工厂、农场、市集、捐税、水利、教育、庙宇等综合起来,便能呈现出一幅较为完整的西北社会的图景。

王统照的《欧游散记》 1934年,王统照的长篇小说《山雨》被政府查禁,他被迫离开上海,自费赴欧考察,他的《欧游散记》(1939)记载的便是这次考察中的旅途生活、英伦见闻和荷兰风光。他在《后记》中说:他"择要记述"的是资本主义世界的社会问题,"至于琐屑纪程,食宿游览,一般风习,作者已多,故少缀及"。在《失业者之歌》中,一个二十年前为祖国驱驰战场的"壮士",却沦为乞食者,作者由此而告诫人们:"不要为他们的眩耀的城市外表蒙蔽了你的观察,更不要只看见那些丰富、整齐的装扮而忘了在绅士、淑女、商贾、流氓……脚下有另一样的人群。"这种不为资本主义国家的表面繁荣所迷惑的识见,使他的《欧行散记》能够正确地反映资本主义社会的阶级对立、贫富悬殊和矛盾百出的复杂现象,说明了作者对社会现实的观察和认识的深入。

值得注意的另一方面,那就是作者对自然风光和艺术品的欣赏力和表现力。且看他对荷兰里解克斯博物馆中绘画的描写:

> 不止是以建筑著名的,它保存了许多十七世纪的荷兰绘画,在全世界中没有其他地方比在这里能够看到这么多的荷兰画。荷兰,这低下的国家在世界绘画史上她有永久的辉光。不是一味热情祈求理想的现实与尊崇灵感的意大利画,也不是以严重雄伟见长的日耳曼画,她有她特殊的地理环境,晴朗而多变化的天空,大海,飞雪,阴郁的田野,到处灌注的河流,牧歌的沉醉与风车的静响,杂花如带围绕着的农村,牧舍,杨柳垂拂的沟渠,不沉郁也不粗犷,不狂热也不冷酷,就在这样天时与地利中造成他们独有的艺术性。荷兰的肖像画和风景画挣在各国的画廊里,如果是一个有研究的鉴赏者不用看下列的名字,从用色,取光,神采与趣味上一望便易断定她是荷兰人的作品。

这确是一位有素养的鉴赏家的参观记,博识精鉴融为一体,加以他清丽的文字,使他的散记保持着引人的魅力。

　　朱自清的《欧游杂记》和《伦敦杂记》　大革命失败后,朱自清以《论无话可说》和《那里走》二文表现时代激荡下一个知识分子的苦衷:"我既不能参加革命或反革命,总得找一个依据,才可姑作安心地过日子。我是想找一件事,钻了进去,消磨了这一生。我终于在国学里找着了一个题目,开始像小儿的学步。这正是望'死路'上走;但我乐意这么走,也就没有法子。"此后一段时间内,他躲进书斋,过着学者生活。1931至1932年,朱自清留学英国,并漫游欧陆,以这次欧游经历为题材写作出版了两本游记:《欧游杂记》(1934)和《伦敦杂记》(1943)。

　　《欧游杂记》记述他在意大利、瑞士、德国、荷兰和法国的参观游程,以描摹著名的建筑和绘画著称。在《欧游杂记·序》中,朱自清说:"书中各篇以记述景物为主,极少说到自己的地方。这是有意避免的:一则自己外行,何必放言高论;二则这个时代,'身边琐事'到底无谓。"《伦敦杂记》,以记载文化生活和社会风习为主,他在序文里说:"写这些篇杂记时,我还是抱着写《欧游杂记》的态度,就是避免'我'的出现。"以客观记述为主,极少主观抒怀,把各国的美好风光和文化艺术忠实地记述和逼真地描绘出来,这是朱自清欧洲游记的共同特色。这些游记侧重记述欧陆名胜之地的"美术风景古迹",带有学者的"目游"

特色。由于"用意是在写些游记给中学生看",因此,这些篇章对于扩大青少年读者的视野,增进他们的知识很有帮助。"记述时可也费了一些心在文字上:觉得'是'字句,'有'字句,'在'字句安排最难。……想方法省略那三个讨厌的字。"(《欧游杂记·序》)他对景物和艺术品的形状、色调、风致,真是极妍尽态,遣词造句的功夫达到炉火纯青的地步。这里引录他在巴黎卢浮宫参观《胜利女神像》雕塑的一段文章为例:

> 女神站在冲波而进的船头上,吹着一支喇叭。但是现在头和手都没有了,剩下翅膀与身子。这座像是还原的。……衣裳雕得最好;那是一件薄薄的软软的衣裳,光影的准确,衣褶的精细流动;加上那下半截儿被风吹得好像弗弗有声,上半截儿却紧紧地贴着身子,很有趣地对照着。因为衣裳雕得好,才显出那筋肉的力量;那身子在摇晃着,在挺进着,一团胜利的喜悦的劲儿。还有,海风呼呼地吹着,船尖儿嗤嗤地响着,将一片碧波分成两条长长的白道儿。

这段对于雕像身子的描摹真是精细极了,生动极了,活灵活现如在眼前,那亲切的、自然的、绘声绘影的口语,确有一种诱人的风采。较之他早期散文的抒情功夫,他的描摹功夫也毫不逊色。

朱自清说自己对于欧洲美术风景古迹是外行,但我们阅读《欧游杂记》和《伦敦杂记》两书,"不难看到他对西欧文化的热心了解和细致考察"①。凭他的忠实记录和描写,凭他敏锐的感受力和准确生动的表现力,令人感到逼真活脱,亲切有味。

李健吾的《意大利游简》 李健吾(1906—1982),曾用笔名刘西渭,山西安邑人。青少年时代在北京读书,1930年毕业于清华大学西洋文学系。1931年留学法国,游历过意大利,著有《意大利游简》(1936)。和朱自清"避免'我'的出现"的写作态度接近,这本游记也"把自我藏起来","用理智驾驭我的感情",把"原本一迭一迭的情书",力自删削成"一部意大利文艺复兴的绘画小史"(《意大利游简·

---

① 朱乔森:《〈欧游杂记〉重版后记》,《欧游杂记》,生活·读书·新知三联书店1983年版。

前言》）。他称这次游历是一种"知识的游历"，精神上从意大利文艺复兴时期绘画雕塑珍品中"受了无限高贵的滋润"（《意大利游简·翡冷翠》）。以艺术鉴赏家的眼光选择游记题材，以自由方便的日记、书简的形式记游述感，从而将意大利文艺复兴时期的神采和成就介绍给中国读者，是《意大利游简》的写作特色。比如《翡冷翠·七月二十三夕》中，他对米开朗基罗和波提切利两位画家的圣画的比较鉴赏，就充分体现了一位艺术家的创造性发挥和鉴赏家的艺术敏感：

> 从两个人的画幅上，我们可以同样感到他们内在生活的丰富、变化和冲突。然而任情于一己的理想，具有思维者的忧郁的，却更是鲍蒂切黎。他的杰作，几乎全在这里，整整占了一屋半。米开郎吉罗抓住了力，原始而挣扎的创造力；鲍蒂切黎却是人生的意义，深入而悲隽的理想。所有他的圣母全具有一种不可言喻的悲哀，一方面女性坠着她，一方面上帝却赋予她过分沉重的使命——生育耶稣；耶稣分量太重了，虽然是一个婴孩，也大有堕出怀抱的可能，又仿佛她是一个平常的妇女，难以了解她伟大的儿子，同时她非不欲超升天堂，无奈富有人类的同情。同时她也因之格外令人动情，格外占有我们的回忆。别人的圣母可爱，仿佛一个无思无惑的美女，独有他的圣母常有一种难言之隐。天使向她宣告她的使命，她听了好像有些畏惧，出乎不意，简直有意推拒，于是那种不得已而拜命的情态，便是天使也因之而起了哀戚。

这些细致的鉴赏、丰富的想象、精确的描写，简直把圣画写活了，这是他用散文艺术对绘画艺术进行再创造的巨大成功。他这种创造性的鉴赏、印象性的批评，在他以刘西渭笔名发表的《咀华集》文艺随笔中也有突出表现。

前引四家对艺术珍品的描述，郑振铎以虚出实，表现学人寻见真品的快慰；王统照精于鉴别，寻味出画面里的风土民情；朱自清细磨细琢，绘声绘影，不愧为写真里手；李健吾心有灵犀，感通幽玄，发掘到深邃的画意天机。各擅其长，但都为艺术而迷醉，带有朝圣受洗、明心淑性的成效。这种文化游历和精神润泽，对作者与读者都是受益无穷的。

刘思慕的《欧游漫忆》 刘思慕(1904—1985),常用笔名小默,广东新会人。20年代初曾在广州岭南大学攻读文科,大革命时期到莫斯科中山大学留学过。1932年留学德国和奥地利,次年回国。他以这次游学经历写了《欧游漫忆》(1935)。1936年受到国民党当局通缉,逃亡日本,抗战爆发后回国,《樱花和梅雨》(1940)取材于这次避难生活。

刘思慕的游记和朱自清、李健吾的写作态度略有不同。他以游人的眼光摄取风景名胜,随着游踪展现各地的风物人事,抒写自己的观感和发现,"我"字无时不有,无处不在。他也到过威尼斯,他把自己印象最深的观感写成《威匿思底水和"水"》,突出威尼斯水城的烟水、桥和游艇,以及"水国"孕育的"水"一样的威尼斯美人,毫不掩饰自己的惊喜、赞赏和别绪。如结尾一段:

> 别了,威匿思!在风雨中别了!我在威城只过了一宿,也没有作过幽奇的梦;我只走马看花般匆匆把威城看了几眼,连有名的游艇我也没有坐过,更谈不到浪漫的艳遇了。但是,威匿思之游没有使我失望,而且我还有意外的收获,那便是水以外的"水"之瞻礼。然而水的美只有音乐可能描摹一二,"水"底美之赞颂恐怕更在音乐的能力以外遑论文字……

可见他是把异国风情作为美的欣赏对象而刻意渲染的,这正是他以一个游历家的生活情趣品赏风景的必然结果。

《暴风雨前夜的柏林》体现了刘思慕游记的另一面特色。它反映的是当时德国政治风云的变幻:国会选举中的党派之争,纳粹党徒的嚣张气焰,下层人民的友好态度,共产党人的革命活动……将希特勒上台前夕柏林的复杂、紧张和矛盾的状态勾描出来,真令人惊心动魄。他注意反映国外社会政治动态,和他这时期转向社会科学研究有关。刘思慕早先写过新诗,推崇济慈、泰戈尔、波德莱尔、洛塞谛、阿伦·坡等近现代诗人,带有忧郁诗人气息。后来受苏联文学影响,"从唯美、颓废的梦中醒过来","转向于社会科学方面",因而写作路子随之扩大。[①]

[①] 小默:《我对于文学的理解与经验》,见《我与文学》,上海生活书店1934年版。

《欧游漫忆》正是这一转变时期的产物,因而带有转变期既流连光景又捕捉风云的特点。随后的《樱花和梅雨》、《东京随笔》一组写于抗战前夕,《东游漫忆》一组刊于抗战初期的《文艺阵地》,就以针砭日本畸形社会和病态心理为主,而兼写国难和乡愁,着眼点已和他作为国际问题专家趋于一致。

陈学昭的《忆巴黎》 1927年5月,陈学昭与郑振铎同船赴法国留学。《忆巴黎》(1929)是她两度去巴黎的旅途生活和旅法见闻的结集。她说:"巴黎的那样热闹与混浊是我所不喜欢的,但我所喜欢的是那文化与艺术!"①然而《忆巴黎》却并非像郑振铎、王统照、朱自清等的游记那样热心于介绍描摹那惊人的文化建筑艺术,洋溢于文章中的是祖国命运的萦怀,浓重乡愁的流洒,漂泊运命的感叹,巴黎明媚风光和师友情谊的描述,以及外国男女的种种可亲、可惊、可憎的仪态。她的主观思想感情的流露成了这些文章的中心。作者这时已经是一位具有进步思想和远大理想的女性,她与坎坷的命运和流言作不倦的抗争,她的旅行散记和早期漂泊记的笔调是一致的,充满着缱绻的情思,鸣奏着她压抑的惶惑的心曲。如《忆巴黎·一》:

> 回到中国了,天哪!回到中国了!一路着中国的土地,嗅着中国的气息,看到一切一切中国的事物,依然是紧张,忙乱,扰动,像我故乡那腐臭了的糟酱,虽然是蒙着一重洁白的丝棉!
>
> 中国是丝毫也没有变啊!我可爱的巴黎,巴黎的友人们呀!有用了你们设想情爱者的那样的美妙的心来忆念它么?柔荡的波,青青的山,黄叶也在飘落了,还是那同样的天空似的,迷漫着淡白的薄云,然而,温情呵,可是跟着我一起来了?!

文章的感情色彩强烈,国事、家事、天下事,交织在她的胸中,各式各样的人,各处各地的景,各种各件的事,带着作者的感情色调奔赴笔下。《旅法通信》、《东归小志》、《忆巴黎》、《西行日记》等一系列旅行散记,使我们看到了五光十色的海外人事景物,也看到了一个与悲凉人生搏

---

① 陈学昭:《海天寸心·东归小志》,浙江人民出版社1981年版。

斗的倔强女性的灵魂。

庐隐的《东京小品》 1930年,庐隐与李唯建一起东渡日本,开始了她的新生活。新作《东京小品》(1935)是一部散文、短篇小说和杂文的合集,其中的散文描绘当时日本的风光名胜、社会风习,特别是日本妇女的善良友爱和她们的痛苦屈辱。而这些散文又以作者细腻传情的笔墨在旅外散记中显示了独标一格的特色。

抒情原是庐隐所长,早期的悲苦已为当时的幸福冲淡了,但追怀往昔,仍然无限辛酸。但毕竟已跨进了30年代,她的散文也突破个人的身世之感,回响着时代的足音。如《夏之歌颂》:

> 二十世纪的人类,正度着夏天的生活——纵然有少数阶级,他们是超越自然,而过着四季如春享乐的生活,但这太暂时了,时代的轮子,不久就要把这特殊的阶级碎为齑粉。

又如《异国秋思》:

> 这飘泊异国,秋思凄凉的我们当然是无人想起的。不过我们却深深地怀念祖国,渴望得些好消息呢!况且我们又是神经过敏的,揣想到树叶凋落的北平,凄风吹着,冷雨洒着的这些穷苦的同胞,也许正向茫茫的苍天悲诉呢!

身在异国,心系故园,中华儿女与乡邦的深情是无法割断的。

徐霞村、刘海粟、邓以蛰的旅外游记 1927年"四一二"政变后,徐霞村赴法留学,正好与郑振铎、陈学昭等同船做伴,就一起为《文学周报》"Athos号专栏"撰写旅行记,郑振铎结集为《海燕》,陈学昭结集为《忆巴黎》,徐霞村则出版了《巴黎游记》(1931)。《巴黎游记》着重描写沿途所接触的人物,如《船上的小朋友》、《阿多司号上的人物》、《赶马车的老人》等,可看作是一部人物素描。这和郑振铎侧重记述文物名胜、陈学昭专注抒情遣怀的文字有所不同,作品以人物为中心,兼写环境和景色,详略得当,文笔简练。

刘海粟在20年代末游历过西欧,著有《欧游随笔》(1935),专门介绍西洋艺术和沙龙生活,以锐敏的艺术眼光评论名画新作,显示出一位艺术大师的本色。章衣萍为之作序,"觉得他的对于欧洲艺术界的锐利的观察,伟大作品的批评与解释,近代与古代的艺术家的访问与凭吊,叙述精详,是不可多得的考察艺术的创作",称颂刘海粟是"以艺术为生命,以研究艺术为毕生事业的人"。

邓以蛰在1933—1934年间游历欧洲时,写了《西班牙游记》(1936)。记游范围不限于西班牙,但着重记载西班牙见闻,如《斗牛》一篇描写西班牙传统风习,绘声绘影,使人如临其境。作者是一位知名教授和美学理论家,注目于异国的文化艺术和风俗习惯,当是分内的事。他对世界各国历史文化很有研究,故能追根溯源,深入自得,显示出一位学者的识见,有助于读者了解异域的风情。

这时期出国的文化人士,或避难,或留学,或游历,或考察,侧重介绍国外的文化艺术,较之五四时期热心传播国外新思潮的情况已有所改变。这些国外旅寓散记虽然已经失去了先前某些作品所具有的振聋发聩的巨大感召力,却能够使人开阔眼界,在潜移默化中陶冶性情,充分显示了它们诱人的艺术魅力。

二 国内山水游记

钟敬文的《西湖漫拾》和《湖上散记》 钟敬文于1928年到杭州任教,由于那里山水宜人,故多记游之作,结集的有《西湖漫拾》(1929)和《湖上散记》(1930)。他在《西湖漫拾·自叙》里谈到自己对于散文风格的追求时说:"但论到我个人特别的癖好,那似乎在情思上幽深不浮热,表现上比较平远清隽的一派,这没有多大的道理可说,大约只是个人性格环境的关系吧","我自己三数年来写的一些文字,也正如我所癖好的一样,在情思和风格上,大抵多是比较冲淡静默的,——自然不敢说怎样深远而有余味。——朋友们谓它没有强烈的刺激性,这就是个绝好的证明。"他在散文创作中追求冲淡静默的风格和他思想上"独善的野居的梦想"是有联系的。

《西湖的雪景》(1928)是他的知名之作,所写的是游人稀少的清寒景致。你看那雨雪清寒的日子,游客寥落,平湖漠漠,宇宙壮旷而纯洁,山径幽深,山茶花华而不俗,道旁所见也是古朴清贫的野人,所引的又是情调幽逸的诗文,一切都是那么清朗绝俗。这类文字真如山间高士,松下逸人,是会有人喜欢的,特别是处于纷扰的年代,使人们暂时忘怀那厌倦的尘寰。

钟敬文《怀林和靖》一文说:"直到现在,我的作品还不免受他的影响的痕迹,我喜欢写不大为人所喜爱的清淡的小品文和新诗,这原因并不是单纯的,然和林氏作品和人格关系总不浅。至于思想方面,我几年来虽然在复杂的时代的环境与学说之下,经历了多方面的刺激感染,不能再像那时的简单——只作山林隐逸之思——然一部分消极的独善的野居的梦想,总不时在我脑海中浮闪着。尤其是在现实上遇到不如意,或面对着伟大的自然时,便要激动得更其厉害。"作者这段衷心的自白绝不是个人的特殊现象,也不只是特定时代的现象,而是一个长久的民族历史现象,中国现代的知识分子大多是人海中的弱者,"无力的我,只合对当前和未来的一切,去低吟那赏味之歌"。这就是这类风致的散文所以流传的原因。

作者散文喜欢摹描清远的景象,如《太湖游记》,写惠山、锡山、梅园、桃园、万顷堂、鼋头渚等地,在惠山登起云楼,作者写道,"纵目远眺,小坐其中,左右顾盼,也很使人感到幽逸的情致呢。"他又喜欢摘引古典的诗文,如《西湖的雪景》就引有《陶庵梦忆》、《四时幽赏录》和陈子昂、柳宗元、王渔洋的诗,使清淡景色添入思古幽情。

革命的风雷终于警醒了山间高士独善野居的梦境,《湖上散记·后记》中有一段悟道之言:"以艺术为一己的哀乐得失作吹号,而酣醉地满足于这吹号中,良心它不能教我这样愚笨的人安然!也许有人要说,个人的哀乐,也是社会哀乐的一部分,能够把它表现出来,不得说于社会是毫不相干。这话诚然有相当的道理。但在这样不平衡的社会里,哀乐分明是有阶级性的,现在大多数人的哀乐,正和我们的有很大的鸿沟;要把我们的哀乐去涵盖他们的,我真打不起这样欺罔人类的勇气;朋友,说到这里,你还肯怀疑我的伤心是故作姿态么?""愿望我们不要忘记今天的自诅!更愿意读这本小作品的朋友,同样地牢记着!"此后,作者的散文创作走上新路,在抗战时期写了一些通讯报告和随笔。

郁达夫的《屐痕处处》和《达夫游记》　郁达夫在《灯蛾埋葬之夜》

一文中诉说了自己被印上"该隐的印号"的原委:一是来自官方的政治压迫,二是文艺界激进派关于落伍的责难,三是社会所谓"悖德"的非议,于是他总有一种动辄受咎、无端自扰的感觉,总处于消沉隐逸和振作奋发的矛盾冲突之中,心情十分郁闷沉重。1933 年 4 月,他举家移居杭州后,几乎过着一种隐逸消闲、洁身自好的名士式生活。作为这时期散心遣闷的内容之一,他徘徊于山水之间,和大自然亲近,以舒郁闷,未尝不是一种有益的娱乐活动。因而,他写下了不少山水游记,先后结集出版了《屐痕处处》(1934)和《达夫游记》(1936),还在《宇宙风》上连载《闽游滴沥》(1936)一组作品。他把现代的山水游记创作推向了一个新的高度。

郁达夫的游踪遍及浙东、浙西、皖东、闽中等处,他的游记以描写这一带地理形势、自然风光、名胜古迹为主要内容,形成系列性纪游长卷。屐痕所到之处,他总是细心观察,尽情领略,使自己印象最深的风景人事跃然纸上,更把自己发现的独特境界突现出来。《方岩纪静》、《烂柯纪梦》、《仙霞纪险》、《冰川纪秀》、《钓台的春昼》、《江南的冬景》等文,就善于抓住一处风景的基本特征,加以刻画、渲染。如方岩北面五峰书院那种天造地设、清幽岑寂的一区境界:

> 北面数峰,远近环拱,至西面而南偏,绝壁千丈,成了一条上突下缩的倒覆危墙。危墙腰下,离地约二三丈的地方,墙脚忽而不见,形成大洞,似巨怪之张口,口腔上下,都是石壁,五峰书院,丽泽祠,学易斋,就建筑在这巨口的上下腭之间,不施椽瓦,而风雨莫及,冬暖夏凉,而红尘不到。更奇峭者,就是这绝壁的忽而向东南的一折,递进而突起了固厚、瀑布、桃花、覆釜、鸡鸣的五个奇峰,峰峰都高大似方岩,而形状颜色,各不相同。立在五峰书院的楼上,只听得见四周飞瀑的清音,仰视天小,鸟飞不渡,对视五峰,青紫无言,向东展望,略见白云远树,浮漾在楔形阔处的空中。一种幽静,清新,伟大的感觉,自然而然地袭向人来;朱晦翁,吕东莱,陈龙川诸道学先生的必择此地来讲学,以及一般宋儒的每喜利用山洞或风景幽丽的地方作讲堂,推其本意,大约总也在想借了自然的威力来压制人欲的缘故,不看金华的山水,这种宋儒的苦心是猜不出

来的。

这犹如一系列电影镜头,由远及近,又由近推远,将全景和局部一一展现在眼前;又比电影画面进一步渗透作家的深切感受,捕捉到袭人而来的一种幽静、清新、伟大的感觉,体会到宋儒借自然抑人欲的一番良苦用心。身处这样的造化奇境油然而生的敬畏心和崇高感,真能"使人性发现,使名利心减淡,使人格净化"[①]。他抓住各地自然各色各样的景致,将自己的主观感受融汇进去,用优美流丽的文字描写出来,达到了穷形传神的艺术境界。

郁达夫写景文中有一些小品,如《半日的游程》、《花坞》、《皋亭山》等篇,不但写景,还着意写景中之人与游者的兴致。以《半日的游程》为例:重游故地,在"我老何堪"情感的感染下,一草一木就别有系人之处,与二十多年未见的旧友,携手同游,一起领略山谷的幽静,更觉蕴藉含情。那老翁富有诗意的算账:"一茶,四碟,二粉,五千文",与作者机敏的对仗:"三竺六桥,九溪十八涧",浑然天成,饶有兴味。"三人的呵呵呵的大笑的余音,似乎在那寂静的山腰,寂静的溪口,作不绝如缕的回响。"清逸隽永,余味不尽,景与人都浓重地染上作者的情趣和个性色彩。这类纪游小品和山水长卷一样,往往都有形神兼备的特点,如《花坞》中有这么一段:

> 花坞的好处,是在它的三面环山,一谷直下的地理位置,石人坞不及它的深,龙归坞没有它的秀。而竹木萧疏,清溪蜿绕,庵堂错落,尼媪翩翩,更是花坞的独有迷人风韵。将人来比花坞,就像浔阳商妇,老抱琵琶;将花来比花坞,更像碧桃开谢,未死春心;将菜来比花坞,只好说冬菇烧豆腐,汤清而味隽了。

前半写形,后半写神,相得益彰。而形与神的摄取,则充分表现出一个耽于古典、老于世情的名士的精神风貌。

品读他这时期的山水游记,个别地方仍可感觉出作家的愤懑和牢骚。《钓台的春昼》写于避难浪游之初,尚有锋芒毕露地抨击"中央党

[①] 郁达夫:《闲书·山水及自然景物的欣赏》,上海良友图书印刷公司 1936 年版。

帝"的话。迁居杭州之后,虽徜徉于山水名胜,但忧时之情仍不能自已。如《杭江小历纪程·诸暨》中过义乌途中拥鼻微吟的绝句:"骆丞草檄气堂堂,杀敌宗爷更激昂,别有风怀忘不得,夕阳红树照乌伤。"顺便采用义乌的人物典故,透露出他挞伐临朝帝王、驱逐入侵强虏的寄意。当然,他这时的山水游记与早年的漂泊记大异其趣,感伤化为旷达,不平的呼告化为自得的欣赏,咒骂化为揶揄,已把审美焦点移向自然美本身,更主要的是陶醉于祖国山光水色之美丽动人,神往于大自然之纯朴清静,使人读后身心也为之解放。其游记给人的精神娱乐应该说是清新、健康、有益的。

郁达夫的游记有些篇章主要是玩味都市生活情趣的,如《苏州烟雨记》、《故都的秋》、《北平的四季》、《青岛、济南、北平、北戴河的巡游》、《扬州旧梦寄语堂》、《闽游滴沥》等等,尽力在现代都市生活中寻找和发现遗留的古风野趣。老舍的《济南的冬天》、《大明湖之春》、《五月的青岛》、《趵突泉》,朱自清的《南京》、《说扬州》、《松堂游记》、《清华园的一日》等,也是寄情于都市中的野趣。处身于动荡社会的知识分子,一方面求食于都市,一方面却怀想自然,生活和思想都显示出矛盾来;调和这一矛盾,除外出旅行,就在都市中品味一些古风野趣,从中获得一点慰藉。

冰心的《平绥沿线旅行记》 1934年七八月间,冰心应邀参与"平绥沿线旅行团",自清华园至包头站,旁及云冈、百灵庙等处,参观考察沿途的风景、古迹、风俗、宗教、物产等。同行者略有分工,冰心负责记载途中的印象,遂有《平绥沿线旅行记》①。这与郑振铎侧重古迹的《西行书简》可称姊妹篇。前者用的是日记体,与后者书简体各擅胜场。

这次旅行的目的,冰心的序文说得很透彻,首先是东北沦亡,西北成为全国富源的所在,其土地、物产、商业等情形,应当调查;且边地的风土人情、经济文化、名胜古迹、好男儿、奇女子,都极须了解报道,以飨国人。写作的政治目的明确,表现了时代对一个作家的深刻影响。

这回旅行也开拓了冰心的生活视野。诚如她在序文里说的:北方

---

① 平绥铁路局1935年2月初版,3月北新书局再版时改书名为《冰心游记》。

黄沙茫茫的高山大水,雄伟坦荡,洗涤了我的胸襟;这次六星期的旅程之中,充分享受了朋友的无拘束的纵谈,沿途还会见了许多边境青年、畸人野老,听见了许多奇女子、好男儿的逸闻轶事,耳目为之一新,心胸为之一廓。这部旅行日记也因而有了她前此未有的壮美的风景画和人物画,如云冈石窟佛像的丰姿,草原赛马摔跤的盛况,塞外坦荡无垠的风光等等。

《平绥沿线旅行记》和《西行书简》所写的对象近似,如《云冈》、《口泉镇》等,两人都分别写出,但在场景抒写和古迹鉴赏方面,郑振铎较细致,冰心的行文则以简约见长。不过,冰心在质朴的记叙中,有时也流露一段美丽的写景抒情文字,如《平地泉》中所抒写的伟大静穆的黄昏图画,就洋溢着她绮丽流畅的行文才华,那静穆的黄昏图画,所包含的情景浑融的意境,庶几令人恋不掩卷了!应该说,冰心在保持原有特色的基础上,从《平绥沿线旅行记》开始,扩大和充实了她的文境,文笔也趋于朴素练达。

方令孺的游记 方令孺(1896—1976),安徽桐城人,出身于书香门第,从小接受古典文学的熏染。20年代又到美国留学六年,接触西方文化,回国后在大学长期从事文学教育工作,30年代初开始新诗创作,以"新月派"女诗人之一而闻名。她的散文作品后来一并结集为《信》(1945),由巴金编入文化生活出版社《文学丛刊》第七集而问世。

收入散文集《信》的《琅琊山游记》和《游日杂记》,一记琅琊山清山秀水,一记海上烟云和岛国风光,都写得清新隽逸、委婉多姿。她爱好大自然的心境与冯至相似,"爱的是苍茫的郊野,嵯峨的高山,一片海啸的松林,一泓溪水。常常为发现一条涧水,一片石头,一座高崖,崖上长满了青藤,心中感动得叫起来,恨不得自己是一只鹿在乱石中狂奔",赞赏的是大自然的天然情趣,"不愿像别的游客,一望就走,愿意细细的探寻,把山水的神味像饮泉水一样浸到心上去",追求一种物我融化的境界。她渲染山中月夜的幽静:

> 山中的夜是多么静!我睡在窗下木榻上,抬头可以看见对面的高崖,崖上的树枝向天撑着,我好像沉到一个极深的古井底下。一切的山峰,一切的树木,都在月下寂寂地直立着,连虫鸟的翅膀

都听不见有一声瑟缩。世界是在原始之前吗?还是在毁灭了以后呢?我凝神细听,不能入寐。隐约看见佛殿上一点长明灯的火光尚在跳跃,因想起古人两句诗:"龛灯不绝炉烟馥,坐久铜莲几度沉。"

她着意抒写海行的自在潇洒:

四周一看,天地竟浑圆得像一只盒子,没有别的船,只有我们这一只,船尾画着一条长长的水纹——水纹就是这只船的踪迹,但这踪迹也不会长远的,就会消失了,当它再换一条航线的时候。我觉得从那古旧的、忧郁的世界走出来,到这海中心,这纯洁无尘的世界,我的生命又像初生了一样。过去的笑和哭,欢与恨,在这时想起来都太渺小了。大海把我心放大放宽。

她把自己融化在深山和大海之中,又"把山水的神味像饮泉水一样浸到心上去",身心得到自然美的净化,而达到浑然无我的境界。刻画细腻,抒写婉转,孙寒冰用"清溪涓流"形容她的散文风格①,是再恰当不过了。

她的游记寄情于山水自然,旅外杂记也留心文化风俗;她的小品或摩挲艺苑珍玩,或倾诉内心思绪,或悼亡伤逝,艺术视野较为狭窄,反映了长期局限于书斋生活的知识分子的真实状况。抗日战争对她有所触动,她在《信·八》中写道:"我确是觉得大时代给我心有一种新的悸动,新的颤栗,新的要求。过去几年止水似的生活,到此完全给推倒,翻动。现在再也不容许我停顿,悠闲,和沉迷在往古艺神的怀抱里。现在我睁开眼,看的是人,活生生各种形态的人生,各种坚毅与穷苦的面孔。"但她当时毕竟对于底层社会和大时代主流相当隔膜,因而写不出个人小圈子之外的作品。

袁昌英的游记 袁昌英(1894—1973),湖南醴陵人。幼年在乡间私塾读书,少年进上海中西女塾学英语,1916年留学英国,1926年又到法国求学,1928年回国,先后在中国公学、武汉大学任教。其散文结集

---

① 罗苏:《〈方令孺散文选集〉序》,《方令孺散文选集》,上海文艺出版社1982年版。

出版的有《山居散墨》(1937)和《行年四十》(1945)。

袁昌英之女杨静远回忆说:"我母亲性格开朗、豪爽、热情,近乎天真,不世故,重感情,热爱生活和朋友。"①这种个性特征在她的散文游记中体现出来,和方令孺的婉约文风很不相同,似乎带有豪迈的男性气息。《游新都后的感想》、《再游新都后的感想》、《成都·灌县·青城山纪游》诸篇游记,追怀千古,感慨国运,自由不拘地记游述感,格调高昂,这在女性作家中还不多见。例如:

> 走上伟大雄壮的台城,我们的视线都顿然更变了形象。这里有的是寂静,是荒凉,是壮观!人们许是畏忌梁武帝的幽魂来缠扰的缘故吧,都不肯来与这夺魄惊心的古城相接连。然而我们民族精神的伟大更在何处这样块然流露在宇宙之间呢?嘎!我们的脚踏着的是什么?岂不是千千万万,万万千千,无量数的砖石所砌成的城墙吗?试问这砖石那一块不是人的汗血造成的?试问这延绵不断横亘于天地间的大城,那一寸,那一步,不是人的精血堆成的?心,你只管震颤,将你激昂慷慨的节奏,来鼓醒,来追和千百年中曾在这里剧烈颤动过的心的节奏。性灵,至少在这一瞬中,你应当与你以往的千万同胞共祝一筋不朽的生命。

登临古城,追抚今昔,一派豪情充溢字里行间,境界雄浑扩大,这是冰心、方令孺、林徽因一类气质的女作家所难以写出来的。

记游之作,开中国现代散文之先声,五四时期已有游记和旅行记两个品类。到了本时期,旅行记有很大发展,不少作家力图使之成为反映城乡广泛场景的重要形式,加强它的社会性,我们将在本章第四节重点介绍;政治性和新闻性较强的旅行通讯,则成为报告文学的分支。

在本节所概述的国外旅游散记,也可以说是一种旅行记,由于政局的恶化,作者在游览观光中以记述文化艺术方面为多,故与国内山水游记合并论列。国外名都旅游、国内山川浪迹,多回避时事,有的作家在

---

① 见李扬《作家、学者袁昌英》,《新文学史料》1981年第4辑。

序跋中或其他文章中已概乎言之,形成一种特色。其实这也是时代的一种折光,是心灵遭到压抑的一种反映。

本时期的记游作品比前十年多产,集子之多就是证明。在艺术上也有所进展:一、出现一批有总体计划的系列性文章,展开了广阔的艺术珍品画廊和伟大的山水画卷,这是前时期所无法比拟的;二、对山水自然的多角度多层次描写有新的成就,由于专注绘画和园林的鉴赏,有些作者还把说明文写法引进记游文学,增强了丰厚细致的艺术效果;三、作品更充分地表现了作者的高层次知识结构,故多博识与精鉴相互结合的佳篇。

第三节 内心的探索和光明的呼唤

现代散文中倾向于自我解剖、内心探索的一类作品,是伴随着五四时代个性觉醒、自我发现的新思潮一同出现的。鲁迅的《野草》、王统照的《片云集》、许地山的《空山灵雨》、焦菊隐的《夜哭》、于赓虞的《孤灵》、高长虹的《心的探险》等可称为散文诗或诗化散文的作品,开拓了内心探索的广阔天地,也积累了内心表现的艺术经验。经过大革命失败以后新的思想变化,面对新的黑暗时代,在知识分子心上,个人与社会、现实与理想、理智与情感、思想与行动的种种矛盾冲突更加尖锐起来。于是,表现这些矛盾冲突,暴露自身的内心状态,探索摆脱矛盾的办法和前进的道路,追求光明的前途,成为20年代末期30年代前期散文创作中的一种显著倾向。它大大扩展了"五四"以来散文探索内心世界的领域,从主观真实性方面直接地显示出这时期广大知识青年的精神风貌,间接地反映了大革命失败后动荡不定的社会心理和时代气氛。在内忧外患日益深重的历史条件下,他们出于拯救国民于水深火热的历史使命感,陆续走出个人的孤独的小天地,开始直面严峻的社会现实,追求光明的社会前景,从而使那些专注于内心世界探索的散文先后转向外界现实的思考和描述。由内到外,从个人到社会,这是许多青年作者先后走过的路子;所以,这时期散文的内心表现,正好展现了一代知识青年的心灵历程,反映了他们从个性觉醒到社会意识觉醒的发展过程。

一　小说家的抒情散文

茅盾的抒情散文　20年代中期轰轰烈烈的大革命热潮,曾给广大进步青年带来极大的希望;而突如其来的革命挫折和白色恐怖,又给他们造成深重的心灵创伤。大革命失败后,知识界进一步分化,许多作家又陷入新的思想矛盾和彷徨探索的苦闷境地。从郁达夫在《灯蛾埋葬之夜》中抒写的自己"被印上了'该隐的印号'之后"的愤恨不平和不得不隐退的苦衷,朱自清的《论无话可说》所坦露的内心苦闷,以及新进作者丽尼在处女作《困》中所表现的对大革命突遭失败的伤感,就可以看出在大革命失败后的头几年里,散文界注意到了苦闷与彷徨的内心体验这个时代课题。在这些抒写对大革命失败的内心体验的散文作品中,茅盾匿居上海、亡命日本时写的《严霜下的梦》《叩门》《卖豆腐的哨子》《雾》《虹》等篇章,比较集中、更为敏锐地反映了一个时代的苦闷和希求。这些篇章以个人体验为基础,以内心抒发的形式表现了普遍存在的迷惘、忧郁、失望、探求的精神状态。面对"新黑暗时代",远离社会和亲友,一时找不到前进方向,希望破灭,热情受挫,他自然有着难言的怅惘、无望的颓唐和不堪的孤寂。"像是闷在瓮中,像是透过了重压而挣扎出来的地下声音"的"卖豆腐的哨子",象征了他内心的压抑和沉重。他用系列性散文,以象征的手法曲折地谴责国民党军阀叛变革命、屠杀人民的血腥罪行,揭露"新式骑士"招摇撞骗的真实面目。在诅咒黑暗、诅咒"愁雾"之中,他既表现出不妥协、不苟合的态度,又表白了看不见出路的苦闷和颓唐,期待着"疾风大雨"来振作自己的斗志。

茅盾在日本避难、度过苦闷期后,回到上海,投身于左翼文艺活动。在散文小品方面,他开拓了社会生活速写的新路,同时也改变了抒情散文的风貌。《光明到来的时候》《冬天》《雷雨前》《黄昏》《沙滩上的脚迹》等就闪现出新的思想虹彩。他深知:不能坐等光明,而要积极寻求光明,以行动争取光明的早日到来。他坚信:冬天的寒冷愈甚,就是冬的运命快要告终,"春"已在叩门。他对于三十年代中国社会矛盾和政治形势的洞察,还通过《雷雨前》、《黄昏》中的象征性画面表现出来,他呼唤"让大雷雨冲洗出干净清凉的世界!"《沙滩上的脚迹》塑造了探索前进道路的抒情主人公"他"的真实形象:他在黑魆魆的天地里追求光明,用心火的光焰辨认禽兽的脚迹,看清鬼怪的伪装,"在重重迭迭的兽迹和冒充人类的什么妖怪的足印下,发现了被埋葬的真的人的足迹",他沿着"真的人的足迹""坚定地前进"!"他"的探求历程,无疑地凝聚着茅盾自己在大革命失败后的切身体验。不过,"他"的典型意义不限于作家本人,还在于概括了同时代许多进步知识分子寻路人的共同特征。茅盾后来在《回顾》一文说道:"路不平坦,我们这一辈人本来谁也不会走平坦的路,不过,摸索而碰壁,跌倒又爬起,迂回再进。"①这是对《沙滩上的脚迹》一文的一个很好的诠释,"他"正好反映了一辈人迂回前进的路程。

茅盾的抒情散文,把自己内心对现实生活斗争的感受、感情态度以及理性认识,巧妙地转化为具体可感的艺术画面,托物寄意,带上象征意味,造成含蕴深厚的诗的艺术境界,这在他的全部散文作品中是一个奇丽的存在。

巴金的《生之忏悔》等　巴金(1904—2005),原名李尧棠,字芾甘,四川成都人。他自1927年初在赴法留学途中写作《海行杂记》开始,一直在创作小说的同时坚持散文写作。他的散文约略可分为两大类,一类是纪行写实的,一类是抒情述怀的。鲁迅称道他"是一个有热情的有进步思想的作家"②。他的热情气质,最集中最突出地袒露在他的抒情文中。他为小说《电椅集》写的代序《灵魂的呼号》,说自己是"在暗夜里呼号的人",他的散文作品就以自我表白的直接形式,创造了诅咒暗夜、呼唤光明的灵魂呼号者形象,倾吐了30年代许多正直青年的心曲。

巴金的内心痛苦根源于不合理的黑暗现实。《我的心》抒写"我"从母亲处承受了一颗善良正直、真诚待人的心,却被现实的欺诈、残杀、

---

① 茅盾:《回顾》,《解放日报》1945年7月9日。
② 鲁迅:《且介亭杂文末编·答徐懋庸并关于抗日统一战线问题》,上海三闲书屋1937年版。

苦难、丑恶刺激得一刻也不安宁,实在痛苦不堪,因而请求母亲收回这颗心,可是母亲已死去多年了。这种要求摆脱内心痛苦而不得的现象,不是巴金独有的,梁遇春和鲁彦也不约而同地写过此类散文。梁遇春《"失去了悲哀"的悲哀》描写"吃自己的心",鲁彦《灯》希望把"心"送还母亲。黑暗社会给善良的心灵只带来深重的创伤,只有无"心"的人才会不知痛苦而活得下去,这正是内心觉醒的现代青年所感到最悲哀的。巴金不回避现实,不掩饰痛苦,把一代活着的现代中国青年在黑暗年代的苦闷、愤懑、诅咒和呼号真实传达出来,引起的共鸣当然是强烈而普遍的。

　　苦闷中的巴金自然也有自己的社会理想,他说过:"我愿每个人都有住房,每个口都有饱饭,每个心都得到温暖。我想揩干每个人的眼泪,不再让任何人拉掉别人的一根头发"(《生命》),"要忠实地生活,要爱人,帮助人"(《我的眼泪》);可是现实生活摧毁了他的理想,"我的眼里只看见被工作摧毁了的忧愁的面貌,我的耳里只听见一片悲哀的哭声,甚至在那些从前的愉快的面貌上,我也找到了悲哀的痕迹。我的眼前的黑暗一天一天地增加了"(《我的眼泪》)。他以写作抗议强暴,诅咒黑暗,追求光明,同情人民,但也清醒地意识到,文字的作用毕竟有限,于是便想"投身在实际生活里面,在行动中去找力量",然而又不知道自己能否"冲出重围而得到新生"(《我的呼号》),因为他一时找不到一条切实可行、行之有效的道路。这样,他总是"在感情与理智的冲突中挣扎,在思想和行为的矛盾中挣扎","心的探索"一刻也不能停止(《自白之一》),他的"呻吟、呼号、自白、自剖"也就持续不断。毕竟,形势在发展,历史在前进。人民力量的壮大,民族解放运动的高涨,使巴金在苦闷探索中获得心灵的慰安。他写道:"真正使心安宁的还是醉。进到了醉的世界,一切个人的打算,生活里的矛盾和烦忧都消失了,消失在众人的'事业'里","将个人的感情消溶在大众的感情里,将个人的苦乐联系在群体的苦乐上,这就是我的所谓'醉'"(《醉》)。群众的斗争驱散了人们内心的寂寞和孤独,给人们带来了生活的希望和信心。

　　巴金的抒情散文,有的以《生之忏悔》(1936)的自剖方式,有的以

《短简》(1937)的通信方式,有的用《点滴》(1935)的感想形式,将自己的内心感受和理想追求——袒露出来,直抒胸臆、真诚显豁就是他抒情散文的主要特点。他写文章时,想的只是自己"要在文章里说些什么话,而且怎样把那些话说得明白"(《谈我的散文》)。自然天成、明白如话,便是他散文的另一主要特点。巴金说,"我的任何一篇散文里面都有我自己"(《谈我的散文》),这指的是他的散文常以"我"作为抒情主人公,他总是以自己特有的方式和语调讲自己要讲的话,所以他的散文个性特征十分突出。他以率真见性、纵情行文的作风契合他的"灵魂的呼号"。

靳以的《猫与短简》 靳以(1909—1959),原名章方叙,天津人。1930年在大学读书时开始从事文学创作,最初写过新诗,随后专门写作小说和散文,散文产量仅次于小说。《猫与短简》(1937)是他的第一本散文集,随后出版了《渡家》(1937)、《雾及其他》(1940)。这三个集子的作品大多写于战前六七年间,以抒写身边琐事和个人心怀为主,间或也描摹几幅社会相。童年的记忆,身边的生活,家庭的变故,爱情的甘苦,友情的珍贵,青年人的热情和向往,是他挖掘和表现的主要题材。《猫》写祖母的去世、母亲的病故、家庭的衰落和自己独居的日子,犹如一曲悲哀的挽歌。《渔》、《鸽》、《狗》等篇回想起孩提时代怎样用朴质的心来爱怜弱小的生命,用纯真的心来憎恨虐待、残杀生命的人。他回忆《往日的梦》,那时爱得那么热烈,如今又恨得这样势不两立,美丽的梦幻倏然间被粉碎了。他诉说自己"活在寂寥而幽暗的日子之中"(《听曲》),沉重的悒郁"如影子一样"老是伴随着(《我底悒郁》),于是倍加珍惜纯真的友情。他从自身的不幸遭遇中萌生了"对于现存的社会就有了说不出的憎恨"(《写到一个孩子》)。他在社会上"所看到的是一些更苦痛的人"(《又说到我自己》),却只能怀着爱莫能助的心情来描写他们的命运,如《造车的人》。在《火》中,他袒露从小爱火的癖好,在孤寂中企求火的光亮和温暖,甚至欢呼大火烧掉一切,自许"将献身在火的怀抱中"。他爱用书简形式向读者告白自己的生活和希求,诚恳真切,娓娓动人,后来他更多地运用速写体裁勾描人生世态,在战时写下《人世百图》,对现代散文做出了新的贡献。

二 诗人的抒情美文

前述茅盾、巴金等小说家通过抒情散文展现了自己的内心感受和心理活动。由于他们的内心世界是外部世界的一种投影,是他们的心灵对客观现实的积极反映,因此,他们的内心表现都具有深广的社会内容与一定程度的概括性和普遍性。与上述作家的内心表现倾向类似,但又具有自己特色的,当时还出现过一个青年作家群,主要以何其芳、李广田、缪崇群、丽尼、陆蠡等为代表。这批青年人长期局限于学校或"亭子间"的小圈子生活之内,与社会运动和政治斗争相对地处于隔离状态,只从个人经验中感到社会的黑暗和严酷,在孤独寂寞的斗室生活中倾向于返视内心,捉摸自己的幻想、感觉和情感,力图以自己的艺术世界对抗外在世界的干扰而获得心理上的平衡。因而,他们的内心探索带有更加浓郁的自我表现色彩,更具有个人主观性。

何其芳的《画梦录》 何其芳(1912—1977),四川万县人。他出身于一个守旧的封建地主家庭,童年时代生活在狭窄的山乡,接受死气沉沉的家庭教育和私塾教育,从小就养成了孤僻的性格。20年代末30年代初在北京大学哲学系读书期间,接受了西方现代文学的影响,开始创作诗歌和散文,先以"汉园三诗人"之一知名于文坛,随后以获得1936年度《大公报》文艺奖的散文集《画梦录》而轰动一时,成为这时期一批新进散文家的杰出代表。

《画梦录》(1936)收入1933至1935年间的散文和序文17篇,何其芳说"它包含着我的生活和思想上的一个时期的末尾,一个时期的开头";以《黄昏》为界,之前为"幻想时期",充满着"幼稚的伤感,寂寞的欢欣和辽远的幻想";之后为"苦闷时期","更感到了一种深沉的寂寞,一种大的苦闷,更感到了现实与幻想的矛盾,人的生活的可怜,然而找不到一个肯定的结论"①。《黄昏》写于1933年初夏,在此之前,他主要接受浪漫主义和唯美主义文学的影响,喜爱安徒生、泰戈尔、丹尼生、罗

---

① 何其芳:《给艾青先生的一封信——谈〈画梦录〉和我的道路》,《文艺阵地》1940年第4卷第7期。

塞蒂、王尔德和冰心、废名、徐志摩等人的诗文童话,以美丽的幻想自我慰安,逃避现实,沉迷于意象世界的五光十色。在此之后,由于日寇进逼华北,北京受到威胁,学校提前放假,他回过家乡一次,多看了一些人间的不幸,体验到童年幻想的破灭和青春追求的失败,他无心再玩味那浪漫幻想,他的艺术爱好转向艾略特、陀思妥耶夫斯基、梅特林克、阿左林以及早期高尔基的作品,主要和他们作品中那种深重的孤寂、绝望、抑闷情绪发生共鸣,他垂下幻想的翅膀,陷入内心的苦闷深渊。

《画梦录》除了头四篇写于幻想期,其余十三篇都写于苦闷期。前者诉说的是"温柔的独语",后者诉说的是"悲哀的独语,狂暴的独语",情调色彩略有差异,但本质上都是一个孤独者的自我表现。他在《梦后》一文显示这两个时期的不同梦境:从前是一片焕发着柔和的光辉的白花,一道在青草间流淌的溪水,一个穿燕羽色衣衫的少女,一尊象征美、爱与平和的圣女像,那是温柔迷人的;而今却变为一片荒林,一城暮色,一条暗淡的不知往何处去的旅途,一方四壁陡立如墓圹的斗室,这是阴郁荒凉的。两幅幻景,表现了他从青春期的绮丽幻想跌落到苦闷深渊里的切实感受,显示了幻想与现实的深刻矛盾。他散文的抒情主人公是找不到出路的自我关闭、自我惶惑的孤独者——"黑色的门紧闭着,一个永远期待的灵魂死在门内,一个永远找寻的灵魂死在门外。每一个灵魂是一个世界,没有窗户。而可爱的灵魂都是倔强的独语者。"(《独语》)整部《画梦录》可说是孤独者灵魂的独语、内心的梦想、心灵的慰藉,反映了一位囿于书斋、脱离现实的小资产阶级知识青年内心的奥秘。它以情感的真切细微、幻想的空灵美丽赢得了许多青年的共鸣。

作者曾表示:"我愿意以微薄的努力来证明每篇散文应该是一种纯粹的独立的创作,不是一段未完篇的小说,也不是一首短诗的放大","我的工作是在为抒情的散文找出一个新的方向"[①]。他"追求纯粹的柔和,纯粹的美丽",创造了一系列如梦似烟、瑰奇玄妙的艺术境

---

① 何其芳:《我和散文——〈还乡杂记〉代序》,《还乡杂记》,上海文化生活出版社1949年版。

界。一部《画梦录》就充分展示了他在散文创作上的这种艺术追求。且看他描写的"黄昏"：

> 马蹄声，孤独又忧郁地自远至近，洒落在沉默的街上，如白色的小花朵。我立住。一乘古旧的黑色马车，空无乘人，纡徐地从我身侧走过。疑惑是载着黄昏，沿途散下它阴暗的影子，遂又自近而远地消失了。

这些意象、声音、色彩、节奏以及感触浑然组成一个迷茫怅惘的黄昏情境。长街里的马蹄声在踯躅街头的孤独者的感官印象中，幻化为有形有色可捉摸的影像，既渲染出长街的昏暗寂寥，又应合着孤独者顾影徘徊的行吟步姿，这或许就是他在寂寞中把玩的心与境谐和的美。他"有时叙述着一个可以引起许多想象的小故事，有时是一阵伴着深思的情感的波动"，有时"从陈旧的诗文里选择着一些可以重新燃烧的字，使用着一些可以引起新的联想的典故"①。如《哀歌》中把典故和现实、情感的波动和想象的展开统一起来，娓娓倾诉了旧时代少女们的爱情和哀愁，显得凄婉动人。他以诗为文，又吸取象征暗示、梦幻冥思、直觉交错诸技巧，精雕细琢，字斟句酌，致力于意象的丰满，情调的柔和，文字的精美，带有浓厚的现代艺术气息和唯美主义色彩。这虽然免不了过于雕琢、有些晦涩的弊病，但还是开创了"精致美"一格，提高和丰富了现代美文艺术，而且对注重艺术美的现代散文流派的形成起过重要作用。

稍后，何其芳逐渐突破自己狭窄的生活圈子，改变唯美主义倾向，从现实生活中摄取题材，开拓了艺术道路，《还乡杂记》②便是他走出"刻意""画梦"之象牙塔，接触现实人生苦难后的一个果实。他在故乡看到了"干旱的土地；焦枯得像被火烧过的稻禾；默默地弯着腰，流着

---

① 何其芳：《我和散文——〈还乡杂记〉代序》，《还乡杂记》，上海文化生活出版社1949年版。

② 本书写于抗战前夕，在《中流》、《大公报·文艺》等报刊上发表过；良友1939年初版时误印为《还乡日记》，而且遗漏三篇半，桂林工作社1942年出改订本时，改书名为《还乡记》，但受检查机关删改过，直至1949年1月上海文化生活出版社出版时才恢复原貌成为通行的定本。

汗,在田野里劳作的农夫农妇","这在地理书上被称为肥沃的山之国,很久很久以来便已成为饥饿、贫穷、暴力和死亡所统治了。无声地统治,无声地倾向灭亡。"(《树荫下的默想》)他对乡土社会现实的了解仅限于暑期还乡十几天的见闻感受,倒是留在记忆中的童年乡居生活于他更为熟悉、更为亲切,所以他把现实的描写与过去的回忆交错展开,反映出乡土生活的落后保守,停滞不前。同样描写黄昏街头的独步踟蹰,这时《街》写的是:

> 当我正神往于那些记忆里的荒凉,黄昏已静静地流泻过来像一条忧郁的河,湮没了这个县城。……我踟蹰在我故乡里的一条狭小、多曲折、铺着高低不平的碎石子的街上,仿佛垂头丧气的走进了我的童年。

古旧的石街,失望的心情,与笼罩的暮色汇成的忧郁之河,确是沉甸甸地压在游子的心头。文句还修饰得精致丰满,但已不像《黄昏》那样刻意雕琢,意涵也较明朗了。这时的作者已从《画梦录》那些雕饰和幻想中走了出来,开始摸索接近现实人生的道路,但仍不免残留着原有的气息。他思想和艺术的脱胎换骨是到了延安以后才完成的。

李广田的《画廊集》等　李广田(1906—1968),山东邹平人,生长于农家,北京大学外文系毕业。1930 年前后在北大读书期间,开始写诗和散文,是"汉园三诗人"之一。第一本散文集《画廊集》(1936),周作人为之作序,刘西渭写过书评,都给予好评。此外,他这时期还著有散文《银狐集》(1936)和《雀蓑记》(1939)两种。

《画廊集》收入他 30 年代前期的散文作品 23 篇,有的追怀童年琐事,有的描摹乡野风物,有的介绍外国文学中具有乡土自然气息的散文作品,还有一部分抒写个人心曲的篇章。

《寂寞》诉说"前不见古人,后不见来者"的孤独感、寂寞感,肯定一种厌于浮世争逐、不顾世俗毁誉而在寂寞中埋头工作的自得其乐的生活态度,这是他内心生活的一个侧面。他的孤寂心境正和何其芳相通。不过,他不像何其芳那样富于幻想,他肯定在寂寞中埋头工作的人生意义,就比何其芳现实。《秋天》阐发它对人生的启迪是:"给了人更远的希望,向前的鞭策,意识到了生之实在的,而给人以'沉着'的力量的,是这正在凋亡着的秋。"从凋亡的秋引申出生之希望,在生之实在中品味人生真谛,这是他咏秋之独到处。他虽然爱好"在不可捉摸中追寻着已逝的梦影",但又不能不肯定,"人生活着是一桩事实,而这人生也就是一件极可惋惜的事实"(《无名树》)。周作人说他具有希腊画廊派哲人那种"坚苦卓绝的生活与精神",于此也约略可见。他对于黑暗现实的压迫很敏感,"我想着要走出这黄昏,这黑暗,……我想着,我可能用什么东西来打破那紧压着我们的'力'吗?"(《黄昏》)他想突破外在压力而又缺乏信心和力量,于是在找不到其他出路的情况下,便到家乡那一方朴野的小天地中寻求慰藉,以怀念自己童年那种"虽然天真而不烂漫的时代的寂寞"来排解成年人的"寂寞"(《悲哀的玩具》)。

1936年发表的《马蹄篇》、《通草花》、《雾》三组作品也是抒写个人心境的。《马蹄篇》包括《井》、《马蹄》、《树》、《落叶伞》、《绿》五篇,原载《大公报·文艺》,后收入《雀蓑记》,是一组含蕴深厚的散文诗。作者通过想象、幻觉创造的艺术情景,深刻地揭示了内心的矛盾和希求。他追问自己:老年人的忧虑和少年人的悲哀这两类不同滋味的果子为什么同结在一棵中年的树上。他幻想在黑暗中策骑登山发现马蹄撞击岩石迸出的火花,为自己发现光明而感到欢快和安慰。他不为自己获得一把只能遮盖个人的荷叶伞而感到满足,而希望在那风雨交加的年代,有一把大得像天幕的伞来遮掩众人。这些都反映了他突破个人得失的限制,而力求为大众谋求利益的思想。

李广田通过对应物象征内心的感兴,把散文写得含蓄蕴藉,耐人寻思。他把诗歌的某些艺术手法,如意象的凝练、想象的跳跃、音律节奏的讲究,运用于散文艺术,使自己的散文作品具有了诗的成分,有的就是优秀的散文诗。刘西渭认为李广田的诗"大半沾有过重的散文气息",他的散文却得力于诗艺的助长而更令人喜爱①。这恰好说明他是位带有诗人气质的散文家。

从《画廊集》到《银狐集》和《雀蓑记》,他的艺术画廊向乡土生活

---

① 刘西渭:《咀华集·"画廊集"》,上海文化生活出版社1936年版。

的深广处延伸拓展。李广田自称从《银狐集》开始"渐渐地由主观抒写变向客观的描写一方面"(《银狐集·题记》)。如果说《画廊集》追寻的是"幼年的故乡之梦",到了《银狐集》和《雀蓑记》,他的笔触就扩展到乡土现实的众多方面和各式各样的乡野人物。在这多姿多彩的乡土画廊中,最引人注目的是《老渡船》、《柳叶桃》、《成年》和《山之子》的四位主人公,以及《桃园杂记》和《山水》所描绘的乡野背景。《桃园杂记》叙述乡村桃业的盛衰,反映旧乡村自然经济的破产命运。《山水》诉说平原儿女虚构的改变自然筑山引水的传奇故事,把平原之子的悲哀和希望写照出来。在破败凋敝的乡下,上演着一幕幕人生悲剧:被生活重负压垮的乡邻老渡船,备受旧家庭摧残得发疯致死的女戏子柳叶桃,向往外边的天地却为旧风习束缚住的少年老成的农家子弟,以及把自己的生命挂在万丈高崖上采花谋生的哑巴山之子,一个个争先恐后地跑到作者笔下诉说自己的苦难和不幸。作者为他们痛苦流泪,打抱不平,他的乡下人气质使他站在劳动人民的立场上,他的真诚感情融入他所描写的人物之中。因此,他的"客观的描写"实有主观投入,"尽管这些文字中没有一个'我'字存在,然而我不能不承认我永在里边"(《银狐集·题记》)。

李广田散文描写乡野人物的基本特色是"借了一点回忆的影子来画一个仿佛的轮廓"(《银狐集·乡虎》),以真实的生活场景和片断叙说人物的神形面貌,并不用"想象""胡乱去揣度"、"瞎说"自己所不知道的事情(《银狐集·柳叶桃》),来填补故事发展的空白,只是在朴素的絮语般的叙述中渗透自己的理解和同情。因而,他笔下的人物大都是素描,说不上丰满精细,却也简洁单纯,从凡人琐事的叙述中浮现乡亲们饱经风霜、朴实亲切的面影。他在保持散文白描写实之长的同时,吸取小说场景描写、细节刻画和谋篇布局的特点,丰富了散文写人叙事的艺术表现力。

李广田散文从主观抒写转向客观的描写,因有深厚的乡土生活体验为基础,又坚持自己的艺术追求,所以他的转型是渐进的、成功的。他有近于诗的抒情散文,也有近于小说的叙事写人散文,但都具有本色散文的絮语风味和齐鲁乡村的泥土气息。"在他的书里,没有什么戏剧的气氛,却只使人意味到醇朴的人生,他的文章也没有什么雕琢的词藻,却有着素朴的诗的静美。"李广田在《道旁的智慧》一文中评介英国散文家玛尔廷散文的这句会心之语,也说出了他自己的艺术追求和写作特色。

缪崇群的《晞露集》和《寄健康人》 缪崇群(1907—1945),江苏六合人,小时随父母在北京生活,1923年入天津南开中学,1925年赴日本留学,1928年归国后,在上海、南京等地谋生,开始在《北新》、《语丝》、《沉钟》、《现代文学》等刊物上发表散文、小说和译作。30年代曾编过《文艺月刊》和《中央日报·文学周刊》。他第一个散文集《晞露集》(1933),大多是回忆青少年生活和旅日生活的作品;《寄健康人》(1933)和《废墟集》(1939)内的战前作品,则大多抒发个人孤寂的心怀。

追怀往昔生活是他初期创作的基本倾向。他说过:"童年恐怕才是人生的故乡,童年所经过的每桩事,就好像是故乡里的每件土产了。"(《童年之友》)他追忆几位纯洁、善良、美丽、多情的少年女友,不禁心驰于当时那种青梅竹马、情窦初开的醉人岁月,可是眼前人事已非,"人间的一切的过往,都如朝露已经晞了"(《秦妈》)。但故乡那种阴晦而毫无生气的环境,仍然使他感到寂寞与没落的悲哀,家庭的破落,更使他失去了希望和期待(《守岁烛》)。这使他的初期散文渗入一种怀旧感伤的情绪。

他长期奔波谋生,过着贫病交加、孤苦寂寞的生活,养就他沉思默想、忧郁伤感的内向性格,越来越倾向于内心世界的探索。从《寄健康人》始,他常用诗化散文的形式,通过客观事物、景物、动物的某些侧面,寄托内心的节律,表达他眼中的人生。

> 没有不晞的朝露,没有不渝的爱情,在人生这条荒漠的路上,只有不尽的疲惫,穷苦与哀愁……他们也有时尽的,当你已经走进了坟墓。(《寄健康人·无题一》)

> 我的心,也时常萌发了欣欣向荣的幼芽,他得不着雨露的滋长,不久就被金钱的光芒曝枯,恶魔的毒手毁伤了。我的心,于是长年被芜草枯根掩埋着。(《无题二》)

他曾满怀希望,但得到的却仅是痛苦的失望。在他看来,人生"不过是从这个驿站到那个驿站,本来是短短的,在这样短短的行程中,竟有这样长长诉说不尽的苦衷啊"(《从这个驿站到那个驿站》)。因此,他只能低首踯躅于泥泞的路上(《黄昏的雨》),忍受着生的寂寞(《生的寂寞》)。

《寄健康人》一、二两篇,用书信体,以病人面对亲友般低诉谈心的口吻,喃喃自语,凄婉动人。他自叹:"在这个世界上,没有家,没有业,没有亲伦的爱的人便是我啊?!只有我,只是一个人,一个永远找不到归宿的畸零的人!"他意识到:"我也是同你们健康人一样的:有着灵魂,有着肉体。我的肉体渐渐被细菌侵蚀了,我的灵魂也先后的布着黑纹——这都可以说是被人诅咒的不健康的病症。不过,生命还是不绝如缕的让我负着,我找不着一点意义,我只是觉得一天比一天沉重了","在无痕中带着痕迹,在无声中带着声音,在虚无中有着存在,这大约便是我的生命了罢"。从他这有病呻吟、内省独白中,可以触摸到他那生之执着、负重前行的心迹。他在对喜鹊、燕子、鸽子、麻雀、山羊、狗的细腻感触和描述中,就寄托着对自由、爱、健康、单纯的美的生活的追求。在稍后的《从旅到旅》中,虽仍有生命中途的艰辛之叹,但已表示"将如瓦尔加河上的船夫们,以那种沉着有力的唷喝的声调,来谱唱我从旅到旅的曲子"。抗战以后,他的行旅之歌加入了新的音符。

缪崇群这时期的散文是知识青年的孤独感伤的灵魂的叹息,是生之苦闷的倾吐,虽说基调抑郁,却也表现出他对那些生活中得不到的美好事物仍然抱有空漠的希望。确如其好友杨晦在《晞露集》序文所说的,"他于寂寞中领略一点人生的真味,于凄苦中认识一下自己的面目","认定了自己,将心血完全涂在纸上"。他常以"畸零人"、"旅人"自况,带着结核病患者的多愁善感,敏于内省,精于沉吟,形成婉约精细、沉郁悱恻的抒情风格。

丽尼的《黄昏之献》和《鹰之歌》 丽尼(1909—1968),原名郭安仁,湖北孝感人。小时候跟一位外国女孩子学得一口流利的英语。在汉口博学中学读书时,因参加学生运动被学校开除,随后考入邮政局谋生。他不满邮局的环境,辞职后跟着一批青年到上海,在劳动大学旁听,投身于大革命的风暴中。大革命失败后,前往福建泉州黎明中学教书。在幻灭的痛苦中开始创作发表散文和散文诗一类作品。为了生计,他又先后奔波于武汉、南京、上海等地,几遭挫折,以致创伤累累。他定居上海后,与友人合办文化生活出版社,积极从事著译活动。到抗战前夕由文化生活出版社先后出版了三个散文集:《黄昏之献》(1935)、《鹰之歌》(1936)和《白夜》(1937)。

《黄昏之献》收入1928年6月至1932年4月间的作品56篇,"因为那五个年头实际上好像作为一个日子过去的"(《黄昏之献·后记》),所以他不按写作日期的先后,而以情绪的发展变化分为四辑:第一辑"黄昏之献"是唱给恋人的伤逝曲,第二辑"傍晚"和第三辑"深更"是一颗"漂流的心"漏出的疲惫曲和绝望曲,第四辑"红夜"则是不满黑暗不愿沉沦的抗争曲。作者的感怀从"黄昏"、"傍晚"至"深更"、"红夜",迫近"黎明"而暂告一段落,贯穿始终的是作者"个人底的眼泪,与向着虚空的愤恨"(《黄昏之献·后记》)。大革命的突遭失败,使丽尼的热情和幻想受到极大的打击,看不见"目的"和"希望",失去了"力"和伙伴,陷于荒原独彷徨的境地,不由自主地流下"一个时代的泪"(《困》)。在苦难深重的黑暗年代,"我们被压抑着,感觉了难耐的沉重,因之而发生绝叫","我们底心如同迷途于黑暗,虽然奋力摸索,但是永远也不能从我们底苦难之中逃脱"(《失去》)。苦闷,压抑,感伤,失望,构成他早期创作的基调,带有感伤主义倾向。

丽尼"忘却忧愁而感觉奋兴"的歌唱始于《鹰之歌》。他从鹰一般矫健的同伴"能在黎明里飞,也能在黑夜里飞"的顽强斗志中受到鼓舞,"变得在黑暗里感觉奋兴了"。他克服早期散文中的个人感伤气息,开始歌唱希望和斗争,抒写工农群众的苦难和不满,让革命者来谴责"我"的怯弱,呼唤"我"投入到"有风暴的地方去"(《急风》)。矛盾克服以后,他终于加入革命的行列,被"渍满着油污的"手挽着一起前进了(《行列》)。丽尼从个人遭遇的不幸开始感受旧社会黑暗的深重,探索出路而陷于绝望,到进一步发现人民大众的苦难和抗争,发现他们的内在力量,从而看见了希望和出路,这在同时代青年中是有代表性的。从《黄昏之献》到《鹰之歌》,留下了他探索道路、曲折前进的足迹。

继《鹰之歌》之后的《白夜》,侧重于抒情与写人、叙事的结合,题材有所扩充,社会性增强,抒情性减弱,艺术上反而有些逊色。但他在《鹰之歌》"原野"、"闹市"二辑中,在《白夜》"野草"一辑中,尝试性地以散文诗形式概括反映了农村破产、都市萧条的社会面貌。《原野》描写老一代农民只能走上自杀的道路,新一代原野之子开始从痛苦、怀疑中觉醒过来,走向反抗斗争,预示了原野即将获得新生。破产的农民流入"闹市",同样找不到谋生之路,孕育着更强烈的不满和愤怒,终究有一天要爆发出来。丽尼这些新作突破《黄昏之献》时期个人抒怀的格局,抒写流浪农民、失业工人的苦难和不满,反映现实的生活斗争,标志着他思想视野和艺术视野的新拓展。把动荡、剧变的城乡社会生活加以浓缩、提炼,纳入散文诗的短小形式内,这是丽尼的一个创造性贡献。即便是个别篇章不够精练、成熟,也不能否认其尝试在散文发展史上的意义。散文诗从抒发个人思感转向概括现实生活斗争,把握时代风貌,这在30年代作家中,只有茅盾、瞿秋白和丽尼少数人尝试做到了。抗战爆发后,他只写下《江南的记忆》,坚信"江南,美丽的土地,我们的!"由于生活牵累,后来他脱离了文坛,结束了散文创作生涯。

丽尼散文以抒发内心感受见长,较多采用散文诗的抒情方式。他的抒情个性近于倾泻型,长歌当哭,不吐不快,他用"我"的内心告白直抒胸臆,毫不掩饰。在表现形式上,他注意把内心思感转化为形象画面,通过比喻或象征表白自己的心境,本质上还是直接抒情的,恰如刘西渭所言:"丽尼的散文多是个人的哀怨,流畅,如十九世纪初叶,我不敢就说他可以征服我的顽强的心灵。那是一阵大风,我们则是贴地而生的野草。"①而这在当时较适合热血青年的欣赏口味。丽尼还翻译过屠格涅夫的《前夜》和《贵族之家》,高尔基的前期作品《天蓝的生活》,深受这两位文学大师的影响。他的抒情风格得此助力不少,但经过个人气质的熔铸,带有敏感、热烈、率真的个性特征。

陆蠡的《海星》和《竹刀》 陆蠡(1908—1942),原名圣泉,浙江天台人。幼时在家乡读私塾,后到之江大学、劳动大学念理科。1933至

---

① 刘西渭:《咀华二集·陆蠡的散文》,上海文化生活出版社1947年版。

1934年间在泉州黎明中学担任理化教师,与丽尼、吴朗西等人共事,后来到上海文化生活出版社任编辑。这时期著有散文集《海星》(1936)和《竹刀》(1938)。上海沦为"孤岛"后,他留守文化生活出版社,不幸于1942年4月被日本宪兵队逮捕,遭秘密杀害。

《海星》内收1933年秋在泉州和1936年春在上海所写的散文25篇,除第五辑"故乡杂记"外,大多是个人抒怀之作。他对"黑夜"十分敏感,咏唱"黑夜将人们感觉的灵敏度增强","黑夜,是自然的大帏幕,笼罩了过去,笼罩了未来,只教我们怀着无限的希望从心灵一点的光辉中开始进取"。在黑暗弥漫的时刻,陆蠡的探索、进取就是从这"心灵一点的光辉"起步的。他探求过人情美和人间爱,歌唱童真和自然。他为自己失去借以回想过往生涯的信物、无法招回往昔的精灵而"只长望着无垠的天空唏嘘而已"(《失物》)。现实中失去的,他努力从幻想中找回,于是他的想象飞腾起来,或借着一个海贝遨游天外领略美景,寻找理想王国(《贝舟》);或"独自乘了一个小小的气球,向光的方面飞去",探索光的秘密(《光》);或"不惜鞭策我的忠厚的坐骑,从朝至午不曾以停歇",风尘仆仆地奔走在迢迢的人生道路上(《蝉》)。他后来在《乞丐与病者》中更是直接歌颂起自己的幻想:"没有一样东西比我幻想中的东西更美丽,更可爱,没有一块地方比我幻想之境更膏腴,更丰饶,没有一个国家比我幻想之国更自由,更平等,我有可以打开幻想的箱子的钥匙和护照,这个钥匙和护照,便是贫穷。"这些自由无羁的想象,不仅使作者那颗孤寂的灵魂获得暂且的抚慰,而且也充分反映了作者对自由、平等以及爱与美的热切向往和执着追求。

《松明》一篇突出表现出他自我探索出路的心理旅程:"我"不知不觉地迷失在漆黑的深山中,"山中精灵"调侃地揶揄我,"萤火"闪烁着引诱我,没有流水可识别高低,也没有背阴向阳的树木可辨认方向,"我真也迷惑了"。一时的迷惑并不能难倒我,我终于用铁杖敲打坚石迸出火花,点燃松明,于是:"我凯旋似地执着松明大踏步归来。我自己取得了引路的灯火。这光照着山谷,照着森林,照着自己。""脑后,我隐隐听见山中精灵的低低的啜泣声。"这一连串象征性的意象有机组合为一幅含蕴丰富的寻路图,创造了"我"独自探索、积极进取的抒情主人公形象。这篇散文使我们连带想起茅盾的《沙滩上的足迹》,它们都是表现内心勇于探索的代表作。

《海星》集内的《故乡杂记》和《竹刀》上集的作品,偏重于叙说浙东山乡的人物和故事,反映世间的不公平、不人道。《水碓》午夜号吼的碓声,挟着街邻童养媳被石杵卷进臼里捣死的血泪呼声。《哑子》天生残废,度日艰难,不知将如何打发他的残年。《庙宿》和《嫁衣》叙写旧家庭女子的不幸遭遇,文中两位女主人公都是作者亲近的堂姐妹,她们聪明、善良、勤劳而能干,带着少女的美梦出嫁后,却遭受被遗弃的不幸,一个孤苦无告,一个悲惨死去。浙东山区偏僻村落里这些小人物的悲惨遭遇,借着陆蠡那支满含爱憎感情的笔流传下来。《竹刀》一文不止于揭露人剥削人、人压迫人的社会现象,还进一步歌颂劳动人民自发的反抗斗争:一位青年山民敢于用一把原始而又锋利的竹刀刺死"霸住板炭的行市"、"大腹便便的木行老板",并在法庭上泰然自若地刺了自己以显示"竹刀"的威力,终于慑伏了老板们和官厅。这位青年山民的举动,谱写了一曲悲壮动人的原始、自发的抗争曲。陆蠡散文还有《溪》、《灯》一类歌唱山水自然和农家生活,《蟋蟀》、《八歌》一类描写鸟兽虫鱼和童年生活的作品,乡土生活气息很浓。陆蠡乡土散文发掘的一角天地,呈现着古旧、落后、衰败的面貌气息,和山东的李广田、河南的芦焚笔下的乡土风貌近似,都是旧中国内地乡村的生活缩影;不同的是,陆蠡取材于江南山乡,这里,"摩天的高岭终年住宿着白云,深谷中连飞鸟都会惊坠!那是因为在清潭里照见了它自己的影。嶙峋的怪石像巨灵起卧,野桃自生。不然则出山来的涧水何来这落英的一片?"清丽奇巧、多姿多彩,显然与北方原野苍茫、浑厚的景致大不相同。

陆蠡散文的感情抒发较丽尼含蓄婉转,刘西渭说他"正因口齿的钝拙,感情习于深敛,吐入文字,能够持久不涸。他不放纵他的感情;他蕴藉力量于匀称"[1]。这是他那种"宁静澹远"[2]的人格的表现。他的行文,节奏舒缓,回旋往复,犹如小夜曲,与丽尼的散文节奏正好相反。

---

[1] 刘西渭:《咀华二集·陆蠡的散文》,上海文化生活出版社1947年版。
[2] 柯灵:《遥夜集·永恒的微笑》,北京作家出版社1956年版。

在艺术形式上,他和何其芳、李广田、缪崇群取一致的态度,讲究形式的完美和谐,技巧的新奇娴熟,文字的凝练优美,共同为艺术性散文的发展做出了不懈的努力。

这时期经常在京派园地《水星》、《大公报·文艺》等刊物上发表抒情散文作品的,还有朱企霞、方敬、陈敬容、季羡林、南星、鹤西等年轻人。其中,朱企霞出版过《秋心集》,方敬出版过《风尘集》和《雨景》,季羡林曾预告出版一本散文集《因梦集》。他们的创作以自己的小天地为艺术对象,独抒性灵,刻意求工,丰富了何其芳等人所拓展的现代艺术性散文宝库。

在政治高压、社会斗争尖锐的年代里,思想上处于求索状态的作家,尤其是一批初尝世味、敏感多情的文学青年,为了一吐闷在心头的思绪,往往返视内心,解剖自我。他们用象征或剖白来暗示或披露自己的心灵世界,表现他们的爱憎、愿望和理想。这类题材经鲁迅等的开拓,到了本时期有着新的进展和新的特色。

大革命失败后的一个时期内,一批散文作家热情遭挫折,心灵受创伤。然而他们并没有因此而消沉,孤寂苦闷更激起他们寻找出路的强烈愿望。他们的散文,以真切的主观感受显示了同代人的内心图景,折射了动荡严酷的社会生活,普遍表现出一种沉郁顿挫、悲怆激越的精神面貌。受挫者困顿待张,孤独者寂寞探索,追求者执着坚韧,在时代斗争主潮的影响下,大抵先后从迷惘中认清出路,从黑暗中看出光明,从个人封闭中走向群众斗争,幻灭感伤情绪渐渐消退,奋兴朗阔思感浓厚起来,显示了他们的思想感情伴随时代进程而迂回发展的趋势。如果说,20年代中期的苦闷情绪反映了一代新青年觉醒后无路可走的彷徨心境,那么,这时期进一步发展了探索个人和社会的出路、追求光明前途的积极方面,而且出现了突破自我、摆脱矛盾、走向社会和人民的新的思想要求。当他们在捉摸自身的深切体验时,他们创造性地运用和发展前辈的抒情艺术,更加讲究表现形式,致力于散文形式的审美价值,丰富和发展了"美文"这一新的品类。

这类题材有较强的抒情性和较高的艺术性,作者常运用诗的艺术手法,这时期的有些作者本身就是诗人,许多作品被称为散文诗,他们还借鉴现代派诗歌的艺术手法,表达深沉的感情、微妙的意境和细腻的感触,提高了散文的艺术表现力,促进了艺术性散文的发展。这类题材虽然不足以反映时代的广阔图景,但它传达了作者内心的波澜,给读者以陶冶和启迪,从而使他们的胸中燃烧起憎恨和希望的火花。

第四节　广泛的城乡生活场景

关心国家和民族的命运前途,注意反映社会现实的真实面貌,与民族民主革命的步调统一起来,这是"五四"以来散文创作的一个现实主义传统。五四时期,瞿秋白、孙福熙、朱自清、梁绍文等人以旅行记形式描写自己所见所闻的人生现实;郭沫若、郁达夫等的漂泊记抒写自身凄苦的遭遇和流浪生活,从个人视角展现人生的苦难;叶绍钧、郑振铎、朱自清、茅盾等人及时反映"五卅惨案"、"三一八惨案"等重大事件,进一步密切了散文与现实斗争生活的联系。不过,最初十年的记叙抒情散文创作总的看来还是以抒写作家个人生活感想为主,当时影响最大的散文作品无疑是冰心的《寄小读者》、朱自清的《背影》、许地山的《空山灵雨》和周作人的《泽泻集》一类表现自己的文字。只有到了30年代,民族危机加深,国内阶级斗争空前激烈,城乡经济加速破产,人民生活日益贫困,社会生活动荡不安,这些关系到国计民生的具有迫切社会意义的生活素材才成为广大散文家注目的重心,才在散文形式中得到广泛和深刻的反映。按照现实生活的本来面貌反映现实的写实精神,首先为一批社会意识较强、生活阅历较深的作家所自觉接受,并加以运用;影响所及,在30年代中期形成强大的写实主义思潮,较大地改变了前十年以我为主、主观抒情的格局,拓宽了现实主义的发展道路。广大作家的为数众多的纪实之作,迅速、广泛、真实、深刻地反映30年代城乡社会生活各个方面的动荡变化,写出现实生活的真实性、丰富性、复杂性,成为30年代的历史画卷。适应于现实内容的需要,纪实性较强的散文体裁如旅行记、速写、乡土杂记等蓬勃发展,记事、写人、叙述、议论等技巧日渐丰富;有的引进小说笔法,提炼情节,刻画场景,勾勒人物,讲究结构;有的以诗化散文的形式,表现城乡场景及内心感受。这些都说明写实艺术明显有着较大的提高。

一 旅行记中的世态画

王统照的《北国之春》等 王统照在20年代写过《片云集》一类表白内心冥想、饱含哲理思索的文字,30年代也有《听潮梦语》的片断思感,深沉含蓄。但他30年代散文的总的倾向是素描纪实,除了前述的《欧游散记》,先后写作结集的有《北国之春》(1933)和《青纱帐》(1936)中的部分篇章。《北国之春》记载"九一八"前夕的东北情形,《青纱帐》以北方社会的素描为主,取材偏重于现实社会生活中人们关心的时局和社会问题,具有深刻的社会意义。

在反映东北问题的散文中,王统照的《北国之春》是较早的一部。他以1931年旅行东北的亲身经历,真实地反映了东三省社会的惨象。日寇在步步进逼,"到处是邻人的话,到处是他们的规矩"(《红日旗的车中》);醉生梦死者麻木不仁,下层人民苦难深重。作者以具体形象的生活图景揭示日本帝国主义鲸吞我国的野心,昭示民族危机的空前严重性,这在当时是很有识见的。《青纱帐》集内的记述文字,勾勒北方原野的风物,反映农村的破败和骚动,揭露都市生活的畸形和病态,把北方社会的内忧外患透露了出来。王统照的国内旅行记以愤懑沉重的心情反映了帝国主义势力范围中北方城乡的社会危机和民族危机。

王统照这些记叙性散文,适应内容的写实要求,文风也有较大改变,以记叙具体、场景生动、描述简洁、议论明快、文笔朴素中见流丽为基本特色,不同于《片云集》、《听潮梦语》的诗意追求和哲理探索。以《北国之春》中的《小卖所中的氛围》为例:

> 我躺在木坑上正在品尝这烟之国的气味,是微辛的甜,是含有涩味的呛,是含有重量炭气的醉人的低气压;不像云也不像雾。多少躺在芙蓉花的幻光边的中国人,当然听不到门外劲吹的辽东半岛的特有的风,当然更听不到满街上的"下驮"在拖拖地响。这里只有来回走在人丛中喊叫卖贱价果子与瓜子的小贩呼声,只有尖凄的北方乐器胡琴的喧声,还有更好听的是十二三岁小女孩子的

皮簧声调。

文章选择小卖所这个特定的场景,以凝练的笔触,描绘了大烟的气味及人丛中嘈杂而尖凄的喧响。这便是东北现实的折光反映。多少中国人在毒雾中沉沦,还能有什么国难观念。景象的恶浊和嘈杂,内心的沉痛,在富于表现力的文字中透露出来。

巴金的《旅途随笔》 巴金自 1927 年初在赴法途中开始写作《海行杂记》之后,经常采用旅行记形式记录他的旅途生活、见闻和感想,1933 至 1934 年间写作的《旅途随笔》(1934)就是这方面的代表作。

巴金在序文中解释自己的旅行动机,并不是因为喜欢"名山大川",而是出于友情的牵挂,"要到各个地方去看朋友们的亲切的面孔,向他们说一些感谢的话,和他们在一起度过几天快乐的时间",还想"知道各个地方人民的生活状况"。《旅途随笔》中的旅行路线由上海出发,乘船经香港抵达广州,在乡村旅行五日后乘船经厦门回上海,又由上海乘车北上到天津、北平,南北来回转了一大圈,旅途的社会见闻、朋友交往、个人感受等等便忠实地记载在《旅途随笔》里。这里有香港、广州一类近代都市生活气息,有乡村知识分子和农民群众的面影,有南国乡野的美丽风光和北方平原的雄浑画面,有志趣相投的朋友同志,有自己的喜怒爱憎,涉及生活面相当广泛,犹如 30 年代城乡社会的一幅草图。作者说:"这种平铺直叙、毫无修饰的文章并非可以传世的佳作,但是它们保存了某个时间、有些地方或者某些人中间的一点点真实生活。倘使有人拿它当'资料'看,也许不会上大当。"[①]他强调的是这类作品的社会学价值。

《旅途随笔》还具有一定的思想价值和艺术价值。他在《谈心会》上抒发自己的生活见解:"我们的生活信条应该是:忠实地行动,热烈地爱人民;帮助那需要爱的,反对那摧残爱的;在众人的幸福里谋个人的欢乐,在大众的解放中求个人的自由……"在《朋友》中发现人世间友情的可贵,他写道:"我愿意把我从太阳那里受到的热放出来,我愿意把自己烧得粉身碎骨给人间添一点点温暖。"这里表达的是一种真

---

① 巴金:《谈我的散文》自注①,《巴金散文选》上册,浙江人民出版社 1982 年版。

诚无私、自我牺牲的精神。他歌唱现代物质文明,发现"机器的诗"是"创造的,生产的,完美的,有力的",比任何诗人的作品具有更大的"动人的力量"。他对畸形的社会制度的无情抨击,对理想的未来社会的热烈向往,都表现出他作为现代知识分子追求进步、追求理想、爱国爱民的思想感情。他的旅行记录虽是生活的实录,不作假,也不修饰,但总是将自己的思想见解和爱憎感情渗透其中,记事、写景、抒情和议论自由融化,行文随便而富于气势,具有一种朴实、流畅、显豁的个人风格,给人以简洁、切实的艺术感受。

艾芜的《漂泊杂记》 艾芜(1904—1992),原名汤道耕,四川新繁人。在家乡念过小学和师范后,于1925年夏天,"决定到外面各大都会去半工半读",于是离家流浪,"由四川到云南,由云南到缅甸,一路上是带着书,带着纸笔,和一只用细麻索吊着颈子的墨水瓶的。在小客店的油灯下,树荫覆着的山坡上,都为了要消除一个人的寂寞起见,便把小纸本放在膝头,抒写些见闻和断想。"①艾芜就这样走上了人生道路和文学道路。其独特的生活经历,成为他日后文学创作的重要题材,《漂泊杂记》(1935)便是其成果之一。

艾芜进入社会,上的"人生哲学的第一课"是饥饿、露宿、无业、流浪和遭人白眼,但他认定"就是这个社会不容我立足的时候,我也要钢铁一般顽强地生存下去!"(《人生哲学的第一课》)这种百折不挠的生的意志,反映在他的《漂泊杂记》中,形成了令人感奋的倔强、刚毅、开朗、富于朝气的艺术个性。边地荒野,人迹罕至,土匪出没,处处充满恐怖感。然而,"挂着斜阳光辉的绿荫山道,杂响着欢快的前进的步伐,生气洋溢的旅途呵,引诱着我这双迈进的走足"(《蝎子寨山道中》)。他领略西南地区的风土人情,摹写荒原旷野的山川景色,追怀东南亚一带的异国情调,在清新自然的文字中展示了边陲异邦的生活风貌,为现代旅行记开发了一块新的处女地。作者在领略西南风光的同时,还对那里的社会问题给予密切的关注。他对兵匪作恶、迷信盛行、官府欺压一类丑恶现象所进行的无情揭露和抨击,对边民愚昧、商贩自私、闭关

---

① 艾芜:《墨水瓶挂在颈子上写作的》,《我与文学》,上海生活书店1934年版。

自守、生产落后一类社会现象所作出的忠实反映,使我们清楚地认识了一个真实的、落后的带有原始野性的社会。生产力落后和残酷的阶级压迫以及与之并存的生之挣扎和人间疾苦,给读者的感受不只是猎奇而已,更重要的是人生艰难的共鸣。

《漂泊杂记》以速写居多,兼有笔记、随笔、抒情小品各体,记事写人,因景抒情,自由不拘,简洁明快。《江底之夜》中女店主泼辣粗野、麻利能干的神态,通过人物口吻和举动,三笔两画就把她写活了。《旅途杂话》从自身走在荒山旷野的旷达写出了一点人生经验,凝练概括。《滇东小景》是旅途生活片断的素描,简洁质朴,毫不夸张。《怀大金塔》的歌咏笔调、追怀情趣,称得上优秀的抒情小品。形式多样,适合了内容的丰富新鲜;而内容和形式的谐调统一,又使《漂泊杂记》给人文质相当的艺术享受。这便是它在30年代写实性散文中引人注目的根本原因。

吴组缃、蹇先艾、沈起予的旅行记　吴组缃(1908—1994),安徽泾县人,30年代初在清华大学中文系读书时开始写作以农村破产为题材的小说散文,1935年应聘到泰山任冯玉祥的国文教师。他在《文学》月刊和《太白》半月刊上发表的《黄昏》、《村居纪事二则》、《柴》、《泰山风光》和《女人》等散文,收入《饭余集》(1935);以老练的笔触描述乡村凋敝、农民破产和泰山沿途的社会风光,题材典型,刻画细致,行文流丽,是这时期文质兼备的散文佳作。《黄昏》渲染农村破落的环境气氛,《村居纪事二则》刻画被损害的底层人物,《泰山风光》专写"朝山进香"者沿路的遭遇,不是风景画而是风俗画、世态画,处处显示出一位现实主义小说家的观照方式和艺术特色。

蹇先艾(1906—1994),贵州遵义人,早期乡土文学作家,散文集有《城下集》(1936)和《离散集》(1941)。其中的旅行记记述自己的羁旅生活和途中见闻,反映了中国社会的某些侧影。《鲁游随笔》中,《车窗外》"所注意的是沿途车站上的人类",勾勒了依靠车站为生,忠厚老实,尽力兜揽生意的小商贩面影;《茅店塾师》刻画了一位被新时代淘汰,依然敬神崇经,个性倔强的老人形象;《济南的一夜》、《大明湖上》等篇并不专门描摹风景,还涉及某些社会现象。他的《长江船上的通信》写水上的航程,《渝遵道上》写山区的旅行,《三等车中》写铁路沿线的见闻,这种走马观花式的旅行记,自然免不了浮光掠影。《城下》是追忆1933年5月华北危机、北平动荡中的生活日记,反映了紧张不安的气氛和危急动乱的时局。文章朴实无华,以白描见长。

沈起予(1903—1970),四川巴县人,曾留学日本,参加过创造社和左联,主要从事小说创作和翻译工作。1935年出版了反映淞沪战争和难民生活的散文报告集《火线内》;他在《太白》杂志刊载《桂行杂图》一组旅行记,写出了沿途城乡的落后、闭塞、守旧和衰败,取材广泛而注意提炼,勾画简洁,文笔老练,也是《太白》"速写"栏的成果之一。他在抗战时期创作了著名的长篇报告文学《人性的恢复》。

旅行记是游记散文中较有社会意义的一个品种,20年代作家如朱自清等就自觉运用这种形式来反映随着个人生活经历所见到的社会风貌,30年代许多作家更有意识地、有目的地运用这种直接反映社会生活的纪实文体。30年代强敌压境,国土沦丧,社会动荡不安,一些知识分子有意识地进行参观考察,一些则到处漂泊流浪,都是促使旅行记兴盛的重要原因。上述作家作品从不同角度和不同地域出发,叙写亲身经历的祖国城乡边塞的广泛社会生活图景,大大开阔了散文的写作天地,加强了散文与政治形势和现实生活的密切联系。

二 城乡生活动态的速写

茅盾的《速写与随笔》 在30年代纪实散文系列中,茅盾占有重要地位。他是纪实散文的积极提倡者、自觉实践者和先行者。他明确提倡写作与现实生活斗争紧密联系的散文小品,把这种有别于消闲遣闷的旧式小品文的新型作品定名为"新的小品文",并作了一些质的规定性。他要"小品文摆脱名士气味,成为新时代的工具",强调以内容充实的艺术成果来战胜闲适小品,把小品文从"高人雅士"手里的"小玩意儿"改变成为"志士"手里的"标枪"和"匕首"[1]。这和鲁迅《小品文的危机》的主张是一致的。

---

[1] 参见蕙(茅盾)《关于小品文》,《文学》1934年7月号。

茅盾社会阅历丰富,思想修养深厚,革命责任感强烈,擅长以马克思主义为思想武器来观察和分析现实生活,尤其对30年代世界经济危机形势下中国城乡经济加速破产的现状和必然命运具有独到的发现和深刻的认识,在散文写作中迅速、直接、广泛地反映出来。他摆脱大革命失败后的苦闷感以后,大量写作的散文作品便是城乡生活速写,先后结集出版了《茅盾散文集》(1933)、《话匣子》(1934)、《速写与随笔》(1935)等。这些作品反映了上海"一·二八事变"的影响,展现了都市的畸形发展和五光十色的社会现象,显示了农村经济的迅速破产和天灾人祸对农民的沉重打击。作家处处带着解剖刀,夹叙夹议,切中要害,以"观察的周到,分析的清楚"和"切实的记载"而获得好评①。

茅盾善于驾驭零碎交错的生活素材,截取片断,理清线索,有条不紊地组织起来,便成为一篇篇内容饱满、形式完整的散文作品。《故乡杂记》、《乡村杂景》、《上海大年夜》、《全运会印象》诸篇,就显示出茅盾能干脆利落地处理复杂题材的深厚功力。《故乡杂记》从火车、内河轮船上到故乡半个月的种种见闻,分三节拉杂道来;涉及各色人等,他们生活在国民党曲意媚外、东洋人肆意侵略的气氛中,在官吏横行、苛捐杂税的盘剥下,在外货倾销、农村经济破产的黑影里,各有各的心思,各有各的议论,各有各的行动,茅盾以其高屋建瓴、透视内里的大手笔将这纷繁世相笼括于两万余字的长文中,剖析得头头是道,这非有意在笔先、成竹在胸的功力不可。《上海大年夜》是都市写实的代表作。采写大年夜,却出人意料的拍下市面萧条的诸多画面,连繁华的南京路也是冷冷清清的,唯有影戏院和虹庙挤满消遣或祈神的人,形成强烈的反差;大上海这种反常的大年夜突出反映了当时整个社会经济的严重危机。他写散文,举重若轻,随意运笔,叙议结合,灵活多样,无论是场景速写、人物勾勒、事件穿插和细节刻画,处处得心应手,显示了小说大师的造诣。

茅盾纪实散文的语言朴素流畅,明白通俗,保持自然气势。这里摘取《故乡杂记·内河小火轮》中的一段,以见茅盾此时散文风格之一斑:

  而最最表面的现象是这市镇的"繁荣"竟意外地较前时差得

---

① 郁达夫:《中国新文学大系·散文二集导言》,上海良友图书印刷公司1935年版。

多了。当我们的"无锡快"终于靠了埠头,我跳上了那木"帮岸",混入了一群看热闹以及接客的"市民"中间的时候,我就直感到只从一般人的服装上看,大不如十年前那样整洁了。记得十年前是除了叫化子以外就不大看见衣衫褴褛的市民,但现在却是太多了。

街道上比前不同的,只是在我记忆中的几家大铺子都没有了,——即使尚在,亦是意料外的潦倒。女郎的打扮很摹拟上海的"新装",可是在她们身上,人造丝织品已经驱逐了苏缎杭纺。农村经济破产的黑影重压着这个曾经繁荣的市镇了!

这明晰畅达的叙述和朴实精确的言语,与他抒情散文的含蕴风格恰成一个鲜明对比。茅盾的速写为"新的小品文"开拓了新的题材、新的文体和新的文风。

阿英、许杰、叶紫、夏征农的速写 阿英在大革命失败后转移到文艺战线上,和蒋光慈等人发起组织了"太阳社",1927年被捕,这段革命经历,在其《流离》(1928)和《灰色之家》(1933)这两本日记体、自叙传体散文中得到反映。《流离》以日记的形式,记录他在大革命失败后撤出芜湖的流亡和漂泊的经历。他在《自序》中说:"我所感到的是,从这一部纪录里,能以看出离乱时代的一部分人民的流离颠沛的生活状况,以及过往的一年的社会的暗影,以及在可能的范围内所发泄的悲愤的心情。我刊出这一部纪录的意义在此。"《流离》给读者留下一部大革命失败后白色恐怖的灾难实录,更重要的是读者可以从中感受到革命者百折不挠的战斗豪情。出狱后,他从事左翼文艺活动,主要写评论和杂文,出版了《夜航集》(1935)。《夜航集》内的《盐乡杂信》是一组书简体通讯,以深入海盐县属澉浦镇盐区调查所得的材料写出了"常常饿得没有饭吃"的盐民们的生活情形。他们与"大自然的争斗","与豪绅的肉搏",都通过具体的描述、详尽的资料真实反映出来,犹如一幅破落动荡的渔村鸟瞰图,深深地印在读者的心头。

许杰(1901—1993),浙江天台人,文学研究会会员,早期以描写农村生活题材的小说闻名。1928年到南洋吉隆坡任华侨报纸《益群报》总主笔,回国后参加左联。他写的"南洋漫记"结集为《椰子与榴梿》(1930)出版。《自序》里称当时就"想试着用新的眼光去衡量"南洋社会,揭露殖民地社会"充满了资本家的铜臭,帝国主义的羊腥臭,洋奴走狗们的马屁臭,以及那些目不识丁、却到处自充名士的马屙臭",他是站在唯物史观的高度批判地描写资本主义经济关系下的社会生活的。30年代他为《太白》、《自由谈》、《文学》撰写的杂记速写,发展了批判地写实手法,反映了古旧乡村被资本主义经济冲击而破落的社会现象。许杰的散文取材偏重社会现象,注重揭示生活现象的社会本质,往往直接站出来发表自己的见解和感觉,文风较为明快显豁。

叶紫(1912—1939),原名俞鹤林,湖南益阳人。大革命前后曾有一段流浪生活,对社会底层和旧军队内幕较为熟悉,这些成为他后来创作小说和散文的重要题材。他参加了左联,受过鲁迅的指导和奖掖。他的散文叙述自己的流浪生涯,揭露旧军队的黑暗状况,诉说社会底层的苦难和不幸,以真实深切打动人们,确能"加强我们的对于黑暗的现实的认识"①。他把小说笔法带入散文写作,这使他的散文带有情节因素,注重细节和场景的描写,还勾勒出几个鲜明的人物形象,结构较为严密,有些篇章接近于小说的格局;但他能如实叙写亲身经历和客观事实,不加虚构,不刻意加工,仍然保持散文的自然本色。《行军掉队记》、《古渡头》、《长江轮上》(收入《叶紫创作集》,1955)诸篇就显示了这位小说家的散文写作个性。

夏征农(1904—2008),江西新建人。大革命失败后逃亡上海,通过陈望道入复旦大学读书,从事地下革命工作,不久被捕。《从上海到苏州》(1930)一文就叙写自己作为囚人被押解到苏州的经历,显示政治犯团结斗争的力量和"终有一天呵!我们的血,要把这黑暗的牢狱刷洗!"的信念。1930年刑满出狱后,参加左联,1935年协助陈望道编辑《太白》半月刊,对团结散文作家、扶植散文创作起过重要作用。他在《太白》"速写"专栏发表过《阿九和他的牛》、《家信》、《都市风光》等作品,鲜明地勾画了农村在天灾人祸的打击下日趋破落的图景,都市底层小人物在死亡线上挣扎的惨相,令人触目惊心。这些速写叙写真实,白描素朴,语言通俗,是《太白》"速写"的代表性作品。

---

① 叶紫:《我们需要小品文和漫画》,《小品文和漫画》,上海生活书店1935年版。

上述四位左翼作家和茅盾一样,总是站在阶级分析的思想高度观察、分析现实生活,力图表现社会底层人民被压榨的惨状,揭示生活的某些本质。他们的作品大多属于"速写",叙事性强,夹叙夹议,有的借鉴小说笔法。这对于开拓散文题材、发展散文记叙艺术,做出了贡献。《太白》创立"速写"专栏后,曾有人化名戊卯在1934年9月16日《申报·自由谈》上发表《读太白创刊号》予以充分肯定,该文认为:"速写,本来是小品文的原形,在别的国度,速写已经成为一种最流行的形式,一方面它是以一种高度发展的新文学形式而出现,另一方面它又以训练文学青年写作技能的最好方法而被提倡着。它的长处,能以最简明的文字表现最新鲜的时刻变动着的各种社会相。目前中国,正是多数人要求文学迫切的时候,速写之被提倡,无疑的已经是最迫切最需要的了。"这把速写的特点和专长及社会需要揭示出来,也说明茅盾等人新创速写的重大意义。不过,这时期的速写作品,普遍不够注重素材提炼和艺术加工,朴素通俗是其优点,但也难免给人质胜于文的感觉。

三 乡土内地的反顾和忧患

茅盾反映资本主义经济危机冲击下的都市乡村,巴金描写动荡变化的城乡市镇,现代生活气息都较为浓厚,与他们写实精神接近但风貌不同的有所谓"内地描写"一派。这派作家以乡土内地作为立足点,反映古老乡村面貌。朱自清专门著文提倡,认为"内地是真正的中国老牌,懂得内地生活,方懂得'老中国的儿女'",内地描写正可以帮助人们懂得内地情形。不过,"游记里的描写常嫌简略,而走马看花,说出来也不甚贴切。报纸上倒不时有内地情形的记载,简略是不用说,而板板地没生气,当然不能动人。现在所需要的是仔细的观察,翔实的描写。一种风格,一种人情,一处风景,只要看出它们的特异之处,有选择地有条理地写出来,定可给读者一种新知识,新情趣——或者说,新了解,新态度"。他还认为:这种内地描写"最好是生长在本地而又在外面去来的人"适宜于动笔。① 这和鲁迅所界定的"乡土文学"所见略同,

---

① 朱自清:《内地描写——读舒新城先生〈故乡〉的感想》,《太白》1934年第1卷第5期。

可以把这种"内地描写"作为"乡土文学"之一,直接称为"乡土散文"。这派作家的代表人物有:沈从文、舒新城、芦焚、柯灵等,上一节所述的李广田、何其芳、陆蠡等也从乡土生活取材而拓宽写作路子。

  沈从文的《湘行散记》 沈从文(1902—1988),湖南凤凰人。1918年从家乡小学毕业后,随本乡土著部队在沅水流域各县生活多年,这段经历在《从文自传》得到反映。1922 年受"五四"新文化思潮的吸引来到北京,本想升学读书,但未成功,于是学习写作,经过艰苦努力,终成小说名家。30 年代在京津《大公报》主编《文艺》副刊,注重创作,提携后进,影响广泛。1934 年初,他重回湘西,写下《湘行散记》;1937 年战事一起,他逃难回到沅陵住了约四个月,又写了《湘西》。这两种游记体散文著作显示了湘西独特的地理环境、民俗风情、历史习惯和民事哀乐,使这个偏僻闭塞、不见经传的内地一角在文学史上放射出特异的光彩。

  《湘行散记》(1936)和《湘西》(1939)都是描绘乡土风貌的,前者侧重于湘西沿河的见闻、回忆和感想,后者偏重于鸟瞰式的概括、考察和介绍,写法略有不同。前者是由一个个特写镜头连缀而成的湘西长镜头,后者则是由一幅幅鸟瞰图组成的湘西全景。作者尝试运用"屠格涅夫写猎人日记的方式,揉游记、散文和小说故事而为一,使人事凸浮于西南特有明朗天时地理背景中"①,成功地处理了这一特殊的乡土题材。即以游记为基础,融入考察记、风俗志和民间传说等文体的一些特点,形成一种具有社会学、民俗学意义的新型游记。

  沈从文描绘的湘西天地带有纯朴天然、野蛮落后的原始情调,还多少沾染上社会动荡、新旧交替的现代气息。他渲染那里人"生活却仿佛同'自然'已相融合,很从容的各在那里尽其性命之理,与其他无生命物质一样,惟在日月升降寒暑交替中放射,分离";他感慨这种人生,思索"一份新的日月,行将消灭旧的一切"之际,"我们用什么方法,就可以使这些人心中感觉一种对'明天'的'惶恐',且放弃过去对自然和平的态度,重新来一股劲儿,用划龙船的精神活下去?"(《箱子岩》)他

---

 ① 沈从文:《新废邮存底·二十三》,《沈从文文集》第 12 卷,广州花城出版社 1984 年版。

发现那里"十五年来竹林里的鸟雀,那分从容处,犹如往日一个样子,水面划船人愚蠢朴质勇敢耐劳处,也还相去不远。但这个民族,在这一堆长长的日子里,为内战、毒物、饥馑、水灾,如何向堕落与灭亡大路走去,一切人生活习惯,又如何在巨大压力下失去了它原来纯朴的型范,形成一种难于设想的模式!"他理解和体味到乡民生活的严肃性和原始性,"他们那么忠实庄严的生活,担负了自己那分命运,为自己、为儿女,继续在这世界上活下去。不问所过的是如何贫贱艰难的日子,却从不逃避为了求生而应有的一切努力,在他们生活爱憎得失里,也依然摊派了哭、笑、吃、喝。对于寒暑的来临,他们便更比其他世界上人感到四时交替的严肃"。(《一九三四年一月十八日》)沈从文真实地描绘湘西内地生活,反映这群"老中国儿女"的生死哀乐,肯定其人性的单纯、顽强、自然、笨拙诸可爱之点,又不能不忧虑其生活习惯落后于时代而面临衰败老死的可怕命运。他怀抱开发、改造和建设湘西的热忱,寄希望于:"民性既刚直,团结性又强,领导者如能将这种优点成为一个教育原则,使湘西群众普遍化,人人各有一种自尊和自信心,认为湘西人可以把湘西弄好,这工作人人有份,是每人责任也是每人权利,能够这样,湘西之明日,就大不相同了。"(《凤凰》)他想重新唤起乡民对于生活的热情、主动性和进取心,却又想不出一条切实可行的办法。他的忧患和悲悯油然而生,似比《边城》表露得更为直接和沉重。

　　沈从文乡土散文描绘多姿多彩的山光水色,叙述曲折动人的乡野故事,勾勒神形生动的山乡水手,显示出他作为小说家的艺术才华。他着重渲染湘西独特的自然环境、风俗习惯,突出湘西山水的清新秀丽,民风的纯朴耐劳,生活的谧静庄严。在这种情调、气氛、形色组成的特殊背景中,他娓娓叙说人事变动、生死别离、爱憎得失,写出了几种性格鲜明、富于情趣的人物:一个戴水獭皮帽子的朋友,一个多情水手与一个多情妇人,五个军官与一个煤矿工人,一个爱惜鼻子的朋友,等等,其个性单纯真实,不加雕琢,天然浑成。写景、叙事、写人、抒怀诸种笔调融为一体,运用自如。这种文体确实与《猎人日记》十分相似。作者散文语言的色调自然朴素,节奏从容不迫,用词造句不事雕琢而圆熟精练,又灵活运用方言俗语,增强作品的生活气息和地方色彩。他的描绘

往往使人产生如临其境的感觉,如《鸭窠围的夜》:

> ……我到船头上去眺望了一阵。河面静静的,木筏上火光小了,船上的灯光已很少了,远近一切只能借着水面微光看出个大略情形。另外一处的吊脚楼上,又有了妇人唱小曲的声音,灯光摇摇不定,且有猜拳的声音。我估计那些灯光同声音所在处,不是木筏上的篙头在取乐,就是水手们小商人在喝酒。妇人手指上说不定还戴了水手特别为她从常德府捎来的镀金戒指,一面唱曲一面把那只手理着鬓角,多动人的一幅图画!我认识他们的哀乐,这一切我也有份。看他们在那里把每个日子打发下去,也是眼泪也是笑,离我虽那么远,同时又与我那么相近。这正同读一篇描写西伯利亚的农人生活动人作品一样,使人掩卷引起无言的哀戚。我如今只用想象去领味这些人生活的表面姿态,却用过去的一分经验,接触着了这种人的灵魂。

这种情调,这种氛围,这种语气,源于感同身受,出自同胞心怀,浑然天成,和谐动人,没有半点勉强、做作、夸张的意味,完全是以真实、自然、亲切,直接感染读者。

舒新城的《故乡》 舒新城(1893—1960),湖南溆浦人,于湖南高等师范学校英语部毕业后,长期从事教育和出版工作,主编过中华书局出版的《辞海》。他根据1931年10月归家见闻写成的书信体散文集《故乡》(1934),分为三编:第一编《归程杂拾》,记由南京到溆浦的旅程;第二编《故乡琐记》,记家庭及故乡的情形;第三编《资湘漫录》,记资水民船上与在长沙时之生活。作者在序文自称:"此书所述,虽然是以我父亲为中心的家庭琐细与当时耳闻目见的社会断片,可是这里的琐细与断片,大概是现在中国农村家庭与农村社会的普遍现象,则此册或亦可视为'现代中国'之部分的真实史料。"

作者笔下的故乡,民风淳朴,景物如故,乡人生活艰辛,整日担心"派捐的委员"敲诈勒索,文化落后,消息闭塞,没有一丝生气,这是几千年来中国内地农村的一个缩影。《时代的权威》一文在揭示父与子两代人生活态度的差别及其根因方面有着独到的发现。他笔下的父亲

是这样的:

> 他是一个小农社会的真正农人,他虽然能识字写信,但他们环境是农村,他的知识以农村社会的传说为限。他的信仰是祖先教下的算命、堪舆、占卦、问卜、敬神、建醮的种种习俗,他的生活是日出而作,日入而息的农事工作。他到这样的年龄,还是惟日孜孜地努力于创立家业,以期见誉于乡里,无愧于儿孙。他以为"富贵不归故乡,有如衣锦夜行",我在外面就业,无非为的是"扬名声,显父母",结局终须携妻儿归享田园之乐;他以为他替儿孙置了产业,儿孙归来生活无忧,自不愿在外面劳碌奔波,而且,他以为祖宗庐墓均在故乡,古今来,无论何种大小人物,绝没有置祖宗庐墓于不顾而永在外面寄居的。

作者理解体察父亲的生活习惯和生活要求,他父亲也明白儿孙事实上无法接受老一辈的意愿生活,但下意识里决不许打消这个念头。作者从中看出时代的权威,不同时代造就了不同的人,在老一辈农人和新一代知识人中间的距离"至少相去半世纪以上"。《故乡》描写内地农村社会风貌和农村家庭生活,以观察仔细、内容翔实、叙写自然而获得朱自清的赞赏,朱自清特地写了读后感,借此机会提倡"内地描写"①。同是湘地乡村生活题材,舒新城与沈从文写的不同。舒新城写的是老中国儿女的生活习惯和传统观念,是典型的小农社会的农民,是内地乡村社会的日常琐事,朴实、平凡,没有沈从文笔下的神奇、绚烂和诗意,也没有半点夸张、做作和渲染,正如朱自清说的,"这本书原来是写给朋友的许多信集成的,像寻常谈话一般,读了亲切有味",属于"谈话风"一路的文章。

鲁彦的旅行记和故乡随笔　鲁彦(1901—1943),原名王衡,浙江镇海人。从小生活在乡下,熟悉浙江一带农村生活。十八岁离开家乡,走入社会,在上海、北京、南京、福建、陕西等地谋生。乡村生活和旅行见闻便成为他取材的中心。他参加过文学研究会,1923年开始发表小

---

① 朱自清:《内地描写——读舒新城先生〈故乡〉的感想》,《太白》1934年第1卷第5期。

说,其作品被鲁迅称为"乡土文学"。散文结集出版的有《驴子和骡子》(1935)、《旅人的心》(1937)。抗战期间在桂林创办《文艺杂志》,1943年病逝。1947年由他夫人覃英编选的《鲁彦散文集》,选入他1923—1939年创作的散文作品22篇。

鲁彦为生计四处奔波中,写下几组旅行记,如《厦门印象记》、《西安印象记》等,描述了当地风光和城市生活的情景;同时,帝国主义魔爪,政府的腐败统治,以及天灾人祸,也得到如实的反映。在漂泊困顿生活中更多是追怀童年往事,系念故乡风物。《父亲的玳瑁》叙述父亲晚年寂寞时与玳瑁猫结下的不解之缘,连猫也通人性,对父亲逝世十分伤心,眷念故土,不愿离家远走,借此更见深重哀情。《雷》写母亲在打雷时庇护儿女的情景,怕雷、怕一切危险的生活和境界,原是人人所难免,但为了孩子,是顾不上的,也是不能怕的,这就见出母爱的无私无畏。这两篇抒写骨肉亲情,朴实真挚,感人至深。《旅人的心》抒写两代人离乡背井的不同心情,他改变了自己初上人生征途的激动心情和美好向往,充满了烦恼、忧郁、凄凉和烦恼,显示了时代的进展反而给年轻的一代带来失望和迷惘。《杨梅》和《钓鱼》叙写自己和故乡之间那种若即若离的联系,抒发离开故乡经历世事后的平民知识分子对童年时代乡村生活那种可望而不可即的感叹,流露出人事变迁、过往不复的悲怆感,表达了对故乡的渴念。《我们的学校》、《我们的太平洋》一类回忆作品,基调都是如此。鲁彦一生贫困、寂寞,饱经忧患。"人在寂寞的时候,便喜欢回顾过去,而对现实是一方面反感甚多,一方面却更加执着。鲁彦的这些散文多半是在这种心情下写的。这些便是最真实的生活的记录。"[①]将自己真实的生活体验传达出来,不是冷静的体味,而是涌动着一片痴情,这就决定了鲁彦的散文不可能超然物外,只能充满着现实人生的艰辛苦涩。

鲁彦散文给人的感觉是朴实自然,他以诗人的感受和小说家的笔法叙说日常生活,善于进行细致的心理描写和环境描写,抒发内心感受,作品有浓郁的抒情气息。他娓娓写来,时而流泻一股情愫,时而迸

---

① 覃英:《〈鲁彦散文集〉后记》,《鲁彦散文集》,上海开明书店1947年版。

发一点思想火花。如《旅人的心》,通过那具有象征意味的美丽晨景的描写,便把自己初上人生征途的新鲜印象和美好憧憬表现出来:

> 完全是个美丽的早晨。东边山头上的天空全红了。紫红的云像是被小孩用毛笔乱涂出的一样,无意地成了巨大的天使翅膀。山顶上一团浓云的中间露出了一个血红的可爱的紧合着的嘴唇,像在等待着谁去接吻,两边的最高峰上已经涂上了明亮的光辉。平原上这里那里升腾着白色的炊烟,像雾一样。埠头上忙碌着男女旅客,成群地往山坡上走了去。挑夫,轿夫,喝道着,追赶着,跟随着,显得格外的紧张。
>
> 就在这热闹中,我跟在父亲的后面走上了山坡,第一次远离故乡,跋涉山水,去探问另一个憧憬着的世界,勇敢地肩起了"人"所应负的担子。我的血在飞腾着,我的心是平静的,平静中满含着欢乐。我坚定地相信我将有一个光明的伟大的未来。

唐弢认为鲁彦的散文,"平实中带着回荡,很有个人风格"①。覃英认为鲁彦散文更直接地表现了他的生活和性情,语言风格是"优美而朴质"②。这些说法大体相同,符合鲁彦散文的实际情况。

吴伯箫的《羽书》 吴伯箫(1906—1982),山东莱芜人,1931年毕业于北京师范大学英语系。1925年在《京报副刊》上发表了散文处女作《白天与黑夜》,此后坚持散文创作,到1931年曾收集四十多篇作品为《街头夜》准备出版,因"九一八"事变,稿本失散。大学毕业后回山东,先后任职于青岛大学、济南乡村师范、莱阳乡村师范,一直到抗战爆发。这时期的散文创作结集为《羽书》,到1941年才出版。

吴伯箫曾在《荠菜花》一文中透露了自己的写作习惯:"是啊,一个人是会凭借了点点滴滴的物什,憧憬到一大堆悠远陈旧的事物上去的,你,不晓得怎样,于我,这都成了牢不可破的习惯了。丙夜时分一声'硬麦饽饽',带来的是全套北京的怀念……一挂红纸封的万头火鞭,着眼就是曩昔的升平年景及祖父在时家庭的一团和乐。西红柿给我一

---

① 唐弢:《晦庵书话·乡土文学》,生活·读书·新知三联书店1980年版。
② 覃英:《〈鲁彦散文集〉前记》,《鲁彦散文集》,上海文艺出版社1959年版。

个女人的影子;天冬草使我记起那帮永远谈不倦的血性伴儿。鸣蝉声里要燥热打瞌睡,蟋蟀唧唧令人感到凄凄别离。啊,就这样,荠菜花孕蕴了百千种景色,拨弄着够多的怅惘与欢乐呢。"他总这样,借着自己所熟悉的事物,展开辽远的遐思和亲切的回忆,表现他对乡土、祖国、历史的热情眷恋。他多方铺排,纵笔挥洒,把自己所感受的生活情趣淋漓尽致地表现出来,具有梁遇春"快谈、纵谈、放谈"的作风,而不带有梁遇春式的悲怆情调,自有充溢爽朗的心怀。他铺写"山屋"四季给人的种种情趣,漫话故都北京的生活感受,展现青岛四季的风物人情,围绕家乡的马、啼晓鸡、灯笼、荠菜花、天冬草、萤一类常见事物大做文章,描出一幅幅温馨的乡土风俗画。他从许多熟悉的题材中挖掘出清新、健康的生活情绪和积极向上的思想主题,将自己对于自然乡野的向往,对于光明未来的憧憬,对于驱除胡虏、渴望祖国自由解放的期待,表现在繁复斑斓的铺叙之中,情趣饱满,知识丰富,联想活跃,语言绚丽,给人以充实圆满的美的感受。

这里摘引《夜谈》中一段,看看《羽书》的记叙技巧和语言特色:

> 先是女孩子样的,大方而熳烂的笑,给每个矜持的灵魂投下一付定惊的药剂,接着那低微而清晰流畅的声调响起来,就像新出山的泉水那样丁东有致。说陷阱就像说一个舞女的爱;说牢狱就像讲一部古书;说到生活,说它应当像雨天的雷电,有点响声,也有点光亮,哪怕就算一闪即过的短促呢,也好。说死是另一种梦的开头,不必希冀也不必怕,那是与生活无关的。说奸细的愚蠢,说暴动的盛事,也说那将来的万众腾欢的日子。一没留神,你看,各个人都从内心里透出一种没遮拦的欢笑了,满脸上都罩上那含羞似的红光了。振奋着,激励着,人人都像一粒炸弹似的,饱藏着了一种不可遏抑的力。

这一段是描写革命青年秘密夜谈的。革命者谈话的内容、表情、声调和效果写得极为细致;形容比喻十分新鲜,富于想象力;词语具有色调和音响的美;短句和长句错落有致,朗读起来很有节奏,应和着表情的轻快起伏,显得特别活泼有力。这一切浑然合成热血青年慷慨激昂的聚谈气氛,使我们不能不佩服作者驾驭文字、曲尽情状的能力。这种抒写手法,在《羽书》中颇为常见,堪称情文并茂。

芦焚的《黄花苔》 芦焚(1910—1988),原名王长简,还用过师陀等笔名,河南杞县人。小时候在家乡读书,1931年前往北平谋生,开始文学创作,是30年代新进作家之一。这时期散文作品结集出版了《黄花苔》(1937)和《江湖集》(1938)。抗战期间,蛰居上海"孤岛",又写了《看人集》(1939)、《上海手札》(1941)二集和《夏侯杞》、《上海续札》等组作品。

《黄花苔》和《江湖集》带来了河南山野的泥土气息。他以"黄花苔"命名自己散文处女作,并在序文中解释说:"我是从乡下来的人,而黄花苔乃暗暗的开,暗暗的败,然后又暗暗的腐烂,不为世人闻问的花",他喜欢这样的素朴、平凡和沉静。《黄花苔》第三辑后来重新辑为《山行杂记》收入《江湖集》。二集共通处都是以破产凋敝的内地乡村为背景,反映社会底层小人物的辛酸血泪,较之沈从文的《湘行散记》更带有现代生活实感。他发现:"生活的暴力"不仅施及大人,也影响到孩子们,"他们被残害去天真,逼着不得不负起成年人的任务,不得不担起成年人的忧愁,被轧去一切快乐。本来还只是该嬉戏的少年儿童,却已经拿起烟卷,像他们的父兄一样在抽了"(《失乐园》)。乡村破产,殃及儿童,他们丧失了童年的乐园,与父兄长辈共忧患,这是30年代乡村的普遍性社会问题。他揭露太行山麓偏僻角落的破旧、闭塞、战乱、残杀,反映那里人民生活的困难、不安和无望(《山行杂记》)。他诅咒"这世界"的混乱、肮脏、不公平,同情"劳生之舟"的重负、艰辛和翻覆,歌颂革命者的正直、探寻和追求(如《程耀先》、《行脚人》),通过一些生活故事和人物命运反映了30年代乡村的衰败和动荡。作者对于乡下落后、守旧、愚昧的现象,语含讥讽和怜悯,他笔下的家乡一如《老抓传》所云:

> 在那里永远计算着小钱度日,被一条无形的锁链纠缠住,人是苦恼的。要发泄化不开的积郁,于是互相殴打,父与子,夫与妻,同兄弟,同邻居,同不相干的人,脑袋流了血,掩创口上一把烟丝:这就是我的家乡。

> 我不喜欢我的家乡,可是怀念着那广大的原野。

家乡世俗的阴暗面使他反感,而乡亲们生活的艰难不能不引起他的关切,乡野自然的广阔纯朴也不能不牵动他的情怀。和沈从文的边城牧歌情调相比,芦焚唱的是内地乡村破产的挽歌,给人的感觉是忧郁和沉重。

芦焚散文偏重记事写人,明显带有小说化倾向。《山中杂记》并不着力于自然风光的描绘,倒是侧重勾画山村野店的生活场景,每个片断相对独立,犹如一幅幅风俗画。《程耀先》、《行脚人》、《老抓传》的人物刻画,根据真人真事加以提炼,不加虚构,以日常生活事件表现人物性格,虽说不上性格丰满完整,却能写出鲜明特征:程耀先历经颠连困苦而依然耿直不阿,"行脚人"风尘仆仆而行程无定,老抓遭受爱情创伤却孤高自好,各个人物都以自己的生活方式站立在人们面前。散文写人就追求这种真实可信,只要写出人们的神形风貌,写出原型,就算完成了它的任务。

柯灵的《望春草》 柯灵(1909—2000),原名高季琳,浙江绍兴人。小学毕业后因家贫失学,靠刻苦自学走上文学道路。在绍兴当过小学教师,1931年冬到上海进电影界,从事左翼文艺运动。作者称道:"千山竞秀、万壑争流的越州古国,是把我妪煦成人的土地,父老乡亲,一山一水,一草一木,都和我血肉相连。多少年来,故园如画的风物,常在我梦中浮沉。"(《柯灵散文选·序》)他对于故乡生活的回忆和眷念大多数保留在《望春草》(1939)第三辑、第四辑和《忆江楼》、《古宅》、《闸》、《遗事》诸篇内。

《望春草》第四辑"龙山杂记"写于来沪前夕,取材于家乡龙山的景物风光和生活琐事,带有一点"多愁善感"、"吟风弄月"的"才子气"[①]。他到上海后,思想"左倾",开始不满意先前的写作倾向,希望自己的散文写作和现实生活紧密结合起来,写了不少杂文,新写的乡土作品写实述感,视野开阔,情调爽朗,与《龙山杂记》的自我欣赏倾向大不相同。《三月》、《秧歌》歌唱故乡人民的幻想、娱乐和希望,这种田园诗生活在

---

① 柯灵:《我这样期望着自己》,《小品文和漫画》,上海生活书店1935年版。

时势艰难、乡村凋敝的30年代已成为"回忆中发霉的旧话"。《路亭》、《野渡》描述乡间特有风物,为渡口路亭之类朴素平凡而能给行人乡民以方便和荫庇的品格所动心,于平凡中道出不平凡。途中路亭专供行人憩坐,"粗粗看来,这实在是破陋寒伧,毫不体面的建筑,但你却不能小看它们,在长途跋涉的行人看来,它恰像是沙漠上的一滴清泉,人生旅途中的一个站驿",作者理解路亭设计者"体贴行人的苦心",觉得"世上无量数倦乏的旅人,实在应该向他表示最大的感谢!"《闸》歌颂水乡人民与大自然搏斗,终于把水国改造成鱼米之乡的光荣历史,感叹时下乡民麻木、庸碌、无为,对不起祖先开创的事业,对家乡历史和现实的发掘较为深刻。《古宅》和《遗事》叙写旧式大家庭没落衰亡的故事,从中闯出来的叛逆者"毫不怜惜让那些阴森森的宅第在火里烧掉,在风里雨里倒掉"。柯灵散文写出越中城镇水乡的地理风貌和生活气息,江南水乡明净透彻的风情既不同于湘西内地的神奇莫测,又不同于北方原野的苍茫浑然,自有灵动清丽的魅力。

《望春草》还有旅行记和随感文一类作品。他描摹"青岛印象",揭露那是帝国主义者为富臣巨贾公子王孙造就的桃源胜地。他鞭挞走狗"对主子的愚忠",也逃脱不了被"分别的宰割"的命运。他写《流离颂》,向往流动、活跃、有生气的生活,不满现状的古板、呆滞和沉闷。这些作品叙写旅行见闻和生活实感,都能触及现实社会问题,力图达到他所期望的"世态画"效果。

柯灵讲究散文的艺术性,力求各篇情调统一、结构完整、语言优美。以《路亭》为例,他描述路亭的设置、格局和作用:

> 它们有的在一片田畴之野,"前不把村后不着店"的中途,孤另另站着,使走厌了单调漫长的行程的过客,得以及时小驻;使在田间耕耘的农夫,得以借此作工余休息之地,如在日中时候,还可以静坐进餐,冬避朔风,夏避炎阳。有的在峰回路转、两村交界的山岭背上,山行较平地费力,行人跑到上面,大都气喘咻咻,汗流浃背,在路亭的石条凳上坐憩片刻,听山风苏苏地从树间掠过,心脾间便不觉沁入一缕清新的快感,全身顿然增加几分活力。有的建筑在河滨,面临盈盈的流水,便于使行人在那里等待摆渡或过往的

> 船只……它们的存在不只是切合适用,使行人得到方便,在危难中得到安全,在疲劳与寂寞中获得安泰与温暖;它们还往往把乡间的景物,点缀得更为出色动人。

以舒徐亲切的笔调写路亭给行人坐憩养神的情调,文质谐调,清韵贯通;行文从容流利,思路活泼开展,形成流动飘逸的文风。

方敬的《风尘集》 方敬(1914—1996),四川万县人,从小在家乡念书;30年代在北京大学外文系学习期间,开始写诗和散文,与何其芳、李广田、卞之琳等同调。散文《风尘集》(1937)收初期叙事抒情作品15篇,大多是叙说家乡人事哀乐的。如《夜谈》绘声绘色地渲染白发的老祖母给儿孙讲故事时的气氛、情调和冥想意味,乡间大家庭生活气息特别浓厚。《老人树》、《画壁》和《鹭艺师》叙写乡村几位小人物的生活遭遇;《扑满》、《童年》回忆小时候的生活情趣,这些篇章都有"南土的气息"(《风尘集·后记》)。他曾咏哦道:"古老的事物常使我向往,却又惆怅于昨日之既去。从时间的替换里,我获得了无数悲哀的回忆。"方敬散文以委婉细腻、情意缠绵而具有自己的特色。凄婉的情致,曲曲写出,真有些儿女情长的意味。他这时还创作了一些内心独语式的散文诗,收入《雨景》(1942)。

上述大多是来自乡村的青年散文作者,虽然混迹于都市社会,但感到熟悉和亲切的还是乡间生活。他们怀着浓郁的怀乡之情,回顾乡野,发掘艺术宝藏。他们缅怀故乡童年,又惊诧于岁月流逝所带来的人事变迁;他们向往乡野的纯朴、清新和牧歌式生活,又不能不直面农村破产凋敝的严酷现实;他们怀念乡野人物的单纯、民风的淳厚,又叹惜内地生活的闭塞、落后、贫困和旧习惯的顽固、保守、残酷。他们一直保持着"乡下人"的气质,大多怀着抑郁和哀愁,体现乡下人的悲欢得失和生活愿望,与老中国儿女们休戚与共,但对他们的命运怀有忧患意识。他们各以自己独特的乡土一角描绘旧中国乡村内地的情境,各家的艺术风格虽然不同,却都注意于艺术的锤炼,具有浓厚的泥土气息和文艺色彩。他们的乡土散文丰富了30年代散文的现实主义精神,进一步发展了五四时期鲁迅等开创的乡土文学传统,对文艺散文的创作起到了承先启后的重要作用。

四 "东北作家群"的散文

"九一八"事变以后,一批原是东北成长起来的文艺青年,陆续从日本帝国主义魔掌下逃脱出来,流亡到北平、上海,从事抗日救亡的文艺活动,形成了"东北作家群"。他们除了创作小说、诗歌外,还运用散文形式真实描写沦陷前后东北人民的生活斗争和自己的流亡经历,其中较有影响的有萧红、萧军、李辉英等。

萧红的《商市街》等 萧红(1911—1942),原名张乃莹,黑龙江省呼兰县人。1934年6月和萧军一道逃离哈尔滨到青岛,10月到上海,以小说《生死场》知名于世。她以悄吟为笔名出版过《商市街》(1936),以萧红为笔名出版过《桥》(1936)和《萧红散文》(1940)。《商市街》叙写她和萧军在哈尔滨度过的一段饥寒交迫的生活;她俩在困境中相濡以沫,患难与共,顽强挣扎,绝不向生活低头;在敌伪黑暗统治下,秘密从事进步文艺活动;终于被迫离开家乡,逃到关内。通过个人的亲身经历,反映了伪满洲国中一些爱国、正直的知识青年的穷困和抑郁,以及他们对敌伪的憎恨,对祖国美好未来的向往。《桥》除了抒写自己对童年的回忆和流浪生活外,还描写社会底层人民的生之烦扰困苦,揭露无耻人物的饱食终日、无所事事,也是记事写实之作。萧红的散文细致地刻画了自己挨饿受冻的情景和感觉,也真实地描写了郎华(萧军)的神形风貌,还直率地抒发了自己的爱憎喜怒。她总是带着一个贫困而又倔强的年轻女性作家特有的视角和感受去反映现实生活。"从昨夜饿到中午,四肢软弱一点,肚子好像被踢打放了气的皮球","我的衣襟被风拍着作响,我冷了,我孤孤独独的好像站在无人的山顶。每家楼顶的白霜,一刻不是银片了,而是些雪花、冰花,或是什么更严寒的东西在吸我,像全身浴在冰水里一般。"(《饿》)这些文字质朴无华,然而取譬极为贴切、生动,感觉极其敏锐、深切。如果作者没有切身的体验作基础,就不会写出这样具有独特魅力的作品。萧红散文细腻、真切的风格,正是得力于深刻的生活实感。

萧军的《绿叶的故事》等 萧军(1907—1988),原名刘鸿霖,曾用过笔名田军,辽宁义县人。1932年在哈尔滨化名"三郎"开始从事文学创作,次年与萧红合出短篇小说集《跋涉》,1935年在上海出版长篇小说《八月的乡村》。他在哈尔滨写过散文,逃亡到青岛、上海后仍然继续创作散文,先后结集出版了诗文合集《绿叶的故事》(1936),散文集《十月十五日》(1937)和《侧面》(1941)。《绿叶的故事》中的散文写于哈尔滨、青岛和上海,有的反映自己处于"满洲国"底下生活的艰难、心情的压抑和对友爱的珍惜,有的描写青岛风景的美丽和社会的残酷,有的诉说上海生活的穷困。其中引起注意的是《大连丸上》,这篇散文记叙他和萧红冒险逃脱敌伪魔掌回"祖国"的真实经历,表现了他俩不堪敌伪统治、向往自由的强烈爱憎。当时混迹于文坛的张春桥化名狄克写了《我们要执行自我批判》,在上海的租界上冷言冷语说什么"田军不该早早地从东北回来",这引起鲁迅的强烈义愤,特意著文《三月的租界》予以回击,揭露狄克之流向敌人"献媚"或替敌人"缴械"的丑恶面目。《十月十五日》写于上海和青岛,有旅行记《水灵山岛》,回忆录《初夜》等,其中《病中的礼物》和《十月十五日》二文记叙鲁迅病中的神态和逝世的情景,表达了自己对鲁迅的尊敬和爱戴以及对鲁迅逝世的哀悼。萧军散文直接显示他的倔强刚直的个性,从不掩饰他的爱憎褒贬,从不闪烁其辞,坦白爽快,刚劲有力,如《大连丸上》对付敌探检查的强硬口气和不屈服的眼神,就很能代表萧军散文的个性。

  李辉英的《再生集》　李辉英(1911—1991),吉林省吉林县(今永吉县)人。小时在吉林读书,1927年考入上海立达学园高中部学习,1929年考取中国公学。他在自述中说:"我是在一九三一年九一八事变以后,因为愤怒于一夜之间,失去了沈阳、长春两城,以及不旋踵间,又失去整个东北四省的大片土地和三千万人民被奴役的亡国亡省痛心情况下起而执笔为文的。"[①]由于他的笔触较早地触及抗日救亡运动,从而使他成为最早的抗日救亡作家之一。1932年7月,他潜回东北旅行考察了一个半月,回到上海后写作了一批纪实性散文,陆续发表在《申报·自由谈》、《良友》、《新生》、《太白》等刊物上,后来大多收入散文集《再生集》(1936)。这些作品描写东北沦陷后各方面的生活,揭露

---

① 转引自马蹄疾《李辉英传略》,《东北现代文学史料》1982年第七辑。

日伪统治的残暴和黑暗,反映沦陷区人民的苦难和抗争,比较广泛深刻地再现了东北沦陷区的真实面貌。李辉英说:"因为我自己是个地道的东北人,写起来,无论是描写景物方面,抒写人物性格方面或是对话上言语的声调,都比外乡人来写便当一些,换句话说,能够写的真切一些。"①因此,当时他在熟识的写作朋友中获得了一个"东北李"的称号,和艾芜被称为"西南艾"相对应。就是这个"东北李",身虽浪迹天涯,心仍维系故乡,即使是品尝故乡山梨的酸味,也"每每从它的酸味中,来比拟自身寒酸的境遇","更忘不掉比山梨还要酸上万倍的故乡人们诉苦无处的非人生活"(《故乡的山梨》)。也正是凭了"真切",才使他那叙写一个小职员在日伪统治下求生无门,被"逼上梁山"投奔义勇军的《逼》,揭露日伪导演登基丑剧和大赦骗局的《登基大赦》等作品,以活生生的事实激起了人们对卖国贼的阶级仇,对侵略者的民族恨,对东北同胞和土地的深厚感情。作者是位小说家,记事写人较为老练,注重选取题材、提炼和压缩故事,力求写得短小精练。李辉英通过旅行考察方式反映东北沦陷后各方面生活情形,较之萧红以个人经历方式更为广泛多样,因而李辉英散文在东北作家群中占有突出地位。

　　东北作家群中的其他作家,也以散文这一文学形式广泛地反映东北沦陷前后的社会现实。戴平万为了"亲切地去瞧瞧关外社会的动态",也在1932年旅行到东北。他的《长春道中》和《四等车中》以旅途见闻的形式,揭露了敌伪准备"登基大典"而肆意捕杀人民的罪行。作品场景集中,通过车厢内的见闻谈吐反映出东北情况,写出下层人民对敌伪的仇恨,年轻一代对生活的热爱。这和李辉英的作品有异曲同工之妙。舒群的《归来之前》抒写告别家人、恋人和乡土,被迫逃亡的情景。白朗的《沦陷前后》叙说自己在"九一八事变"中觉醒过来,和丈夫罗烽一同投入抗日救亡地下活动的经过。穆木天的《秋日风景画》回忆东北故乡的自然风光和生活场景,描写那到处"是死亡,是饥饿,是帝国的践踏,是义勇军的反抗,是在白雪上流着腥红的血"的大野。孟十还的《东北来客谈》透露东北义勇军英勇抗战的消息。端木蕻良的

---

① 李辉英:《"写点小品文罢"》,《小品文和漫画》,上海生活书店1935年版。

《有人问起我的家》抒写失地流亡的痛苦和悲愤。这些满蓄着家仇国恨的作品,真切而又生动,极富感染力。

东北作家深受失地流亡之苦,出自抗日爱国激情,他们写下的散文作品,以血的事实揭露日寇的暴行和伪满政府的无耻,反映三千万东北同胞的苦难,颂扬义勇军的抗日斗争,谴责国民党当局的不抵抗政策,这在30年代民族危机深重、抗日救亡呼声高涨的紧要关头,发挥了散文作为"轻骑兵"的战斗功能,具有不可低估的历史意义。在现代散文史上,它们开拓了新的题材和主题,进一步密切了散文和抗日民族解放斗争的关系,为下一时期抗战文学的全面发展开了先路。

以散文来广泛反映城乡社会生活是30年代前期散文的显著成就。作家以灵活多样的体式展开了我国东西南北边陲、东南沿海以及腹地的城乡生活图景,表现了国难的空前严重,阶级压迫的日益残酷,人民和青年一代的不断觉醒,以及山乡村镇的民风习俗。如果把这么丰富的断片图景连缀起来,无疑就在我们面前呈现了一部活生生的30年代前期的历史图卷。散文,它也可以发挥自身的样式优势,获得多角度反映社会生活的功能。当时,郁达夫希望过:"中国若要社会进步,若要使文章和实生活发生关系,则像茅盾那样的散文作家,多一个好一个;否则清谈误国,辞章极盛,国势未免要趋于衰颓。"①事实上,在30年代,像茅盾那样具有社会责任感和写实精神的散文家是一天天地多起来了,因此,"使文章和实生活发生关系"终于成为当时散文创作的主导倾向。

在写实主潮的影响下,不仅许多来自社会底层的文艺青年一开始就汇入写实潮流,连一些原先刻意"画梦"的青年作家也逐渐趋向写实。在写实主潮中,有以茅盾为代表的左翼作家科学地观察、分析、反映现实的速写,有巴金、王统照等民主主义作家的旅行记,有沈从文、芦焚、吴伯箫等的文艺性较强的乡土散文,有东北作家群抗日救亡的流亡记。题材不一,形式不同,风格也丰富多彩,追求散文的真实性、现实性

---

① 郁达夫:《中国新文学大系·散文二集导言》,上海良友图书印刷公司1935年版。

和社会性,表现出广阔多样的发展趋势。

这类题材适宜于运用和借鉴小说创作的手法,有些作者既是散文家,又是小说家,更便于把小说技巧融入散文创作。鲁迅《朝花夕拾》中的许多篇章,灵活运用人物、环境的描写和记叙、议论、抒情相结合的方式,给散文借鉴小说的手法提供了良好的范例。到了这一时期,这种文体间写作方法的相互影响和渗透现象越发密切,城乡生活的题材使散文发展了场景描述、叙事写人和结构布局的艺术。

第五节 传记文学的收获

传记是史学与文学交叉的一种古老文体,在中国古代有史传和杂传两大类作品,大多以史学为重,只有部分优秀作品如司马迁的史传、韩愈等古文家的杂传富于文学价值,被公认为传记文学。把传记列为现代意义的文学范畴之一种的,始于五四时期。

一 传记文学的尝试

胡适是新文学家中最早关注和提倡传记的先行者。他在留美期间所写《藏晖室札记》1914年9月23日记述:"昨与人谈东西文体之异。至传记一门,而其差异益不可掩。余以为吾国之传记,惟以传其人之人格。而西方之传记,则不独传此人格已也,又传此人格进化之历史。"这只是私下谈论中外传记文体的差异,在当时尚未公开发表。他在1918年4月发表于《新青年》的《建设的文学革命论》中,已从新文学建设需求的角度,明确提出应译介和借鉴外国散文中"包士威尔(Boswell)和莫烈(Morley)等的长篇传记,弥儿(Mill)弗林克令(Franklin)吉朋(Gibbon)等的'自传',太恩(Taine)和白克儿(Buckle)等的史论"。这表明他既把传记视为文学散文之一,又希望引进外国传记名著以改革传统传记。此前,刘半农在1917年5月发表于《新青年》的《我之文学改良观》也明确提出:"必须列入文学范围者,惟诗歌戏曲、小说杂文、历史传记、三种而已。(以历史传记列入文学,仅就吾国及各国之惯例而言,其实此二种均为具体的科学,仍以列入文字为是。)……故进一步言之,凡可视为文学上有永久存在之资格与价值者,只诗歌戏曲、小说杂文二种也。"刘半农对传记归属文学范畴有所保留,这与传记兼有文史的双重属性有关,至今还是一个有争议的问题。胡适在1929年底为《南通张季直先生传记》作序,1933年6月为自传《四十自述》所写的自序,一再说:"传记是中国文学里最不发达的一门","中国最缺乏传记的文学",所以他要提倡传记文学,"给史家做材料,给文学开生路"。他也带头写传记,在1919年就发表了《许怡荪传》、《李超传》等,开了现代传记的先河,但史胜于文,文学影响不大。1933年出版的自传《四十自述》,诚如《自序》所云:"我本想从这四十年中挑出十来个比较有趣味的题目,用每个题目来写一篇小说式的文字,略如第一篇写我的父母的结婚。……但我究竟是一个受史学训练深于文学训练的人,写完了第一篇,写到了自己的幼年生活,就不知不觉的抛弃了小说的体裁,回到了谨严的历史叙述的老路上去了。"因此,他在自传上也是注重史笔,不受文学界看重。他是现代传记的开创者,主要在理论倡导和以史为文方面做出历史贡献。

现代散文头十年中,有些忆旧悼亡之作已具有传记文学要素。鲁迅的《朝花夕拾》、冰心的《往事》等是个人生活经历的片断回忆,徐志摩的《伤双括老人》为悼念怀旧之作。这些回忆性、哀悼性作品继承了古典散文中行状一类的传统,开拓了现代散文的一个领域。三四十年代散文中经常见到的忆旧悼亡之作,可说是它的发展。30年代鲁迅写的《为了忘却的纪念》、《忆韦素园君》、《忆刘半农君》、《关于章太炎先生二三事》、《我的第一个师父》等名篇,选择典型的片断,以极省俭的笔墨,勾画出师友的神貌。当时像这类回忆的作品颇多,如鲁迅先生逝世后,各报刊争相开辟"纪念鲁迅先生专辑",许多与鲁迅有过交往的各界人士,纷纷著文纪念这位文坛巨星,从各个方面追述先生的嘉言懿行以及生活琐事,把先生的高风亮节、精神风采留著纸上,综合起来看,不啻是一部丰富的"鲁迅传记"。又如,庐隐女士不幸病亡以后,其好友写的悼念文章,也多方面揭示了这位女士不幸的生活、郁闷的心情和倔强的个性。其他如纪念章太炎、刘半农、徐志摩、梁遇春的,哀悼亲人故旧的,追忆青少年生活的,都属于回忆记之类。这些作品中零碎、片断的记叙,部分地再现了人物的经历,从一个个视点透视了人物的个性,在这个意义上,未尝不可以把它们当作传记的一个分支。我国古典传记散文中,不仅有《史记》"列传"那样完整独立的人物传记,也有众多的如《张中丞传后叙》、《段太尉逸事状》一类人物剪影。外国传记文学也包括关于自己和他人的回忆记。所以,上述回忆记虽说不是纯粹的人物传记,却已具有人物传记的因素和性质。

二 郁达夫、郭沫若、沈从文等的自传

郁达夫在30年代力倡传记文学。1933年和1935年,他先后为《申报·自由谈》和《文学百题》撰写了《传记文学》和《什么是传记文学》二文,提倡借鉴西方传记文学手法,变革我国史传文学传统,创造"一种新的解放的传记文学"。他认为:"新的传记,是在记述一个活泼泼的人的一生,记述他的思想与言行,记述他与时代的关系。他的美点,自然应当写出,但他的缺点与特点,因为要传述一个活泼泼的而且整个的人,尤其不可不书。所以,若要写出新的有文学价值的传记,我们应当将他外面的起伏、事实与内心的变革过程同时抒写出来,长处短处,公生活与私生活,一颦一笑,一死一生,择其要者,尽量来写,才可以见得真,说得像。"他介绍外国传记文学说:"统观西洋的传记文学,约有他人所作之传,和自己所作的自传,以及关于自己和他人的回忆记之类的三种。传记是一人的一生大事记,自传是己身的经验尤其是本人内心的起伏变革的记录,回忆记却只是一时一事或一特殊方面的片断回忆而已。"这三种具有现代意义的传记文学,尤其是自传文学,在30年代获得了一些重要成果。

郁达夫的自传实践了自己的理论主张。他在1935年前后为《人间世》、《宇宙风》撰写自传九章,自我暴露精神一以贯之,但较之早期的自叙传抒情小说和散文冷静客观些,带有自省色彩。他回忆孤儿寡母生活的艰辛,回味幼时乡间生活的寂寞,检查柔弱个性形成的原因,叙写出外求学的离愁和憧憬,反映辛亥革命前后小城镇的动荡和自己的矛盾。他写道:"平时老喜欢读悲哀慷慨的文章,自己提起笔来,也老是痛苦淋漓,呜呼满纸的我是一个热血青年,在书斋里只想去冲锋陷

阵,参加战斗,为众舍身,为国效力的我这一个革命志士,际遇着这样的机会,却也终于没有一点作为,只呆立在大风圈外,捏紧了空拳头,滴了几滴悲壮的旁观者的哑泪而已。"(《大风圈外》)郁达夫的自传并未完成,但读者从中可以看到郁达夫青少年时期的思想性格在伟大的历史变革中形成发展的过程。其行文自由舒展,以亲切的自我感受来描述事物,具有清丽飘逸的风格。他回忆友人的篇章,如《志摩在回忆里》、《雕刻家刘开渠》、《王二南先生传》、《回忆鲁迅》等,相知较深,写照传神,也是人物传记的一个分支。

这时期,自传出现较多。这些自传通过对个人经历的回顾,以生动鲜明的自我形象和心路历程映现时代的进程。而且,通过作品反映时代,在当时已成为自传文学创作的总体倾向。

郭沫若的自传最有代表性。大革命失败后,他流亡海外,在学习研究之余,写下《我的童年》(1928)、《反正前后》(1929)、《创造十年》(1932)及其《续编》(1937)、《北伐途次》(1936)等,追忆自己的生活经历和思想变迁,展现他从封建大家庭的叛逆者成为共产主义者的过程。郭沫若自传的最大特色是富于时代感,以自己亲身经历折射近现代史上的风云变幻。其次在于诚实,将自己的思想感情毫无讳饰地表现出来。再次是善于剪裁,气魄宏伟。

通过自传表现时代,是郭沫若写作的自觉要求。1947年,他在为《少年时代》写的《序》里说:"写作的动机也依然一贯,便是通过自己看出一个时代。"或许这事后之言不足凭证,1928年为《我的童年》写的《前言》,采用诗的形式写道:

> 我写的只是这样的社会出生了这样的一个人。
> 或且也可以说有过这样的人生在这样的时代。

由此可以看出,他在写作的开始,就牢牢把握着时代感。因此,他的自传深刻地反映了时代重大事件的真实面貌。在辛亥革命、五四运动、大革命这些伟大的历史变革中,人民群众的觉醒,革命青年的风貌,共产党的光明磊落,反动派的腐朽凶残,以及作者本人渴望进步、追随革命的奋斗精神,都得到充分的描述。自传不是个人升沉的实录,而是时代的镜子,郭沫若的自传给传记文学做出了重大的贡献。

郭沫若的自传,以史家的直笔,写出了历史的真实和个人思想感情上的真实。这里,对比一下《请看今日之蒋介石》和《在轰炸中去来》这两篇文章,叛变大革命时蒋介石和抗战开始时的蒋介石,描写的笔调是截然不同的,作者保持着高度的历史真实性。台湾尹雪曼主编的《中华民国文艺史》,论及郭沫若的散文时,郑重地引用了《在轰炸中来去》中整节文章,说明郭沫若对蒋的崇敬,并责备他后来的突变。可是,尹雪曼避而不谈郭沫若《自传》中大量的讨伐和讽刺的文字。这一事实,正说明郭沫若对历史人物采取的是严格的历史唯物主义态度。传记文学是以历史真实为准绳,作者根据历史的是非曲直表明自己的爱憎。郭沫若在《自传》中还有多量的自我暴露、自我批评的笔墨,不粉饰自己思想感情上的过失,这都表明了唯物主义者的严正立场。如在《脱离蒋介石之后》,回忆他在南昌行营时,在纪念孙中山逝世二周年会上,因蒋介石声音小,要他用话筒逐句传达之事,他写道:"他说一句,我传达一句,传到后来他的演说才完全是反革命的论调。……这些话当着二十万的群众面前,也不能不给传达,我真想把传话筒来打得他一个半死了,但为情势所迫,只得忍耐着又出卖了一次的人格,昧了一次良心。我在江西半年,可以说完全做的是这样昧良心、卖人格的工作,我现在回想起来,不觉犹有余痛。"对于这类屈辱怨恨、私衷隐曲,他胸怀坦荡,裸露自讼,愈见信实真挚。

在结构上,《自传》以个人经历为线索,展现社会巨大变革的历史图景,尽管风云变幻、人事纷繁,写来却疏密相间、井井有条。大多分篇,按节写出,如《我的童年》分三篇,分别为六、五、八节;《反正前后》分二篇,分别为八、七节,每节文字约略相近。《创造十年》正续编不分篇,分别为十三节和九节,按内容多少,分别写出,气势连贯。作者用记事写人议论三结合的方式,注意场景和形象的描述,穿插议论和抒写,实虚结合,语言具有行云流水的通畅感,常有形象的比喻,时带幽默揶揄的笔调。由于作者充分发挥了他的革命家、历史家、文学家和诗人的特质,所以他的自传具有雄伟的气魄,既有史笔,又有诗情。郭沫若自觉以系列性自传的创作来映现时代、审视自我,为传记文学树立了大家风范。

沈从文的《从文自传》(1934)，回顾青少年时期在沅水流域所经历的家庭、学校、社会的教育和行伍生活，描述一个平凡而又奇特的人格的形成过程，把少年时代的浪荡、机警、聪颖、天真，把青春期的悲欢得失和见闻感受，总之把作为一个人的丰富性如实写出，并带上理性解剖的特色。他的自传告诉人们：他是更多地从丰富无比的社会和自然中学那永远学不尽的人生的，他的自传是一个从生活磨炼中摔打出来的作家的自白，也是许多人生经验的总结。《从文自传》和《湘行散记》异曲同工，都通过个人经历见闻展现湘西社会背景和地理风貌，具有历史感和地方气息，这在当时的自传中是较为特别的。沈从文20年代与胡也频、丁玲过从甚密，熟悉和了解他俩早年的生活、性情。当胡也频就义，丁玲被捕之后，他及时写了《记胡也频》(1932)、《记丁玲》(1934)，记述他俩早年的生活经历、爱情纠葛和文学活动。作者虽然对他俩后来从事左翼文学运动持有保留态度，对他俩走上革命道路的根因不甚了解，但其作品还是具有史传价值和文学价值的。相对而言，沈从文的自传写得更为出色。

巴金应上海第一出版社"自传丛书"编者约请，写了一本《片断的回忆》，出版时编者私自改题为《巴金自传》，加上错字不少，巴金对此很不满意，1936年改版增订为《忆》，交文化生活出版社出版。此外，《短简》内也收有《我的幼年》、《我的几个先生》等回忆录。这些"片断的回忆"，再现了一个旧家庭的浪子、现代的新青年觉醒和成长的历史，在反映现代青年接受"五四"新思想影响，突破旧家庭束缚，走向新生活方面，这是很有代表性的。巴金还有许多序跋文回顾自己的生活经历和创作过程，真实坦白，具有传记因素。

谢冰莹的《女兵自传》(1936)，也是本时期传记文学的重要之作。谢冰莹是大革命时代的著名女兵，以《从军日记》轰动一时。大革命失败之后，她又回到家乡，在家中过着监狱般的生活。她反抗封建婚姻，四次逃跑，在艰难的道路上为生活独自经受着残酷的折磨和熬煎。1932年冬天，应赵家璧之约，她开始撰写《一个女兵的自传》，陆续在《人间世》、《宇宙风》上发表，于1936年由良友图书公司出版。谢冰莹

《关于〈女兵自传〉》①里说:"我站在纯客观的地位,描写《女兵自传》的主人翁所遭遇到的一切不幸的命运。在这里,没有故意的雕琢、粉饰,更没有丝毫的虚伪夸张,只是像卢梭的《忏悔录》一般忠实地把自己的遭遇和反映在各种不同时代、不同环境里的人物和事件叙述出来,任凭读者去欣赏,去批评。"又说:"在我写过的作品里面,再没有比写《女兵自传》更伤心更痛苦的了!"这本书确实曲折引人,令人感奋。它真实地叙述一个坚强的新时代女性,如何勇敢地同顽固的封建习俗战斗,如何为民族的前途而英勇拼搏,作品中一个热情、豪爽、大胆、倔强的女兵形象使人瞩目。在艺术表现上,谢冰莹也颇为充分地显示了女作家的特色,充溢的激情表露,细致的内心抒写,生动的环境描述,使这个传奇的女兵故事,紧紧地抓住了读者的心。《从军日记》和《女兵自传》,都曾多次重版,并被译成十几国文字流行海外。

这时期出版的自传作品,还有《庐隐自传》(1934)、张资平的《资平自传》(1934)、白薇的《悲剧生涯》(1936)等。宇宙风社编辑出版的《自传之一章》(1938),也收入了当时国内各界许多知名人士的自传作品。这时期为他人作传的出色作品,首推闻一多的《杜甫》和盛成的《我的母亲》。

三 闻一多、盛成等的人物传记

闻一多发表在《新月》(1928年第1卷第6期)上的《杜甫》在复活古人方面十分成功。他抱着"思其高曾,愿睹其景"的热诚,立意为诗圣杜甫描绘一幅神形毕现的小照。他在综合研究的基础上,抓住诗人生活和创作史上富有个性特征的片断,出以咏叹的诗一般的优美语言,把杜甫写得光彩照人。他不仅写了杜甫的生平梗概,更重要的是还写出他的音容笑貌,他的性情、思想,他心灵中的种种隐秘,以及可笑亦复可爱的弱点或怪癖,总之写出了一个活灵活现的大诗人。而且,闻一多追慕大诗人遗风的神情也在传记中淋漓尽致地表现出来。这种写出活的灵魂、写出作家个性特征的传记作品,才是现代意义上的传记文学,

---

① 见《女兵自传》,四川文艺出版社1985年版;此书为上卷、中卷合刊本。

与正史中干枯板滞的杜甫传迥然不同。

闻一多笔下的杜甫,"第一次破口歌颂的,不是什么凡物。这'七龄思即壮,开口咏凤凰'的小诗人,可以说,咏的便是他自己。禽族里再没有比凤凰善鸣的,诗国里也没有比杜甫更会唱的。凤凰是禽中之王,杜甫是诗中之圣,咏凤凰简直是诗人自占的预言。"闻一多对少年杜甫是这样写:"在书斋里,他有他的世界。他的世界是时间构成的;沿着时间的航线,上下三四千年来往的飞翔,他沿路看见的都是圣贤,豪杰,忠臣,孝子,骚人,逸士——都是魁梧奇伟,温馨凄艳的灵魂。久而久之,他定觉得那些庄严灿烂的姓名,和生人一般的实在,而且渐渐活现起来了,于是他看得见古人行动的姿态,听得到古人歌哭的声音。甚至他们还和他揖让周旋,上下议论;他成了他们其间的一员。于是他只觉得自己和寻常的少年不同,他几乎是历史中的人物,他和古人的关系密切多了。他是在时间里,不是在空间里活着。"杜甫志趣不俗,修养深厚,作者的揣测与思想掺和着自己的切身体验,写来尤见真切。

闻一多用浓墨彩笔大书特书的是杜甫的齐鲁之游和李杜相遇。作者描写李杜会面是"诗中的两曜,劈面走来了,我们看去,不比那天空的异瑞一样的神奇,一样的有重大意义吗?"写二人会谈:"星光隐约的瓜棚底下,他们往往谈到夜深人静,太白忽然对着星空出神,忽然谈起从前陈留采访使李彦如何答应他介绍给北海高天师学道箓,话说了许多,如今李彦许早忘记了,他可是等得不耐烦了。子美听到那类的话,只是唯唯否否;直到话题转到时事上来,例如贵妃的骄奢,明皇的昏聩,以及朝里朝外的种种险象,他的感慨才潮水般的涌来。"作者精心提炼史实,刻意渲染场景,深入体验诗人内心活动,终于复活了诗人的光辉形象。遗憾的是此文未能完篇,后来也不能续写,这是现代传记的一大损失。

盛成的《我的母亲》是这时期为亲人作传的一部名著。盛成(1899—1996),江苏仪征人。20年代盛成在法国勤工俭学时,用法文写成的《我的母亲》使他一鸣惊人,震动了法国文坛,影响遍及世界。许多世界名人如法国大文豪瓦乃里、纪德、巴比赛,比利时作家梅特林,著名科学家居里夫人,著名政治家戴高乐、埃及国王、土耳其总统等都为之倾倒。中文版于1935年由中华书局出版,不是法文版的翻译,而是重新改写,"详略不同,次序也不同。西文版本,偏于介绍;因为外人不明了中国的真相,太详了反而不觉得有味。……中文版本,专在自述,以家庭系统与组织,习惯与道德,穷苦与灾祸,平日的力行,及生存的哲理,来证明中国人在人类历史上的地位。"①法国大文豪瓦乃里为法文本《我的母亲》写了一篇长序,称颂作者的成功:"他并不自夸,教我们由外面一直看到中国的内部;但是他的意思是在中国的深处,放下一线极温柔的光明,叫我们看了想看,看了生趣,使我们一直看得清清楚楚,中国的家庭:组织、习惯、德行、优点,以及其穷苦与灾祸,深密的构造,以及平日生存的实力";"他的写法极其新奇,极其细致,又极其伶俐。他选了生他的慈母来做通篇的主人,这位极仁慈的盛夫人,是一位最和蔼可亲的女英雄。或是她叙述孩提之年缠足的惨状,或是她解释身世不幸的经过,以及家庭间的痛史;或是她对子女们讲故事,这些故事清楚而神秘,与古代寓言相似;或是她泄漏政变的感想,听她说话,真是一件快事";"拿一位最可爱与最温柔的母亲,来在全人类的面前,做全民族的代表,可称极奇特且极有正义的理想。既奇特而极有正义,如何使人不神魂颠倒心摇情动若山崩呢?"②盛成在反映旧中国封建大家庭的衰败命运和刻画旧中国的良母形象两方面,为我国传记文学赢得了国际声誉。盛成还有《海外工读十年纪实》、《意国留踪记》等自述性作品。

此外,《人间世》辟有"今人志"专栏,陆续发表了有关吴宓、胡适、老舍、庐隐、徐志摩等的传记。稍后,这些作品收入《二十今人志》(1935)一书内。二三十年代,我国还翻译出版了许多外国传记作品。

我国现代传记文学在古代史传文学传统之外,借鉴西方近代传记文学的精神和写法,以真实、细致的描写,大胆、坦白的自我暴露和着力刻画个性心理为主要特色,以写出活人全人为旨归,确是"一种新的解放的传记文学"。当时,朱自清就肯定传记是散文发展趋向之一,"比

---

① 盛成:中文版《我的母亲·叙言》,上海中华书局1935年版。
② [法]瓦乃里:《〈我的母亲〉引言》,据中华书局1935年中文版。

只写身边琐事的时期"进步了①。这说明传记在散文发展史上占了不容轻视的地位。

第六节 知识小品的兴盛

知识小品指的是介绍、阐发各种专门性知识的小品文,它是属于广义散文范畴的一个品种,常见的是科学小品、历史小品、读书记三种体裁。它是科普工作者和教育工作者传播文化、普及知识的便当形式,也是思想家和杂文家进行思想启蒙和社会批评的轻便武器。在不同写作者手里,它可以写成文学散文,或写成科学说明文和议论性杂文。形式不拘,手法多样,或记叙,或描述,或状物,或说明解释,或议论推导,或兼而有之,以丰富读者知识、启发读者思考为主要功用。知识小品是文学和其他学科互相渗透必然产生出来的边缘文体,也是文学题材扩展到科学知识的产物。由于它能够满足读者对于各门知识的迫切需要,适应现代思想启蒙和科学普及的潮流,同时又以轻妙有趣的文学笔调写成,有一种"知识美"的魅力,是一种足以与当时走入歧路的"幽默小品"、"闲适小品"相抗衡的新的小品文,所以受到广泛的欢迎,得到迅速的发展。知识小品古已有之,不过,真正把知识从书斋案头解放出来,还给人民大众,还是从现代启蒙运动开始的。我国现代知识小品在"五四"的"民主"和"科学"新思想的激荡中,在译介西方"新学"和科普著作的风气的影响下,经过20年代的尝试,到30年代中期风行开来,由附庸蔚为大国。

一 科学小品

知识小品中数科学小品最为发达。"科学小品"一词最早见之于1934年9月创办的《太白》半月刊。该刊首创"科学小品"专栏,发表了克士(周建人)、贾祖璋、刘熏宇、顾均正四人的四篇作品,同期还刊出柳湜撰写的第一篇理论文章《论科学小品文》。据此,通常便认为我国

---

① 朱自清:《什么是散文》,《文学百题》,上海生活书店1935年版。

现代科学小品创作始于《太白》杂志。《太白》的首倡和创名之功固然不可抹杀,但它并不是凭空创造的。探本穷源,20年代有周建人、贾祖璋、刘熏宇、顾均正、索非、祝枕江等科学工作者致力于科学普及工作,曾尝试运用散文形式传播科学知识,当时统称为"趣味科学"或"科学讲话"。从译介国外科普作品和散文理论来看,自20世纪初到20、30代,凡尔纳的科幻小说、法布尔的《昆虫记》、怀德的《塞耳彭自然史》、汤木生的《动物生活的秘密》以及伊林的科普作品陆续被介绍到国内来;鲁迅呼吁科学家"放低手眼"写"浅显而有趣"的文章,"要Brehm的讲动物生活、Fabre的讲昆虫故事似的有趣"[①];周作人热心介绍法布尔、怀德、汤木生等的科学小品,称颂《昆虫记》的"诗与科学两相调和的文章"[②],说《塞耳彭自然史》"用的是尺牍体,所说的却是草木虫鱼,这在我觉得是很有兴味的事"[③];王统照在介绍外国散文理论时,介绍了"教训的散文"、"说明的散文"、"科学的散文"、"哲学的散文"等品种[④]。上述史实说明,早在"五四"前后就有一批先驱者在传播科学文化信息、译介外国科学小品和尝试写作科学小品,这是《太白》揭出"科学小品"名目的前提条件。历来文体的发生总是先有试作,然后才立名责实的,科学小品也不例外。"科学小品"正式提倡时,《太白》编者陈望道、夏征农就把贾祖璋的《鸟与文学》、刘熏宇的《数学趣味》、顾均正等的《三分钟的科学》和柳湜的《街头讲话》之类文体看作科学小品,邀请他们为《太白》科学小品专栏继续写作;当时的一些评论者,也是把祝枕江和索非先前写作的"趣味医学"、柳湜和艾思奇在《申报》开设的"读书问答"等当作科学小品加以推介;周建人等先驱者后来都成为科学小品创作的中坚力量。这些事实便是有力的佐证。当然,早先的提倡、译介和试作还处于分散、自发的状态,远不及30年代以后所形成的写作运动自觉而有组织性,"趣味科学"、"科学讲话"之类术语也不

---

① 鲁迅:《华盖集·通讯》,北京北新书局1926年版。Brehm,勃莱姆,德国动物学家。Fabre,法布尔,法国昆虫学家。
② 周作人:《自己的园地·法布尔"昆虫记"》,北京晨报社1923年版。
③ 周作人:《夜读抄·塞耳彭自然史》,上海北新书局1934年版。
④ 王统照:《散文的分类》,《晨报副刊·文学旬刊》1924年第26、27号。

及"科学小品"一语明确通用,但先驱者积极探索科学大众化的有效途径,尝试借助小品文形式表现一点一滴的科学知识,追求科学读物的趣味性、通俗性和文学性,无疑为科学小品的发展和成熟奠定了一个良好的基础,他们的拓荒播种之功同样是不可淹没的。因此,我们认为:自五四时期到30年代初期是我国现代科学小品的滥觞期、垦荒期;30年代中期以后,以《太白》正式倡导科学小品为标志,科学小品创作进入兴盛期、自为期。

30年代中期作为科学小品的兴盛期和自为期,主要标志有三。其一,自觉提倡,立名责实。自《太白》编者提出"科学小品"一词,立即得到许多科普作者和一些理论工作者的赞同和支持,《芒种》、《读书生活》、《通俗文化》、《中学生》、《申报·自由谈》等纷纷开辟科学小品园地,扶植写作,或展开讨论,一时蔚为风气。他们把科学小品看作是科学大众化的一种有力形式,是科学文艺的一种新体裁,是小品文创作的一条新路子,看法一致,认识明确。针对一些传统偏见,柳湜、庶谦、徐懋庸、茅盾、任白戈等人著文辩驳,从理论和实践结合的角度正确阐明了科学小品产生的社会条件和历史使命,初步探讨了科学小品的内容和形式相统一的问题,从而初步建立了现代科学小品的理论。这次关于科学小品的讨论,促进了科学小品的发展繁荣,对于科学小品艺术质量的提高也有所裨益。其二,自觉追求科学内容和小品文形式的有机结合。尝试期作品做到了科学内容的通俗化和趣味化,但不太注意小品文形式的特点,往往写得冗长而又驳杂,显得不够轻松活泼。当然,这时期也有许多作者注意到了"科学以下还接着有小品文三个字"[①],力求把科学小品写成短小凝练、轻便灵活、闲话絮语一类纯正的小品文,使之更适合读者的口味,更好地发挥科学普及的作用。这种自觉追求促使科学小品文体走向成熟之路,提高了科学小品的艺术性。如周建人、贾祖璋、顾均正、刘薰宇、高士其诸家的科学小品代表作。其三,出现了第一代致力于科学小品写作的专业作家,组成了一支颇为可观

---

① 柳湜:《我对于科学小品文的一点浅薄认识》,《小品文和漫画》,上海生活书店1935年版。

的阵容。除了上述先驱者外,这时期出名的科学小品作家还有董纯才、艾思奇等人,陆新球、孙克定、何封、雪邨(林默涵)等人也加入了这支队伍。新老作者掀起写作科学小品的热潮,形成了广泛的社会影响,促使科学小品从散文中分化独立出来。

30年代兴盛期的科学小品大体可分为两大类,一是自然科学小品,一是社会科学小品。在当时还处于"人与人争"的时代,一些具有革命意识的理论工作者,特意强调了"社会科学小品"的迫切性和重要性,但也没有忽视"自然科学小品"的存在和发展。他们对科学小品的认识是广泛的,要求是多样化的①。后来,科学小品专指自然科学方面,倒是首倡者所始料不及的。

社会科学小品的写作者主要来自两方面,一是《读书生活》社方面的革命知识分子和社会科学工作者,一是开明书店系统的教育工作者。前者运用社会科学小品批评和解释社会现象,开展新的思想启蒙和马克思主义教育运动,柳湜的《街头讲话》和艾思奇的《哲学讲话》可作代表。后者编辑出版的"开明青年丛书",向青少年学生普及人文科学知识,尤其是文化历史知识,其中较有影响的著作是夏丏尊、叶绍钧合著的《文心》、丰子恺的《艺术趣味》、朱光潜的《给青年的十二封信》等。

柳湜(1903—1968)当时在上海从事中共的地下工作和文化统战工作,参加了科学小品的创建活动,在科学小品的理论建设、写作实践和编辑组织工作诸方面都做出了重要贡献。他写过《论科学小品文》、《关于科学文的体裁》和《我对于科学小品的一点浅薄认识》三篇专论以及《浅薄》、《卫生臭豆腐》两篇涉及科学小品理论问题的短评。从科学小品产生的社会条件到它的写作要求,从科学内容到小品文形式,他都有深入具体的研究,提出了较为系统的理论主张。他是《读书生活》四编辑之一,在发现新人、团结作家、引导写作、推进科学小品发展方面,付出了一番心血。他的科学小品写作始于为《申报》撰写"读书问答"。他说:"'读书问题'包含有自然科学与社会科学两种内容,可说

---

① 参见《小品文和漫画》中柳湜的《我对于科学小品文的一点浅薄认识》和庶谦的《目前科学小品文的格调和内容》等文。

是这两种科学的小品文字的尝试工作。因为要接近读书者的文化水平,我们不能不写得比较易懂,因为要适合读者的时间经济,并受报纸篇幅限制,不能不写得短小。"①继此之后,他还在《太白》杂志揭出"科学小品"旗帜之前,应《新生》周刊主编杜重远之约,写出了《街头讲话》。作品一经登出,即被夏征农冠以"科学小品"的名称,因而作者又应夏征农之邀,为《太白》"科学小品"专栏写了《认识论》、《狗口里吐不出象牙来》等篇章。他在《关于街头讲话》述及写作宗旨:"想按着目前街头人的需要,对于街头人应该知道的关于社会科学基础知识方面,作一点随随便便的讲话。"他从大众的生活斗争需要出发,采取街谈巷议、家常絮语的方式,连续介绍了社会、经济、政治、道德、宗教、风俗、艺术、哲学和科学等九个方面的社会科学知识。每次讲话都从常见的社会现象或街头人的切身感受入题,以故事、演义、对话、通信、说书等形式,和读者展开思想交流,诱导他们透过现象看到本质,从感性认识上升到理性认识。作品不仅内容适应街头人的迫切需要,连写作形式也切合他们的欣赏习惯,较好地实践了科学小品的写作要求,是 30 年代社会科学小品的代表作之一。

艾思奇(1910—1966)30 年代在上海从事哲学研究和文化活动,参与《读书生活》编辑工作。他和柳湜一起为《申报》主撰"读书问答"专栏,开始写作科学小品。《太白》半月刊发表过他的两篇科学小品《孔子也莫明其妙的故事》和《由爬虫说到人类》,还发表了他关于科学大众化的短论《神话化的自然科学》,其中说,"大众不需要跟生活无关的教科书式的科学",却"需要对于生活环境周围的自然作科学的认识"。从《读书生活》创刊起,他分别以艾思奇和李崇基的笔名在上面发表过"哲学讲话"和"科学讲话",并用社会科学小品和自然科学小品两种形式投入当时的科学大众化运动。他写作《哲学讲话》时定下"两个规约",其一,"我们的讲话是为了吃亏的人打算的,是站在吃亏的人的党派上来说话的,直接了当地说一句,这是吃了亏的人的哲学";其二,"我说的是关于生活的哲学,你听了我的话,得要随时随地拿到你的生

---

① 柳辰夫(柳湜):《关于科学文的体裁》,《新语林》1934 年第 6 期。

活中应用,我说的话是为的要改变生活现状,你听了以后,也得要切实地去做一个变革生活的实行者。从实践中来证实我的话,来补足我的话。"(《哲学讲话·吃了亏的人的哲学》)这两个规约鲜明地表现了马克思主义哲学的阶级立场和实践观点,以及他的写作意图。《哲学讲话》运用日常生活现象和通俗有趣的笔调,阐述唯物辩证法的基本思想,引导读者用哲学眼光认识世界和改造世界,至今还是马克思主义哲学很好的一部入门书。它从1935年12月初版到1948年12月共印行了32版,有成千上万的读者受之影响而走上革命道路①。

自然科学小品涉及到生物、物理、地理、天文、数学、医学以及科学方法论和现代最新科学技术诸内容。一批科学家和科普工作者是这时期写自然科学小品的中坚力量,还陆续涌现了一些新手。《太白》上的科学小品曾结集出版了《越想越胡涂》(1935),内收顾均正、周建人、贾祖璋、刘薰宇、朝水、沙玄、艾思奇、柳湜、叔麟、华道一、柳大经、陆新球等12家40篇作品。《读书生活》上的科学小品辑为《我们的抗敌英雄》(1936)出版,选入高士其、艾思奇、柳湜、曹伯韩、克徽、周建人、顾均正、林默涵等8人32篇作品。各家科学小品专集也陆续问世,不下二十种。自然科学小品的写作空前兴盛,成为科学小品中的主要品种。周建人、顾均正、贾祖璋、高士其、董纯才等是这时期自然科学小品的主要作家。

周建人(1888—1984),笔名克士,浙江绍兴人。小时受胞兄鲁迅的影响,热爱植物学,靠自学走上了科学道路。1921年到上海商务印书馆任编辑,编写中小学动植物教科书、自然科学小丛书等,为《新青年》、《晨报副刊》、《语丝》、《东方杂志》、《妇女杂志》、《自然》等刊物撰写科普文章,著译甚多,是我国现代科普工作的先驱者之一。他辑译的《进化和退化》出版时,鲁迅特地写了《小引》加以介绍和阐发。他应陈望道之邀,为《太白》写作的科学小品,连同在《读书生活》、《中学生》等刊物上发表的作品,结集为《花鸟虫鱼》(1936),40年代还出版过《田野的杂草》。《花鸟虫鱼》大多是生物小品,侧重从身边熟悉的植物和动物中取材,叙述它们的生活特性以及有关趣事,又往往从自然联系

---

① 参见生活·读书·新知三联书店《大众哲学》1979年版《出版说明》。

到社会,既亲切又有锋芒。比如《讲狗》,既客观地介绍狗的用处,又不苟同西方作者对狗性的偏爱,特意揭示狗性的卑劣,连带讽刺学狗的人,"不但学会了摇头摆尾,而且他会得把无论什么都很爽气地卖掉或送掉",抨击走狗的奴性和卖国,带有杂文意味。他在《"研究自然不用书"》一文中辨别了这句话的正误,探讨了研究自然的方法:一靠直接观察,二要参照前人学说。他的生物学知识就从这两方面获得。他的生物小品,具体叙写自己的精细观察和有趣试验,生动描述动植物的生活环境和生活小史,颇有法布尔《昆虫记》的细致精确、亲切有趣的特色。《白果树》、《桂花树和树上的生物》、《水螅的故事》、《延藤的植物三种》诸篇可作代表。如最后一文中所说的:"各种事情都是这样的,你如不去注意它是不觉得什么,如果注意观察它,是很有意义的。"他这些作品叙写生动,行文流利,文字素淡,小品味较浓。

贾祖璋(1901—1988),浙江海宁人。20年代初,他刚走出校门不久,就到上海商务印书馆的模型标本部从事生物标本制作,开始研究生物学,尤其对于鸟类学产生了浓厚的兴趣。他受到美国科普作家密勒氏(O. T. Miller)《鸟类初步》和《鸟类入门》二书的启示,尝试运用这种形式编译著述了一些科普读物。20年代后期,他陆续写作发表了《杜鹃》、《黄鸟》、《鸳鸯》、《鹤》、《燕》等20篇作品,结集为《鸟与文学》(1931)出版。作者巧妙地把文学典故和鸟学知识熔于一炉,出以优美的散文笔调,使得作品知识丰富,意趣横生,文学性强,成为早期科学文艺的一部代表作。"《太白》创刊时,发起了'科学小品'的运动,承望道先生不弃,以为可以把《鸟与文学》那样体例的文章写几篇来发表"[①],他应邀为《太白》撰写了新作《生物素描》(1936)。以后还写作出版了《碧血丹心》和《生命的韧性》等专集。和周建人一样,他也着重从自己擅长的动植物知识方面取材。《生物素描》21篇小品为21种与人生日常关系密切的花鸟虫鱼写照,既保持《鸟与文学》中把生态常识、文学掌故和破除迷信谬说结合起来的体例而有所变革,又掺入感时忧世的议论、因物见人的品评和其他日常生活的感想,比先前更富于生活情趣

---

① 贾祖璋:《我写科学小品的经过》,《小品文和漫画》,上海生活书店1935年版。

和社会意义。而且这些作品还十分讲究剪裁熔铸、谋篇布局和艺术描写,注重文本的短小凝练、明白晓畅、轻松活泼,因而便更具有艺术性。如《萤火虫》一文,从日常生活下笔,围绕萤火虫娓娓道来,将科学知识、生活情趣和农村现状交错写出,取材精当,剪裁得体,在生动的描述之中渗透着淡淡的抒情,因而被《一九三四年文艺年鉴》选为当年科学小品的代表作之一。其他如《水仙》、《金鱼》、《蚕》、《荷花》、《蟹》、《雉》诸篇也是科学内容和小品文形式有机化合的成功之作。作者是30年代科学小品创作中自觉追求艺术性的作家之一,《生物素描》完全可以作为优美的散文小品来读。

顾均正(1902—1980),笔名振之、振寰,浙江嘉兴人。20年代前期在上海商务印书馆理化部任编辑,为《学生杂志》、《少年杂志》、《小说月报》等刊物译介童话和小说;1928年转任开明书店编辑后,参与《中学生》、《新少年》杂志的编辑工作,翻译过法布尔的《化学奇谈》和盖尔的《物理世界的漫游》等。1930年起为《中学生》"科学零拾"专栏写作的短文,收入《三分钟的科学》一书。1935年起应邀为《太白》"科学小品"专栏、《中学生》"是月也"专栏和《读书生活》"科学小品"专栏写作科学小品,结集出版了《科学趣味》(1936)。《科学趣味》主要阐述物理学知识,也涉及化学、气象、天文方面的内容,还继续"科学零拾"的写法,及时传播科学王国的最新信息,如《生命的冷藏》、《月球旅行》和《相对论一脔》诸文。他在《科学趣味》序里说:"因为科学小品是一种新的文体,所以我每次写的时候,总想应用不同的形式和不同的内容,试试究竟科学小品应该怎样写和写些什么。不过我在这里所谓应该怎样写,是说应该用怎样的形式来写,才容易写得使人要看,才能大众化","不过到了后来,我从经验上得到一个教训,觉得写些什么实在是不成问题的,问题只在怎样写"。他选写各种科学内容,涉及较为难懂、抽象的物理知识和科学道理,所以注意用各种文学手段来表现,使之通俗化、趣味化。《昨天在哪里》抓住读者迫切了解这个问题的心理,以有趣的比喻和想象引导读者思索,在日常感觉中体会时间的本质。《骆驼绒袍子的故事》通过日常生活故事阐发汽油的挥发性、流动性和可燃性。《"马浪荡炒栗子"》借一篇图画故事议论物质的分子运动与温度的关系,在谈笑中启发人们思考。他的科学小品善于运用浅显有趣的生活故事、家常絮语和读者的切身问题,深入浅出地讲解科学道理,使人爱看、爱读。

高士其(1905—1988),福建福州人。1925年留学美国,在威斯康星大学和芝加哥大学钻研化学和细菌学,获学士学位。1928年在一次实验中感染上甲型脑炎病毒,留下严重后遗症,以致后来全身瘫痪。1930年学成回国,在南京中央医院检验科任主任,因不满当局腐败,辞职后到上海,借居在读书生活社楼上,和进步文化人交往密切。这时期接触了伊林的科普作品,受之影响,应邀为《读书生活》、《妇女生活》、《通俗文化》、《中学生》等杂志写了大量的科学小品,先后结集出版了《我们的抗敌英雄》(合著,1936)、《细菌大菜馆》(1936)、《细菌与人》(1936)、《抗战与防疫》(1937,后又改名《活捉小魔王》、《微生物漫话》出版)、《菌儿自传》(1941)等近百篇作品的专集,他是30年代科学小品的多产作家。他说:"我写这些科学小品的目的,是以抗战救亡为主题:一方面,向读者普及科学知识;一方面,唤起民众,保卫祖国、保卫民族。同时,它也像一把匕首,刺向敌人的心脏,给国民党当局和日本侵略者以有力的揭露、打击和嘲讽。"(《高士其科普创作选集·自序》)他的微生物小品的显著特色是处处把"疾病的元凶"和"战争的祸首"这两种摧残生命的恶势力联系起来,科学性和政治性并重,写得有趣、泼辣、犀利。在《我们的抗敌英雄》中,他热情讴歌白血球"是我们所敬慕的抗敌英雄",他们"是不知道什么叫做不抵抗主义的,他们遇到敌人来侵,总是挺身站在最前线的"。在《菌儿自传·清除腐物》中,他借菌儿之口辨明细菌的种类有好有坏,"正和人群中之有帝国主义者、兽群之中有猛虎毒蛇,我菌群中也有了这狠毒的病菌。它们都是横暴的侵略者,残酷的杀戮者,阴险的集体安全的破坏者,真是丢尽了生物界的面子!闹得地球不太平!"锋芒所指,不言而喻。正如当时有人评价《我们的抗敌英雄》所说,作品"不独是给与了我们生理上许多知识,并且是通过了所谓'社会感'的"①。他写作科学小品的另一目的是普及

---

① 见《读书生活》第2卷第3期《编辑室闲话》。

科学知识。在《细菌学的第一课》中写道:"关于细菌学,我已在《读书生活》第二卷第二期起写过一篇《细菌的衣食住行》,此后仍要陆续用浅显有趣的文字,将这一门神秘奥妙的科学化装起来,不,公开出来,使它变成了不是专家的奇货,而是大众读者的点心而兼补品了。细菌学的常识的确是有益于人们的卫生的补品。不过要装潢美雅,价钱便宜,而又携带轻便,大众才得吃,才肯吃,才高兴吃,不然不是买不起,就是吃了要头痛、胃痛呀!"因而,他精心把细菌学知识通俗化、文学化、趣味化,运用拟人的自传体、有趣的故事、形象的比喻、生动的描写把科学化装起来,力求"装潢美雅",为广大读者所喜爱。

　　董纯才(1905—1990),湖北黄石人。他是陶行知先生的学生,曾在"晓庄学校"学习生物学,参与陶行知主编的"儿童科学丛书"的编写工作,热心翻译过伊林的《几点钟》、《黑白》、《十万个为什么》、《人和山》、《不夜天》和《苏联初阶》(即《五年计划故事》)等六种科普作品,还翻译了法布尔的《科学的故事》与《坏蛋》。他是从编写儿童读物和译介科普作品开始走上科普写作道路的,先后写作出版了《麝牛抗敌记》(1937)、《动物漫话》(1938)和《凤蝶外传》(1948)三种。他自述科普写作经历是:"我开始写科普读物是学法布尔的《科学的故事》所用的问答式地讲故事的形式,讲科学常识的。后来用的是说明文和记叙文的体裁。在内容上,比较注意科学常识的普及。在文字上,有平铺直叙、干燥无味的通病。以后,通过总结写作经验,又受到法布尔的《昆虫记》这部科学文艺巨著的影响,特别是通过翻译伊林的作品,得到很大的启发。……于是,我在一九三五年就努力改变文风,抛弃那种呆板的旧形式,学习运用生动活泼、新鲜有趣的语言,写成了《动物漫话》。一九三七年,我又进一步学习运用艺术笔法、故事体裁,创作了《凤蝶外传》等科学小品文。……从这里,我们得出一个结论:科学文艺作品是科学的内容和文艺的形式的结合,它是最受群众欢迎的科普读物。"①他的科学小品主要写于1935至1937年间,是他师承法布尔、伊林优秀之作,改变早期文风而后的产物,而这些作品也都较好地把科学

---

① 董纯才:《董纯才科普创作选集·自序》,科学普及出版社1980年版。

知识和文学形式结合起来。《动物漫话》把动物拟人化,出以故事、童话形式,语言通俗平实,带有小读者口吻,很适合少年儿童阅读。

此外,索非和祝枕江的医学小品,刘薰宇的趣味数学,也是30年代有影响的作品。上述自然科学小品作家本身都是某一方面的科学家,他们自愿"放低手眼"做科学普及工作,在追求科学大众化的共同目标下,八仙过海,各显神通,以自己擅长的专门知识和独特的艺术手法为科学小品的发展做出了重要贡献。

无论是社会科学知识,还是自然科学知识,都有大众化的必要,都是科学小品的题材。30年代的散文小品发展到吸取科学内容、面向读者大众一路,光从散文发展史来看,也无疑是一大开拓。在现代社会,科学技术的威力和影响越来越大,科学内容进入文学殿堂已成为一种历史的必然。因而作为科学文艺形式之一的科学小品,其产生和发展的重大意义远远超出散文本身的扩展,还在于说明又一种边缘文体的产生。科学小品从30年代作为散文小品的附庸,历经40、50年代的发展,至今已蔚为大观,成为一种独立的科学文艺体裁,在科学文艺领域内占有突出地位。

二 历史小品和读书记

历史小品是一种复活史实史事和历史人物的小品文,可以用来借古论今,托古寄怀,也可以用来普及历史知识,开阔读者视野。读书记则是一种记录阅读心得的散文札记,主要用来介绍文化思想。这两种形式本质上都以历史文化为题材,旨在帮助读者增进知识,扩大视野,多方面地了解人生和丰富自己。

历史小品的首倡者是曹聚仁。他先在《申报·自由谈》上发表《历史小品脞谈》①,又为《小品文和漫画》写了《怎样写历史小品》,提倡小品文向历史题材开拓新路。茅盾、天帝、郑伯奇、洪为法等人陆续著文响应,参加讨论。有的对历史小品和历史小说不加细致区分,以鲁迅、郭沫若、茅盾、施蛰存、刘圣旦的历史题材作品为渊源,有的以荷兰房龙

---

① 连载于《申报·自由谈》1935年2月21日至3月1日,后收入《文笔散策》。

的《人类的故事》为范例,"以为在'历史小说'以外,可以有'历史小品'。这就是用故事的形式演述历史",不用小说的虚构,而"只是把史实来'故事化'"①。当时的试作者除曹聚仁外,主要还有陈子展、阿英、黄芝冈、周予同、王伯祥、何封等,一时被目为与当时盛行的幽默小品、科学小品并行的新兴小品文体。

曹聚仁(1900—1972)说他倡导历史小品,是受日本芥川龙之介取材中国史事的历史小品和荷兰房龙的《人类的故事》等的启示。他早在1932年就试作过《亚父》,不过"当时太爱拉长篇幅,已不成其为历史小品了";自省之后,便"以注入新感想为主,以史实为解释某种意识的例证",而写了《耶稣与基督》和《苏小小与白娘娘》,"那时胸中先对于现实某事件要有所批评,借史实来发挥发挥,偶或能把胸中的沈哀表白出来,但未免有时要歪曲那史实的本相,不能算是正格的历史小品";随后"不想再写这类托古寄怀的小玩意,立下决心试作正格的历史小品",于是陆续写下了《弥正平之死》、《叶名琛》、《刘桢平视》、《焚草之变》、《并州士人》、《比特丽斯会见记》、《孔林鸣鼓记》等篇(《历史小品胜谈》),从而形成了他写作历史小品的原则,即:"人总是人,决不是神;人的意识形态总为他的生活环境所决定。我们写历史小品,和那些托古改制的人正取相反的方式:我们采取历史上的人物,把他放在原来的圈子里去,看他怎样过活?怎样组织他自己的思想?和哪些人往来?在哪些事件上处怎样的地位?——钩沉稽玄,还他本来的真实,客观地描写起来,绝不加以否定的解释,也不涂上现代的色泽,这是我们写作的基点。"(《怎样写历史小品》)这一基点的确定,使他能够抱着疑古精神,独具"史眼",发掘真相,渲染氛围,写出新意。如《弥正平之死》综观史书记载和他的诗赋,发现他的死并非因为曹操、黄祖忌才,乃是曹、黄左右妒贤嫉能所致。《焚草之变》细考隋炀帝江都被难的史料,体味这位末路君主当时的甜酸苦辣,写出了一个"可以相亲近可以相了解的人"(《怎样写历史小品》)。当时,郑伯奇就比较赞赏他这种

---

① 茅盾:《科学和历史的小品》,《文学》第4卷第5期。

疑古翻新的写作精神①。曹聚仁在总结自己的写作经验时认为,要养成找题材的"史眼","要有社会科学、历史哲学的新知,重新建立知人论世的尺度",要有"疑古非孔的精神",方能脱去前人的思想羁绊,从繁复的史事中抉取史的本相。作者还探讨了隐括法、敷衍法、渲染法等具体的写作方法②。他从以意为之到客观写照,主观上并不要托古寄怀,客观上还是取得了借古喻今的效果。如根据《亚父》改写的《生背痈的人》一篇,写谋士范增被"剑把"遗弃后的暗影,当时就有汪精卫之流自己来对号入座,几乎造成文字狱③。不过,正如他自述的写作态度那样,其历史小品不带直接的功利目的;这在当时就有人出来非议,说他取材琐屑,和现实生活需要联系不密切④。

在切合现实斗争需要方面,陈子展和阿英所写的一些关于明末清初的历史和文学的小品,针对性强,史料翔实,又有独到的史识,在澄清"论语派"对晚明文学一味吹捧和片面发挥消闲一面的问题上具有现实意义。周予同、何封等史学家所写的通俗历史讲话,旨在普及历史知识,和上述文人作品有所差别,是历史小品的另一类型。前者和杂文接近,文学性较强,后者与科学小品同路,通俗性、趣味性占先,历史小品这两种类型,到后来依然分途并行。

读书记是一种传统文体。"五四"以来不少作家写过这类以介绍文化思想、表达自家读书心得为主的、具有知识性、趣味性的小品文字,鲁迅和周作人兄弟就是典型代表。但周作人后来流于抄书炫博,用以消闲自遣。30年代写得较多的还有:朱自清评古论今,闻一多考据索解,叶绍钧品评新作,谢六逸介绍日本文学,阿英整理晚清文学,赵景深掇拾文坛史料,苏雪林谈文说艺,周越然考证版本目录,陈子展、傅东华、李长之等也有所写作。像朱自清所说,"读书记需要博学"⑤。这些人都是一代学者专家,有的还是藏书家,自然学问渊博,见多识广,因而

---

① 参见郑伯奇《小品文问答》,《小品文和漫画》,上海生活书店1935年版。
② 参见曹聚仁《文笔散策·历史小品脞谈》,上海商务印书馆1936年版。
③ 参见曹聚仁《我与我的世界·我与黎烈文》,人民文学出版社1983年版。
④ 参见天帝《略谈历史小品》,见《文笔散策》附录。
⑤ 朱自清:《什么是散文》,《文学百题》,上海生活书店1935年版。

涉笔书海,从容有余。总的看来,这些读书记知识丰富,趣味横生,文笔老练,对于知识分子和文学青年别有魔力。从增进知识,扩大视野,吸收新潮,修身养性等功用来说,它们自有不可替代和不容忽视的作用,不啻是知识小品另一条可发展的路子。

知识小品在30年代的兴盛,是"五四"以来思想启蒙运动和大众化运动的必然产物。它在现代散文发展史上的意义,在于扩大了散文的疆土,找到了科学大众化和文艺大众化相结合的又一条切实可行的道路。

第七节 30年代散文的繁荣与成熟

本时期散文各种题材的发掘和开拓,不同阶层作家思想倾向的错综复杂和消长起伏,构成繁复多样的局面,显示出时代的生活气息和知识分子的精神风貌。散文的思想内容和题材的丰富,必然要求艺术形式的多样,散文艺术形式本身也要求适应新的表现需要而丰富成熟起来。这主要表现在以下三个方面。

一 散文体裁的全面发展

记叙抒情类散文的外延较为广泛,在现代散文史上它可包括随笔、杂记、游记、速写、传记、回忆录、书简、日记、抒情小品、散文诗、幽默小品、闲适小品、科学小品、历史小品等文体中的许多文章。五四时期,随笔、杂记、游记、书简、抒情小品和散文诗较为发达,从章法严密、程序定型的传统散文中解放出来,确立了一种自由活泼、具有絮语作风的新型散文,在记述、抒情、写意及其三者结合方面继往开来,为现代散文奠定了坚实的艺术基础。当时,"冰心体"和朱自清《背影》一类的记叙抒情之作,风靡文坛,在表达真情描写美景的深切、细腻、缜密和漂亮方面是特出的。鲁迅《朝花夕拾》熔记叙、议论、抒情于一炉的写法,和《野草》吸收改造象征暗示、内心冥想的表现方式,给散文艺术的影响也是多方面的。周作人的随笔平和冲淡,古朴风雅,开创了一种具有中国名士风的随笔体散文。郭沫若和郁达夫真情流露,直抒胸臆,毫不掩饰,具有浪漫主义色彩。这些先驱者开创的一代新型文风继续发展，如丰子恺、梁遇春之于随笔，何其芳、李广田之于抒情散文，丽尼、陆蠡之于诗化散文，郁达夫、钟敬文之于山水游记，沈从文、芦焚之于乡土散文，都是在某些方面继续建设发展，在某些方面又有所开拓创新。像何其芳、李广田、缪崇群诸新人致力于"为抒情的散文找出一个新的方向"①，抒情散文在他们手中发展成为一种"独立的艺术制作"②，改变了人们轻视散文艺术的传统偏见，影响了40年代新起的散文作者循着文艺性散文一路而努力。可以说，五四时期创立的各种散文体裁，到了本时期都有很大的进展，各自的表现力和艺术性都得到丰富和加强。

　　这时期为作家所采用的散文体裁还有速写、传记、日记、幽默小品、科学小品和历史小品等。速写勾描某一生活片断或场景，以小见大，适合于写实需要，在左翼作家的大力倡导下发展起来，迅速及时地再现了日在变动的现实中具有社会意义的生活事件，发挥了散文作为"轻妙的世态画"和"文艺的轻骑队"的社会功能。传记的改革和创新掀开了新的一页，创立了现代意义的新传记。刻划真实丰满的人物性格，暴露隐秘复杂的内心世界，展示深广的社会背景，写出有血有肉的活人全人。文学日记这时期刊行不少，郁达夫提倡日记的真实性和自我解剖功能，自己也敢于公布日记作品。日记除了史料价值外，还能在自由抒写中更见作者性情。幽默小品是动乱年代一部分文人冷眼观照现实、消极对抗乱世的产物，他们不敢"直面惨淡的人生，正视淋漓的鲜血"，但又不满社会上的专制、强权、虚伪、保守种种不合理的现象，也不愿同流合污，只好出以诙谐口吻，聊吐心头闷气，其末流油腔滑调，乖离幽默的本意，走上了传统的说笑话一路。科学小品和历史小品把科学和历史题材引进小品文王国，让轻松活泼的小品文形式点化抽象端庄的知识内容，以达到普及科学文化知识的作用，这是现代散文大众化的一种成功尝试。这些散文样式都吸引着一些尝试者和开拓者，积极借鉴传

---

① 何其芳：《我和散文——〈还乡杂记〉代序》，《还乡杂记》，上海文化生活出版社1949年版。
② 《大公报》首次文艺奖关于何其芳散文集《画梦录》的评语，见1937年5月12日《大公报》。

统和外来的表现形式,大胆革新创造,以适应表现新的社会生活和新的思想感受的需要。从现代散文发展史来说,它们丰富了散文的样式和手法,为散文的发展繁荣开辟了更为宽广的道路。

二 散文艺术的刻意追求

散文,在"五四"散文家心目中是一种不厌精心经营又大可随便的文学样式,"它不能算作纯艺术品,与诗、小说、戏剧,有高下之别"[①],即便"有破绽也不妨"[②]。这种散文观,到了30年代何其芳、李广田等新进作家那里得到改变,他们倒是把散文作为"一种纯粹的独立的创作"[③],刻意追求散文艺术本身的圆满完美。朱自清这时也修正先前的看法,认为散文是"与诗、小说、戏剧并举,而为新文学的一个独立部门的东西"[④]。散文观念的进步,对散文艺术美的自觉追求,促进了现代散文从随笔体向文艺性发展,提高了散文艺术的价值和地位,这标志着现代散文进入一个独立自强、艺术觉醒的新的历史阶段,对当时和后来的文艺性散文的发展具有重大影响。

这种有意追求散文艺术性的倾向,突出地表现在所谓"小说家的散文"和"诗人的散文"[⑤]两类作品中。一些作家以创作小说或诗歌的认真态度创作散文,选材上一反"顺手拈来"的习惯,而注重精心提炼和再创造,表现上不是"信笔挥洒",而是精雕细琢、刻意求工。从"随便"到雕琢、锤炼,在文体发展上,显然说明它已经发展到自觉追求和完善自身的艺术价值的地步。

"小说家的散文"的优点,恰如李广田《谈散文》所赞赏的,它们吸收了"小说的长处:比较客观,刻画严整,而不致流于空洞,散漫,肤浅,絮聒等病——而这些却正是散文所最易犯的毛病"。他称道茅盾、巴金、靳以、芦焚、沈从文诸家的散文,具备了上述的优点。他们的作品思

---

① 朱自清:《论现代中国的小品散文》,《文学周报》1928年第345期。
② 鲁迅:《三闲集·怎么写》,上海北新书局1932年版。
③ 何其芳:《我和散文——〈还乡杂记〉代序》,《还乡杂记》,上海文化生活出版社1949年版。
④ 朱自清:《什么是散文》,《文学百题》,上海生活书店1935年版。
⑤ 李广田:《文艺书简·谈散文》,上海开明书店1949年版。

想风貌和艺术风格虽说各有特色,但都比较重视选择具有典型意义的场景或片断,比较客观、切实地描述社会生活,并且比较细致地刻画人物形象和注意结构完整严密。他们在记叙体散文方面融化了短篇小说的某些观照方式和表现手法,以适应社会性纪实题材的表现需要,使记叙体散文带有小说化倾向。这种倾向在稍后的李广田《银狐集》、方敬《风尘集》、陆蠡《竹刀》、丽尼《白夜》诸作中进一步发展,形成了30年代以后散文创作的一条重要支流。

"诗人的散文"在这一时期,"产量甚丰,简直是造成了一时的风气"[①]。这类散文的特征是追求"诗意",经营意象,构思精巧,想象丰富,结构短小圆满,在散文创作中倾注了诗艺,有的甚至写成散文诗。何其芳的《画梦录》、丽尼的《黄昏之献》和《鹰之歌》、李广田的《画廊集》和《雀蓑记》、缪崇群的《寄健康人》、陆蠡的《海星》等等,都是这类诗化散文的代表作。在散文创作中,以写诗的态度写出诗样的散文,本是我国散文小品的一个传统,五四时期鲁迅、朱自清、谢冰心、许地山等人发扬这一传统,并吸收外国诗化散文和散文诗的艺术养料,成功地创造了现代抒情散文和散文诗。"五四"散文的艺术传统在30年代一批新进作家身上得以发扬光大,他们有的本是诗人,有的具有诗人的气质,所以在散文创作中必然倾注自己的诗情和诗艺。他们善于运用联想、想象、象征、幻觉、暗示、节奏诸艺术手段于散文,丰富、扩张了散文表现生活实感和内心世界的能力,对40年代和当代的抒情散文和散文诗影响很大,可以说,形成了另一条更为深长的散文支流。

抒情体散文的诗化和记叙体散文的小说化,是这时期记叙抒情散文发展的两大趋向,异途同归,都通向一个目标,即散文的艺术化程度日趋提高。散文艺术吸收姐妹艺术的长处,是自身丰富发展的需要,也是散文扩展题材、表现新生活新情趣的要求。散文的诗化和小说化,为的是扩充和提高散文本身的表现力,而不是化成诗和小说。何其芳在强调散文艺术的独立性的同时,就反对散文变成诗或小说的附庸,强调散文既"不是一段未完篇的小说,也不是一首短诗的放大",而"应该是

---

① 李广田:《文艺书简·谈散文》,上海开明书店1949年版。

一种纯粹的独立的创作"。① 因而,保持散文本色,吸收诗歌凝练、含蓄的特长以克服散文易犯的松散、浅露的流弊,而保持散文自由舒卷、从容自然的本色以不至于凝滞松散,成了"诗人的散文"的追求目标。吸取小说经营构造、刻画写实的长处以纠正散文易犯的琐碎、散漫的毛病,又坚持散文抒写真情实感和真人真事的特点而不凭空虚构、刻意布局,则成为"小说家的散文"所努力的方向。比如,李广田写《柳叶桃》时,他所不知道的人物经历,如果要编成小说,就"必须想种种方法把许多空白填补起来,必须设法使它结构严密",但他没有这样做,而是遵循散文写人记事的原则,只拣要紧的真实素材来透视人物遭遇和人物性情,把"空白"留给读者自己去想象、补充。这是一篇小说化的散文,又实实在在是一篇本色的散文。再如,诗人何其芳在《我和散文》里自述:刚开始学写散文时,头几篇只是"诗歌写作的继续,因为它们过于紧凑而又缺乏散文中应有的联络",从《岩》以后有意写成本色的散文,但"开头总是不顺手","写得很生硬很晦涩",渐渐地"驾驭文字的能力增强了",终于"能够平静、亲切地叙述我的故事,不像开头那样装腔作势,呼吸短促"了。所以,《岩》以后的《哀歌》、《货郎》、《弦》诸篇,是纯粹的本色散文,当然又充满着诗情。何其芳从"不顺手"走入"纯熟之境",显示了他自觉追求散文艺术的进程。这两个实例说明,散文的诗化和小说化,只要不是化成诗或小说,而是吸取诗和小说的特长而丰富散文艺术的表现力,就有利于散文艺术的发展和提高。现代散文正由于善于融化姐妹艺术的优点以丰富自身,方开拓了广阔的发展天地,显示出生气勃勃的创造力。

三 散文语言的日趋成熟

从文言到白话,是我国散文现代化的重要标志之一。现代散文的先驱者高举"言文一致"的旗帜,确立现代白话为文学工具,开创了语体文的新时代。不过,初期语体文不可避免地存在着过渡革新时期纷

---

① 何其芳:《我和散文——〈还乡杂记〉代序》,《还乡杂记》,上海文化生活出版社1949年版。

然杂陈的历史现象,如文白杂糅、土洋并用、古怪拗口等。许多作家不约而同地指出过这一现象。叶绍钧曾批评"当世作者的白话文字,多数是不尴不尬的'白话文',面貌像个说话,可是决没有一个人的口里真会说那样的话。又有些全从文言而来,把'之乎者也'换成了'的了吗呢',那格调跟腔拍却是文言"①。朱光潜概括为三种毛病:"较老的人们写语体文,大半从文言文解放出来,有如裹小脚经过放大,没有抓住语体文的真正的气韵和节奏;略懂西方的人们处处摹仿西文的文法结构,往往冗长拖沓,诘屈聱牙;至于青年作家们大半过信自然流露,任笔直书,根本不注意到文字问题,所以文字一经推敲,便见出种种字义上和文法上的毛病。"②这些文言腔、欧化语和幼稚病,在"五四"新旧交替期最为突出,在30年代虽未完全摆脱,却已改观不少,直到40年代以后才浑化成熟起来。30年代散文的语言就处于向成熟发展的路上,主要往两个方向发展,一是口语化,二是文学化。

　　自觉追求散文语言口语化的,主要是一批语文教育工作者,代表人物有朱自清、叶绍钧、夏丏尊、丰子恺以及小说家老舍等。除老舍外,他们都是开明书店的同事,立达学园的中坚,文学青年的良师。朱自清初期散文脍炙人口,然而叶绍钧偏偏批评那些作品"都有点儿做作,太过于注重修辞,见得不怎样自然";从语体文角度,他特别推崇朱自清30年代以后的作品,"全写口语,从口语中提取有效的表现形式,虽然有时候还带有一点文言成分,但是念起来上口,有现代口语的韵味,叫人觉得那是现代人口里的话,不是不尴不尬的'白话文'"(《朱佩弦先生》)。无独有偶,朱光潜也同样赞赏朱自清的语体文,说"他的文章简洁精练不让于上品古文,而用字确是日常语言所用的字,语句声调也确是日常语言所有的声调。就剪裁锤炼说,它的确是'文';就字句习惯和节奏来说,它也的确是'语'。任文法家们去推敲它,不会推敲出什么毛病;可是念给一般老百姓听,他们也不会感觉有什么别扭"(《敬悼朱佩弦先生》)。运用白话语言达到如此地步,真可谓"炉火纯青"了。

---

① 叶绍钧:《朱佩弦先生》,《中学生》1948年9月号。
② 朱光潜:《艺文杂谈·敬悼朱佩弦先生》,安徽人民出版社1981年版。

从《踪迹》、《背影》到《你我》、《欧游杂记》、《伦敦杂记》,朱自清把散文创作的重心从抒情遣兴方面转移到语言工具本身,讲究散文记叙状物、表情达意的功用,致力于口语的提炼,追求语体文的自然、亲切和朴实,"他在这方面的成就是要和语体文运动史共垂久远的"①。叶绍钧走的道路和朱自清相似,他最初几篇散文还残留些古文的痕迹,喜用对偶排比,夹用文言词汇,又极尽描写形容之能事,后来逐渐摆脱了古文的腔调,从现代口语里提取一种有生气的朗朗上口的文学语言,追求一种"看得又读得"②的语言风格。朱自清、叶绍钧是现代白话散文创建者中较早克服文言惰性和欧化影响而追求口语化的典型代表。老舍则是以典范的北京口语丰富白话散文的重要人物,其散文语言一出手就有浓厚的京味。口气、句法、俗语都是地道的北京话,这成为他创作中贯穿始终的特色之一。自觉地从现代人口语中提炼生气勃勃的句式语调词汇,表现新鲜活泼的思想内容,这是现代散文语言趋于成熟的一大标志,也是现代散文语言发展的一大走向。

　　散文语言艺术化的趋向主要体现在一批推崇散文艺术的散文家身上,如何其芳、李广田、冯至、缪崇群、丽尼、陆蠡、吴伯箫、柯灵、芦焚、沈从文、吴组缃等等。他们下笔不苟,精心锤炼,主要是把文言欧语和现代口语熔为一炉,加意选择安排、提炼推敲,造就一种有别于絮语风的书面语言。当然,各人有各人的语言风格,互不雷同,但异中求同,共同的追求和相通的态度是,"一篇两三千字的文章的完成往往耗费两三天的苦心经营,几乎其中每个字都经过我的精神的手指的抚摩"③。何其芳的《画梦录》精雕细琢,善于形容修饰,刻意搭配文字的色彩、图案和声调,以繁富绚烂的词句造成扑朔迷离的意象世界。他师承前辈作家冰心、徐志摩、冯文炳一路追求语言美的作风,借鉴外国现代派诗艺,成就一种像诗一般的散文语言。散文语言靠近诗的语言,当是一种变革,是对20年代谈话风的一种反拨,在促进散文语言进一步艺术化方

---

① 朱光潜:《艺文杂谈·敬悼朱佩弦先生》,安徽人民出版社1981年版。
② 叶绍钧:《西川集·能读的作品》,重庆文光书店1945年版。
③ 何其芳:《我和散文——〈还乡杂记〉代序》,《还乡杂记》,上海文化生活出版社1949年版。

面起了很大作用，但也带来某种雕琢痕迹。在这一方向上，丽尼、陆蠡、方敬以至李广田、缪崇群、吴伯箫等人都可说是何其芳的同志，只不过是有的不像他那样雕琢。李广田的散文语言出于周作人的絮语文体而较之凝练纯粹，如行云流水而不散漫驳杂，是出色的散文语言。沈从文的《湘行散记》和《从文自传》融化了文言词汇、方言俗语而不着痕迹，洗练轻快，摇曳多姿，不少散文家和文学青年为之倾倒。他为了避免欧化腔，尽量少用助词"的"，有时不免走向反面，反而拗口。这些作家是在"五四"以后新的语言环境中熏陶长成的，因袭的负担相对轻些，地域的局限相对少些，而且这时期欧化腔颇为人诟病，文白杂糅现象也受到批评，所以他们能够综合融化前期语体文成果，坚持认真锤炼文字的态度，努力克服芜杂、散漫、絮聒、拗口诸弊端，刻意创造一种纯粹、凝练、流畅、优美的文学语言，进一步增强了散文的艺术表现力和艺术感染力。他们是以文情并茂的文艺性散文在散文史上占据一定地位的。不足之处在于有的作者单纯从书面学习语言，而又过分雕琢，缺乏口语的生气，有伤自然的韵味。

　　散文语言的口语化和文学化趋向，标志着现代语体散文跨过了纷然杂呈的过渡革新阶段，而进入探索前进、发展成熟的阶段。两种趋向既分途并进，而又表现出某些联合的姿势，显示了语体散文发展的大方向。

第三编　在民族民主革命战争中拓展

第五章 硝烟烽火驰轻骑

第一节 从建立"文艺阵地"到争取"文艺复兴"

1937年7月7日,卢沟桥的枪炮声揭开了中华民族奋起抗击日本侵略者、争取民族解放的战争壮剧的序幕。从此,漫天烽火,遍地硝烟,中国社会处于战时状态。此后,中国人民度过八年抗日民族解放战争和三年人民解放战争,经历了失地万里的愤恨,全民抗战的壮烈,战乱流离的磨难,抗战胜利的欢欣,重庆谈判的希望,内战爆发的痛心,政局剧变的动荡,翻身解放的欢呼。中华民族在炮火的洗礼中获得了新生,中国人民在苦难的磨炼中站起来了!包括中国现代散文在内的中国现代文学也在烽火硝烟中伴随着反侵略、争解放的进军步伐向前发展,从建立抗日救亡的"文艺阵地"到争取民族解放的"文艺复兴",从高举"抗战文艺"旗帜到揭出"人民文艺"大旗,形成了现代文学一个新的历史阶段。

在民族处于苦难深重、生死攸关的非常时期,我们的作家,除了个别民族败类外,都与我们的民族和人民同命运、共患难,经受了民族大义和民主潮流的时代趋势的严峻考验,他们的生活和创作也都打上了鲜明的时代烙印。

抗战初期全国抗日高潮的兴起,促成了文艺界抗日民族统一战线的建立。"七七"事变震动了文化古城,京津一带作家纷纷南下。"八一三"淞沪抗战持续了三个月,聚集在上海文化中心的文艺工作者满怀强烈的民族义愤和爱国激情组成许多战地服务团,从事抗日宣传工作或战地鼓动工作。上海文艺界救亡协会最先成立。郭沫若毅然抛妇别雏从日本回到上海,参加创办《救亡日报》。文学社、文季社、中流社、译文社合编《呐喊》周刊,出了两期后改名《烽火》,《同人启事》说:"沪战发生,《文学》《文丛》《中流》《译文》等四刊物暂时不能出版,四社同人当此非常时期,思竭绵薄,为我前方忠勇之战士,后方义愤之民众,奋起秃笔,呐喊助威,爰集群力,合组此小小刊物",表明了广大文艺工作者为民族解放战争呐喊助威的共同态度。沪战期间,上海的抗日文艺活动相当活跃。1937年10月12日,我国军队被迫撤出上海,上海四周沦陷,只剩下一块英法等国的租界地还容许文化人活动。随着北平、上海两个文化中心的陷落,许多作家开始了向西或向南的大迁移。西去的作家,一度集中武汉。1938年3月27日在汉口成立"中华全国文艺界抗敌协会",文艺界结成了最广泛的抗日民族统一战线。"文协"举起"抗战文艺"的旗帜,号召"文章下乡,文章入伍",创办会刊《抗战文艺》,组织"作家战地访问团",强有力地推动了抗战文艺活动。与此同时,郭沫若也在武汉筹建军委会政治部第三厅,将各地流亡到武汉的文艺工作者和文艺团体组织起来,开展广泛的抗日文艺活动。在"文协"和"第三厅"的组织下,文艺界的统一战线空前壮大,作家"下乡""入伍"的风气很盛,文艺大众化的呼声再度高涨,报纸文艺副刊和文学杂志陆续刊行,如《新华日报·团结》《大公报·战线》和《七月》《战地》《文艺半月刊》《自由中国》《哨岗》《诗时代》等等。武汉三镇一时成为抗日文艺活动的中心。南下的作家起初在广州、福州一带,《救亡日报》曾在广州复刊一段时间,茅盾在广州创办了《文艺阵地》。直到1938年底,武汉、长沙等大城市相继失陷,广大作家才再度撤退逃难,分赴内地海外,在物质条件困难、新文化基础薄弱的地方努力重建抗日救亡的文化岗位,因而在重庆、桂林、昆明、成都、曲江、永安、延安等地迅速形成了各有特色的文艺据点。

从1937年11月上海失守到1941年12月太平洋战争爆发前四年零一个月,史称上海"孤岛"时期。留居上海"孤岛"的作家有:王任叔、郑振铎、王统照、阿英、夏丏尊、李健吾、芦焚、柯灵、唐弢、周木斋、孔另境、陆蠡、列车等。他们在日伪横行的险恶环境里,坚守文化岗位,巧妙地利用洋商招牌创办了一些可以发表自己作品的报纸杂志。柯灵先后主编《文汇报》副刊《世纪风》、《大美报》副刊《浅草》和《正言报》副刊《草原》，王任叔主编《译报》副刊《大家谈》和《申报》副刊《自由谈》，周木斋主编《导报》副刊《早茶》，这几种报纸副刊发表了大量散文、杂文和通讯报告之类的作品。文学期刊中注重散文作品的有：《鲁迅风》、《杂文丛刊》、《野火》、《文艺》、《文艺新潮》和《宇宙风乙刊》等。王任叔、唐弢、柯灵、周木斋等承传"鲁迅风"杂文传统；王统照、芦焚、陆蠡以及一批新进作家如白曙、石灵、海岑、宗珏、武桂芳等创作散文小品；朱作同、梅益、林淡秋等发起写作报告文学总集《上海一日》，蒋锡金等组织文艺通讯员运动。仇重（唐弢）在1940年末回顾当年散文创作时指出：在黑暗笼罩下的上海"孤岛"，"作为破坏旧生活的有战斗的杂文，作为激发自尊心的有抒情的散文"①，简要地概括了"孤岛"时期杂文和散文创作的主导倾向。1941年底日寇进占租界，大部分作家撤往后方内地，继续留沪的作家全部转入地下活动，经受着民族大义的考验。陆蠡被日寇秘密杀害；夏丏尊、许广平、柯灵等遭受日本宪兵队逮捕和毒打；周木斋贫病交加，不幸逝世；郑振铎、王统照等隐姓埋名，望星待旦；只有个别没有骨气的文人下水事伪。在日寇残酷迫害下，报纸杂志相率停刊，散文创作归于沉寂，文坛开始流行商业性、趣味性的文字。到了1943年7月，柯灵接编并改革《万象》月刊，发动留沪作家重新提笔创作，随后范泉创办《文艺春秋》月刊，至此，冬眠已久的上海文坛才重新苏醒过来。除了柯灵、唐弢、芦焚、李健吾、列车等继续写作外，还出现一批专注散文随笔的新手，如黄裳、范泉、徐翊、何为、晓歌、林莽等，他们从蛰居中透出气来，迎接抗战胜利。

　　从抗战开始到太平洋战争爆发四年半的时间内，由于特殊的地理位置和社会环境，香港成为许多过路作家的中转站和一些革命作家的政治避难所，香港的抗日文艺活动相当活跃。战前，香港文化属于殖民地文化性质，新文学基础十分薄弱；上海、南京、广州等失陷后，南下作

---

① 仇重：《暗夜棘路上的里程碑——"孤岛"一年来的杂文和散文》，《正言报·草原》1941年1月20日。

家涌入香港,或取道转入内地,或暂时居住下来。茅盾1938年2月来港,4月复刊《立报》的《言林》副刊,杨刚接替萧乾主编《大公报》副刊《文艺》,戴望舒主编《星岛日报》副刊《星座》。这三大副刊注重创作,扶植新人,推进了香港新文学运动的蓬勃发展。居港作家许地山、叶灵凤、马国亮、刘思慕等写过散文,路过的或短暂居留的作家以至内地作家有不少作品发表在香港报刊上。"皖南事变"发生后,重庆、桂林、昆明等地又撤出一批共产党员作家,如夏衍、华嘉等暂时避难于香港。香港陷落后,许多人回到内地,云集桂林,促成桂林"文化城"的形成和兴盛;一些人逃亡到南洋群岛,戴望舒来不及逃脱陷于日寇监狱数月,萧红不幸病逝于香港一家医院。香港的新文学运动因而遭受挫折,直到抗战胜利、内战爆发后,许多进步作家又被迫来港政治避难,香港新文坛才重新热闹起来。

东南沿海城市沦陷后,陆续逃难到西南大后方的作家最多,其中经常写作散文的有:郭沫若、茅盾、巴金、叶绍钧、谢冰心、朱自清、丰子恺、鲁彦、靳以、缪崇群、李广田、夏衍、孟超、聂绀弩、秦似、田仲济、司马文森、谢六逸、骞先艾、卢剑波、冯至、方敬、陈敬容、味橄、梁实秋等;新从战地或后方成长起来的散文作家有:田一文、刘北汜、严杰人、彭燕郊、S.M.(阿垄)、SY(刘盛亚)、曾卓、羊翚、周为、孙陵等。上述新老作家大体分散在重庆、桂林、成都、昆明、贵阳一带。作为战时国民政府临时首都,重庆集中了各方面文化人士,"文协"和"第三厅"(后改为"文化工作委员会")都迁到重庆,《抗战文艺》、《文艺阵地》、《七月》、《文艺半月刊》也迁渝出版,《新华日报》、《中央日报》、《大公报》、《国民公报》、《新蜀报》诸大报也都集中在重庆出版发行,而且各报都有较专门的文艺副刊,如靳以主编的《国民公报》副刊《文群》、姚蓬子主编的《新蜀报》副刊《蜀道》和陈纪滢主编的渝版《大公报》副刊《战线》,就是当时国统区最有影响的文艺副刊。重庆成为战时后方文化中心之一。战时后方另一个文化中心是"文化城"——桂林。桂林地方当局与蒋介石集团保持一定距离,政治上比较开明,所以容纳了较多的进步作家和共产党员作家,他们创办的报纸杂志有:《救亡日报·文化岗位》、《大公报·文艺》、《文学报》、《野草》、《文艺生活》、《文艺杂志》、《文学创作》、《自由中国》、《笔部队》、《创作月刊》、《青年文艺》、《人间世》、《宇宙风》等等。当时的桂林，文人云集，杂志繁多，书市密布，文化生活确较活跃。可惜到了1944年11月桂林沦陷，"文化城"毁于战火。成都的文艺活动在本地作家和外来作家的共同努力下，也逐渐活跃起来，先后创办了《金箭》、《四川风景》、《文艺后防》、《笔阵》等期刊，还有侧重发表杂文和散文作品的《华西日报副刊》、《新新新闻》"七八嘴舌"栏和《四川日报》"谈锋"栏，以及《工作》半月刊和《蜂》周刊。地处西南边陲的昆明，交通不便，文化落后，而自从一些本籍作家返归和一些逃难作家入滇后，尤其是西南联大搬来后，在闻一多、朱自清、杨振声、王力、沈从文、冯至、李广田等著名作家和学者的影响下，青年学生的文学活动和当地文学运动都活跃起来，创作园地有《云南日报·南风》、《西南文艺》、《文化岗位》、《文聚》、《诗与散文》。腹地贵阳，战争前期只有蹇先艾、谢六逸等少数本籍作家回来开展文学活动，1944年湘桂大溃退以后，许多作家撤往贵阳和昆明，才突出了贵阳的特殊作用。蹇先艾主编《贵州晨报·每周文艺》、《贵州日报·新垒》，方敬为《大刚报》主编《阵地》副刊。上述各地报纸杂志，名目繁多，影响不一，都是抗战文艺运动据点和新文学创作园地。由于战时纸张紧张，版面有限，客观上欢迎短小精悍之作，因而有助于散文写作的发展和兴盛。

东南地区的文化据点主要在闽北、赣南和浙东一带。起先是从上海、南京撤退下来的，以后也有从西南后方过来的，如邵荃麟、葛琴、聂绀弩、楼适夷、彭燕郊、艾芜、靳以等在此留下过足迹，黎烈文、曹聚仁、王西彦、许杰、施蛰存、雨田等长期居留过，这时冯雪峰蛰居家乡义乌，后被关进上饶集中营。这里还出现了一批青年新进，如郭风、叶金、莫洛、丽砂、公刘、刘金、单复等。东南内地原先文化落后，新文学队伍薄弱。从文化中心城市撤退下来的三十年代作家，给东南内地文坛充实了力量，使之面貌焕然一新。土生土长的文艺青年受知名作家的扶持和奖掖，较快地成长起来，成为东南文坛一支生力军。1939年黎烈文到福建战时省会永安组建改进出版社，创办《改进》半月刊和《现代文艺》月刊，出版《现代文艺丛刊》，其中《现代文艺》"系一纯文艺刊物"，黎烈文、王西彦、靳以等先后任过主编，邀请东南作家和西南作家写稿，使之成为"东南文坛的坚实据点"。南平的《东南日报·笔垒》、上饶和建阳的《前线日报·战地》、温州的《浙江日报·江风》等副刊都注重扶植散文创作,培养了一批年轻的散文作者。许杰当时提倡"东南文艺运动",力促建立起东南文艺堡垒。

从坚守上海"孤岛"文化岗位到开发香港、西南和东南新文坛,构成了抗日战争时期新文学运动发展的一个重要方面,习惯上称之为"大后方"文学运动。各方面的文学工作者,在抗日爱国的旗帜下,以笔作刀枪,开展抗战文艺运动,形成了广泛的统一战线。抗战前期,举国对外,抗战救亡,民族情绪空前高涨,抗战文艺思潮风行整个文坛,小型文艺作品大量出现,各种类型的短散文充当了动员民众、反抗侵略、为民族解放战争呐喊助威的"轻武器"。随着战争进入相持阶段,统一战线内部摩擦日益加剧,国统区社会日益黑暗,于是"暴露黑暗"的呼声日趋强烈,批判现实、干预生活的创作重新兴起,在文艺大方向上坚持抗战、反对投降,坚持团结、反对分裂,坚持进步、反对倒退,发扬了新文学反帝爱国、反封建争民主的革命传统。抗战八年的大后方文学运动,进一步密切了新文学与反帝反封建革命的关系,进一步加强了新文学现实主义的战斗性和批判性,大大促进了新文学与人民大众的结合。

与大后方文学运动相呼应,又构成自己特色的是陕甘宁边区和敌后抗日民主根据地所新生的文学天地。工农红军长征到达陕北后,保安和延安相继成立"中国文艺协会",群众性文艺活动比较活跃。抗战爆发后,工农红军改编为八路军,东进抗日,深入敌后建立了广大的敌后抗日民主根据地。不少文艺工作者也陆续从上海等地来到延安,分赴敌后抗日民主根据地,与当地的文艺工作者和群众性的文艺活动相结合,开创了边区和根据地文学的新局面。来延安的作家有:丁玲、吴伯箫、萧军、罗烽、白朗、陈企霞、陈学昭、李又然、何其芳、刘白羽、周扬、周立波、周而复、杨朔、碧野、黄钢、欧阳山、草明、严文井、雷加、于黑丁等;各抗日民主根据地成长起来的作家有:孙犁、萧也牧、方纪、柳青、孔厥、穆青等,还有来边区和根据地访问并写下散文、报告的范长江、茅盾、沙汀、卞之琳等。他们大多写过战地通讯和反映根据地建设的报告文学,也写作杂文和记叙抒情散文,与大后方的抗战文学思潮相一致。

丁玲主编《解放日报》副刊《文艺》，"鲁艺"出版《草叶》，"文抗"出版《谷雨》，周扬主编《文艺战线》，"文协延安分会"出版《大众文艺》和《文艺突击》。1942年开展了延安文艺界整风运动，毛泽东作了《在延安文艺座谈会上的讲话》，明确提出了"文艺为人民服务"的光辉思想。根据地作家经过整风运动后，遵循毛泽东指引的文艺方向，开始深入工农兵群众的生活斗争，改造自己的小资产阶级思想感情，努力熟悉和理解工农兵群众，发现和反映"新的世界，新的人物"。表现在散文创作中，就是描写工农兵生活斗争、反映根据地民主建设的作品大量涌现，作品描写对象逐渐以工农兵为主体，作家个人情感的抒发开始融入人民群众的思想感情之中。从体裁上看，报告文学受到广泛欢迎，杂文分清了暴露和歌颂的对象，记叙抒情散文也改变了原来低沉的格调。根据地文学在反映根据地民主建设生活和新型的人际关系方面，在通俗化和大众化方面走在了前头，令人耳目一新，体现了人民文艺的新方向，成为全国文艺界希望的寄托和学习的榜样。

以上我们粗略勾勒了抗战期间新文学运动由点到面的扩展轮廓，介绍了战时文人流离迁徙分布各处的一般情况。由于战争形势的影响，新文学运动由原先局限于上海、北平等大城市的"点"向后方内地散开，形成了四面开花的新局面。这种现象无疑扩大了新文学的影响，促进了内地文学新人的成长和文学据点的建立。散文因其文体的便利，较之其他文学样式更能适应这种战乱变动的生活环境，所以，各种体式的作品都很盛行，现代散文的影响因而扩展到四面八方。当然，后方内地新文学基础薄弱，印刷、出版和发行条件又相当困难，客观上限制了文学的进一步发展、繁荣，限制了作家之间的交流切磋以及作品的结集出版。就在这种艰难困苦的环境中，广大作家经过战乱流离生活的磨炼，开阔了生活视野，充实了思想感情，密切了与现实和人民群众的关系，写出了大量富于时代感和现实意义的作品，从而推动了现代散文的发展。因所处地区不同，和作家条件的差异，散文创作也呈现出丰富多彩的面貌。

1945年8月15日，日本侵略者宣布无条件投降，中国人民经过八年浴血奋战，终于赢得了胜利。伴随着胜利后"复员"高潮，大后方作家除少数留在当地外,大部分陆续返回上海、北平、南京、天津等大城市,上海恢复了文化中心的盛况。《文汇报》新辟《笔会》副刊,沪版《大公报》续出《文艺》副刊。其他文学杂志竞相出版:有《文艺春秋》、《文艺复兴》、《文学杂志》、《文潮月刊》、《文联》、《文讯》、《新文学》、《水平》、《人世间》、《文坛》、《希望》、《周报》、《西风》、《论语》等。散文创作借此兴盛起来。随着抗战胜利后民主建国呼声的高涨,毛泽东文艺思想的影响由解放区扩展深入到国统区,为民主、为人民写作的文学口号风行全国。郑振铎为《文艺复兴》撰写的《发刊词》明确提出:"我们不仅要承继了五四运动以来未完成的工作,我们还应该更积极的努力于今后的文艺复兴的使命;我们不仅为了写作而写作,我们还觉得应该配合着整个新的中国的动向,为民主、绝大多数的民众而写作。"面临内战危机,眼见国民党当局继续推行专制统治和内战政策,耳听人民民主解放的炮声,我们的作家又经受着民主时代潮流的新考验了。除了个别人外,广大作家投入了反内战、争民主求解放的时代洪流之中。解放区作家亲身参加人民解放战争和土地革命,继续沿着毛泽东文艺方向前进。国统区作家抨击黑暗,迎接光明,恪尽职守。此期杂文发挥了战斗威力,抒情散文感应着时代脉搏,报告文学伴随着解放大军的进军步伐由北南下,现代散文为新民主主义革命的胜利谱写了灿烂的篇章。

由于战事的影响,许多作家与群众有了更多的接触,特别是延安文艺座谈会,又使他们进一步明确了深入工农兵群众、向人民大众学习语言的重要意义,这就有力地推动了文艺大众化的发展。这时期对外国散文的译介也是相当努力的,但相对集中于报告文学体裁,较少涉猎其他方面的散文作品。而其中苏联的散文和报告文学的译介最受重视,有的杂志辟有苏德战争特辑、苏联文学特辑,还专题译介 A. 托尔斯泰和爱伦堡的报告文学作品。此外对法国的巴比塞,美国的辛克莱,以及德国、西班牙等国的战争报告,也时加介绍。这一方面满足了广大读者了解国际形势的需要,而另一方面对我国的散文和报告文学的写作也起了借鉴作用。

总的说来,八年抗战,三年内战,中国社会一直处于战争动乱状态。抗日战争和解放战争高于一切,制约着新文学运动的发展趋向,也制约着广大作家的生活和创作。新文学运动自觉适应时代和人民的要求，兴起了抗日文艺运动以至民主文艺运动，进一步发展了"五四"以来新文学反帝反封建的革命传统。广大作家也自觉适应时代的发展，接受战乱流离生活的磨炼和民族民主革命战争的考验，不断开阔着自己的艺术视野和思想境界，越来越多地转向现实和人民。在这种特定的时代背景和文学背景中进行的散文创作活动，在整体上就带有战时的时代特色，构成现代散文进行曲中高昂的第三乐章。

第二节　散文理论的新建树

在抗日战争和解放战争的十二年中，中国历史是在漫天的烽火中前进的。这十二年是我国现代史上民族民主革命不断深入高涨，并且最后取得伟大胜利的十二年，是改天换地的不寻常的十二年。革命在前进，历史在发展，文艺在变迁，同时代息息相关的散文理论，也迎来了新的开拓期。

历史在战争中迈步前进，给杂文创作注入新的内容，给杂文理论提出新的课题。鲁迅所开辟的现代杂文之路，愈来愈宽广。这时期，文艺界对鲁迅杂文的思想和艺术特质，进行了广泛深入的探讨，核心是在新的历史时期如何继承和发展鲁迅杂文的革命现实主义传统的问题。对这一问题的研究做出贡献的首先应该提到冯雪峰和徐懋庸。

1937年10月19日，在上海鲁迅逝世周年纪念会上，冯雪峰作了《鲁迅与中国民族及文学上的鲁迅主义》的讲话。他把文学上的"鲁迅主义"概括为三点：即鲁迅独创了将诗和政论凝于一体的杂感这种尖锐的政论式文艺形式；对历史的透视和对人生的睁眼正视的独特的现实主义和韧战主义；艺术的大众主义。1940年5月，他又在《文艺与政论》[①]中进一步阐发杂感是诗与政论相结合的独特的文艺形式的见解，指出文艺和政论，不仅不是互相排斥、截然对立，而且是可以互相渗透、互相结合的，并认为这样结合是鲁迅创作的根本特征。徐懋庸的《鲁

---

① 《冯雪峰论文集》，人民文学出版社1981年版。

迅的杂文》①一文,认为鲁迅所倡导的杂文运动,是现代中国思想斗争上一种重要武器的生产和使用。他分析鲁迅杂文的文笔特色是:理论的形象化,语汇的丰富和适当,造句的灵活,修辞的特别,行文的曲折等;并指出这不仅是文字技巧问题,更重要的是由他的"合于辩证法"的思想方法决定的。

研究鲁迅杂文的思想和艺术特质,是为了更好地学习、继承和发展鲁迅杂文的战斗传统。在新的历史条件下,围绕这一核心问题有过几场争论,这些争论又反过来推动现代杂文理论和创作的新拓展。

第一次争论发生在1938至1941年沦为"孤岛"的上海。

1938年10月19日,王任叔在《申报·自由谈》上发表《超越鲁迅——为鲁迅逝世二周年作》一文,表明了学习、继承和发展鲁迅杂文战斗传统的正确态度。同日,阿英以笔名鹰隼在《译报·大家谈》上发表了《守成与发展》的纪念文章,认为鲁迅杂文的特点和弱点是:一、六朝的苍凉气概;二、禁例森严时期的迂回曲折;三、缺乏韧性战斗精神和必胜信念;四、不够明快直接、深入浅出。阿英以为当时是抗日民族统一战线的天下,讽刺时代已经过去了,要战斗不要讽刺,要明快直接不要迂回曲折,要深入浅出不要隐晦,要发展不要守成,要创造我们时代的杂文;由此他指责《文汇报·世纪风》上的作者不该作"鲁迅风"的杂文。这就引起了一场争论。这场争论,是革命文艺队伍内部的原则争论;当时国民党政客、托派和汉奸文人,借机起哄,企图借此攻击鲁迅和鲁迅杂文,在革命队伍中造成分裂。为了防止统一战线的破裂,上海地下党文委负责人之一的孙冶方,以孙一洲的笔名在《译报周刊》上发表了《向上海文艺界呼吁》,要求终止这场争论,并由《译报》主编出面邀请王任叔、阿英等四五十人,开了一次座谈会,会上双方虽各执己见,但终于发表了由应服群(林淡秋)、王任叔、阿英等三十七人署名的《我们对于鲁迅风杂文问题的意见》,高度评价鲁迅的杂文,终止了这场争论。随后,宗珏和杜埃还写出论文,与阿英的观点针锋相对,对鲁迅式的杂文给予高度评价。

———————

① 见《鲁迅研究》,夏征农编,生活书店1937年版。

1940年,张若谷在《中美日报·集纳》上发表《写文学随笔》,攻击鲁迅的杂文执滞在小事情上,代表绍兴师爷的一种特殊性格。面对张若谷的攻击,回顾两年前关于"鲁迅风"杂文的论争,王任叔奋力写了《论鲁迅的杂文》(1940)一书,在综合吸收前人研究成果的基础上,开拓了鲁迅杂文研究的理论广度和深度,较为系统地回答了在新的历史条件下,如何继承和发展鲁迅杂文战斗传统这一重大理论问题。

《论鲁迅的杂文》一书有五个部分:一、序说,二、鲁迅思想发展的三个时期,三、鲁迅杂文的形式与风格,四、鲁迅杂文中所表现的思想方法,五、战斗文学的提倡。其中以三、四、五三个部分最为精彩。

在《鲁迅杂文的形式与风格》这一部分中,王任叔论述了鲁迅杂文形式和风格对中国古典散文的民族形式和民族风格的创造性继承和发展,并从纵和横的两个方面,具体分析了鲁迅杂文形式和风格特点,这是以往杂文理论研究尚未深入开展的课题。他从中国民族文化的特点、优点和缺点来观察鲁迅杂文在文化建设中的伟大作用。他认为,鲁迅正确地寻求发展中国文化的新路,以科学的辩证思维法则和阶级论的民主主义精神作为创作根基,发挥了中国文化传统的现实主义精神,以形象性手法,给广大读者以前进的指标。鲁迅的杂文继承了中国古典散文中的感应性、现实性、形象性的特点,扬弃其弱点,锻炼成为无比锋利的"为大众阶级服务"的投枪。王任叔从纵的方面分析鲁迅杂文发展的三个时期思想和艺术风格的变化发展,即《热风》时期,《三闲集》时期,《伪自由书》时期。并从横的方面指出鲁迅杂文形式和风格的八种类型:一、短小精悍、泼辣而讽刺,如《热风》与《伪自由书》中的大部分。二、深厚朴茂、显示了作者的渊博学识,如《病后杂谈》、《未定草》、《女吊》之类。三、趣味浓郁、引人入胜——诗意的形象化的杂文,如《说胡须》、《论雷峰塔的倒掉》等。四、战斗的论文式杂文,但它没有一点理论架子,而深入于理论的基本点上;如《"硬译"与"文学的阶级性"》等。五、抒情的——抒发个人的感慨转而讽刺他所憎恨的对象,如《我的态度气量和年纪》、《杂论管闲事·做学问·灰色》之类。六、质直的、搏击的,如《此生与彼生》和与《现代评论》派论战的文字。七、客观地暴露而不加以论断的,如《花边文学》中的一部分。八、还有书序一类杂文。

在《鲁迅杂文中所表现的思想方法》里,王任叔把杂文家的思想方法和写作方法统一起来考察,指出:"鲁迅杂文是有所为而为的;他的眼光是能够'见其大而不遗其小,见其全而不遗其分'的。"王任叔接触到鲁迅杂文创作中的一个关键问题,即一个杂文家的理论思维和杂文创作的关系。在《战斗文学的提倡》中,他全面地驳斥那些歪曲鲁迅和"鲁迅风"的言论,阐述了创造性学习、继承和发展鲁迅杂文战斗传统的问题,断言"鲁迅风的杂文,不但今天要,而且将来也要"。

在这场论争之后,于1941年的"孤岛"上海出现了杂文重振的趋势,周木斋的《重振杂文的关键》①,穆子沁的《写在杂文重振声中》②,王任叔的《四年来上海文艺》③等都说明了这一事实。

第二次论争发生于文艺整风运动前后的延安。

1940年以来,延安的《中国文化》、《解放日报》、《中国青年》等报刊,出现了许多杂文,也出现了一些倡导杂文写作的理论文章,如丁玲的《我们需要杂文》,罗烽的《还是杂文时代》等。延安杂文的倾向基本上是对的,但也有不区分解放区和国统区的不同性质而乱用讽刺的,产生了不良的社会效果。而有些理论文章,片面理解和宣扬"鲁迅笔法";还有人认为,在光明的边区是不宜于写杂文的。这都表现出杂文理论的偏颇和不足。

毛泽东的《在延安文艺座谈会上的讲话》,对鲁迅杂文作了历史的辩证的具体分析,批评了当时延安杂文创作和理论主张中机械搬用"鲁迅笔法"的错误倾向,阐述了在人民当家做主的解放区的杂文创作中"批评"和"讽刺"的立场和态度问题,尤其着重地论述了新的历史环境下继承和发展鲁迅杂文的革命战斗传统问题。他指出:一、杂文时代的鲁迅,并不是暴露讽刺一切的,他对敌人进行冷嘲热讽,但"不曾嘲笑和攻击革命人民和革命政党",他的杂文对待人民和敌人,写法完全

---

① 《奔流文艺丛刊》1941年1月第一辑《决》,署名辨微。
② 《杂文丛刊》1941年6月第四辑《湛卢》;穆子沁是李澍恩的笔名,1984年我们编选《中国现代散文理论》一书收入本文时,据一份内部材料误将本文署为巴人,特此订正。
③ 《上海周报》1941年8月第4卷第7期。

两样。二、在陕甘宁边区和各抗日根据地,杂文形式不应当简单地和鲁迅一样,可以"大声疾呼,而不要隐晦曲折,使人民大众不易看懂"。三、对人民的缺点是需要批评的,"但必须真正站在人民的立场上,用保护人民、教育人民的满腔热情来说话"。四、"讽刺是永远需要的","但必须废除讽刺的乱用",对敌、我、友,讽刺的态度应各有不同。《讲话》观点鲜明,对现代、当代的杂文写作有着深远的影响。

在关于杂文的争论中,金灿然的《论杂文》①是值得重视的,其中有不少新颖精辟的见解。他辩证地看待杂文的战斗功能,指出杂文"是一种强烈反映现实的武器",既可以用来暴露黑暗,又可以用来礼赞光明,决定杂文特质的还是"立场"问题,"对于杂文,也像对于其他文艺一样,立场是其精髓,是其灵魂"。他历史地看待杂文时代的发展变化,在肯定鲁迅杂文"永恒"意义的同时,又提出要创造"新杂文"的主张。他认为:"在这民族斗争已走入白热化,而阶级斗争则以微妙的曲折的方式进行着的时代,杂文的时代不惟没有过去,而且正对着辽阔的发展前途",在新民主主义革命没有完成以前,在无产阶级及人类未彻底解放以前,"杂文的时代是不会过去的",但由于"统一战线的形成与抗日战争的爆发,在整个的新民主主义革命时代打下了一个伟大的烙印,影响了中国社会生活的各方面,同时也给表现这种生活的杂文以新的内容,新特点,新面貌","在这意义上,也可以说另要一种'新杂文'"。他论述杂文与讽刺的关系时,认为"杂文往往与讽刺在一起,却不一定需要讽刺。因为战斗的对象及环境的变异,杂文中可以有冷嘲,可以有热骂,也可以有幽默,有的时候,三者可以都不要。而只以锋利的笔调,刻画现实,写成'社会论文'"。毛泽东的《讲话》,金灿然的论文,提出了在新的时代和新的环境条件下,在继承和发扬鲁迅杂文革命战斗传统的同时,要创造一种同鲁迅杂文既有联系而又不同的新杂文。这在当时延安和解放区杂文中跃居为主导思想,并有谢觉哉《一得书》等新型杂文的兴起,同时也制约着其他风格杂文的发展。

第三次论争发生在1946至1947年间的国统区。

---

① 《解放日报》1942年7月25日。

这场论争是由国民党当局和一些文人挑起的。当时国民党宣传部长张道藩下令，要全国作家不写黑暗，专写"光明"，不准讽刺，只准歌颂。有些文人也叫嚷，鲁迅杂文的时代已经过去了。对此，刘思慕进行了有力的驳斥："今天，人民在内战的血泊中，有声的子弹造成无声的中国。只有歌功颂德的苍蝇们才嚷着'鲁迅杂文时代已经过去了'。岂止没有过去，比'鲁迅时代'更严重的时代已沉沉地在我们头上了。我们十倍地需要鲁迅先生，需要鲁迅风杂文。"①那些谬论是经不起一驳的，解放战争时期的国统区、香港，鲁迅式的杂文蓬勃发展，显示了它的战斗威力。

这时期也出现了研究杂文的理论专著，田仲济的《杂文的艺术与修养》(1943)可为代表。他认为当时人们对杂文的种种误解，归结到一点，是他们对杂文的"特质"，特别是对鲁迅杂文的特质缺少应有的理解，这就导致杂文写作中出现了种种偏颇。田仲济指出杂文凸显的特质，不是冷嘲，不是热讽，而是正面短兵相接的战斗性；是深刻锐利；是独到的见解，精辟，深透，不落俗套，不同凡响；在形式上是隽冷和挺峭。他把杂文的内容和形式，都看成是充满蓬勃创造精神的广阔天地，而没有把它模式化。田仲济认为要提高杂文创作的水平，就必须学鲁迅，"学习鲁迅，并不是只求表面的相似，……要学的是那'独立的观察和分析的能力'，并且更要扩大这能力"，"这需要靠思想深度的追求，生活能量的吸收，而最重要的，是在我们的心脑中对于现实的深刻的爱和憎的感受"。

这个时期在杂文理论建树上值得提到的还有语言学家王力和美学家朱光潜。

王力在1941至1946年间，写了大量讽喻巧妙、针砭时弊的杂文。在他看来，这类杂文，既区别那些标语口号式的、公式化的杂文，又区别于投枪、匕首式的战斗杂文，是"血泪写成的软性文章"(《龙虫并雕斋琐语·代序》)，是以"隐讽"的形式针砭时弊的，是"满纸荒唐言"和"一把辛酸泪"的统一，而这种笑中有泪、笔底藏锋的杂文，又是人们对

---

① 思慕：《杂文的一些问题——纪念鲁迅先生十年忌而作》，《野草》1946年11月新2号。

当时人事难言的政局进行斗争的一种艺术形式。

1948年,朱光潜在《随感录》中,对随感产生的心理依据、艺术规律和历史渊源,作了较深入的探讨。他指出随感录写作的心理依据不是推证的、分析的,而是直悟的、综合的,对人生世相涵泳已深,不劳推理而一旦豁然有所彻悟。他说:随感录"没有系统,没有方法,没有拘束,偶有感触,随时记录,意到笔随,意完笔止,片言零语如星罗棋布,各各自放光彩。由于中国人的思想长于综合而短于分析,长于直悟而短于推证,中国许多散文作品就体裁说,大半属于随感录。《论语》可以说是这类作品的典型"。他认为西方也有类似名目,有时是格言(Maxims),有时是隽语(Epigrams),最常见的是"简隽的断语"(Aphorisms)。这类作品大半是"判而不证,论而不辩,以简短隽永为贵",它起源于古希腊哲人希波克里特斯,其代表作家如西塞罗、蒙田、伏尔泰、尼采、叔本华等。他认为第一流随感录的作者,"往往同时具备哲学家和诗人两重资格","惟其是哲学家,才能看得高远也看得微细;惟其是诗人,才能融理于情,给它一个令人欣喜而且不易忘记的表现方式"。

在中国杂文的发展过程中,这一时期的理论建设有很大拓展。鲁迅杂文是笼盖一切、烛照千秋的,鲁迅的革命战斗杂文始终是作家提高创作思想和艺术水平的取之不尽的源泉;因此,探讨鲁迅杂文的思想和艺术特质,研究在新的环境和新的历史条件下继承和发展鲁迅杂文的战斗传统,自然成为本时期杂文理论建设与论争的中心。此外,像金灿然提出创造新内容、新格式的"新杂文",王力提出的"用血泪写成的软性文章",朱光潜对随感录的文体特点、艺术规律及其中外历史渊源的探讨等等,都是杂文理论建设新拓展的生动证明。

战时的散文理论,注意散文小品的相对少些,但颇有一些新论。在一般议论抒情文字和广义散文的理论文章中,也有一些涉及散文小品的精到见解。

当民族革命战争全面爆发、中国革命又将发生重大转折的时候,散文面临着能否适应时代激变要求和如何把握战争现实的理论和实践的问题。经过论争,杂文获得了存在和发展的权利,报告文学确立了"轻骑兵"的战斗功能,抒情性散文方面却出现了"放逐"的观点。徐迟在反对感伤倾向的同时,提出"抒情的放逐"的观点①,认为"这次战争的范围与程度之广大而猛烈,再三再四逼死了我们的抒情的兴致","轰炸已炸死了许多人,又炸死了抒情",他所理解的"抒情"的意义较为狭窄,局限于个人的悲欢得失,所以他才要"放逐"抒情。穆木天批评个人主义的抒情倾向,提倡"建立民族革命的史诗",号召作家"彻底地去抛弃自己,打进到大众里边去","彻底地去克服我们个人主义的抒情的伤感主义,以及一切的个人主义的有害的遗留"②。他在强调作家改造思想感情,表现"大众的革命感情"方面自有合理的地方,但未能正确区分"抒情个性"和"个人主义的抒情"的不同,片面否定个人抒情的创作倾向。胡风在《今天,我们底中心问题》③一文中专门讨论了"抛弃自己"和"放逐"抒情的问题。他认为:"战争是被有血有肉的活人所坚持,'革命的大众'也是有血有肉的活人所汇集,这些活人,虽然要被'大众的革命感情'提高到更高的境界,但决不会'彻底地抛弃自己';是真正的诗人,就要能够在'个人的'情绪里面感受他们的感受,和他们一道苦恼,仇恨,兴奋,希望,感激,高歌,流泪……"他着重从艺术特性把握"个人"和"大众"的关系,力图发挥"抒情"的特殊功能。在民族革命战争的高潮中,人们普遍感觉到个人的渺小,也普遍意识到个人对民族和社会应尽的义务,所以大都排斥个人抒情,而力图抒发民族激情,这是顺应时代发展的。但有的不是采取"扬弃"自己的办法,而是采取"抛弃"自己的办法,来适应时代的新要求,反而走上没有抒情个性的极端。胡风强调以"个人的"角度感受和表现大众的感情,倒是符合抒情艺术的特殊规律的。

对于散文抒写个人的真情实感与表现时代精神的关系问题,葛琴在《略谈散文》④一文中有专门的论述。她认为"散文写作中间的第一个重要条件,就是真实的情感",并且进一步指出,"这种情感是和作者的思想力相关联的"。所谓"思想力",指的是作者的世界观和人生观,

---

① 参见徐迟《抒情的放逐》,《顶点》1939年7月第1卷第1期。
② 穆木天:《建立民族革命战争的史诗的问题》,《文艺阵地》1939年6月第3卷第5期。
③ 胡风:《今天,我们底中心问题是什么?》,《七月》1940年1月第5集第1期。
④ 刊桂林《文学批评》1942年9月创刊号。

"一个作家的思想力愈强,他的情感愈崇高、优美、真实,于是文章的感召力愈强烈,在一篇散文中间,是比在一篇小说或速写、报告中间,更容易显示出作者的性格、思想和人生观的"。她强调感情和思想的统一,重视作者的抒情个性,显然比简单排斥个人抒情的说法正确。她"要求作家们特别是青年作家们,更努力地从实际生活战斗中,去培养我们的情感和思想力",这涉及到作家深入生活、改造自己、提高自己的根本问题。李广田《论身边琐事与血雨腥风》[①]也是专门探讨这个问题的重要文章。他认为:"生活比写作重要,也比写作困难。最要紧的是改造自己的生活,要打破自己的小圈子,看见、认识并经验那个大圈子的生活,要使自己和世界相通,要深知那血雨腥风和深知自己身边琐事一样,要使身边琐事和血雨腥风不能分开。这自然很不容易,但既是应当的,就是我们必须努力达到的。"这种要求扩大生活视野、熟悉时代斗争、以个人感受表现时代精神的呼声,体现了散文理论家思想的发展和成熟,概括了抗战以后散文创作的思想特色,并指导散文创作自觉适应时代要求,努力开拓新的抒情天地。

　　除了正面提倡从个人的真情实感中表现出时代精神的创作主张外,一些批评家还针对散文创作中存在的问题展开批评斗争。葛琴既批评"无痛的呻吟",也反对标语口号式的叫喊。1940年底,香港文艺界展开一场关于"新式风花雪月"的争论。这场争论,由杨刚首倡,先在《文艺青年》上展开,随后扩大到《大公报·文艺》等报刊上,先后参加讨论的有黄绳、许地山、林焕平、烁、陈畸、孙钿、乔木(乔冠华),以及一些文学青年。按照杨刚的解释[②],所谓"新式风花雪月",指的是:在"我"字统率下所写的抒情散文,充满了怀乡病的叹息和悲哀,文章的内容不外是故乡的种种,与爸爸、妈妈、爱人、姐姐等。最后是把情绪寄在行云流水和清风明月上头。这些都是太空洞,太不着边际,充其量只是风花雪月式的自我娱乐,所以统名之为"新式风花雪月"。针对香港文学青年的这种创作倾向,许多批评文章从时代背景、地方环境、传统

---

① 见《文学枝叶》,益智出版社1948年版。
② 杨刚:《反新式风花雪月——对香港文艺青年的一个挑战》,香港《文艺青年》1940年7月第2期。

根源以及个人弱点等方面分析其产生缘由,指出其消极影响,并指出扩大生活、加强修养、学习新的创作方法等克服办法和努力方向。如乔木在《题材·方法·倾向·态度》①一文最后所指出的:"'愿摇起而横奔兮,览民尤以自镇',这是我们伟大的诗人屈原用以自勉的两句话,那就是说:让我从这缠结不清的个人的烦冤当中抖擞出来,我要跑出去,跑出去看那些比我更痛苦的人民的生活!——只有这样我才能征服我自己。"关键还是从一己的悲欢得失中解脱出来,体验和感受人民大众的生活斗争,从根本上充实和扩展自己。香港这场"反新式风花雪月"的讨论,在大后方也有反响。永安《现代文艺》、昆明《诗与散文》等刊物都发表过讨论文章,批评当时一些文学青年的个人伤感情绪,强调抒情作品的社会价值和积极作用。"反新式风花雪月",本质上也是反对为个人而艺术,提倡为人民而艺术。这表明,在战斗的时代,抒情散文要面向时代,面向人民,不能沉溺于个人烦冤的深渊里无力自拔,不能脱离时代需要而一味追求自我娱乐,"我们首先要求情感的真切,进一步要求情感的健康"②,这就是 40 年代散文批评的两条标准。

随着散文艺术的发展,散文理论建设也相应地深入到散文艺术内部问题,如探讨散文特性、散文美、散文"意境"、散文语言节奏,等等。这方面的理论文章,有葛琴的《略谈散文》,李广田的《谈散文》,叶圣陶、朱自清和唐弢的《关于散文写作——答〈文艺知识〉编者问》,朱光潜的《诗论·诗与散文》,丁谛的《重振散文》,林慧文的《现代散文的道路》,味橄的《谈小品文》,等等。

朱光潜、葛琴、李广田从散文与诗歌、小说、戏剧的联系和区别入手,探讨了散文的艺术特质。朱光潜的"散文"概念指的是广义的文学散文,他综述中外理论家关于诗与散文在音律、风格、实质诸方面的区别和联系的见解,认为"诗和散文在形式上的分别也是相对而不是绝对的","诗和散文两国度之中有一个很宽的迭合部分做界线,在这界线上有诗而近于散文,音律不甚明显的,也有散文而近于诗,略有音律

---

① 刊香港《大公报·文艺》1940 年 11 月 20 日。
② 黄绳:《论"新式风花雪月"》,香港《大公报·文艺》1940 年 11 月 13 日。

可寻的"。葛琴认为散文是一种"以抒发作者的对真实事物的情感与思想为主的"、"比较素静的和小巧的文学形式",举出散文的三个特点,即"形式上较为自由广泛"、"以抒发思想与感情为主"和具有"诗的情感"。她还强调"散文美"在于自然、朴素、真实。李广田拿散文与小说、诗歌相比较后,得出的结论是:"散文的语言,以清楚、明畅、自然有致为其本来面目。散文的结构,也以平铺直叙、自然发展为主。其所以如此者,正因为散文以处理主观的事物为较适宜,或对于客观事物亦往往以主观态度处理之的缘故。"①他还进一步提出,"好的散文,它的本质是散的,但也须具有诗的圆满,完整如珍珠,也具有小说的严密,紧凑如建筑。"②他的散文理想是自然天成,如行云流水。这和葛琴关于"散文美"的看法十分接近。在强调散文形式的独立完整方面,李广田的主张和何其芳战前的观点是相通的,但在新的时代环境中,李广田进一步注意到散文的自然美和思想内容的扩展,重视"刚性"、"强力"一路文风,反映了他的散文观的发展。

叶圣陶、朱自清和唐弢的《关于散文写作——答〈文艺知识〉编者问》③,除了讨论散文界说外,集中探讨了散文的"意境"问题。叶圣陶认为"接触事物的时候,自己得到的一点什么,就是'意境',也就是'君子无入而不自得'一句话里那个'自得'的东西"。朱自清认为"意境似乎就是形象化,用具体的暗示抽象的。意境的产生靠观察和想象"。唐弢认为意境"是由作者的经验,配上当前的题材,也就是想象和事实两者揉和而成的新的境地","'合乎自然','邻于理想',作为其中的骨干的一个字:真"。三家说法不一,但实质是相同的,都是指作家独到的主观感受与客观事物和谐统一的境界。他们重视散文的"意境"创造,接触到创造意境时作家主观能动作用,虽说只是三言两语,却是切中肯綮的。

对于散文的语言艺术,叶圣陶、朱自清、唐弢都强调准确、贴切、简练、质朴,并从活的语言中提炼出来。李广田和葛琴也强调散文语言以朴素自然为本色,反对故意雕琢、堆砌辞藻的倾向。丁谛、林慧文等的

---

① 李广田:《文学枝叶·谈散文》,上海益智出版社 1948 年版。
② 李广田:《文艺书简·谈散文》,上海开明书店 1949 年版。
③ 《文艺知识》连丛 1947 年 7 月第一集之三。

文章也有类似看法。可见,要求散文语言的口语化和大众化,是当时的普遍呼声。朱光潜的《散文的声音节奏》指出语体文的优点是"不拘形式,纯任自然","念着顺口,像谈话一样,可以在长短、轻重、缓急上面显出情感思想的变化和生展"。从声音节奏表现思想情绪的意义上探讨散文的"语言美",显然比泛泛而谈深入得多了。

总之,这时期的有关理论文章,探讨了记叙抒情散文的职能、任务和意义,论述了它的特质和规律,建立了"散文美"标准,既反映了时代要求,又体现了理论的进展。

随着报告文学创作的空前繁荣,报告文学的理论探讨也有了相应的发展。抗战初期,报告文学(特别是"文艺通讯")的写作中出现的公式化、概念化的通病,引起了文艺界的广泛注意,从而使探讨报告文学的特质、提高作者的思想认识和艺术素养具有了重要的现实意义。于是大量指导性的理论文章和著作出现了。这些文章大多在总结经验的基础上,阐明报告文学真实性和艺术性的关系,探讨提高创作水平的途径。

广州文艺通讯总站的负责人司马文森写了《文艺通讯员的组织与活动》(1938)一书,指导文艺通讯的组织与写作。周钢鸣根据总站指导部的要求,写了《怎样写报告文学》(1938)的专著,第一次全面系统地论述了报告文学的写作问题。随后,张叶舟编辑了《文艺通讯》(1939),其中第二辑"理论之部"收辑抗战以来一些报刊上发表的关于"文艺通讯"的理论文章。

周钢鸣的《怎样写报告文学》一书分为"总论"、"怎样做报告文学员"和"报告文学的写作技术"三章。第一章阐述报告文学与时代的关系、报告文学的特性以及报告文学与其他文学和新闻形式的区别,第二章阐述报告文学者的任务和做一个报告文学者应具备的条件,第三章详细地论述选材与采访、观察与分析、题材的处理与组接、叙述与描写等写作的技术问题。这本书,特别是第三章"报告文学的写作技术",对于提高报告文学作者的艺术修养有指导作用。茅盾曾指出:"报告文学的学习者却不可不先将这本书读一遍。"[①]

[①] 茅盾:《"怎样写报告文学"》,《文艺阵地》1938 年 8 月第 1 卷第 8 期。

胡风在他的重要论文《论战争期的一个战斗的文艺形式》①中,充分肯定通讯报告"更直接地和生活结合,更迅速地替战斗服务"的特性和功用,在此基础上着重论述它的存在问题和发展要求,提出"由平铺直叙到提要钩玄"、"情绪饱满不等于狂叫"、"要歌颂也要批判"、"集体的史诗"等重要命题。他分析许多报告"贫弱无力"的原因,"是因为作者堕入了'平铺直叙'的写法,不能扼要,没有重点",因而要改为"提要钩玄"的写法,即"从繁杂的现象中间抓出那特殊的一点,通过那在你心里所引起的印象、所扰起的感动去把它抒写出来","应该从特殊的侧面反映全体,应该在一般的现象中间注重特别激动我们的事件"。他认为"情绪饱满不等于狂叫",而是"附着在对象上面的,也就是'和'对象'一同'放射的东西","作者可以哭泣,可以狂叫,可以有任何种类的情绪激动,不但可以,而且还是应该的,但他却不能把他的哭泣他的狂叫照直地吐在纸上,而是要压缩在、凝结在那使他哭泣使他狂叫的对象里面,那使他哭泣使他狂叫的对象底表现里面",也就是"应该表现出蕴含在事象里面的真实","不把那真实换成了概念的发泄"。这样,才能使读者从报告文学里面"感受到像他们自己从事实里面所感受到的那种不得不感泣,不得不狂叫,不得不痛恨的力量"。他对于歌颂与批判的理解比别人辩证和深刻,他认为:"真正的歌颂只有从对象底全面性格关系里面才可以得到,才可以使读者发生亲切的感动,犹如真正的批判也应该如此一样","面对着这个无限丰富无限深刻的民族战争,我们还要求更多更广泛的歌颂,也要求更多更广泛的批判"。他还希望战时报告发展成为"集体的史诗",认为"当作家跳跃在时代底激流里的时候,他的想象作用就退居在较次要的地位,能够在事实底旋律里找到他的史诗底形态的","要能够和战斗溶合才能把握到产生伟大作品的基础条件","才能派生出两个结果:一是养成了能够理解那时代、能够表现那时代的作家底灵魂,一是积起了形成那时代底史诗底草稿","将来的伟大的'民族革命战争史'非得有这样成长起来的灵魂和这样积起来的底稿就无从出现的"。胡风的评论有的放矢,

---

① 《七月》1937年12月第1集第5期。

对于报告文学真实性、思想性和艺术性的协调发展具有指导意义。

报告文学的真实性与艺术性的关系问题，本不是什么新问题，但由于存在着对报告文学性质的错误认识，影响了报告文学质量的提高；强调报告文学的艺术性，影响了报告文学的真实性，强调报告文学的真实性，又影响了它的艺术感染力。因此，如何处理报告文学真实性与艺术性的关系，就成为一个很突出的问题。周行在《再论抗战文艺创作活动》①一文的第二部分"新形式——报告文学问题"中指出：报告文学的主要性能和中心任务"还是在于正确而迅速地报告事实"，然而，"报告文学显然不是一般的新闻报导，它是文艺的一种新样式，虽说是特殊的，但总归是一种文艺作品，不能完全脱离一般文艺法则的支配"，"需要以文艺的（形象化的）手法去写作"，"报告文学不仅要正确地记录，报告事实，而且还要文艺地去报告它"。它与纯文艺作品的差异只是在于"艺术概括作用的强弱，即形象化手段的强弱"。罗荪在《谈报告文学》②一文中也强调：报告文学"是结合着新闻性与艺术性的统一物"，"作为一个报告文学者，不但要丰富的具备着作家的艺术素养和表现手法，同时还要具备着新闻记者的敏感、渊博与迅速的报导机能"。他较为深刻地指出抗战以来报告文学的"缺陷"："第一，对于现实事件的认识不够，分析力和理解力都还不够充分，因而不能够表现所报告的事件之间的矛盾的因果。第二，由于上述的第一个原因，以致于作者单纯的报告了一些特殊的偶然的事件，却不能使读者从这些特殊的偶然的事件中找出它的一般性与必然性的关系。第三，认为一切现象都是可以作为报告的素材，于是不加选择的把任何事件都'客观'的报告出来了，这结果顶多是要做原料堆栈，却不是报告文学。"这又牵涉到作者的思想认识水平了。因此，他强调指出："报告文学者更须要把自己放入到战斗的生活中间去"，"必须是战斗者"，"必须有着正确的政治认识，热烈的真理爱，强度的社会感情，深刻的观察，才能把握了解事物间的关系，才能分析个别事件与整个社会现实发展的关系"。

---

① 《文艺阵地》1938年6月第1卷第5期。
② 《读书月报》第1卷第12期。

关于报告文学的特质和真实性与艺术性的关系,曹聚仁的《报告文学论》(1942)①,则从新闻记者的角度提出自己的看法。他认为:报告文学"并不是纯文艺,乃是史笔。它的成分,要让'新闻'占得多;那艺术性的描写,只有加强对读者诱导的作用,并不能代替新闻的重要位置。换言之,不管用文艺手法描写得怎样高明,只要那新闻本身缺乏真实性,那篇通讯即失去了意义"。因此,他很强调报告文学者的"新闻眼",即"透辟的观察力";其次,就是要"善于处理材料";第三,才是"艺术笔触——特写"。而这种"特写","当以完成诱导作用为限度,过了这个限度,即失去了作'特写'的本意"。

何其芳的《报告文学纵横谈》②,针对抗战以来报告文学"以幻想代替真实"和模仿外国的"形式主义的倾向",提出了报告文学的"中国化"和"大众化"的命题。他给报告文学重新下了一个朴素的定义:"报告文学者,记叙当前发生的事情之记叙文也。"打破那些关于报告文学的争论不休的"形式主义"的条条框框,对报告文学的创作确实是个"极其痛快的解放"。

此外,以群的《抗战以来的报告文学》③和田仲济的《报告文学的产生及其成长》④,对我国报告文学发展的历史作了较为系统的论述和总结。以群的长文分为六个部分:"报告文学史略"、"抗战以来的报告文学特别发达的原因"、"抗战以来的报告文学反映了什么"、"抗战以来报告文学的发展动向"、"几种代表性的风格"和"今后的展望"。第四部分指出了抗战以来报告文学发展的五种"动向":一是"由平铺直叙到提要钩玄";二是"由记录直接的经验到表现综合的素材";三是"由热情的歌颂到冷静的叙写";四是"由战争的叙述到生活底描写";五是"由以事件为中心到以人物为主体"。这五个动向表明我国报告文学逐步地克服存在的问题,"向深刻、完整、活泼、生动、真实的方向

---

① 见曹聚仁《现代中国报告文学选》,香港三育图书有限公司1979年版。
② 1946年11月作,见《关于现实主义》,海燕出版社1950年版。
③ 原载《中苏文化》1941年7月第9卷第1期,后作为报告文学选集《战斗的素绘》一书的序言。
④ 原载《天下文章》1944年11月第2卷第4期,后为作者署名蓝海的《中国抗战文艺史》中的一章。

发展"。

上述文章不但探讨了报告文学的特性问题,真实性与艺术性的关系问题,作者的修养问题,深入生活问题;还进一步提出报告文学创作的规律性问题,以及报告文学的民族化、大众化问题,虽然还只是初步提到,但已显示了理论探讨的进展。

总的来说,这时期散文理论建设在前一期文体论的基础上,根据战时散文创作的实际问题和时代要求,集中深入地探讨了杂文、记叙抒情散文和报告文学这三种主要散文样式的特性和功用,进一步强调散文创作的时代性、现实性、思想性和艺术性紧密结合的观点,也进一步确立了散文主要由杂文、记叙抒情散文和报告文学三大品种分立并存的发展格局。

第三节 现代杂文的全面发展

在抗日战争和解放战争时期,深受民族民主革命热潮和社会现实剧变的促进,现代杂文运动扩散到全国各地,杂文写作队伍不断壮大,杂文创作蓬勃发展,获得全面丰收。其中最重要最突出的是"鲁迅风"革命现实主义战斗杂文的发展壮大。在这一时期,战斗的杂文界,虽然没有产生过可以和鲁迅相比拟的大师,但是,"鲁迅的方向"成为战斗杂文家的共同方向,鲁迅的革命现实主义战斗杂文传统被更多的人所继承,在新的历史条件下得以发扬光大。上海成为"孤岛"和完全沦陷时期,杂文作家群中的王任叔、周木斋、唐弢、柯灵、孔另境、列车等人,在桂林和香港的《野草》社杂文作家群中的聂绀弩、夏衍、宋云彬、孟超和秦似等人,是自觉地继承和发展鲁迅战斗传统的作家。即使是文学大师郭沫若和茅盾,杂文作家冯雪峰、何其芳、林默涵、廖沫沙、田仲济,甚至是著名的诗人、学者和斗士闻一多,也无不受到鲁迅战斗杂文传统的浸润和影响。他们始终把鲁迅杂文博大精深的思想和高超独到的艺术作为提高自己杂文创作思想和艺术水平的强大推动力。自然,他们是在不同于鲁迅所处的新的历史条件下进行杂文创作的,必然有新的创造丰富着"鲁迅风"杂文的战斗传统,推动了杂文艺术的多样化发展。

一　上海的《鲁迅风》杂文作家群

上海沦为"孤岛"和完全沦陷时期，革命的文艺工作者在上海地下党的领导和人民群众的支持下，进行了艰苦卓绝的战斗。新闻记者朱惺公、作家陆蠡被日寇宪兵暗杀。许广平、罗稷南、杨绛、孔另境、夏丏尊、冯宾符、李平心、李伯光、柯灵、章锡琛、严宝礼等，被逮捕监禁。但在白色恐怖笼罩的情况下，作家们仍设法出版了大量进步书刊。对此，柯灵曾在《焦土上的新芽》一文中写道："以巨大的人力和物力完成的《鲁迅全集》，奇迹似的出现了，而且不上两月，已经再版；瞿秋白的遗作《乱弹及其他》，也早已堂皇的巨帙问世。这两块丰碑的树立，却在劫灰零落的上海，足以为思想界疗饥的，我们还有着《资本论》和《列宁文选》……"他们以《导报》、《文汇报》、《译报》、《华美晨报》和《鲁迅风》为阵地，发表战斗杂文，结集出版的如：1938 年 11 月，王任叔、唐弢、柯灵、周木斋、周黎庵、文载道合出了六人杂文合集《边鼓集》；1939 年 7 月，上述六人加上孔另境出了七人杂文合集《横眉集》；1940 年，北社出了《杂文丛书》，其中有列车的《浪淘沙》、周木斋的《消长集》、柯灵的《市楼独唱》、唐弢的《短长书》等，使杂文创作有着很大的发展。战斗的杂文作家，继承和发扬鲁迅杂文的战斗传统，揭露敌伪的血腥罪行，歌颂共产党和人民大众的抗日救国伟业，批判小市民的奴才意识，痛斥国民党当局种种使"亲者痛，仇者快"的倒行逆施，抒发了热烈的爱国主义情怀，表现了崇高的民族气节，在中国人民，甚至在世界人民的反法西斯战争的文艺史册上，写下了光荣的一页。他们的杂文被称为"鲁迅风"杂文流派。1941 年 12 月上海沦陷后，王任叔奉调去印度尼西亚，周木斋病逝，原为《鲁迅风》同人的文载道和周黎庵改变方向，这一杂文团体终于解体，但它的主干王任叔、唐弢、柯灵等还一直坚持和发展着"鲁迅风"战斗杂文的精神传统。

王任叔的《扪虱谈》等　王任叔(1901—1972)，浙江奉化人，常用笔名巴人。从 1926 年在《文学周报》上发表杂文始，至 1946 年，他写有杂文六百五十篇左右，数量同鲁迅不相上下。这些杂文六分之五发表在 1938 至 1941 年的上海"孤岛"时期。此期王任叔创作的杂文数量之

多,可以说没有一个作家能与之相比。他的杂文散见于当时的各种期刊报纸上,结集出版的不到总数的四分之一。计有同别人合出的《边鼓集》(卷四为王任叔所作,署名屈轶)和《横眉集》(王任叔所作收入第二辑),专集《扪虱谈》(1939)、《生活·思索与学习》(1940)、《边风录》(1945)、《学习与战斗》(1946)。

1949年9月2日,王任叔在《〈文学初步〉再版后记》中写道:"在我,一生未与鲁迅先生交谈过一句话,却颇有些'鲁迅主义'。"这话确是一点也不夸张的。他写的《超越鲁迅》、《〈鲁迅风〉发刊词》、《论鲁迅的杂文》,显示了他对导师鲁迅由衷的钦仰之情和捍卫、发展鲁迅战斗传统的坚定意志;在杂文创作实践上,王任叔也是学习和师承鲁迅的,并且力图做到有自己的独创风格。

王任叔这时的杂文,围绕着抗日救亡这一最大的现实问题,从国内到国外,从现实到历史,从黑暗到光明,举凡政治、经济、军事、文化、教育、民情风俗、道德伦理,他的笔尖无不触及。他的杂文纵横驰骋、议论风发,像鲁迅的杂文一样,对现实进行了极其广泛的文明批评和社会批评,是了解这一时期社会"动态"和世人"心态"的好材料,有着历史文献的价值。

王任叔的杂文,观察敏锐,思想深刻,体式丰富,格调多样,有自己独特的表达方式和语言风格。以杂文集《边风录》为例,其中有《七月》、《八月》等抒情色彩浓厚的政论性杂文;有散文诗式的杂文,如《站在壁角里的人》、《烈士与战士》、《战士与乏虫》;有书札类的杂文,如《一个反响》、《与天佐论个人主义书》;有三言两语的偶语类杂文,如《偶语六则》;有杂记性的杂文,如《螺室杂记》;有剪报加上按语、评点式的杂文,如《剪贴之余》;有对历史人物的研究和比较性的杂文,如《鲁迅与高尔基》、《鲁迅先生的眼力》;有回忆录式的杂文,如《我和鲁迅的关涉》;最多的是针对某一事物、某一句话、某一种论调、某一类人、某一种人情世态,进行记叙描写、联类生发、直抒爱憎的社会评论性的杂文,如《说笋之类》、《杂家、打杂、无事忙、文坛上的"华威先生"》、《论"没有法子"》、《再论没有法子》、《脸谱主义者》、《谋略及其他》、《无法无天的论调》、《出卖伤风》等。以上各类杂文,体式不同,表达方式和语言风格,自然也就各异。

在王任叔的杂文中,有着自己的表达方式和语言风格,构成自己独创特色的,是那些在生动记叙、描写自己的亲身经历和见闻之中,融进鲜明爱憎和深刻见解的社会评论性的杂文。这类杂文没有理论的架子,但在散文式的"直感""形象"的抒写形式之中,活跃着杂文家评判思辨的精魂。

周木斋的《消长集》等　周木斋(1910—1941),江苏武进人,是这时有影响、有自己独特风格的战斗杂文作家。其杂文创作,生前结集的有《消长集》和与别人合出的《边鼓集》、《横眉集》,以及后来汇编出版的《消长新集》①。抗战前,周木斋在《申报·自由谈》、《太白》、《新语林》和《涛声》等刊物上,发表过一些思想尖锐、具有思辨色彩的战斗杂文。特别是在曹聚仁主编的《涛声》上,同曹聚仁、陈子展等互相呼应,发表了一批"赤膊打仗,拼死拼活"的战斗杂文。

抗日战争爆发后,周木斋的杂文创作进入成熟期。这时他身处环境险恶的上海"孤岛",而且贫病交困,然而心中却燃烧着抗日救亡的爱国热情。他坚决捍卫鲁迅杂文的战斗传统,创作了一批思想尖锐、博识机智、析理精微的"鲁迅风"战斗杂文。在《〈消长集〉前记》中,他自述有"戆脾气"和"辩证癖",而它们形诸文字,便是自己的杂文"喜欢说理","重质,而不计文,实在有点野气";又说自己之所以有这种"戆脾气",能坚持战斗杂文的写作,是植根于对"信仰"的"深信不移"。这基本上概括了他对马克思主义的"信仰",对反法西斯抗日民族革命战争必胜的坚定信念,他的杂文的战斗性和思辨性的特点。以后宗珏(卢豫冬)在评论唐弢的《投影集》时说:"我曾经把作者和周木斋先生近年来的杂文风格的发展,看成两个方向:前者近于抒情的散文,而后者则越发趋于思辨的、说理的了。"②把周木斋的杂文,看为战斗的、思辨的杂文,这几乎是一致的看法。

在现代杂文史上,周木斋的杂文是以思辨性著称的。他博识辨微,

---

① 《消长新集》,卢豫冬编辑并作跋,唐弢作序,海峡文艺出版社1985年出版;收录《消长集》全部,《边鼓集》和《横眉集》内周木斋写的杂文,以及佚文15篇。
② 见1940年6月香港《大公报·文艺"综合版"》。

善于多侧面、多层次地剖析问题;他喜欢从事物的联系中,对事物加以比较,异中求同,同中求异,从现象突入本质;他常常在论述普遍的哲理之后,借助普遍哲理之光,去透视具体的人事;他喜欢引用无产阶级领袖的格言、警句,征引史乘和借用古代思想家的思想材料;他剖析事理时,喜欢运用马克思主义对立而又统一的范畴,例如:经济基础和上层建筑,社会存在和意识形态,现象和本质,一贯和突变,同和异,变和不变,光明和黑暗,胜利和失败,聪明和糊涂……当然,这是文艺杂感,而不是抽象晦涩的思辨哲学讲义。思辨性是这位杂文家文体风格的突出特点,他的杂文虽不善于塑造生动的杂文形象,偏于剖析事理,但其中却有杂文家的诗情和理趣。

抗日战争中,汪精卫从国府称病出走,发表了投降卖国的"艳电"。这是当时轰动全国的政治事件,周木斋的《凌迟》,就是一篇燃烧着憎恶烈火、无情声讨汪精卫的战斗檄文。急速转折突进的语言节奏、析骨剔髓的犀利而又辩证的剖析是这篇杂文的特点。这篇杂文表现了周木斋善于捕捉矛盾、分析矛盾、从中透视事物本质的思辨才能。作者巧妙抓住汪精卫政治生涯中称病出走这一习惯性动作进行了层层剖析。在作者看来,称病和出走是个矛盾。既然"病"了却又能"走",可见"健跃"得很,并不是生理上的"病",而是一种"政治病"——"心病",是一种"卖弄风骚"病。"心病"有大小轻重,是作为矛盾过程展开的,过去的"病"是小病,仅是"卖弄风骚"而已,这一次是"丧心病狂",是"大甩卖",他把自己、民族、国家乃至友邦,一切都出卖了。而汪精卫这么做,是基于要当"奴隶总管的心理",其结果只不过是充当日寇麾下的走狗而已,这其实是"大蚀本",而这也正是一个致命而尖锐的矛盾。愤激的揭露,无情的鞭挞,犀利而又入微的辩证剖析,不仅把这个汉奸卖国贼的灵魂"枭首通衢","凌迟""示众",而且把他永远钉在历史的耻辱柱上。

《影痕》可说是三言两语的哲理性散文诗,但作者把它们收入《消长集》中,这也可以说是浓缩的、微型的杂文。且看《影痕之一》中的文句:"'止戈为武'——'和平'含着杀心。""和平是名词,也是代名词,销赃的,投降的,苟安的。"在这里,一般杂文那层次繁复、细致入微的辩证推理被省略了,只有三言两语、斩截明快、言简意赅的判断。这类文字遒劲隽妙,耐人咀嚼,同样闪烁着辩证思维的诗意光辉。自然,在他的杂文中,也有一些是作者辩证思维的抽象和枯燥的演绎,"重质,不计文",欠缺杂文的艺术魅力,这是不足取的。

唐弢的《短长书》等 唐弢是抗日战争和解放战争时期杂文创作数量较多、艺术成就较高的影响较大的战斗杂文家。他这时创作的杂文,分别收入与友人合出的《边鼓集》和《横眉集》,自己的《投影集》(1940)、《劳薪集》(1941)、《短长书》(1947)、《识小录》(1947)等。另外,从1945年春起,他又在《万象》、《文汇报》副刊《笔会》、《联合晚报》以及《文艺春秋》、《文讯》和《时与文》等报纸杂志上,发表了独创一格的《晦庵书话》①上百篇。这时他的杂文,基本上可以分为两类,一类是文明批评和社会批评的杂文,一类是带有现代文学考证、研究性质的学术性和文学性相统一的"书话"。他的杂文或针砭时弊、扫荡秽丑,或抗争现实,解剖历史,或鼓舞斗志、呼唤光明,表现了历史的脉动,留下了大时代的"眉目",喊出了人民的心声。

唐弢这时的杂文内容特别丰富,这也直接决定了文章格式、写法和风格的丰富多彩。写得最多的是直面现实的政治风云、世道人心和文坛鬼魅的短评和杂感;也有"读史札记"式的长篇杂文,如《东南琐谈》、《马士英和阮大铖》、《溃羽杂记》、《溃羽再记》和《谈张苍水》等;还有文艺研究性质的杂文,如关于鲁迅思想和著作研究的,谈历史题材问题的,论文艺大众化、民族化的,论讽刺艺术的,论文艺翻译的等等;还有批注体的杂文,如《沮洙集批注》,诗话体的杂文,如《小卒过河》,以及休刊词、校后记和编后记等;至于"书话"体的杂文,那更是作家的一种创造了。

唐弢这一时期的杂文,有不少是以逻辑推理形式出现的,无论立论还是驳论,都条分缕析,见解精辟。但更大量的杂文,没有三段论式的理论框架,议论常常和记叙、描写、抒情、对话、引述相结合,在对社会人

---

① 原名《书话》,北京出版社1962年初版,署名晦庵;生活·读书·新知三联书店1980年版题为《晦庵书话》。

生的抒写中,表现自己对社会人生的切身感受,从而使这些杂文既充满理趣,又笼罩着浓郁的艺术气氛,评论家把它们称为"感抒性的杂文"①。

唐弢这种"感抒性的杂文",注重形象化说理。他常借一幅画、一首诗、一个传说故事、一些历史人物和文学人物起兴,巧妙地把读者引导到杂文的议论中心上来,使议论获得直感、形象的生命,使直感、形象的东西因和议论结合而得以深化。《从"抓周"说起》,是纪念上海沦陷一周年的。文章从周彼得(即蔡若虹)发表在《译报周刊》上的一幅画《抓周》说起。中国有个传统习俗,孩子周岁时,在他面前罗列百工士子的用具,让他抓取一种,以预测他将来的志向,如《红楼梦》里的贾宝玉就"抓"过"周"。这幅漫画里的日本孩子,抓住战神前面的十字架,中国孩子,则抓住和平神前面的短剑——"一把复仇的短剑",一把将"插在侵略者的心上"的短剑。这幅画是意味深长的。一个童稚的孩子尚且知道抓起短剑战斗,何况饱经忧患、热恋故土的成人。作者从孩子的"抓周"和上海人民从沦陷一周年来的觉醒、奋起中找到了契合点,为他的议论创造了强有力的依托。他文中所说的,"上海,从刀丛,从箭林,从鞭影火光里长大了起来",上海"从血污里再生",将"永远是真正中国人的上海",有着强大的说服力。《帐》和《破门解》是分别以传说和故事起兴的。前者写日寇要向其在上海的汉奸特务"算帐"一事。在中国的传说中,鬼怪是"爱好含糊,怕算清帐的"。报载日酋土肥原抵沪后要找汉奸特务查账,引起汉奸特务的"恐慌",他们于是漏夜"造帐",以应付审查。在汉奸特务编造的"帐"单中,有"人头七颗"、"人手一只"等令人发指、触目惊心的项目。文末作者万分愤慨地议论道:对于中国人民来说,这是"一篇刻在心坎上的血泪帐,我们不但要查核,也还要清算"。后者写投降日寇的周作人和沈启无"师弟"俩的决裂丑剧。1944年,周、沈二人在日寇手掌中斗法,周作人宣布破门,与沈启无脱离师生关系,这是轰动一时的丑剧。这篇杂文从浙东民间关于老虎向猫学本事终至破裂的故事写起,暗示周沈破裂如同虎猫

---

① 见《唐弢杂文集》序言《我和杂文》。

的钩心斗角,不过是畜生之间的把戏。唐弢的许多杂文,常把病态畸形的世态相,乌七八糟的人生哲学,概括在一些通俗生动的形象中,这也正是鲁迅的"砭锢弊常取类型"的笔法。像《丑》、《谜》、《戏》、《贼与捉贼》就是对敌伪和国民党治下的某些丑恶世态相的形象概括。

唐弢写的那些"读史札记"式的长篇杂文,也常有"感抒性杂文"的特色,作者常常在历史事件和历史人物的抒写中,融进了自己的爱憎和评论。抗日战争时期,民族危机的深重和晚明时期有相似之处,因此,文化界许多人注重对晚明历史的研究,如阿英编撰了几出关于晚明的历史剧,柳亚子撰写了一批有关晚明的历史杂文。唐弢博览群籍,对中国的野史、笔记非常熟悉。特别是青年时代嗜读《南社丛书》,其中收有不少晚明的野史笔记。正是在这一基础上,他写出了《东南琐谈》、《马士英和阮大铖》、《溃羽杂记》、《溃羽再记》和《谈张苍水》等杂文。在这些杂文中,唐弢以大量翔实新鲜的材料,以充满感情的笔调,再现了晚明的历史风貌,描写了晚明几个小朝廷的腐败,勾勒了达官显贵马士英、阮大铖、郑芝龙之流的丑恶嘴脸和肮脏灵魂,表现了张苍水和浙东人民在抗清复明中视死如归、坚贞不屈的英雄气概。唐弢写这些杂文目的是为了总结可资当代借鉴的历史教训,他鞭挞历史上的马士英和阮大铖,是为了扫荡现实中的汪精卫之流;他歌颂张苍水和浙东人民,是为了歌颂浴血奋战的抗日军民。这些感抒性的历史杂文是唐弢杂文中的最佳篇什,也是现代杂文史上的优秀之作。

唐弢的"感抒性杂文"大都篇幅不大,多在两千字左右。这些杂文笔法娴熟,文字洗练,词采丰富,抒情味很浓。唐弢的杂文在行文上整散结合,好用独行句、复沓句和排比句,富有节奏感,这是同这些杂文的抒情旋律相适应的。

柯灵的《市楼独唱》等　柯灵也是这一时期坚持在上海战斗的有影响的杂文作家。1931年冬到上海,除1948年因受国民党政府迫害避居香港一年外,一直在上海从事报刊编辑工作和电影、话剧活动。先后编辑过《大美晚报·文化街》、《明星半月刊》、《民族呼声》、《文汇报·世纪风》、《大美报·浅草》、《正言报·草原》、《万象》、《周报》、《文汇报·读者的话》等,他的杂文集有:《小朋友的话》(1933)、《边鼓集》

卷五、《横眉集》第六辑、《市楼独唱》(1940)、《遥夜集》(1956)。《遥夜集》中第一辑收录了他从1935至1949年的杂文代表作79篇。

从30年代初期起,柯灵就参与左翼文艺运动。上海"孤岛"时期,他主编的《世纪风》、《浅草》和《草原》是重要的战斗杂文刊物,他曾在一年之中被日本宪兵逮捕两次,受尽严刑拷打,坚强不屈。① 在解放战争时期,柯灵在《周报》和《文汇报·读者的话》等报刊上,发表了一批尖锐揭露国民党反动统治、要求和平民主、反对内战的战斗杂文,受到国民党政府的迫害。柯灵的杂文,像他在《挑起艰巨的担子来》文中所称颂的"上海革命的文化人"那样,"卫护正义,反抗强暴与不义,始终是被压迫者的代言人","以笔墨相搏击,以生命为殉献,在寒夜中发出炬火,使人们看出前途,得到温暖",内容丰富,形式多样,热情、明快、清丽、潇洒,其中表现了鲁迅和瞿秋白的深刻影响,在艺术风格上,他更接近瞿秋白。

柯灵在《晦明·供状(代序)》中说:"我以杂文的形式驱遣愤怒,而以散文的形式抒发忧郁。"在《遥夜集·前记》中又说:"这些文章写作的经过将近二十年,这正是一个惊心动魄的时代","如果说,我的这些作品多少反映了人民的苦难斗争,那就应该感谢党,因为它烛照一切的光和热,使我从混乱中看到了出路,得到了勇气"。这是作家对自己那热烈明快的杂文的很好说明。

柯灵杂文的艺术形式较为丰富多样。他写得最多的是直面现实的短评和杂感,这类杂文现实性强,大多感情激烈,文字清丽潇洒,写得明快质直;其中像《街头人语》和《街头闲话》,都是直接批评时政的短评,写得短小精悍,锋利深刻,达到了一定的力度和深度。例如《街头人语》之一则抨击抗战胜利后国民党的独裁和劫收:

一个党,一个主义,一个领袖,一道同风。——这叫做"统一"。②
皮带、皮绑腿,大皮包。——这是"三皮主义"。③

---

① 参见《遥夜集·我们控诉》。
② 作者原注:"当时国民党实行法西斯独裁的宣传口号。"(见《遥夜集》)。
③ 作家原注:"当时人民对国民党政府无耻的劫(接)收行为的谥词。"(见《遥夜集》)。

>   金子,房子,车子,女子,面子。——这是"五子登科"。①
>
>   你当它正经,它是开玩笑;说它是笑话,偏又是事实。
>
>   中国的政治,就是如此如此,这般这般。

这样的短评,确是锋利的匕首和投枪。而像《禁书诗话》和《歌得"新天地"》是诗话体的杂文,《玉佛寺传奇》则是杂剧散曲体的杂文。这些杂文仿效鲁迅和瞿秋白合作的诗话体杂文《王道诗话》及杂剧散曲体杂文《曲的解放》,匠心巧运,把对时事世态的抨击和讽喻,融入中国传统的诗话、杂剧、散曲等的民族形式之中,确是别开生面,令人耳目一新。

柯灵于1940年写的《从"目连戏"说起》和《神、鬼、人》中的《关于土地》、《关于女吊》、《关于拳教师》等几篇杂文,也很有特色,可以说是"立体风土画"(《从"目连戏"说起》)和有的放矢的现实评论的融合。柯灵是绍兴人,是鲁迅的同乡。鲁迅小说、散文和杂文中所写的土谷祠,民间戏曲中的"女吊"和"二丑",绍兴一带的风土习俗和人情世态,他也是熟稔的。柯灵的这些杂文,从鲁迅的名作中汲取灵感和素材,加上他自己创造,不仅给读者奉献了形神毕肖、绘声绘影的"立体风土画",而且坚持了解剖和改造国民性的精神传统,表现了他对某些人情世态的睿智阐发,具有较长久的思想和艺术的魅力。

二 桂林的《野草》杂文作家群

这一时期,以《野草》为主要阵地的杂文作家群,也是坚持"鲁迅风"革命现实主义杂文战斗传统的。《野草》1940年8月在桂林创刊,1943年6月被迫停刊,1946年10月在香港复刊,后来用《野草丛刊》、《野草文丛》、《野草新集》等名目刊行,一直坚持到解放战争胜利前夕,前后共出42期。《野草》始终与中共领导的《救亡日报》、《群众》(周刊)和《华商报》相呼应。这就决定了《野草》杂文作家群和上海的"鲁迅风"杂文作家群的杂文创作"同"中有"异"了。比如说,在抗日战争时期,上海"孤岛"杂文作家主要是把矛头对准日寇和汪伪,《野草》作家群虽也打击日寇和汪伪,但较多揭露国民党的消极抗战、积极反共;

---

① 作家原注:"当时人民对国民党政府无耻的劫(接)收行为的谥词。"(见《遥夜集》)

在解放战争时期,上海的杂文家比较迂回曲折地表现了人民要求民主自由、反对内战独裁的心声,《野草》作家群则更直接、更泼辣地表现人民的愿望,更直接地传达共产党和毛泽东的思想。相比之下,《野草》作家群的杂文,有更尖锐泼辣的战斗性和汪洋浩荡的气势。

  夏衍的《此时此地集》等 夏衍在抗战爆发后,先后到上海、广州、桂林、香港主编《救亡日报》等报刊。太平洋战争爆发后赴重庆,主编《新华日报》副刊。他是著名的剧作家、散文家,抗战以来写过大量的政论、杂感、随笔和散文,结集出版的有《此时此地集》(1941)、《长途》(1942)、《边鼓集》(1944)、《蜗楼随笔》(1949)①等,后来辑为《夏衍杂文随笔集》。他那数字庞大的杂文、政论、随笔,据廖沫沙估计约有五六百万字之多,结集出版的约占总数的"五分之一"②。他是现代杂文史上罕见的多产作家。

  这时期夏衍的杂文内容丰富,思想深刻,详备记录了这一时期政治风云的变幻、人民革命的胜利、社会思潮的涌动、文艺运动的发展,以及他对知识分子命运的思考。他善于吸收和改造一切有用的思想材料成为自己的思想和理论血肉,特别是自觉地创造性地运用鲁迅思想和毛泽东思想评论一切,达到相当的思想高度和理论高度。他的杂文有政治评论、社会评论、文艺评论、人事评论和思想评论,有杂感、短评、序跋、演说、通信、对话、答客问等,色调丰富,体式多样。这些可以说是一般的战斗杂文名家共有的特点。

  夏衍的许多杂文简洁老练,清新蕴藉,婉转亲切,情理交融,自觉追求一种独特的说理方式与抒情方式"浑然合致"的境界,有着鲜明的艺术风格,在现代杂文作家中别树一帜。

  夏衍多才多艺,有丰富的文艺创作实践,对文艺创作的艺术规律有着深刻的理解。他在论述文艺创作时总是反对概念化和公式化的恶劣倾向,特别强调作品中的"理"和"情"的"浑然合致"。在《柴霍夫为什么讨厌留声机》中,夏衍在引述列夫·托尔斯泰和契诃夫有关名言之

---

① 初版只收政论、随笔12篇,1983年人民日报出版社新版收171篇。
② 见廖沫沙《〈夏衍杂文随笔集〉代序》。

后,指出:"只有思想与感情,理论与实践二而一,一而二的时候,才是世界观和感情无间地融合一致的境界。"夏衍关于文艺作品的"感人的力量",在于创造一种"理"与"情"的"无间的融合一致的境界",使之保持一定的"定数"和"限度"的一贯主张,也体现在他的全部艺术实践之中。当然,这种"理"与"情"的统一,在各种不同的文学形式中又因各自的个性特征不同而有所差异。在戏剧和电影中,是统一在情节冲突的组织和人物形象的创造;在杂文中,有时统一在对社会、政治、时事、思想、文艺、人物等的评论,有时统一在对某些带有象征性事物的抒写,前者偏于说理,但理中有情,后者偏于抒情,但情中有理。

夏衍那些偏于说理的精彩杂文,具有以下特点:(一)他在说理时,把自己摆进去,解剖自己,他不是板起面孔、居高临下训人,而是采取和读者平等讨论问题、共同寻求真理的民主方式,婉转亲切,沁人心脾,《谈写文章》和《写方生重于写未死》可为代表作。前者引述鲁迅《作文秘诀》和毛泽东《反对党八股》中的有关论述,说明怎样才能写好文章,但是文艺工作者、作者自己和青年朋友的文章,同鲁迅和毛泽东的要求有相当距离,于是作者把自己摆进去,和读者一道解剖和探讨这个问题。后者是一封回答文艺青年的信,信中作者接受那位青年对剧本《春寒》的中肯批评,并进而和那位青年一起探讨包括自己在内的知识分子作家创作中感情留恋过去、理智倾向未来的矛盾,写未死重于方生的毛病,文章态度恳切,语调亲切,入情入理。(二)他从自然和人生一体化观点出发,打破自然科学和社会科学之间的森严堡垒,借用自然科学道理来掘发社会人生的奥秘,蹊径独辟,理趣盎然。"自然科学小品"和"社会科学小品"(包括"历史小品")在30年代曾经出现过,而在杂文大师鲁迅的笔下,自然科学和社会科学也是贯通的。夏衍自幼受到自然科学的良好熏陶,他的父亲"懂一点医道,家里有本草之类的书",以后又嗜读英国吉尔勃·怀德的《色尔彭自然史》、法国法布尔的《昆虫记》①,而且夏衍本人又毕业于工科大学,这使他获得了较丰富的花木虫鱼、声光化电的自然科学知识。这样,作为杂文家的夏衍在进行

---

① 参见《夏衍杂文随笔集·花木鱼虫之类》。

文明批评和社会批评时,就能广泛运用自然科学的知识取得意想不到的效果。像《乐水》、《老鼠·虱子·与历史》、《从杜鹃想起隋那》、《从"游走"到"大嚼"》、《超负荷论》、《光和热是怎样发出来的》、《论肚子问题》等,就是这样的名篇。

夏衍有些杂文是通过对象征性事物的描写来抒情和说理的,这类杂文形神兼备、清新蕴藉。象征手法在文学创作中是常见的,作家运用这种手法抒写有特征性意象,能从具体导向概括,能把读者的思考和想象引向广阔、丰富和深刻。《旧家的火葬》写自己老家的高大祖屋,因为被他的"不肖"侄儿租给敌伪而被浙东游击队一把火烧掉,对此作者毫不惋惜,而感到"痛快"。文章对这座可住"五百人"的庞大老屋有很具体的实写,但无疑的这个"旧家"的老屋又是个带象征性的意象,它是封建士大夫家庭的象征,也是"象征着我意识底层之潜在力量的东西",同时还是"不肖"的侄辈作孽的可耻标记。这样的"旧家"被那爱国的、革命的烈焰一举"火葬",作者无比兴奋,他写道:"我感到痛快,我感到一种摆脱了牵制一般的欢欣。"这写出了一个真正的革命者埋葬旧世界、旧思想的赤诚胸怀,一个真正爱国者埋葬汉奸行为的凛然大义。自然,《旧家的火葬》启示人们思考和联想的东西比这些还要丰富深远。《野草》更是一篇难得的佳作,它完全可以看作一篇意象贴切巧妙、含蕴丰富的散文诗。用"野草"来象征"抗战"中的中国人民,确是清新隽妙,诗趣盎然。《论"晚娘"作风》、《宿草颂》都是同类之作。

一般地说,夏衍那些杂文佳作,不喋喋不休说道理,不任感情泛滥,在说理和抒情上都是有节制的,具有一定的"数"和"度",从淡化中求强化,造成一种委婉亲切、恬淡蕴藉的特有风格。但那写得尖锐悍泼、激情奔放的《蜗楼随笔》则是另一种风格。夏衍是个多产的杂文作家,他的杂文的思想和艺术水平是不平衡的,有名篇佳作,也有理胜于情、质胜于文的应景平庸之作,这也是不足怪的。

聂绀弩的《历史的奥秘》等　聂绀弩(1903—1986),湖北京山人。在抗日战争和解放战争时期,他以饱满的革命热情,创作了大量的战斗杂文。他的杂文、散文先后结集的有《关于知识分子》(1936)、《历史的奥秘》(1941)、《蛇与塔》(1941)、《婵娟》(1942)、《早醒记》(1943)、

《天亮了》(1949)、《血书》(1949)、《二鸦杂文》(1949)、《海外奇谈》(1950)等。后来编有选集《绀弩杂文选》(1955)和《聂绀弩杂文集》(1981)。

对于聂绀弩杂文,人们早就给予很高的评价。1947年林默涵在评论聂绀弩的杂文《往星中》时说:"绀弩先生是我向所敬爱的作家,他的许多杂文,都是有力的响箭,常常射中了敌人的鼻梁,可见绀弩先生是不轻视地上的斗争的。"①新中国建立以后的中国现代文学史专著也都指出聂绀弩在杂文创作上的成就。1982年,胡乔木在为聂绀弩的旧体诗集《散宜生诗》写的《序》中说:"绀弩同志是当代不可多得的杂文家,这有他的《聂绀弩杂文集》(三联书店出版)为证。"夏衍曾说自己写杂文"先是学鲁迅,后来是学绀弩的,绀弩的'鲁迅笔法'几乎可以乱真,至今我案头还摆着一本他的杂文"。②

聂绀弩是个具有多方面文学才能的作家,但以杂文的成就和影响为最大。他在《历史的奥秘》的《题记》中有这样的自述:"我写的文章实在太杂,几乎没有一种文章没有写过。虽然写过各种各样的文章,却没有一种文章写得好,只有这杂文,有时还听到拉稿的朋友的当面恭维……写杂文也许正是我的看家本领。"他的杂文创作可分为三个时期:即左联时期;抗日战争时期;解放战争和解放初期。

"左联"时期,是鲁迅率领一大批革命和进步作家,以《申报·自由谈》和《太白》等刊物为阵地,以杂文为武器作集团作战的时代。这时写作"鲁迅风"战斗杂文的不只是鲁迅一个,而是一大批人,聂绀弩就是其中的一个,但他尚未形成鲜明独立的思想艺术风格,影响也不大。

抗日战争时期,是聂绀弩杂文独特的思想和艺术风格的形成和发展时期,也是他师承和发展"鲁迅风"战斗杂文作出了重要贡献的时期。聂绀弩是《野草》中最重要的杂文作家,也是该刊的一个编辑者。1938年初,聂绀弩偕同萧红、萧军等赴山西临汾民族革命大学讲学,旋即同丁玲经西安到革命圣地延安,后又按照周恩来指示,到新四军军

---

① 林默涵:《天上与人间》,《野草》1947年新4号。
② 夏衍:《杂文复兴首先要学鲁迅》,《观察》1982年第24期。

部,任新四军文化委员会委员兼秘书,编辑军部刊物《抗敌》的文艺部分。1939年任浙江省委刊物《文化战士》主编。1940年在桂林参与编辑《野草》,并任《力报》副刊编辑。1945—1946年,在重庆任《商务日报》和《新民晚报》副刊编辑。这些经历是聂绀弩继承和发展"鲁迅风"战斗杂文的前提条件。

　　这个时期,聂绀弩经常著文阐释鲁迅的战斗精神,反击一些人对鲁迅的攻击。他以鲁迅为师,经常从鲁迅杂文、散文和小说中汲取杂文创作的灵感,沿着这位导师为他指出的方向向前迈进。《鲁迅——思想革命和民族革命的倡导者》和《略谈鲁迅先生的〈野草〉》,是用抒情而漂亮的文字写成的、有一定思想深度的研究性杂文,其中有不少精辟见解至今仍给人以启发,表明了聂绀弩对鲁迅思想和鲁迅杂文创作的学习和认识的深化。《读鲁迅先生的〈二十四孝图〉》,如题目所宣示的,是一篇读后感性质的杂文。但它不是鲁迅回忆性杂文《朝花夕拾》中的《二十四孝图》的重复,而是对它的发展。这篇以庄谐杂出的机智幽默笔调写成的杂文,熔经铸史、旁征博引,有一定知识密度;议论风生、辨析透彻,有相当理论容量;在鲁迅原作提供的基础上,把封建孝道这一伦理观念的虚伪性、荒谬性和反动性揭批得淋漓尽致,简直可以和鲁迅的原作媲美。《怎样做母亲》,让人想起鲁迅的杂文名篇《我们现在怎样做父亲》,这显然是受后者的启发而写的。聂文也是批评那受封建伦理观念支配的亲子关系,表达了要建立新式亲子关系的思想;但写法和鲁迅不同,它不是以议论的形式来表现思想,而是采取在生动活泼的叙事中说理的表达方式,具有独特的风姿。像《蛇与塔》也让人想起鲁迅的《论雷峰塔的倒掉》、《再论雷峰塔的倒掉》,它们是属于同一类的作品。

　　和前期相比,此期聂绀弩的杂文进行了广泛而深刻的社会批评和文明批评。他曾这样评价鲁迅:"鲁迅先生实在太广大了,几乎没有什么曾逃过他的眼和手,口与心。"这也完全可用来说明他自己这时的杂文创作。他的杂文内容特别丰富,有对反动官僚的贪污腐化、投降卖国的讽刺和揭露,如《残缺国》、《魔鬼的括号》;有对旧中国那些骑在人民头上作威作福、过着吸血鬼和寄生虫生活的大地主和买办资产阶级的讽刺和揭露,如《阔人礼赞》、《我若为王》;有对背叛祖国、投敌附逆的汪精卫、周佛海和周作人之流的讽刺和揭露,如《历史的奥秘》、《记周佛海》;有讽刺和揭露封建法西斯文化专制主义的,如《韩康的药店》;有揭批封建伦理观念、阐释青年运动和妇女解放问题的,如《读鲁迅先生的〈二十四孝图〉》、《伦理三见》、《〈女权论辨〉题记》、《妇女·家庭·政治》等;也有捍卫和宣传鲁迅战斗传统的;还有表现人民在民族战争中的灾难和歌颂其英雄气概的,如《父亲》、《母亲们》、《圣母》、《巨像》等等。值得注意的是,这时聂绀弩的杂文创作,不仅历史和现实的视野开阔了,而且思想也丰富深刻了。

从这个时期聂绀弩的杂文创作中,我们看到他的理论思维能力较前有很大的提高。无论是反驳谬论,还是正面阐发自己的卓见,他总是善于把对现实的深入解剖和广阔历史的透视巧妙地结合起来,善于引经据典、熔铸今古,把丰富的知识和深刻的思想理论结合起来,进行多侧面和多层次的剖析和说理。我们也看到他的形象思维特别活跃,他在师承前人的基础上创新,从而使自己的杂文呈现出多样性的艺术形式和格调。除常见的以驳论和立论为主的常规杂文格式和写法外,还有鲁迅《故事新编》式的,如《韩康的药店》、《鬼谷子》;有虚拟、幻想和寓言式的写法的,如《残缺国》、《我若为王》、《兔先生的发言》;有创造带象征性的美好形象的,如《圣母》、《巨像》;有类似鲁迅说的"砭锢弊常取类型"的,如《阔人礼赞》、《魔鬼的括号》;有像鲁迅《朝花夕拾》那样,在回忆记叙之中溶进抒情和议论的,如《怎样做母亲》、《离人散记》、《怀〈柚子〉》;也有对古典小说的古为今用、推陈出新的,如有关《封神演义》的一些杂文;也有以简约、浓缩、跳跃的语句写成的格言警句式的杂文……聂绀弩此期的杂文创作,逻辑思维和形象思维水乳交融,笔意放恣、泼辣、幽默,挥洒自如,多姿多彩。这都是杂文家思想艺术风格成熟的标志。

解放战争时期和新中国成立初期,是聂绀弩杂文创作的第三期。这时期又分两阶段,即抗战胜利后至1948年3月去香港前的重庆阶段,1948年3月受中共派遣赴香港至1951年应召赴京前的香港阶段。这一时期聂绀弩的杂文创作又有很大的发展。在重庆阶段,聂绀弩的杂文创作同前一时期差不多；在香港阶段，他的杂文突破了重庆阶段的稳定性，思想艺术风格有了很大的变化和发展。这是由如下几个因素造成的：（一）此时人民解放战争已从战略防御转入战略反攻，国民党的反动统治面临土崩瓦解，人民民主革命在夺取最后胜利。（二）香港的相对自由的环境，使文章不必像在国统区那样吞吞吐吐、隐晦曲折，而可以毫无顾忌、畅所欲言。（三）这时聂绀弩生活安定，埋头攻读马恩列斯和毛泽东的著作，在杂文写作上，他不仅仍然学习和师承鲁迅，而且也学习和师承毛泽东。

正因如此，聂绀弩给"鲁迅风"杂文注入了新的时代血液，从而为"鲁迅风"杂文的发展做出了很大贡献，成为香港和东南亚一带所向披靡、使敌人望而生畏的著名战斗杂文家。此时，他的杂文创作特点是：（一）杂文中有新的革命"亮色"，有火山爆发一样的革命激情，有磅礴的革命气势。一九四八年，他在《血书》中说："写攻击时弊文章的人，常常被人非难：不歌颂光明；他们回答：要有光明才能歌颂；现在有光明，这霞光万道的通体光明，就是土改！""歌颂这光明，拥护这光明，在这光明中为它而生，为它而死，是我们今天最光荣的任务！"所以，热情洋溢地歌颂中共领导的中国人民解放战争的伟大胜利，歌颂中华人民共和国的成立，歌颂中共所领导的伟大的土改运动，是此时聂绀弩杂文的一个重要主题。（二）自觉而广泛地运用马恩列斯的论述，特别是中共中央有关文件和毛泽东的著述，这保证了他的杂文的思想高度。《血书》引用中共中央关于土改的文件，以及毛泽东和任弼时等的著述；《一九四九，四，二一，夜》，引用毛泽东和朱德对中国人民解放军颁发的命令《将革命进行到底！》中的一段话，并独具匠心地把它分诗行排列等，都极为典型地显示了聂绀弩此期杂文的这一新特点。（三）与上述作家对光明的礼赞和胜利的喜悦相适应，聂绀弩这时的杂文总的说是汪洋恣肆、酣畅淋漓的，他常写笔挟风雷、滚滚滔滔的长文，如《血书》、《论万里长城》、《傅斯年与阶级斗争》、《论白华》、《自由主义的斤两》等，颇有一种高屋建瓴、势如破竹的威势，这让人想起了毛泽东评述艾奇逊《白皮书》的那些名文。

聂绀弩是在学习、师承和发展"鲁迅风"杂文中形成和发展自己杂文的思想艺术风格的。如同杂文大师鲁迅一样,他的杂文风格也是丰富性、多样性和创造性的结晶体。总的看来,在思想内容上,他的杂文有着强烈的时代感,所进行的批评是广泛的、多方面的,有很强的战斗性和思想性;在艺术上,逻辑思维和形象思维相融合,敏于分析事物,善于形象说理,博学多识、机智诙谐,其艺术形式、感情色彩、表现手法和文风笔调均能随物赋形、富于创造。聂绀弩杂文创作艺术的主要特征,是他的杂文创作中充满着一种启发人、吸引人、感染人、征服人的理趣美。具体说,他的这种形象化说理的理趣美的艺术魅力,主要表现在说理的生动性、深刻性和多样性,以及与此相适应的艺术形式的丰富性和泼辣幽默的文风上。

《韩康的药店》,是现代杂文史上独具一格的名篇。在这篇用古白话写成的近似小说的杂文中,聂绀弩把汉代的韩康和《金瓶梅》中的西门庆摆在一起,说明韩康有救人济世之心,他药店卖的药货真价实,门庭若市,生意兴隆,恶霸西门庆也开药店,但因卖假药,门可罗雀,生意萧条,他耍弄阴谋霸占韩康药店,但生意仍然不济;西门庆不久暴卒,韩康药店东山再起,门前人山人海。这篇杂文是影射和讽刺国民党当局的。在第二次反共高潮中,反动派查封了深受群众欢迎的桂林生活书店,并在原地开设一家专卖党政要员言论的"国际书店",但也生意冷落,无人问津。文章中没有什么议论,而是以小说故事形式,形象地说明"阎王开饭店,鬼都不进门"的道理。《阔人礼赞》极度夸张又高度真实地描写"阔人"的言行心理,全文主要是描写,只在文章结尾有这样"卒章显其志"的议论:"这世界就是这种阔人的世界;……这是几千年封建制度的成果,世界上一天有这样的阔人,就一天没有民主。"《残缺国》和《我若为王》则是幻想虚拟的写法,后者虚拟自己如果"为王",则妻子就是"王后",儿女就是"太子"和"公主",他的话将成为"圣旨",他的任何欲念都将"实现",他将没有任何"过失",一切人都将对他"鞠躬""匍匐",成为他的"奴才"。作为民国国民的他又为此感到孤寂、耻辱、悲哀,文章结尾来了一个大转折大飞跃:"我若为王,将终于不能为王,却也真的为古今中外最大的王了。'万岁,万岁,万万岁!'我和全世界的真的人们一同三呼。"这虚拟性的奇思异想和戏剧性的突转、发现,把对君主制度、帝王思想的揭露和否定巧妙地表达出来了。以上名篇都不是以直接议论形式出现的,而是以间接的形象化说理,也都有不同程度的理趣美。这些都是作者的艺术创造。

《野草》社杂文家中,较有影响的还有宋云彬、孟超和秦似。

宋云彬的《破戒草》等 宋云彬(1897—1979),浙江海宁人。他在20年代和"左联"时期写过一些杂文,但他杂文创作的全盛期是在抗日战争和解放战争时期,这时期他出过的杂文集有:《破戒草》(1940)和《骨鲠集》(1942)。

宋云彬在《我怎样写起杂文来——代〈骨鲠集〉序》中,回顾了他写作杂文的因由和过程。他是从爱读鲁迅杂文到学写杂文的。他在《读"鲁迅风"》①一文中,评论当时上海关于"鲁迅风"杂文的争论时,对"鲁迅风"杂文持肯定的态度,他说:

> 我们不必盛气争辩,也不必放言高论,只要问:现在的抗战营垒里面,有没有如鲁迅所说的"有背于中国人现在为人的道德"匪类隐藏着?许多摆在眼前的挑拨离间,破坏团结的行动言论,是否应该熟视无睹,而不加以指摘或抨击?许多落后的反动的思想和言论,是否应该任其发展,而不加以揭露和纠正?只要承认一个"有"或"否",那么,像鲁迅那样辛辣的笔调的讽刺的文章,在目前还需要的,而且还是很需要的。

足见他是自觉写作鲁迅风战斗杂文的。宋云彬的杂文深受鲁迅的影响,但在取材角度、议论方式和文字表达上都有自己的独创风格。

宋云彬是语文和历史学者,有较渊博的文史知识,他的杂文和"左联"时期的陈子展、阿英、曹聚仁的某些杂文一样,有较强的知识性和学术性,常从古代的历史典籍、笔记小说中取材,即便是那些直接批评现实的杂文,他也常常引用史料。在那些取材于古籍的杂文中,作家议论的展开也有自己的特点,他或者把现实的褒贬寓于对历史和文学人物、文学掌故的评论之中,他或者以今论古,或者援古证今。在他的杂

---

① 见文协桂林分会会报《抗战文艺》(桂刊)1940年3月创刊号。

文中,历史和现实总是相联系、相贯通、相生发、相印证、相映照的,作家的思想就在这种古今的相联系和相映照中,获得了丰满的血肉和逻辑力量。

《人间史话(一)》中的《杀人方法种种》、《汪有典的〈史外〉——谈书杂记之一》、《章太炎与鲁迅》、《章太炎与刘申叔》等杂文,作者引申史乘,考证古代的杀人方法,介绍汪有典的《史外》一书所记述的明代的"廷杖"和东林党人、苏州义民反对魏阉的斗争事迹,评论历史人物章太炎和鲁迅师弟之间的异同,评论辛亥革命前夕坚强不屈的章太炎和出卖战友、投靠清抚端方的刘申叔,作者借评论历史来讽喻现实。像《从"怪字"说开去》、《替陶渊明说话》、《杂谈六则》、《温故知新——民初宋教仁被刺案》等杂文,则从古今的联系和映照中展开议论。《从"怪"字说开去》是反驳当时一些以维护汉字的"独特"和"尊严"为借口来反对汉字改革的那些人,作者纵谈汉字变化和进步的历史,说明随着社会的发展,文字也不断在变化,文字从少变多,从繁难到简易,他要申述汉字必须改革的观点,建立在历史和逻辑结合的基础上,显得有说服力。30年代,有人把消极避世、写作闲适趣味小品的周作人誉为现代的"陶渊明"。为了反驳这一观点,宋云彬撰写了《替陶渊明说话》,引用大量材料说明陶渊明不仅有静穆恬适一面,更有"金刚怒目"的一面,刘裕篡晋之后,其诗文创作不用刘宋年号纪年,表现了他不媚俗阿世的高风亮节;而周作人在30年代只是消极避世,一味闲适,把这时的周作人称为活的陶潜已是比喻不伦,在周氏屈膝投敌之后,这种比拟更是一种讽刺。这篇杂文在古今人物的对照、比较之中,把知识分子在国家和民族处于危险时刻应该坚持大义和气节的思想丰富和深化了。《温故知新》先详写民初袁世凯导演的刺杀革命党人宋教仁一案,以后略写国民党当局在昆明制造的暗杀李公朴、闻一多等案,作者不加评论,只让人们从历史的联系、历史的重演中,去探寻历史的奥秘。

宋云彬的杂文,有自己独特的表达方式,他用笔谨饬,朴实平易,不管是援古证今,或是以今论古,常常以此例彼,不加点破,把联想和思考的空间留给读者。他的杂文笔底藏锋,寓热于冷,在那絮絮的引证、平静的评说之中,寄托着深沉的愤慨。聂绀弩论他的杂文"常常是用心平和、不动声色、轻描淡写,有的甚至是与世无涉的外衣裹着,里面却是火与刺"①,确是的论。

孟超的《长夜集》等　孟超(1902—1976),山东诸城人。他这一时期结集出版的杂文有《长夜集》(1941)和《未偃草》(1943)。此后他仍写了不少杂文,但未结集。孟超也是文艺上的多面手,他能诗、会写戏曲,出过历史小说《骷髅集》和《怀沙集》,写得一手漂亮的散文。他熟读史籍,特别是对中国的古典小说和戏曲有颇多的会心和研究,时有独特的精辟见解。作家的这一智能结构特点,在他的杂文创作上,打下了深深的烙印。

孟超深爱杂文,对杂文有自己的见解,在《未偃草·题记》说:

> 自己是以爱小草的心情,爱着杂文;但临到自己笔底下写起杂文来的时候,就不免杂草蓬生,毫无条理了,有许多朋友很有情的忠告我,以为蔓藤似的常常不知道牵扯到那里去了,有时且不免过分一些,自己也愚蠢以为别人的杂文,真还有什么章法,或者秘诀,便上穷碧落下黄泉的搜索了一番,结果,反而更使自己笑起自己是加倍的愚蠢来了,也许有人孤芳自赏的玩他那所谓杂文正宗,而我呢,还是把杂文比成小草,让他野生好了,只求其能够临风不偃,就是自己满意的地方。

在孟超看来,杂文是内容、体式、章法等都不可方物、一切都很"杂"的"临风不偃"的野草。他所谓的"杂",即指内容的广博丰富,体式、章法的"杂多"。他的杂文也多少体现这种特点。

从内容说,他的杂文确是历史和现实,社会和自然,海阔天空,无所不谈;以体式论,有直接针砭现实的短评和杂感,如《从米老鼠谈起》、《周作人东渡》、《不寂寞战场上一个不寂寞的灵魂》、《精神劳动者的愤慨》等;有回忆性和抒情性的杂感,如《记吴检斋(承仕)》、《怆恸的友情(纪念灵菲兄)》;有抒情散文式的杂感,如《一年容易又秋风》、《秋的感怀》等;有类似科学小品和寓言小品的杂感,如《渔猎故事》、《鸡鸭

---

① 聂绀弩:《早醒记·回信》,桂林远方书店1942年版。

二题》等；数量最大、写得最有特色的是历史评论和文艺评论性的杂文，如《略谈宋代的"奸臣"与"叛臣"》、《历史的窗纸》、《谈京戏〈珠帘寨〉》、《焦大与屈原》、《关于陈圆圆》、《谈"阿金"像》、《从梁山泊的结局谈到水浒后传的作意》、《孙行者的际遇》、《花袭人的身份》、《从依样画葫芦到三分归一统》等。

孟超善写史论和文论式的杂文，在取材上和宋云彬有相近之处；但在议论和表达上，宋云彬较多引征史乘，进行较详的考证，写得矜持节制，把自己的倾向融在史料辨析和考证之中，不多发表议论；孟超也征引文献材料，但他更注重对文献材料的剖析，并在此基础上形成自己的见解，发挥自己的见解。他的杂文借题发挥，议论纵横，尽情挥洒，兴会淋漓。一个节制矜持，追求含蓄的意蕴，一个逞才使气，尽情发挥自己的见解，表现了不同的风格。

孟超在《〈骷髅集〉序》和《〈怀沙二集〉序》中，反复说明历史本身就包含有现实意义，因而，历史题材可用来讽喻现实。他同意梁任公的说法，研究是以"求得真事实，予以新意义，予以新价值，作为目的"。孟超擅长历史小说，也爱写史论性的杂文。其《从战国时代的社会背景说到纵横术》、《略谈宋代的"奸臣"与"叛臣"》和《历史的窗纸》等就是史论性杂文的代表。《历史的窗纸》从一个大学的历史试题谈起。试题是："东晋元帝，南宋高宗，明末福王，均偏安江左。何以东晋南宋多历年所，而福王享国独浅，试言其故？"在抗日战争时期，出这样的试题显然是荒唐的。它不是引导学生去总结东晋等三朝亡国的教训，反而引导他们去比较如何才能"偏安"得更好，这无疑是给历史蒙一层"窗纸"。难怪学生答案五花八门。作者的朋友竟由此慨叹中学毕业生"对历史的认识不够"。作者在对那些答案的逐一剖析中展开自己的议论，最后指出史学界的某些人故意给历史蒙上窗纸，让人看不到真理，"这样，对于历史的短见除了几十个中学生之外还多哩"。这篇杂文从剖析一个具体的典型事例入手，导向研究历史的一般方法，构思新颖，议论深透。孟超那些论中国著名古典小说的文论性杂文议论风生，屡见新意。它们没有一般学术论文那种理论架势和学究气，却有着鞭辟入里的真知灼见和从容舒卷的里手气度。例如《孙行者的际遇》指出《西游记》中的孙悟空在闹天宫前后的不同际遇和不同性格。当他是齐天大圣时是何等生机勃勃，皈依佛法后的孙行者竟一蹶不振，斗许多妖魔不过，而得正果后的孙悟空虽然号称"斗战胜佛"，但已是心如死水，毫无生气。《从梁山泊的结局谈水浒后传的作意》分析比较了施耐庵、金圣叹、俞仲华、陈忱几本小说对梁山泊结局的描写，说明陈忱《水浒后传》写李俊一班梁山好汉在海外创业，在牡丹滩救驾，是忠于宋室王朝，反对金人入侵，憎恶蔡京之类朝中奸臣的，是符合施耐庵原意和人民心理的，还指出李俊等豪杰，是台湾岛上坚持"反清复明"孤军作战的"郑成功的影身"。因此，《水浒后传》不仅仅是"泄愤之书"。类似创见在孟超这类杂文中并不少见，它们确是难得的佳作。

秦似的《感觉的音响》等　秦似（1917—1986），广西博白人，他在这时期出版的杂文集有《感觉的音响》（1941）、《时恋集》（1943）、《在岗位上》（1948）等。秦似在30年代主要从事诗歌创作，1939年系统地读了《鲁迅全集》，深为鲁迅的杂文所吸引，开始杂文创作。他把杂文投给夏衍主编的桂林《救亡日报》，从此与夏衍相识，并向他建议创办一个形式活泼、专刊短小杂文的杂志。此后，秦似便成了《野草》的五人编辑之一，具体负责《野草》的编务，对《野草》的编辑、出版、发行起了重要作用。

秦似同《野草》社中的夏衍、聂绀弩、宋云彬、孟超等前辈作家相比，是个血气方刚的青年，他的杂文尖锐泼辣，锋芒毕露，热情奔放，明快流畅。尤其是那些同"战国策"派论争的杂文和"妇女问题讨论"中的论战性杂文，更显得犀利泼辣，虎虎有生气。他的杂文体式多样，包括各种形式的短评、杂感和札记，发刊词、编后记式的杂文，抒情、记叙散文式的杂文，散文诗式的杂文，以及讽刺式的杂文。他较有特色的杂文，是刊在《野草》上的《斩棘集》、《剪灯碎语》、《吻潮微语》、《芝花小集》和刊在香港《文汇报·彩色版》上的《丰年小集》，这类两三百字、直接抨击弊政和陋习的匕首式短评，构成秦似杂文创作的主要部分。秦似的杂文，没有夏衍的简洁隽永，聂绀弩的汪洋恣肆，宋云彬的严谨博识，孟超的俊逸洒脱，显得热情有余而涵蕴不足，但也自有其蓬勃的朝气。

同《野草》社关系较深的杂文家,还有林林(《崇高的忧郁》)、何家槐(《冒烟集》)、欧阳凡海(《长年短辑》)、秦牧(《秦牧杂文》),他们的影响不如夏衍、聂绀弩大,但也有自己的风格特色。

三 重庆的杂文作家群

抗日战争时期,重庆作为政治、文化中心,杂文创作也相当活跃。郭沫若、冯雪峰、田仲济、廖沫沙、孔罗荪、靳以等,在《新华日报》等革命和进步报刊发表杂文,而且有杂文集问世。他们的杂文,思想上和上海的《鲁迅风》以及桂林的《野草》有着共同的战斗倾向,艺术风格上也卓然成家。

郭沫若的《沸羹集》等 郭沫若在"七七"事变后,毅然抛妇别雏,奔向祖国,投身抗日战争和民主斗争的洪流。抗日战争时期和解放战争时期,郭沫若非常重视政论、杂文的写作,结集的有《羽书集》(1941)、《沸羹集》(1947)、《天地玄黄》(1948),此外还有带有论文性质的《今昔蒲剑集》(1947)。

郭沫若在为纪念鲁迅逝世十周年而作的《鲁迅和我们同在》里,说"七七事变"后是鲁迅的精神把他呼唤回国,船快到上海的时候,他流着眼泪吐出的诗,就是用鲁迅一首诗的原韵。他写道:"这的的确确是可以证明我在回国的当时是有鲁迅精神把我笼罩着的","鲁迅精神永远和我们同在!"郭沫若有很多关于学习鲁迅精神和作品的讲话和文章,可以看出,郭沫若的政论、杂文是沿着鲁迅所开拓的道路前进的。

郭沫若于1938年7月到武汉,着手政治部第三厅的组建,10月退出武汉赴长沙,11月参与长沙大火的善后工作,于12月赴重庆。1940年9月卸去第三厅厅长的职务,主持文化工作委员会的工作,直至该会被解散为止。他在重庆六年半中,"完全是生活在庞大的集中营里","足不能出青木关一步"(《郭沫若选集·自序》)。他站在民主运动的前列,运用杂文这一形式进行不懈的斗争。

《羽书集》收抗战前期的政论文,充溢着誓死抗战的激情,如《来他个"四面倭歌"》,是在扩大宣传周一个歌咏会上的致辞,采用诗的形式,富于极大的鼓动性。《沸羹集》主要是1941—1945年间杂文的结集,《天地玄黄》收解放战争时期的杂文,《今昔蒲剑集》则是抗战时期学术性论文和杂文的合集。如果简略地分类,我们大致可以在这些集子里看到:见解精辟的史论,观点鲜明的文论,大声疾呼和象征暗示的政论,以及抒情性的杂文作品,这些作品总的倾向是服务于现实斗争的。

郭沫若在重庆继续进行先秦社会和诸子思想的系统研究,写出了《青铜时代》、《十批判书》等重要论著。皖南事变后,他用自己最熟悉的历史剧这一形式,揭露反动派以内战代抗战、以投降代独立、以黑暗代光明的妄想,这些著名史剧成为现代文学史上的珍品。他还用学术性论文与杂文相结合的形式,在《今昔蒲剑集》中反复强调屈原爱祖国、爱人民、反奸佞的精神,抨击独裁统治。在一些短小的杂文中,他常用史事作为引子,生发开去。如《驴猪鹿马》,用东晋皇帝以驴为猪和赵高指鹿为马的两节故事,阐明前一种是无知,而后一种则是歪曲。人道主义者用科学的方法可以治疗愚昧,法西斯主义者用科学的方法愈增其诡诈。最后作者画龙点睛地指出"法西斯细菌不绝灭,一切的科学都会成为杀人的利器了"。又如《我更懂得庄子》,在对话的形式中把庄子"为之斗斛以量之,则并与斗斛而窃之"等语,改作"为之和平以民主,则并与和平而窃之"等语,揭示反民主、反和平者伪装和平、自由、民主的用心,并说明这是由于人民力量壮大之故。这种古为今用、意义翻新、形式短小的杂文,对读者有很大的启示作用。郭沫若充分发挥了他作为史学家的特长,在杂文中得心应手地运用丰富史料,以多样的形式同反动派进行了正面的和迂回的斗争。

郭沫若是一位文学大师,文坛泰斗,他为建设人民本位的文艺而呼吁,对文学的动向,革命文艺的介绍,优秀作品的推荐,错误倾向的批评,篇幅甚丰,不遗余力。这类文章以议论为主,因为作者有明确的文艺方向和写作原则,加之写作经验十分丰富,所以行文通畅有力而富于创见。如《人民的文艺》、《怎样运用文学的语言》等,无论是方向性的指导,或是对具体问题的论述,都很明晰、确切,也不乏幽默感。

抗战期间,郭沫若所在的抗战首府重庆,斗争十分尖锐,他最具战斗力的武器自然是政论。有一种是大声疾呼的,如《为革命的民权而呼吁》、《写在双十节》等多量文章。《写在双十节》末段写道：

> "民主不好拿来囤积"，新故威尔基的这种话好像是在讥诮我们。不管它吧，我们不囤积也囤积了三十三年。——三十三个双十，是二十倍的"十万火急"了，在今天"民主"的销场最畅的时候，我们何不也来他一个大量倾销呢？

这是堂堂之阵，正正之旗，然而嬉笑怒骂，皆成文章，在严正中透出机智和趣味。

最典型的是那些简短的政论性杂文，如《囤与扒》：

> "民主的扒手"，这个新的词儿很有意思。
>
> "民主"而遭"扒手"，足见得"民主"也就和法币、美金一样，成为了什么人夹袋里的私有的东西。
>
> "扒手"而扒"民主"，足见得"民主"也就和法币、美金一样，应为每一个人日常生活上所必需的东西。
>
> 把每一个人日常生活上所必需的东西拿来藏在自己的夹袋里，这种民主囤积者无怪乎要遭"扒手"。
>
> 把每一个人日常生活上所必需的东西从囤积者的夹袋里扒了出来，这种"民主的扒手"倒真真是民主的了。
>
> 还是赞成民主的囤积呢？还是赞成"民主的扒手"呢？

这篇短文具有严密的逻辑性，又富有论辩性，还运用了诗的重复、对称、回环等手法，明白晓畅而又曲折有味。另外有一些用象征进行讽刺的杂文，如《羊》、《人所豢畜者》等，有的是政治讽刺，有的是人生启示，常见哲理性警句。郭沫若的这类杂文数量不多，可也富有新意。

还有一种抒情性杂文，怀念故人，留恋乡土。如《悼江村》，作者写他悼念的思路："像银幕上的广告片，无色地，暗淡地，换着。"段落跳跃自由，感情深沉浓烈。又如《重庆值得留恋》，是对诅咒重庆作的反面文章。该死的崎岖对身体锻炼有益；可恶的雾可在雾中看江山胜景；难堪的热，但热得干脆，倒反是反市侩主义精神。重庆还有特别令人讨厌的地方，那就是比老鼠更多的特种老鼠，可想到尚在重庆的战友，重庆又更加值得留恋。文中对令人讨厌的乡土的眷恋，乃出于对人民和战友的厚爱,加之以杂文的笔法,正反相成,增强了抒情的效果。

郭沫若是革命家、历史学家、剧作家和诗人。他的杂文表现了鲜明的政治立场和奋斗目标。他热情奔进,大声疾呼,真理在手,笔调具有无可辩驳的论辩性和玩弄对手的幽默感,形式与手法多样,引用材料涉及古今中外,左右逢源,想象联想丰富,语言恣肆汪洋,于朴质中见推敲,时时透出诗情,有强烈的政论色彩,创造性地发挥了鲁迅杂文的讽刺艺术。

冯雪峰的《乡风与市风》、《有进无退》、《跨的日子》　冯雪峰(1903—1976),浙江义乌人。早年是湖畔派诗人,"左联"时期是"左联"的领导人之一,是著名的马克思主义文艺批评家。1935年,他参加了两万五千里长征,后又受命回到上海,协助鲁迅领导革命文艺运动。冯雪峰是鲁迅的亲密战友和忠实学生,对鲁迅思想和鲁迅杂文有深刻的研究,是著名的鲁迅研究专家。皖南事变后被国民党政府逮捕,关在江西上饶集中营。1943年,由中共党组织营救出狱后即赴重庆。在这一时期,他的杂文结集的有:《乡风与市风》(1944)、《有进无退》(1945)、《跨的日子》(1946),还有去世后出版的《雪峰文集(三)》(1983)中所辑的集外散篇。冯雪峰深厚的马克思主义理论素养,他对鲁迅思想和鲁迅杂文的精湛研究,他丰富的革命经历和所处的特殊环境,他创造性的理论思维能力和哲理诗人的气质,给他的杂文打上深刻的烙印。他的杂文比周木斋的杂文有更鲜明、更深刻的思辨色彩,显示为杂文创作的"新作风"和"新机能"[①],在中国现代杂文史上独树一帜。

冯雪峰杂文的思想内容和艺术风格有其发展的一贯性和阶段性。他的杂文,以广博深刻的内容,冷峻严密的分析和深透的说理,以及鲜明的思辨色彩为总的一贯特征;但他各本杂文集子在取材、说理和表达方式上,在体现总的一贯特征的同时,还有所变化和发展。

《乡风和市风》收集作者1943年的杂文,先后写于浙江的丽水、小顺和四川的重庆。冯雪峰在《战斗的自觉》中说:"我们在进行反法西斯主义的目前战斗中,必须把战线伸展到生活和思想的所有角度去。"作者从抗战时期中国乡村和城市中社会风习、道德伦理和文化的变化

---

① 朱自清:《历史在战斗中——评冯雪峰〈乡风和市风〉》(1946)。

发展中取材,以评论"乡风"和"市风"为突破口,来剖析社会本质和历史动向,来探讨民族革命战争中民族心理意识的改造、民族文化的发展和国家的新生等重大问题。以对社会风习的批评来表现社会本质,是鲁迅杂文的重大特点,冯雪峰《乡风与市风》是师承和发展这一传统的。《乡风和市风》不仅继承鲁迅的传统,也散发着新的时代气息。这本杂文集不仅表现了人民在民族革命战争中从"老大"中国那里继承下来的沉重的因袭负担,也着重指出了他们新的道德观念在萌长,他们的革命力量在壮大。这本杂文集有鲜明的思辨色彩,不过作家的思辨精魂是栖息在充满生活和乡土气息的现实材料的血肉之躯中的。

《有进无退》中的杂文,写于1943年7月至1945年7月间的重庆,同《乡风与市风》相比,战斗锋芒更加锋利了,政治色彩更浓了,思想更深刻了,但作家的思辨精魂愈来愈摆脱感性的现实生活,向抽象的理论原则的王国飞翔,探讨抽象的理论原则的杂文更多了。值得注意的是,作者在《理论与实践的一致》中说:"理论与实践的达到一致的过程,是长期的人民革命斗争及长期的理论斗争的过程,而作为这一致的成果是新民主主义革命的现实基础的造成及新民主主义革命的指导理论的确立。在今天,所谓理论与实践的一致这句话,主要的意义就是新民主主义理论的确立。"这透露了作为杂文家的冯雪峰的理论思维同毛泽东思想之间的内在联系。这一联系,正是冯雪峰的杂文之所以能够深刻地反映和剖析社会现实,科学地预测历史发展动向,达到较高的思想高度的一个重要因素。

《跨的日子》中的杂文写于1945年11月至1946年7月的重庆和上海。作者在《序》中称这本杂感集是"随感的结集",写作时"从不择取正式的政论题目",但是这些杂文有着直接的政论色彩,因此,可以说《跨的日子》是一本没有"正式的政论题目"的"随感"式的政治短论式的杂文。这类杂文几乎把具体、可感的材料都排除了,作者感兴趣的是那些具有重大政治意义的思想、理论和原则,正如辛未艾所评论的,他把"具体现象提到原则上去推论"[①]。《跨的日子》里的杂文,篇幅是

---

① 辛未艾:《雪峰的杂文》,《文艺春秋》1947年第1卷第3期。

短小的,语言也明快了,由于作家让思辨的精魂在抽象的思想王国翱翔,杂文的"艺术力"也就相对削弱了。作家显然清醒地意识到这一点,于是他开始创作寓言、童话体的杂文,这就是《雪峰寓言》(或《寓言三百篇》)。对此,辛未艾评论说:"他正在努力使杂文和寓言童话之类结合起来,而形成一种高度艺术性的讽刺文。"①写作寓言童话体的杂文,在冯雪峰之前有鲁迅、周作人,和他同时的有聂绀弩、孟超、靳以等,而结集出版的,只有冯雪峰的《寓言三百篇》。

朱自清在书评《历史在战斗中》高度评价冯雪峰的《乡风与市风》。他说:"《乡风与市风》是杂文的新作风,是他的创作,这充分的展开了杂文的新机能,讽刺以外的批评机能,也就是展开了散文的新机能。"又说:"这种新作风不像小品文的轻松,幽默,可是保持着亲切;没有讽刺文的尖锐,可是保持着深刻,而加上温暖;不像长篇议论文的明快,可是不让它的广大和精确。"文中朱自清特别强调冯雪峰《乡风与市风》中的杂文在进行文明批评和社会批评时自觉运用"科学的历史方法和历史真理",他指出:"这种历史方法和历史真理自然并非著者的发现,然而他根据自己经验的'乡风与市风',经过自己的切实思索,铸造自己严密的语言,便跟机械的公式化的说教大相径庭,而成就了他的创作。"朱自清对《乡风与市风》的评论,对冯雪峰所有杂文都是适用的。是否可以这样说,冯雪峰的具有鲜明和深刻的思辨色彩的杂文的根本特征,是他在进行文明批评和社会批评时,创造性地运用马列主义、毛泽东思想的科学真理和科学方法,展开深刻的思索和严密的分析;他的杂文,标志着现代杂文史上思辨性的杂文创作的"新作风"、"新机能"及其所达到的新高度。

冯雪峰这种思辨性的杂文,首先表现在作家评论某一问题时,善于从一个问题的两个方面和几个侧面对问题作深透的论述;其次是善于突破现象的外壳,透视事物的本质,给人以真理性的认识;其三是注重于社会风习、社会伦理道德观念的变化和社会思想斗争,反映社会的本质和历史动向;其四是重视以"科学的历史方法",对历史和现实作概

---

① 辛未艾:《雪峰的杂文》,《文艺春秋》1947年第1卷第3期。

括与透视,去探求"历史的真理",显得有深厚的历史感。

　　同周木斋的思辨性杂文相比较,冯雪峰的思辨性杂文是一种更高的形态。朱自清在书评《历史在战斗中》论冯雪峰杂文的语言时说:"著者所用的语言,其实也只是常识的语言,但经过他的铸造,便见得曲折,深透,而且亲切。著者是个诗人,能够经济他的语言,所以差不多每句话都有分量;你读的时候不容易跳过一句两句,你引的时候也很难省掉一句两句。文中偶用比喻,也新鲜活泼,见出诗人的本色来。"需要补充的是,作者有些杂文深入而不能浅出,语言有些艰涩,有些杂文特别是《跨的日子》里的某些短论,明快显豁,却又不耐回味。

　　田仲济的《发微集》等　　田仲济(1907—2002),山东潍坊人。1930年毕业于上海中国公学,后在济南主编《青年文化》时开始写杂文;抗战时期在重庆写了百来篇杂文,结集为《情虚集》(1943)、《发微集》(1944)和《夜间相》(1944),出版了杂文研究专著《杂文的艺术修养》(1943);解放战争时期在上海还写了不少杂文。1991年山东文艺出版社出版的《田仲济杂文集》,前三辑收入他三四十年代杂文二百余篇。

　　40年代是田仲济杂文创作的旺盛期。他的杂文师承鲁迅传统,直面现实,搏击黑暗,对国统区的政治、军事、经济、文化、教育、伦理道德及其病态社会的边边角角、形形色色进行了不留情面的揭露和批判。他特别关注报纸上的社会新闻和社会广告,把它们视为了解社会全貌的重要窗口,对此进行分析批评成为其杂文的一个特色。《"奇文共赏"》一文就由报上的三则广告和作者对其的讽刺评论连缀而成,一则广告是有人重金悬赏请人帮他找回走失的一只叭儿狗,一则广告是自称"哲学专家"的酬运山人对蒋介石当选国府主席后肉麻至极的贺电,一则广告是有人声明他没有患上花柳病,这三则广告的炮制者是抗战时期陪都重庆畸形社会孕育出的三种颇具典型意义的社会怪胎,作者只要略作讥评,杂文就尖锐辛辣有力。他对世相的透视,也深入到国民性的层面。《挤》和《踢》解剖国人间勇于内争、巧于倾轧的劣根性,《送灶日随笔》从人与神的关系批评了中国式的圆滑聪明,《阿Q与鸵鸟》从不敢正视现实、躲避现实的角度讽刺了国民的愚昧、麻木和卑怯,这些杂文都从特定角度剖析国民性的某些消极面,表现了作者对改造国民灵魂的关切。他写了不少谈论文史的杂文,更见学人杂文的特色。《酷刑》和《漏网将相》揭露封建暴君朱元璋的阴险和嗜杀,像当年鲁迅《病后杂谈》和《病后杂谈之余》那样借明初的暴政来暴露国民党当局的暴政。《张松和鲁肃》是一篇通俗生动、借题发挥、意味隽永的论古典文学的杂文,作者把无耻的张松同当时的大汉奸汪精卫联在一起予以痛斥,以鲁肃来赞美抗敌军民。在他的这类杂文中,过去的历史和眼前的现实、古典文学和现实人生是打通的,它们实际上是另一种形式的曲折深致的社会批评和文明批评。

田仲济这时期的杂文形成了浑朴凝重、深沉冷峭的个性风格,有些名作在构思上颇见功力,含有社会人生哲理。《天堂》一文的构思独具匠心,以基督教礼拜堂里的"天堂地狱图"来象征少数人的天堂多数人的地狱的旧中国,他对这幅画的怀疑和否定,也就是他对旧中国的怀疑和否定,这有曲折深致的含蓄之美。《更夫》里有一幅极不调和的荒诞而实在的人生图画:在高楼林立、灯光灿烂、流线型汽车穿梭疾驶的不夜城里,更夫梆梆地敲着梆子多余地巡行。同这幅极不调和的人生图景相平行的,是作者深沉的议论和思考,他指出这种新和旧不可调和的硬性调和,正是光怪陆离、畸形病态的旧中国的特色和病症。在这里,荒诞的生活图景和凝重的社会思考的结合,启发人们触类旁通地去思考更广更深的社会问题。他的杂文发微抉隐,荷戟待旦,寓爱于憎,小中见大,在"鲁迅风"杂文系统中自有一席地位。

四 昆明的杂文作家群

这时期有一大批知名学者如闻一多、朱自清、吴晗、王力、钱锺书等,他们都是昆明西南联合大学的教授,创作了大量有着鲜明艺术色彩的杂文,形成中国现代杂文发展史上的一种新气象。这可以从社会的发展变化和作家的思想变化中找到解释。抗日战争中,日寇大举入侵,国土大片沦陷,"亡国灭种"的民族危机降临到每个中国人头上;解放战争中,统治集团在美帝国主义的支持下发动了全面内战,中国的殖民化危机非常严重。无论是外战还是内战,都促使了社会矛盾的激化,也使得人民的生活严重恶化,人民在饥寒线上挣扎,原来生活优裕、自命清高的学者教授也被抛入贫困化的境地。抗日救国、反对内战、要求和平、反对法西斯独裁、要求民主和自由的怒吼,响彻中国的天空和大地,也在学者、教授的书斋中激荡。像闻一多、吴晗、朱自清等著名学者都冲出书斋,走上街头,在和人民一起呐喊中,与人民相结合,同人民共命运,杂文就成为他们手中的犀利战斗武器,于是就出现了一批学者和斗士的杂文。至于像王力和钱锺书,他们都是著名学者,自然也不是社会斗士,但是当他们运用杂文进行文明批评和社会批评时,他们那深厚的学术修养和文学修养就赋予所写的杂文以特异的丰姿。

闻一多的杂文 闻一多(1899—1946),湖北浠水人。他的杂文数量不多,但却贯穿他的一生。朱自清把闻一多的一生划分为三个阶段,即"诗人"时期(1925—1929),"学者"时期(1929—1944),"斗士"时期(1944—1946)[1]。在"诗人"时期,他写过著名的杂文《文艺与爱国——纪念三月十八》;在"学者"时期,他写过《〈西南采风录〉序》、《端阳节的历史教育》、《时代的歌手》、《文学的历史动向》等。1944年西南联大"五四"文艺晚会后,他思想发生激变,所写的杂文虽数量不多,却值得高度重视。因为它们是中国现代思想史上不可多得的文献,是中国现代战斗杂文史上不可多得的珍品。

闻一多之所以在抗日战争后期和解放战争初期写作杂文,是同他此时世界观和文艺观的重大转变,同他采取战斗的人生态度有关的。他从40年代初起陆续阅读恩格斯的《家庭、私有制和国家的起源》、列宁的《国家与革命》等经典著作和革命报刊;在晚年推崇鲁迅和瞿秋白,据吴晗回忆:闻一多"晚年特别喜欢瞿秋白和鲁迅,案头经常放着《海上述林》和鲁迅的著作","他曾毫不掩饰地向朋友、向学生说:'我错了,鲁迅是对的。'"[2]学习马列、阅读革命书刊是闻一多思想转变的一个重要因素,但更主要的是由于现实的教育。他从自己的经历,从社会现实的发展变化中,认识到人民力量的伟大,认识到共产党的正确。1944年初夏,吴晗受组织委托,邀请闻一多参加中国民主同盟,他明确

---

[1] 参见朱自清《闻一多先生怎样走着中国文学的道路——〈闻一多全集〉序》。
[2] 吴晗:《投枪集·闻一多先生传》。

表示,为了工作需要,可以参加民盟,不过他的目的,是要争取参加共产党。可以这样说,这时的闻一多不仅从一个民主主义者转化为革命民主主义战士,他的思想中也正酝酿着向共产主义者的飞跃。闻一多思想激变后,拍案奋起,冲到民主运动的第一线;在斗争中,他拿起当年鲁迅和瞿秋白用过的杂文这一战斗武器,就是十分自然的事了。

闻一多的杂文内容广泛,议论深刻,形式多样,表现方式多姿多彩,其中有历史考据性的杂文,如《龙凤》、《端阳节的历史教育》;历史上的思潮和流派的研究和批判的杂文,如《什么是儒家》、《关于儒·道·土匪》;社会思想和文学问题的评论的杂文,如《复古的空气》、《谨防汉奸合法化》、《文学的历史动向》、《时代的鼓手》、《人民的诗人——屈原》;历史和现实的运动的断想和记述的杂文,如《五四断想》、《"一二·一"运动始末记》;序跋,如《〈西南采风录〉序》、《〈三盘鼓〉序》;书信,如《致臧克家》;最多的是关于社会政治、思想和文艺问题的演说,如《组织民众和保卫大西南》、《五四历史座谈》、《兽·人·鬼》、《民盟的性质与作风》、《诗与批评》、《最后的一次演讲》等。闻一多的杂文散见在朱自清主编的《闻一多全集》的《神话与诗》、《诗与批评》、《杂文》、《演讲》和《书信》各集中。不论是在什么内容、什么样式的杂文中,历史和现实都是打通的,诗人、学者、斗士都是"三位一体"的,这就是著名学者的渊博睿智和远见卓识,革命浪漫主义精神的丰富想象和充沛激情,大无畏的革命斗士的披坚执锐的大破大立等素质构成的独特丰姿。从诗人、学者和斗士的统一来说,闻一多和鲁迅与瞿秋白有共通之处,闻一多杂文也确实受到鲁迅和瞿秋白的深刻影响,其中有鲁迅的老辣和深刻,瞿秋白的诙奇和明快,但也自有其独特的风貌,这就是由新的历史环境和作家鲜明的个性熔铸成的那种特有的凝聚力和爆发力。

任何研究闻一多的人,几乎都要提到他1943年《致臧克家信》中的这两段名言:

> 我只觉得自己是座没有爆发的火山,火烧得我痛,却始终没有能力(就是技巧)炸开那禁锢我的地壳,放射出光和热来。只有少数跟我很久的朋友(如梦家)才知道我有火,并且就在《死水》里感

觉出我的火来。

你们做诗的人老是这样窄狭,一口咬定世界上除了诗什么也不存在。有比历史更伟大的诗篇吗?我不能想象一个人不能在历史(现在也在内,因为它是历史的延长)里看出诗来,而还能懂诗。……你不知道我在故纸堆中所做的工作是什么,它的目的何在……因为经过十几年故纸堆中的生活,我有了把握,看清了我们这民族,这文化的病症,我敢于开方了。单方的形式是什么——一部文学史(诗的史),或一首诗(史的诗),我不知道,也许什么也不是。……你诬枉了我,当我是一个蠹鱼,不晓得我是杀蠹的芸香,虽然两者都藏在书里,作用并不一样。

这两段诗一样的自述,是极为精彩的自我概括,也是人们认识这位历史巨人的道德文章的钥匙,事实上他的一生、他的道德文章也正是"诗的史"和"史的诗"。

闻一多的杂文也一样可以从"诗的史"和"史的诗"这角度来考察。历史从过去到现在向明天的运动,历史运动中来龙去脉的规律,历史运动的根本动力之所在,作家对历史运动的规模与趋势的概括和透视,作家对历史的洞察发现及其创造历史的宏伟气魄,都同步熔铸在诗的形象的发现和创造上了。而这就是上面说的闻一多杂文的那种特有的凝聚力。闻一多晚年也就是"时代的鼓手",是怒吼的雄狮,是"爆炸着生命的热与力"的火山,杂文《画展》、《"新中国"给昆明一个耳光罢》、《"一二·一"运动始末记》等,特别是著名的《最后的一次讲演》都是这样的代表作。其中有惊雷,有闪电,有激流飞瀑,有喷薄而出的熔浆,有雄狮的怒吼咆哮,有对反动派的愤激抨击,也有对人民英烈的热情礼赞。每一篇文章、每一次演讲都"爆炸着生命的热与力",有着震撼人心的力量。闻一多的演讲,还有"娓娓而谈,使人忘倦"的一面,如《民盟的性质与作风》和《战后文艺的道路》等,这类演讲体杂文如暖人的春阳,似吹过萧萧竹林的清风,像在小溪中潺湲玲琮的清泉,又是另一番景象。

朱自清的《标准与尺度》、《论雅俗共赏》 朱自清在抗战胜利后转向批评、说理的杂文写作。这同他思想的转变有关,也同他对杂文的战斗作用的认识有关。作为文学史学者和文学批评家的朱自清,这时较多地论到杂文,如《历史在战斗中》说:"时代的路向渐渐分明,集体的要求渐渐强大,现实的力量渐渐逼紧;于是杂文便成了春天的第一只燕子。杂文从尖锐的讽刺个别的事件起手,逐渐放开尺度,严肃的讨论到人生的种种相,笔锋所及越见广大,影响也越见久远了。"把杂文视为"春天的第一只燕子",这是作者过去从未有过的。这时他写的很多杂文,1948年分别结集为《标准与尺度》和《论雅俗共赏》。两书的序言概括了作者杂文的内容和作家的立场:

"本书收的文章很杂,评论,杂记,书评,书序都有,大部分也许可以算是杂文吧,其中谈文学与语言的占多数。……本书取名《标准与尺度》,因为书里有一篇《文学的标准与尺度》,而别的文章,不管论文,论事,论人,论书,也都关涉着标准与尺度。"

"所谓现代的立场,按我的了解,可以说就是'雅俗共赏'的立场,也可以说是偏重俗人或常人的立场,也可以说是近于人民的立场。书中各篇论文都在朝着这个方向说话。《论雅俗共赏》放在第一篇,并且用作书名,用意也在此。"

这就是说,作者的杂文在内容上有论文、论事、论人、论书的,在文体上有理论、杂记、书评和书序,而立场是现代的、人民的,从总体上来说,朱自清的杂文创作坚持了他作为一个人民文学家和人民斗士的立场。

朱自清的杂文标志着他在散文创作上新的追求和新的发展,也标志着他的散文创作达到了炉火纯青的艺术境界,有着自己独特的艺术风格,借用陆机《文赋》的话来说,朱自清杂文的风格就是"论精微而朗畅"。

占据朱自清杂文中心的,已不是早年那湖光山色、亲子之爱、夫妇之情、家庭琐事和一己苦闷了,而是现实的社会生活和文学发展中的重大问题,表达方式也从抒情、描写转向批评和说理。

这时朱自清的杂文,无论是批评社会现实的重大问题,如《论吃饭》、《论气节》、《论书生的酸气》,还是议论文学发展和语文教学问题,如《文学的标准和尺度》、《论雅俗共赏》、《什么是文学?》、《什么是文学的"生路"》、《历史在战斗中——评冯雪峰的〈乡风与市风〉》、《鲁迅先生的杂感》等,他都非常注意某一问题的"意念"的历史沿革的描述和辨析;他在读者面前打开一本活的历史,一页一页地翻着,温文细语地指点着,让读者深切感受到那普普通通的"吃饭"问题、"气节"问题、文学发展问题和语文教学问题中,原来还有这么多的学问和道理,他把读者从已知引到未知再回到更多的知,使人不得不口服心服,有着很强的启发力和说服力。

这种批评和说理的方法,就是他评论冯雪峰杂文时说的"历史的方法",自然又是朱自清杂文中的"历史的方法";具体说,作为学识广博的学者和人民斗士的朱自清,在批评和议论现实社会生活和文学发展的迫切问题时,注重问题的"意念"的考证辨析。他活用了朴学家的方法,注重现实和历史的贯通,论和史的结合,坚持论从史出,追求历史和逻辑的统一,这就是说,他立足于现实的战斗立场去"熔经铸史",对历史作出新的解释,宣传人民民主思想。李广田在《〈朱自清选集〉序》中说:朱自清"一方面在作历史的考察,一方面作现实的评价,而这两方面又是互相贯通,互相结合的"。朱自清自己也说:"就历史与现实之矛盾加以说明,言文学不能脱离历史",但"并非反对就历史与人生联系处,予历史以新的解释"(《日记》)。在运用这种"历史的方法"上,朱自清同闻一多是有所区别的:闻一多是呐喊怒吼,大破大立,是汹涌澎湃的惊涛骇浪,朱自清是润物无声的细雨;朱自清和冯雪峰也不一样,《论气节》和《谈士节兼论周作人》的论题是近似的,前者没有后者那种对问题作历史性的理论分析和概括的宏伟气度,但却对"气节"问题的"意念"及其历史沿革与具体发展有更精微的论述。

朱自清散文语言的突出成就之一,是他善于运用"活的口语"。"五四"以来的白话文运动,开辟了散文运用"活的口语"的道路。朱自清在《内地描写》中提倡"谈话风的文章",他在前期的抒情、记叙散文中已经开始追求"谈话风"散文的"境界",但只有在后期的杂文和论文中,这理想才获得完全的实现。朱自清的杂文"熔经铸史",析理精微,没有丝毫理论文章的腔调,而是明白如话,深入浅出。这种文章中"活的口语",并不是自然状态的,而是经过作家精心筛选、提炼过的,就更显得简洁朗畅。

吴晗的《历史的镜子》等 吴晗(1909—1969),浙江义乌人。史学家,历任云南大学、西南联大、清华大学教授等。吴晗40年代杂文,结集为《历史的镜子》(1945)、《史事与人物》(1948)、《投枪集》(收1943—1948年未结集的杂文60篇)。《〈投枪集〉前言》中的自述,基本上概括了自己杂文的内容和形式上的特点。他说:

"在这些……文字中,也还有点火气,有点辣气,反动派很不喜欢的味道在。也还有些历史事实,例如国民党的贪污,对日作战的'转进',买办资本,通货膨胀,法币,物价,公教人员的生活,中苏关系,反苏运动,汉奸,特务,国民党士兵的生活,国民党反动内战,美国调处,暗杀,打风,政治协商会议,一二一惨案,国民党破坏政协,伪国大,反内战运动等等,当时写的时候都是有的放矢的……"

"杂文到底该怎么写,怎样写才叫杂文,我也闹不清。我所能弄清楚的是:第一,我的文章内容很杂,几乎无所不谈。第二,写的时候没有一定章程,想到就写。第三,希望文章能使多数人看懂,把要说的话写下来,有时候半文半白,文体也很杂。第四,大部分文章是有点意思就写,写完了才想题目,弄得很苦。第五,发表了以后,人家说我写的是杂文,于是我也认为是杂文了。"

吴晗写过各式各样的杂文,但他写得最多、最有特色的还是历史小品式的杂文,史论性的杂文,我们统称之为"历史杂文"。这种"历史杂文"在中国古典文学中是大量存在的,现代杂文家中也有不少人写过这类杂文,但他们只是偶尔为之,没有吴晗写得这么多。这种"历史杂文"有带文学性的也有不带文学性的,例如历史学家陈垣于三四十年代在北平几所大学讲课时,开设过"史源学研究"(后改名"史源学实习"),在北平的一些杂志上发表过"史源学杂文",这是不带文学性的"历史杂文";吴晗的"历史杂文"有浓厚的文学色彩,同他的历史论文和著作不一样。在这些"历史杂文"里,吴晗以历史作镜子,照出现实中的丑类的嘴脸和灵魂,不管是以古鉴今,借古讽今,古今合论,还是以今鉴古,他都刨了那些坏种的祖坟,指出它们必然没落的命运。这些"历史杂文"是用文学杂文的笔调写成的,其中确有"火气""辣气",有强烈的现实针对性和战斗性。吴晗的"历史杂文"拓宽了杂文写作的领域。

王力的《龙虫并雕斋琐语》 王力(1900—1986),广西博白人,笔名王了一。他是语言学家、翻译家和散文家。他翻译过波德莱尔的《恶之花》和都德的小说。30年代,在《自由谈》上发表过小品杂文《论别字》,受到称赞。1942至1946年所写的杂文,结集为《龙虫并雕斋琐语》(1949)。王力的杂文在知识分子中拥有很多读者。1942年,他的《龙虫并雕斋琐语》在《生活导报》刊出后,"整个的《导报》都变了作风","读者们喜欢看《琐语》",桂林的报刊也加以"转载"①。偏爱王力杂文小品的人认为他的杂文,比吴稚晖凝练,比鲁迅幽默,比周作人明朗。这种评价未必精当,只能算是一家之言。1981年中国社会科学出版社重印了《龙虫并雕斋琐语》,《出版说明》写道:"王了一即是大家所熟知的著名语言学家王力先生。抗日战争期间,先生写了大量文词犀利、痛斥时弊的杂文。这些杂文词章秀丽,议论持平,讽喻巧妙。《龙虫并雕斋琐语》就是这些杂文的汇编。"这基本上概括了王力杂文的风格。

王力把自己的杂文称为"剩墨"、"琐语"、"詹言"、"清呓",一方面寓有自谦之意;另一方面,《庄子·齐物论》说过:"大言炎炎,小言詹詹","琐语"、"詹言",就是小品文的意思。王力还把自己的小品杂文称为"血泪写成的软性文章",这种文章在"满纸荒唐言"中,有着"一把辛酸泪",不是"直言"而是"隐讽"。他认为这种"隐讽"比直言更有效力,而他之所以写这种"隐讽"的小品杂文的"原委",除了追求"隐讽"的艺术效力之外,主要是国民党的文化专制主义逼成的。因此,"实情当讳,休言曼殊言虚;人事难言,莫怪留仙谈鬼;当年苏东坡一肚皮不合时宜,做诗赞黄州猪肉,现在我却是俩钱儿能供日用,投稿夸赤县辣椒,极力赞辣椒的功能……"事实确是如此。读王力的杂文,只有把庄与

---

① 参见王力《〈生活导报〉和我》,刊于《生活导报周年纪念文集》。

谐、泪与笑、苦与乐、实与虚统一起来,只有把作家的"弦外之音"、"题外之旨"把握住,才能追索它的"讽谕"之旨。

王力这种"血泪写成的软性文章",同林语堂等人只是"一味地幽默","幽默"到谈牙刷、吸烟之类"幽默"小品是迥异其趣的,因为它是作家的"血泪"凝成的;同梁实秋《雅舍小品》中那些针砭世情的"幽默"小品,也形似而神异,因为前者固然也有对庸俗落后的人情世态的批评,是有幽默感的"软性文章",但同人民的"血泪"无关,而后者的心却是同人民相通的;它同闻一多、吴晗等战斗杂文也不一样,它们虽然都是人民的"血泪"凝成的,但前者是彻底摧毁旧世界的战斗檄文,后者却是对旧世界的"实情"、"人事"进行嬉皮笑脸、绕弯子的"讽谕"小品。

王力的小品杂文,一般不直接接触尖锐的现实政治问题,他有时谈论人们怎么取名(《姓名》),人们爱吃的食品(《奇特的食品》),这类小品有知识性和趣味性。他广泛谈论人们日常生活中的种种问题,例如"衣食住行"问题,物价、工资问题,社会的贫富不均问题,社会上的旧风陋习问题,知识分子的生活和苦恼,以及他自己的兴趣和爱好等等;这类杂文谈论的是,人们社会生活中司空见惯的平凡到不能再平凡的问题,正因此就更具有普遍性。作者在写这些杂文时,哈哈着吐出心中的闷气,刻画芸芸众生的种种貌相,但他并不搞契诃夫批判过的"小事论"。他在刻划社会的旧风陋习时,不忘对旧传统旧风俗旧习惯的针砭;他在描写"人间苦"时,曲折地嘲弄当时黑暗的现实政治;更难得的是,这些杂文充满着高尚的生活情趣。

王力的小品杂文有极高的驾驭语言的能力。他是著名的语言学家,熟稔经史,在古典诗词上有很深的修养。他的杂文语言以流畅、富于幽默感的北京口语为主,又调和了古典诗词中的清词丽句和有一定容量的典故,加以骈赋的对仗、排偶句式,致使他的语言有一种特有的凝练、柔韧和音乐的节奏感。在许多篇章中,他经常集中地引用古典诗词、古代典故,并且运用排偶句式,赋予自己的语言以鲜明的风格。先看《闲》中的开头一段:

> 中国的诗人,自古是爱闲的。"静扫空房惟独坐","日高窗下

枕书眠",这是闲居;"相与缘江拾明月""晚山秋树独徘徊",这是闲游;"大瓢贮月归春瓮""飞瑲遥闻豆蔻香""林间扫石安棋局""短裁孤竹理云韶",这是闲消遣。如果他们忙起来,他们也要忙里偷闲;他们是"有愧野人能自在",所以他们忙极的时候也要"闲寻鸥鸟暂忘机"。

这一连串古代诗人抒写闲情逸致的清丽飘逸的诗句,不仅加深了文章的文采,也把当时作者为了养家糊口,又是兼课,又是赶写文章,生活忙迫到如"负山的蚊子",渴望有片刻的闲逸的心理渲染得淋漓尽致。在《领薪水》中,作者写领了不够买薪买水的薪水之后的窘境:

家无升斗,欲吃卯而未能;邻亦箪瓢,叹呼庚之何益!典尽春衣,非关独酌,瘦松腰带,不是相思!食肉敢云可鄙,其如尘甑愁人,乞墦岂曰堪羞,争奈儒冠误我!大约领得的头十天,生活还可以将就过去,其余二十天的苦况,连自己也不知怎样"挨"过去的。"安得中山廿日酒,醉眠直到发薪时!"

这里用典的密度之大和一连串的排偶句式的运用,让人想起"骈四俪六"的骈赋。这种写法,扩大了语言的容量,达到了渲染、强调的效果,读起来有很强的节奏感,这种节奏把作家的愤激情绪巧妙地传达出来了。

《龙虫并雕斋琐语》一书引用的诗词和典故在千处以上,这显示了作者深厚的文化素养,扩大了杂文的知识面和书卷气,但也限制了它在广大读者中的普及。这本杂文合集,如果不加注释,没有相当文化素养的读者,读时每几步就会遇到一只"拦路虎",这不能不说是一种缺点。

钱锺书的《写在人生边上》 钱锺书(1910—1998),江苏无锡人。他是著名学者和文学家。他的广博的知识,强大的思辨能力,以及独特的文体,都是引人瞩目的。这一切在他的杂文集《写在人生边上》(1941)中突出表现出来了。这本薄薄的杂文集只有十篇文章,却有自己的分量,是读者爱读的杂文珍品。作者在《序》中写道:

人生据说是一部大书。

假使人生真是这样,那么,我们一大半的作者只能算是书评家,具有书评家的本领,无须看得几本书,议论早已发了一大堆,书评一篇可以写完缴卷。

但是,世界上还有一种人。他们觉得看书的目的,并不是为了写批评或介绍,他们有一种文明人的懒惰,那就是从容,使他们不慌不忙的浏览。每到有什么意见,他们随时在书边的空白上注上几个字,或写一个问号,像中国书上的眉批,外国书里的 Marginalia。这种零星的随感,并不是对这本书整个的结论……

假使人生是一部大书,那末,下面的几篇散文只能算是写在人生边上的……

钱锺书自称是"零星的随感"的杂文,同30年代夭逝的梁遇春的随笔有共同之处,都以知识性和思辨性见长,当然钱文更显得波谲云诡,老辣睿智。《写在人生边上》的第一篇是《魔鬼夜访钱锺书先生》,意味深长。这个魔鬼,类似歌德《浮士德》中的恶魔靡菲斯特菲勒司,饱经沧桑,阅历深广,既是邪恶势力的代表,又是有着强大思辨能力的"否定精神"的化身,他常常在对社会人生的独特分析和批判中,说出一些歪打正着、令人战栗的"可怕的真理"。这个"魔鬼"是中国版的靡菲斯特,在他那滔滔不绝的议论中,就有不少歪打正着的"可怕的真理"。自然钱锺书不是靡菲斯特,他是进步学者和文学家,他有深广的阅历和学识,强大的思辨能力,他有健全的肯定和否定精神。

钱锺书杂文的知识性和思辨性突出表现在他的议论有与众不同的独特视角,独特纹理。在议论的运动中,作家的联想特别活跃,他"视通万里","神驰八极",转手就能从知识的辽阔原野上,采撷来成批量的香花绿草,造出色香味俱全的思辨佳酿,除第一篇外,书中各篇都是这种写法。以《窗》为例。"窗",谁没见过?"窗"和"门"的区别谁不知道?但谁能想到作家竟能在这样普通的物事上写出这篇堪称为人间的奇文。文章第一段最后一句,作者用诗的语言写道:"春天是该镶嵌在窗子里看的,好比画配了框子。"接着作者层层比较了"门"和"窗"的种种不同,最后一段论到"窗"是屋的眼睛,眼睛是灵魂的窗户,人事上开窗和关窗的必要。这里有千回百转的曲折,奇妙活跃的联想,在作者笔下的"窗",就成了一种由作者赋予的独特的"意念"和独特的"景象"相结合的独特的思辨境界了。

有着独特风格的杂文家,常常就是独特的文体家。钱锺书杂文喜欢旁征博引,在这点上他同梁遇春和王力相近,文章的知识密度特大,而且他的语言巧喻泉涌,妙语串珠,话中带刺,富于辛辣味和幽默感。他的小说《围城》语言以创造性比喻的排比联用著称于世,杂文也差可比拟。

五 延安的新杂文作家群

从抗日战争到解放战争初期,延安也出现了不少的杂文。在1940至1946年之间,延安的《解放日报》、《中国文化》、《中国青年》等报纸杂志上时有杂文,写得较多的是谢觉哉、丁玲、艾思奇、胡乔木、林默涵、何其芳、艾青、罗烽、陈企霞、萧军、田家英等。1984年出版的《延安文艺丛书·散文卷》中,选辑了延安的一部分杂文,确如编者在《前言》中所说,延安的杂文,"对人民,它是善意的批评和热情的帮助。对敌人,它是刺向胸膛的利剑。在延安时期,杂文在团结人民,打击日本帝国主义和国民党反动派的斗争中发挥了重要作用"。延安的杂文也确如金灿然论谢觉哉的杂文时所说的,是一种"新杂文"。

谢觉哉的杂文 谢觉哉(1883—1971),笔名焕南,湖南宁乡人。他在《解放日报》上连载过《炉边闲话》、《一得书》、《案头杂记》等组杂文。他的杂文有一部分是揭露和批判国内外反动派的,如《想到"血洗"》、《黠鼠盗浆》等;大多数是针对革命队伍内部的,其中有谈思想修养的,有谈工作方法和学习方法的。他的杂文文笔朴素流畅,明白如话,说理透彻,深入浅出,平易近人,读来亲切生动,富有教育意义,代表着现代杂文的新作风和新文风。例如,《"差不多"——"一部分"》和《要有问题》、《整理材料》等文,批评一些同志工作不作调查研究,心中无数,问他什么,都是"差不多"、"一部分";接受任务,问他有什么问题,回答是"没有问题";任务完成,进行总结时也说是"没有问题";指出在工作的自始至终都应该"要有问题"。《拂拭与蒸煮》是谈思想改造的。《联共(布)党史》的《结束语》中说:"如果它(按:指党)与群众隔绝,用官僚主义的灰尘掩着自己,那么,它就会灭亡。"作者由此谈论思想上存在的"三风"犹如灰尘,必须打扫。佛家有句偈语:"身似菩提树,心如明镜台,时时勤拂拭,不使染尘埃!"续范亭诗云:"万事从来贵有恒,理论原是照明灯。革除积习须持久,紧火煮完慢火蒸。"作者认为思想改造,要勤拂拭,慢蒸煮。文末他又以诗作结道:"紧火煮来慢火蒸,煮蒸都要功夫深。不要提着避火诀,子孙悟空上蒸笼。西餐牛排也不好,外面焦了肉夹生。煮是暂兮蒸要久,纯青炉火十二分。"谢觉哉的杂文同陶行知的《斋夫自由谈》风格非常接近,说理透彻,明白如话,亲切委婉,诗趣盎然。

何其芳和林默涵同冯雪峰一样,也受过毛泽东思想的哺育,他们的杂文写得刚健清新,明快畅朗,是当时有影响的杂文作家。

何其芳的《星火集》 何其芳是著名的诗人和散文家。抗日战争爆发后,他的思想和文艺观点发生了较大的变化。在散文创作上,他不再写《画梦录》和《还乡杂记》那样的文字,开始创作直面人生的战斗杂文和表现民族革命战争中新人新事的报告文学,艺术上追求一种朴素清新、明快畅朗的风格。何其芳1938年后写的杂文分别收入《星火集》(1945)和《星火集续编》(1949)中。

何其芳是个有着赤子之心的杂文作家,他的杂文中充满着严于解剖自己的篇什,总是毫不掩饰地展示他在奔赴延安前后思想上和艺术上的既艰难痛苦而又快乐欢愉的改造过程。写于1945年的《〈星火集〉后记》是这方面的代表作。这篇文章严格解剖他来到延安初期作品中有一个"小资产阶级思想系统"的错误,并且诚恳告诉读者,他是在参加一个"伟大的整风运动"、学习毛泽东"整顿三风报告"以后才认识其错误的,"并逐渐从破坏旧的思想到建立新的"。这类杂文在当时延安影响很大,受到那些从国统区来到延安的革命知识青年的欢迎,在国统区的重庆等地也产生了积极的影响。

何其芳到延安后,两度往返于延安和重庆之间,他曾在重庆主编过《新华日报》副刊,任过《新华日报》社长,并在《新华日报》上发表过一批杂文。像《异想天开录》和《重庆随笔》这两组杂文,像《理性与历史》、《金钱世界》等,都是揭露和讽刺黑暗统治下的种种时弊的。而像《关于实事求是》、《谈读书》、《谈苦闷》、《谈朋友》等一批杂文,或进行同志式的理论论争,或谈学习方法,或谈思想修养。这些杂文表现了作家自觉运用马列、毛泽东思想的观点和方法分析问题和解决问题的能力,说理亲切、委婉、透彻,文字朴素朗畅,这标志作者杂文创作风格走向成熟。这类杂文,比起那些写得粗疏,缺少美感,他自己也认为是失败之作的报告文学作品,更能表现作家散文写作的新发展。因为那些报告文学作品,虽然写得朴素明快,但艺术上比较粗放,缺少一种"朴素美"。他这时的杂文却有这种"朴素美",这是同作家前期散文创作中那种精致的艺术美属于不同的艺术境界。

林默涵的《狮和龙》 林默涵(1913—2008),福建武平人。他杂文结集的有《狮和龙》(1949),收录1942至1949年间的杂文44篇。这些杂文先后发表在延安的《解放日报》、重庆的《新华日报》、香港的《野草》和《华商报》。

林默涵于1938年8月到延安,入马列学院学习。他长期从事中共党报和理论刊物的编辑工作,有较高的理论修养和文学修养,在编务之余写作杂文和文艺评论。杂文集《狮和龙》表现了作家自觉运用马列、毛泽东思想的观点和方法,观察社会、批评社会的特点。在思想内容上,主要是揭露旧中国的黑暗,国民党的反动统治,并且指明产生社会痼疾的根源;与此同时,作者也歌颂光明,歌颂人民群众的力量,预示革命事业的胜利;也有一些篇章是谈论科学研究和文艺创作问题的。林默涵的杂文有着简捷隽永、清丽朗畅的风格,有着较高的艺术水平。

《狮和龙》中的杂文,一般篇幅不大,但观点集中,见解深刻。如《打倒贫困》一文仅一千余字,集中论述"打倒贫困"的问题。贫困是罪恶制度的产物,要"打倒贫困"就要摧毁罪恶制度,不过作者又说:"但摧毁了不合理的制度,不一定就能得到富足的生活。扑灭了寄生的蜘蛛,不过是清除了人为的制造贫困的条件罢了,要真正富足起来,还得靠我们自己的努力生产,这就是说,我们不但要打破人为枷锁,而且要打破自然的枷锁。"把问题推进了一层,显得见解深刻。在这里,杂文家确实具有较高的马克思主义理论分析能力和概括能力,也有一下子抓住问题的实质并且简捷地说透问题实质的本领。

《狮和龙》中作者善于选取生动和典型的材料,使议论生动活泼,言简意赅。《寻根究底》一文说的是科学研究、探求真理的过程中必须具有"寻根究底"的精神,作者引用著名科学家居里夫妇论述"寻根究底"的对话,居里夫人少女时代咏唱探求真理的诗歌,论述"要突破成见的障翳去发现真理的珍珠",只有"经过这样寻根问底的追究之后,才能达到真理的殿堂"。《从高尔基学生活》一文,论述"学习高尔基","首先要学习他怎样生活!"作者一开始就引用《鹰之歌》中描写鹰和蛇截然相反的生活追求,而后又在展开的议论中反复引用高尔基的有关名言。这样,材料的生动性和典型性,就赋予杂文议论的生动性和典型性。

作者还善于通过对比有力地展开生活的真理,善于把对社会人生的真理性的发现熔铸在象征性的形象中。《人头蜘蛛》里写了两种"人头蜘蛛",一是卖艺的女孩子为了谋生不得不倒悬空中装扮成"人头蜘蛛",另一种是真正的"人头蜘蛛",即生活中的吸血鬼和寄生虫,他们"到处张网,蹲伏一旁,窥伺着专门捕捉弱小的生灵"。这里,被迫装扮的"人头蜘蛛"和货真价实的"人头蜘蛛"形成一种鲜明的对比,而那货真价实的"人头蜘蛛"又是一种富于联想和概括意义的象征性形象。《狮和龙》回忆儿时家乡的龙舞和狮舞中的龙和狮的形象对比,指明龙和狮的形象的不同象征寓意,作者写道:"假若说龙是象征封建统治的威严,那么,狮子便是象征人民的力量。然而,龙是缥渺的,而狮子却是实在的。以实在力量来抗击缥渺的威严,胜利谁属,是不言可知了。"在这里,作者杂文中形象的对比,正是强化生活真理的一种简单方式,而象征性的形象创造,正是为了使真理性的发现,成为形象的概括和概括的形象。

六 "鲁迅风"杂文的传承发展

鲁迅逝世之后,鲁迅杂文传统进入一个大发扬的新的历史时期。新的历史现实,一面是国难危机严重、白色恐怖加紧,另一面又是人民力量的不断壮大,毛泽东思想逐渐深入作家的心田,这就使杂文获得新的动力而有了很大的开拓。这时期出现了众多的具有成就的杂文名家,一些过去专心学术的人也提笔写作杂文,形成了几个分散在上海、桂林、重庆、昆明、延安等地的杂文作家群。他们的文章涉及政治、经济、军事、文化、教育、民情、风俗、道德、伦理的各个领域,具有很强的思辨性和战斗力,在反对日本帝国主义和反动统治集团、鼓舞斗志、歌颂光明等方面起了很大的作用。

鲁迅杂文艺术在作家们的努力下得到了充实的发展,体式丰富,格调多样,有各自的表达方式和语言风格。他们的杂文,或富于思辨色彩,剖析毫厘,闪耀着哲理的光辉;或运用形象化的说理,使议论和形象结合,富于抒情意味;或富有政论的色彩,或具有史论、文论的特长;或运用丰厚的文化素养,旁征博引,使文章带有书卷气;或利用软性文字,绵里藏针,使作品引人入胜等等,使杂文呈现花团锦簇的奇观。这一时期的杂文家都有高知识结构,所以它们能把鲁迅杂文的艺术传统推进到一个新的高峰。

第四节 报告文学的空前繁荣

抗日战争爆发后,报告文学这种最能及时、迅速而真实地反映现实斗争的体裁,顺应时代和人民的需要得到空前的繁荣和发展。报告文学成为硝烟烽火中的文艺轻骑,成为通往文艺大众化的桥梁,成为组织和教育大众的工具,成为战时文艺的主流,拥有最广泛的作者和读者。

当时文艺刊物如雨后春笋,这些刊物对繁荣发展报告文学起了重要作用。《七月》相当注意培养报告文学作者,拥有一支可观的写作队伍,抗战初期崭露头角的有丘东平、曹白、亦门(S. M.)等。《战地》虽然只出过六期,却刊登了许多报告文学作品。《文艺阵地》除发表作品外,还研究理论、讨论问题、观摩作品,经常在该刊发表报告文学的有刘白羽、碧野、骆宾基、司马文森和刘盛亚(SY)等。《抗战文艺》是贯穿抗战始终的文艺刊物,它是报告文学的重要阵地。此外,谢冰莹主编的《黄河》、司马文森主编的《文艺生活》以及《救亡日报》等也极重视报告文学作品。

在延安和其他解放区,如《解放》周刊、《群众》、《群众文艺》、《文艺突击》、《八路军军政杂志》、《文艺战线》、《中国青年》、《西线文艺》

和《解放日报》、《新华日报》等，都发表了许多反映解放区和敌后抗日根据地军民斗争生活的报告文学。当时涌现了一大批业余作者，许多专业作家如丁玲、周立波、何其芳、陈荒煤、沙汀、吴伯箫、刘白羽等，也都放下他们熟悉的文艺形式，投身于报告文学创作的洪流。

  这时期报告文学丛书出版的盛况是空前的，有上海杂志公司的"战地报告丛刊"、"战地生活丛刊"，烽火社的"烽火小丛书"，战时出版社的"战时小丛刊"等。许多出版社出版的抗战文艺丛书也大多以报告文学为主，例如长江主编的"抗战中的中国"（生活书店），丁玲、奚如主编的"战地丛书"（西安生生书店），胡风主编的"七月文丛"（泥土社），夏衍主编的"抗战文库"（大时代出版社），中国文艺社主编的"抗战文艺丛书"等。报告文学选集也出版不少。华之国编选的《西线的血战》（1937）、陈思明编选的《西战场速写》（1938）、王耀东编选的《战地随笔》（1938）、杜青编选的《报告》（1938）等，集中了抗战初期比较优秀的战地通讯和报告文学。个人的通讯报告集就更多了。据我们的粗略统计，从"七七"事变后，头两三年印行的通讯报告集就有二百种左右。

  抗战初期，刊物对报告文学的重视，报告文学丛书、选集和专集的兴盛，显示着时代的战斗要求。报告文学以雄健的文笔，给中国现代散文史增添了气壮山河的优秀篇章。

一　正面战场的悲壮战斗和抗战的艰难历程

  1937年7月7日，日军发动了震惊世界的卢沟桥事变，悲壮的抗日战争全面爆发，中华民族开始了伟大的抗日民族自卫战争。

  《芦沟桥之战》（1937年8月），选辑《芦沟桥畔》（范长江）、《芦沟桥上》（田凤）、《白刃战》（江羽）、《宛平抗战线上》（锺士平）、《这几天在北平》（刘白羽）等十篇报告作品，及时报道抗日将士以卢沟桥为依托和日军作拼死血战的事迹。1937年7月8日，即卢沟桥事变翌日，中国共产党向全国发出通电，号召全国同胞奋起抗战，中国国民党接受团结抗日的主张，第二次国共合作实现了，全民族抗战的新局面开始了。

1937年8月13日,日军向上海闸北、江湾等地大举进攻,叫嚣"十天结束淞沪战役","三个月消灭中国";在我军将士顽强抗击下,侵略者的迷梦破产了。随后出版的《上海抗战记》、《闸北血战史》、《在火线上——东南线》、《东线血战记》、《淞沪火线上》和《东线的撤退》等,汇编了郭沫若、张天翼、曹聚仁、范长江、谢冰莹、胡兰畦等的报告,记录这一场大规模的会战,使淞沪战役在中国抗战史上留下光辉的一页。

以反映东战场实况而引起人们注意的是丘东平、曹白、亦门、骆宾基和曹聚仁等人的通讯报告。

丘东平的《第七连》等 丘东平(1910—1941),广东陆丰人。大革命时期,当过农民运动领袖彭湃的秘书。革命失败后,流亡香港、日本,开始写作以家乡农民革命斗争为题材的作品。"九一八"事变后,从日本回国,参加蔡廷锴领导的十九路军,担任过翁照垣旅长的秘书,参加过上海"一·二八"抗战和热河战争。沙场的驰骋锻炼了他坚强的民族意识,火热的战斗生活激发了他的创作热情。抗战爆发后,他转向报告文学写作,在当时文坛因为战乱而显得"空虚和寂寞"的时候,他的一篇篇充满爱国激情和战斗气息的报告文学作品,震动了广大读者的心灵。

东平报告文学中影响最大的是他反映前线战斗生活的作品。例如1938年初发表在《七月》上的《第七连》、《我们在那里打了败战》、《我认识了这样的敌人》等,反映了上海"八一三"事件爆发后侵略者的暴行和前线战士反抗侵略的悲壮的战斗图景。

在这些作品中,作者描写抗战部队中下级爱国军人的形象,同时也敏感揭露了抗战部队中新旧因素不可调和的矛盾。《第七连》就刻画了连长丘俊这一个在战斗中不断成长的爱国军人的形象。他出身于军官学校,经历过上海"一·二八"抗战。但在全国抗战爆发后,他对这场关系到民族生死存亡的神圣战争,并没有明确的认识。他对这个"神秘而可怕的世界",深深地感到"忧愁",甚至怀疑自己能否上前线作战。然而,民族危亡的严酷现实震撼了他那颗深感"忧愁"的灵魂,使他在"修筑"自己的道路时,处处小心地把自己锻炼成为"像样的战斗员"。因此,作战非常勇敢顽强。当工事遭到敌人袭击时,他带领战士跃出壕沟与敌人搏斗。全连牺牲到只剩下二十五人,仍然坚持战斗下去。不幸此时友军误认为阵地已经丧失,从背后给他们致命射击。他只好在万分痛苦的时候,战胜"自杀"的念头,退出了阵地。作者真实地描写了丘俊的成长过程,富有浓烈的战斗气息,但也反映了抗战初期军队指挥的混乱,充满着沉痛而悲愤的爱国感情。

武汉沦陷后,东平参加了新四军的先遣队,到皖南敌后开辟抗日民主根据地。"皖南事变"后,他又随陈毅转战苏北。他在转战途中遇到敌人,为掩护"鲁艺"学生,壮烈牺牲。皖南斗争十分复杂,一方面是新四军开辟抗日民主根据地,军民合作抗日出现崭新的气象;另一方面,是武汉失守后,国民党内部反共投敌的倾向日益暴露。东平在《王凌岗的小战斗》这篇报告中,以轻松的文笔,表现新四军"独立支队"团结战斗的精神,洋溢着欢乐的气氛。而在《逃出了顽固分子的毒手》一文中,以铁证的事实,揭露了汉奸与国民党地方反动分子相勾结,杀害新四军特务营营长及其全家的罪行。

胡风说东平的作品"焕发着一种新的英雄主义光芒",展开他的作品,"我们就像面对着一座晶钢的作者底雕像,在他的灿烂的反射里,我们面前出现了这个伟大的时代受难以及神似地跃进的一群生灵"①。他的作品充满一种粗犷、坚实的基调,注意真实的战斗场景的描写,燃烧着作者炽热和悲愤的激情。但由于戎马倥偬的战斗生活,使他没有更多的时间进行推敲,因此在艺术上还显得比较粗糙。正如欧阳山所说的:"东平的作品像个矿床,里面混杂着一些沙石,但像金子在闪光。"②

曹白的《呼吸》 曹白(1914—2007),江苏常州人。他在30年代从事进步的木刻艺术活动,与鲁迅有过交往。抗战爆发后,他参加上海难民营的救济工作。由于他深刻地感受到日本侵略者带给中国人民的深重灾难和中国人民在灾难之中的觉醒和奋起,他开始写作报告文学。曹白的作品主要发表在胡风主编的《七月》杂志上,后来结集出版了

---

① 胡风:《〈第七连〉题记》,希望社1947年版。
② 引自于逢《忆东平同志》,《新文学史料》1979年11月第5辑。

《呼吸》(1941)。

《呼吸》上集"呼吸之什",着重描写上海难民营的难民生活和救济工作,写了难民的困苦和抗争。《这里,生命也在呼吸……》反映"收容所"的难民青年不愿意"在这里光是吃吃睡睡",他们强烈地要求"上火线";《受难的人们》描写那些"在死神的黑影下面"的难民的苦难生活和"上司"对这些"活灵魂"的无耻的争夺,因为可以从中克扣他们的粮食。其中《杨可中》曾经引起争论。杨可中是个爱国青年,他曾因为叫乡下人抗捐,省里要抓他,便流亡出走,后来到上海一家电影公司工作。"八一三"事变后,参加了"别动队"。因为队长把他们当成"共产党"而受到排挤,要他去挡头阵,做炮灰,他心灵受了创伤,才退出"别动队"到难民营参加工作。开始,由于他"同难民说话,两边都不懂","感到很大的苦恼",所以常常心情不乐,总是"阴冷"着脸,"仿佛是深冬严寒的冰块",引起了作者的误会。后来,他"勤奋的工作出乎我的意外,横在我胸中的对他的不融洽也逐渐消除,而且互相接近了"。不久,他却因为"脓胸"手术,悲惨地死在医院里。作者写出了一个"报国无门"的青年的"时代病"。杨可中的悲剧实际上是对黑暗社会的控诉。《呼吸》下集"转战之什"则是"游击生活报告",报道敌后一边是庄严的工作,另一边是荒淫的无耻,反映日寇的侵略给中国人民带来的无穷灾难和中国人民在灾难中的反抗斗争。

曹白的报告不仅写了生活中的场景、事件,还着意刻画人物,《杨可中》便写出主人公的悲愤和挣扎,人物的内心世界得到了较深入的揭示。胡风在《〈呼吸〉小引》说:"在他笔下出现的那些人物,是受难的人物,战斗的人物,或者在受难里战斗,在战斗里受难的人物,却都那么生动,那么亲切,一一被作者的情绪活了起来,如像在我们的眼前出现。"他在《〈呼吸〉新序》里又说:在曹白的作品中,"我们看到了中国小民们在怎样地觉醒和奋起,我们也看到了作者和他同行的战斗者底真诚的悲喜和献身的意志"。这些正是曹白报告文学的特点。正如作者所说的:"真正的战士,我想,他不但自己在战斗中呼吸,而且使人们都来呼吸战斗。"

与东平相比,曹白虽然没有像东平那样辉煌的战斗经历,描写过战斗的英雄形象,但是,前方与后方,拿枪不拿枪,对他来说都是一样的。他往来奔波于难民之间,奔波于前线与后方,亲眼看到民众的苦难与斗争,感受到民族生命的呼吸和时代脉搏的跳动,因而记录下的见闻与感受,都"与战斗的全体"息息相关。他的作品充满沉痛的悲愤情绪和坚定的战斗信念。东平的格调是壮烈与粗犷的,而曹白却是沉郁与细腻的。如《冬夜》写游击队员的夜行军,他们穿过河道,"于是一切都动乱:枯树在跑、芦草在弯、行人在曲、破烂的桥在断、黑黑的影子在摇摆、缺月和星星在飞进……但来不及等他们回复到平静,我们只顾着自己的沉默的行进,来划破这严寒的和我们一样沉默的冬夜。"这一幅夜间活动的剪影,以极敏锐的触角捕捉光影变换,以短促的语气追踪急行军的步调,以物象的飞动衬托队伍的沉默行进,富有实感画意。他善于捕捉日常生活中的细节,在如实细致地记事写人的同时饱含着自己的爱憎喜怒,可说是以散文笔法来写报告文学,这在当时是别具一格的,文学性、可读性较强。李广田在《谈散文》中称道《呼吸》这种"真实与新鲜的作风,也可以算是鲁迅杂文的另一支"[1],聂绀弩还把《呼吸》与鲁迅的《野草》和何其芳的《画梦录》并称为现代散文的三绝[2]。

  亦门的《第一击》 亦门(1907—1967),原名陈守梅,常用笔名 S. M.、阿垅,浙江杭州人。他亲身参加上海"八一三"抗战,在《七月》上发表《闸北打了起来》、《从攻击到防御》、《斜交遭遇战》等战役报告,前两篇曾收入《闸北七十三天》(1940),后来一并结集为《第一击》(1947)。《闸北打了起来》揭示了这样一个时代特征:"在我们这个时代,正是要不勇敢的人也勇敢起来,怕死的人也要咬着牙齿向死路大步大步走过了的时代,活或者活不成的时代。"这篇作品是抗战初期上海战斗生活的一个缩影。《从攻击到防御》细腻而生动地写士兵在等待战机的过程中由焦急转为失望的心情,愤怒地批判军队上级指挥的腐败无能。他的作品与东平一样,可以使人认识抗战初期政府对待抗战的态度和军队上级指挥与下级战斗员在对待抗战问题上的矛盾,反映

---

[1] 李广田:《文艺书简·谈散文》,上海开明书店1949年版。
[2] 参见《绀弩散文·序》,人民文学出版社1981年版。

下级战斗员要求抗战的情绪。作品对战地生活写得相当逼真、细致和亲切,富有实感和激情,体现了"七月派"诗文的现实战斗精神。

骆宾基的《大上海的一日》等　骆宾基(1917—1994),1936年从哈尔滨逃亡到上海。抗战爆发后,参加上海青年发起的"青年防护团",从事抗日救亡的街头宣传以及前线的救护工作,著有报告文学集《大上海的一日》(1938)和《夏忙》(1939)。《大上海的一日》控诉敌人的暴行,反映军民同仇敌忾的斗争精神。茅盾说:"我不必多说,这里的七个短篇写的如何好,这样用血用怒火写成的作品,读者自然认识它们的价值。至少,《一星期零一天》这一篇将在我们的抗战文艺史上占一个永久的地位罢?这是散文,但也是诗,这是悲壮的,但也是胜利的欢呼!"①《夏忙》中的作品,除《失去了巢的人们》外,其余都是作者离开"孤岛"上海到浙东创办农民夜校后创作的。作品反映上海沦陷后浙江一带乡村抗日活动的情况。虽然有的人醉生梦死,寻欢作乐,有的人破坏抗战宣传,但都不能阻止人民抗日活动的进行。作品中比较注意对人物的描写,情绪虽然不如《大上海的一日》激烈,但技巧略有进步。作者自己说:"当时由于环境关系,文中人物大都用虚名代替,事实虽然未变,但失去'报告文学'的特有的色泽,而近于速写式的文字了!"②

骆宾基的报告文学,最令人称道的是中篇报告《东战场别动队》(连载于《文艺阵地》第2卷第5—12期)。这部作品虽然后来被作者收入小说选集,但仍不失报告文学的特色。因为其中仍有作者自身的经历。这部作品描写上海沦陷后,郊区人民自动组织的武装自卫斗争,批判旧军人出身的大队长李子超的夸夸其谈,贪生怕死,热情歌颂印刷工人出身的中队长吴昌荣的身先士卒,和战斗中成长的码头挑夫出身的"代理区队长"黄阿大的勇敢斗争精神,说明民族斗争的烈火是怎样地锻炼人们的意志。作品不仅结构宏大,线条明朗,而且重视对人物的描写,在抗战初期的报告文学中,也是值得注意的。

曹聚仁等的战地通讯　曹聚仁(1900—1972),浙江金华人。长期

---

① 茅盾:《"大上海的一日"》(书评),《文艺阵地》第1卷第9期。
② 骆宾基:《初春集·编后语》,江西人民出版社1982年版。

在大学执教。抗战爆发后,他执笔从戎,活跃在大江南北的东线战场,成为一个有名的战地记者。他的战地通讯主要收集在1941年初版、1945年增订的《大江南北》一书中,计收1938至1940年间的通讯52篇,分为八个部分:一、大武汉的命运;二、赣江行住;三、浙皖新行程;四、春夏之交,记述赣、浙、闽、鄂的战局和见闻;五、沿海风景线;六、经济线,记述沿海的市场物价等经济状况;七、抚顺行进,是关于东北战局的通讯;八、赣江之行,其中有《蒋经国传奇》、《华南风雨》等。从以上内容可以看出作者的行踪所至。他着眼现实,驾驭全局,重事实,善议论,不注重文采,正如他所主张的"那艺术性的描写,只有加强对读者的诱导作用,并不能代替新闻的重要地位"[①]。因此,他的战地通讯朴实无华,是一种典型严格的"新闻文艺",以"史笔"见长。

淞沪战争以来,一直奔走于前线的女作家胡兰畦和谢冰莹,也写了许多反映前线斗争生活的通讯报道。胡兰畦的《在抗战前线》(1937)、《淞沪火线上》(1937)和《战地一年》(合著,1938)等集子,以敏锐的笔触、朴实的文字和诚挚的感情,辛勤地记录着前线的见闻。谢冰莹是个热情洋溢的女作家,她的《在火线上》(1938)和《新从军日记》(1938)记述自己奔赴前线的经历,反映敌机狂轰滥炸下人民的苦难和军民的斗争故事。她的作品或记一件事、或记一节小故事、或记一段谈话,揭示一个主题。热情、率直,具有"女兵"独特的风格。

1937年12月13日,日军占领南京,对我国被俘士兵和无辜平民进行长达六星期的血腥大屠杀,这是侵华日军无数暴行中最凶残的一例。汝尚的《在南京被虐杀的时候》、《魔掌下的两个战士》记录了这令人发指的兽行。沪宁失守之后,主和派沾沾自喜,一时妥协空气甚嚣尘上。日寇为了打通津浦路,以台儿庄为会师目标,策应津浦路南线敌军,一起夹击徐州,于是有台儿庄之战和徐州会战的壮举。1938年,新民出版社和民族出版社出版的同名《血战台儿庄》二书,分别编选了郭沫若、范长江、金仲华、陆诒等的通讯报告;同年出版的谢冰莹和黄维特

[①] 曹聚仁:《报告文学论》,引自曹聚仁《现代中国报告文学选》,香港三育图书有限公司1979年版。

(黄震)合著的《第五战区巡礼》、陆诒的《津浦线荡寇记》、海萍的《津浦线抗战记》、以及《津浦北线血战记》等战地通讯集报道了有关战绩。台儿庄大战一举围歼进犯的日军精锐一万余人,鼓舞了全国军民的抗战志气,这是抗战初期继平型关大捷后的又一大胜利。徐州会战历时五月,战况惨烈,为了避免与优势之敌作消耗战,我方作了有计划的撤退。反映这次突围的作品有王西彦的《四个鸡蛋——徐州突围的一个断片》(《七月》第2集第5期)、熊焰的《徐州突围记》(《救亡日报·文化岗位》广州版1938年7月11—18日)和王昆仑、范长江主编的大型集体创作《徐州突围》(1938)。

在正面战场坚持抗战和在抗战中阵亡的国民党爱国将领和官兵,受到人们的怀念和尊敬。1938年间涌现出一批抗战英雄特写集,如《抗战将领访问记》、《战时将领印象记》、《抗日英雄》、《抗日英雄特写》、《抗战人物志》、《我们的战士》、《飞将军抗战记》等等,记述了在前线浴血抗战、英勇牺牲的国民党将领张自忠、佟麟阁、赵登禹等,和爱国将领冯玉祥、宋哲元、李宗仁、傅作义等的光荣史迹,他们和中国共产党著名领袖人物的名字写在一起。当时这类人物特写在群众中得到了广泛的流传。我国抗日将士同侵略者进行殊死战斗的爱国主义精神,将永垂民族解放战争的史册。

抗战初期正面战场的战斗,揭开了本时期报告文学的新页,激励了国人的爱国主义精神和民族自豪感。这些作品,揭露日寇的暴行,赞扬抗战将士的英勇,也不放过对内部反动力量种种破坏行为的抨击,真实描述了我国军民在受难中战斗的抗战初程。具有特色的是,富于创作经验的作者,又是带枪的战斗者、实际工作的参加者和知名的新闻记者,作品感情真实,富有情节性,具有悲壮的时代色调。

范长江等的华北通讯　平津沦陷,日寇铁蹄侵入华北,遭到我军将士的拼死抵抗。中国共产党领导的八路军、新四军开赴抗日前线,挺进敌后,建立抗日根据地,有力地配合了正面战场的作战。许多作家和记者到华北战地采访,参加战地服务团访问前方将士和民众,或参加游击战争,写出了许多反映华北战场艰苦战斗生活的通讯报告。1937年出版的《平汉前线》、《西线的血战》第一辑和第二辑,1938年出版的《西线风云》、《西线血战记》、《在火线上——西北线》、《北线血战记》和陆诒的《前线巡礼》等等,编选了范长江、孟秋江、季云、小方、徐盈、陆诒、海萍等的通讯报告,记录了平汉线血战、平绥路血战、同蒲线血战、大战平型关、血战居庸关、百灵庙战役、忻口战役、血战漳河、从娘子关到雁门关战线的惨烈战绩。

  范长江在抗战爆发后即深入华北前线,在战火纷飞的战场进行采访,收在《西线风云》中的几篇作品就是采访的成果。他的《西线战场》一文,热情歌颂前线将士英勇抗敌的精神,批评苟且偷安的思想。揭露日寇利用蒙古族与汉族对抗的恶毒阴谋,指出做好民族政治工作的重要性。《察南退出记》和《察哈尔的陷落》,反映了汤恩伯和宋哲元部队的败退。《吊大同》一文,写爱国青年在满怀悲愤中看着大同陷入敌手,抨击了腐败怯懦的官僚豪绅。范长江的通讯报告,一面表彰抗日军民的爱国热情和勇敢精神,一面鞭挞阻碍抗日斗争的反动势力,表现出新闻记者锐敏的观察力,洋溢着炽热的爱国主义感情。

  在华北战地报告中,碧野、田涛、李辉英、以群等青年作家较有成就。

  碧野(1916—2008)在抗战爆发后,先后参加华北游击队和河南农村巡回演剧队。在烽火连天的紧张战斗中,开始写作报告文学。1938年出版了三部作品:《北方的原野》、《太行山边》和《在北线》。

  代表作《北方的原野》包括《一支火箭》、《血辙》、《牛车上的病号》和《午汲的高原》四篇相对独立又相互连贯的短篇,描写一支从北平血战出来的学生大队与晋冀边区的游击队配合作战的英雄事迹。他们迂回在平汉路北段,在农民的帮助下,打击敌人,锻炼和壮大自己,成为一支富有战斗力的部队。作品一开始就展现华北平原上一场惊心动魄的"血的战斗"。学生大队在当地老游击队员的带领下,穿过那森林密布的行唐,在东方微明的原野上行进。他们冲破敌人的包围,偷渡夹谷,通过荒原,在敌人交通线的侧背活动,给敌人以重大的打击。作品展开了一幕幕有声有色的悲壮战斗,刻画了青年农民黑虎、小姑娘桂儿、红枪会老头领朱司令等可爱的形象,洋溢着军民的鱼水之情。这部作品以轻松明快的文笔,描写华北人民"悲壮凄绝"的斗争和华北平原"奇特而壮丽"的风景。茅盾评论这部作品"是悲壮凄绝,然而也不缺少激昂和欢愉的一幅一幅的图画"。他指出:"历史给我们负荷的,是惨酷然而神圣的十字架,我们噙着壮悲的眼泪,立下钢铁般的决心,奋发前进了!这是我们民族今日最伟大的感情,是崇高的灵魂的火花。"他认为,"《北方的原野》虽然不会是这方面的唯一代表,但在目前,它却实在是第一部的成功的著作!"①碧野的报告文学具有豪放的艺术风格,他善于以抒情笔调描写悲壮凄绝的战斗图景,描写壮烈的斗争场面和雄伟壮丽的山川,文笔刚健、清新,富有诗情画意。

田涛(1916—2002)在抗战爆发后即参加冀察游击队,后又参加河南巡回演剧队,著有报告文学集《黄河北岸》(1938)、《战地剪集》(1938)和《大别山荒僻的一角》(1939)。《黄河北岸》记叙了从沦陷后的北平逃出来的一批学生参加孙殿英游击队的宣传队,"跟着军队逃难"的经历,"好处是它画出了战区生活的主要面目,提供了不少素材和耐人寻味的问题,缺点是'印象'多于'观察'"②。

李辉英于1937年冬参加"战地学生剧团",到山东、河南等地宣传抗战。1938年底,到武汉参加"文协",参与编辑《抗战文艺》。著有《军民之间》、《北运河上》和《山谷野店》,反映华北战况、军民关系和自己的随军经历。长篇报告《北运河上》(1938)描写从平津逃亡到济南的学生参加韩复榘属下部队自愿坚守聊城(古东昌府)的喜剧性遭遇,并提出了如何把民间的武装引导到抗战道路上来的问题。这一作品"保存了作者一向的明快的风格,但仍觉不很简练"③。

1939年6月,中华全国文艺界抗敌协会(简称"文协")组织了"作家战地访问团",团长王礼锡,副团长宋之的,团员有以群、李辉英、白朗、罗烽、杨朔等13人。他们从重庆出发,渡过黄河,深入华北前线中条山等地进行战地访问,历时6个月,于12月12日返渝。他们以日记形式集体写作了长篇报告《笔游击》、《川陕道上》、《陕西行记》、《在洛阳》、《汉奸和红枪会代表的谈话》,连载于《抗战文艺》。白朗还写有日

---

① 茅盾:《"北方的原野"》,《文艺阵地》第1卷第5期。
② 茅盾:《"黄河北岸"》,《文艺阵地》第1卷第11期。
③ 茅盾:《"北运河上"》,《文艺阵地》第1卷第10期。

记体长篇报告《我们十四个》(1940),记录了这次战地访问的艰辛历程。

以群(1911—1966)在随团访问中也写了《生长在战斗中》(1940)的系列报告,后又著有《新人的故事》(1943)。他着重发掘新一代农民在战火中成长的历程,描写沦陷区人民决然离开家乡投入"为民族的生存而战斗的队伍","渐渐脱去了那些由过去的生活遗留下来的旧根性,他们的心智比身体更快地成长起来"。作者笔下的那些成年农民,把世代在生活斗争中磨炼成的那种"无畏惧无顾虑的'英雄气概',并入保卫乡土的战斗洪流,连同自己底身体和生命,毫无顾惜地一起献了出来"。那些被"捕获"的儿童和妇女,虽然身心受到敌人的摧残,但她们却仍顽强地保持着"心灵底生机"。作者笔下还描写了一些被人蔑视的"畸人"。他们虽然"心智残缺",但在敌人逼紧的时候,也会以其"特殊的作法",献出自己的力量。这一切,说明人民并没有向侵略者屈服。反映沦陷区人民的"创伤与仇恨"的还有张煌的《北方的故事》(1940)等。

日寇的铁蹄一踏进华北,就陷入人民战争的汪洋大海,在广大的敌后根据地,敌人遭到各种方式的痛击。国土沦于敌手后,国民党部队中的爱国志士以及青年学生和民众的自发武装,同敌人展开了"悲壮凄绝"的战斗。他们满怀着仇和恨,撤退、突围、游击,进行着不屈不挠的斗争。而反映这场斗争的报告文学作品,不仅"报道了'可乐观的事迹',也报道了'可悲观的现实'"[①]。

姚雪垠等的通讯报告 广州、武汉相继沦陷之后,国民党政府迁都重庆。中南和西南地区的国民党战场,采取了坐待"盟国参战"的态度。由于形势逆转,抗战阵营内部产生了分裂。在"皖南事变"前后,大批抗战初期就参加战地工作的文艺工作者,被迫离开了自己的战斗岗位,有的向内地疏散,有的转移香港。除少数游击区和抗日根据地外,轰轰烈烈的抗日斗争逐渐转向低潮。这个时期的报告文学,除少数反映抗战的题材外,大部分都是反映撤退、转移流徙中的经历见闻,其

---

① 以群:《抗战以来的报告文学》,见《战斗的素绘》,作家书屋1943年版。

间也反映人民的苦难和斗争。

姚雪垠在抗战初期就写过反映华北战场斗争生活的《战地书简》（1938）；1938年冬在鄂北襄阳参加钱俊瑞领导的文化工作委员会，写了《四月交响曲》（1939）；他还参加过第五战区的文化工作团，写下《随枣行》（1938），这部作品与当时孙陵的长篇报告《笔部队随枣会战记》（《笔部队》创刊号）和《鄂北突围记》（《现代文艺》第1卷第2期）等是武汉弃守后随枣会战和鄂北会战的真实记录。黄源的《随军生活》（1938）记录作者在武汉撤退时奔赴苏北前线途中的见闻，热情歌颂将士用"血肉和铁弹"同敌人"相拼"的壮烈牺牲精神，同时也愤怒地揭露地方官员狼狈逃跑的罪行。林淡秋的《交响》（1941）揭露江南内地的阴暗面，歌唱新四军的战斗生活，表现自己在前线和后方旅行的不同感受。他在《后记》里说，"踏着江南的沃壤，翻过浙皖的山岭，我看到不少光，但也看到更多的雾；闻到不少新生的芳香，但也闻到更多传统腐烂的臭气"。所以就由"雾"、"光"和"影"三辑组成这部"交响"曲，体现了作者对战时现实有较为全面和清醒的认识。陈毅的《江南抗敌之春》（1939）反映新四军深入江南敌后开辟抗日根据地的情况。其中描写雨季行军的艰难，"壮士军前半死生，民众后方争入伍"，以及在军民互相配合下，"菜田设埋伏，麦林捉俘虏"等动人的情景。由于新四军坚持领导人民进行抗战，苦苦纠缠敌人，打击敌人，振奋人心，转变了江南抗战的局面，给江南人民带来战斗的春天！郭沫若曾说，"将军本色是诗人"，这篇作品也洋溢着作者的战斗诗情。

反映华南人民斗争生活的作品有云实诚的《粤战场》（1943）等，值得注意的是司马文森的作品。

司马文森的《粤此散记》 司马文森（1916—1968），原名何章平，福建晋江人。战前曾以林娜为笔名，在"左联"的文艺刊物《光明》、《作家》和《文艺界》等发表小说和散文。抗战爆发后，他接受中共的委派，从上海到广州国民党的军队中工作，并开展工农兵文艺通讯员运动，成为文艺通讯运动广州总站（包括广东、福建、贵州和湖南的部分地区）的主要领导人之一。他的理论著作《文艺通讯员的组织与活动》和周钢鸣的《怎样写报告文学》指导了南方文艺通讯运动的开展。这时期著有随军见闻《粤北散记》、《天才的悲剧——记尚仲衣教授》和《一个英雄的经历》(1940)。其中如《瀚江的水流》和中篇《记尚仲衣教授》已成为抗战时期报告文学的优秀作品。当时香港文协曾经专门为《记尚仲衣教授》的发表举行过座谈会。1947年出版的《大时代中的小人物》则是由上述三个集子删减改编而成的。

《粤北散记》和《一个英雄的经历》是作者所在部队在广州沦陷后,从广州撤退到粤北山区的经历和见闻的记录。其时,人民群众与抗战力量仍然坚持着艰苦卓绝的斗争,但反共投降活动日益严重,军心涣散。他们在军队中排挤进步力量,因此斗争非常激烈。作者在《粤北散记·题记》中说:"因为自己是在广东部队中工作,并且有极多的机会去呼吸这一动荡中跳跃着的气息。这气息曾使我懂得更多世故,学会做人,使自己从狭隘的世界中摆脱出来,使自己成长了!"日子虽然只有一年半的光景,"我愿意把它记录下来,替自己短短的生活行程留一点痕迹",也"替历史留一点痕迹,供今后抗战史家的参考"。

中篇报告《记尚仲衣教授》记述一个正直的爱国知识分子在抗敌斗争中的不幸遭遇。它之所以在发表后得到强烈的反响,是因为它比较深刻地反映了当时爱国的、正直的知识分子的共同命运。尚仲衣教授正直、无私,他不满国民党的腐朽统治,立志改革,为国民党及其追随者所不容。因此,尽管他在抗日斗争中非常尽力,任劳任怨,却不断地受到打击、排挤,以致最后悲惨地死去。这部作品有力地揭露了反动势力在抗战斗争中的罪恶,许多爱国的知识分子都能够从中找到自己的影子,因此引起强烈的反响是必然的。

司马文森的报告文学,最突出的特点是朴实、自然。他说他的写作,"完全是采取散文形式的"。他善于从大时代的急剧变幻中,提取那些有意义的,哪怕是细微的事件,来表现时代斗争的面貌。不管对事件、对人物,他都在朴素的记叙中,融进作者强烈的情感。《粤北散记》比较侧重记事,《一个英雄的经历》和《记尚仲衣教授》侧重于写人,但它们朴素、流畅、自然的笔调是一致的。

其次,司马文森的报告文学,纪实性较强,而且有的篇章具备小说的一些艺术特征。例如《粤北散记》中的《瀚江的水流》,以及《一个英雄的经历》中的大部分作品,都可以作为短篇小说看待。这些作品大都有人物、有个性,注意到环境的描写,细节的刻画,故事生动,人物动人。以群在论述抗战时期的报告文学时,认为由以事件为中心的叙述到以人物为主体的描写,是抗战以后报告文学品质提高的一个标志。司马文森的许多报告文学作品,特别是《记尚仲衣教授》无疑体现了这个特点。

"皖南事变"后,由于国民党政府对进步文化的摧残,许多文化人从内地转到香港,香港沦陷后反转到内地。夏衍的《香港沦陷前后》、《走险记》(均见《夏衍杂文随笔集》),茅盾的《劫后拾遗》、《生活之一页》、《脱险杂记》、《通过封锁线》与《归途杂拾》(后结集为《脱险散记》)和华嘉的《香港之战》等,记录了香港沦陷前后动荡不安的生活和他们历尽艰险回到内地的历程。

华嘉、戈扬等的纪实报告 华嘉(1915—1996),广东南海人。战时担任过《救亡日报》记者和编辑,在广州、香港、桂林、重庆之间往来,著有散文报告集《香港之战》、《海的遥望》、《西行记》和《复员图》等,及时反映香港沦陷、桂林大撤退、战后"复员"等重大事件。《香港之战》(1942)内收《香港打了十八天》、《一个都市的陷落》、《逃亡的开始》、《沦陷区见闻》和《归途杂记》五篇,比较全面地记述香港沦陷的经过,揭露香港当局的毫无准备,使我国一百六十多万同胞陷入日寇的魔掌。《复员图》(1946)内收《胜利从天而降的时候》、《复员途中》、《归来》和《穷途还乡》四篇,展现胜利"复员"的混乱情景,揭露"特种人物"的发"复员财",描写一般难民重受迁徙困苦后、回到家乡却遭更深重苦难的不幸遭遇。他的报告文学重于客观再现,让事实说话,带有记者的特色。

戈扬(1916—2009)的《受难的人们》(1946,署名洛文),反映1944年桂林"文化城"沦陷前后的情况和内地人民的苦难。作品分两辑:第一辑《桂林疏散记》揭露反动派在日寇进攻面前的惊恐万状、慌乱无端和草菅人命。他们强迫疏散,以至造成再三撞车(火车)、大批同胞死难的惨剧。千家驹在本书"代序"《正视现实的必要》指出:在抗战的第八个年头,竟会发生"像这一些非人所能想象的惨状","谁为为之,孰令致之？这种惨痛的教训我们如果不能记取,如果仍旧认为这是抗战中无可避免的现象,我们真是无可救药的民族了"。第二辑《在桂东》,反映山城的艰苦生活和民众的自卫斗争,以及盐商投机倒把、地痞流氓趁机抢劫的混乱现实。在反动派的高压下,这种揭露黑暗现实的作品显得特别宝贵!

沈起予的《人性的恢复》 抗战时期,特别是抗战后期,出现了许多描写日本战俘的报告文学作品,其中篇幅较长、成就和影响较大的是沈起予的长篇《人性的恢复》。

沈起予(1903—1970)早在1935年就写作出版了反映抗日战争生活的散文报告集《火线内》。1938年在重庆主编《新蜀报》副刊和《新民晚报》副刊时,曾在《新蜀报》副刊连载长篇《抗战回忆录》。1939年到1940年夏,他在重庆日本战俘收容所做组织日本战俘进行反战的宣传工作,并以此为题材写了长篇报告文学《人性的恢复》,于1941年2月开始在《文艺阵地》上连载,1943年出版单行本。同时翻译了在华的日本进步作家鹿地亘的长篇报告文学《我们七个人》和《和平村记——俘房收容所访问记》等。

《人性的恢复》以当时重庆郊区的两个日本战俘收容所——"博爱村"与"和平村"为背景,比较详细地描写了日本战俘在接受改造的过程中复杂的思想历程。作品主要描写植木、三船的转变过程,对这两个人物的个性特征、心理活动写得很深刻、很细腻,对反战同盟负责人、中国人民的友人鹿地亘的刚强、自信的性格,虽然着墨不多,也写得很突出。这部作品的成功之处,是比较细致地描写俘房特别是三船和植木的复杂心理历程。这种改造不是强迫的"监狱式"管理,而是采取"学校式"的训导,在人道的基础上,用正义的感化,去恢复这批在日本军国主义的教育下已经失去的人性,把这一群嗜血成性的法西斯分子改造成为积极参加反对野蛮的侵略战争的和平战士。作品中的气氛融和,表现出俘房们在"正义"和"人道"的感化下的自我陶冶,体现出中国人民对待战俘的宽大与教育相结合的政策和高度的人道主义精神。由于作者本身就是收容所的负责人之一,他亲历其境,亲做其事,写来十分真实亲切。其缺点也正如作者所说的,对他们好的写得多,而侵略者的罪恶却揭露得不够。

武汉沦陷后,反共投降活动日益严重。由于政局的变化,报告文学作品既反映了艰苦卓绝的斗争,也增加了暴露和批判的分量,扩大了题材的广度。新四军、东江游击队活跃于敌后,战俘营有效的管理,武汉、广州、桂林撤退中的可悲事件,敌机对平民区的野蛮轰炸,后方投机倒把等罪恶活动的盛行,反动官吏的腐败无能,知识分子的遭受压迫等等,都进入作家的视野。在艺术上也有所提高,改变了偏于叙事的格式,运用了人物描写的多种技巧。这些都说明国统区的报告文学在进步文化人士的努力下,于实践中有着相当大的进展。

萧乾等的海外报告 1942年1月,中、美、英、苏等二十六国在华盛顿发表"共同宣言",正式结成世界反法西斯统一战线,与各国同盟军汇成一体作战,中国远征军、驻印军先后两次入缅与英军并肩战斗。乐恕人的《缅甸随军纪实》(1942)记录我军精锐抢救英缅军之战、腊戍之战以及火线上访问戴安澜师长、戴师长壮烈殉国等场景,展示我国军队在亚热带丛林作战的英勇与艰辛,表现了我国远征军在东南亚人民的解放战争中所作出的贡献。

这里还应该顺带介绍一种值得重视的报告作品,那就是欧陆战场采访。国外旅行通讯和考察报告在我国已有较长的发展历史,瞿秋白和邹韬奋就是著名的先行者。这时期值得注意的是刘盛亚、萧乾的欧陆报告。

刘盛亚(1915—1960),四川重庆人。1935年赴德留学期间,正是希特勒上台的白色恐怖时期,耳闻目睹了法西斯的种种暴行。1938年回国后,以SY笔名在《文艺阵地》上连载《卐字旗下》,1942年改题为《不自由的故事》结集出版。其中,《纳粹党徒》、《世界公敌第一号》等揭露希特勒匪徒的罪行;《怀P博士》深情地怀念受难的师友;《纽伦堡纪游》展示了刑讯室可怕的惨象。抨击法西斯,怀念受难者,构成了这部报告的主要内容。作者爱憎强烈,在朴实的记述中流露出真情实感,有较强的艺术感染力。

萧乾(1910—1999),出生于北京一位蒙古族贫民的家庭。在燕京大学新闻系读书时,受业于当时在华讲学的美国记者埃德加·斯诺。

1935年夏采访鲁西、苏北大水灾,写了《流民图》。抗战初期的通讯报告收入《见闻》和《灰烬》。在这些作品中,他揭露黑暗,伸张正义,鼓舞抗战精神。其中,《刘粹刚之死》歌颂一位立志"为公理而战争"、"为生存而奋斗"的国民党空军少尉刘粹刚为支持八路军抗战而途中遇难的献身精神。《一个"破坏大队长"的独白》报道八路军奇袭日本侵略者的事迹,显示了八路军游击队的威力。《林炎发入狱》为受害者伸张正义。1939年春他受命采访滇缅公路的建设,写了《血肉筑成的滇缅路》等一组通讯,表彰爱国民众"铺土,铺石,也铺血肉"的壮举,写得气壮山河,动人心魄。

1939年10月,萧乾离开香港抵伦敦,开始了他七年的旅英生活。在伦敦写过《矛盾交响曲》、《伦敦三日记》等。1944年,他受《大公报》社长胡霖的派遣,随英美联军挺进莱茵河进行战地采访,成为唯一参加第二次世界大战欧陆决战的中国记者。1945年4月25日,联合国大会在美国旧金山开幕,萧乾自英抵美,进行采访,《美国散记》记录了他在美国的见闻。1945年5月,苏联红军攻克柏林;7月,苏、美、英三巨头在柏林西南近郊召开"波斯坦会议",萧乾作为国际记者之一,参加了这个会议的采访工作,写了《南德的暮秋》。他这七年在西欧和旅美写的报告文学,收入1947年出版的《人生采访》的"上部:在国外"前三辑,广泛报道了战时英伦的社会生活,深刻揭露了德国法西斯的暴行和灭亡,同时也表明了世界人民反法西斯的意志和力量。所写题材重大,新闻性强,当然能引人注目。

萧乾在报告文学发展史上,有他特出的贡献。首先,他的通讯报告,客观、准确地反映事件的真实情况,让事实本身说话,不加(或少加)议论或判断。因此,他的通讯报告经得起事实的严峻考验,从而得到良好的效果。其次,萧乾认为"叙述体的文字写起来省事,但是不耐久",因此他主张"应该尽可能用直接描写,就是素写、白描、一笔笔地刻划"①。他的通讯报告实践了自己的主张,较好地处理了真实性和艺术性的关系问题。他善于驾驭场面广阔、头绪纷繁的采访对象,剪裁得

---

① 见杜渐记录的《访问记》,收入1983年版《萧乾选集》第2卷。

当,结构缜密,描写逼真,细节生动。如《矛盾交响曲》摄取一个个特写镜头组接成"如走马灯般晃着"的"一个民族的灵魂各面",构思新颖,画面迭出而又融为一体。第三,语言优美生动、准确明了,没有废话。曹聚仁曾说:"萧乾的叙记,在文艺上比重多,在新闻上比重轻,备一格而已。"①这倒可以说明萧乾报告注重艺术加工的独特风格。

我国抗日战争是世界反法西斯战争的一个重要组成部分,国人对欧洲战场自然是十分关心的,所以在报告文学中出现欧陆战地的采访报告是极有意义的,作者的写作艺术也有自己的特色。

二 抗日根据地和解放区军民团结战斗的凯歌

抗战开始后,中国共产党领导的八路军东渡黄河,开赴抗日前线。林彪率部首战平型关,夺得对日作战的第一次胜利,振奋了全国军民的抗战热情。聂荣臻率115师一部向五台山进军,开辟晋察冀敌后战场;罗荣桓率115师另一部挺进山东,开辟山东敌后战场;刘伯承、邓小平、徐向前率129师向太行山进军,开辟晋东南敌后战场;贺龙、关向应率120师向晋西北挺进,开辟晋西北根据地;叶挺、陈毅等率新四军挺进长江敌后。抗日游击战争愈战愈烈,使敌人的后方变成了前线,有力地配合了正面战场,敌后抗日根据地军民成为全民族抗战的中流砥柱。

当时有许多文化人奔赴陕北边区和敌后各抗日根据地采访,继范长江的《中国的西北角》之后,出现了一批令人耳目一新的访问记。如任天马的《活跃的肤施》(1938)、林克多的《从陕北到晋北》(1939)、舒湮的《战斗中的陕北》和《万里风云》(1939)、李公朴的《华北敌后——晋察冀》(1940)、赵超构的《延安一月》(1945)和黄炎培的《延安归来》(1945)等,对延安和华北敌后的军事、政治、经济、文化、教育等各方面作了综合报道,歌颂中华儿女在前线浴血奋战的战斗精神和创造新生活的建设成就。这些作品在大后方出版后,产生过广泛影响。正如赵超构在作品中所说的:"没有比较,也就没有警惕,边区在多处是可以刺激那些自我陶醉的人的。"

---

① 曹聚仁:《现代中国报告文学选(乙编)·致读者》。

边区和敌后抗日根据地的许多报刊经常发表文艺家和八路军指战员的报告文学与战地通讯,群众性的报告文学相当活跃。1939年,延安出版的《五月的延安》和《陕公生活》就是这种群众性创作的产物。1941年,冀中人民在十分艰苦的战争环境中,发动了大规模的《冀中一日》写作活动。参加者近十万人之多。编者从五万份来稿中,选出二百篇,分成"鬼魅魍魉"、"铁的子弟兵"、"自由、民主、幸福"和"战斗中的人们"四辑,揭露了敌人的罪行,广泛反映了冀中人民的斗争生活。这些作品具有"朴素、精练"的特点和"浓厚的生活气息"。这个大众文学的新的实践,是"伟大的冀中人民文学的庄严的开始"。

边区和敌后抗日根据地为报告文学的创作创造了良好的条件。不仅群众创作得到扶植和发展,专业文艺工作者在实际生活和斗争中,思想意识也得到锻炼和提高。来到抗日根据地的文艺作家,如丁玲、周立波、刘白羽、陈荒煤、周而复、沙汀、吴伯箫、何其芳等先后深入前线,有的一直坚持到解放战争的胜利,他们写出许多著名的报告文学作品,反映了风云变幻的时代风貌,也反映了他们在大时代浪涛的淘洗下,思想和精神面貌的变化。

丁玲、周立波、何其芳、沙汀、吴伯箫等知名作家的报告文学,主要反映抗战时期边区和敌后抗日根据地的斗争生活。

丁玲的《陕北风光》 丁玲(1904—1986),原名蒋冰之,湖南临澧人。早年在上海参加"左联",以小说知名。1936年冬,奔赴陕北当时中共中央所在地保安,不久便奔向前线。她从1936年7月写《八月生活——报告文学试写》(《当今文艺》第1卷第2期)开始,到1949年的十多年中,除了参加编辑大型的革命回忆录《二万五千里长征记》,领导西北战地服务团,主编过《战地》杂志和"战地丛书",还写了三十多篇报告文学作品,收入《一颗未出膛的枪弹》(1938)、《一年》(1939)、《陕北风光》(1948)、《一二九师与晋冀鲁豫边区》(1950)等集子。

丁玲早期的通讯报告,记录她奔赴前线的情况,反映八路军和游击队的斗争事迹。如《到前线去》、《十八个》、《二十把板斧》等。但由于只是随手记下的生活素材,加上戎马倥偬的辗转,使作者没有工夫进行认真的修饰,所以除了《彭德怀速写》、《马辉》等几篇速写外,一般都还比较粗糙,艺术上不够成熟。

延安文艺座谈会以后,丁玲有意识地利用写作短文来"练习"她的"文字和风格",写作散文和报告文学被她"当作一次严肃有趣的工作"①。1944年6月,她的报告文学《田保霖》在《解放日报》发表后,立即得到毛泽东的赞扬。毛泽东在写给丁玲和欧阳山的信中说:"你们的文章引得我洗澡后睡觉前一口气读完,我替中国人民庆贺,替你们两位的新写作作风庆贺!"②后来又对丁玲说:"我一口气看完了《田保霖》,很高兴。这是你写工农兵的开始,希望你继续写下去。为你走上新的文学道路而庆贺。"③毛泽东对丁玲创作方向的转变给予很高的评价。此后,丁玲又连续写了《袁广发》(原题《袁光华》)、《记砖窑湾骡马大会》、《民间艺人李卜》等报告文学作品。这些作品在思想上和艺术上都比以前进了一步,表明丁玲的思想和新的艺术风格的渐趋成熟。

丁玲热情歌颂边区新人的成长,反映边区农村生产的发展和村镇的繁荣景象。此外,长篇报告《一二九师与晋冀鲁豫边区》反映晋冀鲁豫革命根据地的艰难创建与发展的历程。丁玲的报告文学作品不算多,但具有一种感人的力量。这主要是由于作者对新的斗争生活具有深厚的感情。她随手记下的生活感受,或勾勒一个人物形象,或描写一个生活场景,都灌注着作者真挚的感情。丁玲是把写作散文作为她"练习""文字和风格"的一种手段的,她那些反映新思想、新人物和新生活的速写、特写,就比较注意文字上的锤炼,具有清新、细腻的特点。丁玲对抗日根据地报告文学的开拓和发展作出了重要贡献。

周立波的《战地三记》 周立波(1908—1979),湖南益阳人。1934年参加"左联",从事文学活动。1936年译出捷克著名报告文学家基希的《秘密的中国》。由于这部作品采取"精密的社会调查所获得的活生生的事实,跟正确的世界观,以及抒情诗人的幻想结合起来"④的写法,为我国30年代方兴未艾的报告文学创作提供了"好范例",因而产生

---

① 丁玲:《写给香港的读者》,《生活·创作·时代灵魂》,湖南人民出版社1981年版。
② 引自丁玲:《我的生平与创作》,四川人民出版社1982年版。
③ 引自白夜:《当过记者的丁玲》,《剪影》,新华出版社1981年版。
④ 周立波:《谈谈报告文学》,《读书生活》1935年第3卷第12期。

了很大的影响。

抗战爆发后,周立波离开上海,到八路军前线指挥部和晋察冀边区参加抗日工作。1937年底到次年2月,他陪同美国友人从晋中洪湖出发,途经晋北、冀北,然后返回晋中;在行程两千五百多里的长途艰险的旅行中,他根据自身的见闻写下两部作品:《晋察冀边区印象记》和《战地日记》。前者包括24篇作品,后者由《晋北途中》、《晋西旅程》两束日记和给周扬的一封信组成。两书内容互为补充,描绘了抗战初期华北人民在中国共产党领导下抗日斗争的壮烈图景。作者在《印象记·序言》中写道:"这时代太充满了印象和事实,哀伤与欢喜","现在是同胞们磨剑使枪的时候","我竟不能自禁地写下了下面这些话","献给冀察晋边区的战死者和负伤者","希望不完全是无谓的空话"。当烽火连天的华北,正在期待人们去"创造新世界"的时候,作者在给周扬信中说:"我将抛弃了纸笔,去做一名游击队员。我无所顾虑,也无所怯惧。"表示了他要求参加战斗的强烈愿望。

《印象记》和《战地日记》不仅描写华北人民庄严威武的战斗"姿影",高度赞美他们的勇敢和智能,而且记录作者会见八路军将领的情况,为我们留下了宝贵的史料。如窑工出身的徐海东将军,全家罹难,他自己八次身受重伤,仍然与战友们一道,不知疲倦地领导八路军进行战斗(《徐海东将军》);精明干练的聂荣臻将军,在日寇进占华北的时候,与徐海东将军等八路军指战员联合华北的民众武装,支撑了整个华北艰危的局面(《聂荣臻同志》)。《战地日记》也记录了与朱德总司令、刘伯承、贺龙、徐向前、陈赓、王震等将军会见的情况,给我们留下难忘的印象。历史造就了许多这样奇异的民族英雄,他们各有自己的光荣历史与赫赫战功,但是他们都那么朴素大度,平易近人;他们领导着中国民族的解放斗争,是国家的脊柱,民族的栋梁。作者在日记中赞叹道:"除了辉煌的真理和同志爱以外,还有辉煌的领导者的天才,这就是那力量。"

这两部作品虽然是作者在华北艰难的长途旅行中"匆促"的记录,但文笔简洁、流畅,记事朴实、深刻。作品在朴素的叙述中,时常穿插许多生动的小故事,读来亲切、动人。对华北山川景物的描写,蕴蓄着作者深挚的感情,有时竟使我们联想到华北人民不屈不挠的斗争性格。生动化的议论,时常起了点化主题的作用,为作品增添了不少色彩。由于作者交叉地使用多种表现手法,使他的作品朴素而不单调,通俗而又深刻,具有朴素、深厚,沉挚而又生动的艺术风格。

抗战后期,周立波随同王震将军的部队南下,又写了《南下记》一书。这部包括十四篇作品的报告文学集,是作者1944年冬,从延安南下途中的"几个场景和一些人物札记"。1944年是光明与黑暗大决战的一年。日寇为了尽快结束在华的战争,从3月到12月,打通了从中国东北到越南的大陆交通线,国统区部队在惊人的慌乱中溃退,使我国人民受到空前的大灾难。作者行程所见是一片凄凉的景象。敌人的惨毒是举世无双、令人发指的!反动派不但不抵抗,还参与对人民的烧杀与屠戮!但是,另一方面,活着的人民从血泊中站了起来,继续战斗。这部作品充分反映了华北人民在中共领导下抗战的特点:游击队与民兵创造了兵书上所没有的"地雷战术"。他们除了采用地雷阵之外,还因地制宜地采用大量旧式武器,例如地枪、抬枪、榆木炮和五子炮等,这些旧式武器同地雷一样发挥了强大的威力,表现了人民群众在斗争中的强大创造力。《南下记》保持《印象记》和《战地日记》朴实、深厚与生动的艺术风格,但笔调更细致、雄浑和明丽,许多篇章富有浓厚的抒情色彩。例如《出发》概括了毛泽东领导中国人民进行革命斗争二十年的历史,像一首严峻而深厚的抒情诗。《王震将军记》和《李先念将军》对这两位将军的描写给人们留下深刻的印象。作者铁笔银钩,笔墨不多,却形象鲜明。

周立波最早介绍基希的报告文学,他的作品受到基希的影响,又保持了自己的艺术风格。他既是现代著名的小说家,又是颇有影响的报告文学家,其三部报告文学集后来汇编为《战场三记》(1962)出版。

何其芳于1938年到延安,开始写报告文学。他从国统区进入解放区,从"画梦"到"写实",从幻美的想象到反映如火如荼的现实斗争,为他的创作开辟了崭新的天地。收集在《星火集》第二辑中的,是他1938年4月至1939年9月到延安前后的报告文学作品。这些作品描写国统区和延安革命根据地两个世界的不同生活,也记录作者在前线的见闻和感受。从一种艺术风格转向另一种艺术风格,在艺术上虽然"反而显得幼稚和粗糙",但由于文笔明快,却给人平易和清新的艺术感受。《某县见闻》和《川陕路上杂记》,记录内地的混乱和人民的苦难生活:电讯不通,鸦片泛滥,抽丁残酷,地方官员利用抓"私烟贩子"和抓壮丁的机会大饱私囊,妇女卖淫为生,纤夫堕水惨死的情状等等,构成一幅悲惨的人间生活图景。《一个太原的小学生》以一个小学生的经历,控诉太原沦陷后,日寇的残酷屠杀,表现青少年一代在抗日斗争中的觉醒和参加抗日队伍的强烈愿望,说明"燃烧在中国的土地上的战争改变了许多人的思想、情感"。由五封信组成的报告《老百姓和军队》,通过作者在前线的见闻,说明抗日军队的本质和他们与老百姓的关系。从前人们对"军队"怀有一种憎恶的感情,但是抗战纠正了人们这种简单朴素的见解。作者从民族解放战争中,看到那些不甘心被屠杀、不甘心当奴隶的人们是如何拿起武器进行战斗,创造可歌可泣的事迹。这些报告文学作品,不管是揭露日寇侵略和屠杀中国人民的罪行,还是歌颂抗日军民英勇作战的事迹,都反映了作者崭新的精神世界。

抗战胜利前后,何其芳曾两度被派到重庆做宣传和统战工作。他虽然没有继续进行报告文学创作,但在杂文写作之余,却写了许多回忆延安生活和领导同志的文章。结集在《星火集续编》中的文章,就是这个时期的作品。第二辑《回忆延安》,"企图用中国过去的笔记体来写新事物",写得隽永有趣。其中《记王震将军》和《记贺龙将军》写得朴素、亲切,是两篇生动的人物特写。他的报告文学常把纪实与心理变化的历程结合起来,表现出诚挚和率真的特色。

沙汀的《随军散记》等　沙汀(1904—1992),四川安县人。30年代在上海从事左翼文学活动,以小说创作驰名。1938年,他受到周立波《晋察冀边区印象记》的启发,决定到延安和敌后抗日根据地去,并开始写作报告文学。主要作品有《贺龙将军印象记》(《文艺战线》1939年创刊号)、长篇报告文学《随军散记》[①]和一部当时未能出版的报告文学集《敌后琐记》。

[①]　上海知识出版社1940年初版,1958年修订出版时改书名为《记贺龙》。

沙汀的报告文学反映敌后根据地各方面的生活斗争，而最著名的是他记述贺龙将军在抗战初期的战地生活和回忆的长篇报告《随军散记》。这是作者在1938年11月中旬与何其芳及"鲁艺"部分毕业同学随贺龙部队到晋西北和冀中将近五个月战地生活的成果。贺龙将军那种质朴、厚重的性格，豪迈真挚的感情，言谈时的独特表达方式，早在作者初到延安时，就引起他极大的兴趣。在《贺龙将军印象记》当中，作者便对他们初次接触的印象做了简略而生动的描绘。而《随军散记》则在较长时间的战地生活的接触基础上，通过他的言谈举止的记述，更加集中地表现贺龙崇高的精神品质和美好的内心世界。据作者说：他在将近五个月的战地生活中，记录贺龙的谈话材料，有三倍于他的日记之多。①《随军散记》既是现代优秀的报告文学，又是可贵的长篇历史资料。

《随军散记》的副题是"我所见之一个民族战士的素描"。既是"素描"，就未及细细地加工和润色。作为将军，很容易使人想到驰骋沙场的赫赫战绩。但是，作者所描写的贺龙是在另外一些方面，即通过他的言谈举止、处事态度、生活作风和日常爱好等，来揭示他的精神品质和内心世界。首先，是他杰出的指挥才能和他对自己部下的爱。其次，是他对党对革命建立了不朽的功勋，而自己却非常谦虚。他从不谈到自己的功劳，却滔滔不绝地谈领袖和战友对革命事业的贡献。还有，贺龙与老百姓的关系非常密切。他出身农民，对老百姓随便搭上，他都能够扯上几句话，有时竟如一家人一样亲切。长期的革命斗争锻炼了他纯金般的刚强的性格，使他身上具有一种不可摧毁的自信力量。但作为他的个性的独特的表现，是他的豪爽风趣，阔大不羁。他经历丰富，知识广博。在任何场合，都能用幽默风趣的语言，表达自己对事物的新鲜独到的见解。他对待青年有时像慈父，有时像"和善的宣教者"，有时也像孩童一样天真。贺龙的兴趣和爱好非常广泛。他是一个非常好动的人，体育在他的生活中几乎是不可缺少的，在战斗紧张的时候，他也想到篮球比赛。对文艺，他也有自己的爱好和独到的见解。整部作品没有连贯的事件或情节，纯由一些片断、细节构成；但每个片断、细节，

---

① 《敌后七十五天·小引》，《收获》1982年第2期。

以至于每一句话,都闪烁着贺龙的个性色彩和人格魅力。文中记述贺龙的日常谈话甚多,对谈话的口吻、言辞、丰采等无不写得惟妙惟肖。通过大量的细节和人物语言的生动描写,于细微处见精神,从多侧面见全人,因而尽管取材较为零碎、缺乏连贯性,但贺龙的性格和形象却是完整的、高大的。他那纯金般的心灵、不可摧毁的自信力量和那乐观、风趣、阔大不羁的独特个性结合在一起,永远给人们带来浓郁的温馨、无比的欢乐和无穷的力量。当时有许多写领袖、将军的访问记,大多只是印象式的素描;沙汀虽也自题为"素描",事实上却是刻画了一个浮雕式的、血肉丰满的真实典型。这是抗战以来写高级将领的报告文学中最出色的一部。

《敌后琐记》中的作品大多发表在40年代初的文艺报刊上,记录敌后根据地人民的斗争和各种人物的生活面貌。它保留了《随军散记》的特色,风格朴实雄浑,但粗线条式的勾画,不如《随军散记》细腻。也许由于题材的关系,作者也时常穿插一些议论,以增强作品的政论性色彩。例如《敌后杂记》(后改为《民主与政治》)、《知识分子》、《同志间》和《游击战》(后改为《事实胜于雄辩》)等。

沙汀是一位短篇小说的能手。他在抗战以前创作的那些描绘川西北风土人情的短篇小说,展现了一幅幅在社会动乱中人民苦难的生活图景。他同情人民而把愤怒的火焰喷射给形形色色的统治阶级人物,给以辛辣的讽刺。因而他的短篇小说具有幽默感。但是,他当时的生活范围比较"狭小"。他曾说过:"与其广阔而浮面,倒不如狭小而深入。"①抗战以后,他投奔延安。新世界的光辉,照耀着他心灵的每个角落。他深入前线生活,接触了新的战斗者,便用报告文学来反映他们的斗争生活。坚实的艺术风格,蕴蓄着深沉的激情,一扫过去"沉郁"的情绪,变得开朗和乐观。所以,抗战的斗争生活,不仅提高了他的思想,也改变了他的艺术追求。

吴伯箫的《潞安风物》　吴伯箫于1938年4月到延安,同年底作为"抗战文艺工作组"成员,与卞之琳、马加等,随同八路军到晋东南前线

---

① 沙汀:《这三年来我的创作活动》,《抗战文艺》1941年第7卷第1期。

工作。他根据战地生活的体验,写下《夜发灵宝站》、《潞安风物》、《沁洲行》、《神头岭》、《夜摸常胜军》和《夜雨宿渑池》等报告文学作品(均收入《潞安风物》),以明朗朴实的文笔,记录八路军和战区人民的英雄事迹,也揭露敌人的罪行。这些作品富有实际生活的感受,同他前期散文相比,内容更加深厚、扎实。文笔虽然不如散文绵密,但轮廓清晰,语言生动易懂,于朴实中蕴蓄深情。

延安文艺座谈会,是吴伯箫散文创作的"分水岭"。按照他在《自传》里的说法是延安文艺座谈会使他"第一次知道文艺是为什么人和如何为法"。他深入生活斗争实际,自觉地剖析自己,下决心为人民服务,并且在创作上"走新路"。收入在《黑红点》一书的作品,便是他"写作上走新路"的主要成果。《战斗的丰饶的南泥湾》、《"火焰山"上种树》、《新村》等,反映延安军民积极响应毛泽东提出的"自己动手,丰衣足食"的号召,利用自己的双手,创造新生活,粉碎敌人企图在经济上扼杀延安军民的阴谋。这是他深入南泥湾参观访问的结晶。这些作品热情歌颂边区军民艰苦创业的精神,充分反映延安大生产运动的强大威力。另一部分作品,反映抗战中后期战争的深入和发展。例如《黑红点》反映敌占区游击队和老百姓锄奸除伪,掌握了斗争的主动权。《打娄子》、《游击队员宋二童》、《化装》、《"调皮司令部"》和《文件》等作品,高度赞扬了边区军民勇敢机智、生死与共的战斗精神,洋溢着深厚的阶级感情。

吴伯箫的报告文学反映大时代发展的若干侧影,"从抗战的酝酿,抗战初期游击战争的胜利,抗战中期敌后战争的深入和开展,直到抗日民主根据地的生活建设"[①],甚至解放战争时期东北的土改和知识分子的生产劳动锻炼,都在他的作品中留下记录。其间也显示了作者深刻的思想变化历程。

吴伯箫早期的作品比较讲究章法结构,寻求丽词佳句,开头警语,篇末点题,受我国古典文学影响较深。那些记叙个人生活见闻的篇章,往往以丰富的历史典籍,广博的知识,点染现实,抒发个人的感受。抗

---

① 吴伯箫:《烟尘集·再版后记》,上海文艺出版社1979年版。

战以后,他主要写作报告文学。由于接受实际生活和思想认识的提高,其作品不仅内容更加深厚了,艺术上也有显著的变化。他用明白晓畅的语言,记事写人,改变了以前散文中"静态"的铺叙,要求画面的流动感。延安座谈会以后,他在原有的基础上,力求报告文学的通俗化。他善于选取生活斗争中有特色的细节和语言,表现事物发展的动态,刻画人物的精神品质。那些侧重记事的作品,如《响堂铺》、《路罗镇》、《神头岭》、《黑红点》、《微雨宿渑池》等,写得朴素、深沉、深厚,如高山森林,繁复茂密,如深潭绿水,清丽蕴藉。那些侧重写人的作品,如《沁洲行》、《夜摸常胜军》、《打娄子》、《游击队员宋二童》、《化装》和《一坛血》等,穿插许多不平常的故事,写得曲折有致,委婉动人。特别是为人称道的《一坛血》,很难区分它是小说还是报告文学作品。文笔洗练,形象鲜明,给人"回甘余韵",印象深刻。有人认为朴素、通俗,就很难做到精练、含蓄,吴伯箫对这两者的结合做得很好。

周而复的报告文学 周而复(1914—2004),祖籍安徽旌德,生于南京。他是抗战后在解放区报告文学创作中多产而有影响的作家。他于上海光华大学英文系毕业后,即脱离"孤岛",经香港、武汉、西安等地奔赴延安。其间,他应上海《译报》负责人王任叔之约稿,开始写通讯报告。初期作品,以朴素的文笔,反映边区人民的抗日斗争生活。如收入《歼灭》中的《黄土岭的夕暮》、《侵略者的最后》和《消灭》等篇。

1944年,周而复的两篇报告文学作品《海上的遭遇》[①]和《诺尔曼·白求恩断片》获得很大的声誉。前者描写八路军一支五十多人的非战斗队伍,冲破敌人的重重封锁和包围,从黄河边搭民船过山东北上抗日时,在海上遇敌而展开一场壮烈战斗的故事。故事紧张曲折,气魄宏伟,反映了这支非战斗队伍不屈不挠的坚强斗志,显示出英雄主义的光辉。后者记述国际友人白求恩在晋察冀边区的生活片断,表现了他献身于中华民族解放斗争的可贵的精神品质。白求恩把中国当成自己的国家,把中国人民的解放事业当作自己的事业。他待人宽,律己严,对医术精益求精,全心全意为中国人民服务,为中国人民的解放事业服

---

① 与刘白羽、吴伯箫、金肇野合作,周而复执笔;刊《文艺春秋》第2卷第4期。

务,博得了中国人民特别是医务工作者对他的崇敬。他对工作一丝不苟,在他的手中不知救活了多少中国人的生命,而他自己却牺牲在为病人做手术时的病毒感染中。品格千秋,风范永存。白求恩的精神品质永远鼓舞着中国人民前进。作品中细节真切生动,感情亲切动人,充满着一种催人为事业而献身的力量。这两篇作品奠定了周而复报告文学朴实而雄浑的风格基础。

1945年,他在《群众》上发表的长篇通讯《减租——一个片断》和《地道战》也是有特色的作品。《减租》是抗战斗争中的一个插曲,写地主在"减租"中耍弄阴谋,威迫佃户弄虚作假,终被揭穿,经过说理斗争,佃户觉悟,地主也心服口服。作品形象反映了边区政府团结地主抗日的政策。《地道战》描写冀中军民在抗日最艰难的阶段,用"地道战"反抗敌人的"蚕食"政策。"新的斗争方式,要求人民游击战争更加广泛地开展,要求新的创造。"地道战就是冀中人民在不断总结斗争的经验教训中的伟大创造。斗争复杂,头绪繁多,却写得有条不紊,是一篇较为优秀的通讯。抗战胜利前夕,周而复在重庆编辑中共机关杂志《群众》时,写的通讯报告还有《晋察冀行进》。这部连续性的长篇通讯,反映边区军民在边区政府领导下的艰苦斗争和新的生活姿态,其间充满着作者的激情!

抗战胜利后,周而复以新华社特派记者的身份,随同"军调处"执行小组巡视了华北,而后进入东北解放区。他以长篇通讯《随马歇尔、张治中、周恩来三将军巡视华北记》(《新华日报》1946年3月7—11日)、通讯报告集《东北横断面》(1946)和《松花江上的风云》(1947)记录了他的见闻。这些作品揭露反动派破坏"和平协议",蓄意制造摩擦,阴谋发动内战的罪恶,同时也描写解放区人民为重建家园,建设新生活而进行的斗争。作品记事真切,材料翔实,与刘白羽同时期、同性质的《环行东北》等一样,都是极其宝贵的历史资料。但由于主要以事实记载为主,文学色彩显得比较淡薄。作者自己也说:"是新闻报告,不敢僭称报告文学作品。"①

---

① 见《中国报告文学丛书》第2辑第3册《序》。

周而复的通讯和报告文学,文笔流畅而朴素,重事实和说理。代表作《海上的遭遇》绘声绘影,有声有色;《诺尔曼·白求恩断片》写得细腻真切,在现代报告文学中产生过较大的影响。

陈荒煤的《新的一代》 陈荒煤(1913—1996),湖北襄阳人。1938年秋赴延安"鲁艺"讲学。1939年春,率领"鲁艺"文艺工作团深入太行山八路军战地进行采访,写下的报告文学结集为《新的一代》,当时未能出版,1950年才由上海海燕书店出版。其中,《谁的路》反映华北工人破坏大队的"破路"斗争。敌人占领了我们的铁路、公路,却要人民"扩路"、"爱路",但是人民却用鲜血开辟出抗日的道路。作者还从缴获敌人的文件和敌兵的书信、日记里面,记录了敌兵屠杀中国人民的残酷事实和他们面临死亡的恐惧。《我看见了敌人底自供》一文就记下这样一件事情:一个日军中队长在汉口给他家里的妻子写信,但总得不到回信。他很痛苦,就以醉酒解闷。有一天,他到军妓院去玩,突然听到隔壁一个军妓的声音很像他妻子,他冲过去看,果然是他妻子,于是两个人相抱痛哭一场就都自杀了!悲惨吗?悲惨。但这是侵略者自己造成的。给人类制造苦难的人,他们自己也不得安宁,这不是千真万确的事实吗?!

陈荒煤的报告文学,影响较大的是两篇"印象记":《刘伯承将军会见记》着重反映刘伯承开辟晋东南根据地的事迹和临危时的"镇静与果断"。他很精明、自信,欢笑时充满着"生气而有力量",且在任何场合讲话,都能够利用民众的语言表达他深刻的思想和确切的见解。他的语言"简练,大众化,而且带有诙谐的魅力"。作者说:"在以前,我听说刘伯承将军所指挥的部队作战很勇猛,而且听到有些部队中的同志,用欢笑的声音,学着他底诙谐的口头语,好像很粗野;因此,在我想象中的他,应该是一个较觉犷野的,十分高大的人物。可是见到他本人,那印象与我想象的竟是那样不能符合。他原是一个很安静,温雅而可亲的人。"陈赓指挥的八路军386旅在华北创造了无数光荣的胜利战迹。在《陈赓将军印象记》中,记下了他对陈赓的印象:"初次见面,也相当沉默,说话声音很低,穿一身深灰色军装,没打裹腿,裤子是西装式的,戴一副黑边眼镜,态度文雅。""以后,印象变化了,我相信他自己的话:

'硬是一个军人。'他精神饱满,果敢、豪爽,他明朗地大声谈笑,从那无羁的健旺的谈话中从不掩饰自己,显示了他性格的直朴与坦白。"这两篇作品都采用前后对比的方法,因此留给人的印象特别深刻。

此外,《一个厨子的出身》、《新的一代》和《模范党员申长林》,都是描写新人的形象。"抗战在中国激起了大大的动荡,像从一个大摇篮里,把许多许多生活在安逸中的青年荡了出来。"《一个厨子的出身》中的青年"老厨子",就是被抗战"荡出来"的人物。他从湖南长沙一个"富庶的地主之家",跑到延安参加革命,其间经过了曲折的历程。"他在那被毁灭的财富的废墟中间站了起来。他成长起来,如同我一次从一个被毁灭的城市经过,在街旁一些残砖败垣中所看见的一些不知名的奇异的花朵一样。"这说明战争既能毁灭人类,也能锻炼人们的革命精神。《新的一代》描写一群在战争中被拯救出来的小孩子的成长过程。"这些孩子们都是被敌人的炮火赶出了母亲怀抱的……而在战争中渐渐壮大起来了。"战争的熔炉是能将新一代冶炼成钢的!《模范党员申长林》是陈荒煤最长的一篇报告文学,描写长工申长林经过了四十多年的悲惨生活,"从一个十多年沉迷在赌城里的二流子",在轰轰烈烈的革命斗争中改造成一位劳动模范的故事。这说明新社会改造人的强大力量。

陈荒煤的报告文学除了揭露侵略者的暴行外,他的笔触常常伸入到敌兵的灵魂深处,从敌人的书信、日记里发现他们的恐惧与痛苦,说明"多行不义必自毙"这样一个道理。另一方面,他注意到边区新人的成长,说明新的世界新的社会是怎样锻炼人、培养人。两相对照,极为鲜明。严文井说:陈荒煤"文章的艺术特色主要是质朴。他的欢唱,惋惜,或悲伤,无不发自内心,真诚而少文饰"①。精雕细刻不是他的所长,但是白描、直叙却是他报告文学的特色所在。他善于剪接材料而用叙述贯穿起来,插入些简短的议论和抒情,使文章舒畅,富有说服力,质朴而富有情感。

黄钢的报告文学　黄钢(1917—1993),湖北武汉人。1935年在武

---

① 严文井:《质朴颂——序〈荒煤散文选〉》,《荒煤散文选》,人民文学出版社1983年版。

昌"美专"艺术师范科肄业后,到重庆电影机关当雇员,接触面较广,积累了文学写作的素材。抗战爆发后,他受到中共政治主张的影响,于武汉失守后,同其他许多爱国的文艺工作者一样,投奔延安。在"鲁艺"文学系第二期学习一年,随后参加"鲁艺文艺工作团"到晋东南敌后根据地"进行战地工作实习"。

黄钢的第一篇报告文学作品《两个除夕》(1939),以青年人特有的敏感,反映延安新的生活面貌,表达了当时部分青年为了追求光明而放弃国统区无聊的"舒适的生活",转向从事"革命实践"的喜悦心情。作品描写了毛主席与民同乐的平凡、朴素而又伟大的"农民风格",给人以极大的鼓舞。

1938年12月,于毛泽东在中共六届六中全会上提出"揭露和清除汉奸"、"扩大和巩固民族统一战线"的主张之后,黄钢以著名的报告文学作品《开麦拉前的汪精卫》(《文艺战线》1939年9月第1卷第4期),揭露了汉奸汪精卫的丑恶嘴脸。抗战初期,作者在重庆以新闻电影记者的身份,在公开场合中看到汪精卫来渝后的种种表演。写作时,汪精卫已离渝投敌。作者认真钻研素材,精心构思,采用镜头剪接的方式,巧妙地将汪精卫在渝的表演重现出来,入木三分地暴露了他那矫揉造作、欺世盗名的虚伪嘴脸和不可告人的肮脏灵魂。每个镜头都能揭示人物表里不一的"演员"特征,各个镜头之间的组接对比更加强了对人物的表现力,产生了强烈的讽刺效果;加上精到的"画外音"似的点评,整个作品活脱脱地勾画出一个反动政客的典型形象。在刻画反面人物方面,黄钢为报告文学的人物画廊贡献了第一个成功的"丑角"。这篇作品以深刻的思想内容和新颖独特的艺术形式,博得广大读者的欢迎,在现代报告文学史上产生了重要的影响。

1939年春到1940年初,黄钢到晋东南敌后根据地。他亲眼看到八路军,从最高级指挥官到一般战士以及勤杂人员,都是那样融洽、亲密无间、和蔼可亲;在他面前展开了"一幅幅奇异的新生活的图景",因而受到极大的教育和鼓舞。回来以后,他把那些曾经"震动过"他"灵魂深处的"、"亲眼见闻过的、新生活之中的强音",写成《我看见了八路军》这篇著名的报告文学作品。《树林里》和《雨》记录陈赓兵团部分队伍在晋中地带辗转作战的艰辛历程,反映八路军在艰苦环境中与实战情况下的坚韧不拔的战斗精神以及指战员同甘共苦的优良作风。此外,《新疆归来者》报道长征途中受张国焘分裂主义之害的第四方面军先锋部队,几经转战,而在中共中央挽救下,最后一批三百多人,终于在1940年春季从新疆回到延安的情景。《挽歌唱起来吧!》记述延安悼念被国民党顽固派杀害的中共湘西特委负责人何彬的情况,倾诉对死难烈士的无穷哀思,鼓励后来者继承烈士的遗志。解放战争时期,他的《东北战场上的一盘棋局》,反映我国在光明即将战胜黑暗的历史转折关头,东北战场的巨大变化。

黄钢的报告文学具有鲜明的进步思想倾向和浓厚的时代色彩。"他用一篇又一篇的报告文学,记录了急遽变幻的时代风云,正像是摄影高手那样,追踪外场光影的变幻,捕捉时代前进的脚步,在他认为形神俱臻的刹那间,反映出具有历史意义的永久性的画面。"[①]他善于把自己捕捉到的富有历史意义的生活斗争的片断,放在事件的"总体"或"全局"中去考虑,透过纷纭复杂的现象,揭示事物的本质和它的发展动向,使人感触到时代脉搏的强烈跳动。他谈写作体会时说过:"当表现任何一个事物的运动时,我总是希望要求对于事物的总体有一个比较完整的、比较确切的了解,然后才落笔去写它。"[②]他学过美术,搞过电影,他的报告文学就综合运用了美术、电影和文学的诸种表现手法。他善于捕捉生动的细节,渲染艺术的画面,通过电影剪接的方法,把它们贯串起来,构成一种艺术的整体。有时加以抒情和议论,揭示生活的哲理,富有诗情画意,使人得到艺术的享受。《雨》和《东北战场上的一盘棋局》等也有这种特点。所记的材料是片断的,但是我军那种一往无前的精神和摧枯拉朽的磅礴气势却是一贯的、深刻的。《我看见了八路军》的"序节",仅摄取朱德在球场上静待上场的画面,就勾画出朱总司令那朴素而高尚的人格风貌,表现了八路军官兵平等的动人情景。黄钢当时的作品并不多,也未结集出版,却大都是精心之作,在人物描

---

① 朱子南:《时代的脉搏在跳动——概论黄钢报告文学》,长江文艺出版社1980年版。
② 黄钢:《我是怎样写作报告文学的?》,《芙蓉》1980年第3期。

写、结构艺术和表现手法多样化方面都有新的探索和创造,因而成为报告文学界引人瞩目的一位后起之秀。

刘白羽、华山、曾克等的报告文学,以报道解放战争的历史进程而引人瞩目。

刘白羽的《时代的印象》 刘白羽(1916—2005),北京人。抗战前夕出版第一个小说集《草原上》,引起人们的注意。抗战初期,在《七月》上发表的《逃出北平》,表现出爱国青年不愿当亡国奴的坚强意志。1938年到延安,参加了延安文艺工作团,深入到华北各抗日游击根据地。除写小说外,还写了两部通讯报告集《游击中间》和《八路军七将领》(与王余杞合著),记述北方敌后抗日民主根据地游击健儿英勇抗敌事迹,和救亡流动演出队第一队谒见朱德、任弼时、彭德怀、贺龙等八路军将领的情景。这是作者接触实际斗争之后的初步成果。

刘白羽自觉地以通讯报告这种武器为革命斗争服务,并获得较大成绩的,是在延安文艺座谈会以后。那时,他检讨了自己在创作上的小资产阶级倾向后,表示:"我愿意做一个部队农村或工厂的通讯员。但我马上想到:首先要有正确的立场,否则你也不会做成一个好的通讯员。"①1944年,中共派他到重庆与胡绳共同编辑《新华日报》副刊。由于现实斗争的需要,他又拿起通讯报告这个武器,连续写了包括七篇作品的《新世界的面貌》,后改名《延安生活》出版。这部作品,一反过去粗犷的笔调,用新旧对比的方式,细腻地描写了延安生活的变化。

抗战胜利以后,刘白羽以新华社记者的身份,随同"军调处东北执行小组"进入东北。在历时近百日内,他从南部沈阳进入东部山区的工矿区,而后往北斜贯哈尔滨,到黑龙江,再到西满而后转到当时的热河。他说:"从有冰雪的日子到这炎热的夏天,我旅行的全部,如果在一张旧日'满洲国'地图上,划下经历路线,那正好是一个圆环。"他把这次长途旅行采访的通讯报告集命名为《环行东北》(1946)。这部作品探索"东北的历史",探索"正在解决的广大农村经济的改革——土

---

① 刘白羽:《读毛泽东〈在延安文艺座谈会上的讲话〉笔记》,《解放日报》1943年12月26日。

地问题",展现了东北在民主政权建立后的巨大变化,揭露了国民党反动派妄图发动内战,取代日寇统治东北的阴谋。记事详实,议论精辟,显示出刘白羽通讯报告的政论性特色。

解放战争时期,刘白羽再度以随军记者的身份进入东北,经历了从松花江到长江的战争历程。除了部分小说创作外,他几乎以全副精力投入反映这场"历史暴风雨"的通讯报告的写作,用他的笔及时而迅速地反映解放战争的光辉历程,迎接新中国的光荣诞生。他陆续出版的通讯报告集有:《关于胜利的自卫战》、《血肉相联》、《人民与战争》、《英雄的记录》、《时代的印象》、《光明照耀着沈阳》和《历史的暴风雨》等。从这里可以看出刘白羽通讯报告写作的勤奋。这些作品大都在解放区出版,有些已经不易看到。此后,他又把解放战争时期的作品"重新选择、编排、整理"成为《为祖国而战》(1953)一书。虽然与《时代的印象》略有重复,但构成作者"在解放祖国战争年代"一个比较完整的通讯文集。

刘白羽在解放战争时期的通讯报告,最大的特点就是具有强烈的时代气息,使我们读了之后,深深地感到时代脉搏的剧烈跳动。1948年8月,他在编选《时代的印象》时写的序文说:"这一年多以来,真正和人民斗争现实一起前进,是我在工作中最愉快的时期","时时感受新的社会,从艰难中,从斗争中的生长,出现。"他认为通讯报告要"与时代斗争同呼吸",便极力用他的笔来反映伟大斗争的历史动向。收集在《为祖国而战》一书中的13篇作品,就充分反映了这个特点。

《锦州之战一角》和《光明照耀着沈阳》,记录了解决东北全局的两次重大战役。作者在《历史的暴风雨》一节中,通过两次到沈阳的对比,充满豪情地写道:"四六年四月春冻时期,我在执行部邀请下与其他中外记者来访沈阳,那时候气候是雨雪低垂,政治空气更加恶劣,黑夜鸣响暗枪,美国人带着降落伞部队赶来,国民党新一军、新六军也从海上航路蜂拥而至。国民党特务分子余纪忠天天在报上叫嚣反共反人民……那时他们反人民的内战气焰真是高达万丈。今天,我又到了沈阳,我看到一度被外国记者描写为'在摇曳烛光下举行军事会议'的'剿总'大厅里,连墙上的机密作战地图也来不及动,特别引我注意的是图上还标志着全军覆没的廖耀湘兵团西进辽西的最后部署,据说这是蒋介石于十月十五日亲自布置的。历史真会嘲弄人,在伪政委会里还留下他们给魏德迈的卖国报告。我希望把这些东西送到胜利纪念馆,让人们知道这些罪犯是怎样来不及擦掉罪迹就倒在人民脚下的。"驰名中外的东北战役,留给蒋介石"三种纪录":锦州一战三十一小时,长春一战也不过两天一夜,沈阳一战却成为解放东北的"煞尾"。刘白羽的通讯报告,就这样反映了落花流水的反动派是如何被人民扫进历史垃圾堆的。

刘白羽的通讯报告不仅表现了强烈的时代气息,而且用浓烈的抒情笔调描写了人民的历史性的胜利。《人民历史新的一页》描写北平人民欢迎解放军入城的盛况,迎接毛主席、朱总司令和其他中央首长到达北京时的欢迎会和检阅式,使人民看到了"强大的人民武装力量的缩影,同时也看到了强大的中国民主阵营的缩影"。《横断中原》记录了国民党反动派拒绝"求和"签字后,人民解放军在毛主席、朱总司令的命令下,从平津出发,向南下胜利进军。"伟大历史新的一幕正在展开,灿烂的光芒照射着人们前行的道路。"当电台传来百万大军分三路横跨长江的消息,"从外国通讯社里传出敌人一片溃退的慌乱"时,人们喜悦的心情是难以形容的。胜利的高潮怒卷直前,战斗的旗帜在前面招展。奔腾的黄河洗却了千百年无边的灾难,洗尽了过去的阴暗和耻辱,看到了中国人民幸福的、胜利的日子!用浓烈的抒情笔调、富有强烈的历史感的语言来描写我们的胜利,在刘白羽解放战争后期的通讯报告中比比皆是。他在抗日战争和解放战争前期的通讯报告比较注重纪实,注重对事实进行冷静透辟的分析,因而具有政论性的色彩。解放战争后期的作品却富有强烈的抒情意味。如果说,他以前的通讯报告是用"史笔"来反映战争的进程,揭示历史的动向的话;那么,他在这时期的作品,却是用诗人的豪情和画家的彩笔追踪历史大进军的胜利历程,信息快,场面大,激情洋溢,气盛言宜,构成了他报告文学的气势磅礴的艺术风格。

在我国现代文学史上,像刘白羽这样用通讯报告来反映我国抗日战争和解放战争全过程的作家,屈指可数。他的报告文学作品,我们可以作历史来读,从中既可以看到我国人民在苦难中的抗争,又可以从中深刻地感受到胜利的喜悦。

华山的《踏破辽河千里雪》 华山(1920—1985),广西龙州人。1938年到陕北安吴堡西北青年训练班学习,同年转入鲁迅艺术学院学习。结业后,被分配到太行山区抗日根据地《新华日报》华北版工作,开始从事通讯报告创作。他在抗战时期的通讯报告结集为《光荣属于勇士》,其中《窑洞阵地战》和《碉堡线上》,是两篇反映敌后人民武装斗争的优秀通讯。解放战争开始后,华山作为随军记者进入东北解放区,用他那生花的妙笔,描绘了东北人民解放战争的胜利历程。这个时期的作品大都收入《踏破辽河千里雪》(1949)和后来重新整理出版的《远航集》(1962)第二辑中。

华山的东北战记主要描写部队的正面战争。《踏破辽河千里雪》一书紧紧地抓住战士和群众迫切要求战斗的心情,展开了一幅幅英雄图景。《东北杂记》是东北解放军在秋季攻势前几天(1947年9月26日到10月4日)的行军纪事,反映了军民高昂的战斗情绪。《奔袭口前》,战士们"一口气前进了一百五十里,看不到一个掉队","反攻大军声威所至,蒋管区群众纷纷烧起复仇的怒火"。《北线纵横》描写被饥饿和仇恨激怒了的农民,在我军到来之前,自动起来向土豪劣绅展开翻身斗争。秋季攻势开展之后,东北国军面临绝境。民主联军战士曾经编了个歌谣:"三下江南还有一大片,夏季攻势还有一条线,秋季战役才开始,这条线又切成好几段。"严冬到来的时候,长春守敌新一军逃跑的风气相当严重,敌军用残酷的屠杀也没有能够制止。1948年新年前后,东北解放军横跨冰冻的辽河平原,在无边的雪野上闯出一条坦荡的溜平雪道,指向沈阳,与兄弟部队会师。《踏破辽河千里雪》描写了这一艰辛的历程,表现了人民战士的坚强毅力。《解放四平街》记下东北解放军"攻坚战"的第一个光辉的胜利。《英雄的十月》描写人民解放军的历史大进军和解放锦州的英雄壮举。人民解放军"挥戈东向","向沈阳挺进!"东北的解放指日可待。

华山的通讯报告高屋建瓴,气势凌厉,充满着强烈的革命英雄主义气息。正如马铁丁在《远航集·序》所说的:"看华山的文章,就仿佛看到他手从空中劈下来在讲话。"他的作品之所以具有这样的气概和魄力,首先是作者能够站得高,看得远,善于把握时代的精神,对人民的胜利充满着信心。他的作品表现了革命的乐观主义精神,即使在描写那些血火的战斗中,也处处流露出一种轻松、愉快的笔调。他又善于撷取生活中生动的对话和细节来表现人物的精神面貌。善于透过现象,揭示事物的本质,从而反映事件发展的动向。作者个人的豪放气质与时代精神主旋律的协调一致,使他的通讯报告形成了阳刚壮美的格调。这与刘白羽的东北通讯有相似处,但他的激情、气势更带有一个年轻战士的热烈奔放、纵横驰骋的英姿和风采。

曾克的《挺进大别山》 曾克(1917—2009),原名曾佩兰,河南太康人。她的处女作《在汤阴火线》(1938)反映新时代女性在抗战中的英姿,被茅盾誉为"勇敢的女性的工作记录"①。她于1940年到延安。延安文艺座谈会后,她写了许多反映延安和边区新生活的小说、散文和报告文学。解放战争时期,是曾克报告文学创作最为旺盛的时期。她在1947年初,作为记者,随第二野战军挺进大别山,并担任恢复根据地的工作队长。报告文学集《千里跃进》(后改题《挺进大别山》)就是这段生活斗争的记录。其后,她参加淮海、渡江、进军西南等战役,写下大量的通讯、报告文学和日记。《走向前线》选收1947年4月到1949年9月反映豫北战斗生活的报告文学作品。此外,她还接受组织的委托,参加编辑反映1947年6月30日晋冀鲁豫野战军渡过黄河天险、完成挺进大别山战略跃进任务的《南征一年》的征文选集九本,记录了这一伟大战役的真实情况。

曾克的报告文学影响较大的是《挺进大别山》。全书31篇分六辑,详细地记录刘邓大军为策应苏北我军作战,执行毛主席的战略部署,挺进大别山,实行伟大战略转移的史实。作者在《前记》中说:"本来,这些东西,都是时间性较强的新闻,由于交通阻隔,发稿困难,而只将它简单随时记录下来,现在仅仅是想做为材料保存起来。在此百万大军即将打过长江,完成将革命进行到底的庄严任务的今天,战争第二

---

① 茅盾:《"在汤阴火线"》(书评),《文艺阵地》第1卷第12期。

年的一个战略跃进中的点滴:英雄们的决心,群众对胜利的热望和全力支持,军队在新区的纪律典范,蒋区人民的灾难以及要求解放的渴望,战胜困难,坚持斗争,依靠群众,建立革命根据地等,都会鼓舞我们更勇敢更有信心的争取最后胜利。"在这部作品中,作者很少正面地去描写战争的场面,而是通过出发前、行军中的亲历和见闻的记录,使我们感受到战争的强大气势,指战员的激昂情绪,民众的苦难和群众在新中国成立后的欢悦。

曾克的报告文学,是用散文的笔调,描写细小的题材,反映重大的事件。她常以细致的观察,抒情的笔调,来描写生活中所看到的一切,把细小的题材放在重大的事件中表现,因此具有浓厚的时代气息。茅盾说她"未尝刻意求工","顺手拈来,神韵盎然!"①

曾克和华山是两位风格非常不同的报告文学家。虽然两位都长期担任随军记者,他们的作品都反映了抗日战争和解放战争的历史进程。但曾克侧重从侧面记述,华山却主要从正面描写。虽然两人的作品都富有抒情色彩,但曾克的文笔委婉、纤细,像涓涓的细流,带有女性作家的特点;华山则像大江波涛,滚滚向前,富有一种男性的粗犷和恢宏。

解放战争中,部队指战员中也出现了一些引人注意的报告文学作品。李立的《四十八天》(1948)记述王震部队从中南敌后突破国民党反动派和敌伪的堵截和包围,南征北战与中原解放区的新四军会师的经过。文字清畅,"由朴见真"②。可与周立波的《南下记》、马寒冰的《南征散记》相映衬。韩希梁的《飞兵在沂蒙山上》和《六十八天》(1949)是带有连续性的两个长篇报告,记述华东野战军的一个炮兵连挺进鲁西南敌后,粉碎国民党对山东的"重点进攻",最后解放了敌人的老巢济南,和离开沂蒙山参加淮海战役的经过,写得质朴粗犷,富有战斗生活实感。

在淮海战役胜利结束后,华东军区第三野战军政治部曾号召并组织《渡江一日》的写作。参加者有部队指战员、随军记者和支前民工。

---

① 茅盾:《读〈挺进大别山〉》,《挺进大别山》,上海新文艺出版社1953年版。
② 邵荃麟:《〈四十八天〉序》,《四十八天》,香港南洋书店1948年版。

编委会从一百万字以上的五百余篇来稿中选出120篇,编成二十多万字的《渡江一日》(1951)。全书分"渡江以前的准备","渡江之夜"和"渡江以后"三个部分,反映解放军渡江战役的辉煌历程。这些作品的共同特点是:"内容真实,具体,笔情朴素、简练,没有华而不实的空谈,大多是行动的记录。"(《前言》)这是解放战争中最后一次报告文学的集体创作,也为我国伟大的历史性事件留下了极其宝贵的史料。

抗日根据地火热的战斗生活,给报告文学的发展开辟了广阔的天地,许多作家放下自己熟悉的文艺形式进行报告文学的写作,反映人民群众劳动生产的热情,反映军队和人民的关系,描写在艰苦斗争中的优秀指挥员和战斗英雄,讴歌人民子弟兵在残酷战斗中创造的惊人奇迹,揭露野蛮残忍的敌人的溃败覆灭的命运,展现革命根据地的创建与发展的历程。抗战胜利后,人民面临历史性的选择,当时报告文学反映解放区新的生活面貌,揭露国民党当局内战的阴谋。到了解放战争全面展开,报告文学则以雄伟的气势,反映人民解放军转战千里的革命英雄气概,谱写了人民解放战争的胜利史诗。总之,抗日根据地和解放区的报告文学,是我国人民在中国共产党领导下万众一心,排除万难,从苦斗走向胜利的真实记录。作品中的开朗乐观的豪情与国统区抗战报告文学作品中的悲壮凄绝的心境恰是一个鲜明的对照。

三 战时报告文学的进展与成就

抗战初期的报告文学,在表现形式上存在着叙述多于描写、热情掩盖了人物的毛病。许多作品虽然比较集中地描写战争图景和各种生活斗争场面,但往往写得不深,成为未加工的艺术品,根据地的报告文学也难免有这种现象。不过,战争改变了作家的生活环境,造成了文艺大众化的有利条件。随着作家生活的深入,他们不满意那种单纯的事实报告,为了提高作品的艺术性,作家从纷纭复杂的现实斗争中选择带有情节性的题材。值得注意的是边区英雄辈出,因而有"人物印象记"和"传记报告"的大批出现,沙汀的《随军散记》是其中的佼佼者,周立波、何其芳、刘白羽、陈荒煤等都写了这类作品。叱咤风云,嘘寒问暖,将军风范,赤子心肠,许多驰名的英雄将领进入报告文学的画廊。报告文学由事实报道进而专注于人物描写,这是艺术性提高的重要表现,报告文学因而提高了艺术的魅力。

抗日根据地和解放区有一批30年代崭露头角的作家参加了报告文学创作队伍,大大地提高了报告文学的艺术质量,同时也涌现了一批富有朝气的新人,成为报告文学创作的生力军。他们联合起来,形成一支强大的作家队伍。这些作家深入生活,汲取中外文学传统的营养,奋笔抒写时代风雷,用多样化的表现手法,创作出一大批优秀报告文学作品,形成了各自的艺术风格。解放区的报告文学繁花似锦,给现代散文史增添了不少光彩。

报告文学在现代文坛上正名之前,带有报告文学性质的作品是以游记的形式出现的,如《新俄国游记》、《伏园游记》就是它的先导。随着反帝反封建爱国运动的开展,在历次重大事件中,作家们常以记叙散文的形式,满怀激情地反映事变的历程。在"左联"的倡导下,报告文学正式进入文学阵地而开始了它的成长期。以群在《抗战以来的报告文学》[①]这篇重要论文中,概述了报告文学发展的简史,说明了抗战时期报告文学的题材和艺术上的进展,见解相当精确。转述他的主要观点,对抗战时期报告文学的宏观考察颇为有益。

以群以为,中国的报告文学与中国的社会现实有着最密切的联系,与我国民众的反日运动更有着不可分的关系。1931年"九一八"事变产生的报告文学作品是它的萌芽;1932年"一·二八"事变后,反映这事变的收在《上海事变与报告文学》里的作品,以及反映帝国主义侵略下大众生活的惨痛与艰辛的收在《活的纪录》里的作品,代表它的发端期。随着抗日战争的进展,报告文学异常地发达起来了。以群指出:抗战期间,报告文学的成果是丰富的,它的题材有:伤兵的生活及为伤兵服务的经验,难民的生活及为难民服务的经验,作家及知识青年逃难及其在各战区、各部队担负宣传教育工作及参加战斗的经历,敌人的暴行,前方的军队在民众的帮助下对敌人的打击,撤退中的苦斗和所受的痛苦,沦陷区人民的苦难,民兵自卫武装的斗争,革命根据地的创建和

---

① 见《战斗的素绘·代序》,作家书屋1943年版。

发展,边区新人物的面影,大后方的生产建设和腐败的行政管理,俘虏营的情况等等。以群认为,抗战期间,报告文学的艺术有明显的进展,它表现为:由平铺直叙到提要钩玄,由纪录直接的经验到表现综合的素材,由热情的歌颂到冷静的叙写,由战争的叙述到生活的描写,由以事件为中心到以人物为主体。这提纲式的转述,大体上把抗战时期报告文学的概况描摹出来了。

以群这篇总结性的论文写作的时间较早,还没有包括解放战争期间的作品,如果把这后三年综合起来考察,那我们就会觉得在题材和艺术上,还有更大的开拓。

报告文学的发展与人民的抗日斗争确有不可分割的关系,抗战时期和解放战争时期的报告文学继承"左联"时期的《上海事变与报告文学》和《活的纪录》两大题材系统,着力发展了军事题材。以群论文中所提到的题材,大多属于国统区的被称为"悲壮凄绝"的战斗及暴露黑暗的作品。而根据地军民打击敌人的游击战、地道战、地雷阵、麻雀战、围困战、联防战等创造性战斗方式,著名将领的英雄业绩和平民作风,陕北、冀中、晋察冀、晋东南、山东等抗日根据地在战斗中的创建和发展等等,题材也是十分丰富的;抗日根据地的报告文学,表现出不同于前一种的战斗方式,人民在艰苦机智的战斗中取得了胜利的欢乐。三年解放战争又有不同,这时期的报告文学,则是以磅礴的气势,描述人民解放军横扫千里的战绩,歌颂集体英雄主义无坚不摧的胜利豪情。在以上报告文学作品中,作家以不同的创作心境反映了不同地区、不同时期、不同方式的情况,揭露了敌人的无比疯狂残暴,歌颂了中华儿女为国家民族的生存所进行的百折不挠、可歌可泣的斗争,映现了中华民族争取自由解放的军事斗争的全过程。在军事题材上如此丰饶多样的成果是空前的,今后恐怕也难得复见。

本时期报告文学及其作者来自三个方面:群众性的创作,进步文人、记者的访问记,记者、作家的报告文学作品。连天的烽火,把作家的注意力吸引过来,使他们投身战地,与群众血肉相连,呼吸相通,改变了原先的生活习惯、思想面貌和写作特长,以报告文学为武器;而抗日战争和解放战争的胜利进程,则更加开阔了作家的艺术眼界。两者都极有利于报告文学艺术的提高。作家在朴实的叙事基础上逐渐广泛运用场景再现、人物刻画、心理描写、评述议论等多种手法,因而解放战争时期的报告文学比之于抗战时期,更多恢宏气势、形象实感、抒情笔调和政论色彩。这标志着报告文学创作的日趋成熟。

报告文学和杂文一样,都是散文家族中的主要成员,经"左联"时期的斗争磨炼,在抗日烽火中成为取得重大发展的两个分支。它们在国家民族处于生死存亡的关键时刻,分别在政治方面和军事方面并肩作战,斩关夺隘,使自己壮大和成熟起来,为中国现代散文做出了历史性的贡献。

第六章 战地黄花分外香
——记叙抒情散文的拓展

在战火纷飞、时局动荡的战争年代里,人们特别要求文学的战斗性和时代性,及时有力地反映时代变动,回答现实的重大问题。具有社会责任感的作家也总是自觉适应时代的需要,做时代精神的代言人。普遍的变化是:战乱流离生活一方面开阔了作者的视野,与现实和人民的关系更为密切;另一方面也影响了他们的写作方式,由于没有从容写作的环境和心情,迫使他们寻找更便于把握时代变动的文学形式。加上战时出版条件困难,文学刊物篇幅有限,更为欢迎短小精悍的作品。这一切,有力地促进了散文这种轻便敏捷的文学形式的发达兴盛,也有力地制约着散文在主题、情调、形式和风格诸方面的变革扩展。从记叙抒情散文的角度说,战乱生活的见闻感受,社会问题的揭露批判,理想和希望的追求向往,新的生活的创造和讴歌,成为最突出的写作题材;身边琐事,山水自然,闲情逸致,已经不为广大作家和读者所关注。忠实于现实,忠实于时代,忠实于人民,为民族民主革命战争服务,是这时期散文创作的主流;"刚健"、"壮烈"、"粗犷"、"深沉"的散文风格占据主导地位。脱离现实斗争的闲适、唯美、消遣诸倾向的散文小品趋于消沉;"柔和"、"静美"、"闲逸"、"冲淡"的散文风格退居一隅。这是一个战斗的时代,"战地黄花分外香",现代散文经受战斗的洗礼,显示出特异的艺术光彩。

第一节 抗日救亡的呐喊

战时散文的起调就不同凡响：为抗日民族革命战争呐喊助威，向全世界控诉日本侵略者在中国犯下的滔天罪行，表达国人抗战到底的坚强意志和敌忾同仇的民族激情，慷慨悲歌，意气风发，具有强烈的政治鼓动性。这与"五卅"的抗议和"九一八"的呼号一脉相承，与"七七"、"八一三"后全民的怒吼协调一致。上海的《救亡日报》和《呐喊》周刊率先喊出国人郁积多年的抗战呼声，各地的《哨岗》、《文艺阵地》、《战地》、《抗战文艺》、《笔部队》、《战线》群起呼应，形成全民族的战斗大合唱。

茅盾为《呐喊》周刊撰写的创刊献词《站上各自的岗位》，表明了广大写作者的共同态度：

> 在这时候，需要热血，但也需要沉着；在必要的时候，人人要有拿起枪来的决心，但在尚未至此必要时，人人应当从容不慌不迫，站在各自的岗位上，做他应做的而且能做的工作。
>
> 我们一向从事于文化工作，在民族总动员的今日，我们应做的事，也还是离不了文化，——不过是和民族独立自由的神圣战争紧紧地配合起来的文化工作；我们的武器是一枝笔，我们用我们的笔曾经画过民族战士的英姿，也曾经描下汉奸们的丑脸谱，也曾经喊出了在日本帝国主义铁蹄下的同胞的愤怒，也曾经申诉着四万万同胞保卫祖国的决心和急不可待的热忱，而且，也曾经对日本军阀压迫下的日本劳苦大众申说了他们所应做的事，寄与了兄弟般的同情。
>
> 这都是我们所曾经做的；我们今后仍将如此做……

在我们民族面临生死存亡的决战关头，广大爱国作家履行国民的责任，坚守自己的岗位，用笔参加战斗，写下了血与火交织的新篇章。老作家带头写出了《在轰炸中来去》（郭沫若）、《炮火的洗礼》（茅盾）、《控诉》（巴金）、《火花》（靳以）、《军中随笔》（谢冰莹）、《胜利的曙光》（黎烈文)等;从战地烽火中穿行成长的青年作者带来了《沸腾的梦》(杨刚)、《西行散记》(白朗)、《向天野》(田一文)、《战争与春天》(尹雪曼)、《最后的旗帜》(罗荪)、《一年集》(流金)等等。这些篇章取材于前线战斗生活或后方救亡斗争,以鼓动抗战热情、控诉日寇暴行、树立必胜信念为基本主题,写作上或记叙、或议论、或抒情、或兼而有之,体裁近于报告、杂文和抒情文的混合,与30年代前期东北作家群的战斗呼声相呼应,反映了全国抗战初期群情振奋、同仇敌忾的时代气氛,起到了宣传鼓动作用。郭沫若在《三年来的文化战》一文中总结说:"文艺作家们不断地暴露着敌寇的惨绝人寰的残暴兽行,表扬着抗敌将士英勇杀敌的、种种可歌可泣的故事,描写着努力于抗战建国的各方面艰苦奋斗的种种姿态。新闻记者们不断地出入于枪林弹雨,采集前方战讯向国内外报告,在前后方创设着并支持着大型小型、全国性、地方性的报纸,尽力于抗战建国的鼓吹督励……所有这些反文化侵略的战士们,三年来尽瘁于抗战建国的种种业绩,无疑地为了反侵略斗争的伟大任务。由于这些工作者的努力,我们在文化上的抗战,也和整个的抗战一样的是愈战愈强了。"①这充分地肯定了抗战文学的社会意义。

郭沫若自1937年7月25日"别妇抛雏断藕丝"回国参战以来,在轰炸中去来,英勇地战斗在前线和后方的文化宣传战线上,成为继鲁迅之后新文化运动的又一面光辉旗帜。抗战初期,他写作大量的热血文章,陆续结集出版《在轰炸中来去》、《抗战与觉悟》、《前线归来》等小册子,尽力于抗战救亡的呐喊。其中有《抗战与觉悟》、《全面抗战的认识》、《理性与兽性之战》、《忠告日本政治家》一类直接诉诸国民理智的议论文字;另一类则是"文艺性的生活记录",反映自身回到祖国、投入抗战洪流的独特经历,以眼见耳闻的前后方战斗事实展示全民抗战高潮的到来。在民族垂危关头,郭沫若毅然别妇抛雏、回国请缨,显示了一位伟大爱国者的胸怀气度,令人崇敬。抗战初期士气旺盛、群情激昂的壮烈气氛,一扫他心中的疑虑,他全身心投入战斗,谱写时代"洪波曲"。他这些"生活记录"传递着全面抗战的战斗信息和坚强意志,为

---

① 郭沫若:《三年来的文化战》,《沫若文集》第11卷,人民文学出版社1959年版。

这个大时代洪流留下了浪痕。

茅盾的《炮火的洗礼》收入15篇短文,既有热情的呼叫,又有冷静的分析,尤其对于战时民众发动工作的薄弱和达官贵人的腐败能够及时加以揭露。他写道:"我是一个所谓文化人。我知道文化的繁荣滋长,需要和平的环境,但更需要独立自由的精神。个人从事文化事业时固然如此,一个民族发挥其才智对世界文化作贡献时,也是如此。因此我憎恨战争,也憎恨专制政治和侵略的帝国主义。但是为了争取独立自由,我无条件地拥护个人对环境的、民族对外来侵略的战争。中国民族现在被迫得对日本帝国主义作决死的战争,我觉得是无上的光荣。"(《写于神圣的炮声中》)我们既不是非战主义者,也不是好战分子,我们所进行的战争,是反侵略求解放的正义战争。"我们的战争负荷着解放自己和促进日本民众掉转枪口以自求解放的双重使命",茅盾的战争观体现了无产阶级国际主义和爱国主义思想的统一,他的敌忾情绪受理性认识的疏导而不流于嚣张空喊。

巴金的《控诉》,"自然有呐喊,但主要的却是控诉"。他呐喊:"我们为着我们民族的生存,虽然奋斗到粉身碎骨,我们也决不会死亡。"(《一点感想》)巴金向国人鼓动一种战斗精神,一种舍身取义精神。收入《无题》中的《做一个战士》、《"重进罗马"的精神》就是代表作品。他歌颂战士的热情、信仰、意志,在战斗的时代呼唤"做一个战士",在民族存亡关头提倡"重进罗马"精神,富有鼓动性和战斗性。在《黑土》中,他记录在轰炸中的广州人民热烈献金抗战的故事,乞丐也不后人。对于危害正义、危害人道、危害生命的法西斯暴力,他发出了呼喊,"我控诉"。《给山川均先生》一文,反驳山川均为日本军阀政客发动侵华战争张目的谬论;《给日本友人》二信阐述侵略战争的非正义性及其对中日两国人民感情的严重伤害,这些公开信晓之以理,动之以情,寄希望于日本国民从盲目中反省过来,一起反对侵略战争。作者揭露日本空军轰炸车站、追杀难民的血腥罪行,揭露日本军阀政客穷兵黩武,必将玩火自焚,谴责一些文化人士为军阀充当吹鼓手,难逃帮凶之罪。巴金以公开信形式对日反宣传,以血的事实和无可辩驳的道理控诉侵略战争,表现出一股凛然正气,使得山川均之流的谬论相形失色。

靳以的《火花》、《我们的血》①等小书表示他是"沉着的站上自己的岗位,尽一己的全力来呐喊"(《我的话语》)。请听他发出的誓言:

> 我们的血不是白流的,我们是用血来灌溉我们的土地,我们是用血来培养我们的土地,我们是用血来保卫我们的土地。我们愿意我们的土地仍然做我们的保姆,我们希望在这土地上能生出一朵花——一朵自由的花。
>
> 我们不气馁,不妥协,我们爱我们的土地,爱我们的弟兄,也爱伟大的自由。血是要流的,将染红了大地,培植自由的花在她的身上茁长。

作品以激昂的调子、热烈的节奏,抒发誓死保卫国土的坚强意志。这不仅是一个人的誓言,而且也是四万万同胞的共同态度。《我们的国家》也是这类富有鼓动性的抒情短文。

杨刚《沸腾的梦》是抗战初期抒情散文的代表作。杨刚(1909—1957),湖北沔阳人。30年代前期在燕京大学英文系学习时,加入中国共产党,积极参加并领导北方学界抗日救亡运动,同时开始文学著译活动。抗战爆发后,南下武汉、上海,1939年夏去香港接替萧乾主编港版《大公报》的《文艺》副刊,香港沦陷后撤回桂林,曾作为《大公报》的战地旅行记者到东南前线采访过,写了通讯集《东南行》。她出版的散文集《沸腾的梦》(1939)受到广泛的好评。胡乔木称道"是中国人爱国心的炽烈而雄奇的创造,在现代的散文中很难找出类似的作品来"②。"炽烈而雄奇"一语,准确地概括了这部散文集的风格特征。她为《沸腾的梦》写的序文,直率地袒露内心承受着民族苦难和人生痛苦的重负而不懈追求真理和光明的艰难历程。"我觉得我心如一堆自发燃烧的煤山,烟焰永远袅袅不绝,有时候如星子乱碰一阵,有时候煤屑纷飞,所到之处都是氤氲。我觉得我心是一堆永不能熄灭的灰烬。它燃烧,它又偃卧,偃卧不是为了休息。生命有它至艳的精华,愈燃烧愈发皇,愈灿烂,愈鲜美。灰烬是力的凝聚,精华的提炼。"奇诡刚强的意象,突

---

① 二书后来选入《血与火花》,万叶书店1946年版。
② 胡乔木:《〈杨刚文集〉序》,《杨刚文集》,人民文学出版社1984年版。

出表现内心生命力的发散、灿烂,炽烈的爱国热情喷射而出。"我不是用显微镜察视着路途而举步的人,也永不能抗拒沸腾的狂飙驱我如风车,将伟大的创造之梦启示给我","但我却以我生命的真实担保,我见到了一股真切如火样鲜明的大力,像彩虹的长带盘旋不尽的在我民族头上团团转动,它溶入这攘攘熙熙、滔滔不绝的浩大人群里,结成了一颗伟大的创造心脏。我见这鲜艳心脏登在生命的风轮上拉起全个世界奔驰前进,风轮下飘发着强烈的火焰!"以这样的雄姿气势,这样的沸腾激情,这样的理想信仰,为民族民主解放战争高歌猛进,一位刚强的女革命家的人品文风于此可见。这的确是现代散文史上难得的作品。在《抗战与中国文学》中,她描述抗战文学的新风貌:"以整个生命的悲壮、伟烈、奇迹、精美,作为写述的对象。爱与恨、乐与忧、悲与喜,没有丝毫的掺合和折扣,整个的联接在一个总的生命与美的创造上面。"杨刚自己的散文创作就体现了这时期散文的新风采,确把自我心灵投入民族熔炉,冶炼出全新的生命与美。她在香港《文艺青年》、《大公报·文艺》上提倡反对"新式风花雪月"的不良倾向,强调抒情创作的时代性、战斗性;她以身作则,开创了现代散文的刚健美,因而正如胡乔木所说的,"单是这个散文集,中国的文学史家就永远不能忘记她"。

白朗(1912—1994),辽宁沈阳人。早年在东北从事进步文艺活动,1935年与罗烽逃亡到上海。1938年参加"文协"组织的"作家战地访问团"前往中原前线,写的日记集为《我们十四个》出版,实地反映前线生活和战斗气氛。她的《西行散记》(1941)收入抗战前后写的散文15篇,叙说流亡经历,袒露内心矛盾,怀念沦陷的东北故土和亲友同志,在全面抗战形势的鼓舞下,怀抱着光复失地、重返家园的希望和信心。其中的《我踟蹰在黑暗的僻巷里》、《月夜到黎明》和《祖国正期待着你》,抒写革命女性所面临的亲情与事业的冲突,对陷于敌蹄蹂躏下的弱弟的牵虑和期望,对嗷嗷待哺的幼子的爱怜和对摆脱家累重上征途的企求,错综交织,跌宕起伏,写得相当真切,富于女性意味。稍后的《一面光荣的旗帜》(1947)歌颂东北抗联女烈士赵一曼、冷云等的英雄事迹,"慷慨悲歌哀烈士,坚决战斗慰英灵"。白朗散文具有女性作家特有的敏感多情,又带有自身独特经历所磨炼出来的刚强朗阔的个性特征。

田一文(1919—1989),湖北黄陂人。小时因家庭贫困,只念到高小毕业,就走上社会,靠自学打开文学之门。战前在汉口编过报纸副刊,发表过习作。抗战爆发后,武汉一度成为文化中心,他积极投入抗战文艺活动。1938 年,参加臧克家、于黑丁带领的第五战区文化工作团,穿走在烽火中,写下不少散文速写。《金的故事》(1939)大多是速写,《向天野》(1940)中出现了战地抒情文。其中,《地之子》、《江之子》塑造了热爱祖国的土地和大江、为保卫国土而战的抒情主人公形象;《向天野》刻画了一位革命女性爽朗、粗犷、坚强的个性;《我穿走在红土上》、《战地进行》和《在战斗中》抒写着为祖国而战的战斗情怀。这些咏人抒怀的作品以情绪饱满、境界开阔、格调激昂而振奋人心,体现了抗战初期抒情散文的新的精神风貌。现举《我穿走在红土上》为例,说明其战地抒情文的特点。他抒写战地富有诗意的风貌,唤起人们对祖国大地的深厚感情:

> 当温柔的黎明穿过了黑暗出现的时候,我们就穿走在这南中国底红土上了,我们以沉重的脚步,惊止了草间昆虫们的声音。那时,太阳晒黑着我们底皮肤,海蓝的天悠闲的飞走着白云,桦树把浓荫投在地上,榕树们正垂着美丽的长须,庄稼是金黄的,稻底饱满的颗粒,压弯了细长的稻杆子,原野是那样丰满,是那样的一片"百谷般的土地"。

穿走在这样美丽、富饶的大地上,看见农民游击队员尽责地守卫着乡土,作者深切地感觉到:

> 南方,燃烧着热情的火焰。
> 南国人民的胸间,燃烧着热情的火焰。
> 我们穿走在已经成为棕红色的土地上,我们底心中也燃烧着热情的火焰。

作者的战斗热情从实际的战斗生活体验中产生、升华,与人民的战斗热情融为一体,个人的抒情代表了人民的抒情,这是现代抒情文的一大进展。作者以诗的语言歌唱战斗生活,抒情气息浓厚,行文富于节奏,是一篇格调高昂的散文诗。1940年4月,田一文从鄂中前线撤回重庆,协助巴金筹建重庆文化生活出版社,从此脱离战地回到后方,其生活和创作都有所变化。以散文诗形式抒写战斗情怀,是当时一些战地作者所作的新尝试,亦门、严杰人、林英强、黎焚熏、尹雪曼、李白凤、胡危舟等都有成功之作。他们的战地抒情作品,充满着强烈的战斗气息和爱国激情,开拓了抒情散文的新天地。

亦门在抗战初期参加淞沪战役,以报告文学集《第一击》知名于世,日后以诗集《无弦琴》和诗论《人和诗》成为"七月"诗派的骨干之一。所作抒情短文多署笔名S.M.,未曾结集,散见于《救亡日报》、《现代文艺》、《国民公报》等报刊上。《总方向》①显现江河奔流、泥沙俱下、回环往复而浩荡东去的雄浑气势和自然规律,象征抗战洪流奔腾向前、势不可当的历史方向,"把握总方向"的呼声代表了国人的一致要求和时代的战斗精神。作为一位民族战士,他深入实际战斗生活,直接体验到人民和兵士之间高扬的民族激情,对《雾·土·星·花》、《晨·午·黄昏·夜》②之类常见题材有着独特的发现,带有战士诗人的战斗情怀。农民和兵士最懂得土地,最热爱土地,"农民是以艰辛的汗渗透大地的,而他们(指兵士)以圣洁的血保证解放,农民始终不倦于播种和收获,而他们顽强于战斗,慷慨于牺牲",从中萌生的"我们今天的新爱国主义"激励着人民奋起反抗侵略,誓死保卫国土。他并不回避花草星月一类自然美题材,不以为这是"忘掉血"的表现;相反,他觉得流血牺牲为的是换来爱、美和理想的世界,为的是"活得好"。"从花底娇红,我想到血底烈红了;从血入地之处,我知道蓓蕾破土而出之处了"(《花》),战士诗人的思想意向既正视现实又富于理想,战斗情怀始终是壮烈高昂的。诗人把诗的想象引入散文,意象丰满,行文跳跃,语言凝练,构成其诗化散文圆满瑰丽、蕴藉厚实的艺术风格。在抗战前期散文创作中,他这几篇作品追求情绪饱满和艺术完美,显示了特色。

严杰人(1922—1946),广西宾阳人,在抗战时期文坛上犹如一颗

---

① 《救亡日报·诗文学》1939年9月14日。
② 分别刊于《现代文艺》第5卷第3期、第4期。

彗星。他说过:"从祖国蒙上耻辱和灾难的衣裳的第一天,我洁白无疵的童心,就已将自己的生命许嫁给祖国解放斗争的圣业了。"(《家》)这时,他担任桂林《广西日报》战地记者,奔走在南方战场上,开始在香港《大公报·文艺》、《星岛日报·星座》、桂林《广西日报·漓水》、《力报·半月文艺》等报刊上发表诗歌、散文和战地通讯。作者主要以诗知名,散文仅见《南方》(1942)一书问世。其散文有些是自己"对于受敌蹂躏的南方乡土和人物的怀念",有些是他"在南方战野上耳闻目见的报告",有些是"这时代里向光明舞蹈的南方青年的写照",有些是"对残酷的南方的现实的控诉"(《南方·后记》),既有地方色彩,又充满时代精神,还带有年轻诗人天真热情的鲜明印记。他很少歌咏个人的不幸和孤独者的情怀,总以自己投身于战斗集体而感到和谐快乐,出现在《家》、《别离歌》诸作的抒情主人公具有集体主义和英雄主义的品格。严杰人在《南方》的《后记》中重申何其芳30年代确立的散文艺术观,强调"每篇散文应该是一种纯粹的独立的创作",自觉追求散文的艺术性,但无论是情调还是文风都较前粗犷,与何其芳战前作品的纤细风格大为不同了。

林英强(?—1975),广东梅县人,被人称为"抗战散文诗的勇敢的先驱者"①,战时活跃于华南、西南一带,在《东方诗报》、《救亡日报》、《文艺新潮》等报刊上发表的散文诗创作,结集为《麦地谣》(1940)出版。全书收入散文诗35篇,从《战地放歌》到《苗瑶自歌》,贯穿着抗战爱国的激情,充满着必胜的信念。《热血的注流》通过个人抒情表达时代的典型情绪,集中体现出其抗战散文诗的格调:

> 风高月黑,我是不能衰减了记忆,妻离,子散,故乡的城堡的破毁,哦,到底我是作了惨痛的流亡,流亡到外方。
>
> 在混蒙的天野中,我还是想着那四月的家山,广原上的牧人的吹笛,小径蔷薇的飘荡,可是,那一天,我再能归去?纵然归去,笛曲必停歇,蔷薇也摧残,甚且是不可辨了旧日的门墙。
>
> 乡愁,真狠狈而不可收拾么?我流亡在这难堪的长途上,每一

---

① 锡金:《〈麦地谣〉序》,《麦地谣》,上海文艺新潮社1940年版。

　　　　凝望辽远的天,便联想妻离、子散。哦,心的焦愤啊,像涌了血,谁能说我是已经把深仇遗忘?

　　　　　　风高月黑,我真能够想起那远边,那远边的黯淡的家山,我的心热了,从今天起呀,热血的注流,是寻定了方向。

　　　　　　唵,我的血要尽量的流啊,不歇的流吧!一滴的血都须流在大战斗的沙场!

流亡者的家仇国恨、故园情思升华为战斗要求,热血的注流汇入民族解放战争洪流,这种情感体验和自觉意识不是他个人所特有的,而是概括了人们的普遍情绪。他发自内心的歌调,从沉郁趋向激越,从低吟转为放歌,节奏伴随着情绪抑扬变化。他的《麦地谣》、《苗徭自歌》诸作歌颂少数民族为祖国战斗的壮烈情怀,开拓了散文诗的新题材。尽管他有些作品缺乏真切体验,流于空泛,但像他那样大量创作抗战散文诗,在当时确是无愧于"先驱者"美称的。

　　田一文、亦门、严杰人、林英强等善于抒情的青年作者,从战斗生活中崛起,给抒情文学带来战斗气息和刚健文风,大大突破了自我表现的格局,开拓了个人为时代歌唱的新路。这种新的抒情精神为后来一大批青年作者所发扬光大。

　　抗战初期散文的呐喊和控诉,体现了时代的主导精神,标志着民族意识的空前加强,在现代散文发展史上进一步发扬了反帝爱国的战斗传统,为开拓战斗生活题材和刚健壮美文风起了先导作用。不过,热烈兴奋之余,难免有一些肤浅空泛之作,缺乏艺术的加工,往往露出草率粗糙的痕迹。这是大变动时代常有的现象,社会的变动带来了艺术视野的扩大,但艺术把握新题材一时还不那么适应,不那么深刻和娴熟,生活和艺术的矛盾、内容和形式的矛盾在这时候较为突出和尖锐。当战争进入相持阶段,国人热情积淀升华,艺术也在反思、扬弃中走向新的成熟。由此,战时散文开始摆脱抗战初期普遍存在的题材集中、文体驳杂、率直显露的倾向,恢复和发展现代散文个性化、多样化的艺术传统,进一步发扬现实主义的批判精神和理想追求的执着精神,向社会生活和精神生活的广度、深度和强度突进。

第二节　流寓生活的纪实

广大作家被战火无情地赶出书斋或亭子间,涌入逃难的人流,与难民一道经受颠沛流离之苦。这一生活变迁开阔了他们的生活视野,促使他们接触和体验到底层社会生活,加强了他们与现实和人民的联系,自然给他们的散文创作带来新的生活素材和思想养料。一贯兴盛的旅行记在这一时期中以流亡记的面貌出现,这是战乱流离生活直接促成的。流亡记可以说是旅行记的一个变种。由于战时作家大多有过流亡逃难的遭遇,写作流亡记、旅行记就成为一时风气。战时旅行记与二三十年代那种有意识地出外旅行考察的纪行文字明显不同。首先,表现的时代气氛不同,这是上有轰炸、下有追兵的战乱时代;其次,表现的作家心境不同,国恨家仇,集于一身,生死攸关,不容有闲散从容的心情。为数众多的流亡记、旅行记构成了一部抗战时期中华民族的苦难史和斗争史,控诉日本帝国主义的侵略行径,暴露大后方社会的黑暗面,反映中国人民流血受难的生活和抗战到底的斗志,都是以真实的生活经历、深切的感情体验和切实的文字记录,把我们带入那烽火连天的战乱时代里。

一　战乱流离的世态画

茅盾的《见闻杂记》　茅盾战时辗转于广州、香港、桂林、重庆、昆明、西安、延安、乌鲁木齐等地,战后访问过苏联,所写的旅行记从《苏嘉路上》起始,结集出版过《见闻杂记》(1943)、《时间的记录》(1945)、《劫后拾遗》(1942)、《归途杂拾》(1944)、《生活之一页》(1947)、《脱险杂记》(1948)、《苏联见闻录》(1948)等;这些作品后来收入《茅盾文集》第九、十卷。数量之多,涉及面之广,在战时是首屈一指的。

《见闻杂记》、《时间的记录》着重反映西南、西北大后方社会的畸形生活。茅盾保持他30年代注重从经济关系的角度观察和反映社会现实问题的作风,继续坚持《速写与随笔》中夹叙夹议、纪实述感的写作特点,有分析有批判地暴露大后方市镇经济的畸形发展和虚假繁荣,揭露官商勾结发国难财的黑暗内幕,抨击暴发户骄奢淫逸的腐朽生活,反映后方人民在官商横征暴敛、市面物价飞涨重压下贫困凄惨的生活状况,仍以"观察的周到,分析的清楚"和"切实的记载"见长。如《"战时景气"的宠儿——宝鸡》一文,揭露战时宝鸡"繁荣"的虚假性。文中指出它是由投机商、暴发户之流制造出来的表面繁荣,不是建立在生产发展基础上的真正繁荣,而且,宝鸡市区的"繁荣"又是从附近农民被压榨成为"人渣"作为代价的。作者通过一个战时发迹的小县城的解剖,暴露了大后方国统区社会的阴暗面。作者认为:"物价的高涨,颓废淫靡之加甚,在我看来,就是旅途见闻杂记的材料。而美好的风景看过了,往往印象不深,这就是这里的十多篇并不写风景的原因。"(《见闻杂记·后记》)他取材专注于现实社会问题,体现了他一贯的写作态度。

名篇《白杨礼赞》、《风景谈》二文,最先收入《白杨礼赞》(1943)一书,随后分别收入《见闻杂记》、《时间的记录》。《白杨礼赞》借白杨树象征根据地人民团结战斗、坚强不屈、力求上进的可贵精神;《风景谈》歌颂陕北边区军民在共产党领导下改造自然、建设边区、创造新"风景"的新生活;《秦岭之夜》(收入《见闻杂记》)记述乘八路军的军车经过秦岭的情景,赞美八路军战士活泼、刚健的精神风貌。这些新"风景"令大后方读者耳目一新。茅盾于1940年到延安住了几个月,对边区有深入的了解,所以能写出这类思想深刻、艺术高超的寓政治于风景之中的佳作。

《生活之一页》、《劫后拾遗》、《脱险杂记》、《归途杂拾》等反映香港陷落前后的动荡局势和文化人士由地下党安排通过游击区撤回内地的脱险经历。太平洋战争爆发前的香港,是文人出入颇繁、抗日文艺活跃的地方。茅盾因文化工作的需要,多次旅居香港,从事编辑和创作活动。香港被日寇攻占时,茅盾夫妇正在那里。这些作品系统而又详尽地记叙这时期他的避难生活和脱险经历,通过个人生活经历反映出香港陷落的灾难,小市民的惊慌失措,文化人士的危急处境,和地下党的周密部署,东江游击队的细心护送,游击区的斗争风貌。体裁介于报告文学和旅途见闻录之间,叙述生动曲折,时有惊险性情节和扣人心弦的场面。

《苏联见闻录》和《杂谈苏联》是茅盾1947年春访问苏联时写下的日记、游记和杂文的结集。书中以自己的见闻印象介绍苏联战后的建设成就,宣传社会主义制度的优越性,有些篇章如《梯俾利斯的"地下印刷所"》以细腻的抒写获得好评。

茅盾战时的旅行见闻杂记,在语言上追求通俗化、大众化,叙述、描写、议论浑然一体,形成了明白晓畅而又朴实锋利的文风。举《"雾重庆"拾零》一段为例:

> 这里只讲一位比上不足,比下有余的人物。浙籍某,素业水木包工,差堪温饱,东战场大军西撤之际,此公到了汉口,其后再到重庆,忽然时来运来,门路既有,办法亦多,短短两年间,俨然发了四五万,于是小老婆也有了,身上一皮袍数百元,一帽一鞋各数十元,一表又数百元,常常进出于戏院,酒楼,咖啡馆,居然阔客。他嗤笑那些叹穷的人们道:"重庆满街都有元宝乱滚,只看你有没有本事去拾!"不用说,此公是有"本事"的,然而倘凭他那一点水木包工的看家本事,他如何能发小小的四五万?正如某一机关的一位小老爷得意忘形时说过的一句话:"单靠薪水,卖老婆当儿子也不能活!"

行文出以说书口吻,有形有色地描述暴发户的发财手段和得意嘴脸,又语含讥刺,庄谐并用,读起来顺畅,品起来又有味,较之他早期的记叙散文语言显得更为纯净利落。

巴金的《旅途杂记》　巴金这时期主要活动在西南和华南地区,《旅途通讯》(1939)和《旅途杂记》(1945)这两本"旅行的书"都是在穗、港、桂、筑、渝、蓉等地的旅寓中写成的,记录他流离迁徙的生活和沿途的见闻,展现了大后方战时的景况。他的报告《广州在轰炸中》,写自己和广州人民一道经验死的威胁和生的抗争,他是在广州沦陷前夕才告别这个英雄城市的。他记述后方内地的交通困难,旅途的艰辛,难民的痛苦,真实反映了中国人民所受的苦难和内心的愤恨。他从《桂林的受难》,想到其他许多中国的城市,"他们全在受难。不过他们咬紧牙关在受难,它们是不会屈服的。在那些城市的面貌上我看不见一点阴影。在那些地方我过的并不是悲观绝望的日子。甚至在他们的受难中我还看见中国城市的欢笑。"敌人投下的是炸弹,我们还报的是永生的仇恨、不屈服的意志和胜利的信念。作者的笔尖也揭开后方社会的阴暗面,有的破产,有的发迹,物价昂贵,淫靡之风盛行,但他更多地把愤怒对准民族敌人,把祝福献给朋友和人民。他一如既往地歌颂友情,说是友情的温暖"给了我勇气,使我能够以平静的心境经历了信中所描写的那些艰苦的日子"(《旅途杂记·前记》)。如果说,茅盾的旅行记以冷峻的批判、深刻的暴露而具有理性锋芒;那么,巴金的旅行记则以热情的控诉、切身的体验而具有感染力;茅盾在解剖生活,巴金则在体味生活;茅盾帮助人们认识后方社会现实,巴金却带读者一起经历当时的生活情景。

巴金战时旅行记依然保持《旅途随笔》的文风,娓娓而谈,朴实亲切,不加修饰,自然天成。他自称:"我只是像平日和朋友们谈闲话似地写下我的真实见闻。"(《旅途通讯·前记》)每篇文章都以第一人称自述的口气写成,长短不拘,驱遣自如,看似平铺直叙,实则详略得当,自有波澜。如《广武道上》、《桂林的微雨》、《在泸县》、《筑渝道上》几篇都是质文相当、文情并茂的纪行作品。

丰子恺的"避难五记"等 1937年11月6日,敌机轰炸石门湾,丰子恺举家辞别安居多年的新屋"缘缘堂",开始踏上颠沛流离的旅途。不久在逃难途中获悉"缘缘堂"毁于炮火的"噩耗",悲愤之余写下《还我缘缘堂》、《告缘缘堂在天之灵》二文。他一反过去超然飘逸的写作态度,代之而起的是要"凭五寸不烂之笔来对抗暴敌"(《还我缘缘堂》),于是开拓了"斥妄"的新路子。他追述被迫离家逃难的经过,写成"避难五记"《辞缘缘堂》、《桐庐负暄》、《萍乡闻耗》、《汉口庆捷》和《桂林讲学》,流寓中还写了一系列散文随笔,控诉侵略者的暴行,揭露旧社会的腐败,反映逃难经历和后方生活的艰难,希望古国新生振兴。他这时期的散文染上战时的烟尘,国恨家仇融为一体,充满爱国主义的精神。这些作品大多收入《漫文漫画》(1938)、《子恺近作散文集》(1941)、《教师日记》(1944)、《率真集》(1946)诸集内,有的散见于《立报·言林》、《文艺阵地》等报刊上。

《辞缘缘堂》追忆苦心经营"缘缘堂"的始末,极力描写家乡石门湾得天独厚的自然环境和优裕萧散的田园生活,刻画新屋"缘缘堂"的高大明爽、清幽舒畅,反衬辞行之难舍和仓促,加强了对"以侵略为事,以杀人为事的暴徒"的谴责。丰子恺通过个人灾难声讨敌寇对和平居民的侵害,反衬在民族受难的时刻任何个人都无法幸免的残酷现实,表明"环境虽变,我的赤子之心并不失却;炮火虽烈,我的匹夫之志决不被夺,他们因了环境的压迫,受了炮火的洗礼,反而更加坚强了"的心迹。这篇长达一万五千言的流亡记,题材来自亲身经历,下笔前已向旧友新知叙述过多遍,早就烂熟于心,写来挥洒自如,浑然天成,显得气昌辞达,沉潜圆熟,是"避难五记"的代表作,比时行的"流亡记"急就章耐读得多。

《宜山遇炸记》、《"艺术的逃难"》叙写他一家在敌机轰炸下避难和逃难的惊险艰辛的经历。值得注意的是,丰子恺对"空袭"的谴责着重于道义上,体现了一位人道主义作家的本色。他写道:

> 我觉得"空袭"这一种杀人办法,太无人道。"盗亦有道",则"杀亦有道"。大家在平地上,你杀过来,我逃。我逃不脱,被你杀死。这样的杀,在杀的世界里还有道理可说,死也死得情愿。如今从上面杀来,在下面逃命,杀的稳占优势,逃的稳是吃亏。死的事体还在其次,这种人道上的不平,和感情上的委屈,实在非人所能忍受!

此外,他在逃难处于找不到车辆的困境中,全靠一副对联的因缘,居然得到便利,对这次被朋友们夸饰为"艺术的逃难",作者发挥道:

> 人真是可怜的动物!极微细的一个"缘",例如晒对联,可以左右你的生命,操纵你的生死。而这些"缘"都是天造地设,非人力所能把握的。寒山子诗云:"碌碌群汉子,万事由天公。"人生的最高境界,只有宗教。所以我的逃难,与其说是"艺术的",不如说是"宗教的"。人的一切生活,都可以说是"宗教的"。

从这里可以看出丰子恺并不掩饰随缘定命的宗教思想。丰子恺特有的精神生活和表现方式，突出地反映在这两篇流亡记里。

抗战后期，丰子恺在重庆郊外自造小屋定居下来，他辞去教职，恢复了战前在家闲居、读书作画的自在生活，于是又有"注意身边琐事，细嚼人生滋味的余暇与余力"①。《沙坪的美酒》、《白鹅》、《白象》诸文就表现出这时期的闲散心情，但在娓娓清谈之中，已经渗入战时生活的辛味和战后失望的牢骚。

抗战胜利后，丰子恺举家经过一番周折，复员回到家乡，"缘缘堂"旧址只剩一片蔓草荒烟。他只好在杭州定居，看到的"不是物价狂涨，便是盗贼蜂起；不是贪污舞弊，便是横暴压迫"，他的"斥妄"锋芒就指向"贪污的猫"、"口中的匪"，抨击起贪官污吏，而且还幽默地发动"口中剿匪"，意在剿尽官匪，获得天下太平。这两篇寓意小品反映了作者对国统区黑暗现实的深恶痛绝，对祖国新生的热切希望。

朱雯、罗洪的流亡记　朱雯（1911—1994）、罗洪（1910—2017）夫妇战前在家乡松江小城过着悠闲恬静的书斋生活。淞沪战争爆发后，他们不得不扶老携幼，辗转流离，自苏入浙，自赣之湘，自桂徂粤，又自港返沪，间关踣顿，跋涉万里。这次逃难，"在生活上固然是备尝艰苦，在经验上却倒是获益良多"（朱雯《百花洲畔·序》）。后来，朱雯概括指出三点："首先，对民族敌人的仇恨和对祖国的热爱，在那八年中间升华到了炽热的程度"，"其次，对祖国河山的壮丽雄姿和广大人民的深重苦难，在那八年中间我的认识和感受都特别深切"，"再次，对待创作和对待翻译，在那八年中间我开始懂得态度一定要认真严肃。……在一切为了抗战的思想指导下，写的、译的无不围绕这样一个中心。"（《烽鼓集·序》）朱雯的自述代表了战时广大作家的共同感受。

朱雯战时散文作品甚多，但结集出版的只见《百花洲畔》（1940）和《不愿做奴隶的人们》（1940），另有一本《难民行脚》则在战火中失落。1983年出版的《烽鼓集》主要选自上述二书。其作品记述艰苦的避乱生活，报道火热的抗敌斗争，赞美祖国的壮丽山川，描述乱离中的欢聚，描绘"孤岛"的畸形景象，揭露汉奸的叛国行径，凭借自身的见闻感怀

---

①　丰子恺：《率真集·谈"读缘缘堂随笔"》，上海万叶书店1946年版。

信笔写来,自然朴实,感情真挚,洋溢着时代的生活气息。"日子在流亡中奔流,人在流亡中生活着",一语道破流民的酸辛苦辣。背井离乡,浮萍浪迹,"像虫豸一样地啮着我,像石块一样地压着我,像针尖一样地刺着我的,是一种对于故乡的怀念;这种怀念,连釐妇对于她已故的丈夫,孩提对于他才别的乳姆,以及热情的少女对于她契阔的恋人,也难于比拟于万一。"(《故乡,我怀念着你!》)这样对于故土沦陷的刻骨缕心的情思,是能引起广大游子的感情共鸣的。《书室遗像》一文,可以和丰子恺的《辞缘缘堂》诸名篇相媲美。那雅致的书斋,对于一介书生来说,"是一笔最可珍贵的瑰宝"。然而,它却被日寇炮火毁灭了!这自然引起他的于邑慨叹,更激起他的敌忾心情。他文学修养深厚,能够娴熟地随笔述感,娓娓叙说,"走笔如行云流水,辞藻斑斓多彩,不事蓄意雕琢,而精彩的文字俯拾即是"①,读来自有一股亲切流丽的潜流渗入人心。

罗洪的散文辑为《流浪的一年》(1940)和《为了祖国的成长》(1940),还有一本《苦难的开始》未曾见过出版。《为了祖国的成长》类似朱雯的《不愿做奴隶的人们》,同属于报告特写一类。《流浪的一年》除了八篇写于战前,其余都是流浪生活的结晶。她的流浪记可以和朱雯相互印证,对照读来,感到罗洪写得详尽从容,可见女性作家观察细致的特性。"我们受过异乡人孤独落寞的悲哀,也在陌生孤零的情况下,得到了一些淳朴的温情。风雪雨露常常把我们磨折着,然而我们挣扎,我们忍受;有好几次接连几夜不能睡眠,我们还是挣扎,毫不屈服!我们深信吸着祖国自由的空气是幸福的,宁愿多受一点流浪的困苦,却不愿留在沦陷区里做一个'顺民'!"在朴实的叙写中透露着深沉的爱国情怀,以自身遭遇的劳苦反映着普遍的灾难,罗洪的创作在时代洪流的激荡下大大开拓了视野。

李广田的《圈外》和《日边随笔》 李广田在战乱流离中,经历后方内地的社会生活,接触马克思主义,熟悉和了解革命青年,在生活斗争实践中解决原先思想上存在的关于文学和革命的矛盾,从而使自己的

---

① 舒湮:《烽鼓中的脚印》,《文艺报》1985年第5期。

散文创作获得新的生活源泉和思想力量。他的逃难经历抒写在《圈外》(1942)上，他的思想冲突表现在《回声》(1943)里，他的精神新貌在《日边随笔》(1948)中有着鲜明的投影。

《圈外》大都是纪行文，记载他带领学生逃难、从湖北郧阳徒步入川的情形。从郧阳沿汉水至汉中一段的穷山恶水、落后闭塞的内地社会面貌，"每走一步，都有令人踏入'圈外'之感"(《圈外·序》)，这便是《圈外》题名的来由。在《冷水河》一文中，有一段文字可以看出战时流亡者和战前旅行者心境的不同，作者写道：

> 我们一路沿着汉水，踏着双脚，前进着。我们的歌声和着水声，在晴空之下彻响着。"拐过山嘴，便是月儿湾了。"有人这样喊。月儿湾——又是一个好名字，还有黄龙滩、花果园……我忘记我是在流亡，忘记是为我们的敌人追赶出来的，我竟是一个旅行者的心情了，我愿意去访问这些荒山里的村落，我愿意知道每一个地方的建立，兴旺，贫困与衰亡，我愿意知道每一个地名的来源，我猜想那都藏着一个很美的故事……但这样的念头，也只是转瞬即逝的事情罢了。尤其当看见在破屋断垣上也贴下红红绿绿的抗战标语——这是在城市中我们看厌了的，而发现在荒山野村中却觉得特别有刺激力；以及当我们从那些打柴、牧牛的孩子们的口中也听到几句"打倒日本、打倒日本"的简单歌声时，我就立时像从梦中醒来似的，心里感到振奋，脚步更觉得矫健了。

他们不是在自由、从容地旅行，而是在逃难，一时的闲散心情和诗意幻想，终于让位于时代的战斗要求。不流连山水，不卖弄风雅，如实写出逃难生活的见闻感受，这是战时纪行文字的主要特色。

《回声》是他暂居罗江、叙永时期的作品，《日边随笔》写于叙永和昆明。在西南大后方，李广田投入民主运动，接受马克思主义理论，以新的思想风貌出现在西南文坛。在《日边随笔·序》中，他回顾自己的文风随着时代变化发展，从早年追求"日边清梦断"的空灵境界，中经"日色冷青松"的静美境界，转变为"日边战火烧"的战斗境界。卞之琳说他这时期的散文"视野开阔了，爱憎更加分明，文风也进一步变了，枝蔓渐除,骨干益挺,虽然并不是剑拔弩张,却在言语中自有战斗性"①。他抨击自私狭隘、残暴专横者必将自毙(《他说:这是我的》);揭露掩盖丑恶恰好适得其反(《手的用处》);挖苦装腔作势的学术骗子(《这种虫》);歌颂建设者的创造性(《建筑》),爱憎分明,时有警语。他不回避自我改造、内心冲突一类切身问题。在《根》一文中,他欣赏自己生根于乡下,从未脱去作为农人子孙的性道,这对于我们理解其作品一以贯之的乡土气息和个人本色是大有帮助的;对于"旧的意识之类的根,那妨碍我发扬、扩大,妨碍我生得更坚硬、更泼辣的根,我真愿把它掘出来,烧毁它",显示出一种决绝的态度。《两种念头》是"想做得好一点的念头和想生活得好一点的念头","在现存的生活的乌烟瘴气里,要调和这两种倾向是不可能的";因为在旧社会,正直尽职的知识分子总免不了"穷"的命运,只有昧着良心同流合污的人才能发迹;在大是大非面前,李广田的抉择当然是前者。这时期李广田的散文带有杂文的笔调,增强了抒情议论的战斗性,以简洁明快见长,多少失却了前期的婉转含蕴的情致。

  冰心的《关于女人》 1937年6月底,冰心和她的丈夫自欧洲归国,回到北京。可是7月7日,卢沟桥就燃起战争之火,因为她的小女儿还未诞生,而且得维持燕京大学的开学,在北京又住了一年,之后就和当时的爱国文化人一样,"飘泊西南天地间"了。昆明和重庆她都住过,1941年起她以新笔名男士在《星期评论》上发表《关于女人》的系列散文,1943年结集出版。

  《关于女人》,是冰心偏爱的作品,这里面所集中抒写的不但是她的最高超圣洁的灵感之源的女人,而且多是她所喜爱的、尊敬的人物。《关于女人·后记》里说,"写了十四个女人的事,连带着也呈露了我的一生,我这一生只是一片淡薄的云,烘托着这一天的晶莹的月"。这里所呈露的"一生",除了少数几篇关于她家庭的女性之外,大多数是抗战时期的女性:女学生、女医生、家庭妇女和劳动妇女。冰心以自己所接触到的女性反映抗战时期的一个生活侧面,热情歌颂中国妇女的美

---

① 卞之琳:《〈李广田散文选〉序》,《李广田散文选》,云南人民出版社1980年版。

好德性：善良、刚强、任劳任怨、自我牺牲。她在散文中所醉心的母性爱的主题，在战争时期又得到另一种形态的表现。

冰心这时写了《我的母亲》和《再寄小读者·通讯三》怀念慈母，已专注于揭示母亲的人格美。她自白："激越的悲怀，渐归平靖，十几年来涉世较深，阅人更众，我深深的觉得我敬爱她，不只因为她是我的母亲，实在因为她是我平生所遇到的，最卓越的人格。"她从家常琐事中写出母亲的温存沉静、端庄开明、敬上怜下、周老济贫、有涵养、能包容、既慈蔼又方正的风度品格，视为新型"贤妻良母"的典范；并从中体会到母亲的嘉言懿行对儿女的匡护、引导、感召和激励意义，是直接而内在、重大而深远的。她写到《我的朋友的母亲》，也着眼于老太太慈祥、理智、果断、练达的可贵品性。这说明冰心对母性爱的丰富内涵作出了更深入的开掘，有着透彻的理解，正如她在战后《给日本的女性》所阐发的，作为"人类以及一切生物的爱的起点"的"母亲的爱是慈蔼的，是温柔的，是容忍的，是宽大的；但同时也是最严正的，最强烈的，最抵御的，最富有正义感的！"

在她避难离开北京的时候，她想到伟大的女诗人李易安，想到李易安在《金石录后序》中所充分呈露的战争期中文化人的境遇。她说："我不敢自拟于李易安，但我的确有一个和李易安一样的，喜好收集的丈夫！我和李易安不同的，就是她对于她的遭遇，只有愁叹怨恨，我却从始至终就认为战争是暂时的，正义和真理是要最后得胜的。"（《丢不掉的珍宝》）她的这种认识，使《关于女人》中的人物，在艰难的环境中仍然保持着她们坚强乐观的精神；也使她这时偶尔涉笔的避难题材具有劲健爽朗的格调，如《摆龙门阵——从昆明到重庆》、《默庐试笔》等。

战时散文表现手法的变化，同样在冰心散文中得到反映。这部散文集属于人物特写类，行文带着小说的笔调，主要运用叙述的语言，人物在对话和具体行动中展现她们的性格，又巧妙借用"男士"的视角和口吻加以叙述和议论，使女性人物更见异彩，文调富有幽默感和哲理味。她虽暂时搁下自己所擅长的抒情艺术，却在叙事艺术上比先前的"问题小说"和旅行记有着长足的进展。

叶绍钧的《西川集》　抗战爆发，平津沦陷，叶绍钧写了一首《鹧鸪天》词,有句云:"同仇敌忾非身外,莫道书生无所施。"①表白了书生报国的夙愿。后来战局恶化,他与家人自沪分别赴汉口,并决计往重庆。友人邀他回沪,他答信说:"近日所希,乃在赴渝。渝非善地,故自知之。然为我都,国命所托,于焉饿死,差可慰心。幸得苟全,尚可奋勤,择一途便,贡起微力。"②态度鲜明,爱国之忱,溢于言表。他于1938年1月到重庆,在中学和大学里讲授国文课,1941年迁家成都,主持《国文杂志》和开明书店编务,直到抗战胜利。他的《西川集》(1945)大部分是1944年写的杂文和记叙散文的结集。

《西川集·自序》说:"识见有限,不敢放笔乱写,就把范围大致限制在文字和教育上。"又说:"反映现实,喊出人民大众的要求,是文学的时代的使命,这个纲领我极端相信。"《西川集》里的文章,确是按上述的范围和写作目的命笔的。

《西川集》中记叙散文只有四篇:《我们的骄傲》、《邻舍吴老先生》、《辞职》和《春联儿》,《自序》称之为试作的小记。这四篇小记,确是"规模不大,文字无多",但在叶绍钧的散文中却是特出的,表现了他散文创作的变化和对语体化文字的执着追求,也体现了战时的色彩和当时记叙散文艺术的一般倾向。

这四篇小记写抗战期间四位小人物,老师黄先生,邻居吴老先生,会计员刘博生,推鸡公交车的老俞。冰心写几位女人表现抗战期间中国妇女的坚韧优良的品质,叶绍钧写几位平凡的男人表现中国底层人民纯正的爱国热情。黄老师不愿在老家参加维持会,当顺民,做科长、委员;吴老先生听到家乡在日本人的占领下,居然同日本人处得很好,十分生气,决计永作川人;刘博生不愿拿二十万元的补贴,替主任去造假账,而愤然辞职;老俞忍受同他一起推车的小儿子的死和穷困的打击,以大儿子能参加打国仗为荣。叶绍钧用身边出现的人物来描述抗战生活的一个侧面,画出在艰难环境中等待胜利的中国人民的倔强、正义的灵魂。

---

① 见《抗战文艺》第1卷第12期。
② 见《叶圣陶年谱》,《新文学史料》1981年第4期。

小记运用短篇小说的场景再现的写法,"我"在文中出场,与环境衬托、人物描写、对话等互相配合。这四篇以《春联儿》写得最出色而富有变化:在坐鸡公交车的过程中,先介绍老俞的职业、身世、家庭状况;接着写老俞因小儿子的病死和丧葬费的昂贵身心上所受的打击,写老俞收到大儿子的信知道打鬼子取得胜仗而顺心,写老俞要求代拟春联的愿望;最后高兴地叙述老俞对"有子荷戈庶无愧,为人推毂亦复佳"这副对联的准确理解。在抒写中,老俞的不同模样和不同心境跃然纸上。他的吃苦耐劳、善良坚强、爱国顾家等中国劳动人民的品质也和盘托出了。

《西川集·能读的作品》一文中说:"选择语言,提炼语言,但决不可脱离语言;在文艺作者,这是必须努力的。"叶绍钧这四篇小记在这方面树立了榜样。如《春联儿》的第一段:

> 出城回家常坐鸡公交车。十来个推车的差不多全熟识了,只要望见靠坐在车座上的影儿,或是那些抽叶子烟的烟杆儿,就辨得清谁是谁。其中有个老俞,最善于招揽主顾,见你远远儿走过去,就站起来打招呼,转过身,拍拍草垫,把车柄儿提在手里。这就教旁的车夫不好意思跟他竞争,主顾自然坐了他的。

的确,这是耐读的作品,是活生生的口语,能读出节奏和情趣,可以称得上达到叶绍钧自己所悬拟的目标:"又纯粹又丰盈的白话文字"。

叶绍钧早期的记叙抒情散文善于写离别情绪,文字清丽。后来他专注于社会、人生问题,表达一种执着现在、有益于人的思想,语言力求质朴自然。《西川集》这四篇小记,以写人为主,用小人物琐事来反映时代大潮,富于战时人生的隽永情味。《西川集·答复朋友们》一文里说:"一个人本当深入生活的底里,懂得好恶,辨得是非,坚持着有所为有所不为,实践着如何尽职如何尽伦。"这四个人物是作者这种朴实的人生观的形象体现,这四篇文章是上口的白话文的佳作。

靳以的《人世百图》　靳以在战时困难环境中一直坚守文化岗位,先后主持过《文丛》、《国民公报·文群》、《现代文艺》、《中国作家》以及《奴隶的花果》、《最初的蜜》等刊物的编务工作,积极培养新进作者,大力扶植散文创作,为现代散文的持续发展做出了重大贡献。上海失守后,他撤到广州;广州沦陷后,经桂林疏散到重庆;一度从西南辗转到东南,在福建的永安、南平等地从事文化教育工作,1944 年又回到重庆;抗战胜利后,复员回到上海。颠沛流离的生活,反映在他散文创作上,有《雾及其他》(1940)、《红烛》(1942)、《鸟树小集》(1943)、《沉默的果实》(1945)、《人世百图》(1943 年初版,1948 年增订版)等专集问世。他记述战乱流离生活,声讨敌寇狂轰滥炸的疯狂暴行,怀念沦落的城乡,眷恋流亡中的朋友,描写大后方各种社会相,期望着自由和光明的到来,表现了一个爱国知识分子在战乱动荡年代的生活态度。

他的逃难记,有《旅中杂记》、《邻居们》、《沉默的旅车》、《我坐在公路车上》等篇章,叙写沿途所经历的困难和耳闻目睹的战乱景况。跟巴金的旅行记类似,他也是夹叙夹议,袒露自己的爱憎喜怒,对后方社会黑暗面尤其敢于揭露。《邻居们》对流寓大后方的各色人等有着传神的勾勒:胡子先生的神秘莫测,青年夫妇的喜怒无常,女看护的焦虑不安,孩子们的放肆捣蛋,女人们的争执打骂,绝望者的毁家自杀,老牧师的似神似鬼,投机商的暴富奢侈,自己被周遭人事情感挤压淹没的痛苦窒闷,如此等等,连缀组接成公寓小社会的立体图景,活现了战时光怪陆离的人生相。场景集中,结构巧妙,印象鲜活,勾描逼真,不愧是小说家的手笔。

1939 年起,他开始构思、撰写《人世百图》,以笔名苏麟发表。为了对付国民党当局的新闻检查,他颇费了一番苦心。他说:"创造了新的笔名,极力掩饰自己的风格和笔调,看大事,写小文章,其中实在有说不出来的苦衷的。""我在各方面取材,思索,再思索,然后短短地写下。"(《再记〈人世百图〉》)。尽量写出某些社会相和人生相,而又不让检查老爷嗅出真意来。他不得不用曲笔,借飞禽走兽来比拟形形色色的人生相。吃人不露痕迹的人熊,专吸人血的跳蚤,死而复活的土俑,黑夜横行的魔鬼,孤家寡人的大神……——都是世间某种人形的化身,在作者的照妖镜下现出原形,让读者透过现象认识这些人面兽心的东西。靳以极力把自己的憎恶隐蔽在冷静深入的剖析背后,让形象本身说话,并且发挥他的特长,进行广泛的心理活动描述,创造了散文勾描世间相的一种新写法。从记叙战乱流离经历到勾勒后方"人世百图",从控诉、呐喊到对后方黑暗现实的暴露和批判,靳以的创作体现了战时记叙散文的发展趋势。

靳以写作《人世百图》给他好友缪崇群以很大启发。缪崇群也打算将自己所熟识的各种人生相写成《人间百相》,但不幸中年夭折,只让他写出《将军》、《厅长》、《邹教授》、《诗人》、《闪击者》、《陈嫂》、《奎宁小姐》等数则。作者标明这些是"自有其人列传试稿",是"随时随地记下每一个我曾遇见的、我所认识过的人……,他们每一个人的相貌、心眼、形态……等等,未必不可以作为每一页人生课程中的最忠实的反映与最深刻的示范罢?"①他的写法不同于靳以,不用拟人或拟物的方式,而以素描方式勾勒了世间几种人相的真实面貌,以鲜明的个性特征概括了同类型人物的本质特征,具有一定的典型意义。这是缪崇群对人物素描的一个贡献。

司马讦的《重庆客》 司马讦(1912—1979),原名程大千,是位新闻记者兼散文家。40年代他在重庆《新民报》上发表为数甚多的短文,先后结集出版了《重庆客》(1944)、《重庆旁观者》(1945)和《重庆奇谈》三书。他以新闻记者的敏锐眼光看取陪都重庆五花八门、离奇古怪的社会相,一方面反映出底层人民的困苦生活,另一方面鞭挞达官贵人之流的荒淫无耻,显示了雾重庆的生活真相。赵超构为《重庆客》写的《小引》有一段精彩的评论:

> 收在这书里的散文,并没有什么惊人的节目,没有英雄,亦没有美人;没有悲壮的呐喊,也没有哀怨的叹息。里面所有的,是极普通的生活描写,人物浮雕以及一些"事出有因查无实据"的大时代小故事。然而由于作者笔调之柔美,想象之丰富,感觉的幽默,几乎没有一篇读起来不令人会心微笑,没有一篇不是剪裁适当色调均匀的画面。我们可以说,这些题材是莫泊桑的,而其文字的风格则是马克·吐温的。

---

① 缪崇群:《人间百相·前记》,《现代文艺》1942年第5卷第5期。

赵超构对《重庆客》的特色和价值的判断,是符合事实的。如:《某城纪事》连篇反语,讽刺奸商囤积居奇、市面物价暴涨时,说的是"一个人以买一个鸡蛋的价钱买了一只母鸡"、"一个人以买一窝白菜的价钱买了一条大鱼"的"贱卖"奇闻,和"奉公守法的良民都不敢出去买东西,以致市场上货物山积,无人问津"的"过剩"门面,在轻妙冷峻的言语中隐含揭露、批判的锋芒,确有马克·吐温式的幽默感和讽刺性。《人·鼠·猫》以夸张的笔墨叙写十七个人围剿一只大老鼠,僵持了整整一下午也无可奈何的喜剧性小故事,从而颂赞起"猫是家庭的警察,主妇的武装,保障人权的大律师,惊险的臭鱼探案之破获者——不吸烟斗的福尔摩斯",写出的是人们对"鼠祸"束手无策的愤懑心情和对"猫"养尊处优而不司其职的不满。司马讦的这些作品犹如重庆社会的一幅幅速写,以题材广泛、观察敏锐、文笔幽默轻快、时带冷嘲热讽的独特风格而获得广大读者的喜爱。《重庆客》、《重庆旁观者》一时成为大后方的畅销书。

在战乱年头,不管是老百姓,还是文化人,不分男女老少,都共同分担着民族苦难。上述作品就组成了一部民族受难史、人民流离史。广大爱国作家不计个人得失,把个人命运同民族命运结合起来,通过个人经历再现离乱生活,表达民族感情,体现出临危不乱、为国分忧、顾全大局、坚强乐观的共同特色,因而给这时期纪实性散文打上悲壮的印记。战时散文以流亡记、旅途随笔和大后方社会速写居多,又大都带有流离纪实和内地描写相结合的特点,应提及的还有沈从文的《湘西》、黄茅的《清明小简》、萨空了的《由香港到新疆》、陈纪滢的《新疆鸟瞰》、高寒(楚图南)的《旅尘余记》等。纯粹写景纪游之作较少,结集且较有特色的有罗常培的《苍洱之间》、费孝通的《鸡足朝山记》、冯至的《山水》、黄裳的《锦帆集》等。

二 自然山水的陶冶和启迪

罗常培的《苍洱之间》和费孝通的《鸡足朝山记》 罗常培(1899—1958)、费孝通(1910—2005)都是西南联大教授。他俩在执教治学之余,曾结伴游历过苍洱一带山水,罗常培以罗莘田(字)出版《苍洱之间》(1947),费孝通著有《鸡足朝山记》(1943)。这两部游记都具有人文学者注重社会学、民俗学、史地知识、掌故传说一类题材的特色,当然也不乏诗人般地对自然美、人情美的发现和陶写。杨振声、潘光旦等称道他们的写法体现了游记的进步。潘光旦在为《苍洱之间》所作的序文中认为:"我们读游记,总遇见两种形式,一是日记的形式,二是纪事本末的形式。内容的精神也往往不出两路,一是因寄兴而多涉想象,二是因求实而多作考据。前人游记流传至今的,大抵日记体的失诸支离琐碎,或质胜于文,本末体的失诸空疏无物,或文胜于质;前者如放翁的入蜀记,霞客的游记,后者如唐宋以来古文家无数的短篇作品,其中文质彬彬的例子似乎并不太多。近来的风气不同,而不同之中显而易见可以看出几分进步。日记体的渐趋于不时髦,是一个进步的表示,本末体的力求文情并茂,可资研讨,也可供欣赏,是更进一步的表示。……莘田先生的这本集子和孝通的《鸡足朝山记》,无疑的都是这趋势中富有代表性的产品。文情并茂四个字,两家都可以当之无愧。"从游记发展过程上看,潘氏的论断很有见地,"可资研讨,也可供欣赏"的"文情并茂"的游记确是难得的。罗、费以及沈从文《湘西》诸家作品可说是这一路的代表。潘氏还进一步比较罗、费两家的不同之处,"情字原可以有两个不同的意思,主观的情绪与客观的情实。孝通以前者胜,莘田先生以后者胜。"罗作偏重于细致地考究纪实,费作则侧重于自由地记游兴感,各有所长。

　　罗常培先前还出版过《蜀道难》(1944),冰心为之作序,推荐道:"我以为将来若有人要知道抗战中期蜀道上某时某地的旅途实情,学术状况,人物动态的,这是一本必读的书籍。"可见他前后所作是一脉相承的。费孝通稍后写了国外访问记《初访美国》(1946),国内考察记《乡土中国》、《乡土重建》(1948)等文字,已不是记游作品,属于考察记一类。学者工余执笔为文,忙中偷闲,稍放情怀,调剂心智,不无益处。他们将自己的学术趣味融入游记写作,别具一格。

　　沈从文的《昆明冬景》等　　沈从文于抗战初所写的《湘西》,作为《湘行散记》之续编,已在第四章第四节一并评介过。1938年暮春,他从沅陵到昆明,在西南联大中文系执教;为躲避空袭,举家移居滇池边的小乡镇。他在昆明八年所写的散文和评论辑为《昆明冬景》(1939)、《烛虚》(1941)、《云南看云集》(1943),有些当年未结集的写景记事散文收入1984年版《沈从文文集》第10卷。

沈从文昆明时期的散文带有从风景人事中探求生命意义的沉思倾向。《昆明冬景》、《云南看云》二文,引人警觉的是自然美景与世俗人生的鲜明对比和强烈反差。他感叹世人趋于实际主义,沦于市侩化,失去了对"美"与"爱"、对生命意义的认识和追求,因此他并不单纯地欣赏自然的美丽,而致力于静观默会自然生命的存在价值和启迪意义。从小松鼠在树枝间惊蹿跳跃中,他体察"从行为中证实生命存在的欢欣"。他从单纯、健美、飘逸、温柔、崇高的云影中"取得一种诗的感兴和热情",希望这种尊贵的感情能"陶冶我们,启发我们,改造我们,使我们习惯于向远景凝眸,不敢堕落,不甘心堕落"。《绿魇》、《黑魇》和《白魇》是乡居独处时冥想内省的产物。他称"普通人用脚走路,我用的是脑子"。他思想上的"旅行"时近时远,或实或虚,出入于自然与人生之间,把感官印象、自由联想和抽象思索糅合起来,在纷然沓至的意象、遐想和意念中还是有迹可寻的:"先从天光云影草木荣枯中有所会心。随即由大好河山的丰腴与美好,和人事上的无章次处两相对照,慢慢的从这个不剪裁的人生中,发现了'堕落'二字真正的意义。又慢慢的从一切书本上,看出那个堕落因子。又慢慢的从各阶层间,看出那个堕落因子传染浸润现象。……我于是逐渐失去了原来与自然对面时应得的谧静。我想呼喊,可不知向谁呼喊。"现实社会种种污浊现象梦魇般地压在他心头,与他追求的理想信仰尖锐对立,他指摘人性的失落,思索救治的途径,以"抽象的庄严"否定"具体的猥琐",希望"人先要活得尊贵",要求"重建民族的自尊心和自信心"。伴随着他这形而上的思想旅行,其文风也从湘西系列的绚烂流丽趋于幽玄精警,以知性感悟取代了感性抒发。

冯至的《山水》 冯至(1905—1993),河北涿县人。1921至1927年在北京大学读书,参加过浅草社、沉钟社,被鲁迅称为"中国最为杰出的抒情诗人"[①]。1930年去德国留学五年,专攻文学与哲学,回国后任教于上海同济大学。赴德途中写了通信《赤塔以西》,在德国求学期

---

① 鲁迅:《中国新文学大系·小说二集导言》,上海良友图书印刷公司1935年版。

间写了《赛因河畔的无名少女》、《两句诗》等充满异国情调的游记,回国后以欧行乡居题材写成《怀爱西卡卜》和《罗迦诺的乡村》,这些作品连同战时在昆明写作的散文七篇一并结集为《山水》(1943年初版,1947年增订再版)。

冯至对于山川自然抱有独特的见解,他认为:"真实的造化之工却在平凡的原野上,一棵树的姿态,一株草的生长,一只鸟的飞翔,这里面含有无限的永恒的美";"我是怎样爱慕那些还没有被人类的历史所点染过的自然:带有原始气息的树林,只有樵夫和猎人所攀登的山坡,船渐渐远了剩下的一片湖水,这里,自然才在我们面前矗立起来,我们同时也会感到我们应该怎样成长。山水越是无名,给我们的影响也越大。"(《山水·后记》)诗人潜心于从平凡、真实、天然的山水自然中发掘诗意美,对于所谓名胜古迹不抱好感,他直接从大自然中获得陶冶性情的精神养分。这种对于自然的独特看法,他在《后记》中说得益于昆明七年的寄居生活:

> 昆明附近的山水是那样朴素,坦白,少有历史的负担和人工的点缀,它们没有修饰,无处不呈露着它们本来的面目:这时我认识了自然,自然也教育了我。我在抗战期中最苦闷的岁月里,多赖那朴质的原野供给我无限的精神食粮,当社会里一般的现象一天一天地趋向腐烂时,任何一棵田梗上的小草,任何一棵山坡上的树木,都曾经给予我许多启示,在寂寞中,在无人可与告语的境况里,它们始终维系住了我向上的心情,它们在我的生命里发生了比任何人类的名言懿行都重大的作用。我在它们那里领悟了什么是生长,明白了什么是忍耐。

他从自然美中领悟人生哲理,获得精神享受,既不像访奇探胜的雅士,也不像浪迹于山水之间的骚人,更像是树下水滨明心见性的智者,表现出独特的品格。

《忆平乐》一文可说是上述自然观的代表性作品。这篇回忆桂林、漓江、平乐一带山水人事的作品,不像一般游人那样渲染当地的奇山奇水,而是着重叙写漓江上的寂静和平乐县一位裁缝认真而守时的事迹,觉得这样的山水人物"永久不失去自己的生的形式",含有"无限的永恒的美",在战时动乱岁月里,"前者使人深思,后者使人警省"。言外之意似乎是启发人们深思山水自然的存在形式,从普通人身上反省自己的生活态度。作品立意不俗,写法也新颖,不去大段地描写山水风光,也不是简单地即景抒情,主要采用抒情和议论结合的手法,充分表达了自己的感情态度和哲理思考,思想内涵也比一般游记丰富。《一个消失了的山村》、《一棵老树》、《山村的墓碣》等作品也具有这样的哲理意味。

《人的高歌》是一曲人力征服自然力的颂歌。一位普通石匠左手持凿,右手持锤,十多年如一日,全凭个人的意志和力量,在巉岩峭壁上一点一点地凿成一条龙门石路。一个航海者落水遇救后,忍辱负重,募钱建塔,给来往船只指引航路。不管是与岩石搏斗的石匠,还是与海神斗争的建塔者,都体现了人的力量。"人间实在有些无名的人,躲开一切的热闹,独自作出来一些足以与自然抗衡的事业。"这使人不仅感到惊叹,而且感到振奋,因为他表现出人的意志、人的力量和人的情操,显示出一种崇高的人格美。尽管写的是孤独者的业绩,也不失感人的力量。

《山水》集内作品大多作于冯至从德国留学归国后。他在德国留学期间,迷上德国现代诗人里尔克的作品,此后的创作告别早期诗作中的浪漫感伤情调,写出了被李广田称为"沉思的诗"①的《十四行集》等作品。《山水》也带有"沉思"的个性特色。他像里尔克那样,善于观察、领悟,喜爱沉思默想,从日常现象,从平凡的山水人物中发现诗意,体会哲理,表现自己。在山水游记作者中,他的态度不是摹写自然,也不是领略自然,而是领悟自然,他的作品是诗人和哲人结合的产物。

黄裳的《锦帆集》和《锦帆集外》　黄裳(1919—2012),原名容鼎昌,小时候在天津读书,抗战初期到上海进交通大学,1942年冬离开上海,转到西南,在成都、重庆、昆明、桂林、贵阳以至于印度等地居留过,抗战胜利复员后,在南京、上海从事记者、编辑工作。黄裳40年代这段

---

① 李广田:《诗的艺术·沉思的诗——论冯至的〈十四行集〉》,重庆开明书店1943年版。

流浪生涯,留下了散文集《锦帆集》(1946)和《锦帆集外》(1948)、报道集《关于美国兵》(1947)、杂文集《旧戏新谈》(1948)等。

黄裳从小就喜欢李商隐的诗,"锦帆应是到天涯"的诗句,被借用来表现自己浪迹天涯的际遇和感受,所以取了"锦帆"这个书名。这两本散文集,以反映自己旅居生活为主,表现了一个流浪者的心情,并通过个人经历见闻,反映各处的山水风光、文物民俗,以及大后方的战时景象和人民生活。黄裳与冯至显然不同,他不像冯至那样静观默察、领悟哲理,他像是一位爱发思古之幽情者,喜欢活用古典史实,复活古人面目,再创古典诗词、戏剧中的意境。如《贵阳杂记》、《昆明杂记》中关于明末清初离乱时代几位历史人物的旧事逸闻的搜集和阐发,写出古人的内心状态,还表达自己的爱憎褒贬,体现了他熟悉明清文史知识、注重文物民俗和善于借古讽今的个人特色。《江上杂记》中常常运用古典诗词描绘自己身处的情境,如在芭蕉庭院里,听着秋雨淅沥声,吟咏着"纵芭蕉不雨也飕飕"、"怅卧新春白袷衣"等诗词佳句,自己的一种离愁、寂寞和惆怅借此得以表现和排解,写得情意缠绵。总之,他的旅居散记把景物、民俗、史事、情趣交织起来,构成了智情统一的境界。

作为我国现代散文重要形式之一的旅行记,因时代的变化而更易它的内容,显示它的高度机动性。五四时期,它还处于发轫阶段,孙伏园以新闻工作者的敏感,用游记的名称表现社会生活的内容,朱自清在《背影》中特分出一辑编入他的旅行杂记一类作品。到了30年代,日寇铁蹄侵入中国,国内的阶级压迫日益加紧,有些作家怀着对时局的深重忧虑,作有计划的旅行考察,足迹涉及祖国的东西南北,以其作品显示空前严重的危难,反映城乡动荡的场景,充分表现了作家的社会责任感。抗日战争爆发后,有的作家奔赴前线,用战地报告作战斗的呐喊;有的背井离乡,登上逃难的旅途,他们所写的流亡记、流寓记,可以说是带有特殊时代印记的旅行记。作家们在逃难的痛苦经历中,耳闻目睹日寇的残暴兽行、内地的畸形社会、人民的艰辛生活和硝烟弥漫的战场,满目疮痍的国土。他们身经磨劫,心盼黎明,或慷慨悲歌,或愤怒控诉,或冷静分析,或辛辣讽刺,在叙述、白描、议论、抒情的结合方面各具特色,对政局和社会的反映和揭露越发广泛和深入。这时期记录祖国灾难的特殊旅行记,还具有重大的文献价值,它教育我国青年一代,要永远牢记血与火的教训,绝不能容许这段历史重演。

游记是古老的散文形式,写景抒怀,借眼前的山川,避尘氛的喧嚣,遣胸中的块垒。五四时期,朱自清、俞平伯的《桨声灯影里的秦淮河》,20年代末期到30年代前期,钟敬文的《西湖漫拾》、郁达夫的《屐痕处处》等保持和发展了游记的一贯特色,成为现代美文的佳制。战时的流寓生活,浪迹天涯,人们自然带有更复杂的异样心境。作家此时所写的游记,除了山光水色之外,多联系历史、地理、民族、文化、民俗等作深广的思考,在游记中多有哲理性的回味。古人云:"殷忧启圣,多难兴邦。"战争给人们以巨大的磨炼,也使人们更趋于成熟,这在本时期的游记中也有着颇为鲜明的体现。

第三节 炼狱浮沉的吟咏

把40年代比作"炼狱"和"曙前"的时代,是当时人们爱用的比喻。外寇入侵,内奸误国,中华民族到了最危急的时刻。救亡图存,生死决战,每个中国人都面临着"亡国"和"自由"两种命运的选择。争取民族的独立和人民的解放,这是一代心声。当抗战救亡高潮过去,大片国土沦陷,战局处于相持阶段,上海一度沦为"孤岛",西南、东南成为大后方,人们普遍从抗战初期的热烈激昂、盲目乐观的精神状态中走出来,深切地感受到战争的严酷、社会的黑暗和生活的艰难,从而萌生长夜难眠、秉烛待旦的心理动态。抗战八年的胜利,霎时使人们惊喜若狂,充满幻想,但随之而来的"劫收"和内战,立即又把人们打入"炼狱"之中,再经受一次痛苦的磨炼。人民已经觉醒,历史发展趋势不可逆转,解放战争的炮火轰散了乌云,迎来了曙光,人们的迎春曲刚好融化在新中国诞生的礼炮声中。这时期的抒情散文概括地反映了时代的精神风貌,以个人抒情的真实性和独特性折射出历史发展的曲折性和复杂性,表现出广大人民的生活实感和思想愿望,体现了大时代中知识分子面向社会、走向人民的发展趋势。

一 "囚城"里的向往

王统照的《繁辞集》和《去来今》 王统照留居上海"孤岛"时期，创作了大量的散文小品。先是用韦佩和默坚的笔名在《文汇报·世纪风》上发表《炼狱中的火花》和《繁辞》两组作品，1939年结集为《繁辞集》出版，作者署名容庐；不久又出版《去来今》(1940)。战后还在《文艺春秋》上发表过《散文诗十章》(1948)等。这些作品过去不大为人所知，近年来逐渐被发掘出来，它以深邃的哲理内涵和独特的艺术风格引起研究者的重视。

王统照把失守的上海"孤岛"比作"死城"和"囚城"，比作"炼狱"，把自己的作品题为"炼狱中的火花"。在上海"孤岛"，敌伪势力嚣张，政治环境险恶，人民犹如陷入地狱一般，经受着痛苦、黑暗的磨炼。王统照以敏锐的感觉和深沉的思考，站在民族立场和道义立场上，谴责敌寇的兽性，伸张反侵略的正义，诅咒"死城"的寒威，启迪民族团结和新生的力量，期待胜利和光明的到来，用隐喻、象征、抽象等艺术手法含蓄地抒辞、摅思，给读者一种哲理性的回味，一线希望与慰藉的流光，一个自重自爱自觉的启示。当《世纪风》连载他的作品时，评论者宗珏(卢豫冬)就著文称道它是"富有着哲理和诗意的散文"[①]。他善于调合理智和感情的冲突，觉得"感情是人生的连锁，谁也不能逃避它的管束与激动。但是非非，交互错综，如没有理智的铁梭，这把乱丝怎么炽成光华灿烂，经纬细密的美锦"(《理智与暗影》)，他的哲理小品确是达到了理与情和谐统一的境界。

《玫瑰色中的黎明》一文在《繁辞集》中篇幅不长，却颇有代表性：

> 深夜的暴风雨，正可锻炼你的胆力，警觉你的酣眠。金铁皆鸣，狂涛震撼，你不必为不得恬适的稳梦耽忧，也不必作徒然的恐怖。
>
> 暴风雨过后方有令人欢喜的晴明，有温抚慰悦你的和风朗日。
>
> 灯光昏黯中，正视你自己的身影，努力你的灵魂的遨翔，坚定

[①] 宗珏：《"孤岛"文学的轻骑》，《文汇报·世纪风》1939年1月2日。

你的清澈的信念!

这样,你更感到暴风雨的雄壮节奏的启示。

你所等待黎明前的玫瑰色已经从风片雨丝中透过来了。

文字凝练,节奏铿锵,犹如格言、警句一般;而且意象鲜明,动静统一,对现实生活的感受和对未来前景的遐想出自于理智的统制,既不悲观绝望,也不盲目乐观,而是启发人们心怀希望,经受磨炼,努力进行自我完善。这辞简味深、情约意远的优秀作品,可说是他所提倡的"清要"[①]文风的代表作之一。

曾经有人根据《去来今》内一些作品,作出王统照抗战时期的散文创作缺乏时代气息的论断。其客观原因是《繁辞集》不大为人所知,主观原因是对"孤岛"处境以及作家当时心境了解不够,因而不大容易领会其作品的内在含义。倒是当时的唐弢就在一篇综论中肯定《去来今》"唱着时代之歌,激发着人类的向上自尊心"[②]。在时代感方面,同代人比后代人较少隔膜,所以体会更为切实。就说《去来今》中抒情述感的篇章吧,在"孤岛""渐渐感到夜寒了",为着"冷雨连宵"而"不易安眠",翘首企望的是"云破月来",是"一星星那样大的明点",抒情主人公是"一个逃不出现实的苦难者,他情愿在暗夜披衣独起;他的心在热血交流中跃动;他的泪灼烫的堕入肚肠,他的想象是:草莽中,平原中,森林中,河岩港湾上的鲜血,是自由的洪流泛滥过激怒的田野,是暴风急雨挟着战神的飞羽传遍各地",从作品抒写的情感、意象、想象和希望中,令人感受到环境险恶的气息,也体现了作者奋进的期待,表现了生活实感的独特性和创造性。

诗情和哲理结合,是王统照散文前后一贯的主要特色。从20年代的《烈风雷雨》到30年代的《听潮梦语》,从战时的《繁辞集》到战后的《散文诗十章》,都说明他擅长于对社会人生和时局进行哲理性的发掘和提炼,思考和领悟,善于把自己的观察和体会纳入散文诗的凝练形式

---

① 王统照:《去来今·清要》,上海文化生活出版社1940年版。
② 仇重(唐弢):《暗夜棘路上的里程碑——"孤岛"一年来的杂文和散文》,《正言报·草原》1941年1月20日。

中。他是一个诗人,也是一个哲人,是诗人和哲人统一的哲理诗人。他对现代散文的贡献,主要在于丰富发展了哲理小品的创作。

陆蠡的《囚绿记》 陆蠡是上海沦陷时期惨遭日伪宪兵队杀害的散文家,他以鲜血谱写了一曲新的"正气歌"。陆蠡生性宁静澹远、诚实内向,但在战乱年代里,"天天被愤怒所袭击,天天受新闻纸上的消息的磨折:异族的侵陵,祖国蒙极大的耻辱,正义在强权下屈服,理性被残暴所替代",而失去心理上的平衡,身受感情和理智的冲突。他在《囚绿记》序文写道:"我没有达到感情和理智的谐和,却身受二者的冲突;我没有得到感情和理智的匡扶,而受着它们的轧轹;我没有求得感情和理智的平衡,而得到这两者的轩轾。我如同一个楔子,嵌在感情和理智的中间,受双方的挤压。"他力求调和二者的矛盾,却无法保持内心的平衡。他把这些"心灵起伏的痕迹","吞吐的内心的呼声","用文字的彩衣给它穿扮起来,犹如人们用美丽的衣服装扮一个灵魂",这就有了《囚绿记》(1940)的结集问世。

陆蠡散文以蕴藉见长,时而透露出哲理和智慧的光芒。他的散文把哲理渗透在人事心境的委婉抒写之中,这与王统照以意取胜、情约意远的文风有所不同,也与丽尼放任感情、直抒胸臆的写法显出差别。其《海星》和《竹刀》就体现了婉转含蕴的个人风格。新作《囚绿记》在保持已有风格的基础上,进一步发展了内心剖析、哲理概括的写作倾向。例如,《光阴》从个人感受中提炼出令人深省的哲理警句:感觉上的光阴速度是年龄的函数。《寂寞》以自己的切身体验表现了人们对寂寞从拒绝到接近到欢迎的心态变动。从生活实感中提取人生经验,对日常现象体味甚深,把自己的人格表现出来,这就形成了"感情厚实,蕴藉有力,文字格外凝重不浮"[①]的独特风格。

《囚绿记》一文作为全书代表作,是众所公认的。这篇咏物散文写于1938年,回忆战争爆发前夕旅居北平一家公寓里,因喜爱窗前的绿荫而囚禁一枝常春藤,发现它"永远向着阳光生长"的习性,他为植物这种追求自由和阳光的本性所感动,誉之为"永不屈服于黑暗的囚

---

① 刘西渭:《咀华二集·陆蠡的散文》,上海文化生活出版社1942年版。

人",借此表现一种不屈服于黑暗和暴力、执着追求自由和光明的精神品质,这对"孤岛"的读者更富有启示。

柯灵的《晦明》 柯灵战时留居上海,一直坚守在文化岗位上。他对新文学的一大贡献是:在极其困难的处境中创办并主编《文汇报》副刊《世纪风》、《大美报》副刊《浅草》和《正言报》副刊《草原》,以及抗战后期接编并改革《万象》月刊,为战时上海进步文学界开辟了重要阵地。在血腥的刺激、生活的挤压、内心的困扰中,他继续交替地写作杂文和散文,"以杂文的形式驱遣愤怒,而以散文的形式抒发忧郁"①。杂文集有《市楼独唱》等,散文作品收入《松涛集》(1939)②第六辑和《晦明》(1941)。

其实,他的散文不仅是抒发忧郁,也抒发愤懑和希望,所创造的抒情主人公是"我昂着头,有鼎沸的思潮,沉重的心",所梦想的是"一个狂欢的日子,盈城火炬,遍地歌声,满街扬着臂把、挺起胸脯的行人"(《窗下》)。他集中反映"孤岛"的见闻感受:失去祖国荫庇的"孤岛"人民内心的寂寞和期待,沦落路旁街头的流民的苦楚和屈辱,对于醉生梦死者的鄙视和警惕,晦明时刻的磨炼和渴望……"表达的都是激楚苍凉的兴亡之感"③。他深切地表现了一个爱国知识分子身陷失地的复杂心情,表达了"孤岛"人民的感想和愿望。这种个人抒情,已和当时当地人们思感沟通,具有更广泛的社会性,较之《望春草》的狭窄境界显得开阔、充实得多了。

抗战胜利后,柯灵还写了几篇记游、怀友的散文。《在西湖——抗战结束那一天》目击敌寇投降的历史场面,心怀胜利喜悦,又若有隐忧,警惕黩武主义复活,貌似山水游记,实为现实写照。《桐庐行》在展示大好河山之际,总不忘祖国多难,民生多艰。作者忧国感时的本色也体现于游记里。《永恒的微笑》追念好友陆蠡的高风亮节,留下这位成仁义士的亲切面影。这些篇章,记游写人,从容点染,使读者产生亲临其境、见贤思齐的感受。

---

① 柯灵:《供状——〈晦明〉代序》,《晦明》,上海文化生活出版社1941年版。
② 白曙、石灵、宗珏、武桂芳、风子(唐弢)、柯灵、关露、戴平万等八家诗文合集。
③ 柯灵:《柯灵散文选·序》,人民文学出版社1983年版。

柯灵认为:"语言的锤炼对散文创作有重要意义。我生长于水乡,秋水的盈盈使我心旷神怡。我曾多次独坐江楼,沉醉于水月交辉的宁静与晶莹。……我多么希望我的文格能赋有这种灵动皎洁、清光照人的气质,可惜至今还只是一种理想的境界。"[①]作者的艺术追求没有白费,《望春草》大多是少作,像一湾浅溪那么明净流丽,使人感到宁静与亲切;经历时事变迁、阅历丰富后,《晦明》就如秋水长天,旷阔幽远。下面一段文字代表了柯灵散文的格调:

  生活如秋空,心境如流水,映照着无比的晶莹。风雨晦明,各极其致,虫沙荇藻,历历可数。这想法也许过于拙朴,因为世态缤纷,人事错杂,一切未必如此单纯。可是设想着这样的境地,不也是一种很大的愉快吗?

境界优美,情理相生,文笔工细,可吟可诵。柯灵散文在立意抒诚的前提下,下笔不苟,字斟句酌,追求形式美,艺术价值较高。

  唐弢的《落帆集》 与柯灵类似,唐弢也在写杂文的同时兼作散文,用不同形式表现不同的内容。战前,他就以故乡习俗为题材写了一组题为《乡音》的散文小品,收入杂文集《推背集》。战时,他留在上海,从事文化工作。一方面,他继承鲁迅杂文的战斗传统,参加"鲁迅风"杂文社的写作活动;另一方面,他学习鲁迅《野草》,创作了散文诗《落帆集》(1948)。

  唐弢在四十年代写作的《书话·纪伯伦散文诗》中,有段自述说:"有一个时期,我很喜欢读散文诗,自己也学习着写。记得这是顶苦闷,顶倒霉的时候,近来仿佛预感到这时期又将到来,我真想为时代痛哭,为自己的命运痛哭。"人们往往在最苦闷时期借散文诗抒发心怀,唐弢也是这样。为自己的厄运痛哭,于是有了《生死抄》、《停棹小唱》、《书后》诸篇章。他并不为不幸压倒,不向命运低头,在哀伤和诅咒中接受了生活的挑战,他还是生活中的强者。他看见自身不幸的根源是"可诅咒的制度",是"时代的投影",从而更坚定了同旧社会斗争的信

---

① 柯灵:《柯灵散文选·序》,人民文学出版社1983年版。

念。"谁乐意接受这命定的苦杯呢？然而我不想叫饶"(《书后》)，作者的倔强、执着于此可见。

为自己的命运痛哭，只是《落帆集》的一个组成部分；为时代痛哭，才是它的主调。时势多难，环境杌陧，风雨如晦。作者不得不运用曲笔，借助想象、象征以及梦幻的情景，或者寓言故事和历史传说，曲折地表达人民群众反对压迫、争取自由、期待解放的战斗主题。他不止一次地借用以色列先知摩西率领同胞争取自由的故事，喊出中国人民的心声：必须从奴隶的命运过渡到自由人！摩西的摩杖埋在心的田野，开放第一朵美丽的刺花：反抗；结成第一颗硕大的苦果：斗争；给人的启示是相当有力的(《渡》、《收获》)。在《黎明之前》，昏夜的牢笼关着空虚，当希望战胜了空虚，又发现自己仍然被关在牢笼里，黑暗和光明的搏斗也是这样。只有当希望和光明冲出牢笼，才能开出美丽的花朵：自由。于是他歌唱：虽然现在还免不了是刀光，血影，但在刀光和血影里，人们望见了黎明。

《落帆集》继承了鲁迅《野草》的精神，深刻的内心探索，不懈的理想追求，强烈的战斗要求，这是二者相通之处。当然，它较为单纯明朗，不及《野草》的深邃丰厚。即使是象征性意象，梦幻式情景，其中的寓意都比较确定、显豁。艺术构思上，有些直接来自《野草》的启示，有些也借助波德莱尔、屠格涅夫、哈代等诗文的意象。作者善于融旧铸新，在寻梦、寻路、窗、桥、古铜镜、游仙枕、团扇一类题材上吟咏出新意，这开拓了散文诗的艺术视野，在写景抒情体之外，别开散文诗创作的生面。

芦焚的《看人集》和《夏侯杞》　芦焚把自己蛰居上海的处所题为"饿夫墓"，在艰难的环境里以卖文为生，仍免不了经常挨饿。继《黄花苔》、《江湖集》之后，这时期著有《看人集》(1939)、《上海手札》(1941)，以及一组总题为《夏侯杞》[①]的散文诗作品。

芦焚保持小说家的本色，沿着战前散文的路子，依然"喜欢记人状物"(《上海手札·行旅》)，尤其是诉说乡野旧事和身边琐事。《看人

---

① 收入《芦焚散文选集》，江苏人民出版社1981年版。

集》内《旧事》、《铁匠》、《同窗》几篇,如果编入《江湖集》也是谐调的,对古老乡村衰败命运的关怀,使作者发出深沉的感喟:深深地感到时光的流逝和生命的寂寞。散篇《说书人》、《灯》、《邮差先生》等,是介于散文小说之间的作品,勾勒了几幅小人物形象。《方其乐》、《鹩鹈》、《残烛》和《快乐的人》反映大时代变动下几种知识分子的面目。这些小说化的散文刻画了几种人生相,揭示了他们的灵魂,或同情,或揶揄,或讽刺,表明了作者的感情态度。

《上海手札》是一部笔记体写实散文,描述上海战乱动荡的场景,现实气息较浓,黑暗面的暴露多于光明面的揭示,给人的印象虽说沉郁,却不绝望,那"最后的旗"还在"孤岛"人心上迎风招展。如果说,前述"孤岛"作者侧重从主体体验的角度表现当时当地的处境和心境,芦焚的《上海手札》则侧重从客观观察的立场描写"孤岛"生活的某些侧面,前者以抒情述感见长,后者以写实记叙来引导读者正视现实人生。

《夏侯杞》陆续发表于《文汇报·世纪风》和《万象》等刊物上,作者署名为康了斋。这组散文诗作品,以夏侯杞对人生世事的思感为线索,表现自己对虚伪、自私、狂妄自大、落后保守一类丑恶现象的憎恶和嘲讽,对诚实、单纯、利他、善良、自爱一类美好人格的追求和热爱,对黑暗社会的不满和诅咒,写得冷峻深沉,具有理性色彩。如《笔录》中一段:

> 平凡人应该选择一条平凡道路,我们应该知道的是馒头的味道和蔬果的味道,我们的责任是让生命穿过乱石、树林,并流过田野,如果我们的地位使我们感到不舒服,我们就将这地位改变。

像这类平实而娴熟的文字,普通而贴切的比喻,包含着朴素而切实的人生至理,耐人寻味。

李健吾的《希伯先生》和《切梦刀》 李健吾战时蛰居上海,曾被日本宪兵队短期拘捕过,是当时受辱遭难的文化人士之一。这时期写的散文结集为《希伯先生》(1939)和《切梦刀》(1948)。

《希伯先生》大多是回忆性作品,反映自己幼年结识的几位辛亥革命人物的浮沉变迁,缅怀他们早年为推翻满清王朝追求民族解放出生入死的业绩,又感慨他们后来大多沉沦甚至堕落的命运,这代人的悲喜剧令人深思。他有感而发:"我儿时结识的一群辛亥革命志士,不出十五年,前前后后,仿佛一片一片的残英,大半散出我的神龛,随风揉在泥淖。当年为了颠覆满清的统治,他们踏着一双草鞋,带上几串麻钱,便无所顾忌,出生入死,分头接纳草莽之间的同志,仗着一片赤心,他们奔往那唯一宏高的鹄的。民国成立了,他们有了安逸。物质文明摇动了那洋溢在胸头的热情。他们和时间妥协了。他们发现自私是道义的另一个解释。然而时间骗了他们,也骗了我! 我的神话,等我长大了,在我现实的镜头之下十九变了质。于是我领会了沉默,自苦于人事的无常。"(《时间》)对于失去理想和热情而沉落的历史人物的思考,对于幼时所景仰的革命志士的幻灭感,对于人事变幻多端的细微体察,交织融化为一种深厚的历史感和理性内涵,使人们在回顾过往的扰攘时深深感到历史的无情、现实的残酷和人性的蜕变,语言泼俏老到,时有出自个人体验的哲理性警句。作者意在振奋辛亥革命时期的历史精神和民族精神,引起人们对那种悲剧出场、喜剧收尾的历史命运的警戒。

《切梦刀》写于抗战胜利前后,对于现实人生的直接感受代替了历史的重温,现实气息浓厚了,如《弯枝梅花和疯子》、《荻原大旭》、《乡土》、《切梦刀》等对沦陷期间人生现实的深切体味;历史的借鉴和哲理思考的特色依然保持着,如《烧饼之战》、《拿破仑第二》、《说一叶知秋》、《说帝王惑于朱紫》,谈言微中,体现了学者和哲人统一的个性特征。从《意大利游简》的艺术鉴赏家本色脱胎出来,李健吾的散文日见丰富充实,技巧老练,自成一家。

郑振铎的《蛰居散记》 郑振铎的《蛰居散记》(1951)是1945年9、10月间刊登在上海《周报》上的散文的结集。作者以鲜明的爱憎,记述上海变为"孤岛"直至沦陷之后的社会动态:一方面,日寇逞凶残,汉奸无廉耻,他们捕杀志士,毁灭文化,掠夺粮食;在敌人的铁蹄下,上海人民挣扎在死亡线上。另一方面,爱国者敌忾同仇,共同奋斗,舍己救人,相濡以沫,杀身成仁,气节凛然;上海人民在水深火热之中,天天盼着胜利的到来。这本散文集是抗战时期上海地区黑暗与光明搏斗情景的文艺性实录,是一部爱国知识分子的心史。"这战争打醒了久久埋伏在地的'民族意识';也使民族败类毕现其原形。"作者在自序中说:"但在这样的一个黑暗时期,一个悠久的'八年'的黑暗时期里,如果能有一部详细的记载,作为'千秋龟鉴',实胜于徒然的歌颂胜利的欢呼。"而他把几年来目睹的事实写了下来,其目的也是为着留给史家们有所参考。

《蛰居散记》中的文章,虽然是回忆性的,却始终为激情所支配,其表现形式就是短段的出现。这里举第一篇《暮影笼罩了一切》的头几段。

"四行孤军"的最后枪声停止了。临风飘荡的国旗,在群众的黯然神伤的凄视里,落了下来。有低低的饮泣声。

但不是绝望,不是降伏,不是灰心,而是更坚定的抵抗与牺牲的开始。

苏州河畔的人渐渐的散去,灰红色的火焰还可瞭望得到。

血似的太阳向西方沉下去。

暮色开始笼罩了一切。

是群鬼出现,百怪跳梁的时候。

没有月,没有星,天上没有一点的光亮,黑暗渐渐的统治了一切。

这里写上海沦为"孤岛"的最初时刻,事件、环境、心情,分别以短段的形式错综地表现出来,贯穿着悲壮的感情色彩。这可以说是整本散文集的基调。

《鹈鹕与鱼》是《蛰居散记》中的名篇,它给人以新鲜感。作者以渔人、鹈鹕、鱼三者比喻沦陷区中敌寇、汉奸、人民的关系。鹈鹕为渔人所喂养,汉奸为敌人所喂养,鹈鹕为渔人干着杀鱼的事业,汉奸为敌人干着杀人的事业。汉奸"和鹈鹕们同样的没有头脑,没有灵魂,没有思想。他们一个个走上了同样的没落的路"。这个比喻,形神毕肖,带有艺术的创造性。这个结论,是非分明,表现了坚定的民族精神。

作者多篇文章写到学人,写到书,写到有关心境,都极细致动人。如《售书记》记述这一部、那一部书得到的经过与历史,踌躇、喜悦、珍重、见之心暖、读之色舞的心情,以及卖书易米时的咬紧牙关、痛心疾首的刺激,感受至深,故能起伏曲折,和盘托出。作者是一位史学家、藏书家,如鱼饮水,冷暖自知,他的散文自然发挥着学人的特性。

在上海沦陷后,郑振铎过着蛰居的生活,隐姓埋名,依靠友情的温暖,度过漫长的黑暗日子,然而他们有时仍乐观自得,《蛰居散记》中优美的景色描写衬托着他们坦荡的襟怀:

> 秋天的黄昏比夏天的更好,暮蔼像轻纱似一层一层笼罩上来,迷迷糊糊的雾气被凉风吹散。夜了,反觉得亮了些,天蓝的清清净净,撑得高高的,嵌出晶莹皎洁的月亮,真是濯心涤神,非但忘却追捕、躲避、恐怖、愤怒,直要把思维上腾到国家世界以外去。

这是中国知识分子在极端艰苦时期的精神面貌,坚贞自持,乐观自信,这里自然世界与内心世界融合为一了,这种不费经营的技巧是最好的技巧。《蛰居散记》里回忆了刘湛恩、刘似旭、韬奋、王伍本、吴中修、许广平、夏丏尊、章雪村、赵景深、柯灵、冯宾符等先生的被刺、被捕或逝世,中华知识分子的松筠节操,在这本散记中永远散发着他们的光辉。

"孤岛"散文具有共通的思想倾向和精神气质。1939年7月世界书局出版了一本八位作者的诗文合集《松涛集》,除了风子(唐弢)和柯灵外,还有白曙、石灵、宗珏(卢豫冬)、武桂芳、关露、戴平万六家诗文。巴人(王任叔)在《编后记》评论道:

> 八家所作,风格各异,而气分相若。白曙诗多于文,沈郁而挺拔!时作放歌,不失朝气。石灵文多于诗,妥贴而坚实,如灰发老人,畅数家珍,语多忧患,更见血肉。宗珏清丽,如初春晨空,闻好鸟佳音,见光明更多于黑暗。桂芳寄情于事,疑似于散文小说之间,别有悠远境界。柯灵笔致秀挺,叙事婉约处如石灵,而抒情较放。风子简练朴茂,无一芜语,《拾得的梦》与《心的故事》诸篇,尤与鲁迅翁《野草》相近。关露诗格畅明,不求华饰,而斗志较强。平万饱经风霜,足迹遍南北,为我辈中小说散文老手,此间所集,均为东北风光,足使人起禾黍之感。

"风格各异而气分相若"一语,正是上述作者诗文的实际情况,也是许多"孤岛"作者写作的基本倾向。他们共同处于"孤岛",经受着民族大义的考验,因而有着相通的家国之思,兴亡之感,以及争自由的呐喊,这些通过个人切身体验和独特风格表达出来,都紧紧地扣动了读者的心弦。

二 "寒夜"里的呼号

巴金的《龙·虎·狗》等 巴金一方面以旅行记的形式反映大后方的战时景象,抗战中期后,他又以抒情散文表现自己的生活感触,这方面的文字收入《龙·虎·狗》(1941)、《废园外》(1942)和《静夜的悲剧》(1948)等散文集。

巴金散文往往直抒胸臆,把心掏给读者,形成了诚恳袒露的风格。《龙·虎·狗》等作品保持了这一基本格调,由于写作时处于当局加强黑暗统治之际,所以增强了寓意含蓄的色素。他托物寄意,抒写自己的意想,真情流露,个性突出,注意提炼和节制,恰到好处,给人留下回味的余地。《风》、《云》、《日》、《月》、《狗》、《龙》、《虎》、《撇弃》、《火》、《寻梦》诸章,或因物言志,或寄情象外,或写景寓意,由直接抒情变为间接抒情,由信笔直书改用内敛沉思。这里可以看出时代的折光,作者因风云变化而调整他的散文艺术,并且跃上情文相生、文质并茂的境界。通过作者描写的感情附着物——形象画面,我们可以把握到他一以贯之的精神气息:谴责暴行,反抗黑暗,珍惜友情,追求光明,坚信未来,爱憎分明,时代感强烈。这是一位有信仰、有追求、有激情的作家的灵魂告白。

在《龙》的梦幻情境中,"我"和"龙"追求丰富的、充实的生命。"我"不怕前途中火山、大海、猛兽的阻止,宁死也不放弃自己的追求。"龙"虽遭追求的失败,身陷污泥不能自拔,还盼望着总有那么一天,可以从污泥中脱身,乘雷飞上天空,继续追寻,直到志愿完成。二者互为映衬,象征着不懈追求精神。在《虎》的故事中,万兽之王的活泼勇猛,甚至死了以后的余威,还使人害怕,叫人尊敬,真值得我们热爱。在《狗》的回忆中,从怕狗到打狗,获得的经验是:从此狗碰到我的石子就逃。这三篇作品咏物抒怀,表达了自己的爱憎和追求。他的追求,不仅有外在的险阻,还有内在的羁绊,自己的"影子"就喜欢躲在黑暗里牵制他寻找光明,他坚决地撇弃"影子"的跟踪(《撇弃》),这表现了自我斗争、自我克服的心程。巴金对光明和生命的追求,虽带有自身难免的抽象和朦胧,却总有九死不悔的韧劲和坚贞,首先能以人格力量感召读者。在艺术上,这些散文诗式的作品,受到鲁迅《野草》、屠格涅夫《散文诗》的影响,写得精练、蕴藉;与早期那些"呼号"式的直抒文字相比,作者开始节制感情、锤炼文字了,在造境炼意上颇有新的创造。在巴金散文中,作者自己也比较满意《龙·虎·狗》这部集子①。

巴金对抗战后期和战后国统区社会的黑暗十分敏感,《长夜》、《静夜的悲剧》、《月夜鬼哭》等散文表现了"寒夜"给人的沉闷、压抑的真实感觉。在幻觉、回忆、现实交错的思绪中,一百五十年前法国大革命时代的白色恐怖和悲剧与中国社会现实的黑暗相仿佛,战时对胜利的美好憧憬与战后希望的落空正好是一个鲜明的对照。对于历史性悲剧的重演,作者怀着满腔的悲愤;对于胜利后希望的破灭,他有着"一种受骗以后的茫然的感觉"。他在内心向抗战八年中的亡魂冤鬼叫出"再活一次,把弄错了的事情重新安排一下",在黑暗里听到鸡鸣,发现"漫漫的长夜终于逼近它的尽头了"。他一如既往地诅咒黑暗,呼唤光明,即使环境险恶,也不放弃自己的职责。巴金散文创造了一位"在暗夜里呼号的人"这样前后一致的抒情形象。

靳以的《红烛》等 和巴金抒写后方生活实感同路,靳以的抒情散文表现他不满现实黑暗、向往光明未来、与广大人民息息相通的思想感情,"这是在反动派统治下的一点微小的声音,是深夜里飘浮着的一星萤火"②。这些作品大多收入《红烛》(1942)、《鸟树小集》(1943)、《沉默的果实》(1945)等集子,有的散见于报刊上。

他写于战前的《猫与短简》摆脱不了个人伤感的格调;抗战初期《血的故事》和《火花》传达了人民的控诉和呐喊,多少淹没了个人的声音;到了40年代,他通过个人抒情表现后方人民的感受和愿望,达到了

---

① 参见巴金《谈我的散文》,《巴金散文选》,浙江人民出版社1982年版。
② 靳以:《过去的脚印·序》,人民文学出版社1955年版。

个人性和人民性的统一,这标志了他抒情散文创作的渐见成熟。生活在国统区社会,他切身感到黑暗深重,生活艰难,心情压抑,为此他愤懑在胸,不吐不快。以黑夜作背景,他接连写了《红烛》、《萤》、《窗》、《雪》、《等待》、《沉默的果实》等篇章,将自己生活在黑暗社会中的真情实感含蓄地表达出来。他的苦闷和烦忧是现实的产物,他把不满和愤怒送还丑恶现实,执意追求着自由和光明,内心生长着希望的花朵。这不仅仅是他个人的思感,也代表了当时后方人民的生活感受,可以说是一种典型情感。他歌唱人间的同情、友爱和互助精神,把自己融入千万人之中,追求千万人的幸福和自由,"只愿在这苦难重重的时候,为他人点起一支小小的火亮"(《短简五》)。靳以这些作品,写于黎明前最黑暗的时刻,像他再三歌咏的烛火、荧光、星辉那样,"虽然很微细,却也为夜行人照亮眼前的路"(《萤》)。如果说,巴金散文在暗夜里呼号光明,热切焦灼;那么,靳以散文可说是像暗夜里飘浮着的萤火,细腻婉转,表现出不同的艺术风采。靳以抒情往往有所凭借,或通过自然景物,或描写日常生活场景,总之是运用形象间接抒情,含蕴而不晦涩。即使是他经常采用的书简体抒情方式,也尽量避免直抒,往往把抒情融入叙述和描写之中,显得较为细致真切。

缪崇群的《石屏随笔》和《眷眷草》等　缪崇群被战火赶出孤寂的斗室后,辗转于湖北、广西、云南、贵州、四川等地,较大地改变了自己的生活状况和精神面貌。他在1938年5月致巴金的信中说:"我也是在'大时代'的摇篮里生长着,在渐渐地接近新生。"(《碑下随笔·短简》)生活视野开阔了,相应地带来了他艺术视野的扩大,孤独者和病弱者的伤感题材就不像《寄健康人》时期那样萦怀于心,在流亡生活中也难以得到那种顾影自怜的时机和兴致,新的生活经验充实了他的散文内容。他不幸于1945年1月15日病逝于重庆北碚,留下的战时作品有《废墟集》(1939)、《夏虫集》(1940)、《石屏随笔》(1942)、《眷眷草》(1942)和《碑下随笔》(1948)等五个集子,还有未完成的《人间百相》等散篇,可说是战时的多产散文家。

缪崇群战时颠沛流离,只有《旅黔初记》这一篇纪行文,大多数还是抒情小品、短篇速写和诗化散文一类短小精练的作品,这在当时是相当突出的。他的散文不满足于照抄生活现象,也不流于空喊口号,而是对自己的生活见闻和经验加以选择和提炼,经过自己咀嚼、消化后,将自己的思想感情渗透进去,因此写得有血有肉。《即景》一组九则,"就着自己的视野,撷拾一些风物",借此反映日寇的残暴和民族的生机,画面简洁,小中见大,是比较标准的速写体散文。《石屏随笔》是他在云南石屏中学任教期间写成的,描述当地的景物、风俗和现状,抒发自己的生活实感,表达对于爱、幸福、理想的向往。集内《小花》歌咏她的宁静、纯真与美丽,他的作品也具有这种素质。以前他有过人生中途的彷徨和苦闷,如今他写道:"我默默愿望着:普天下人们的心,也能够同轨并进!因为我们不都是要到幸福的、光明的、真理的家乡去的同伴吗?"(《车站》)他胸怀的开阔和心地的善良于此可见。《眷眷草》从后方日常生活见闻中提炼出一幅幅感人的场景、片断,反映出中国人民在战火中磨炼成长,民族意志不可征服的时代风貌,写出自己的爱憎感情和哲理思考。他觉得"没有一种仇恨能比与生命和幸福为敌的仇恨再足仇恨的了"(《黄沙河》),他发现穷困的小兄弟比大人先生"流露着更多的、更纯真的爱"(《兄弟》),相信"埋葬着爱的地方"也"蕴藏着温暖"(《花床》)。他认为,在战斗时代里,"新中国的儿女们没有一个是应该忧郁的";"与我们的生命和荣誉的敌人"战斗,为争取民族的自由和解放而战斗,是值得自豪的;他正是在时代鼓舞下获得希望和信心的(《希望者》)。缪崇群的散文创作,力求从生活实感出发,挖掘出一点生活底蕴,领悟出一点人生哲理,虽然他的生活面还说不上阔大,但他的那种艺术追求却使他在自己体察过的领域里写出了真挚深切的作品,较好地折射了时代风貌。

巴金称道缪崇群的散文"洋溢着生命的呼声,充满着求生的意志,直接诉于人类善良的心灵",是"有血有泪、有骨有肉、亲切而朴实的文章",是作者"心血的结晶"①。他的另一位好友为他编辑散文选集《晞露新收》时,认为他的作品"是属于精细而平淡的一型",在"五四"后新

---

① 巴金:《怀念·纪念一个善良的友人》,上海开明书店1947年版。

文学界的散文园地里,"是占有某一方面的高峰的"①。这大体上说出了缪崇群散文的风格特征和历史价值。他总是沉静地吟味沉思,委婉地抒情究理,精心地谋篇布局,细致地遣词造句,追求散文艺术的清丽精致,不以气势夺人,而以情韵感人;尽管这种作风不为时尚所推崇,但他从一个侧面切入人生表里,感应时代气息,以自己的心血熔铸真挚深切、精细婉约的个人风格,在揭示现代中国小资产阶级知识分子的精神个性、发展现代散文的柔美风格和抒情艺术方面,确有不可忽视的突出成就。

卢剑波的《心字》 卢剑波(1904—1991),四川合江人,被巴金称颂为具有顽强"生命力"的作者。20年代,他年少气盛,锋芒毕露,为他所信仰的无政府主义积极奋斗,这是他"心理的外向"时期。后来他回到四川内地做了十几年的中学教师,在贫病交迫中,顽强地生活着,热情有所收敛。他生活上的两个时期,恰好留下两本散文集,前期《有刺的蔷薇》(1929)反映了他早年的锐气喧嚣;40年代的《心字》(1946)则换了一副面目,以沉着内向、阅历丰富的中年人出现。《居甫之死》中,他为自己写照:

> 少年时代的豪气棱角,都在和现实的接触与实生活的挣扎中消没了。但也正惟这样,少年时代的理想,该当幻灭的,幻灭了;那提炼出来的,浸透了生命的每一呼吸。于是,虚夸自大的习气,以及多少无根的嗔怒,偏私的固执,都化成轻烟飞散了。知道一个小己的微薄力量,然而并不卸去当负的远近亲疏人己的责任。望着自家的形相,将理想在日常生活中求其涓埃的现实,将火焰埋藏在深灰里,将犀利的谈锋收拾起,检点内心的战场,明白人生终不免于过咎。将呻吟忍在口边,随顺世间,而却偏执于自己。像已经成了一定形象的石膏构作,除了粉碎它,是决不改变它的姿态的。

这里,没有哀叹,也没有欣喜,只见理智地体察着自己的人生经验,冷静地描摹下来,这代表了他40年代的为人和文风。

---

① 待桁:《〈晞露新收〉编者序》,《晞露新收》,上海国际文化服务社1946年版。

他在沉默中观察人生,探究真理,执着生活,热爱人类,相信未来。贫病交迫,暴力横行,但他没有被压倒,仍然写歌颂《生命的欢乐》的文章,感到的是"生命无处不在"、"生命终将得胜"的欢乐。他表示,"我拖着病的身体,但我愿意将剩余的一半生命献给真理的探究与阐发。我和病争夺生命而不愿徒然地跌扑下去的"。巴金所称道的"他那些含蕴着强烈生命力而不带丝毫说教意味的文章"①,指的就是这些饱含个人生活经验和生活意志、具有真情实感的作品。

黄药眠的《抒情小品》 黄药眠(1903—1987),广东梅县人。早年在从事革命活动之余,写过诗歌。太平洋战争爆发后,从香港退回故乡,开始写散文。起初学范长江写过新闻报告《美丽的黑海》,回忆1929 至 1933 年他在莫斯科共产国际工作期间的见闻往事,真实地再现 30 年代苏联的社会主义建设业绩和苏联人民的新生活,属于素朴的纪实文字。他承认此书"记录实际事件较多","在写作之前没有很好的构思,写作过程中没有很好的锤炼","作为真正的散文,还是有许多不够之处的"(《药眠散文选·自序》)。稍后写作的《抒情小品》(1948)侧重于抒情述感,艺术创作的意味显然增强了。

《抒情小品》写于抗战胜利前后。作者认为:"放下个人的牧笛,吹起群众给予我的号角,应该是这个时候罢。"(《抒情小品·后记》)但大后方社会黑暗的投影,人民生活的艰辛和个人精神的创痛,还是给作品留下"知识人的忧郁的调子"(同上)。作者忠实于自己的情感,真实地表现自己的爱憎喜怒,让"个人的牧笛"吹出时代的忧郁和人民的痛苦。作者所抒之情,结合了对上层社会腐烂气息的揭露和批判,对政治高压的谴责和反抗,对人民苦难命运的同情和思考,对理想未来的憧憬和坚信,具有超出个人感受的思想含量。作为革命知识分子,白色恐怖吓不倒他,一时的挫折也不会使他气馁,《沉思》就表现了一位革命者的大无畏精神;《母亲》则体现母爱主题的升华,"我要以她爱我的心肠爱着绝大多数的人。愚忠地,固执地,永远无穷地爱着他们,不管有什么委曲和苦难!"这是作者内心的真实告白,生活的最高准则。《抒情

---

① 巴金:《〈心字〉后记》,《心字》,上海文化生活出版社 1946 年版。

小品》每篇都有完整的艺术构思,文字精练,含蕴较深,"散文的味道较浓郁"(《药眠散文选·自序》)。

黄秋耘的《浮沉》 黄秋耘(1918—2001),原籍广东顺德,生于香港。战前在清华大学国文系就学时,积极参加"一二·九"抗日救亡工作。卢沟桥事变后南下从军,开始写作散文,在广州、香港一带活动,以"秋云"笔名出版过散文集《浮沉》(1948)。

他"最喜爱的文学形式还是散文",以为"散文是一种短小精悍,拿得起放得下,灵活性很大的文学形式,它可以叙事,可以说理,可以抒情,可以写景状物,也可以刻划人物",他的散文追求"情文并茂"的艺术境界(《黄秋耘散文选·自序》)。《浮沉》形式多样,以抒情说理为主,偏重于解剖知识分子在动荡时代的思想感情状态。他们的"浮沉"既受时代变动的制约,又根源于自身的内在矛盾;于是,坚持在改造社会的同时改造自己,就成为《浮沉》经常思考的突出主题。"很明白,展开在中国知识分子的面前,有着两条道路:一条是周作人、林语堂之流的道路,那就是离开人民,离开战斗生活,爬回到自己底闲适的老巢,甚至爬上帮闲清客的地位的道路。另一条是罗兰、鲁迅、闻一多的道路,那就是走向人民,走向战斗生活,正视着现实的苦难而热爱着世界的道路。"(《两条道路》)作者以充沛的革命激情和严肃的理性思考,总结历史经验教训,揭示知识分子的正确出路。他清醒地意识到自我改造的艰难曲折,真实地表现内心斗争的痛苦激烈,坚持"在战胜外来的敌人之前,必先战胜内在的敌人"的严正立场。"所谓内在的敌人,就是怯懦自私、沉沦堕落的病态生活倾向。当然,这种顽敌不是一朝一夕可以完全克服的,也不是单凭理智的力量可以完全战胜的,必须经过不断的搏斗、挫折、自拔、更新,必须从人民大众实际生活中吸取教训和勇气,直到旧的一套生活态度,生活方式完全被抛弃,新的一套生活态度,生活方式在我们身上占着主导的地位为止,才算真正完成了自我改造的历程。"(《论日常生活》)作者从独特的角度突出了知识分子自我更新的主题,表现了处于新旧过渡时期的知识分子的思想要求,在新的历史条件下丰富和发展了知识分子寻求出路的思想主题。当时,秋云受罗曼·罗兰影响很大,经常引用他的名言警句来生发自己的思想见解,说理饱含激情,通过个人体验和深思熟虑使思想感情化,感情哲理化,达到了情理相生的境界。

秋云的散文讲究文采,情文并茂。《一年祭》悼念亡友,悲愤之情,出以精练流利的文学语言,更见深切动人。"'死别已吞声,生别常恻恻',南瞻北望,漫天烽火,不知又吞噬了多少生灵?本来人生总有一死,为生而死,虽死何憾?只可惜应该死的人死得太少,不应该死的人却死得太多,每念及此,我的悲哀就不禁变为愤怒。"深沉凝练,无一赘语。秋云散文语言的功力得力于青少年时代的古文修养。

上述几家的抒情散文,具有相通的民族意识、民主要求和人道主义思想,反映出一批资深作家和革命知识分子的生活态度和人生理想。他们对民主、自由和光明的渴望十分强烈,对个人的生存发展要求十分关注,对社会问题和社会出路的探索极为重视。这是他们面临的国统区社会现实所决定的,和陷于"孤岛"的作家所抒写的子夜待旦的心情略有差别。

三 "曙前"的"星雨"

海岑的《秋叶集》 海岑(1919—1981),原名陆清源,上海青浦人,主要从事外国文学译介工作。上海沦为"孤岛"后,曾避居东南内地,战后返回上海,这时期创作出版了散文《秋叶集》(1949)。他认为:"每部书无非是一种延迟了的期望。我们不能向生活索取的,便向梦要求补偿。重尝往昔的水的渴望是这般的强烈,一切甘泉在我唇边失去了凉润。我虚啜着焦渴的嘴唇,它使我这般地萦怀于往昔,以致它本身就成为一种陶醉。我确是愈来愈爱焦渴,以及那往昔的回忆。"(《秋叶集·前记》)对现实的不满,激发他对过往的追怀,对理想的企求,从生活中得不到的,他便向梦幻世界探索;他把自己的情绪和期望外化在精致的文字画面里,与何其芳刻意画梦倾向十分接近。

对于自然、友爱、幸福一类美好事物的追求,成为《秋叶集》歌咏的一个主题。他从大都市来到汀江畔荒废的古城,安于火药圈外的平静生活,朝夕与山水草木亲近,大自然时时赐予他诗意的领悟和联想,"我在林子里散步,舒畅得如同旷野,尽情地沉醉于忘我,并忘了外面那个被隔断的世界"(《古城》)。长期局促于大都市亭子间生活的知识分子,一旦回到自然的怀抱,便感到全身心的解脱和沉醉。然而,现实不是那么容易忘却的,"在这时代中我们的苦痛,我们的牺牲,我们的努力,我们的供献,是渺小得不可以计算的。让时代的风暴把我们如鸿毛般的卷起来也好,让我们抱着破碎的幻想跌碎在现实的岩石上也好,我们总觉得把我们的血汗,把我们的努力渗入这时代的潮流里去,好歹为未来尽一番心力"(《眼泪》)。这还是理智肯定未来、感情系念过往的柔弱书生的内心独白,是新旧交替时期知识分子的一种心态。"我踽踽前行,只为的免得停脚下来询问自己到那儿去和为了什么。也许我只是滔滔的洪流中的一叶浮萍,随着它播荡,打旋,自己却不能主宰在哪儿停留"(《倦旅》),这种彷徨者形象承接了"五四"以来知识分子探索出路的精神传统,在散文创作中有着突出而直接的表现。

海岑的散文,构思完整精巧,意象新颖别致,善于工笔刻画,文字精雕细琢,类似何其芳早期文风。《古城》、《燃烧的梦》、《倦旅》、《窗前》诸篇可作代表。他吸收欧美现代文学技巧,比喻奇特,以意象抒情,象征意味颇耐咀嚼,大多写得含蓄朦胧。

方敬的《生之胜利》 方敬30年代中期在北京读书时,写了散文《风尘集》和诗与散文诗合集《雨景》,限于个人的生活经验,只能抒写故家亲友的生活故事和书斋斗室的寂寞感受,念旧怀人,创造意境,追求散文的艺术美,在写作倾向上同当时北大几位青年诗人相近似。抗战爆发后,他回到四川,曾与何其芳、卞之琳等合编《工作》半月刊,在桂林主办文化工作社,到贵阳为《大刚报》主编文艺副刊《阵地》。散文著有《保护色》(1943)、《生之胜利》(1948)和《记忆与忘却》(1949)。他告别"过往忧郁的情感"和"幽微的音调","要弹奏的是另外一种新的响亮的琴"(《雨景·后记》)。

方敬从后方战时生活经验取材,富于现实气息,情调变得明朗激昂。他热情赞美工人、农民、兵士以及文化人为祖国解放事业劳作献身的崇高精神(《赞美》),深情回忆一群曾经朝夕相处的青少年学生在苦难中磨炼成长的动人事迹(《苦难》),在抗战胜利的狂欢中清醒地意识到时代的矛盾和人民的要求(《胜利篇》),从自己熟悉、理解的一些"低贱的生命与崇高的灵魂"中寄托"好德""扬善"的意味(《记忆与忘却》)。他抒写的自我追求更为执着、坚定、高远。如《浪子的沉思》：

　　蓝空是飞鸟的家，山林是野兽的家，我自小就喜欢那种自在而倔强的翱翔与突奔。我的心灵向高处远处跳动，好像长了健翅或劲蹄，狭小的笼子，狭小的栅栏，我的家呵，你关不住我，一种大胆的火焰已在我血里燃烧。我要出去，我不由自主地想象另外的文化，另外的地方，想到许多路可以走，许多路没有人踩过，我想象我身上觉得有一个新生命跳出来了。我要出去，把我的纯洁换诗，换理想，换一个至高无上的永远金光灿烂的王国。……

　　我并不是永不回头的浪子，而是钟情于新世纪的痴人呀，那沙漠中青青的绿洲更使我口渴。

这种冲出家庭羁绊，憧憬新世纪的"浪子"形象，典型地体现着新青年的精神特征。作者是个诗人，以诗的想象、诗的节奏、诗的语言抒情遣怀，使自己的散文作品荡漾着诗的魅力。

　　陈敬容的《星雨集》　陈敬容(1917—1989)，四川乐山人，《九叶集》女诗人。1935年到北京大学旁听，自学中外文学，并开始在报刊上发表诗和散文习作。卢沟桥事变爆发后逃难回四川，陆续在成都的《笔阵》、《工作》上发表作品。这五年间的散文作品收入《星雨集》(1946)第一辑，作者称它们"多半是从闭关生活所发生的压抑而窒闷的声音"(《星雨集·题记》)，接近于方敬《雨景》时期的歌吟。1940年秋到1945年初，她僻居兰州、临夏诸地，为琐屑压抑的家庭生活所累，耽置了散文创作。1945年初从西北回到重庆后，被压抑已久的创作冲动一下子爆发出来，接连创作了《星雨集》第二辑内24篇作品，稍后又写出一组总题为《我的馈礼》的散文，发表在《人世间》、《水准》、《文讯》上。她肯定这些作品是"来自比较开扩的生活的比较自由和爽朗的歌唱"(同上)。陈敬容散文的独特风格也就是在这时期的创作中形成并稳定下来的。

　　陈敬容的散文大多是内心写照之作，将自己的内在思感外化定型，通过个人的主观感受把握现实生活脉动，想象跳跃，意象奇诡，象征意味浓厚。她欣赏"我生命的内在景色怎样绮丽充实","有着各种复杂的色调,各种跳跃的音波。我思想,我读书,我写作,我歌唱……这一切随时在变幻中,连自己也很难给它们勾出固定的轮廓。至于情感呢,那更是一个变化莫测的大海,有时波平浪静,有时又翻涌奔腾,它像是轮流着被冷水浇泼又被烈火焚烧"(《山村小住》)。她内心对自然、对人生、对生命充满着一种"渴意","一切全令我感到急切的渴意,不论是大自然的风、云、水和果汁,或艺术品底美、力和热,以及灵魂的纯真、温情与善"(《渴意》)。这种执着的追求和强烈的渴望贯穿于她的内在精神中,是她内心激荡不安的来源。她自称:"我是一个带着战栗以寻找生命的人——那也是说,我寻找痛苦,和那只在通过了痛苦以后才甘甜地来到的真正的欢欣"(《动荡的夜》)。她正视生活的两面,以贝多芬为精神榜样,希望通过痛苦而领受欢欣(《桥》)。在内心弹奏的《昏眩交响乐》中,"交溶了声音和颜色,微笑与轻叹,痛苦和欢乐",从这片和声中忽然升起"希望"的强音,给人强烈的震动。追踪女诗人内心活动的意向、痕迹,几乎是不可能的。但通过上述粗线条的梳理,可以感觉到她内心的困惑、动荡和渴求。她由于自身遭遇诸多磨难,对旧中国妇女所受的封建压迫和"狭隘家庭生活之折磨人"具有切肤之痛,因而"对未来合理生活的憧憬,对真理、正义、光明的想望,更为迫切",同时"对封建传统及种种不合理现象,更为痛恨"。① 她把切身感受和内在要求借助象征性的意象表现出来,间接地抒情写意,显得含蕴内在,不易捉摸。

她运用主观创造的艺术世界象征现实世界,如《希望的花环》想象三位女神在暗夜里用痛苦编织希望的花环,鸡啼三遍时编好,高冠于宇宙里最高的山峰,于是黎明来了,黑暗躲避,旭日初升。这是一篇象征的故事,表现了她对于抗战八年取得的胜利有着深刻的理解和诚挚的希望,她在最后禁不住直抒出来:"我底祖国呵,我祝福你用痛苦换来的新生,并愿你在充满希望和黎明里永莫忘记长夜的痛苦。"用痛苦编织希望的花环这一意象,把战时人们的生活实感提炼成哲理警句,概括

---

① 陈敬容:《谈我的诗和译诗》,《文汇报·笔会》1947年2月7日。

地体现了时代的精神。

《我的馈礼》歌咏的主题较为抽象,具有哲理意味。《思想——一盘琴键》、《生活——你的镜子》、《语言——温暖的雨滴》、《火焰——燃烧和光荣》,光从这些题目看,可以体会出她在试图将抽象的思考具象化,将哲理探究和情感体验融合起来。在《火焰——燃烧和光荣》一文中,她鼓动你投入火焰,燃烧自己,创造光荣。她推究燃烧自己、照亮别人的光荣,以及烧毁自己、再造生命的高贵,歌颂替人类受难的普罗米修斯的自我献身精神。她用鲜明的形象,明快的节奏,抒发热烈的激情和闪光的思想,在文风上较之《星雨集》明快些,但仍保持着蕴藉沉思、托物寓意的特色。

陈敬容散文具有何其芳早期散文《画梦录》的绮丽多姿、扑朔迷离,它虽说没有《画梦录》那样精致空灵,却较之多了一分生活实感,一点哲理启示。用她诗友的评论说:"《星雨集》在目前只有《画梦录》可以与之相比,但它的线条比《画梦录》粗多了,更多一些男性的气息。"①一位女性诗人却比一位男性作家多一些男性的气息,指的也许是《星雨集》较为沉实爽朗吧。她幻想的奇突、意象的新奇、行文的跳跃突兀,似乎是受吴尔芙夫人的影响。她作品中充满象征和比喻,富于哲理意味,知性成分较浓,这和她所喜爱的里尔克作风相近似。在现代散文创作中,她像何其芳那样,较多地吸收外国现代诗文的表现技巧,并倾注自己的诗艺,发展了诗化散文的艺术传统。

莫洛的《生命树》　莫洛(1916—2011),原名马骅,浙江温州人。他从30年代末开始发表诗歌和散文作品,陆续出版过诗集《叛乱的法西斯》、《渡运河》和散文集《生命树》(1948),是战时东南文坛出现的文学新人之一。

他初期散文作品大多发表在《东南日报》副刊《笔垒》和他主编的《浙江日报》副刊《江风》与《文艺新村》上,40年代初他到新四军根据地生活过,不久回到浙江内地从事文学活动。新编散文集《大爱者的祝福》(1983)第五辑《窗前》就写于乡居温州时期,这辑作品的基调是

---

① 唐湜:《"星雨集"》,《文艺复兴》1947年第4卷第1期。

对黑暗现状的诅咒,对理想未来的向往。《孤独者》一文诉说满腔的积郁,声讨"罪恶的奸徒"的丑恶行径,他们把"负载着理想和热情","轰隆轰隆猛进着的可敬的车辆""击倒在人生路轨的中途",表现自己的信念和追求,"我这节受伤的车辆"还要"燃烧起生命的炭火继续前进"。此文写于1942年4月,其中的象征寓意,如果联系"皖南事变"的影响那就很好理解了。这位"孤独者"并不是30年代那种囿于书斋、沉湎于个人幻想的面影,而有身受战斗创伤、远离斗争漩涡后依然不失奋进信心的姿态,体现了40年代抒情主人公的新的时代特色。

《生命树》第一辑写于1945年秋天,大多是咏物抒怀之作,表现了他的生活实感和理想追求,一棵生命树长了苦果又长了甜果这样一种"生命的真实","植根在痛苦和阴暗里,却永远恋念一片辽阔的阳光,和阳光永恒旅行着的那无穷的宽远的蓝天",这可说是作者内心的表白。第二辑和第三辑都写于1947年春,却创造了两位个性不同的抒情形象:前者的叶丽雅,纯真,热情,富有幻想,向往未来,是青春焕发的少男少女的典型;后者的黎纳蒙,忧郁,深沉,富于智慧,冷静地思考现实和个人命运,体现了大时代变动下知识分子的苦闷、矛盾和自省。二者恰好像生命树上的甜果和苦果,表现了当时作者的真情实感:一方面,他敏感地发现现实社会的黑暗和窒闷,发现个人的矛盾和脆弱,表现了自己的诅咒、抗议和忧伤、痛苦;另一方面,他体味着人性中美好的事物,爱、生命和理想,唱着"生命的花束是如此美好,如此质朴"的欢快歌调;他夹在现实和理想的矛盾之中,期待着"有一天,也许在生命树上,甜的果战胜了苦的果"。他从《珍珠与蚌》的关系中悟出了一条人生哲理:让真实的生命坚执地经受着现实痛苦的磨炼,才有希望成就珍珠一样的人生。人生的矛盾在作者智慧的洞察中获得了有机的统一。作者的散文也在情理调和中达到了"风和树木游戏"奏送柔美之歌的境界(《风》)。

通过抒情人物来抒怀究理,是莫洛散文的显著特色。"我"向叶丽雅祝福,由叶丽雅体现"我"对爱、自由、幸福和理想的赞颂。"我"又和黎纳蒙交谈,剖析一代知识分子的苦恼、困惑、反省和内心要求。"我"虽然出现,却退居第二位,让她或他占据活动中心,其实还是把我的喜怒哀乐寄寓在她或他身上。这种写法的好处既将主体感情具象化、客体化，又造成"我"和她或他交流思感、融化一体的直接效果，在散文的抒情艺术上是个成功的创造。莫洛散文同样倾注了自己的诗情和诗艺，讲究情景交融、物我无间、艺术完整的境界，说明他主要继承的是本民族的抒情传统；但他还吸取意象派、象征派的表现手法，使作品有寓意象征、含蕴多义的特色。他将诗歌想象和幻想的自由、诗歌的节奏融入散文创作，加强了抒情的强度，大多称得上散文诗。

田一文的《跫音》 1940年4月，田一文从鄂中前线来到重庆，以后一直在文化生活出版社工作。不同于《向天野》时期的战地生活，大后方社会环境的险恶和个人生活的艰难，摆在他的面前，迫使他正视后方现实，写出具有后方生活实感的《怀土集》（1943）。战后复员到上海、武汉，在《怀土集》的基础上加入十数篇新作，编成《跫音》出版（1948）。

从《向天野》到《怀土集》，反映着田一文的散文创作在取材角度、抒情基调、表现手法诸多方面有个转变。先前以抒写战斗者情绪为主，激昂乐观，风格显豁，表现了抗战初期的文风。现在，以个人抒情折射社会阴影，基调深沉内在，表达含蕴委婉，"我抒发个人的爱憎，与个人对于乡土的怀念；也抒发个人的激情与个人对于友爱的感奋；更企望的是，说出我们对好的生活的向往，对自由解放的日子的渴求，同时还企望说出是好些人意识到但却无语的情绪"（《怀土集·后记》），反映的是40年代国统区人们的普遍情思。

在战地进行中，他歌颂的是随身携带的《图囊》，是战斗生活的忠实伴侣。而今来到大后方，他系念的变为《囊萤》、《烛》、《星》一类黑夜中闪光的意象。他曾自豪地喊道："啊，中国，我们真值得为你战斗！"（《原野》）期待着战争的胜利和古国的新生。但是，后方的政治高压，使他觉得十分沉闷，他发出了责问："为什么我不能发散我的热情，和我的青春活力？"只能"在沉闷中渴望着一个响雷"（《雷》）。抗战虽然胜利了，给人民带来的却是更深重的灾难，更痛苦的失望。人们备受生活煎熬，烦扰缠身，有的已经咆哮发疯了。如《烦扰的人们》、《煎熬》、《咆哮》几篇纪实散文所描写的那样。《跫音》为那些夜生活者陷于黑暗深渊而担忧,她们深夜归来的跫音震动着作者的神经,这象征着在黑暗中求生的可怕和无望。田一文40年代写的散文就是这样真切地表现出国统区现实生活的黑暗、沉闷和人们的挣扎、不满,与他初期作品恰好形成一个鲜明的对照。在《求乞者》中,他写道:

> 兄弟,这世界真冷,真暗;没有一颗星,一点月色。夜包围着我们,我们都在黑夜里乞讨着一星星热力,一点点光热,那光亮只要一点,就足够烛照我们一生了。

这种个人的感受和企求,概括了当时国统区人民的生活实感和思想愿望。他在新编的散文诗集《囊萤集》(1984)的《后记》中说:"曙前,我走过的是漫长而又曲折的道路,读者可以从收在这本集子里的作品中看到我的彷徨,也可以听到我的呐喊,以及我的渴望、向往和追求","她们是欲曙未曙的投影,即使有一点闪光,也不能照透黑夜"。这不仅说出了当时自己的精神风貌,也概括了40年代国统区抒情散文创作的基本特征。

刘北汜的《曙前》和《人的道路》 刘北汜(1917—1995),吉林延吉人。"九一八"事变后流亡入关,"七七"事变后逃难到西南后方,1943年毕业于西南联大历史系。1938年秋开始在香港《立报·言林》上发表散文《沉默的行进》、《图囊》等。此后经常在贵阳、重庆、桂林、昆明等地报刊发表作品。1946年从昆明复员到上海,主编《大公报》的《文艺》副刊。散文结集出版的有《曙前》(1946)和《人的道路》(1949),前者写于昆明,后者是到上海后两年间的作品。

刘北汜散文除了《人的道路》下辑所收的人物速写外,几乎都是抒情性作品。他从自己在昆明城郊和复员到上海的生活体验出发,即兴抒怀,有感而作,写得朴实真切,含而不露。他用"曙前"象征40年代国统区的社会现实,经常描绘的场景是天亮之前最黑暗的时刻,寒夜凄凉的风雨,荒芜的秋野和严酷的冬景,凋敝的乡村和阴黯的院落,曲折地反映了当时当地城乡社会的现实面貌。在这种境遇里,他切身感受到黑夜的漫长、沉重和窒息,免不了烦忧、苦闷和怅惘(《不眠夜》),但总是"望着一点点闪亮的星子","禁不住地祈求着"天亮,期待着"阳光会透过阴影,照出一片光辉,罩住整天整年在阴黯中的生命"(《曙前》)。他内心的不满和向往于此曲曲传出。他从人民生活的严肃之中感受到他们没有麻木,没有绝望,没有屈服,"每个人的眼里闪着一种光,越过荒芜的田野,向远方凝视着,苦痛而坚决"(《荒》),认识到"对于人,唯一有用的,应该是从那沉默的人群爆发出来的伟大的行动了"(《人的道路》)。这种对下层人民的理解和期待,反映了人民潜在的革命力量和美好的追求,在漫漫暗夜中透露了些微曙色。

刘北汜的散文善于通过具体场景的描绘,来抒发内心细致的感触,使感情外化为可观可感的形象画面,创造出单纯凝练、具有象征意味的抒情境界。他写的是真情实感,由日常生活、习见景物触发感兴,较少求助于幻想或玄思,显得朴素自然,这在40年代新进作者中较为突出。他写过诗歌和小说,他的人物速写显示了他具有写人叙事的技巧,他的抒情文含蕴着清新的诗意,带有歌吟的情调和节奏,有些凝练之作显然具有散文诗品格。

郭风的散文和散文诗 郭风(1919—2010),福建莆田人。1944年毕业于福建省立师范专科学校中文科。从1938年开始发表散文作品,40年代产量甚多,主要发表在《现代文艺》、《改进》、《现代儿童》、《文艺月刊》、《文艺春秋》、《文艺复兴》、《东南日报·笔垒》、《国民公报·文群》、《大公报·文艺》和《星闽日报·星翰》等报刊上,当时未结集出版,后来辑入《笙歌》(1984)、《郭风散文选》(1983)等。他是战时东南文坛新起的一位有代表性的散文作者。

郭风来自闽南兴化湾原野,对生养自己的乡土人民一直充满着激情。他吹奏着"乡笛",唱出清新的田园牧歌——劳作之歌和希望之歌,他把自己的歌唱献给乡村和人民。发表于《现代文艺》月刊上的《桥》、《犁及其他》、《调色板》、《探春花》、《海》、《唱给镰刀们》、《村思》等组作品,侧重描写乡土自然风物和劳动生活,表现劳动人民的感情、追求和希望,题材清新,情调热烈,色彩明亮,集中体现了他40年代前期散文创作的独特风格。他体味乡野风物中的诗意理趣,对农人劳作的艰苦和神圣深有体会,抱着青春理想和赤子热诚歌咏乡土生活和人民的希望。终年劳苦的镰刀告诉我们:"劳动的欢歌是和着汗一道抒唱出来的"(《镰刀》);黑色的犁痕"洪亮而阔大地唱着人类劳动的神圣的歌"(《犁痕》);家乡的吹笙手"以全部的生命的精力,在吹奏着对于生活的今天的希望和明天的希望"(《笙歌》);即使在"没有花朵,没有色彩"的冬天的大地上,"沉默的水牛渴念着来春的新绿"(《牛》);红色的探春花"不能安心于僵死的蛰伏,梦想那远天的丽亮的阳光,而带着战斗的喜悦,最初开花在这荒凉的地面了"(《探春花》)。这些早期作品"飞扬着和着汗的田园的乐歌"(《秧歌》),"吹着我们的艰苦的劳作的歌,吹着我们对于幸福的企望的歌"(《麦笛》),构成的基调是明快、朴实、亲切,富于乡土气息和个人激情。

从朴实而理想的乡野自然到面临黑暗污浊的都市社会,从柔和亲切的欢歌变为沉郁愤怒的诅咒,郭风的散文创作随着40年代后期国统区社会黑暗日益深重,个人涉世渐深而变化发展。对乡野自然的直接歌颂转化为追慕和向往,把它作为污浊现实的对比而渴念着。比如《蜜蜂》迷路飞进室内而急切地想飞回空中,"像它那样地想投向光明,像它那样地想回到自然界的自由、宽阔的天地中的急切心情,我感到多么亲切。"这种思感也出现在《麻雀》、《蕈》、《绿树》、《穿山甲》、《喜鹊》等篇章中。他对人们劳作的艰辛、生活的困苦和心灵的压抑有着较深切的体验和同感,"人们是贫苦、饥饿,在精神上也节节被中毒。这些难道我们不知道吗?一如在若干的屋前,看到那些活泼的街头孩子,爬在泥土上玩弄玻璃球的游戏一样,心里只有难过和忧愁。可是这都是多么软弱无用的感情呵"(《医治》)。作者的美好理想粉碎在残酷的现实面前,"想到只有自由的、宽畅的世界,没有剥削,劳作和心智真正为人看重的世界,人们才能享受幸福",而现实恰恰相反,苦难普遍而且深重,对此他"真感到极端的痛惜,和难禁的憎恶"(《麻雀》)。作者的抒情增加了谴责、抗议和愤怒的情绪。现实给作家的沉重负担,并没有压垮他的乐观精神,他从贫苦人中间发现互助友爱品德(《马车和小孩》),获得感召的力量(《力量》)。他歌颂来自乡野的喜鹊像"乐天派的哲学家"一般"总是从痛苦中间,透露出可以快乐的消息"(《喜鹊》)。郭风有他一贯的纯真、热情、乐观的精神气质,有他始终不渝的理想追求,他正视现实的苦难,而不失去生活信心,他在散文创作中把现实主义精神和理想主义热情结合起来了。

郭风有着天真无邪、始终不老的童心,又有敏感颖悟的诗人的慧心。他像儿童眷念母亲那样热爱故乡的人民和风物,热爱那充满光和色、蓬勃着生命的大自然,他像诗人那样歌颂美、追求光明和理想。他的散文和散文诗,较少直接抒写社会人事的黑暗和丑恶,而更多地以摇曳着奇思异想之笔描摹乡土风物和禽鸟花草。在他笔下,乡土风物寄寓着诗思哲理,花草能言,禽鸟通于人性,他的作品有着童话和寓言的浪漫和象征的色彩。把童话和寓言引进散文和散文诗的创作领域,是郭风的贡献之一,是其散文和散文诗的特色所在,也是读者喜爱它们的原因。

彭燕郊、庄瑞源、单复的散文 在40年代的散文作品中,具有福建乡土生活气息的,还有彭燕郊的《浪子》(1943)、庄瑞源的《贝壳》(1940)和《乡岛祭》(1941)、单复的《金色的翅膀》(1949)等。彭燕郊与郭风同乡,庄瑞源和单复来自晋江沿海,同样沐浴着闽南的阳光和海风,呼吸着一样的乡土气息,因而其创作具有相近的怀乡情绪和地方色彩。

彭燕郊(1920—2008),福建莆田人,原名陈德矩,30年代末在新四军从事战地文化工作时,开始在《抗敌》、《七月》等刊物上发表诗作,高唱着"祖国呵/我爱你/今天的艰苦的战斗……"的战歌走上诗坛。40年代在东南、西南一带后方从事文学创作活动,在写诗的同时著有散文集《浪子》。其中发表于《现代文艺》上的《村里》和《宽阔的蔚蓝》两组作品,抒写游子南归呼吸着家乡泥土气息的点滴感触。南国原野清新明朗的空气和风景,对他有着"强烈的诱惑",召唤他抛弃烦扰,走出都市,投入大自然的怀抱,沉醉于那宽阔的、蔚蓝的天底下,使一颗游子的心灵获得慰藉。古老乡村破旧的景象令他忧郁,他歌唱南国的暴雨,盼望雨过天晴,来新鲜一下自己对家乡的遐思。他描写一幅幅乡土风俗画,歌唱人民"汗与泪流在一起"的生活和他们对丰收、幸福的渴望(《秧歌》),理解和感应"浪子"那种"精神上的饥渴"、"企图把自己的灵魂从平庸和苦闷里逃脱出来"的心境(《浪子》),期待自己的歌唱像家乡大海"一样阔大,一样粗野,一样高朗"(《海》)。其乡情热烈饱满,一如他所描绘的家乡景物的绚丽明亮,把人们的心胸引向那宽阔的、蔚蓝的、圣洁的意向上。

庄瑞源(1917—1977)来自闽南渔乡,对乡土和大海一往情深,《贝壳》题辞引用若望·高克多的诗句"我的耳朵是贝壳/它爱大海的声音",概括了他散文创作的主导倾向。其散文带有浓厚的思乡追怀的情绪,写出来的只是游子心中的乡土风貌,与战时乡土现实拉开了距离,这可能和他早年就离开家乡、一直在外漂泊有关。《五月的船》算是现实感较强的作品,仍是想象多于现实的描绘,所以他的作品以抒情见长,在具体表现乡土生活上倒不如同样来自晋江沿海的单复。

单复(1919—2011),原名林景煌,常用"梦白骷"的别致笔名发表作品。他在黎明中学读书时,受教于丽尼、陆蠡两位散文家,爱上了散文艺术。他从自己的乡土生活经验起步,叙说"乡村的故事",反映侨乡渔村的乡土人情。《忧郁的侨邨》通过自家生活体验,传达出无数穷苦侨民侨眷的共同感受和悲剧性的命运,是一支感人的哀歌。《琵琶和洞箫》描绘这两种民间乐器合奏的动人境界,表现家乡人民把自己的辛劳和酸苦融化在哀怨的声乐中,真切地反映出乡亲们的精神风貌。

在新文学史上,闽籍作家出现不少,但大多在外活动,二三十年代福建新文坛还相当冷落。抗战爆发后,沿海大城市相继陷落,许多作家转向后方内地开发新文坛,福建的永安、南平、建阳等地成为东南文化的重要据点。郭风、彭燕郊、庄瑞源、单复等一批新人就在这种文化背景中成长起来,把自己的歌唱奉献给父母之邦,开拓了福建乡土文学的新园地。

叶金、羊羣、丽砂的散文诗 在40年代国统区,与郭风、莫洛、田一文、刘北汜等写作倾向接近的青年作者不少,同样致力于散文诗创作的还有叶金、羊羣、丽砂等人。

叶金(1922—2014),原名徐柏容,江西吉水人。30年代末开始发表作品,所作散文诗散见于《文艺复兴》、《诗创造》、《大公报·文艺》、《大刚报》、《东南日报·笔垒》、《前线日报·战地》等报刊,后来才辑为《阳光的踪迹》(1984),编入"曙前散文诗丛书"第一辑。生活在火与血的时代,他和同时代的年青人一样,怀抱着"为祖国而战斗"的崇高意念（《爱情》），把"个人的笑,个人的泪"消融于"祖国的命运里",以手中的笔作刀枪,参加反法西斯战争,"用战斗争取黎明"（《黄昏》）。抗战胜利后国内战争时期,他没有放下手中的武器,在庐山、南京编过报纸副刊,从事文学创作,这时期的散文诗作品以自然美景和都市生活为题材,曲折表达反抗黑暗社会、追求光明前途的心情。他最富有个人特色的作品是在南京写的一系列长短不拘的散文诗。它们一方面揭露国民党统治中心乌烟瘴气、纸醉金迷的黑暗面,厌恶和诅咒都市的堕落糜烂,一方面歌唱人民群众的反抗斗争,表现自己内心的追求和憧憬,沉郁的生活实感和高扬的理想追求交织在一起,热情的抒发和哲理的沉思融为一体,个人的真实感触和内在追求体现了欲曙未曙时代人民群众的思想感情。《春天》写"一个寻找真实的歌人",在喧嚣颓废的都市里有过迷失的惆怅,却在"五二○"学生运动中"寻找到了他的歌",从而唱出"我知道春天过去了。但春天不是死了——是成长了。我看到最美丽的真实的花朵,在最污浊的泥淖里也可以生长。"《阳光的踪迹》描写阳光失踪时三种年轻人去寻找阳光踪迹的故事,一种在伪造的阳光的眩晕里沉沦了,一种与囚禁阳光的主人同流合污了,只有那种不畏艰险、不懈追求智慧和真理的人才真正找到了阳光的踪迹。在这寓言般的象征性故事里集中反映了国统区青年的不同面目,暗示出他们的真正出路。作者讴歌暗夜中的烛火和星光,寻找春天,翘望黎明,向往暴风雨,将处于国统区险恶环境中的进步青年的内心律动曲曲写出,具有典型意义。

　　羊翚（1924—2012）,原名覃锡之,四川广汉人,诗人覃子豪之弟。40年代在成都燕京大学读书,参加"平原诗社",开始写诗和散文,作品大多发表在成都和重庆的报纸副刊、诗丛上,以及上海的《大公报·文艺》、《时代日报·新生》和《诗创造》上,后来应"曙前散文诗丛书"主编之约,把散文诗旧作辑为《晨星集》出版（1984）。《告别乡土之歌》一组五章,抒写自己生长的环境和告别乡土、寻找新路的情思。他是山民的后裔,祖先驱鹰猎兽的英勇,大山的威武倔强,溪水的甘甜明净,母爱的温暖深情,陶冶了他豪爽真诚的心灵,牵系着他难舍难分的恋情;但高山挡不住他的追求,先民遗训束缚不了后代生活的选择,"母子石"

的古老传说和母亲带咸味的眼泪留不住儿女向往新世界的心,他决绝地"越出山的藩篱,去寻找通向世界的路","背后,有我的家乡,前面,是遥远的路",一个追求新生活的"浪子"的感情纠葛和勇敢姿态在作品中活现出来。作者说:"在寻找道路中,我感到过迷惘和痛苦,也尝到了生活的蜜。"(《晨星集·后记》)他跨过迷惘和痛苦,投入革命队伍,尝到了新生活的甜蜜。《炉火之歌》写于1947年,在冰雪的世界中唱起"炉火之歌"的抒情主人公,内心火热,信心满怀,仿佛预感到春天即将来到。"这是一个孕育着春天的冬天。整个大地是一个冰雪裹着的生命",诗一般浓缩的意象,概括了时代风貌,体现了诗人自信、乐观的情怀,召唤着同时代人们起来迎接冰消雪融的春天。冬去春来,时光流逝,"但对我自己和同时代的朋友来说,把历史放在口里咀嚼,却仍然带着一种苦涩的甜味的"(《晨星集·后记》),作者在曙前时期所体验的情感内容,还是值得回味的。

丽砂(1916—2010),原名周平野,四川江津人,1938年毕业于万县师范,1939年加入中共地下党,从事学生运动。他的散文诗主要发表在《国民公报·文群》、《大公报·文艺》、《人世间》、《文艺春秋》、《文潮》等报刊上,后结集为《冬的故事》(1984)出版。和同时代进步青年一样,他的道路也是从"彷徨"走向"呐喊"的。其作品意象生动,热情活泼,节奏明快,像郭风早期作品那样焕发出一股青春气息,但缺乏郭风的节制和含蕴,较为显豁浅露。《春天散曲》、《生活的花朵》、《冬的故事》、《大地的歌》、《阳光》几组写于内战爆发前后,他投身于"反饥饿、反内战、反迫害"的学生运动,唱的是"孩子,走向战斗吧!让生活的路穿过冬的原野,穿过夜的国度"(《生活的花朵·战斗》),"孩子,勇敢些嘛,带着你钢铁般的生命,跃进去,跃进去,跃进这时代的冶炉"(《生活的花朵·生命》)。为了召唤人们起来战斗,他要唱"最高最响"的生命赞歌,即便是"失去那丰润的声音而变成喑哑的嘶叫"也在所不惜(《生活的花朵·歌》)。这些具有政治鼓动性的歌唱和格言警句般的诗语,颇能激动青年人的热情。他看到"迎着春天的,是千万双千万双为渴望烧枯的眼睛,是千万只千万只为劳动咬破了手掌,是千万颗千万颗为生活抽伤了的心灵",从而坚信"春天是我们的"(《春天散曲·春天》)。他的"呐喊"强烈地体现了时代和人民的呼声。

40年代是继20、30年代又一个文学新人辈出的时代,除了上述十来位新进作者外,周为、黎丁、黎先耀、流金、程铮、曾卓、曾敏之、韩北屏、胡危舟、徐翊、范泉、马逢华、李白凤、欧阳翠、马各、陈荧、端木露西以及无名氏等等,都在后方内地或战后上海等地显露头角。他们或致力于散文创作,或在写诗、写小说的同时兼作散文,有的也出版过一两个散文集。在40年代国统区,这批青年人成为抒情散文创作的一支生力军,为文艺性散文的持续发展做出了贡献。他们年轻热情,来自社会底层,一度受过抗战前期激昂气氛的鼓舞,更多地经受着后方内地实际生活的艰难磨炼,又在战后国内战争中听到人民解放的脚步声,他们通过个人真情实感的抒发来感应时代的变动和后方现实生活的严峻,表现人们相通的生活感受和思想愿望,把握光明和黑暗决战的时代精神,以主观真实性折射出客观真实性,形成了比较一致的创作倾向。他们继承现代散文中的"美文"传统,继续在抒情散文的诗化道路上探索,将内心对自然、对现实以及对未来的点滴感触纳入短小凝练的艺术形式内,大多写得简练、精细、含蕴,具有散文诗品格。他们歌吟夜空的星光,同"孤岛"作家歌唱"炼狱的火花",巴金等老作家"在暗夜里呼唤光明",恰好呼应起来,合奏出40年代光明和黑暗搏斗的交响曲。

四 漩涡外的玩味

梁实秋的《雅舍小品》 梁实秋(1903—1987),北京人。1923年毕业于清华学校高等科,赴美留学三年,获哈佛大学研究院文学硕士学位,1926年回国后历任东南大学、青岛大学、北京大学教授,以新月派文艺批评家著称。1927年写的杂感小品辑为《骂人的艺术》。抗战爆发后,任国民参政会参政员,寓居重庆。1938年12月至翌年4月,主编《中央日报》副刊《平明》,在"开场白"《编者的话》里提出:"现在抗战高于一切,所以有人一下笔就忘不了抗战。我的意见稍为不同,于抗战有关的材料,我们最为欢迎,但是与抗战无关的材料,只要真实流畅,也是好的,不必勉强把抗战截搭上去。至于空洞的'抗战八股',那是对谁都没有益处的。"表明了他不同于时尚的文学主张,被人目为提倡

"与抗战无关"而受到广泛批评,这是他一贯坚持的自由主义文学观与抗战文艺主潮相冲突的结果。1940年11月起,应《星期评论》主编刘英士之约,以笔名子佳为该刊撰写专栏小品10篇,总题为"雅舍小品",连同稍后几年间续写的24篇,一并结集为《雅舍小品》,等到1949年他去台湾后,才由台北正中书局正式出版。在台湾还著有《雅舍小品》续集、三集、四集等大量作品。

《雅舍小品》写于1940至1947年间。此时,梁实秋虽然也关注时局,参与政事,但在散文创作中却我行我素,有意回避时行的抗战题材,专注于日常人生的体察和玩味,着眼于人性的透视和精神的愉悦,潜心营造闲适幽默的艺术境界。

开篇之作《雅舍》虽涉笔国难时期住房的简陋与困扰,却能随遇而安地玩味个中情趣。在他的笔下,不仅雅舍的月夜清幽、细雨迷蒙、远离尘嚣、陈设不俗令人心旷神怡,就是鼠子瞰灯、聚蚊成雷、风来则洞若凉亭、雨来则渗如滴漏之类境况也别有风味,甚至连暴风雨中"屋顶灰泥突然崩裂"的险情也如"奇葩初绽"一样可观可叹。这里,困苦的境遇被转化为观赏的对象,生活的体验已升华为审美的玩味,表现了超然物外、随缘自娱的豁达心怀。在《中年》里,他体察人到中年种种可哂可叹的身心变异,而又体味"中年的妙趣,在于相当的认识人生,认识自己,从而作自己所能作的事,享受自己所能享受的生活",表白顺应自然、安身立命的中年心态。这类咏怀言志小品,优游自在,明心见性,在动荡时代修炼超脱心斋,谋求自适妙方,体现的是达士情怀。

他对于其他色调的人生世相,也能虚怀静观,随缘把玩,并不过分非难他所看不惯的一切,只是给予善意的调侃,委婉的讽喻,有时还反躬自嘲,发人深省。《男人》一文挖苦同性的脏、懒、馋、自私和无聊等等弱点,既针针见血,又止于笑骂,可谓善戏谑而不为虐。与姐妹篇《女人》相比,本篇写得较为辛辣恣肆,似乎更多地融入一位男性作家对同性劣根性的自嘲自讼意味,但还是心存温厚,留点情面,跟《脸谱》中对傲下媚上的"帘子脸"之冷嘲热讽毕竟有所区别。他针砭的大多是普遍存在的人生笑料和常人难免的缺点失误,诸如溺爱孩子、追赶时髦、虚荣好胜、偏执狭隘之类通病,又大多是采取谑而不虐、亦庄亦谐的笔调加以漫画化、喜剧化,善意指摘,适可而止,深得幽默三昧。

《雅舍小品》的文体冶散文杂文于一炉,夹叙夹议,情理中和,删繁就简,文白相济,以雅洁精练著称。如《中年》结尾一段:

> 四十开始生活,不算晚,问题在"生活"二字如何诠释。如果年届不惑,再学习溜冰踢毽子放风筝,"偷闲学少年",那自然有如秋行春令,有点勉强。半老徐娘,留着"刘海",躲在茅房里穿高跟鞋当做踩高跷般地练习走路,那也是惨事。中年的妙趣,在于相当的认识人生,认识自己,从而作自己所能作的事,享受自己所能享受的生活。科班的童伶宜于唱全本的大武戏,中年的演员才能担得起大出的轴子戏,只因他到中年才能真懂得戏的内容。

行文从容不迫,有板有眼,言简意赅,留有余味,说理融于形象的比喻,带着亦庄亦谐的情调,富于理趣。这种含笑谈玄、妙语解颐的文字,在《雅舍小品》里俯拾即是,与内涵的闲情逸致相辅相成,造就了"雅舍"体温文容与、雅健老到的独特风格。这在40年代文坛独标一格,延续和发展了闲适派散文的艺术精神;虽因不属于时代的急需品而一时被冷落,却能历久长存,终究在海内外流传开来。

味橄的《巴山随笔》 味橄于1939年从欧洲回国,到四川乐山武汉大学外文系执教,1942年转至重庆从事对外抗日宣传,1947年到台湾大学筹建文学院。这时期著有散文集《偷闲絮语》(1943)、《巴山随笔》(1944)和《游丝集》(1948),仍以战前他擅长的絮语笔调叙述流寓生活的见闻感想,增添了同仇敌忾、共度时艰的内容,也不乏偷闲遣兴、苦中寻乐的风雅。如《巴山夜雨》、《风雨故人》二文,命题富于诗意,写的却是苦雨、受窃的窘况。他身受其害,虽有苦不堪言、愤恨不平的激情,但善于节制,语含幽默,把再三光顾的小偷戏称为"风雨故人",把夜雨之灾归咎于主客双方的短期行为,把文人骚客的诗意幻想拿来调侃,一经理智的调剂,戾气化为平和,苦涩留有余甘。这比"雅舍"的主人多了一丝苦笑,而在为文自遣上倒是声气相通的。《偷青节》文中自述回国"两年来日里闹的是柴米油盐,夜间受老鼠小偷的扰乱,可谓日夜不安,但在国家这种争自由的奋斗中,谁也不会像李后主以泪洗面,我们大家都是咬紧牙根,刻苦度日,青春早早离去,白发悄悄地跑来,我们觉得这少年头也并不是空白了的。"这说明爱国知识分子已摆正民族苦难与个人得失的关系,抱有与国人共患难的坚忍意志,从而能坦然面对困境,保持爽朗乐观的心态。战时闲适幽默小品也因此渗透着现实人生的辛酸味。

苏雪林的《屠龙集》 苏雪林战时随武汉大学内迁四川乐山,散文新作有《屠龙集》(1940),《自序》云:"我觉得生活愈痛苦,写起文章来愈要开玩笑","幽默并非有闲阶级的玩意儿,倒是实际生活的必需品"。其中,除了《炼狱——教书匠的避难曲》、《乐山惨炸身历记》等释愤遣闷的作品,还有一组被称为"人生三部曲"的随笔,即《青春》、《中年》和《老年》,与此相关的还有《家》、《当我老了的时候》二文。这一系列散文带有人生沉思的倾向,比她先前的感性抒写增强了知性领悟。她以过来人身份反顾青年可爱可羡可哂可叹之处,以当事人身份体察人到中年的身心变化和修炼经验,以老成者角色揣摩老年人的散淡老境和临终心理,均以平视的眼光领略人生历程的不同况味和各段的种种光景,希求超越代沟,适性相安,自主自律,扬长避短,共趋健全合理的人生境界。她涉世渐深,见多识广,弹起"人生三部曲",文思活跃,机智闪烁,庄谐杂出,巧喻联珠,比早年的清唱繁富浑厚。请听《中年》的尾声:

> 踏进秋天园林,只见枝头累累,都是鲜红、深紫,或黄金色的果实,在秋阳里闪着异样的光。丰硕、圆满、清芬扑鼻、蜜汁欲流,让你尽情去采撷。但你说想欣赏那荣华绚烂的花时,哎,那就可惜你来晚了一步,那只是春天的事啊!

这里对传统喻体的铺陈渲染,对不知足者的调侃婉讽,声情并茂,铿锵悦耳,可见中气十足,神采飞扬。她的中年之歌,没有惜春悲秋之叹,而有安享秋实、自得其乐的知足感。

上述三家散文,对自身困境和人生世相持超脱豁达、静观玩味的心态,能随遇而安地品赏乱世生活况味,有余裕来把玩闲情逸致,沉思人生问题,在一派愁云惨雾中投入一丝舒散郁结的笑意,一点慰藉心灵的雅兴,虽不能震撼人心,却能怡悦性情。这类散文复出于抗战进入相持阶段,流寓大后方的一些固守自由主义立场的上层知识分子,虽受炼狱煎熬,却不便非议国事,不愿卷入漩涡或坠入颓丧,只求自遣之方,为文就成为他们苦中作乐、解忧自娱的一种方式,使闲适幽默小品接近世俗人生而葆有一线生机。

40年代的抒情散文具有充实的生活实感和沉重的现实气息,较好地达到了个人性和社会性的统一。它通过个人抒情,将内心自省、人生探求和社会思考融汇起来,表现出这个时代的精神气息和知识分子的心理动态。一般很少脱离现实去追求幻美境界,或不顾群众感情而纠缠于个人悲欢得失。这和30年代那批年轻的孤独者一时的单纯自我表现不可同日而语,显示出40年代抒情散文与现实和人民结合、心怀开阔的发展趋势。葛琴曾从现代散文发展的历史回顾中肯定抗战以后散文"又散发出新生的健康的生命气息了"[1]。这种新生感、健康感来源于作者的生活实感。作者生活体验的扩大和更新,是获取新鲜印象、充实思想感情的必由之路,也是矫正纤弱苍白感情的药方。抗战以后社会的大变动和作家生活的大变动,给抒情散文的发展提供了有利的契机,一批作家不失时机地把自身思感的变化发展表现出来,因而形成了自己的时代特色。

抒情散文的诗化倾向在40年代仍有发展,抒情方式也逐渐摆脱浪漫主义、感伤主义的影响而吸取象征暗示手段,以追求蕴藉内在的艺术效果。这既促进了诗化散文和散文诗的发展成熟,又促使现代散文进一步带上现代派诗艺文风的色彩。从渊源上看,这是20年代《野草》、30年代《画梦录》一类创作的延续和丰富,是文艺性散文发展的又一重要时期。

第四节　沦陷区中的苦吟

日寇侵占东北、华北、华东、华中大片地区后,在占领区实行殖民统

---

[1] 葛琴:《略谈散文》,《文学批评》1942年9月创刊号。

治,奴役和分化中国人。沦陷区亿万民众在艰险环境中,虽有部分爱国志士投身于地下抗日斗争,但大多只能委曲求生,苦熬待旦。也有一些民族败类,沦为卖国投敌的汉奸。滞留或成长于沦陷区的文化人,也大体分化为前述三种状况。由于环境险恶,抗日文学不容生存,许多爱国作家只能蛰居封笔,只有部分作品曲折地蕴含着民族抗争意识。也由于广大读者怀有民族意识,天然排斥那倚仗军刀和金元支撑的汉奸文学。因此,沦陷区散文流行的主要是日常人生的体味,内心感慨的吟咏,故人往事的怀想,文史掌故的漫谈,有意回避民族战争、社会矛盾等现实敏感问题,注重个人感怀和艺术经营,大多带有避重就轻、苦吟低唱的别一格调。

沦陷区散文名家大多聚集于华北和华东地区。北京、天津、南京、上海相继沦陷后,原先的文学期刊几乎都迁移或停刊了。随后新办的报刊和出版机构大多受日伪势力扶植与控制。侧重散文随笔的期刊,北京有方纪生编辑的《朔风》(1938)、张深切主编的《中国文艺》(1939)、周作人主持的《艺文杂志》(1943)等;上海有吴诚之主编的《杂志》(1941)、周黎庵主编的《古今》(1942)、柳雨生主编的《风雨谈》(1943)、苏青主编的《天地》(1943)等。北京新民印书馆、上海太平书局等陆续出版了五十来种散文随笔集,其中影响较大的有周作人的《药味集》和《药堂杂文》、柳雨生的《怀乡记》、纪果庵的《两都集》、文载道的《风土小记》和《文抄》、苏青的《浣锦集》、张爱玲的《流言》、南星的《松堂集》、林榕的《远人集》等,在散文史上理应补记一笔。①

沦陷区散文一直流行着以周作人为代表的文史随笔,主要作家还有柳雨生、纪果庵、文载道等,沿袭战前知堂风而更趋于书卷化和知性化。

周作人的《药味集》等　周作人从新文化先驱沦落为汉奸文人的代表,令人叹惜和不齿。他在沦陷初期还想躲在"苦住斋"卖文为生,

---

① 本书写于20世纪80年代前期,当时已搜罗一批沦陷区散文史料,限于主客观条件而未能入史,只在选编《中国现代散文理论》(1984)、《中国新文学大系1937—1949·散文卷》(1990)中收录一些选文,并在《中国现代文学总书目·散文卷》(1993)著录所见沦陷区散文书目。此次修订,补写此节,选介八家,以见一斑。

以文化界苏武自诩,却经不起敌伪的威逼利诱,半年后就出席日伪召开的"更生中国文化建设座谈会",一年半后就失节投敌,历任伪华北教育总署督办、伪国府委员等伪职。抗战胜利后,他被民国南京高等法院以汉奸罪判处有期徒刑十年。他以伪官身份写过一些宣扬"东亚共荣"的所谓"应酬文章",他自己也羞于收集。而结集出版的《药堂语录》(1941)、《药味集》(1942)、《药堂杂文》(1944)、《书房一角》(1944)、《苦口甘口》(1944)和《立春以前》(1945)等,在延续他30年代闲适文风的基础上,增添了一些"正经文章",加重了几分"苦药"味。

周作人在自编文集序跋和《两个鬼的文章》诸文中一再说明自己的散文随笔有两大类,一类是"平淡而有情味"的只谈"吃茶喝酒"、"草木虫鱼"的用来"消遣调剂"的"闲适的小品",犹如"茶"和"酒",自称不是他的"主要的工作";另一类则是"爱讲顾亭林所谓国家治乱之原,生民根本之计"的"正经文章",自以为这是他写作的绝大部分,像"馒头或大米饭",是他的"最贵重的贡献"。

周作人这时的"正经文章",主要有《药堂杂文》中的《汉文学的传统》、《中国的思想问题》、《汉文学上的两种思想》和《汉文学的前途》四文,以及《苦口甘口》第一辑收录的《梦想之一》、《文艺复兴之梦》、《我的杂学》等十篇。这些文章梳理自己对中外文化思想的贯通和见识,诚有经世致用的"资治"目的。代表作《中国的思想问题》,着重阐发"以孔孟为代表,禹稷为模范"的原始儒家思想,认为"儒家的根本思想是仁,分别之为忠恕","仁即是把他人当做人看待,不但消极的己所不欲勿施于人,还要以己所欲施于人";其"根本"不仅源于生物本能的"求生意志",还出自"人所独有的生存道德","此原始的生存的道德,即为仁的根苗,为人类所同具","唯独中国固执着简单的现世主义,讲实际而又持中庸,所以只以共济即是现在说的烂熟了的共存共荣为目的,并没有什么神异高远的主张。从浅处说这是根据于生物的求生本能,但因此其根本也就够深了,再从高处说,使物我各得其所,是圣人之用心,却也是匹夫匹妇所能着力,全然顺应物理人情,别无一点不自然的地方"。他认为这是中国人固有的"健全的思想","在现今百事不容乐观的时代,只这一点我觉得可以乐观"。然而,让他"忧虑"的是,"中国人民生活的要求是很简单的,但也就很切迫,他希求生存,他的生存的道德不愿损人以利己,却也不能如圣人的损己以利人。别的宗教的国民会得梦想天国近了,为求永生而蹈汤火,中国人没有这样的信心,他不肯为了神或为了道而牺牲,但是他有时也会蹈汤火而不辞,假如他感觉生存无望的时候,所谓铤而走险,急将安择也","中国人民平常爱好和平,有时似乎过于忍受,但是到了横决的时候,却又变了模样,将原来的思想态度完全抛在九霄云外,反对的发挥出野性来,可是这又怪谁来呢? 俗语云,相骂无好言,相打无好拳。以不仁召不仁,不亦宜乎。现在我们重复说,中国思想别无问题,重要的只是在防乱,而防乱则首在防造乱,此其责盖在政治而不在教化"。文中既有回归儒家仁学根底的见识,又有生物学、人类学、民俗学诸类理据,还有"防民乱"的献策和"防造乱"的讽喻,引经据典,忧生悯乱,可谓苦口婆心而又难免对牛弹琴之讥。

周作人这时写了更多的读书笔记,也着眼于摘抄和点评明清笔记中顺应物理人情、有益经世致用的片言只语。在1943年所作《〈一蒉轩笔记〉序》中,他说1937年秋冬间"翻阅古人笔记消遣,一总看了清代的六十二部,共六百六十二卷,坐旁置一簿子,记录看过中意的篇名,计六百五十八则,分配起来一卷不及一条";选择标准有两条:"其一有风趣,其二有常识,常识分开来说,不外人情与物理,前者可以说是健全的道德,后者是正确的智识,合起来就可称之曰智慧,比常识似稍适切亦未可知"。由此可见,其文抄可谓披沙拣金,自有别择识见和良苦用心,不只是消闲自娱而已。他此时再三引录《孟子·离娄下》中一节:"禹稷当平世,三过家门而不入,孔子贤之。颜子当乱世,居于陋巷,一箪食,一瓢饮,人不堪其忧,颜子不改其乐,孔子贤之。孟子曰,禹稷颜回同道。禹思天下有溺者,由己溺之也,稷思天下有饥者,由己饥之也,是以如是其急也。禹稷颜子易地则皆然。今有同室之人斗者,救之,虽被发缨冠而救之,可也。乡邻有斗者,被发缨冠而往救之,则惑也,虽闭户可也。"并征引清人焦循、刘献廷、俞正燮诸家笔记的相关片段,寻思儒家仁学本色,既有正本清源的用意,又有体恤民瘼的修辞,还有为己辩解的苦心,含蕴曲折丰富。他在读书笔记中一再称道汉代王充、明代李贽、清代俞正燮三人的"疾虚妄"精神,认为"疾虚妄的对面是爱真实,鄙人窃愿致力于此,凡有所记述,必须为自己所深知确信者,才敢著笔,此立言诚慎的态度,自信亦为儒家所必有者也"(《〈药味集〉序》)。并在《我的杂学》中总结说:"中国现今紧要的事有两件,一是伦理之自然化,二是道义之事功化。前者是根据现代人类的知识调整中国固有的思想,后者是实践自己所有的理想适应中国现在的需要,都是必要的事。此即是我杂学之归结点。"其中,固然有发掘传统、返本归真的"窃愿",却也潜藏着改造传统、曲为自辩的苦衷。

　　周作人还写了一批忆旧感怀的随笔,收入《药味集》、《苦口甘口》、《立春以前》、《过去的工作》和《知堂乙酉文编》诸集。《炒栗子》一文,以几则书摘转述北宋炒栗名手李和在汴京被金兵攻破后流落燕山、向南宋使者进献炒栗的故事,并引录落水前夕自作的两首七绝:"燕山柳色太凄迷,话到家园一泪垂。长向行人供炒栗,伤心最是李和儿","家祭年年总是虚,乃翁心愿竟何如。故园未毁不归去,怕出偏门遇鲁墟",含蓄抒发乱世遗民的黍离忧思。《雨的感想》则真切回味故乡雨天的情趣,因有河流、小船、石板路等缘故,"下雨无论久暂,道路不会泥泞,院落不会积水,用不着什么忧虑",而有书室听雨、急雨打篷、雨中步行、钉鞋嘎唥诸种乡土风情,使苦雨斋主人倍感有趣和慰藉。《无生老母的消息》写于抗战胜利前夕,在沦陷区人民急盼解放之际,他借民间信仰的解读而传唱的《盼望歌》,却是"无生母,在家乡,想起婴儿泪汪汪。传书寄信还家罢,休在苦海只顾贪。归净土,赴灵山,母子相逢坐金莲","无生老母当阳坐,驾定一只大法船,单渡失乡儿和女,赴命归根早还源"之类传教歌诀,不禁动情地抒写道:"经里说无生老母是人类的始祖,东土人民都是她的儿女,只因失乡迷路,流落在外,现在如能接收她的书信或答应她的呼唤,便可回转家乡,到老母身边去,绅士淑女们听了当然只觉得好笑,可是在一般劳苦的男妇,眼看着挣扎到头没有出路,正如亚跋公长老的妻发配到西伯利亚去,途中向长老说,我们的苦难要到什么时候才完呢,忽然听见这么一种福音,这是多么大的一个安慰。不但他们自己是皇胎儿女,而且老母还那么泪汪汪的想念,一声儿一声女的叫唤着,怎不令人感到兴奋感激,仿佛得到安心立命的地方。"这有感同身受的理解和同情,也有己在其中的感慨和祈求,还有集游子逆子于一身、借他人酒杯浇胸中块垒的苦楚和排遣,很能表现沉沦没顶之际惶惑悲哀的心曲。

在《立春以前》的跋文中,周作人自称:"我对于中国民族前途向来感觉一种忧惧,近年自然更甚,不但因为己亦在人中,有沦胥及溺之感,也觉得个人捐弃其心力以至身命,为众生谋利益至少也为之有所计议,乃是中国传统的道德,凡智识阶级均应以此为准则,如经传所广说。我的力量极是薄弱,所能做的也只是稍有议论而已。"剔除其中的自诩成分,倒是符合他沦落时期的思想心理和写作实际,也代表了一批落水文人的普遍心态。他们与汉奸政客有点差别,背负的思想负担较重,内心顾忌较多,以文附逆之际,还有白纸黑字的忌惮,既不得不多加修饰和掩藏自己的心思,又不能不显示一点自己的见识和专长,从而形成亦真亦假、似藏似露的群体作风。周作人沦陷期的坐而论道,起而事伪,显然是丧失气节、有辱斯文的行为,文中却有苦口药味,沦胥哀音,加上文体老到,含蕴曲折,充分体现了附逆文人特别复杂纠结的心态。若不因人废文,还是具有品鉴惕戒的文史价值。

柳雨生的《怀乡记》 柳雨生(1917—2009),名存仁,字雨生,生于北京,1939年毕业于北京大学国文系。沦陷期在上海依附敌伪,创办《风雨谈》月刊,协办太平书局。战后被捕,出狱后到香港高校执教,1962年后赴澳大利亚国立大学任中文系主任、教授,以汉学研究的杰出成就入选澳大利亚人文科学院首届院士。他在上海沦陷前夕出过文史随笔《西星集》,1944年结集出版的《怀乡记》收录散文25篇。其中,失足前所写《汉园梦》一组作品,忆述北大旧事逸闻,从教学和生活琐事的娓娓漫谈中,勾勒出胡适、钱穆为代表的两类教授或动或静、或仁或智的多样风采,映现了北大自由民主、包容阔大的精神气象,可谓令人神往的汉园梦。而压卷的《怀乡记》一组三篇长文《异国心影录》、《海客谈瀛录》和《女画录》,均为附逆后应邀参加"大东亚文学者大会"的访日随笔。其"心影"转变为"像一头没有家的小猫"在异国遨游之际"心里异样的感触"。主要记述与日本"文学报国会"一批军国主义作家交往的印象和情谊,以及游览所见的风物民俗,贯穿着"亲善"、

"共荣"之文心。他在《异国心影录》中自诩:"我之所以要写这篇东西,是代表了一个十足的真实的中国人应该有的举动",而三文中一再申述的却是:"在我的心里看起来,以直报怨是中人之性,我不愿多说,以德报德都未免有一点儿残忍","我想,做人的道理,最高尚的是应该超乎以德报德的恩仇的观念之外的。一个人是如此,一个民族国家其实也是如此","我们不但应该以德报德,并且应该用投饲饿虎的伟大精神,用一切的努力,去拯救宇宙全人类正在挣扎苦痛中的水深火热的生活";"现在中国的局面,是破碎的,消极的说,我们所想谋的是安定保全,并不见得就是'偏安'。积极的说,我们要想从根本上使日本的国民明了中国,认识中国四十年来争取自由平等的奋斗,中国强盛了,对于日本决无什么不友善的地方,日本对中国好,是有利无弊的,而中国的同胞们,也要反躬自省,努力研究日本,努力了解日本的国民性,生活,习惯,思想,社会人物,和其所以能够强盛之道";"东亚之地域至广,百年以来,被侵略被歧视而有待于解放之民族,亦极众多,在此东亚地域内,必先安定民生,使各民族各国家之庶众,均能得适宜圆满之生活,有无相通,截长补短,而致力于经济之提携,文化之沟通,则一切主张,一切理论,始有确切之寄托,不致成为空洞,形同画饼"。这样的"心影"比周作人和其他附逆文人直白露骨得多,堪称典型的大言不惭的媚敌说辞。

纪果庵的《两都集》 纪果庵(1909—1965),原名纪国宣,又名纪庸,河北蓟县人。1933年毕业于北京师范大学国文系,曾任北京孔德学校、宣化师范学校教员。1940年后,受汉奸樊仲云的拉拢和提携,南下出任南京汪伪政府教育部秘书、伪立法院立委等职。战后被捕,出狱后从事文教工作。他在沦陷期写了上百篇散文随笔,1944年出版的《两都集》仅收30篇;此外结集为《篁轩杂记》,当时曾预告出版,却延搁至2009年,才编入同名散文选集,并有后人辑编的文史随笔集《不执室杂记》,均由台北秀威出版社印行。

纪果庵由北入南,写起《两都赋》,自有比较视野和历史沧桑感。开篇立意,"南京虽老而新,北京似近而颇古",一语总括两都的历史特点,统领全文的脉络关节。在铺陈比较两都建置、风物、文化、吃住、娱乐诸方面的差别和优劣之中,"对于旧都起莫名的怀念,恰似游子之忆家乡",也感叹"南京是太不幸运了,在近一百年中,不知遭逢多少次兵灾战祸","可惜这次事变,只剩下些烧毁的残骸,在晚照中孤立着。尤其是自下关进城,首先看到交通部原址,那美奂美轮的彩色梁栋,与炸药的黑烟同时入目增愁,不禁令人生'无常'之感"。遭逢战乱,生民涂炭,他在忍辱偷生之中,禁不住怀念升平年代的风土民俗,写出《语稼》、《风土小谭》、《林渊杂记》、《北平的味儿》等怀旧文章。《林渊杂记》引"羁鸟恋旧林,池鱼思故渊"入题,一往情深地怀想回味故乡社戏、庙会、节庆的繁华欢乐景象,而结句以"满目悲生事"留下现实的深长慨叹,诚如该文开头为乡愁、清谈、颓废一类文字所辩解的那样:"我想颓废之后也未尝没有苦痛,苦痛而作为颓废的样子表现出来,乃是更深的苦痛,或即是苦闷。"这是其文含蕴顿挫之所在,比沦陷区其他同道更深切地体味到世变之伤,黍离之悲。在《不执室杂记·〈两都集〉跋》中,他解释说:"怀旧之感,依恋之情,每当乱世,人所愈增,师友凋零,亲戚走散,一也;民生艰苦,弥念太平,二也;兵戈遍地,无所求生,穷则反本,旧亦本也,三也。凡此诸情,若不得泻,亦是苦恼,或则讥为清谈无用,或诟为遁逃避世,不知今日之罪,不在清言,而在浑浊,不在遁避,而在贪得也。"这切合其人生体验和创作心理,也能体现委曲求生者的深长苦衷和微渺梦想。

纪果庵在《篁轩杂记》自序说:"回忆之文,乃儿时照像,说理之文,乃今日摄影,儿时照像可供今日指点,今日摄影,不亦后此翻检之资乎?"在怀旧伤今的同时,他还谈古道今,以史遣愁。他学周作人,写起读书笔记,有《风尘澒洞室日抄》、《不执室杂记》、《孽海花人物漫谈》诸系列,杂览摘抄,也注重人情物理,颇有知堂风。单篇的《论"从容就死"》、《论不近人情》、《谈文字狱》、《说设身处地》、《说饮食男女》等,对故典成说的辨析较为绵密通达,往往借古喻今,谈言微中。论"从容就死"之难,引述种种死法,悲喜交织,庄谐杂出,辨明死之"不能从容""乃人情之常""却又有分寸"的道理,嘲讽"封疆大吏可以卷款逃走,而老百姓却尽着为国捐躯的义务"的现实,认同"平民大可贪生,官吏不当畏死"的主张,隐含为乱世民生辩解的意味。谈"不近人情",则揭开人情世故的面纱,"实即不甚合乎感情的一种礼法","有好些是将古籍某一点放大,强调,取着威吓的体势,以使人奉行无违的","近了人情即是世故","实在即是欺骗,似不近也不妨","上述乃是指人情之不情者言,亦即说人情有时成了束缚,在受者与投者两方皆无任何便利与意义;理应废止,或说,'不近'一点,也算不得什么稀奇。假使不是如此,而尽量为迎合设想,终其目的,也还是为了自己的利益,那种人情,更其无谓",从而申述"自甘心于不近人情"的心曲。此类知性随笔,絮语漫谈之中时有自得之见和幽默谐趣。

纪果庵对当时环境和写作策略有自觉意识:"无论在什么地方,现在都不是有充分言论自由的时代,对于写散文及杂文,这是致命的打击","言论不能随意,说理要看情势,作文章的人只有逃避,绕弯子,也许把昔日的升平,当作甘蔗渣咬个不休,也许东抄西掠的弄作古今中外的东西浇自己的块垒,于是被人骂了,清谈,滥调,浅薄。清谈是可以误国的,滥调浅薄是不值一读的,但是没有人能够原谅其背后之不得已,也并没看见一个大胆的战士,敢率直的陈述了大家的需要文章,——譬如像当年鲁迅先生那样,与打击者以打击。"①这为人们解读沦陷期散文提出了如何设身处地、知人论世的问题,理应引起史家和读者的重视。

文载道的《风土小记》 文载道(1916—2007),原名金性尧,浙江定海人。上海沦陷前后,他从《鲁迅风》主干变为《古今》编辑和《文史》主编,卷入附逆漩涡而负疚不已。后从事古籍出版和普及工作,晚年以文史随笔复出文坛。他在沦陷期所作散文随笔,辑为《风土小记》和《文抄》,分别由太平书局和新民印书馆于1944年出版。周作人为《文抄》作序,把文载道与纪果庵相提并论,说他俩的散文均有"土风民俗"、"流连光景"的倾向,是"文情俱胜的随笔",属于"忧患时的闲适"之"文学的一式样"。

文载道在《风土小记》跋文自称:"似乎《文抄》是说理多于抒情,而本集则抒情多于说理。"《文抄》收录《知人论世》、《借古话今》、《谈关

---

① 纪果庵:《散文杂文随谈》,《读书》月刊1945年3月第2期。

公》、《读闲书》、《读浮生六记》、《魏晋人物志》等文史随笔，追随知堂风而未臻淹博练达之境。相比较而言，《风土小记》也有知堂风味而更具个人特色。开卷首篇《关于风土人情》，以夹叙夹议之笔，在吟咏乡土人情的同时，也伤逝叹今，情理交融。他既有"风土人情之恋"，"亦有感于胜会之不再，与时序的代谢，诚有宁为太平犬，莫作乱离民之感"，还有"欲说还休的无言之恸"，"最可悲矜的""'孤臣孽子'之心"，如此繁复翻腾的情思聚集笔端，成就了"文情并茂转折多姿"的一篇佳构。"我以为一切记载风土、节候、景物的著述，也以出诸遗民的笔下者最有声色。无论写景，记物，道故实，谈胜迹，虽然娓娓道来，却无不含着至性至情，成为'笔锋常带情感'之作"，"这跟见花落泪，对月生悲，遇见婊子当作'佳人'的'才子病'，似乎有截然不同之处。而这不同，也还是植根于各人情感的浮和实、真和滥的上面。所以杜少陵的城春草木之悲，李后主的小楼东风之痛，就成为俯视百代的绝唱了"，"人们在'天翻地覆的大变动'之后，所留下来的，却是经过千锤百炼之余的一种生的执著，如陆士衡所谓'嗟大恋之所存，故虽哲而不忘'者是也"。这样的感兴咏怀，抒情究理，情理相生，比文末的直白说理更耐人寻味，确与纪果庵的《林渊杂记》可相媲美，而带有情理交融的个人特长。

《风土小记》中也有一组读书随笔，比《文抄》更注重情境理致的营造。《夜读》承传知堂《夜读抄》文风，畅谈书斋的难得可贵，灯火的澄明亲切，最宜夜读的秋冬情境，午夜可听的天籁人声，古人读书的流风余韵，儿时夜读的甘苦温馨，以及与书斋有关的逸闻趣事，营造出夜读的诗意雅趣，表达了自己的夜读态度："喜博览泛阅。虽明知杂而无当，但我的师原不止一个，只要增益孤陋，有裨闻见的，就是鄙人夜读的对象，甚愿于灯前茗右，永以为宝也。"其中，唯有斋名从"星屋"改为"辱斋"，隐含乱世忍辱的苦衷。《雪夜闭门读禁书》则借此诗题谈论文字狱史，列举从汉魏到明清的几桩惨案，剖析专制帝王残暴而又虚弱的阴暗心理，印证"历史是一座孽镜台"，"二十四史是一部相斫史"，进而透视"自经这些残压之后，一面固然使民间战战兢兢的奉命唯谨，不敢有丝毫的怀二。但一面究也增加士子一点愤慨和牢骚。而且按诸情理，也以前者为勉强的迫抑，后者是自然的反应。人之所以异于禽兽者,就因脑襞积较畜生来得深,一深,就表示思想的复杂,而决非单纯的威权所能肃清"。这就升华了雪夜闭门读禁书的诗境,留有他初期"鲁迅风"杂文的理趣和辣味。

《风土小记》中还有怀人之作三篇:《忆家槐》、《忆若英》和《忆望道先生》。他与何家槐过从甚密,相知较深,写起好友就比写师长辈陈望道、阿英来得真切有趣。他写两人在战前一年多的日常交往,在淞沪战事爆发前夕的乡居生活,既突出好友天真风趣、积极进取的性格,又写出他俩由浅入深、日趋密切的交谊,还感怀挚友的漂泊远离,自省眼前处境的尴尬,既有知人之明,也有点自知之明,因而在怀人三文中稍胜一筹。

文载道与纪果庵的随笔都私淑知堂风,从记忆与书卷里搜寻写作材料,于清谈闲话之中寄寓悲感苦味,诚有"文情俱胜"的特色。相比较而言,纪氏较为沉郁蕴藉,更近似周氏晚年文风;金氏较为疏放畅达,情理交织而才气流溢,似有周氏早年风采。"北纪南金",代表了沦陷区随笔体书卷气散文的复兴和创获。

沦陷区散文中絮语日常生活体验而趋于世俗化市民化的,以苏青和张爱玲为代表。

苏青的《浣锦集》 苏青(1914—1982),原名冯和仪,浙江宁波人。1933年考入南京中央大学英文系,后因结婚辍学而移居上海,1935年开始以冯和仪之名在《论语》、《宇宙风》等期刊发表作品。上海沦陷后,因婚变而自立,为生计周旋于陈公博、周佛海、胡兰成、陶亢德、柳雨生等汉奸之间,创办《天地》月刊与天地出版社,主要从事编辑和写作活动,改用笔名苏青卖文谋生,著有自传体长篇小说《结婚十年》、《续结婚十年》和散文集《浣锦集》、《饮食男女》等,流行一时,成为与张爱玲齐名的女作家。

苏青被称为"大胆女作家",缘于其写作勇于自曝隐秘,放言无忌,写出乱世才女的辛酸遭遇和女性自立的实际诉求。这不仅充分表现在她的自传体小说之中,在谈论饮食男女、家常琐事的随笔中也快人快语,直言无讳。她在《古今》上发表《论离婚》和《再论离婚》姐妹篇,后者比前者更深切地体验到离婚女人的艰辛痛苦,"娜拉并不是容易做的,娜拉离开了家庭,便是'四海虽大,无容身之所'了","离婚在她们看来绝不是所谓光荣的奋斗,而是必不得已的,痛苦的挣扎","不挣扎,便是死亡;挣扎了,也许仍是死亡","人总想死里逃生的呀!""一个女子在必不得已的时候,请求离婚是必须的。不过在请求离婚的时候,先得自己有能力,有勇气。至于离婚以后怎么样呢?我以为也不必过虑。一个有能力,有勇气的女子自能争取其他爱情或事业上的胜利;即使失败了,也能忍受失败后的悲哀与痛苦。假如她因没有能力或决心而不敢想到离婚,或者虽想到而不敢说,或者只说而不敢做,那便只好一世做奴才了。"她把离婚的艰难推至极处,又把怕离婚的心理捉摸透了,从而强调离婚的必备条件"先得自己有能力,有勇气",否则"只好一世做奴才",为女性自主自立提供了经验之谈和理智选择。

她在《天地》上发表的《谈女人》和《谈男人》,具有相映成趣的互文性,更大胆更充分地表现她的两性观:"许多男子都瞧不起女人,以为女人的智慧较差,因此只合玩玩而已;殊不知正当他自以为在玩她的时候,事实上却早已给她玩弄去了";"女子不大可能爱男人,她们只能爱着男子遗下的最微细的一个细胞——精子,利用它,她们于是造成了可爱的孩子,永远安慰她们的寂寞,永远填补她们的空虚,永远给与她们以生命之火";"有人说:女子有母性与娼妇两型,我们究竟学母性型好呢?还是怎么样?我敢说世界上没有一个女人不想永久学娼妇型的,但是结果不可能,只好变成母性型了。在无可奈何时,孩子是女人最后的安慰,也是最大的安慰";"为女人打算,最合理想的生活,应该是:婚姻取消,同居自由,生出孩子来则归母亲抚养,而由国家津贴费用"(《谈女人》)。"人人都说这个世界是男人的世界,只有男人在你争我夺","其实这些争夺的动机都是为女人而起;他们也许不自觉,但是我相信那是千真万确的","因为没有女子不羡慕虚荣,因此男人们都虚荣起来了";"女人的虚荣逼使男人放弃其正当取悦之道,不以年青,强壮,漂亮来刺激异性,只逞凶残杀,非法敛财,希冀因此可大出风头,引起全世界女人的注意,殊不知这时他的性情,已变得贪狠暴戾,再不适宜于水样柔软,雾般飘忽的爱了。女人虽然虚荣,总也不能完全抹杀其本能的性感,她们决不能真正爱他。他在精神痛苦之余,其行为将更残酷而失却理性化,天下于是大乱了";"愿普天下女人少虚荣一些吧,也可以让男人减少些罪恶,男人就是这样一种可怜而又可恶的动物呀"(《谈男人》)。这些名句有些惊世骇俗,是此前女性作家在散文中难以启齿的,她却侃侃而谈,谈出自己眼中两性的同异优劣,直抵心理欲望的隐秘之处,对男性的卑劣予以嘲讽,对同性的虚荣也有讽喻,而为女人谋权益的心意倒是说得入情入理,头头是道,并不高蹈夸张。她自白:"《浣锦集》里所表现的思想是中庸的,反对太新也反对太旧,只主张维持现状而加以改良便是了。"①张爱玲评说她的写作"没有过人的理性。她的理性不过是常识——虽然常识也正是难得的东西"②。

苏青在《〈天地〉发刊词》中提倡"女子写作",并提出五条理由:"盖写文章以情感为生,而女子最重感情,此其宜于写作理由一;写文章无时间及地点之限制,不妨碍女子的家庭工作,此理由二;写文章最忌虚伪,而女子因社会地位不高,不必多所顾忌,写来自较率真,此理由三;文章乃是笔谈,而女子顶爱道东家长,西家短的,正可在此大谈特谈,此理由四;还有最后也就是最大的一个理由,便是女子的负担较轻,著书非为稻粱谋,因此可以有感便写,无话拉倒,固不必如职业文人般,有勉强为之痛苦也。"她的女性文学观自觉意识到女子写作的便利和特长,前四条也大致切合她自己的写作实际。她还认为:"散文可以叙述,可以议论,可以夹叙夹议,文体严肃亦可,活泼亦可,但希望严肃勿失之呆板,活泼勿流于油腔滑调而已。编者原是不学无术的人,初不知高深哲理为何物,亦不知圣贤性情为何如也,故只求大家以常人地位说常人的话,举凡生活之甘苦,名利之得失,爱情之变迁,事业之成败等等,均无不可谈,且谈之不厌。"③她主张"以常人地位说常人的话",拉近散文与生活、作者与读者的距离,对沦陷区散文流行的知堂风和书卷气有所规避,开拓了世俗化市井随笔的写作天地。

张爱玲的《流言》 张爱玲(1920—1995),上海人。战前就读于上海圣玛利亚女校,开始发表习作。1939年赴香港大学求学,香港陷落后中断学业回到上海沦陷区,专事写作,以小说《倾城之恋》、《金锁记》

---

① 苏青:《〈浣锦集〉与〈结婚十年〉》,《苏青文集》下册,上海书店出版社1994年版。
② 张爱玲:《我看苏青》,《天地》1945年4月第19期。
③ 苏青:《〈天地〉发刊词》,《天地》1943年10月创刊号。

知名于文坛,并著有散文集《流言》;曾与汉奸胡兰成结婚而被非议不已。1952年移居香港,1955年后定居美国。

《流言》收1943—1944年所作散文30篇,与苏青一样关注世俗人生和女性境况,但她侧重从个人感性体验来把握日常生活和生存经验,"从柴米油盐,肥皂,水与太阳之中去找寻实际的人生"(《必也正名乎》),以"私语"絮叨着"可爱又可哀的年月呵"(《私语》)。

《私语》和《童言无忌》二文,自述儿时家中浮华生涯中的变故、没落、阴暗和抑郁,揭开童年心理挫伤留下的精神疤痕。因父母离异,她与后母冲突,被父亲监禁在空房里,"我生在里面的这座房屋忽然变成生疏的了,像月光底下,黑影中现出青白的粉墙,片面的,癫狂的","数星期内我已经老了许多年。我把手紧紧捏着阳台上的木栏杆,仿佛木头上可以榨出水来"。寻机逃出家门之际,"当真立在人行道上了!没有风,只有阴历年左近的寂寂的冷,街灯下只看见一片寒灰,但是多么可亲的世界啊!我在街沿急急走着,每一脚踏在地上都是一个响亮的吻"。这"私语"发自内心深处,保留原有鲜活的感觉和意象,道出前后两重天的深切感受,说来特别悲凉酸楚。

《烬余录》、《公寓生活记趣》和《道路以目》诸篇,细说港沪战时生活的五光十色,最能体现她的现实感:"现实这样东西是没有系统的,像七八个话匣子同时开唱,各唱各的,打成一片混沌。"她经历过香港陷落的动荡生活,两年后写起《烬余录》,已把战争推至背景,而将港大一群女同学的各种表现推向前台。大家尽管经受着空袭的惊吓,围城的困窘,伤亡的威胁,也参加了防空和看护的辅助工作,但除了个别同学变得干练了,"我们大多数的学生","对于战争所抱的态度,可以打个譬喻,是像一个人坐在硬板凳上打瞌睡,虽然不舒服,而且没结没完地抱怨着,到底还是睡着了","我们总算吃够了苦,比较知道轻重了。可是'轻重'这两个字,也难讲⋯⋯去掉了一切浮文,剩下的仿佛只有饮食男女这两项。人类的文明努力要跳出单纯的兽性生活的圈子,几千年来的努力竟是枉费精神么?""时代的车轰轰地往前开。我们坐在车上,经过的也许不过是几条熟悉的街衢,可是在漫天的火光中也自惊心动魄。就可惜我们只顾忙着在一瞥即逝的店铺的橱窗里找寻我们自己的影子——我们只看见自己的脸,苍白,渺小;我们的自私与空虚,我们恬不知耻的愚蠢——谁都像我们一样,然而我们每一个都是孤独的。"这对劫后余生、战时人性的拷问,既严峻又哀悯,还带点事后省察的幽默和自嘲。

《公寓生活记趣》则于日常生活中寻味乐趣,"许多身边杂事自有它们的愉快性质。看不到田园里的茄子,到菜场上去看看也好——那么复杂的,油润的紫色;新绿的豌豆,热艳的辣椒,金黄的面筋,像太阳里的肥皂泡。把菠菜洗过了,倒在油锅里,每每有一两片碎叶子粘在篾篓底上,抖也抖不下来;迎着亮,翠生生的枝叶在竹片编成的方格子上招展着,使人联想到篱上的扁豆花。其实又何必'联想'呢?篾篓子的本身的美不就够了么?"她在《道路以目》中进而发挥说:"读万卷书不如行万里路。我们从家里上办公室,上学校,上小菜场,每天走上一里路,走个一二十年,也有几千里地;若是每一趟走过那条街,都仿佛是第一次认路似的,看着什么都觉得新鲜稀罕,就不至于'视而不见'了,那也就跟'行万里路'差不多,何必一定要漂洋过海呢?"她在都市凡俗生活中寻美享乐,也从服饰、绘画、音乐、舞会、戏曲等艺术生活中品味人生,如《更衣记》、《谈跳舞》、《谈音乐》、《谈画》等篇,诚如《洋人看京戏及其他》开头所云:"用洋人看京戏的眼光来看看中国的一切,也不失为一桩有意味的事。"这类别具只眼、别有会心的絮语散文,很能体现这位都市才女玩味身边琐事的才情品位。

张爱玲散文以感性私语见长,比苏青散文更细腻鲜活,妩媚多姿,富于个人化、女人味和艺术性。但在女性话题上不如苏青的明澈真切,她的《谈女人》多引述他人的名言,自己的感悟虽有一些警句,也不免纸上得来终觉浅,与苏青的同题之作不可相提并论。

战前何其芳《画梦录》一脉诗化散文,在战时大后方和沦陷区都得以传承发展。当时就有论者指出:"有多少人说过了,何其芳的《画梦录》的文体支配了事变以后北方散文的趋势。"①其实,支配华北沦陷区散文的首推知堂风随笔,其次才是何其芳的诗化唯美文风,可举南星、

---

① 上官蓉(林榕):《散文闲谈——一年来的华北散文》,《中国文艺》1943年第7卷第5期。

林榕二家为代表。

南星的《松堂集》 南星(1910—1996),原名杜文成,河北怀柔(今属北京)人,1936年毕业于北京大学英语系。战前已有诗名,出版过诗集《石像辞》。战时曾任北大英语系讲师,与路易士、杨桦合编过《文艺世纪》,著有诗集《离失集》、《春怨集》和散文集《蠹鱼集》、《松堂集》。《蠹鱼集》署名林栖,1941年由北京沙漠书报社初版,所收28篇小品大多收入1945年新民印书馆初版的《松堂集》。

南星以写诗的态度创作散文,把现代派诗风带入散文,走的是战前何其芳的诗文之路,成为沦陷区诗化散文的代表。《松堂集》内分五辑共收35篇。前四辑为诗化散文,吟咏风物友情,抒写内心感兴,营造沉思独语、微妙精致的诗境。第五辑为文艺随笔,品评小泉八云、劳伦斯、霍斯曼、泰戈尔、露加斯(卢卡斯)、白洛克等名家名作。

《蠹鱼》所想念的"一个远方的荒城",当是他大学毕业后前往任教一年的贵阳花溪。尽管当时深感在异乡的孤独寂寞,过后思量,"记忆永远是有所选择,仅仅把可喜的情景留下,而舍弃多量的烦忧,近来习惯于喧嚣和尘土的生活,那座荒城也竟令人想念了"。尤其是那里的田园风味,城中田地"禾苗如同美丽的海浪,一直涌到城墙的尽头","城外更是无边际的碧绿了";这与当下北京古城的生活,"在街上,过多的声音,过多的车马,过多的同行者,以尘土互相馈赠。在屋里,一行行陈旧的书籍,每天作重复的絮谈",形成鲜明的对照;他不禁喊出内心的呼声:"给我那孤独吧,但是,也给我那丰富的田野吧",并吟诵起英国田园诗人德拉梅尔的诗句:"我又想念绿的田野来了,我厌烦书籍了"。文中"远方的荒城"与"都市的城"的场景对照,强化了他对现实境况的不满和无奈,对田园诗境的沉迷和追寻。他在《寒日》中吟咏过:"阴暗而庄严的岁月来了。一切我所盼望的所珍惜的都在远处",一语透露他在沦陷区现实生存与理想追求的矛盾与反差。

《松堂》则从京郊山野中寻味诗趣。对于西山的松堂,已有不少诗文吟咏过,南星的感觉以"亲切"为基调:虽有"身入石洞之感",却"觉得对它有些亲切,因为看见不久将供我休息的一张床了。我的安心让我几乎闲暇地把屋角和屋顶都审视了一回,仿佛是一个初到新居的租客";"这古老的石屋仍有它的不可思议的抚慰我的力量";"我和PH先是静默地坐着,后来开始闲谈,语声在各人耳中变得沉重起来,我们觉得奇怪,它们几乎不像自己的了。因为石墙么,或山中的黑夜么?我们似乎都做了故事里的人物";"我尽力吸着掩住山的气息的田野气息。这第一次来到的地方像变了旧相识似的,我对于两旁田地中的伫立者觉得异常亲近,甚至让脚步慢下来"。这幽微细腻、真切敏锐的感觉,不是一般游者的泛泛观感,而是行吟诗人找回的乡野的特有温情,聊作寂寞中的一丝慰藉;是随时随处都在寻味诗意的感兴,给日常灰色人生添加一点灵光。他在《家宅》一文中自白:"为甚么不能把心思寄托在另外的东西上,或者以现在的住处为家呢?这似乎不可解释,也许总与自己的生活方式有关吧。不能与广大的人群结缘,没有独特的癖好,也没有崇高的想象,最能影响我的感觉的都在耳目之间;风的或雨雪的日子让我兴奋或忧伤,秋冬的阳光给我以多量的安静,屋门对面的墙垣之剥落也是一件缠绕在心上的事。"他在"阴暗与庄严的岁月"中,仍固守自己的诗心,孤寂地咀嚼幽微的感觉和辽远的想象,俨然精神贵族般的葆有精神生活的丰富自足。

南星在《谈露加斯》的随笔中体会道:"写文章最不可少的是真实。一个散文作家可以有一千种写法,夸张也好,取材于别人也好,纯想象也好,这里面仍然有真实。换句话说,作者不应该为取得大家的欢心而不忠于自己的思想。因此真正的作家一经提笔,便完全忘记和自己作品无关的外面的世界。一个作家,或者单说一个散文家,可以说和小孩子一样,喃喃不绝地对每个人讲说心思,不管人家爱听不爱听。因为他只为表现自己,话说出来就完事了。人提笔时若始终保持着这种天真,虽不一定成为伟大的散文家,至少是真实的散文家。"他的散文确实保持着诗人的天真,忘怀世事而专注内心,对身边琐事和心理变幻特别敏感,潜心吟味感觉和想象以营造幽玄空灵的诗境,在象牙之塔中沉思独语,精雕细琢,讲求艺术表现的精美,格局不大而精致有余。他在沦陷区传承战前京派散文尤其是何其芳诗化散文的流脉,于书卷气、世俗化之外拓展散文诗化之路,也与战时大后方诗化散文遥相呼应,共同维系了散文艺术的诗性品位。

林榕的《远人集》　林榕(1918—2002),原名李景慈,还有林慧文、楚天阔、慕容慧文、上官蓉等笔名,河北蓟县人。1937年入辅仁大学国文系,开展校园文艺活动,毕业后任北大中文系助教,接编《中国文艺》,参加过伪华北作家协会和第三次大东亚文学者大会,著有散文集《远人集》和评论集《夜书》。

《远人集》与南星《松堂集》类似,以诗为文,即景咏怀,但带有青年人的敏感多情和天真幻想。所收1938—1942年间的散文小品30篇,作者在《后记》解释书名说:"我有着对无数远方友人思念的心情,所以常有所感,在寂寞岁月中,遂记下当时的感触。这并不是简单的对景生情,更没有繁屑的身边琐事。我总觉得在这心情的里面,有我自己的影子,也有我周围的环境与社会。"他滞留古城就读教会大学,生活天地狭窄,诚如《寄居草》所云:"在我,缺少那一点粗犷的天性,常常把世界缩小到与我的身体相等,而整个的宇宙便像是我自己了。我顶喜欢从小小的缝隙去瞭望广大的原野",从一方小窗仰望天空的浮云,俯视地面的惨剧,感慨着"美丽之中原孕育着无穷的残忍。人们时常企求那点美丽,却忘记了美丽以外的东西"。又如《寂寞里的吟咏》那样,孤寂中对身边景物倍生感情,对远别友人倍加怀念,咏叹着"现实是忧郁,幻想是快乐",而任凭想象驰游,变物象为幻象,"若果有一天幻想和现实连系起来,那才是顶幸福的",那时紫藤萝的沉郁悲哀颜色就变得"像树上槐花一样的白,像水里荷花一样的红,像地上野生的花草一样的蓝",变得美丽耀目、生趣盎然了。他在《初春散记》中追寻春天的象征,既领悟"平常我们虽惯于在理想中过日子,然而实际觉来,理想即空虚,空虚即梦境,人生的岁月遂更值得珍惜,梦中的时光毕竟是短促的","惊觉自己是人间的一个过客,匆匆看见盛开的桃花",又咏叹"冬日使我蛰伏了数不过来的光阴,也使我为朋友为人生而感到无穷的惆怅","在惆怅里我忆念着江南的春天,期待一声雁叫,等到看过雁飞,又给我心中一片淡漠,我的灵魂欲探险而不能,幻想中我是那'人'字阵里的一员战士",还从溪边小孩身上看出"新生命"的生长,他们"把生命看得重,抬得高","这像荒凉中的一线生机:沙漠里的骆驼,古井里的水"。这在"没有春天"的地方寻觅春意,寄托春思,曲折透露着内心的期待和向往。

林榕以上官蓉笔名发表的《散文闲谈———一年来的华北散文》[①]中,认定"有多少人说过了,何其芳的《画梦录》的文体支配了事变以后北方散文的趋势",并自评说:"慕容慧文,他整个散文的气息是多少接近一点诗的境界,这境界像由古典的诗词得来。我知道他最清楚,他初写散文的时候,是倦(眷)恋词曲的时代,那时的短文,自然间流露诗的意境;但后来他觉得这一传统的范围毕竟狭小,因此内容也渐扩大,他所企图阐发的是一点人生的真理,透过一个简短的事实本身,描画这事件以新颖彩色,所以散文外表有清淡的形体,就内容看有深颖意见。不过,因为文字上的技术和造诣,思想的传达是否能完全恰当,就是可考虑的了。"他也是何其芳诗化散文的传人,在感性抒写、刻意画梦上有些相似,而不如《画梦录》的绮丽精美,在力求内容扩充上还难以达到"深颖"境地。他还发表《现代散文的道路》、《叛徒与隐士———现代散文谈》、《简朴与绮丽———现代散文谈之二》[②]等散文评论,张扬现代散文多样发展的传统,也为诗化散文的绮丽文风争得一席之地。

前述八家散文代表着战时沦陷区散文书卷化、世俗化和诗化的三种主要倾向。书卷化随笔以周作人为典范,世俗化絮语散文数张爱玲占先,诗化散文有南星等传承何其芳余脉,从知性、感性和诗性诸层面拓展散文随笔在敌占区艰难生长的空间。尽管有避重就轻之嫌,或有失节媚敌的污点,却仍有乱世遗民复杂难言的苦衷苦味和苦心吟咏,难以驯化的民族文化守望和自我个性表达,精心营构的象牙之塔和微雕艺术,聊以自慰自遣和自娱自足,在沦陷区特殊环境中形成了特有的普遍的苦吟风和苦涩味。这为战时中国散文多样性发展提供了别样的遗民心态和文体艺术,具有不可忽略的存在价值和文史意义。

第五节 解放区新生活的颂诗

抗战八年中,中国存在着三种政治区域:解放区、国统区和沦陷区。

---

① 该文评述1942年的华北散文,刊于《中国文艺》1943年第7卷第5期。
② 分别刊于《中国文艺》1940年第3卷第4期、《风雨谈》1943年第1期、第5期。

不同的政治环境产生了不同的文学现象。国统区文学在抗日民族统一战线旗帜下,歌唱抗战,反对投降,向往光明,揭露黑暗,不满现实,期待胜利,以抗战文学为主流。沦陷区文学处于敌伪势力的严密钳制之下,稍有爱国心、正义感的作家备受摧残,进步文学只是艰难曲折地成长着;而明目张胆地为"大东亚文学"效劳的汉奸文学,又被广大爱国读者所唾弃;所以,吟风弄月,浅唱低吟,成为当时当地的写作风气,周作人一派的知性随笔和《画梦录》一路的诗化散文较为流行。解放区文学则在民主、自由、光明的天地里,与工农兵群众结合,表现"新的世界,新的人物",开辟了现代文学的一个新天地。伴随着抗日战争结束,人民解放战争兴起,解放区文学迅速发展,影响全国;国统区文学则在反专制、争民主思潮的激荡下,发展了批判现实、争取民主的战斗传统。解放区和国统区,进步的、革命的文学运动互相声援,互为补充,共同构成这时期文学的主体。

解放区的散文创作,以报告文学为主,但也有一些记叙抒情之作。作品主要表现工农兵群众的战斗和劳动生活,有些就出自这些创造新生活的战斗者之手,大多数则是文化工作者深入根据地生活、与工农兵群众结合的产物。解放区散文出现了崭新的题材:反映边区劳动人民和人民军队在中国共产党领导下的生产和战斗的业绩,歌颂人民群众翻身解放、当家做主的新生活,表现知识分子深入工农兵生活后的思想发展。"在这一时期的散文里,不仅描绘了革命根据地一幅幅生动的画面,剪下一个个人物的侧影;也不仅使读者看到陕北的'白杨'、延安的'风景'和'上战线去'的战士身影,以及'红军大学生活'学习、劳动的情形,同时我们还看到了毛泽东、朱德、贺龙、陈毅、王震等老一辈无产阶级革命家的形象。这些散文,无论是叙事记人或状物抒情,都描摹出这一历史时代风云特点,具有强烈的时代感。"①解放区散文在题材、主题、体裁、语言诸方面形成一种有别于国统区散文的新风格,散文的时代性、战斗性和群众性得到加强,个人感情已融化在群众情绪之中,艺术表现在民族文化传统中汲取营养。

---

① 延安文艺丛书《散文卷·前言》,湖南人民出版社1984年版。

丁玲的《陕北风光》 丁玲于1936年到达陕北,除了小说之外,还写过一些散文,如《五月》、《冀村之夜》、《秋收的一天》等。《陕北风光》是她七篇叙事文章的结集,给读者展示陕北风光的概貌,以沸腾的战斗和生产的场景记述陕北边区出现的新的人民及其新的生活。作家自觉地实践文艺为工农兵服务的新方向,揭开了现代散文史新的一页。《陕北风光》大部分是报告文学作品,《三日杂记》则是她记叙抒情散文的代表作。

丁玲说:"在陕北我曾经经历过很多的自我战斗和痛苦,我才开始来认识自己,正视自己,纠正自己,改造自己。这种经历不是用简单的几句话可以说清楚的。我在这里又曾获得过许多愉快。"(《陕北风光·校后记所感》)丁玲的这种感情经历和心得是进入解放区的作家所共有的,具有很大的代表性。她所描写的新生活,对作者和广大的读者都是新鲜的,作品中的人物所从事的事业和他们的业绩,带着浓厚的传奇性,作者在描述对他们的感受时,洋溢着诗的感情。如《三日杂记》的末了第二段:

> 他们用管子吹到门口送我们下坡,习习的凉风迎着我们,天上的星星更亮了。我们跨着轻松的步子,好像刚从一个甜美的梦中醒来,又像是正往一个轻柔的梦中去。啊! 这舒畅的五月的夜呵!

这种对新生活感受的咏叹是情不自禁的,新的生活中的诗意,使解放区的散文富有崭新的特色。即使作者以叙述的笔调为主,用着极朴素的语言,有时甚至渗入少量方言土语,然而它牵引读者的心,从中获得了崇高的美的感受。

何其芳的《星火集》 何其芳于1938年夏来到延安,写的第一篇作品就是《我歌唱延安》,展现一个崭新的欢乐的世界。这里每天从各地来的青年,他们学习,过着紧张愉快的生活;他们燃烧着革命的热情,穿着军装,又分散到各个地方去担负抗战的各项任务。作者从一个旧世界走进了一个新世界,呼吸着"自由的空气,宽大的空气,快乐的空气",内心充满着兴奋和激动,他喜欢这"进行着艰难的伟大的改革的地方",他感觉到"仿佛我曾经常常想象着一个好的社会,好的地方,而现在我就像生活在我的那种想象里了"。带着这种如愿的喜悦、慰情的兴奋来歌颂边区圣地,表现的不只是作者个人的真情实感,也是当时许多奔赴延安的进步青年的共同感受。他为回答中国青年社所问"你怎样来到延安的"而作的《一个平常的故事》,较为客观地回顾自己所走的道路,剖析了一个现代知识分子接受现实教育,从自我中心主义走向革命集体的艰难过程,是一篇典型的自叙传作品。《论"土地之盐"》、《论快乐》、《高尔基纪念》、《饥饿》等文从个人立场写熟悉的知识分子题材和个人情感,既表现出他否定旧我、发展新我的思想要求,又残留着小资产阶级情绪,这和同期写作的诗集《夜歌》大体相同。经过延安文艺界整风运动,何其芳切实以无产阶级思想来改造自己,《〈还乡杂记〉附记二》、《〈夜歌和白天的歌〉初版后记》、《〈星火集〉后记一》等序跋文,严肃地剔除旧作中流露出来的各种非无产阶级思想意识,甚至认为《星火集》更适当的书名应该是《知非集》。他为大后方读者写作的《回忆延安》等散文,介绍延安的新人新事新风尚,写得真实、朴素,直白代替了抒情,多少融入了杂文的笔法,难以复见他 30 年代散文特有的文采了。何其芳散文从《画梦录》到《还乡杂记》,再到《星火集》正续篇,走的是从个人到社会、从画梦到纪实、从重文到重质的路子。

  吴伯箫的《出发集》 吴伯箫是 1938 年 4 月来延安的,在晋东南战地生活过半年,根据战地见闻和延安生活写的作品结集为《潞安风物》、《黑红点》、《出发集》等。这已不只是《羽书》时的联翩浮想了,而是战斗生活的真实记录,弥漫着硝烟风尘,散发着新的生活气息。现实的人民战争比他所向往的"羽书传檄"或长城屏障还要神奇和威武!他的战地通讯,往往是行军时构思、宿营时写作的急就章,希望及时发挥战斗效用。这只占他散文写作的一部分。另一部分是经过一段时间酝酿、提炼、加工而成篇的,力求写得具体深切、血肉丰满,字句也反复斟酌,写得具体紧凑,结实有力,比一般的通讯报告更有散文味,更有艺术性。

  1941 年,他在延安机关工作时写了几篇抒怀述感的文艺性散文,如收入《出发集》的《向海洋》、《书》、《出发点》、《十日记》等。虽有时流露出内心深处的一点悒郁,一丝矜持,但感情基调还是朗阔向上的,"只有忘我,才能牺牲自我,发扬自我,成就自我",这境界是圣洁崇高的。这些作品坚持和发展了《羽书》的抒情风格。《出发点》遵照当时毛主席"从人民的利益出发"的指示,抒写留恋延安的感情,"更热中的是放大眼光奔上辽阔的前途","从延安伸出来的路是长的哩!有老百姓地方就有通延安的路,那是坦荡的大路,四通八达的路,人民的路"。他决心将延安精神带往全国各地,体现了延安战士的"别绪离情"。吴伯箫这时期的创作以报告文学为主,反映边区战争生活和大生产运动,并不忽视艺术上的必要加工;抒情性散文偶有所作,但未能充分发展,这方面的艺术冲动,倒是到了60年代初才重新爆发出光彩。

　　杨朔的《潼关之夜》　杨朔(1913—1968),山东蓬莱人,抗战初期转战在华北各地,写了一些报告作品,同时他也把生活中接触的动人片断,用散文的形式抒写出来,主要作品辑为《潼关之夜》(1939)。他的这些散文,以记叙为主,带着报道的色彩,但又具散文的鲜明特色。他并不记叙某件事的过程,而是选择最激动人心的部分加以表现。如《潼关之夜》一文,写他在兵荒马乱的劳顿旅程中,于客店中遇见一个落落大方的青年军人,两人毫无拘束地一起外出散步,很快地发现这军人竟是一位乔装到延安学习的女同志,她与丈夫离开他们刚一周岁的小男孩,双双逃奔革命根据地,依着组织的决定,她又与上前方的丈夫离别。这件事富有传奇意味。又如《铁骑兵》,写在山西左云附近活动的八路军一个班的骑兵,被日本装甲车隔断,离开大队,单独活动,接连十几天,竟活动到包头城郊,他们向城里放了一排马枪,使得日寇手忙脚乱,以为八路军要捣毁他们的老巢,急忙停止"扫荡",缩归包头。这件事也富有传奇性。杨朔这时期的散文,篇幅虽短却激动人心。

　　他的散文写投奔革命的青年男女知识分子,写善良、率直、质朴、具有古代游侠的豪爽性格的北方农民,写机智、果断、临危不惧的英勇战士,都是战争时期的奇人、能人。他这时期散文写得不多,但反映了群众的民族精神和阶级立场,反映了战地生气勃勃的斗争生活。作者以富于表现力的语言来描写他的人物,如《潼关之夜》中的那一个装扮男装的女同志,"他"的几次说话的声音,"用类似女人的柔声说","声音仍然带着女人的气味","一种熟习的柔软的话语",引起读者的疑团。可是,"他"慨然同意到路上散步,不停地唱着各种救亡歌曲,敏捷跳下战壕作射击的姿势,这又叫读者把疑点勾销了。直到作者意外地惊讶"他"原来是女同志时,读者不由得对这个奇人刮目相看了。她的传奇故事,她的张开两臂,差点打掉作者的帽子那样立刻想飞到延安的姿态,不能不在读者的头脑里留下深刻的印象。作者的比喻也是新奇的,这位乔装者的笑,"仿佛黄河的浪花飞溅着";离开大队单独活动的"铁骑兵","好像一群脱离轨道的流星"等等。抗战期间的杨朔善于取材,刻画细致,比喻别致,作品数量虽然不多,却闪耀着它特异的光彩。

杨朔在《我的改造》一文中说到自己从抗战初期到在敌后几年,直到日寇投降以后,他所经历的生活、思想、感情上的变化。他的散文也大体体现了他与工农兵结合从表面到深入的过程。《潼关之夜》写的是投奔解放区的知识分子,《铁骑兵》写的是战士,题材不同了,感情也有所变化,但前后两篇都令人耳目一新,堪称优秀之作。

卞之琳的《沧桑集》　卞之琳(1910—2000),江苏海门人,与何其芳、李广田是北京大学的先后同学,被称为"汉园三诗人"。1938至1939年,曾往延安和太行山区访问,并在延安鲁艺任教,著有报告文学集《第七七二团在太行山一带》(1940)。1940年后在西南联大任教,抗战胜利后在天津南开大学任教。《沧桑集》(1982)收他在1936至1946年间所写的散文,有随笔、报道、小故事、短篇小说、杂感和文学论评,故自称为杂类散文。其中第二、三、四辑,记述他在解放区的生活和所见所闻。他在《题记》里说,那十年是国内外的大沧桑,他个人也经历了不小的沧桑,他生活的变化,引起他思想感情的起伏变幻,但他的变化是一个定向发展的过程,也可以美其名曰"深化"的过程。在他进延安前后,其散文的变化确实很大,伟大的民族存亡的战斗,使许多作家抛弃幽雅的琴而擂起了雄壮的鼓。

第一辑是1936年的作品,抒写他在日本和他乡的客子思归情怀,情思曲折,文字旖旎,联想广泛,引用不少中外文史材料,而且具有幽玄的哲理性,这和他表现忧郁感情、深远哲理的奇特诗风相近。第二辑到第四辑就大不同了。第二辑《垣曲风光》、《煤窑探胜》和《村公所夜话》三篇文章,报道解放区人民抗日的热情,他们坚壁清野,踊跃参军,开展救国会活动,在敌后加紧生产,展现了解放区群众沸腾的战斗生活。第三辑《军帽的来访》、《进城,出城》、《钢盔的新内容》等,是十分短小的故事,讲游击战士进城得到群众的拥护,用一支牙刷换一挺机枪;群众的锅被日寇打破,用缴获敌军的钢盔来烧饭等等。这一类传奇故事,活现出人民的才智和无畏乐观精神,令读者有耳目一新的感觉。第四辑《石门阵》、《红裤子》、《一元银币》等,近乎短篇小说的写法。他说:"我们都倾向于写散文不拘一格,不怕混淆了短篇小说、短篇故事、短篇论评以至散文诗之间的界限,不在乎写成'四不像',但求艺术完整。"①这样的作品,有的情节安排巧妙,有的心理描写细致,同样是反映人民抗日的勇敢、机智和热情,艺术性较高。

卞之琳反映解放区战斗生活的作品,语言较为朴素,但他的某些艺术特征还不时地有所流露。如《垣曲风光》中有一段关于废墟的描写:

> 现在这一带废墟,有七八个月的历史,除了断垣破瓦外,已经不留什么,干干净净了。杂草在这里长了,又黄了,枯了。从前的窗子现在还未曾豁开,尚存完整的方洞的,仿佛镜框,由街上的过路人,随便镶外面一块秀丽的郊景,比如说一株白杨,一片鹊巢,半片鹊巢,半片远山。有一家屋子里,现在应该说院子里了,一只破缸,里面还有些水,大开了眼界,饱看蓝天里的白云。

这样的笔墨在战地描写中相当罕见,表现了作者观感的敏锐与奇特,带一点幽默的色调,也保留了一点于悲中求喜的闲情。

草明的《解放区散记》 草明(1913—2002),广东顺德人。她是"左联"小说家,于1941年到延安,参加延安文艺界座谈会后,往山西和东北解放区农村和工厂深入生活,著有《解放区散记》(1949)。草明是解放区作家中较早注目于工业题材的小说家,她的中篇小说《原动力》在歌颂翻身工人的主人翁精神方面获得了成功。散文《龙烟的三月》,只勾描龙烟铁矿公司生产建设的一个场面,但也显示出民主建

---

① 卞之琳:《〈李广田散文选〉序》,《李广田散文选》,云南人民出版社1980年版。

厂、工人当家、生气勃勃的新景象;国统区工友被警察和特务屠杀迫害,这里的工人自动地捐钱援助还在大后方水深火热中的工友兄弟,这形成一个鲜明的对照,显示了解放区工人的阶级觉悟。《沙漠之夜》写"我们行军中最困难的一天",汽车迷失于沙漠之中,只好夜宿,在困难的时刻,同志间互相照顾的情谊、克服困难的信心和毅力都得到突出地表现,因而这"也就是我们最奇妙,美丽和受感动的一天"。草明有她敏锐的观察力,善于捕捉生活中的闪光镜头,而用朴实的文字记录下来。她深入基层生活,不时将新鲜流动的新生活告诉人们,她"宁愿当一块容易被人忽视的垫脚石,也不愿做一个临风招展的小铜铃"(《垫脚石》)。

　　陈学昭的《漫走解放区》　陈学昭1938年8月第一次到延安后写了《延安访问记》(1940),1940年秋又到延安,并留居下来,参加过《解放日报》文艺副刊的编辑工作,著有《漫走解放区》(1949)。这两本散记凭借她的观察或访问,着重介绍延安的日常生活情形和社会面貌,会见几位领导人时也侧重了解这方面的内容,反映了延安社会生活的真实情况。

　　作者是20年代知名女作家,她以熟练流丽的文笔娓娓叙述所见所闻,在不经意的抒写中保持朴实自然的生活本色,或综合,或片断,或勾描人物,或描写生活场景,把自己的观感印象组织起来,散而不漫,写得活泼、轻松、自由。比如,她描写毛泽东主席送客人时,"高高的个子,与其说是迟缓的,毋宁说是持重的脚步,使我联想起当年北平的李大钊先生,有一次,是在西单附近的街上偶然碰见的。那些大仁大智的人,他们的外表举动总是好像很持重的。"根据自己的感觉,自由联想,恰是捕捉住对象的个性特征,写出了人物的神形风貌。作者在《生活的体验》中觉得"人在体验着生活的时候,情感是变得现实些,变得接近大众些,享受和剥削的情感也就自然会淡起来了",这种涤荡灵府的思想感受是到解放区生活过的知识分子的共同心声。

　　孙犁的《荷花淀》　孙犁(1913—2002),河北安平人。1937年底参加抗日战争,是冀中解放区成长起来的新作家。他的散文创作和小说同步,与生活保持了极密切的联系。散文作品有的编入《荷花淀》

(1947),有的结集为《农村速写》(1950),有的散见于《解放日报》、《晋察冀日报》、《冀中导报》、《天津日报》等报刊上。

孙犁描绘敌后抗日根据地人民的战争生活的篇章,并不充满战火硝烟,而同样洋溢着英雄主义气概和战斗气息。《游击区生活一星期》一组七题,虽说穿插了几个游击小组对敌战斗、敌我斗争复杂残酷的小故事,但主要是描写人民的日常生活和劳作,勾画村干部和群众的神情风貌,从中触摸到"平原游击区人民生活的一次脉搏的跳动"。"当我钻在洞里的时间也好,坐在破坑上的时间也好,在菜园里夜晚散步也好,我觉到在洞口外面,院外的街上,平铺的翠绿的田野里,有着伟大、尖锐、光耀、战争的震动和声音,昼夜不息。生活在这里是这样充实和有意义,生活的经线和纬线,是那样复杂、坚韧。生活由战争和大生产运动结合,生活由民主建设和战斗热情结合,生活像一匹由坚强意志和明朗的智慧织造着的布,光彩照人。"作者的诗兴抒发概括了游击区人民的生活情趣,揭示了他们的生活意义。《白洋淀边一次小斗争》娓娓动听地叙述一个少女勇斗敌兵的小故事,反映了冀中人民不分男女老少都投入打击敌寇的伟大斗争。《采蒲台的苇》赞扬白洋淀人民在暴敌面前刚强不屈的英雄气概,充满着对家乡人民用鲜血保持冀中声名——苇草的洁白的自豪感、尊严感。《塔记》歌颂中国共产党人在民族解放战争中所发挥的先锋带头作用。《新安游记》和《慷慨悲歌》歌唱古今英雄,表现燕赵一带"有一种强烈的悲壮的风云,使人向往不止"的精神气概。这些作品虽说没有正面描写敌后人民英勇战斗的壮烈场面,但透过这些"小斗争"和生活场面,时代的战斗气息、人民的斗争精神和英雄气概依然使人感受到了,而且通过这些日常的、普遍存在的真人真事的抉发和描述,更能反映冀中军民团结战斗、全面动员的真实面貌。

描写解放区的民主建设、生产劳动、新生事物和新人成长,是孙犁散文的又一主要内容。《二月通讯》报告晋察冀边区参议会的见闻,热情歌颂民主政治。《山里的春天》叙述为抗属代耕的小故事,展现新型的军民关系。《识字班》反映边区男女老少的学习热情,结尾的典型场面既突出主题,又揭示新的家庭关系。《投宿》写房东一家的新气氛,人伦亲情汇合在抗战爱国的热情之中。《张秋阁》勾勒了一位农村少女的感人形象。主人公从小失去父母,哥哥参战牺牲,她痛哭而不消沉,坚持工作和劳动,坚决不领抚恤粮。"哥哥是自己报名参军的,他流血是为了咱们革命,不是为了换小米粮食。我能够生产。"这句普普通通、朴实无华的话显示了她精神品质的高尚。作者只写人物自身的言行举动,不拔高,不渲染,而自能感人。孙犁在这些素朴的记事写人篇章中,细致地写出解放区人民生活和劳动的新气象、新精神。

1947年,孙犁在冀中农村参加土改运动,亲身体验到农民翻身解放的喜悦心情,亲眼看到他们焕发出来的生产热情,写下一组《农村速写》,来反映这一场伟大变革。《一别十年同口镇》、《王香菊》、《诉苦翻心》等,具体显示了农民翻身解放的过程。斗争地主,分到土地,农民从政治经济上获得解放;同自身的怯弱、怜悯、自私的旧心理习惯作斗争,农民从精神上也获得解放;翻身和翻心同步进行,互相促进,孙犁散文的真实性和深刻性突出地表现在这些篇章中。翻身农民组织起来,互助合作,促进生产,新型的生产关系、家庭关系、人际关系迅速形成。《张金花纺织组》具体描写组织过程的曲折和成功。《曹蜜田和李素忍》并不是讲说青年男女的浪漫故事,而是叙写这对青年夫妻暗地里挑战立功、劳动竞赛的新鲜事,表现了新型的夫妇关系。《"帅府"巡礼》中老农赵老师一家"充满团结和劳作的愉快,劳动的竞争心和自尊心"。《天灯》立在穷人家门口,"简直是一面鲜明的旗帜","是穷人翻身的标志",过去的穷丫头现在"出跳"成了"仪态大方,丰满健壮的人",而且居然说出:"我们的生活变好了,是靠自己劳动;我们的地收回来了,是靠自己斗争。我们翻身了,应该叫远近的人们知道,我们为什么不立一个天灯?"翻身农民扬眉吐气,真正过上了人的生活。农民的新生活、新精神、新愿望,在孙犁笔下如实写出,一改新文学史上农民形象旧观,给人耳目一新的强烈感受。

总之,孙犁散文着重采写冀中人民的日常生活和斗争,通过一个个生活片断透视冀中人民的战斗热情、生产干劲和思想境界,尤其是显示冀中妇女翻身解放后的新面貌,把崇高感人的冀中战斗生活的美带给人们。他善于截取斗争生活的感人断片来反映大时代,从家务事中写出新风尚,从日常生活中显示时代的脉搏。他常把刀光剑影、战火硝烟推到背景地位上,把日常活动的人事场景突现出来,从这些更为普通、平凡、朴实的人物精神上看出解放区实实在在的变化和发展,这是他40年代散文突出的特色之一。

孙犁散文大多带有速写的特征,记叙简洁,白描传神,语言精练通俗,在叙写中富有抒情笔调。在记人叙事中渗透着作者真挚、亲切、欢快的感情,在平淡朴实的叙说中反映出作者文字锤炼的贴切和优美。孙犁以本地人的生活优势,加上大时代赐予的机遇和自身的文学造诣,创作出特别真实深切、清新明丽的解放区新生活的散文画卷,成为解放区散文的杰出代表,为我国的现代散文史做出了重要贡献。

萧也牧的《山村纪事》 萧也牧(1918—1970)是40年代在晋察冀解放区出现的又一位新进作家。他写过《掀帘战》《拿炮楼》《张老汉跳崖》、《"我是区长"》、《地道里的一夜》一类反映游击区军民抗日斗争故事的作品,更具个人特色的是在《山村纪事》题目下发表的十几篇散文速写,着重反映农民和地主的斗争,农民的觉悟过程和不懈斗争精神,地主的狡猾多端和做贼心虚,把农村阶级关系的新变化刻画得相当真实生动。作者既不加意拔高农民,也不把地主漫画化,按照农村生活的真实面貌,选择各有代表性的人物、事件,让生活本身来说话。《退租》中的石牛牛,背着旧社会的重负,受欺压而不敢反抗,终于在群众运动中觉悟起来。《追契》中的张禄有智慧、有远见、有毅力,非追回地契不可,虽说免不了受地主的欺骗,最后还是取得了胜利。《黄昏》中的房东老汉清算地主领回自己的驴儿,和驴打闹得多亲热。几个农民形象,各具特色,也没有知识分子腔调,农民举动、心思、神色一目了然,农民的语言声调地道本色,这是以散文写农民的一大进步。在40年代,解放区作者与人民群众生活、战斗在一起,跟人民群众打成一片,作者的思想感情已经群众化了,作者了解、深知人民群众的甘苦喜恶,这决定了解放区文学在反映人民群众生活上的成功。萧也牧写农民,孙犁写农村妇女,都给现代散文人物画廊增添了新的艺术光彩。

由于根据地出版条件相当困难,许多散文作品未能及时结集,1984年选编出版的《延安文艺丛书》,其中的《散文卷》辑录近百篇记叙抒情散文,来自各方面的作者以各自的经历见闻为文,汇映出解放区散文创作的基本面貌。"革命的文艺工作者,既是民族解放斗争的战士,又是握笔凝思的艺术家,他们或叙述自己的战斗经历,或抒发革命激情,都顺理成章,情如泉涌。作品里不仅有着火一样的情感,充满着必胜的信心,而且闪耀着人民智慧的光芒","读着一篇篇文章,似听到战斗在各个岗位上战士的心音,如闻一首首动听的歌声;眼前,如亮起一支支火把,令人振奋,去迎接光明"①。这是新时代的激昂文字,是战斗的号角,是胜利的欢呼。

抗战前后,有大批优秀的作家,包括散文家进入解放区,他们大多改弦更张,用报告文学的形式,及时报道根据地人民的战斗和劳动生活。记叙抒情散文的产量不丰,这是客观的事实。就记叙抒情散文而言,由于题材的原因,与报告文学作品确似孪生姊妹,如我们在这里选介的《三日杂记》、《潼关之夜》和《铁骑兵》等,有些选本就是把它作为报告文学作品的。但是,因为它较少新闻性,在表现形式上更接近于记叙抒情散文,我们还是把它从报告文学中分离了出来。

由于文体间的互相渗透,使解放区的记叙抒情散文显示了一种新的趋向,它反映崭新的斗争生活和闪光思想,记叙成分占了主要比重,因而具有一些新的特色:一、文章所描写的是许多读者所陌生、所向往的新事物,燕赵人物、陕北风光,它们带有传奇的意味、崇高的美感,题材富于诗意。"五四"以来的散文,其主要题材是城乡社会的黑暗,是内心的苦闷和探索,这些已被向上的生活和光辉的理想所代替了。二、作者在反映新生活的时候,抒发他们新的感受和激情,自然充满着前所少有的乐观的开朗的色调。在表现上,作者善于截取富有深意、新意的生活断片,运用小说再现场景和心境的手法,吸收了丰富的群众语言,普遍形成了朴素、清新的文学风格。

面对着解放区工农兵群众的沸腾生活和战场上的炮火硝烟,作家们发挥了记叙抒情散文的战斗功能,歌颂了劳动人民的光辉业绩和指战员们的豪情壮举,虽然产量不丰,抒情散文更为零落,但在散文艺术

---

① 延安文艺丛书《散文卷·前言》。

上还是有新的追求,个性鲜明的作家也正在成长。解放区的记叙抒情散文,无疑是一个划时代的、继往开来的新创,是日后社会主义时代新散文的一个直接的、重要的艺术源泉。

第六节　人物传记与知识小品

抗战以来的传记文学得到进一步的发展。随着民族精神的普遍高涨,现实中浴血奋战的抗日将士、历史上的民族英雄和爱国志士引起传记作者的关注,也吸引着广大读者的注意力,有关他们的传记报告争相涌现。抗战初期,《抗日英雄特写》、《抗战将领访问记》、《抗战人物志》、《抗日英雄》、《我们的战士》、《时贤别记》一类短篇结集不少,为大时代中的风云人物留下若干侧影。在解放区,除了叱咤风云的领袖人物的特写外,还有《民兵英雄像》、《晋绥边区的战斗英雄们》、《英雄传》、《新人的故事》之类新人传略。时势造英雄,英雄出自民族民主革命战争,出自翻身解放的劳动群众。英雄时代给这时期人物传记带来歌颂英雄、歌颂新人的新风尚。其他的人物传记,如文化人士、师友亲人、自传回忆等方面的传记作品,也有不少新创。

萧三等人的回忆录　萧三(1896—1983),湖南湘乡人。1939年春从苏联回国后,在延安从事文化宣传工作。这期间他写的一些人物传记,后来大多收入《毛泽东同志的青少年时代》(1951)和《人物与纪念》(1954)二书。他小时和毛泽东同学,参加过新民学会,熟悉毛泽东早年的革命活动,他以真实的回忆、朴素的文笔记述毛泽东青少年时代的生活和思想,没有矫饰和美化,选取的事实本身就很能反映出毛泽东风华正茂时的抱负、胸襟和气度,至今还是有关毛泽东早年传记的典范性作品。他的《朱总司令的故事》、《贺龙将军》、《徐老不老》、《纪念瞿秋白同志殉难十一周年》等,刻画几位老一辈革命家的侧影;《续范亭先生》、《韬奋同志——文化界的劳动英雄》、《哀悼人民艺术家冼星海同志》、《十月革命后高尔基的二三事》、《关于马雅可夫斯基二三事》等,反映文化界几位知名人士的动人事迹。萧三写人记事简洁朴素,往往通过几个生活断片写出对象的人格风貌,抒发的战友情谊和崇敬感情真挚感人。比如,他记下朱总司令的肺腑之言:"我别无所求,只求作一个自自然然的共产党员,这就是我的志愿。"从一句话中可以见出"我们的朱总司令是一个怎样淳朴、真挚、忠诚、切实、厚道都到了化境的人"。他笔下的朱总司令和生活中的朱总司令一样忠厚淳朴。他的人物素描都具有这种本色美。

有关人民领袖、抗日将士、战斗英雄以及国际友人的传记,还有不少是用报告文学的形式表现的,它写出现实中的真实典型,以新的人格光彩吸引读者。

有关鲁迅的传记,这时期出现了一批重要作品。首先是许广平写了一组回忆鲁迅日常生活的文章,后来收入《欣慰的纪念》(1951)。在再现鲁迅先生的全人格方面,她的成功是常人所不及的。萧红的《回忆鲁迅先生》(1940)从印象最深的记忆中选取材料,出以片断描写的形式,看似松散,实以鲁迅为中心,多方面表现鲁迅为人处世的态度和日常的生活作风,写法别致。孙伏园的《鲁迅先生二三事》(1942),许寿裳的《鲁迅的思想与生活》(1947)和《亡友鲁迅印象记》(1947)等,是鲁迅的朋友和学生写的回忆记。王士菁的《鲁迅传》(1948)是第一本完整的鲁迅传记,是在系统研究鲁迅一生的基础上写成的,自然是学术价值高过文学价值。亲人朋友的片断回忆复活了鲁迅的音容笑貌,研究者的专门传记叙述了鲁迅一生的发展过程,这两类作品为创作优秀的鲁迅传奠定了初基。

巴金的《怀念》(1947)收入悼亡怀友的作品9篇。在长期的文学生涯中,巴金以文会友,知交甚多。处于战争年代,这些文友流离四方,音信渺茫,或遭迫害,或罹贫病致死。巴金十分珍惜友情,沉痛哀悼英年夭折的朋友,深情怀念贫困颠连的文人,以怀旧悼亡的沉重笔调叙写昔日交往,描述友人性情,抒发深厚情谊,篇篇都是至情流露,感人肺腑。他笔下的罗淑,朴实善良,温柔正直,像大姐一样会体贴人。为生活重负压得喘不过气来的鲁彦,依然安贫乐道,矢志不渝,至死也不肯放下手中的笔,为文学事业挤出最后一滴血。长期受贫病折磨的缪崇群,心地善良,待人真诚,甘于沉默,热爱生命,倾尽心血给世人留下许多"洋溢着生命的呼声,充满着求生的意志,直接诉于人类善良的心灵的文字"。像陆蠡这样"貌不轩昂,语不惊人,服装简朴,不善交际,喜欢埋头做事,不求人知"的文化人,在危难关头,却表现出中国优秀知识分子的崇高气节。巴金为这些亡友的高贵心灵所激动不已,热烈歌颂他们的人格美,愤怒谴责吞噬他们的恶势力,深刻地反省自己,鞭策自己,给人一种崇高感、悲壮感。作者抒写十分熟悉的人事体验,驾轻就熟,一气呵成,各篇浑然一体,以情动人,是现代悼念文的杰作。

专门为文化人留影的,还有赵景深的《文坛忆旧》(1948)和莫洛的《殒落的星辰》(1949)等。赵景深长期从事编辑工作,谙熟文坛掌故,战前就写过《文人印象》、《文人剪影》一类作品,战后一如既往,在《文坛忆旧》中写了三十几位同代作家,根据亲见亲闻和广泛收集的生活材料,往往从日常生活入手勾描各家风貌,着墨不多,却个性毕现,具有史家和小说家结合的特长。莫洛的《殒落的星辰》是呈现给战时死难的文化工作者的祭奠品,客观地记述各家生平事略,介绍其文化业绩,属于传略一类文字。由于他刚走入文坛,写作时又偏处温州一隅,见闻有限,有的不免过于简略。但他立意为死难文人立传,以大量的史实显示了现代知识分子为祖国战斗、为民族文化流血牺牲的壮举,很有认识价值。此外,熊佛西的《山水人物印象记》(1944),谢冰莹等合著的《女作家自传选集》(1945),柯灵编选的《作家笔会》(1945),巴金等十家合著的《我的良友》(1945),洪为法的《谈文人》(1947),黄宗江的《卖艺人家》(1948)等等,都侧重于描写文化人士,足见文人素描的丰收。

1947年出版的人物志集《创世纪》和《内战英雄谱》别具一格。前者是范泉的作品;后者署名某准尉,真名不详。范泉当时在上海编辑《文艺春秋》,《创世纪》内除了记述几位文化斗士之外,第一辑"黑白画"勾画了几位日本宪兵的"花脸"。甲斐军曹前后变化带有喜剧意味。他是上海沦陷期间专门缉捕进步文人的"文明的刽子手",狂妄自大,肆意抓人,并施以酷刑,两手沾满了中国人民的鲜血。一到日寇投降,竟然要请被他拘捕毒打过的文化人认他作"寄儿子",如此卑劣,实为无耻之尤。对这种喜剧性人物,作者毫不留情地戳穿其丑恶嘴脸,从人格上加以彻底否定。《内战英雄谱》为"内战英雄"画相,"苦命将军"陈诚,"黄埔校花"胡宗南,"风流太保"梁华盛,"丑郡马"孙连仲,这些嗜战成性的"英雄"被推上文学的审判台,暴露了他们的真面目。这两部人物素描开拓了传记写作的暴露性、批判性的新局面。

　　人物素描、回忆记、哀悼文之类短篇作品,具有传记因素,但还不能说是独立的、完整的、严格的传记文学。这种片断的、零散的、自由的人物描写,可说是写人散文的一个分支,或者说是散文化的人物传记。其长处在于以省俭的笔墨勾出人物的神情风貌,借一斑以窥全豹,以小见大,自由不拘,但往往难以深入细致、完整充分地再现全人面目。弥补这一不足的,恰好是长篇传记的特长。长篇传记可以囊括传主一生,也可以截取一个侧面或阶段,能够容纳相对完整、较为丰富的生活内容,能够多侧面多层次地展现传主个性,创造出活生生的、血肉丰满的传记人物。抗战以来致力于长篇写作的传记作家,有朱东润、郭沫若、顾一樵、骆宾基、臧克家等,在传记和自传方面都有新作。

　　朱东润等的人物传记　　朱东润(1896—1988),江苏泰兴人。他战时对传记文学作过切实的研讨,写过《中国传记文学之进展》、《传记文学之前途》、《传记文学与人格》、《八代传记文学述论》等学术性论著,并于1943年起写成《张居正大传》、《王守仁大传》两部长篇作品。朱东润认为:"中国所需要的传记文学,看来只是一种有来历、有证据、不忌繁琐、不事颂扬的作品。"(《张居正大传·一九四三年序》)是历史和文学结合的产物,既要注意历史真实,又要讲究人物形象的塑造,还要体现作者对传主的认识和态度。他以学者治史的谨严态度写作传记文学,从搜集、整理、核实史料起手,研究历史背景,分析传主性格,在研究的基础上选择史实,刻画人物,探究心理,推论得失,开创了传记写作中谨严坚实、完整独立的新风气。他写明代政治家张居正,根据自己的细心推考,深入研讨,发现这位毁誉对立的历史人物"固然不是禽兽,但是他也并不志在圣人。他只是张居正,一个受时代陶熔而同时又想陶熔时代的人物"。作者从明代大局看张居正的出现,又从张居正的政绩事业反映明代社会的发展变化;既显现他的一代功业,又不掩饰他的内心隐衷,还根据可靠史实阐发他的心理动机;真实而全面地再现这位历史人物的本来面目。朱东润创作的"大传",以气魄恢宏、持论中肯、作风严谨开拓了传记文学的新格局,为传记文学从散文中独立出来、走西方现代传记文学的发展路线作出了自己的贡献。他在序文自述试写传记的"希望":"本来只是供给一般人一个参考,知道西方的传记文学是怎样写法,怎样可以介绍到中国。我只打开园门,使大众认识里面是怎样的园地,以后游览的人多了,栽培花木的也有,修拾园亭的也有,只要园地逐日繁荣,即是打开园门的人被忘去了,他也应当庆幸这一番工作不是没有意义。"他这种打开现代传记文学新园门的功绩是不会被忘记的。

顾一樵《我的父亲》(1943)为亲人立传,得到时人的好评。友人潘光旦在代序《一篇传记文的欣赏》中,肯定这是传记文学写作的一个"郑重的尝试","用很细微的笔墨,叙述晦农先生为学问、为生计、为家庭子女半生的辛勤劳瘁",赞赏作者重视叙述家世与里居环境对传主的影响,细致刻画传主短暂一生的起伏变化的写法。这篇传记文长不过一万五千言,却叙写一位近代文人处于旧学新学嬗变更替时期求知求生的经历,自然要写得浓缩集中。以爱父亲情驱遣笔墨,选择典型性生活片断剪裁熔铸,恰如其分地描述父亲的人格性情,写得庄重而亲切,这是顾作的显著特色。从情文并茂这方面看,可以和盛成的《我的母亲》相媲美。

骆宾基的长篇传记《萧红小传》(1947),写于萧红病逝之后,陆续刊载在《文萃》上。全篇由三十四节组成,按照这位女作家生平经历的顺序来写,具体再现了她的曲折生活道路,活现了萧红的音容笑貌、性情才气和内心隐衷。从个人反抗旧家庭压迫,矜持地走着自己的路,到投入战斗集体,与战友和爱人顽强地战斗在一起,再到离开朋友,孤独作战,最后含悲病逝,萧红思想个性形成和发展的轨迹,在小传中被清晰地勾描出来。萧红短促的一生,正反映了旧社会压迫摧残之下的新女性的共同命运。"她的经历充满了不屈和勤奋的斗争,是有典型意义的。自然,也带着不可摆脱的属于历史的烙印和伤痕。"[①]在萧红病重弥留的最后日子里,骆宾基作为友人一直在旁护理,"在姐弟般倾心相谈中",更深切地理解了女作家内心的矛盾和追求,生活的倔强和辛

[①] 骆宾基:《萧红小传·修订版自序》,黑龙江人民出版社1981年版。

酸,以及全人格的光华微瑕,因而赋予这部传记作品以立体感、亲切感。作者是小说家和报告文学家,在素材取舍、情节提炼、人物刻画,尤其在心理描写和环境渲染方面有自己的专长,写来可谓得心应手。虽说由于客观限制,初版本在某些史实上有所出入,又较少结合萧红创作展开评述,但在当时还是第一部完整的萧红传记作品,从个人生活史反映她的个性特征的努力也是成功的。

为同时代活人作传,往往是传记写作的一忌,历来十分罕见。而战时不仅出现过前述片断的人物速写,也出现过几部独立的长篇传记,如1938年出版过杨殷夫的《郭沫若传》,陈彬荫的《丁玲传》,赵轶琳的《李宗仁将军传》等,可惜后来未能继续发展。倒是自传写作呈现发展趋势,除了从个人经历写社会变动的正格外,还别开文学回忆录的新路子,丰富了我国现代传记的品种。

郭沫若等人的自传 郭沫若1948年寓居香港时,应夏衍主编的《华商报》副刊《茶亭》约请,写了《抗战回忆录》,陆续发表在8—12月的《茶亭》上,后结集为《洪波曲》出版。郭沫若坚持他战前写作自传的原则,通过对个人在"第三厅"工作经历的回忆,真实地反映1938年抗战高潮期间的社会面貌。抗战初期,国共合作,共赴国难,民气高昂,进步文化工作者积极从事抗日救亡工作。但统一战线内部,反动派害怕人民,压制抗日,仇视进步,斗争复杂尖锐。作者处于统一战线中枢,以耳闻目睹身受的事实,给读者了解这时期历史真相增强了感性知识。适应报章连载需要,全篇章节自成段落,综合成为一个整体,气魄恢宏,详略得当,显示了史家风度。既重视反映重大事件,也不忽视典型的生活细节,以叙写历史事实为主,兼而抒发爱国情怀,有张有弛,波澜起伏,不愧是出自传记大家的手笔。

长篇自传中侧重于文学活动的作品,有臧克家《我的诗生活》(1943)、王亚平《永远结不成的果实》(1946)、凤子《舞台漫步》(1945)、胡山源《我的写作生活》(1947)等。这些带有创作回忆性质的自传,从生活和创作统一的角度,回顾自身的艺术生涯,体味创作学习的甘苦得失,从一个侧面反映新文艺作家追踪时代前进的趋势,勾画出新文艺发展的一个轮廓。他们以自身经历和深切体会为题材,轻车熟路,冷暖自知,因而能够写得真实、生动、亲切,富于艺术魅力。他们的创作经历也给文艺青年以深长的启示。像臧克家娓娓叙说的"生活就是一篇伟大的诗"、如何找到了"自己的诗"等切身经验是令人回味的。

这时期传记承继30年代所倡导的现代传记的写作精神,坚持真实性和文学性相结合的原则,坚持个人和历史、社会相统一的创作倾向,创造了一批真实生动的传记作品。适应英雄时代的需要,当代风云人物和无名人物成为传记写作的中心,人物速写一类尤其发达。传记与现实加强联系,对现实斗争起了直接作用,这是战时传记的一个发展。回忆记、悼念文和文人自传,突出了个人和社会的联系,具有时代的生活实感。有关历史人物的传记,也由闻一多的《杜甫》这样的零篇断简发展到朱东润的"大传"式鸿篇巨构。由于这些传记为读者提供了对历史和现实的认识价值,读者又可以从传主身上接受人格陶冶和处世为人、敬业成才等经验,而使传记的功能得到发挥;传记的写法也自由发展,日益丰富,长篇传记的陆续出现,预示了传记文学独立发展的趋势。

科学小品和历史小品 30年代盛行的知识小品在战时多少减弱了那股锐势,但余波未息,写作队伍也保持相对稳定状态。上海"孤岛"时期,陆蠡主编《少年读物》半月刊,顾均正等创办《科学趣味》月刊,黄寒冰主编的《知识与趣味》每月出版八期,继续倡导"知识大众化"和"科学趣味化"。开明书店续出"开明青年丛书",文化生活出版社刊行"少年科学丛书",顾均正、索非、朱洗、祝枕江、陆新球、黄素封等坚持写作科普作品。在大后方,《中学生战时半月刊》、《科学与生活》、《科学知识》、《国文月刊》、《观察》等杂志发表过许多知识小品,桂林文化供应社出版的"青年文库"收入一些科普作品,周建人、贾祖璋、戴文赛、钱耕莘等写过新作品。在延安,《解放日报》开辟过"科学园地"、"生活常识"、"常识讲话"一类专栏,扶植知识小品写作,艾思奇、董纯才、温济泽、吕振羽、孙宇、林山等写过社会科学和自然科学的通俗文章。战时各地坚持开展科学普及工作,进一步把知识的触角伸向穷乡僻壤,扩大了影响的范围。受战争生活的制约,知识性题材日益要求与现实生活斗争结合起来,高士其、柳湜一路写法较为流行,加强了知识小品的社会性和战斗性,有的科学小品和历史小品带有杂文化的倾向。

董纯才在延安写的几篇科学小品,和前期《动物漫话》略有不同,他"开始努力学习把生产斗争和社会斗争的知识交织在一起写作"①,在传播科学知识的同时包含了社会性主题。如《马兰草》反映边区人民利用马兰草造出纸张冲破反动派经济封锁的事迹,就有机地把科学活动和生产斗争、政治斗争结合起来,显示了科学知识为革命服务、为人民造福的新方向。《解放日报》"科学园地"上的通俗文章,或谈《边区上的黄土》(林山),或《从所谓硫磺弹说起》(白华),或《谈谈边区食物营养问题》(白华),或谈《空气和氧气》(孙宇);"常识讲话"专栏上,艾思奇讲哲学常识,吕振羽谈历史知识,温济泽宣传国际共运史和民主革命知识。解放区的知识小品从人民生活斗争需要出发,及时解决群众疑难问题,普及史地科学知识,发扬了30年代大众化运动的优良传统,有条件把知识从书斋解放出来,还给人民群众。

贾祖璋在后方写了《碧血丹心》(1942)和《生命的韧性》(1949)两册科学小品专集。他自觉地把科学小品写作与"时代的要求"联系起来,"牵涉到了国家民族的斗争和生存"(《碧血丹心·序》),在内容上比他战前的《生物素描》更具社会感、时代感。在抗战救亡的民族解放战争中,他别出心裁地阐述与现实生活相关的生物学原理,借以鼓动"自我牺牲"、"赤心许国"、"多难兴邦"的思想哲理,振奋为国捐躯、同仇敌忾的民气,在科学性和思想性结合方面,在科学小品为现实服务方面,做了进一步的尝试。

顾均正1941结集出版的《电子姑娘》和《科学之惊异》,继续运用科学知识解释日常现象,及时传播科学技术的新信息,尤其是着重介绍战时急需的有关新式武器、防空防毒等科学知识,适应战时生活需要。他的作品讲究通俗性、趣味性和多样性,小品味较浓。他津津有味地叙说"电子姑娘"与"质子哥儿"结合的故事,推陈出新地提出"水是有皮的"、"血是有毒的"等问题,以事实和理论证明"唯武器论"的破产。

---

① 转引自叶永烈《论科学文艺》,科学普及出版社1980年版,第71页。

他的科学小品深入浅出,通俗有趣,善于抓住读者的好奇心和求知欲。

周建人续写植物小品《田野的杂草》,索非的医学小品新出版《人体旅行记》和《人与虫的搏斗》,朱洗应文化生活出版社巴金等约请编写"现代生物学丛书",戴文赛在《观察》上发表天文学知识小品。这些作家继续在科学大众化的旗帜下,从事科普写作。

历史小品写作在国统区一度兴盛过,吴晗写了《旧史新谈》、《历史的镜子》和《史事与人物》等,孟超写了《骷髅集》和《水泊梁山英雄谱》,廖沫沙写了历史故事集《鹿马传》,张奚若写过《辛亥革命回忆录》,郑振铎写过《民族文话》,黄裳受吴晗影响著有《旧戏新谈》,秦牧的历史小品有《火种》、《伯乐与马》、《囚秦记》、《死海》(收入《秦牧杂文》)等。这些文章往往借古喻今,将历史人事和现实斗争联系起来,运用"历史的镜子",反照后方社会,间接揭露时弊,发扬历史精神,在当时的政治斗争中与历史剧、历史小说互相呼应,协同作战,实质上起到了杂文的战斗作用。

知识性题材的作品除了坚持大众化传统外,进一步发扬科学和民主精神,联系现实斗争需要,为民族民主革命战争服务。知识小品的变化发展也从一个侧面反映了民族民主革命战争对散文发展的影响和制约作用,反映了这时期散文创作从整体上进一步密切了与时代和人民联系的发展趋势。

第七节 战时散文的拓展与演变

抗战以来的散文,顺应时代的发展,在烽火连天的战争岁月里,受爱国、民主思潮的激励,集中反映抗日救亡、民主建国、人民解放的思想主题,描写人民群众艰苦奋战、争取生存、追求光明的生活动态,大大加强了与现实革命战争的紧密联系,进一步发扬了新文学反帝反封建的精神传统。适应战斗时代的社会需要,记叙性散文充分发挥再现生活的及时性、灵活性和多样性的特长。流亡记、旅寓记一类纪行文字,追踪着流离者的每个脚印,再现了中华民族的苦难和抗争;速写和随笔,披露了大后方社会生活的真实面貌；解放区的散文，写出了英勇军民的飒爽风姿。这些纪实文体在展现战时生活、帮助读者认识现实、鼓舞读者起来战斗等方面起了重大作用，进一步扩展了现代散文的社会性、战斗性，不少作品至今还焕发着艺术魅力。抒情性散文适应时代需要调整自己的音调，唱出了战斗的歌，人民的歌，现实的歌，抒发生活实感和理想追求，通过作家个人体验沟通时代脉动和人民要求，以主观真实性折射客观真实性，以真情实感引起读者感情共鸣，给大时代留下了精神生活、社会心理方面的"心史"。综合起来，从客观到主观，从社会到个人，从前线到后方，从沿海到内地，从国统区到解放区，从血雨腥风到身边琐事，散文的触角无处不在，散文的功能全面发挥，散文的世界对应着五光十色的现实世界。从整体上说，这时期散文把握社会生活的广度、密度和锐敏度，是其他文学体裁难以匹敌的。事实说明，战斗的时代依然需要散文，散文仍可在大时代下获得发展。各类散文虽然发展不平衡，有的勃兴，有的扬弃，有的式微，但总的说来，散文的适应性和应变力最强，它在战火硝烟的洗礼中焕发了青春，丰富发展了自己的表现力，开阔充实了自己的艺术天地。所以，不能不看到抗战以来散文拓展的趋势，不能不充分肯定它的成就和贡献。

记叙抒情散文情趣风格的演变扩展是显而易见的。抗战炮火宣告了睡狮的警醒和震怒，人民革命号角吹开了新中国诞生的战斗序幕。民族本位、人民本位的时代精神毫不留情地取代了个人本位思想，个性解放和民族解放、人民解放不可分割地联在一起，个人和人民的结合不仅是必要的，而且已经逐步成为现实了。社会存在和社会意识的变化发展反映到散文创作中，出现了个人为时代和人民歌唱的普遍倾向，为个人而艺术、为艺术而艺术的创作倾向则走向式微之路。这是现代散文史上抒情倾向的重大转变。对此，散文家们的自觉性和适应性当然不平衡，各人的生活、思想和创作有过矛盾，成败得失，不尽一致。但总的发展趋势还是逐步走出个人的狭小天地，面向严峻的斗争生活，努力使个人情感和人民思想愿望沟通起来，成为人民的代言人。这种努力，不仅体现在抗战初期的战地抒情文和解放区新生活的歌唱上，也表现在国统区作者的生活实感和理想追求上；不仅体现在战火中成长起来的一代新人中,更突出地表现在二三十年代的过来人身上,他们跨越新文学发展的几个时期,每个足迹都留下时代印记。散文往往是时代精神和文学风尚的晴雨表,是作家思想感情的直接产物。时代的变动,文风的流变,作家思想感情的发展,往往首先在散文创作中显示出来。抗战以来散文题材的拓展,主题的演变,文风的变化,在姐妹艺术中都是走在前头的。所以正如葛琴当时所说的:"从散文作品中间,更容易看出一个时代的精神状态和文学倾向。"①

各种散文艺术形式的相互影响和不平衡发展,是抗战以来散文创作的一个突出事实。面临时代和社会的大变动,各种散文形式的应变力不是同步的。抗战初期轰轰烈烈的战争生活和解放区崭新的社会现实,吸引着广大作家的密切关注,他们努力把人民高度关心的动态反映出来,因而造成了记叙性散文的勃兴繁荣局面。从记叙散文中分化出来的报告文学,由附庸变为大国,走上了大发展的道路。写人、叙事、纪行作品也大量涌现,有的篇章又和通讯报告交错在一起。解放区反映新的斗争生活的散文虽然数量不多,但继续发展以小说手法写散文的路子,取得较大的成功。纪行文随着流离者的足迹而盛极一时,偏重于社会人事题材,感慨时艰,抨击时弊,较少留连山水的兴致,主要发展了写实性、社会性、客观性的传统,综合叙述、描写、议论之长,兼具文献价值。抒情性散文在抗战初期虽有新创,但未酿成新潮,倒是在40年代国统区获得很大发展。当抗日战争进入相持阶段,后方社会矛盾开始表面化,政治高压抬头,严酷的社会现实迫使作家们冷静下来,正视现实苦难,思考祖国和人民的命运,反视内心的情绪要求,因而沉郁顿挫、感慨万千的抒情作品竞相出现。如果说,解放区散文存在着某种程度的忽视主观抒情、淹没个性表现的倾向,那么,40年代国统区的抒情散文恰好弥补了这一缺陷,以个人抒情感应时代的精神气息和人民的生活愿望,大多较好地处理了个人性和社会性、主观真实和客观真实的关系,可以和40年代的抒情诗相互映衬,构成40年代抒情文学的主流。抒情散文诗化的艺术传统在40年代发扬光大,一大批青年作者直接受

---

① 葛琴:《略谈散文》,《文学批评》1942年9月创刊号。

到30年代"诗人的散文"一派的艺术影响,又吸取欧美现代诗文的表现技巧,讲究散文的艺术创造,创作了大量艺术性较强、平均水平较高的诗化散文作品。连一些早先质胜于文的散文家也开始注重散文形式美的创造,写出了耐读的精品。较之记叙性散文,这时期的抒情性散文着重发展了美文传统,提高了散文的艺术价值,巩固和加强了艺术性散文的独立地位。

这时期散文在语言形式的大众化、民族化方面也取得新的进展。战时流离迁徙的生活和变动的社会环境,一方面促使各地方言土语的融会贯通,流行的新国语日见丰富、成熟;另一方面促进作家和群众结合,向群众学习和为群众写作形成风气,语言大众化成为必然趋势。现代语体文的发展,在"言文一致"的大方向上,经历五四时期以白话取代文言的历史性变革,经过30年代口语化和文学化的努力尝试,适逢抗战以来语言大众化、民族化的有利时机,于是获得新的活力。以群众口头活的语言为源泉,从中提炼出生动活泼、朴素通俗的文学语言,努力克服文言和欧化的腔调,这是这时期许多散文家留意的一个课题。除了叶绍钧、朱自清等语文工作者继续重视口语化之外,一批来到解放区的作家开始自觉改变文风,追求大众化,丁玲、吴伯箫、孙犁、何其芳等就是突出代表;一批来自战地前线或社会底层的青年作者的散文语言较少书卷气、学生腔和文白杂糅现象,大多比较朴实、清新和单纯,如田一文、刘北汜、郭风等的优秀之作就有此特色;一些散文老手,也逐渐摆脱初期文白掺杂、过分欧化的重负,趋于纯净老练,茅盾、巴金、靳以诸家后期的散文语言显然比前期精粹娴熟。完成白话取代文言的质变飞跃后,现代语体文的发展成熟是一个渐进过程,几代作家为此做出了各自的努力。40年代散文作品主要在吸收和改造群众口语、促进语言大众化和民族化方面做出了突出贡献。

由于战时生活的急剧变动,作家没有安定的写作环境,也缺乏密切的艺术交流活动。限于战时出版条件,许多作品未能及时结集出版,大量淹没于报纸杂志之中,有的已经散失了。因而,对这时期的散文发展的完整叙述和系统研究,有待于史料发掘和整理工作的充分展开,这里只能勾描一个大致的轮廓。然而,这已经可以断言,抗战以来记叙抒情散文衰落的论调是没有根据的。它虽然没有像报告文学那样取得赫赫战功,但它默默地认真地获得成果,英雄的时代也使它步入了深入拓展的新时期。

结 束 语

从马克思主义的历史观点看来,任何历史现象的出现,任何历史现象的发展,都是这一历史现象的内部结构和外部环境互相作用的结果,都是合乎规律的,符合逻辑的,是历史和逻辑的统一。运用科学的方法揭示出某一历史现象内部包含的合乎规律的逻辑,这就是当年黑格尔和恩格斯常常说起的"历史启示"。历史是在无限的时空中永恒不断的运动。各种不同的历史现象是历史长河中千姿百态激溅闪耀的浪花;这些历史现象所包含的"历史启示",是异中有同,同中有异,"逝者如斯",属于过去,"不舍昼夜",属于未来,有亘古常新的价值。就中国现代散文史的研究来说,不仅应该描述中国现代散文发展的历史奇观,而且还应该尝试着去探求中国现代散文发展过程中那凝结着历史的经验和教训的带有历史规律性的"历史启示",尝试着去探求中国现代散文发展的历史规律中那对促进当代散文的繁荣用得着的"历史启示"。自然,这是真理的探胜,也是"心灵的冒险"。

促成中国现代散文繁荣的因素是多方面的。比如:时代对散文创作的推动和制约,散文作家思想个性和艺术个性的发展,现代散文理论建设和理论批评的导向,中外优秀文学传统的融化和新的民族传统的创造,以及新闻出版事业的发达和社团、流派的形成等,这诸多因素构成层次不同、内外交互作用的整体,合力促成了中国现代散文的发展繁荣。自然,现代散文的发展道路不是笔直的,不是一帆风顺的,而是曲折起伏的;在各个不同历史阶段,它同时代的前进步伐之间,既是平衡的又是不平衡的;在某些历史阶段,散文创作和散文理论发展,呈现全面繁荣的最佳状态;在某些历史阶段,散文创作和散文理论则在某些方面有所拓展进步,某些方面有所偏废停滞,情况比较复杂,不能一概而论。这里,我们想就时代与中国现代散文作家的关系,中国现代散文与中外散文的继承和引进的关系,以及刊物、社团与中国现代散文流派的关系,谈一谈我们不成熟的体会。

一 时代变迁与散文创作和个性风格的关系

"文变染乎世情,兴废系乎时序。"①在促成中国现代散文的繁荣和发展的整体综合的多重因素中,时代对散文创作的推动和制约是应首先看到的。

中国现代散文是中国现代历史发展的产物。中国近代散文所以未能完成散文创作思想的民主化和散文艺术形式的革新的历史变革,是由于当时的资产阶级改良派和资产阶级革命派政治上的软弱性,思想解放不充分,以及他们在思想上和审美观念上一时还不能同封建旧文学的思想内容和古文形式实行决裂。这样,他们在文学的变革上就缺少一种大破大立的历史使命感和宏伟气魄,就同他们的政治变革一样,也是软弱、妥协、不彻底的。中国现代散文的变革,是在新民主主义革命时代这一崭新的历史条件下产生、发展,并取得成功的。从总体上说,这是一个人们思想非常解放,社会变革非常迅速,中国人民经过艰苦卓绝的英勇奋斗,终于取得反帝反封建革命斗争伟大胜利的时代。在时代的推动下,中国现代散文有了新的价值观念,新的创作题材,新的思想倾向,新的感情色彩,新的审美观念,新的文体样式,新的语言形式,新的民族风格,新的斗争内容和发展趋势。

为中国现代散文奠定基石的现代散文大家,自身就是时代母亲的勇敢儿子,他们同新时代的社会变革、社会思潮和文艺思潮保持着密切的联系。他们从时代精神中吸取创作的力量和灵感,写实求真的现实主义始终是现代散文的主流。因此,中国现代散文家从一开始,就敢于蔑视古文家的载儒家之道的道统,敢于蔑视古文所谓"美文不能用白

---

① 刘勰:《文心雕龙·时序》。

话"的文统,他们的散文创作,表现了对社会改革的关注,表现了对人的命运、人的思想和感情,以及对人的解放的关注,高扬着反帝反封建的爱国主义、民主主义和社会主义精神,他们敢于标新立异,走前人没有走过的道路,敢于用白话写美文,敢于创造新的散文艺术形式,创造现代散文新的民族风格,充满着自由创造的宏伟气概。在中国现代散文的第一个十年,从事现代散文创作的是激进的民主主义知识分子,小资产阶级民主主义知识分子,具有初步共产主义思想的知识分子,资产阶级自由主义知识分子,他们结成反对封建旧思想和旧文学的文化统一战线。这时历史已进入新民主主义革命时代,共产党已经成立,工农运动日益高涨,但帝国主义和封建军阀还肆逞他们的凶焰;在文学领域,占支配地位的还是革命民主主义和小资产阶级民主主义思想,但时代已从旧民主主义革命向新民主主义革命过渡,社会思潮正从资产阶级启蒙思想向马克思主义转变。这一时期的杂文和记叙抒情散文创作在思想上和艺术上都呈现了多元、多极、多样的丰富多彩的特点,出现了蓬勃发展的繁荣景象。在第二个十年,国民党当局发动了军事上文化上的反革命"围剿",阶级斗争十分尖锐、残酷;"九一八"事变,日本侵略者迅速侵占东北三省;"一·二八",日本挑起淞沪战争,暴露了鲸吞全中国的狼子野心,民族危机空前严重。"血沃中原肥劲草,寒凝大地发春华"[①],在十分严峻的政治形势下,民主革命深入发展,爱国热情旺盛高涨。反映在思想文化领域,马克思主义广泛传播,中国现代文学从"文学革命"向"革命文学"飞跃,左翼文学运动蓬勃发展,中国现代散文创作从前十年的繁荣进入这十年的多种体式并进的高峰状态,令人瞩目。中国现代散文发展的第三阶段包含抗日战争和解放战争,历史在战争的火流中"向着太阳,向着自由,向着新中国"前进。中国大地上出现了全民族团结抗日的热潮和曲折复杂的斗争,出现了共产党领导的日益扩大的、巩固的抗日革命根据地和解放区。这时期两种制度、两种社会并立和消长的时代特征,促进了杂文和报告文学的发展,并使记叙抒情散文形成揭露现实、盼望黎明和歌颂新生活、礼赞光明并

[①] 鲁迅:《集外集拾遗·无题》,《鲁迅全集》第7卷,人民文学出版社1981年版。

存的局面。

以上历史的回顾说明了新民主主义革命时期的社会政治变革、社会思潮和中国现代散文之间的内在联系。正是这一时代诸因素的产生、发展和变化,规定着中国现代散文的思想内容和艺术形式的革新、丰富和发展。现代中国的社会性质和新民主主义革命的性质决定了中国现代散文不仅异质于我国过去的历代散文,而且异质于外国近现代散文,独具一种新的现代性和新的民族性。中国现代散文适应现代中国反帝反封建的政治革命、思想革命、文学革命的时代需要,以现代中国人的审美观念、艺术眼光和语言形式反映和表现现代中国的历史进程、时代精神和社会生活,它的现代化性质和发展大方向从根本上说是为现代中国民主革命的性质和现代中国人民的生活斗争所内在规定、制约了的。其次,在新民主主义革命时代,由于时代思想和审美价值观念的解放,导致了散文创作思想和艺术的解放与发展,从而形成思想倾向、艺术方法和艺术风格的多元化、多极化和多样化的繁荣发展景象。如上所述,现代散文家大致可分为四种人,即具有共产主义思想的知识分子,激进的革命民主主义者,小资产阶级民主主义者,资产阶级自由主义者;这四种人的思想取向不同,历史作用不同,而且他们还会发生前进或倒退的变化。由于中国现代独特的半殖民地半封建的历史条件,如瞿秋白多次说过的,在西方帝国主义国家,资产阶级民主主义思想,各种空想社会主义思想,已成了重新估定价值的东西,其作用同历史发展进程成反比,而在中国的社会关系中,仍有其积极进步作用。因此,现代散文家中的前三种人,思想倾向并不相同,但在反帝反封建的大方向上有相通之处,他们各自的作用不能互相取代,都不能低估。至于资产阶级自由主义者就更复杂了。例如第一阶段中的陈西滢的《西滢闲话》和第三阶段中的梁实秋的《雅舍小品》,即使这两部作品思想内容有许多消极倾向,也不是一无是处,其散文艺术也可资借鉴。同中国现代散文思想的多元化相适应的,是艺术方法的多极化和艺术风格的多样化,这保证了现代散文创作的百花齐放,争奇斗妍,自由竞争,共同繁荣发展。其三,中国现代散文发展经历了三个历史阶段,各段都有各自的特点以及造成这特点的原因。总的说,第一阶段是现代散文产生、发展、繁荣的阶段,这是当时散文思想和艺术大解放的必然结果;当时散文普遍具有思想启蒙、个性高扬、杂体综合的共同特征,根本上是由这个时期的社会现实和精神气氛决定的。第二阶段是现代散文走向高峰、呈现最佳状态阶段,这是得力于社会革命、文化革命的深入发展和左翼文艺运动的蓬勃发展。30年代散文普遍加强了社会批判意识、写实战斗精神和救亡图存呼声,杂文论辩艺术、记叙抒情艺术和报告纪实艺术的分支独立与发展提高,这是当时国内社会矛盾激化、民族危机加深而带来作家社会责任感普遍加强和对散文艺术功能的认识更为全面深化诸因素共同促成的结果。第三阶段散文创作受战争动荡时代的影响和制约,在某些方面有所拓展,某些方面有所偏废;所谓偏废是指解放区抒情散文发展不够,大后方记叙抒情散文的进展不够重大。究其原因比较复杂,客观上是由战争动荡生活的影响和不同政治区域对散文有不同的要求与制约造成的;主观原因主要是作家们颠沛流离、分散各处,生活极不安定,相互之间难以沟通信息、切磋技艺,未能形成散文艺术创作的浓厚气氛和中坚力量,新进作者的艺术素养一般不够丰厚,加上急就章的客观需要,因而影响了本时期散文艺术的重大突破。

  时代的赐予,对每个人都是慷慨的,公平的。就散文创作而论,时代的诸因素是客体,作家才是散文创作的主体;时代为散文家的艺术创造提供客观的信息源,作家则从自己的思想和艺术个性出发,按照美的原则和艺术规律,注入自己的真情实感,对自然和社会信息进行选择、发现与熔铸,创造出第二自然和第二社会,物化为艺术品,作为艺术信息又回馈给客观世界,这就是散文艺术创造的全过程。因此,散文的艺术创造,必然是客体和主体的统一,再现和表现的统一。其中,时代的诸因素作为客体,是散文创造的前提条件;散文家的思想和艺术个性作为创造主体,是散文艺术创造的决定性关键。因此,社会对散文作家和艺术个性是否尊重、保护和发扬,散文作家对自己鲜明独特的思想艺术个性是否自觉地追求,是散文艺术创造能否进入自由创造境界,能否出现蓬勃发展局面的主客观因素。正是在这一点上,中国现代散文和古典散文划出了鲜明的历史界限,许多现代散文家演出了自己的悲喜剧;也正是在这一点上,我们抚摸到中国现代散文发展的历史脉动,触及到中国现代散文发展的一条带根本性的内在规律。

人是绝然不同而又异常相似的,就人的个性而论,生活中的每个人如同自然界中的每滴水珠、每片叶子、每朵花朵,各自不同,不能重复;但往深处看,每个人的个性又有鲜明不鲜明之分,发展和停滞之别,充实和贫乏、高尚和卑劣诸差异。就这一方面的情况,我们又可以把现代散文家归入四种类型,而这四种个性类型对散文艺术创造、对中国现代散文的建设和发展的作用和效果是迥然不同的。第一种人在时代的前进中,在自己的创作实践中,不断改造、充实、丰富、发展、完善自己鲜明、独特的思想艺术个性,在不断的自我否定和自我发展中,获得散文创作的自由创造的境界,促成散文艺术的发展;第二种人则反其道而行之,他们的自我不随时代的前进而发展变化,"盲目固执","自疲其个性",其散文创作走着一条向下滑行、恶性病变的路线;第三种人在自我否定和自我改造中,在艺术的改弦易辙的新探求中,陷入某种盲目性,把自己艺术个性中值得改造、发扬的东西抛弃了,导致散文创作在思想和艺术上失去光彩;第四种人在创作实践中缺少"自我的个性"的自觉追求,这种人为数不少,也写过数量不少的散文,多为平庸乏味之作。

鲁迅、瞿秋白、郭沫若、茅盾、郁达夫、巴金、朱自清、谢冰心等中国现代第一流散文家,就属于上述的第一种范畴,他们的自我个性都是鲜明、独特的,不可重复的,但又都是在时代的前进中不断改造、充实、丰富、发展、完善的;可以说,他们的个性发展、完善的历史,也就是他们散文艺术创造发展、提高的历史。以鲁迅来说,他的丰富的社会实践经验,丰厚的中外文化素养,他同祖国和人民的血肉联系,他那无情地解剖社会然而更无情地解剖自己的可贵精神,他追寻真理、服从真理、献身真理的无私无畏的可贵品格,他始终坚持艺术创造的社会功用和审美追求相统一的文学观念等等,造就了鲁迅极其广阔丰厚、鲜明独特的思想艺术个性,这是任何现代散文家都无法比拟的;但他又是我们坚韧不拔、充满着无穷创造力的民族思想和民族文化精华结晶的"民族魂",是任何现代散文家都应学习、取法的光辉典范。鲁迅在杂文的艺术创造中,始终坚持杂文的社会批评和文明批评的功能,无情解剖国民和社会的病根,善于从历史的底蕴和现实的根柢上开掘社会人生哲理,善于捕捉否定性对象和肯定性对象的喜剧因素,善于从"几乎无事"的日常生活中写出时代的普遍"悲剧",善于把对生活的真理性发现和对生活的悲喜剧因素的发现熔铸在写貌传神、理趣盎然的形象片断和生活画面之中,以及他杂文中那"道是无情却有情"的抒情特点,汇成鲁迅散文的开阔博大、冷隽精警、形象幽默的特有艺术风格。鲁迅是一位始终站在时代前列冲锋陷阵的无畏猛士,是中国人民的忠实儿子,是一位毕生无情解剖自己、不断否定自己、不断充实和发展自己,并以真理为第一生命的伟大思想家,是一位毕生进行紧张的艺术探索和革新的伟大文学家。

第二种人以周作人和林语堂为代表,可以归在这一类的还有后期的钱玄同和刘半农。他们都是有鲜明、独特风格的现代著名散文家。在新文学运动的第一个十年,周作人、钱玄同、刘半农和林语堂,是文学上个性解放的积极鼓吹者,当时他们站在反帝反封建的民主势力一边,是很有影响的散文家和散文理论家。到了"十年内战"时期,他们就消极处世,日渐脱离时代,脱离人民民主势力,周作人躲进了"苦雨斋",林语堂躲进了"有不为斋",钱玄同和刘半农也颓唐落伍了。当年声名赫赫的新文学运动战士,现在成了时代的落伍者,变化是惊人的,原因是复杂的,但不是没有轨迹可寻。原因之一是周作人和林语堂等人是资产阶级个性至上主义者,他们不能正确理解什么是人的自我个性,在他们看来个性就只是人的性格的独特性,他们否定自我的独特个性同时代潮流、社会环境和人民生活斗争之间的内在联系,他们不是把自我的个性看成可以发展变化,而是看成静止凝固的,这样,他们就把作家个性同时代潮流、社会环境和人民的生活斗争割裂开来,把作家的个性看成是超时代的、锁闭式的光秃秃的自我存在,把散文创作变成只是咀嚼个人闲适趣味的"小摆设",从而导致思想和艺术个性的蜕化。

第三种,散文家思想和艺术是不平衡的,不少散文家在追求进步、追求革命的过程中,思想进步了,感情上发生了变化,思想个性发展了,但他们在散文创作上的艺术成就并不与思想的进步成正比,有时反而后退了。例如,许地山30年代的散文《上景山》、《先农坛》,比起20年代初的《空山灵雨》,显得刚健质朴,但却缺少先前那灵巧瑰丽、耐人寻味的艺术魅力。何其芳的《画梦录》隽妙幽深,意象繁富,精雕细琢,词彩华美,曾得《大公报》散文奖,拥有众多读者。何其芳到延安后,思想上产生了很大的飞跃,写了不少记叙散文和报告文学作品,但他把《画梦录》、《还乡杂记》的精美艺术抛弃了,追求明朗朴素的风格,但回避个性表现,缺乏鲜明独特、充实丰满的思想艺术个性,艺术上比较粗糙,缺少"美"的魅力。以后何其芳在《〈散文选集〉序》中深有感触地说:"只讲求艺术的完美和不讲求艺术的完美,都是不行的。"散文也称"美文",思想再进步,而艺术不完美,也不是好的散文,是不会吸引人的。第四种人就无须论列了。

中外散文史,特别是近现代以来的散文史,常常接触到散文家创作中的"自我表现"问题,问题是客观存在的,无须反对,也无法回避。散文是一种富于个性色彩的文学形式,作家的自我个性,在作品中总是要直接或间接、或浓或淡地表现出来。问题在于你那个"自我的个性"是什么样的"自我个性"。如果是像鲁迅他们那样,他们的鲜明独特的个性在同时代和人民的结合中,向上发展了,不断充实,不断丰富,不断完善,这样的自我表现愈充分愈好。如果是像30年代的周作人和林语堂那样,他们的个性也可以说是鲜明的、独特的,但却背向时代和人民,向下滑行,恶性病变,这样的"自我表现"有什么价值?这种"自我表现"与那种不加区别、一味反对"自我表现"的主张其实是殊途同归,对散文创作的发展都是有弊无利的。问题还在于现代散文创作,不是"自我表现"所能简单概括得了的。这里的情况比较复杂。文体不同,"自我表现"有直接或间接、浓淡色度的不同。一般说,抒情散文、散文诗、杂文直接一些,色彩浓一些。鲁迅说他写作杂文时,"是大概以自己为主的。所谈的道理是'我以为'的道理,所记的情状是我所见的情状"①。"这里面所讲的仍然并没有宇宙的奥义和人生的真谛。不过是,将我所遇到的,所想到的,所要说的,一任它怎样浅薄,怎样偏激,有时便都用笔写了下来。说得自夸一点,就如悲喜时节的歌哭一般,那时

---

① 鲁迅:《华盖集续编·新的蔷薇》,《鲁迅全集》第3卷,人民文学出版社1981年版。

无非借此来释愤抒情……"①那无限深广的内容,是"自我表现"永远概括不了的。至于纪实的叙事散文和报告文学,"自我表现"就间接一些,色彩淡一些。另外,散文作家采用的创作方法不同,"自我的表现"也并不相同。因此,中国现代散文的发展历史说明,散文创作是客体和主体的统一,是再现和表现的统一,现代散文有"自我表现"的因素,但内涵要比它深广得多;也说明散文作家只有在同时代和人民的结合中,不断充实、丰富、发展、完善自己鲜明独特的思想艺术个性,并大胆地不拘一格地不受限制地在散文创作中表现和发挥这种丰富充实而又鲜明独特的思想艺术个性,达到自由创造的艺术境界,才能为现代散文的发展作出自己的独特的贡献;而像周作人那样去追求所谓鲜明独特的个性,坚持他的"自我表现",其结果是从个性的恶性病变,走向个性的毁灭。

二 中国现代散文与中外散文传统的关系

中国现代散文家在短短的三十余年中,以"新的形"和"新的色"写照现代中国人的"魂灵"②,创造了既是现代的又是民族的丰富多样的散文艺术形式。他们之所以能够取得这一重大成就,是和广大作者在散文创作中能根据现代中国的时代需要,广泛吸取融化中外文学的思想艺术修养以丰富自身的创造力密切相关的。对中外文学传统的继承和发展,特别是对中国古典散文和外国近现代散文的扬弃和改造,是中国现代散文革新创造、发展繁荣的一个内在动力。

中国现代散文继承、借鉴中外文学传统有个显著的历史特点:即民族传统的现代化和外来影响的民族化相辅相成,承传择取和革新创造同步进行。民族传统的现代化和外来影响的民族化,虽说在不同时期有不同表现形态,但总的趋向仍是相互伴随、交错发展的,都是为建立和创造中国现代散文的新民族形式服务的。中国现代散文的创立,从

---

① 鲁迅:《华盖集续编·小引》,《鲁迅全集》第3卷,人民文学出版社1981年版。
② 鲁迅:《而已集·当陶元庆君的绘画展览时》,《鲁迅全集》第3卷,人民文学出版社1981年版。

文学渊源来看,既不单纯是中国古典散文的复兴,也不单纯是外国近现代散文的移植,而是前者的蜕变与后者的催化合致的产物。"五四"文学革命的先驱者接受西方现代思想和现代文学观念,认清世界文学发展趋势和旧文学衰亡的内因,致力破坏古文的思想桎梏和程序规范,建设新的文学观念,文学形式。在打倒"桐城谬种,选学妖孽"的同时,他们以民主主义、人道主义、个性主义、历史进化论等为思想武器,重新审定传统文学的价值,提高白话文学和民间文学的地位,发掘古代文学中具有新价值的思想艺术因素。就散文来说,他们反对代圣贤立言,载孔孟之道,但并不排斥言之有物、立诚写实、言文接近、适时进化的优良传统,为建立现代白话散文找出历史依据和传统借鉴。在建设新散文时期,先驱者侧重引进外国近代散文的创作和理论,刘半农、周作人、鲁迅、郭沫若、韦素园、林语堂等热心译介外国的散文诗、美文、随笔、杂文等,周作人率先引入欧美"美文"理论,王统照系统介绍外国各类散文,胡梦华初步介绍西欧"絮语散文"发展历史,鲁迅翻译日本厨川白村关于"Essay"的理论,这些外来的理论和创作给我国现代散文提供了新的养分。值得注意的是,在输入外来散文的同时,先驱者总是把它和我国传统散文联系起来考察,如周作人在《美文》中指出"中国古文里的序,记与说等,也可以说是美文的一类",要求"新文学作家"可以看了外国的模范去做,但是"须用自己的文句与思想,不可去模仿他们";王统照在介绍外国各类散文的同时,都拿我国古代散文加以印证对比,更使人明了该借鉴继承什么。以上可以说明,自觉以现代散文思想观念扬弃我国古代散文传统,接受外国散文影响,导致了我国散文的历史性变革,一种用现代中国人的语言形式表达现代中国人思想感情的新型散文才得以创立。

开创期的中国现代散文在一大批先行者的创作实践中是继承、借鉴和发展、创新相统一的。先驱者大多学贯中西,修养丰厚,思想解放,视野开阔,创造力旺盛,纵向承传择取,横向移植借鉴,都用来创造富于现代中国特色和个人艺术风格结合的新散文。鲁迅是这方面的典型代表。他融化魏晋"师心"、"使气"一路杂文,日本厨川白村等的"文明批评"与"社会批评"一类随笔体杂文,德国尼采的哲学随想录、英国斯威夫特和俄国果戈理、契诃夫一路讽刺幽默艺术诸种因素,创造了我国现代杂文的新民族形式。他的散文诗更多地借鉴波德莱尔、屠格涅夫、安特莱夫等的艺术形式,也吸取庄子、屈赋的奇诡想象、寓言意味诸方面的艺术特点,创造了我国现代散文诗的典范。他的《朝花夕拾》叙事生动,写人传神,抒情含蕴,行文舒展,时见讽刺锋芒和幽默笔调,继承和发展了中国史传、行状体散文和外国随笔体散文的艺术技巧,开创了新型的回忆性记事写人的散文形式。周作人在杂文创作方面也是成功地借鉴革新中外传统的,但在闲适小品方面带有封建士大夫隐遁自娱和英国绅士雍容雅致的倾向,现代气息较为淡薄。徐志摩散文偏于唯美派,带有异国情调和秾丽色彩,欧化倾向较为明显。上述三家散文分别代表开创期散文对待中外散文的三种基本倾向;其他作家作品或能融会贯通,或偏于中国名士风,或偏于外国绅士风,或偏于东方情调,或带有世纪末气息,形成了这时期散文内容驳杂、形式多样、风样各殊的局面。可以说,开创期的中国现代散文开拓了广采博取、多向发展的继承和借鉴中外散文传统以丰富自身创造力的宽阔道路。

随着我国现代民主革命的深入发展和我国现代散文自身的发展成熟,对中外散文艺术的继承发展更为自觉,更为广泛,也更为深入。一方面,前十年创建的中国现代散文的时代特色和新民族特色,本身就是一种新传统,为后来者所直接继承发展;另一方面,中国现代散文新传统本身需要不断丰富充实,散文艺术的发展提高需要进一步吸取融化传统和异域艺术滋养。30年代的新老作家自觉意识到这种内在要求,进一步开阔视野,广泛借鉴。由于30年代阶级矛盾和民族矛盾的尖锐化,新文学统一战线处于激烈分化、重新组合状态,作家的思想分野更为明显,因而也就带来了对待中外散文传统的分歧更为突出。透过这些现象,可以看出30年代继承和借鉴中外散文传统的关键仍为:是根据现代中国的时代需要,把民族传统现代化和外来影响民族化结合起来,为发展具有时代特色的新散文服务呢,还是被封建文人、西洋绅士的艺术趣味所同化?在这关键问题上,左翼阵营和"论语派"存在着尖锐斗争。左翼作家鲁迅、茅盾、阿英、郑伯奇等纷纷著文批评"论语派",同时以具体分析的态度对待中外散文传统,正确分析中国古代散文的精华和糟粕,鉴别外国近现代散文的积极面和消极面,强调继承和借鉴中外散文创作中现实主义和积极浪漫主义的精神传统,也注意吸取其他流派中的有益因素。这时,左翼作家着重译介苏联的小品文理论和无产阶级作家的散文、杂文与报告文学,如苏联文学顾问会《给初学写作者的一封信》中的"小品文作法",高尔基的政论杂文,基希、约翰·里德等的报告文学理论和创作等,为建设"新的小品文"尤其是报告、速写提供成功的借鉴。一些严肃的学者和作家更注意全面介绍和了解外国近代散文的理论和创作。梁遇春致力译介英国小品文选,并著文介绍其发展过程和各家特色;林疑今翻译英国小品文名家史密斯的《小品文作法》,若斯节译日本文艺理论家小泉八云的《论小品文》;毛如升著有长篇论文《英国小品文的发展》,方重更为全面深入地研究《英国小品文的演进与艺术》;戴望舒、徐霞村、卞之琳等热心翻译西班牙散文大家阿左林等人的作品;谢六逸、缪崇群等专门译介日本小品文;他如英、美、法等国的近代散文名家,俄苏的散文名家,以及日本的左翼作家等等,在30年代都有大量的译品出现在报纸杂志和出版物中。对我国散文遗产有分析地扬弃择取,和对外国散文广泛而又精心地选择,大大开拓了30年代散文家的艺术视野,提高了他们的鉴别力和创造力。30年代散文繁荣鼎盛,老作家在前期基础上有所丰富发展,新进作家艺术上成熟较快,记叙抒情散文、散文诗、杂文、随笔、游记日益发达,报告文学、速写、科学小品、历史小品等新兴样式崛起,散文语言艺术化和口语化日趋结合,正是这种努力的必然成果。

　　抗战以后的散文创作先后处于民族解放战争和人民解放战争的生活环境中,报告文学特别发达,杂文在国统区继承和发扬了鲁迅开创的战斗传统,记叙抒情散文在大后方出现了新人辈出的可喜局面,在解放区开拓了反映"新的人物,新的世界"的新路子,从题材的广阔、时代精神的发展和新形式的兴替诸方面来说,这是中国现代散文史上的拓展期。这时期理论界探讨民族形式的风气浓厚,注重扬弃民间文学传统和新文学传统,提倡建立和发展富于中国气派、中国作风、为群众所喜闻乐见的新民族形式,这进一步推动了现代散文的民族化和大众化进程。这时期译介了解外国散文,集中在战地报告方面,促进了我国抗战以后的报告文学的长足进步。对外国近现代其他散文形式的了解和探讨，虽说仍有一些译品和论文，但总的来看涉及面不广，信息不新，影响不大。这时期散文作者主要是一大批年轻人，或来自战地，或来自流亡学生队伍，或是各地土生土长的，或是刚走出"亭子间"的，一般说来学识修养都不够丰厚，他们主要凭借民族激情、新的生活实感和新文学素养进行写作，思想上艺术上都有个发展成熟的过程，因而一时自然不能有什么重大突破。这时期散文界继承借鉴中外散文艺术的主导倾向，对现代散文进一步民族化和大众化，对报告文学的发展成熟，都起了促进作用。

从上述就中国现代散文和中外散文传统之关系所勾描的历史轮廓来看，值得总结经验教训的主要有以下三个方面：

（一）多方借鉴中外散文艺术是促使中国现代散文艺术多样发展、成熟提高的一个重要因素。无论是纵向承传择取，还是横向引进吸收；无论是无产阶级革命文学，还是中外古典文学和近现代文学；无论是哪个国度，哪种文体和哪种表现手法，只要有利于中国现代散文的发展，有益于丰富充实自己的表现力和创造力，都要实行"拿来主义"，加以择取融化，为我所用。否则，画地为牢，自给为足，必然落后退化。

（二）作家对中外散文艺术的自我抉择是形成个人风格的一个必要条件。现代散文家根据个人的气质素养、艺术趣味和表现需要，决定自己的承传择取，才能够把传统和外来的艺术滋养融会贯通，化为自己的血肉，促进个人风格的形成和发展。现代散文家中，成功地吸收中外散文艺术素养以丰富自己的表现力和创造力而形成独创风格的，为数甚多。鲁迅的取精用宏、融化独创是学识丰厚的老一辈作家的典型代表。梁遇春师承英国随笔体散文传统，形成快谈、纵谈、放谈风格；李广田爱好西欧玛尔廷、怀特、何德森、阿左林一路富于乡土田园风味的散文，形成亲切浑厚风格；柯灵继承我国古典诗赋小品艺术传统，追求典雅婉约文风；他们可作为青年作家中自我采择以发挥个性特长的成功代表。二三十年代散文造就个性鲜明、风格多样的绚烂局面，就和当时自由广泛地继承借鉴中外散文艺术的风气有关。

（三）把对中外散文艺术的继承借鉴和发展创新结合起来，把民族传统现代化和外来影响民族化结合起来,是建设中国现代散文新民族形式的一个前提条件。熔旧铸新,洋为中用,是现代作家对待中外散文艺术的基本态度。中国古典散文中的反叛、抗争的精神传统,民主性和人民性的思想因素,融入现代散文的革命现实主义和积极浪漫主义的潮流;它在艺术上的多样发展传统,尚简洗练精神,意境创造技巧,以及所发挥的汉语言特长,都在现代散文中留下鲜明的民族特征。外国散文中那些不适合我国国情的思想情调和表现方式,有的在我国现代作家的接触了解时就被淘汰了,有的一时留下影响而终究不能扎下根来,只有那些能够化为我们民族文化的血肉的思想艺术滋养为我国现代散文所吸取融化。鲁迅正确指出:"采用外国的良规,加以发挥,使我们的作品更加丰满是一条路;择取中国的遗产,融合新机,使将来的作品别开生面也是一条路。"①沿着这两条生路开拓前进,中国现代散文才以独特的英姿跻身于世界文学之先进行列。中国现代散文在变革民族传统、吸收外来艺术的基础上所创造的新的民族形式和民族传统,现已成为后继者注重总结研讨、承传发展的宝贵遗产,但它本身吸取融化中外散文艺术而发展壮大的历史进程也值得后人深思和效法。

三 现代传媒与散文社团流派的关系

中国现代散文的发展繁荣与中国现代报刊出版事业的兴盛,新文学社团、流派的兴替密切相关。

我国近代新闻出版事业已初具规模,"五四"以后迅速发展,报纸杂志如雨后春笋般涌现出来,出版印刷机构也普遍建立起来,发行网遍布全国通都大邑。我国现代报纸出版事业的兴盛发达,为新文学的发展提供了出版刊行的物质条件。

现代报纸出版事业的发达对中国现代散文的影响很大,不仅表现在外在的联系上,更主要地表现在内在的联系上。散文是一种迅速敏

---

① 鲁迅:《且介亭杂文·〈木刻纪程〉小引》,《鲁迅全集》第6卷,人民文学出版社1981年版。

锐地反映现实生活的文学形式,需要及时发表、广泛流传的条件,日报副刊和定期刊物就成为最适合的传播工具。而现代报纸杂志为了及时反映现实信息,满足读者迫切需要,也很需要各种短小敏捷的文章作品。在追求敏锐性方面,报纸杂志与散文小品是合拍的、相辅相成的。

现代报刊出版事业对现代散文的影响,还深刻表现在取材途径、行文风格以及组合散文写作队伍、形成社团流派等方面上。现代散文家从报纸杂志上获取写作素材,了解创作动向,以补救自身直接经验的不足,使自己的创作更具锐敏的时代感和广泛的社会意义。其中又有不少人兼任新闻记者、报刊和书局编辑,他们的创作带有更明显的目的性。各种有代表性的报刊、书局往往拥有一支相对稳定的写作队伍,这样既有利于形成文学社团、流派,又有利于形成报刊书店的特色。比如,20年代初的《晨报副刊》、《文学周报》、《小说月报》之于文学研究会,《创造周报》、《创造日》之于创造社;20年代中期的《晨报副刊》和《新月》之于新月派,《京报副刊》和《语丝》之于语丝社;30年代的《太白》、《新语林》、《申报·自由谈》和《中华日报·动向》之于左翼作家群,《论语》、《人间世》、《宇宙风》之于论语派,《大公报·文艺》、《文学季刊》、《水星》之于京派作家群;抗战以后的《文汇报·世纪风》、《大美报·浅草》、《正言报·草原》和《鲁迅风》之于上海"孤岛"作家群,《新华日报·新华副刊》、《新蜀报·蜀道》和《野草》之于大后方杂文家,《七月》、《希望》之于七月派,《现代文艺》、《东南日报·笔垒》之于东南作家群,《解放日报·文艺》之于解放区作家群;以及开明书店、文化生活出版社、生活书店、良友图书公司各自都有相对稳定的作家群。如此等等,或通过报纸杂志团结、组织而形成相对稳定的写作队伍,显示比较共同的创作倾向,或通过创办同人刊物而形成社团、流派。新文学各种思潮、社团、流派的兴替起伏往往与各自的文学阵地的伸缩变化相互伴随着,这也是现代文学史的一个基本事实。

新文学各种社团和流派的活动,在散文发展史上留下可以辨认的足迹。在新文学史上,主要以散文创作组合的社团为数不多,有《语丝》社、《骆驼草》社、《太白》社、《论语》社、《水星》社、《鲁迅风》社、《野草》社等,它们大体上是专于散文一体的。更多的情况是各种新文学社团、作家群在散文园地里钤下他们酿成流派的印记,如文学研究会、创造社、"现代评论"派、莽原社、狂飙社、沉钟社、新月社、左翼作家联盟、京派作家群、七月社和解放区作家群等。是否可以这么说,中国现代散文史上带有社团、流派性质的,主要来自上述两个方面。前者可以作为专门性的散文社团、流派看待,后者虽非专于散文一体,但也可以从文学社团、流派的角度探讨它们对中国现代散文发展的贡献。社团的外延要比流派宽,有些社团的思想追求和艺术倾向比较接近,逐渐发展为独立成熟的流派,有的社团内部成员众多,作风不一,或组合松散,目标不一,则形成不了流派;即便是一些初具流派情形的社团,或由于共同性发展不充分,或由于随时代发展变化的适应性不够强,或由于内部分化迅速,也无法发展成为成熟的流派。这种复杂状况形成了中国现代散文史上社团较多而成熟的流派较少的历史事实。

在中国现代散文史上产生过广泛影响的流派,概括说来,主要是受现实主义、浪漫主义和现代主义三大文艺思潮影响下而形成的各种艺术流派,其中又以具有现实主义精神的创作流派的发展演变为主流。在20年代,各种文艺思潮纷至沓来,"浪漫主义,现实主义,象征主义,新古典主义,甚至表现派,未来派等尚未成熟的倾向都在这五年间在中国文学史上露过一下面目"①。这些思潮倾向也都在20年代的散文创作中留下痕迹,从美学原则到艺术手法留下鲜明特征并形成艺术流派的,只是现实主义和浪漫主义这两大思潮;象征主义对当时的散文诗创作影响较大,但很难说已形成象征主义的散文诗流派,因为中国现代散文诗作家主要的是借鉴象征派的艺术手法,较少接受它的创作原则;同样,表现派、未来派、印象派等,主要也是以其新奇的表现方式吸引我国现代散文家的,部分地为他们所择取,融入现实主义或浪漫主义的创作中。当时对散文影响广泛的思潮流派,有以文学研究会和语丝社为代表的为人生的写实主义流派,有以创造社和女师大青年女作家为代表的浪漫感伤派。

20年代文学研究会作家群所体现出来的为人生的写实主义特色,

---

① 郑伯奇:《中国新文学大系·小说三集导言》。引文中所云"五年间"指1922—1926年。

主要表现在他们侧重以记叙抒情散文探讨人生意义、领略人生情味方面,谢冰心、朱自清、王统照、叶绍钧、夏丏尊、丰子恺等人把这一创作倾向持续到20年代末30年代初,有的一直延伸到40年代,产生过广泛而深远的影响。特别是"冰心体"散文和朱自清的散文以其抒写作家个人的真情实感而满贮着诗意和艺术上的完美圆熟,对现代散文的发展产生了重大影响。30年代何其芳、李广田一派青年作家在抒情散文方面的艺术创新,和他们就有渊源承传关系。

语丝社可以说是中国现代散文史上第一个专门性的成熟的散文流派。《语丝》以同人刊物形式组成了相对稳定的作家群,以杂文随笔为主要形式进行"文明批评"和"社会批评"。在立诚写实、破旧催新的大方向上,在反对复古派、反对北洋军阀专制统治、反对现代评论派以及反对国民党右派叛变革命等方面,在杂文随笔文体上,都显示了比较共同的特色,形成了一个以杂文随笔批评解释人生社会为主导倾向的现实主义流派。这个流派影响相当广泛而深远,20年代的《莽原》、《狂飙》和《奔流》诸青年作家群都受之影响。随着大革命失败之后白色恐怖的加剧和文化思想战线的分化,《语丝》内部呈现分化趋势:鲁迅等转变为共产主义者,进一步发扬《语丝》时期的战斗现实主义精神,成为30年代以"左联"和《太白》社为代表的"新的小品文"流派的中坚力量;周作人、林语堂则走入逃避现实之途,从《骆驼草》起,到《论语》、《人间世》、《宇宙风》等,片面发展他们在《语丝》时期已露端倪的趣味主义、闲适主义、为幽默而幽默的写作倾向,导致了闲适幽默派的形成。

与语丝社和文学研究会的为人生的写实主义倾向不同,创造社的散文作家本着自己"内心的要求"①来从事创作,侧重表现个人的漂泊生活和精神苦闷,"富于反抗的精神和破坏的情绪",也带有"世纪末"气息②,形成了一个以浪漫主义为主导精神而又夹杂着表现派、新浪漫派、象征派、感伤派因素的散文流派。当时,女师大一批青年女作家如黄庐隐、石评梅、陆晶清等,以及一些年轻的散文诗作者如焦菊隐、于赓

---

① 郭沫若:《编辑余谈》,《创造季刊》1922年第1卷第2期。
② 参见郑伯奇《中国新文学大系·小说三集导言》。

虞、高长虹、韦丛芜等,都程度不同地带有浪漫感伤气息。这说明20年代的浪漫主义风潮的确形成了一个足以和人生写实派相互抗衡而又相互渗透的影响广泛的流派。由于现代社会一直处于黑暗与光明激烈搏斗的状态之中,新的苦闷、新的探求一直延续到民主革命的胜利之日,因而带有浪漫感伤情绪的艺术倾向在三四十年代的青年作家中仍以不同的形态表现出来。当然,创造社许多作家经过大革命洗礼后思想左倾,找到出路,便告别早期浪漫情调,转向革命现实主义,不过它的影响还是深远的,特别是在一些暂时找不到前进道路的年轻人中很有影响,30年代一些孤独者的内心探索倾向,40年代大后方文艺青年中的不满黑暗现实、向往光明未来的精神状态,都是浪漫主义精神或隐或显的一种表现和流变。

20年代文艺思想的活跃驳杂,各种流派的对垒渗透,使这时期的两大流派——人生写实派和浪漫感伤派带有鲜明的时代特色,它们不是简单重复外国的现实主义和浪漫主义,而是带有现代中国特色并或多或少吸收了现代派艺术因素的现实主义和浪漫主义。

在30年代,马克思主义文艺思想广泛传播,无产阶级革命文学迅猛发展,新文学统一战线重新分化组合,各种思想倾向和艺术流派的对立竞争更为分明。表现在散文领域,以"左联"、《太白》和《新语林》作家群为代表的"新的小品文"派和以《论语》、《人间世》、《宇宙风》同人为代表的幽默闲适派展开激烈的斗争。这场斗争关系到我国现代散文的发展方向。论语派主将林语堂、周作人背离自己在《语丝》前期所遵循的为人生的基本原则,不敢正视现实,反而隐遁玩世,将"滥调的小品文和低级的幽默"[①]混合起来,加以鼓吹,广泛传布,影响了现代散文的健康发展。左翼作家和进步作家起而创办《太白》、《新语林》等小品文刊物,提倡以"新的小品文"抵制和矫正闲适小品、幽默小品的泛滥和流弊,形成了新的散文流派。新小品文派发扬现代散文"挣扎和战斗"的精神传统,以杂文、速写、随笔、科学小品和历史小品为"匕首"和

---

① 朱光潜:《艺文杂谈·论小品文》,安徽人民出版社1981年版。

"投枪","使得小品文摆脱名士气味,成为新时代的工具"①,开始了新现实主义的发展道路。新小品文派不仅从理论上,更主要地是从艺术实践上抵制了论语派,当时他们的基本态度是:"要是我们不满足于专论苍蝇之微的小品文,那么,我们就应该写出包括宇宙之大的小品文来跟它比赛,让读者决定两者的命运。"② "比赛"的结果正如他们所预料的那样,广大读者欢迎与现实息息相通的"新的小品文",战斗性杂文随笔、新兴的速写、报告文学、科学小品和历史小品日渐发达,而幽默闲适小品只能在雅人名士和小市民范围内获得读者,越到后来越趋于没落。新小品文派在坚持和发扬现代散文的现实主义战斗传统和提高现代散文的思想艺术水平上,对我国现代散文沿着现代化、革命化方向前进作出了重大贡献。

在30年代影响较大的散文流派,还有独立于上述两派之外的以《大公报·文艺》、《水星》和《每周文艺》青年作家群为主的抒情散文创新派。何其芳、李广田、卞之琳等北大学生,在郑振铎、朱自清、周作人、巴金、靳以、沈从文等人或多或少影响下,有意革新散文艺术。他们带有为个人而艺术、为艺术而艺术的倾向,在生活孤独、精神寂寞状态中开始结识文艺女神,以抒情性散文含蓄表现内心的种种情思;力求在艺术上突破一般的"叙述"和直接的"告白"方式,吸取现代唯美派、象征派、表现派、新感觉派诸种艺术手段,追求形式的精致完美,显示出较为一致的思想倾向和艺术追求。这种共同性不仅表现在这几位北大生的散文创作中,还表现在丽尼、陆蠡、缪崇群、吴伯箫、芦焚等青年作家的散文小品上,在当时的散文界形成了一个注重散文艺术性的创作风气。他们的作品经常发表在京津一带的报纸杂志和上海的《文季月刊》、《文丛》等纯文艺刊物上,其结集又大多经巴金之手编入文化生活出版社出版的"文学丛刊"中,可说在客观上自然形成了一个艺术流派。它的影响也是广泛深远的,40年代大后方不少青年散文作者直接继承这派散文的艺术传统,如严杰人重申过何其芳的散文观,桑子推崇

---

① 茅盾:《关于小品文》,《文学》1934年第3卷第1期。
② 茅盾:《关于小品文》,《文学》1934年第3卷第1期。

李广田的散文,莫洛引用过李广田散文的象征性意象,刘北汜直接受过李广田的教导,方敬和陈敬容本身在北大时就参与了这派创作活动。李广田在40年代坚持提倡散文的艺术价值,并试图以"诗人的散文"①概括他们先前的散文创作。他们的抒情散文带有诗化倾向,对现代诗化散文或散文诗艺术的发展,对抒情散文艺术性的提高都作出了新的贡献。但他们是在找不到出路的情境中潜入内心探索和艺术之宫的,当时代的暴风雨把他们赶入十字街头时,他们大多或早或迟地突破为个人而艺术、为艺术而艺术的倾向,带着注重艺术性的特长汇入现实主义主流。40年代那批追随者并不重复他们的老路,而是站在新的时代现实上,从生活实感出发,吸取前辈的艺术滋养,融入现实主义艺术中,进一步丰富发展了文艺性散文创作。30年代抒情散文创新派以默默的创作实践显示艺术实绩,开拓自己的发展道路,这在散文史上是十分可贵的。

在40年代战争环境中,有意组成散文流派的是以上海《鲁迅风》社和桂林《野草》社为代表的战斗性杂文流派。这两个杂文社团处于不同环境,有不同的对敌斗争任务,自然在杂文创作中表现出不同的思想特色和艺术特色,但二者也有共同点,就是都能继承鲁迅杂文的革命现实主义传统。解放区杂文除了部分针对敌人的可归入"鲁迅风"杂文流派之外,出现过以谢觉哉、金灿然、艾思奇等人为代表的提倡和写作"新杂文"的新倾向,它是50年代以后马铁丁等人杂文的先声,但当时还没有更多人来尝试,似乎说不上形成了新流派。除了杂文,和前述大后方青年作者承继30年代抒情散文创新派的艺术传统外,这时期虽不复见自觉的散文流派,但仍可发现两种在客观上相对成型的流派雏形。一种是抗战初期从军入伍之风无形中促成了一个战地报告和战地抒情的现实主义流派,这派作者在"抗战文艺"旗帜下,深入前线,及时传播战斗信息,抒发战斗激情,共性突出,个性较弱,把他们作为现代散文史上代表一个时期写作风尚的流派来看待未尝不可。另一种是解放区作家深入新生活,反映新的世界、新的人物,也逐渐形成了一个带有

---

① 李广田:《文艺书简:谈散文》,开明书店1949年版。

特定政治区域新特色的革命现实主义流派，他们在为工农兵群众服务的方向指导下，深入了解、熟悉、体验新的社会现实，努力"写出新生活的内容和外观"①，从艺术内容、艺术形式和艺术语言上都显示出一种前所未有的共同特色，应该说解放区散文家正在开创一个新流派。40年代自觉的成熟的流派少，非现实主义流派也难以找到，革命浪漫主义的理想追求和表现手法结合到革命现实主义之中，其他思潮流派的一些有效的艺术手段也被革命现实主义所吸收融化，革命现实主义精神总括全局，其表现形态在不同区域、不同时期、不同作家群中有所不同。这种状况，根本上是由民族民主革命战争的需要决定的，也是革命现实主义思潮流派在不断地同各种非现实主义思潮流派竞争中扩展壮大的必然结果。

中国现代散文史上各种社团、流派的形成和解体，从更加广阔的思想文化背景上显现了它的历史进程和发展动向，证明了现实主义艺术最有生命力、同化力和广阔的发展前途。具有现实主义精神的各种散文流派不仅处于演变发展之中，而且还不断在竞争中抵消了非现实主义艺术的影响，并同时吸收融化它们的某些特长以丰富完善自己。从这个意义上说，现实主义不是一个自我封闭的系统，而是一个自我开放的系统。也是从这个意义上说，中国现代散文史上出现的各种带有浪漫主义、现代主义艺术倾向的作品，对现代散文艺术的成熟丰满和现实主义主潮的形成发展都有程度不同的积极意义。在正常情况下，散文的自由国土上，最适宜于培育多样化的艺术风格和艺术流派，最需要提倡各种风格流派的自由竞争。唯有如此，散文的艺术活力和多样功能才会充分发挥出来，散文园地才可能出现生机勃勃、万紫千红的繁荣局面。

---

① 孙犁：《文艺学习·新现实》，作家出版社1964年版。

初版后记

本书概述中国现代散文三十余年来丰富多样的历史面貌和发展脉络。全书涉及的作家300多人,其中着重评述的名家约70人,略加评述的作家100余人,虽有一些遗漏,但基本上囊括了现代散文史上有过不同程度影响的作家作品。我们着重反映史的发展面貌和线索,将作家作品打散,视其题材取向、思想倾向和文体特点的近似性而分别编入有关章节,不采取文学史和作家论混编的体例。这样处理,便于集中了解我国现代散文发展史的横断面和纵剖面,具有把握史的整体格局和发现研究各个时期作家群落的长处。当然这不便于集中了解个别作家创作的全貌,但这是编写作家论的主要任务,为了弥补这个缺陷,我们撰有《中国现代散文十六家综论》,原为本书的第四编,因篇幅过大,故将之单独出版。

在本书中,我们努力遵循历史唯物主义的基本原则,坚持从史实出发,以历史标准评价各种思想艺术倾向和作家作品,不苛求前人,也不任意拔高或贬抑前人。我们尽量引证原始材料,较多摘引能体现作家创作特色、能说明有关问题的原作片断和作家自述,也介绍一些当时评论界的反应和评价,想让读者多了解点原作风貌和有关史实。只是我们水平有限,疏漏不当之处,在所难免,敬请专家、读者批评指正。我们愿意在大家的帮助下,继续从事这项研究工作,与大家一道为中国现当代散文研究的深入发展尽点心力。

我们从1979年春开始从事中国现代散文系列的研究和教学工作。本书是这项工作的主要产物。全书由俞元桂教授主编,初稿由四人分头撰写,俞元桂和汪文顶承担记叙抒情散文部分,姚春树承担杂文部分，王耀辉承担报告文学部分，最后由主编统纂。初稿写作中，朱以撒、林冠珍协助做过一些资料工作。李金健帮助誊清书稿。在编写本书的同时，我们还编选了《中国现代散文理论》(广西人民出版社)、《中国现代文学总书目·散文卷》(福建教育出版社)和《中国现代散文诗选》(四川文艺出版社)等副产品，既为本书编著工作搜集有关素材，也给读者和研究者提供一些原始资料。

我们的工作得到了多方面的支持和帮助。本单位在人力、物力和时间上给我们提供了写作条件。国内许多图书馆为我们提供了查阅资料的方便。一些散文作家和现代文学研究者给我们提供了宝贵的意见。田仲济教授对本书的写作和出版十分关怀，并为本书作序。山东文艺出版社有关同志为本书的编辑印行付出了辛勤劳动。在此，我们谨向各方面关心本书编写工作的单位和个人致以衷心的感谢！

著　者

1987年5月于福建师范大学中文系

新版后记

本版为《中国现代散文史》的第三版,是在1997年山东文艺出版社出版修订本的基础上再次修订的新版本。二版《修订后记》说明了以下修订情况:

《中国现代散文史》于1988年出版后,以详实严谨、系统全面而得到学界和读者的认可,被一些高校选用为专业课教材,并获国家教委第二届高等学校优秀教材全国优秀奖。但它毕竟写于80年代前期,难免存在着某些局限与疏漏。为此,本书主编、先师俞元桂先生在生前就想修订再版这部专著,惜未如愿而归道山。今奉先师嘱托,虽自觉难以胜任,还是勉力为之,着手本书的修订工作。

本书凝聚着俞先生晚年的心血和学识,体现了先师治史的原则和风范。70年代末,俞先生年近花甲,衰病侵身,却矢志不移,重理被中断十年的现代散文研究课题。为了既出成果又出人才,先生召集三位弟子,组建老中青结合的学术梯队,率领我们向现代散文领域拓荒前行。从搜罗史料到结撰全书,先生都以身作则,殚精竭虑,树立求实写真、论从史出的示范。先生力主"文学史结构的主体应该是史料,在史料的组合与评述中体现史识","文学史的独创性出诸较全面地掌握史料,用有理有据、有见地的史识对文学现象及其发展作合乎实际的描述和评析,就可能出现独创性"。① 本书的编写贯彻了先生的治史思想,力求占有详尽的史料,摸清现代散文的"家底",不蹈文学史和作家论混编的常规,而借鉴纪事本末体和编年体史著的长处,尝试以分期、分

---

① 俞元桂:《谈文学史的编著问题》,《中国现代文学研究丛刊》1991年第3期。

类的横向综述为纬线,以题材、体式的纵向梳理为经线,交织重构现代散文多样发展的历史风貌,从中探寻和总结现代散文的发展规律与经验教训。回忆当年俞先生带我们治史、师徒三代同堂切磋的情景,我倍感亲切和荣幸;想到先师创业之艰辛,传薪之郑重,我深感责任重大,力不从心,唯恐把握不准,信笔涂鸦,糟蹋了原著。

于是,这次修订采取保持原貌而略加校改的办法。框架体例、基本内容和主要观点一仍其旧,以维护原著的本义和特点。先师已提及的某些缺憾和改进设想,如因题材分类而出现的作家被分割过碎的局限、40年代闲适散文的阙如、集体著述水平和笔调不一的问题等等,以及学界同行提出的中肯意见,都尽可能加以吸收和补救。修订时,力求删繁就简,拾遗补阙,突出重点,统贯行文。尤其是作家作品的评介,在保持以史为主、分类评述之格局的前提下,做了适当的调整、增删和归并,还将《中国现代散文十六家综论》里的一些内容整入有关章节之中,以加强名家名作的评析。有些章节按层次增设了小标题,以求纲目更明晰。对史料和引文做了核实,文字上统一校改过,篇幅有所缩减。这些修补工作,得到本书的另两位作者、师辈姚春树教授和王耀辉教授的鼓励与指导。但因水平有限,不免会有蛇足欠妥之处,这都应由我负责,谨请专家、读者批评指正。

新版修订仍坚持以上原则,在校改中全面核对史料和引文,着重修订行文表述,统一标注格式,并继续拾遗补阙,在第六章增补沦陷区散文专节。我们将续写当代散文史,并将之视为现代散文发展的一个历史阶段,因而将本书名补订为《中国现代散文史》(1917—1949)。

新版将由北京人民文学出版社和台北万卷楼图书有限公司分别出版简繁体字版,以利于两岸学术文化交流。对于两岸出版机构给予本书再版的热心支持,以及海内外同行学者对本书的批评指教,谨此一并致谢!

汪 文 顶
2014年春于福建师范大学

附：本书作家评介索引

（以姓氏笔画为序）

二画

丁　玲　3　286　318　319
　　　324　349　377　382
　　　400　401　510　525
　　　531

三画

于赓虞　111　112　113　238
　　　549
川　岛　19　20　21　81　82
　　　120
马国亮　216　217　219　220
　　　316

四画

王　力　317　326　327　366
　　　367　373　374　377
王士菁　521
王世颖　20　68　69
王任叔　142　165　167　314

　　　315　322　323　324
　　　336　337　338　339
　　　408　464
王统照　19　23　24　26　28
　　　90　91　92　120　122
　　　135　207　208　223
　　　226　228　238　257
　　　280　291　314　315
　　　455　456　457　542
　　　549
戈　扬　395
戈公振　194
丰子恺　140　179　201　202
　　　203　204　205　217
　　　218　220　293　304
　　　308　316　437　438
　　　439　440　549
卞之琳　94　135　137　138
　　　151　276　318　406
　　　441　442　473　513
　　　514　544　551

559

文载道	337	491	498	500
方　敬	143	255	276	306
	310	316	317	473
	474	552		
方令孺	235	236	237	
巴　金	136	142	143	188
	235	240	241	242
	243	258	265	280
	286	305	316	425
	427	431	436	437
	446	465	466	467
	468	469	470	486
	521	522	528	531
	538	551		
邓以蛰	229	230		
孔罗荪	359	426		

五画

艾　芜	142	188	259	279
	317			
艾思奇	291	293	294	295
	377	526	527	552
石评梅	115	116	117	123
	549			
叶　金	317	483		
叶　紫	142	263	264	
叶以群	335	390	391	392
	395	421	422	531
叶永蓁	209	210		
叶绍钧	66	77	79	80	90

	120	124	186	188
	199	200	201	202
	205	256	293	302
	308	309	316	330
	331	443	444	445
	531	549		
卢剑波	316	469		
田　汉	103	104	105	106
田　涛	390	391		
田一文	316	426	430	431
	433	478	479	483
	531			
田仲济	序言4	316	326	
	335	336	359	365
	366	555		
丘东平	381	383	384	385
	386			
白　苇	187			
白　朗	143	279	318	391
	426	429		
白　薇	215	287		
冯　至	138	139	141	235
	309	316	317	448
	450	451	452	453
冯三昧	150	155		
冯雪峰	36	148	149	160
	317	321	336	359
	362	363	364	365
	371	378		
司马讦	447	448		

司马文森	142	316	332	381		549	551		
	393	394	395		成仿吾	109			
六画					许　杰	188	263	264	317
						318			
老　舍	217	218	221	234	许广平	36	83	84	315	337
	289	308	309			464	521		
华　山	414	417	419		许地山	20	82	88	89	90
华　嘉	316	395				91	238	256	306
朱　雯	439	440				316	329	539	
朱　湘	209				许寿裳	521			
朱东润	523	526			刘白羽	318	381	382	400
朱光潜	293	308	309	326		408	409	414	415
	327	330	332	550		416	418	420	
朱自清	2	4	20	21	51	刘半农	17	19	20	22	23
	54	64	65	66	67		29	30	33	34	35
	72	77	78	79	100		37	44	45	50	88
	103	109	120	122		142	171	180	181
	124	125	128	129		216	281	282	539
	135	143	149	150		542			
	152	154	186	199	刘北汜	316	479	480	483
	212	213	216	218		531	552		
	224	225	226	227	刘思慕	227	316	326	
	228	234	239	256	刘海粟	229	230		
	261	265	269	289	刘盛亚	316	381	397	
	290	302	303	305	刘熏宇	290	291	292	295
	306	308	309	316		300			
	317	330	331	362	庄瑞源	482	483		
	364	365	366	367	羊　羣	316	483	484	
	368	369	370	371	孙　陵	316	393		
	453	454	531	538	孙　犁	2	4	318	515	516

	517	518	531	553
孙伏园	19	20	24	35	43
	51	63	125	141
	453	521		
孙福熙	19	20	51	54	55
	56	63	72	118	120
	140	256		
纪果庵	491	496	497	498
	499	500		

七画

丽 尼	143	239	243	250
	251	252	253	254
	304	306	309	310
	457	483	551	
丽 砂	317	483	485	
严文井	143	318	411	
严杰人	316	431	432	433
	551			
李 立	419			
李 乔	193			
李 蕤	143			
李大钊	17	19	29	30	31
	32	34	36	38	45
	46	47	49	50	62
	71	105	185	515
李广田	79	139	143	151
	243	246	247	248
	249	254	255	266
	276	304	305	306

	307	309	310	316
	317	329	330	331
	371	386	440	441
	442	452	513	514
	545	549	551	552
李公朴	355	399		
李素伯	150	155		
李健吾	141	225	226	227
	246	247	252	254
	314	315	457	461
	462			
李辉英	142	143	277	278
	279	390	391	
芦 焚	143	254	266	273
	274	280	304	305
	309	314	315	460
	461	551		
苏 青	491	500	502	503
	504			
苏雪林	67	68	100	102
	168	302	489	
杨 刚	195	196	316	329
	426	428	429	
杨 朔	318	391	512	513
杨 骚	215			
吴 晗	366	367	372	373
	374	528		
吴伯箫	141	143	271	280
	309	310	318	382
	400	406	407	408

		511	512	531	551	宋云彬	336	354	355	357
吴组缃	260	309					358			
吴秋山	217	218				庐 隐	100	112	113	114
何其芳	143	151	243	244			115	215	229	282
		245	246	255	266		287	289	549	
		276	304	305	306	阿 英	22	42	66	67	68
		307	309	318	331		84	94	95	102	141
		335	336	377	378		142	152	153	155
		382	386	400	403		169	171	172	174
		404	405	420	432		186	187	189	194
		472	473	476	504		199	200	263	301
		505	506	508	510		302	314	322	343
		511	513	531	540		354	500	543	
		549	551			阿 垄	316	381	383	386
邹韬奋	188	194	195	197			431	433		
		397	464	520		陆 蠡	143	243	252	253
沙 汀	318	382	400	404			254	266	304	306
		405	406	420			309	310	314	315
沙千里	193						337	457	458	483
沈从文	19	60	64	65	67		522	526	551	
		73	76	82	87	112	陆定一	122	186		
		142	143	266	267	陆晶清	116	549		
		269	273	274	280	陈子展	142	169	171	172
		283	286	304	305		173	190	301	302
		309	310	317	448		339	354		
		449	450	551		陈西滢	21	22	34	47	48
沈起予	188	191	260	261			49	50	536	
		396				陈光虞	150	155		
宋之的	188	191	192	193		陈学昭	19	20	118	119
		391					139	228	229	318

	515			
陈荒煤	382	400	410	411
	420			
陈独秀	17	19	20	22	29
	30	31	32	33	34
	38	41	45	47	49
	50	185		
陈敬容	143	255	316	474
	475	476	552	
陈望道	20	45	68	142	188
	264	291	295	500
张爱玲	491	500	502	504
	508			

八画

茅 盾	序言2	4	20	22
	45	47	92	114	118
	120	121	134	137
	139	140	142	150
	152	153	162	169
	170	171	183	188
	189	193	239	240
	243	252	254	256
	261	262	263	265
	280	292	300	301
	305	314	316	318
	332	336	387	391
	395	418	419	425
	427	434	435	436
	437	531	538	543

	551			
范 泉	315	486	522	
范长江	188	194	195	196
	318	382	383	388
	389	390	399	470
欧阳山	318	384	401	
郁达夫	序言1	4	13	19
	20	25	71	72	81
	82	87	96	100	107
	108	109	110	111
	119	127	140	142
	152	155	165	168
	174	198	200	201
	209	216	217	218
	220	221	231	232
	233	234	239	256
	262	280	283	284
	303	304	454	538
林 榕	491	504	505	507
	508			
林克多	194	399		
林希隽	146	147		
林英强	431	432	433	
林语堂	20	21	35	37	43
	44	45	50	124	125
	126	140	142	144
	145	146	147	165
	172	179	180	181
	182	183	185	216
	374	471	539	540

	542	549	550			140	142	146	152
林淡秋	315	322	393			171	172	173	175
林默涵	293	295	336	349		179	180	181	182
	377	378	379			183	184	185	199
味橄	216	217	219	220		207	216	246	247
	316	330	488			256	291	302	303
罗洪	439	440				310	342	351	355
罗烽	143	279	318	324		356	364	371	373
	377	391	429			471	491	492	493
罗常培	448	449				494	495	496	497
罗黑芷	81	139				498	508	509	539
金声	125					540	541	542	543
金灿然	325	327	377	552		549	550	551	
周木斋	142	165	314	315	周建人	118	290	291	292
	324	336	337	339		295	296	526	528
	340	362	365		周钢鸣	332	393		
周立波	152	153	318	382	周黎庵	337	491		
	400	401	402	403	宗白华	103	104	105	106
	404	419	420		废名	21	64	65	67	70
周而复	318	400	408	409		76	82	98	140	141
	410					142	176	178	244
周作人	序言2	4	15	17		309			
	18	19	20	21	22	郑振铎	20	69	70	71	120
	23	24	25	26	29		121	124	136	139
	30	31	34	35	36		140	143	186	221
	37	41	42	43	45		222	223	226	228
	50	60	66	67	68		229	234	235	256
	69	70	71	72	95		314	315	320	462
	96	97	98	99	100		464	528	551	
	103	124	135	136	单复	317	482	483	

| 孟　超 | 316　336　354　356 |
| | 357　358　364　528 |

九画

草　明	188　318　514　515
南　星	143　255　491　504
	505　506　507　508
胡　风	142　152　153　188
	328　333　382　384
	385
胡　适	17　18　19　21　22
	32　33　34　41　42
	43　47　92　164　281
	282　289　495
胡兰畦	383　388
胡乔木	349　377　428　429
胡梦华	23　24　25　26　28
	542
胡愈之	194
柯　灵	4　142　165　254
	266　274　275　309
	314　315　336　337
	343　344　345　458
	459　464　522　545
柳　湜	152　175　290　291
	292　293　294　295
	526
柳雨生	491　495　500
赵超构	399　447　448
赵景深	302　464　522

俞平伯	19　20　51　64　66
	67　68　72　79　98
	100　102　120　140
	142　171　199　206
	207　216　221　454
恽代英	20　32　45　46　47
	49　50　185
闻一多	287　288　302　317
	336　355　366　367
	368　369　371　374
	471　526
祝枕江	291　300　526
洪为法	110　300　522
钟敬文	68　99　100　139
	149　230　231　304
	454
费孝通	448　449
骆宾基	381　383　387　523
	524
姚雪垠	392　393

十画

夏　衍	152　188　191　197
	316　336　346　347
	348　349　358　359
	382　395　525
夏丏尊	201　202　205　220
	293　308　314　315
	337　464　549
夏征农	142　175　188　263

		264	291	294	322		159	160	162	165
贾祖璋	290	291	292	295		166	167	169	175
	296	526	527			186	240	292	321
聂绀弩	142	165	316	317	钱玄同	17	19	20	22	29
	336	348	349	350		30	32	33	34	35
	351	352	353	355		36	37	43	45	50
	356	358	359	364		171	180	184	539
	386				钱锺书	179	366	367	375
莫 洛	317	476	477	478		376	377
	483	522	552		郭 风	317	480	481	482
秦 似	316	336	354	358		483	485	531
秦 牧	2	359	528		郭沫若	4	19	48	51	69
袁 殊	152	153				87	103	104	105
袁昌英	236	237				106	107	108	119
索 非	291	300	526	528		125	126	128	183
顾一樵	523	524				186	256	283	284
顾均正	290	291	292	295		285	300	303	314
	297	526	527			316	336	359	360
倪贻德	111					361	362	383	388
徐 訏	142	145	216	217		393	425	426	523
徐 迟	327	328				525	538	542	549
徐志摩	19	21	34	47	51	海 岑	315	472	473
	58	59	60	61	72	高士其	292	295	298	526
	92	93	94	244	282	高长虹	21	87	94	238	550
	289	309	543		唐 弢	14	15	142	162
徐祖正	21	69	70	71	72		165	167	168	169
	124	140				271	314	315	330
徐蔚南	20	68	69	124		331	336	337	339
徐霞村	137	139	229	544		341	342	343	456
徐懋庸	2	142	147	152		458	459	464

陶行知	173 174 175 186
	299 378

十一画

黄 钢	318 411 412 413
黄 源	393
黄 裳	315 448 452 453
	528
黄炎培	190 399
黄秋耘	471
黄药眠	470
萧 三	183 520
萧 军	86 143 157 277
	278 318 349 377
萧 红	143 157 277 278
	279 316 349 521
	524 525
萧 乾	136 142 143 196
	316 397 398 399
	428
萧也牧	318 518
萧楚女	20 32 45 46 47
	49 50 185
曹 白	381 383 384 385
	386
曹聚仁	142 152 172 174
	300 301 302 317
	335 339 354 383
	387 388 399
盛 成	287 288 289 524

章克标	140 142 216
梁实秋	48 49 58 136 149
	150 157 316 374
	486 487 536
梁绍文	61 256
梁遇春	137 138 141 173
	174 175 176 177
	178 179 186 241
	272 282 304 376
	377 544 545

十二画

蒋光慈	113 141 263
葛 琴	317 328 329 330
	331 490 530
董纯才	293 295 299 526
	527
彭燕郊	316 317 482 483
韩希梁	419
鲁 迅	序言2 1 2 4 15
	17 19 20 21 24
	26 27 28 29 30
	31 33 34 35 36
	37 38 39 40 41
	42 43 45 46 48
	49 50 63 82 83
	84 85 86 87 88
	90 94 95 103 118
	119 123 124 129
	133 134 137 139

140	141	142	144			549	552	
145	146	147	148	鲁彦	19	241	269	270
149	155	156	157		271	316	521	
158	159	160	161	舒群	279			
162	163	164	165	舒湮	399	440		
167	168	169	170	舒新城	265	266	268	269
171	172	173	174	焦菊隐	111	112	113	238
175	179	181	182		549			
183	184	185	186	傅东华	154	214	302	
194	195	199	238	傅斯年	18	23	352	
240	255	261	264	谢六逸	137	142	214	218
265	270	276	278		302	316	317	544
281	282	284	291	谢冰心	3	4	19	20 51 55
295	300	302	303		56	57	64	65 67
305	306	315	321		69	72	73	74 75
322	323	324	325		76	77	82	91 100
326	327	336	337		102	103	107	114
338	339	341	343		143	199	204	211
344	345	346	347		212	234	235	237
349	350	351	352		244	256	282	303
353	354	355	358		306	309	316	442
359	362	363	364		443	444	449	538
365	366	367	368		549			
371	373	380	381	谢冰莹	125	286	287	381
384	386	417	426		383	388	425	522
450	459	460	464	谢觉哉	325	377	378	552
466	471	498	500	曾克	414	418	419	
521	535	538	539					
540	541	542	543		十三画以上			
544	545	546	547	楼适夷	188	317		

靳 以	142	143	188	242	滕 固	111			
	305	316	317	359	穆木天	279	328		
	364	425	428	445	戴平万	279	458	464	
	446	447	466	467	蹇先艾	260	316	317	
	531	551			瞿秋白	序言2	3	19	32
碧 野	318	381	390	391		41	45	46	47	49
廖沫沙	336	346	359	528		50	51	52	54	56
缪崇群	137	140	141	143		58	71	103	118
	243	249	250	255		142	144	148	149
	304	306	309	310		160	162	163	164
	316	447	467	468		167	169	170	185
	469	521	544	551		186	252	256	337
黎烈文	137	141	165	167		344	345	367	368
	191	213	214	302		397	520	536	538
	317	425							